RICHARD NORTH PATTERSON

Nacht ohne Wiederkehr

Buch

Der Verlagserbe Peter Carey leidet seit dem tödlichen Autounfall seiner Eltern, den er als Sechsjähriger wie durch ein Wunder überlebte, an Amnesie. Jahrzehntelang verfolgen ihn Alpträume – und die quälende Frage: War sein Onkel Phillip mitschuldig am Tod des geliebten Vaters Charles? Denn Phillip wurde Peters Vormund und verwaltet bis zu Peters 30. Lebensjahr das Familienvermögen – und den Verlag, den Phillip mehr als alles andere auf der Welt besitzen wollte. Als Peters Alpträume die Beziehung zu seiner Freundin Noelle Ciano gefährden, beschließt er, endlich Licht in das Dunkel seiner Erinnerung zu bringen, und sucht den Psychologen Dr. Levy auf. Kurz darauf wird Dr. Levy ermordet, seine Aufzeichnungen der Gespräche mit Peter sind verschwunden – und Noelle wird entführt. Die gesichtslosen Gestalten aus Peters Träumen werden zu Killern aus Fleisch und Blut, und ein Wettlauf um Leben und Tod beginnt.

Autor

Richard North Patterson, der heute als Anwalt in San Francisco arbeitet, studierte Literatur an der University von Alabama und gewann bereits mit seinem ersten Roman den Edgar Allan Poe Award. Mit dem Roman »Das Maß der Schuld« (Goldmann Taschenbuch 43387) gelang ihm ein internationaler Bestseller, der gleichzeitig in 15 Ländern veröffentlicht wurde.

Außerdem als Goldmann Taschenbuch erhältlich:
Das Siegel des Schweigens (42437)
Verurteilt (42359)

RICHARD NORTH
PATTERSON

Nacht ohne Wiederkehr

Roman

Aus dem Amerikanischen
von Stephan Steeger

GOLDMANN

Originaltitel: »Escape the Night«

Umwelthinweis:
Alle bedruckten Materialien dieses Taschenbuches
sind chlorfrei und umweltschonend.
Das Papier enthält Recycling-Anteile.

Der Goldmann Verlag
ist ein Unternehmen der Verlagsgruppe Bertelsmann.

Deutsche Erstausgabe 6/97

Umschlaggestaltung: Design Team München
Umschlagfoto: G + J/Photonica
Satz: Uhl + Massopust, Aalen
Druck: Elsnerdruck, Berlin
Verlagsnummer: 43240
Redaktion: Ralph Thoms
FB · Herstellung: Stefan Hansen
Made in Germany
ISBN 3-442-43240-5

1 3 5 7 9 10 8 6 4 2

Für Lisa

Die Götter suchen die Söhne mit den Sünden der Väter heim

Euripides

Ich bin deines Vaters Geist:
Verdammt auf eine Zeitlang, nachts zu wandern...
Bis die Verbrechen meiner Zeitlichkeit
Hinweggeläutert sind.

Shakespeare
Hamlet, 1. Aufzug, 5. Szene

ERSTER TEIL

Manhattan

1. Juni 1952–19. April 1959

I

Alicia Carey schrie auf.

An den kahlen Wänden des Kreißsaals wanden sich Schlangen. Der dünne weiße Umstandskittel wurde zur Zwangsjacke, die Krankenschwester mit dem Fetoskop zur häßlichen alten Hexe.

Seit fünf Stunden halluzinierte sie – und hatte keine Gewalt mehr über ihren Körper.

Das Scopolamin, das ihr zur Linderung der Wehen verabreicht worden war, hatte sie völlig durcheinandergebracht. In lichten Momenten war ihr die Situation vor Augen, als ihr das Fruchtwasser abging und Charles mit ihr in die kühle Dunkelheit eilte. Sie erinnerte sich mehr an ihren Haß auf ihn als an sein Gesicht.

Seitdem waren sechsundzwanzig Stunden vergangen. Ihr Chauffeur hatte sie im halsbrecherischen Tempo zum Notfall-Eingang gefahren, der von eklig milchigem Licht erhellt wurde. Die Türen der Pforte schlugen hinter ihr zu. Jemand vom Hilfspersonal rollte sie zu einem schmalen Bett. Eine Schwester rasierte ihr die Schamhaare und zog beim Anblick von Alicias schmalen Hüften die Stirn in Falten. Der Arzt gab ihr eine Spritze.

Abgesehen von ihrer Übelkeit war die Spritze das letzte, das sie spürte oder wahrnahm. Die Infusion in ihrem Arm bemerkte sie nicht. Sie mußte sich übergeben.

Ihr Make-up war verschmiert und verlaufen, und ihr aschblondes Haar hing in schweißnassen Strähnen herunter. Ihre Beine unter dem Umstandskittel schlugen aus. Sie hatte einen bitteren Geschmack im Mund.

Nur ihre Augen waren unverändert.

Seit dem Tag, an dem sie in der feinen New Yorker Gesellschaft debütiert hatte, hatten Alicias Augen alle verwirrt und betört. Ihr helles intensives Grün versprachen dem Mann, dem es gelang, darin einzudringen, eine Tiefe, die über den Verstand hinausging. Als Charles Carey das erste Mal in sie eingedrungen war, hatten sie sich mit Tränen gefüllt. Carey hatte das Gefühl gehabt, seine Seele zu verlieren.

Er saß im Wartezimmer, die gefaltete *New York Times* und einen mit Zigarettenstummeln gefüllten Aschenbecher auf dem Schoß. Er hatte sich rasiert und war noch schnell in eine bequemere Hose und eine Windjacke geschlüpft. Doch seine frische lebendige Art war Müdigkeit und Erschöpfung gewichen. Dr. Schoenberg näherte sich ihm ungewöhnlich zögernd: Nur wenige Menschen hatten jemals für Charles Carey Mitleid empfunden.

Charles erhob sich. Er war schlank und wirkte jünger als zweiunddreißig. Sein üppiges kastanienbraunes Haar und sein förmlich spürbarer Blick rührten Schoenberg, der kurz zuvor noch so was wie Abneigung verspürt hatte. Seit seinen Kindestagen verabscheute Carey Mitgefühl. Es machte ihm angst.

Charles Carey hatte nur selten in seinem Leben Angst verspürt. Auf der Uni in Harvard hatte er in der Verteidigungslinie des Footballteams mit angeschlagenem Knie den ersten String-back gespielt. Später hatte er bei der Air Force das Fliegen gelernt und zwölf deutsche Flugzeuge abgeschossen. Er ging Risiken ein, die andere lieber bleibenließen. Als Flak-Geschosse sein Kampfflugzeug runterholten, mußte er im Ärmelkanal notlanden. Ein Kutter fand

Charles Carey wassertretend, seinen dünnen Heckschützen im Rettungsgriff haltend, weil der vor Kälte in Ohnmacht gefallen war. Man verlieh ihm das Verdienstkreuz der Air Force. Die rehäugige Krankenschwester, die sich seiner angenommen hatte, nahm ihn auch mit zu sich nach Hause.

Später im Bett lachten sie über das Glück, das er gehabt hatte. Halb im Spaß fragte sie ihn, ob er für das Amt des Bürgermeisters von New York kandidieren wolle, falls es ihm gelang, den Krieg heil zu überstehen. Carey schwieg einen Moment. Dann sagte er, daß er andere Pläne habe.

Charles Carey wurde der einzige Mann, dem es je gelang, seinem Vater erfolgreich zu trotzen.

Im Jahre 1907 verließ John Peter Carey die Schule in der achten Klasse, um bei dem Verlagshaus Van Dreelen & Sons Kohlen zu schippen und im Pferdewagen Bücher zur Binderei zu fahren. Als Amerika in den Ersten Weltkrieg eintrat, war er vierundzwanzig Jahre alt. Es war nur noch die Hälfte der Vertreter der Firma da. John ging zum Verkaufsleiter. Um ihn zu entmutigen, übertrug der ihm den schwierigsten Kunden der Firma. Den solle er mal beackern. John Carey kehrte mit einem Großauftrag wieder. Später nahm er dem Mann den Job weg.

John Carey erklomm die Karriereleiter im Verlag. Er heiratete eine Tochter des Van Dreelen. Die beiden Söhne dagegen ignorierte er, und als es keine Söhne mehr gab, benannte er die Firma in Van Dreelen & Carey um und betrieb fortan eine aggressive Verlagspolitik. Rivalisierende Verleger nannten ihn »Black Jack« – weniger wegen seiner finsteren Erscheinung als wegen der Autoren, die er ihnen abjagte. Er ging mit Hemingway Schwertfisch angeln, lieh Fitzgerald Geld und durchzechte die Nächte mit Faulkner. Schon 1942 beherrschten John Careys Bücher die Bestsellerlisten. Der »Van Dreelen & Carey«-Adler – er selbst hatte das Verlagssymbol entworfen – prangte mit seinen ausgefahrenen Krallen sogar auf der Titelseite von *Time*

Magazine. Carey war der erste Verleger, der es zu solchen Ehren gebracht hatte. »Wer von beiden ist der Adler?« witzelte einer seiner Assistenten und verbrachte die darauffolgende Woche in Angst und Schrecken. Careys Lektoren schufteten in kleinen Bürokäfigen. Auf seine Anweisung hin hatten die Türen stets offenzubleiben. Carey selbst thronte in einem eichengetäfelten Büro hinter einem Louis-XIV.-Schreibtisch und erließ ein Edikt nach dem anderen. Der Sinn dieser Erlasse bestand vor allem darin, daß sie befolgt wurden. Sein Hunger nach Respekt nahm bisweilen groteske Züge an. Der Gipfel war die Anweisung, daß alle männlichen Angestellten Hüte zu tragen hatten. Bedrohlicher war jedoch seine erdrückende väterliche Fürsorge: John Carey unterstützte seine Leute, solange sie sich ihm nicht widersetzten. Die wenigen, die dies wagten, wurden entlassen.

Im Jahre 1945 wurde Charles Carey in der Firma seines Vaters vorstellig – ohne Hut.

Die Empfangsdame blickte verdutzt zu ihm auf. Zwanzig Minuten später saß Charles im Büro seines Vaters, das von dem vertrauten, süßlich-bitteren Duft der dünnen, handgerollten Zigarren erfüllt war, die sein Vater sich aus Havanna kommen ließ. John Carey beugte sich in seinem Dreiteiler über dem Schreibtisch vor. Seine Wut sprang ihm förmlich aus den schwarzen Habichtsaugen. »Kauf dir einen Hut«, fauchte John Carey. »Heute noch. Sonst wirst du nie wieder einen Fuß in diese Firma setzen.«

Charles hörte ihm mit jenem wachsamen Schweigen zu, das er sich schon als Kind in der Gegenwart seines Vaters angewöhnt hatte. »Ich habe Menschen getötet«, sagte er schließlich. »Und anderen habe ich das Leben gerettet. Ich habe diese Dinge nicht getan, um einen Hut zu tragen.«

John Carey fixierte ihn durch die Rauchschwaden. »Du glaubst, daß der Krieg dich verändert hat. Du irrst dich.«

»Nicht der Krieg. Du.« Charles schaute seinem Vater fest in die Augen. »Ich beobachte dich nun schon seit den

Tagen, als du mit deinen Büchern noch hausieren gegangen bist. Phillip und ich waren noch klein. Du bist mit diesem riesigen Schrankkoffer am Bahnhof angekommen, die Taschen voller Aufträge. Uns hast du dagegen links liegenlassen – ein Gott, der kommt und geht, wie es ihm beliebt. Phillip ist nie darüber hinweggekommen. Er glaubt immer noch an Gott. *Ich* nicht. Du bist ein Mensch, mehr nicht.« Er schloß mit ruhiger Stimme: »Ich kann genausoviel wie du, vielleicht mehr. Aber wenn du mich jetzt rauswirfst, werden wir es nie erfahren.«

John Carey mußte einen Tag lang darüber nachgrübeln, dann wurde die Hutregelung aufgehoben. Es war der Preis, den er zahlen mußte, um herauszufinden, was sein Sohn taugte.

Sieben Jahre lang beäugten sie sich argwöhnisch, Tag für Tag, doch der Waffenstillstand hielt. Wo John Carey gerissen war, hatte Charles Geschmack. Sein Draufgängertum und sein Schneid wogen die Härte und Kompromißlosigkeit seines Vaters auf. Er nahm junge Schriftsteller unter Vertrag, an die sein Vater nie herangekommen wäre – Kriegsheimkehrer, die von Dingen schrieben, die Charles am eigenen Leib erlebt hatte. John Carey lernte es zu schätzen, seinen Sohn, zumindest nach außen hin, neben sich zu dulden: Es gab ihm einen menschlichen Zug. Charles war jedoch auch in anderer Hinsicht nützlich.

1947 trat sein Bruder Phillip in die Firma ein. Der jüngere Carey hatte nichts von Charles' Eigensinn, im Gegenteil, er schien diesem entgegenwirken zu wollen und mauserte sich schon bald zum Liebling seines Vaters. Er kleidete sich demonstrativ in dunkle Anzüge und gab sich betont geschäftsmännisch. Als Kind hatte Phillip am Rockzipfel seiner Mutter gehangen. In seinen Zwanzigern entschied er sich, daß er John Careys Ebenbild werden wollte – und dessen Firma beerben. Charles war sein einziger Rivale. Fünf Jahre lang spannte der alte Carey sie mit seiner Entscheidung auf die Folter. Er kannte Phillips sehnlichsten

Wunsch und wußte auch, daß Charles' Gleichgültigkeit nur gespielt war.

Der Druck nagte an Phillip, verunsicherte ihn. Charles dagegen blühte in all seiner Dreistigkeit unter Druck erst richtig auf. Er entdeckte neue Autoren, scheffelte Geld für die Firma. Sein Ansehen wuchs stetig. Seine Freunde waren Schriftsteller, Sportler, Schauspieler und Intellektuelle. Er engagierte sich bei den Demokraten und entwarf Reden und Texte für Leonard Lyons. Charles hatte Stil und Elan, was vor allem bei den Frauen ankam. Sein strahlendes Lächeln verbannte das Mißtrauen aus seinem Gesicht und ließ die Frauen immer wieder darauf warten. Eine Zeitlang sah man ihn an der Seite von Audrey Hepburn. Auch bei ihr legte er die gleiche galante Zurückhaltung an den Tag, die ihm so viele andere Frauen in die Arme trieb, bis sie mehr wollten. Charles war sich nie zu schade, das Spiel zu Ende zu spielen und sich dann auf leisen Sohlen zurückzuziehen. »Ich eigne mich nicht zum tragischen Liebhaber«, bemerkte er einmal.

Dann traf er Allie Fairvoort...

»Wie geht's ihr jetzt?« fragte er Schoenberg bestimmt.

Der Geburtshelfer verlagerte sein Gewicht auf die Fußballen. »Es ist eine schwere Geburt. Entweder sie kann nicht kräftiger pressen, oder sie will nicht.«

Carey war es plötzlich zu warm. Beißender Zigarettenrauch schlängelte sich aus dem Aschenbecher hoch und vermischte sich mit dem Geruch des Bohnerwachses. Das Wartezimmer – abgewetzter grüner Teppich, kleiner billiger Couchtisch mit zerfledderten Zeitschriften – erinnerte ihn an ein drittklassiges Motel. Die Fremdartigkeit, die es ausstrahlte, zerrte an seinen Nerven. »Kann ich nicht irgendwie bei ihr sein?«

Schoenberg wandte sich kopfschüttelnd ab. Carey faßte ihn an der Schulter. »Wissen Sie, sie will dieses Baby nicht...«

Was Allie Fairvoort wirklich wollte, war die ideale Vereinigung mit einem Mann.

Ihr ganzer Ehrgeiz schien auf dieses eine Ziel gerichtet zu sein. Alles andere hatte sie schon. Ihre Familie war wohlhabend und unabhängig, und Allie hatte in St. Moritz das Skifahren erlernt und Wellesley ohne jegliche Anstrengungen hinter sich gebracht. Sie schrieb Gedichte und verbrannte sie in Anfällen von Begeisterung oder Verzweiflung. Auf dem College hatte sie in Theateraufführungen mitgewirkt. In jener Zeit lebte sie in einem seltsamen, psychischen Zwielicht zwischen ihrem wirklichen Leben und den Rollen, die sie verkörperte. Aber sie hatte keinerlei Interesse daran, ihr Können zu verfeinern und etwa Schauspielunterricht zu nehmen. Sie wollte weder Karriere noch Kinder. Sie wirkte auf Männer, spielte mit ihnen eine Zeitlang und ließ sie wieder stehen. Liebhaber nahm sie sich keine. Sie wartete darauf, erobert zu werden, erobert und genommen.

Eines kühlen Frühlingsabends, auf einer glanzvollen East-Side-Party, erblickte sie Charles Carey. Es dauerte nicht lange, und sie wußte seinen Namen.

Er stand in einer Gruppe mit drei anderen Männern und nippte an einem Martini ohne Eis. Sie hörten gerade einer dunklen Schönheit aus Mississippi zu, die einen Vortrag über die Vorzüge der Südstaatenfrauen hielt. »Wir sind nicht wie die anderen«, sagte sie. »Wir ziehen unsere Kraft aus der Unterwerfung.«

Die drei Männer, allesamt älter als Charles, nickten und lächelten. Charles beäugte sie mit ernstem Blick, den Kopf leicht zur Seite geneigt. Er sagte kein Wort. Allie registrierte das feingeschnittene Gesicht und die kobaltblauen Augen, und schlagartig durchzuckte sie die Erkenntnis, daß sie nie zuvor einen so schönen Mann gesehen hatte. Aber es war vor allem sein Schweigen, das sie in den Bann zog: Es war das Schweigen eines Menschen, der vollkommen Herr seiner eigenen Gedanken war.

»Also«, sagte die junge Schöne herausfordernd, »wie würden Sie die Südstaatenfrauen beschreiben?«

Der Mann ganz links mit dem Bart lächelte galant und sagte: »Verwirrend.« »Geheimnisvoll«, sagte der nächste voller Pathos. Sie wandte sich dem dritten zu, der sich vorbeugte und gurrte: »Begehrenswert«, so als hoffe er, die anderen damit auszustechen. Allie Fairvoort hielt die drei für reichlich lächerlich.

Die Frau wandte sich Charles Carey zu. Er schien kurz Luft zu holen, so als überlege er gerade, ob er antworten sollte. Dann sagte er sanft: »Wütend und unterdrückt.«

Zehn Minuten später verließ er die Party, die Südstaatenschönheit im Schlepptau.

In jener Nacht wälzte Allie sich unruhig in ihrem Bett hin und her. Sie haßte die dunkelhaarige Frau, mußte sich immer wieder ihr Stöhnen vorstellen, während Careys Körper sich über sie schob, sein Mund ihre Brustwarzen suchte...

Zwei Monate später lag sie selbst nackt unter Charles Carey und fieberte danach, von ihm auf die Brust geküßt zu werden.

Sie hatte alles sorgfältig geplant. Sie mied Charles, verfolgte seine Spur jedoch über einen gemeinsamen Bekannten. Wie sie bald entdeckte, wurde Charles von Dingen angetrieben, die er niemandem zeigen wollte. Er spielte gerne Polo; schnelle Autos und sein Vater Jack Carey waren für ihn Nervenkitzel, Herausforderungen. Und er stand auf Frauen, die zwar schön, die Beziehungen mit ihnen aber nie von Dauer waren. Als der gemeinsame Freund ein Rendezvous arrangieren wollte, lehnte sie kurzerhand ab. Statt dessen verhielt sie sich abwartend und fädelte eine feingesponnene Verführung ein. Immer tiefer schlich Allie sich in Charles' Gedanken. Ein flüchtiges Lächeln auf einer Party, eine zufällige Begegnung im Theater, eine leise Andeutung von Interesse, deutlich genug für einen gemeinsamen Abend, dann einen weiteren. Sie wollte ihn überraschen und plante jeden ihrer Schritte im voraus, ebenso wie sie auch vorhersah, wie er sich anfühlen würde, wenn sie sich das erste Mal liebten.

Carey spürte all dies, ohne es wirklich zu begreifen. Er war Frauen mit einem vergnügten Charme gewöhnt, der ihn niemals überraschte, auch wenn er sich noch so raffiniert äußerte. Darauf getrimmt, stets die Übersicht zu bewahren, berührte ihn Allies im verborgenen schwelende Leidenschaft zutiefst, ohne daß er verstand, was wirklich dahintersteckte. Statt dessen gewann allmählich in ihm das Gefühl Oberhand, daß sie auf unmerkliche Weise miteinander verbunden waren, wie in einem kunstvoll ausgearbeiteten Menuett, und ebenso wortlos. Er gab seinen Entscheidungen ein neues Gewicht: Wo er normalerweise mit den Frauen so schnell wie möglich ins Bett stieg, machte er bei Allie keine Anstalten in dieser Richtung, ebensowenig wie sie ihn dazu aufforderte. Nur einmal, als sie Lust hatte, ihn zu necken, schnitt sie dieses Thema an: Als sie im Taxi zum Stork Club unterwegs waren, fragte sie ihn unvermittelt: »Hast du eigentlich jemals mit dieser dummen Gans aus Mississippi geschlafen?«

Charles lehnte sich neugierig zurück. »Ich spreche über so was nicht. Aus Prinzip. Ein paar der Frauen, die ich kennengelernt habe, reden noch mit mir.«

Allie lächelte im Dunkeln. »Ich frage mich, ob *ich* noch mit dir reden werde.«

Sie sprachen nie mehr davon. Gewohnt, ihr Leben im Blickpunkt der Öffentlichkeit zu führen, trafen sie sich bei gesellschaftlichen Anlässen – beim Ballett, in der Oper oder im Theater. Ihre Gedanken blieben ihre Privatsache. Sie gaben ein eindrucksvolles Paar ab: Charles mit der Ausstrahlung des Tatmenschen, Allie mit der leicht provokanten Art einer Frau, die stets sagt, was sie denkt, mit selbstsicheren, raschen Bewegungen und Augen, die sich im Licht wandelten wie Katzenaugen. Sie lachten oft und viel. Ihn amüsierte ihre Schwäche für Leute, die sie kaum kannte – gescheiterte Existenzen oder am Hungertuch nagende Schriftsteller. Sie nahm Manhattan persönlich, so als würden Charme und Schwächen der Stadt allein ihr gelten. »Du lachst über mich«, hatte sie am Anfang einmal herausfordernd gesagt.

Sie waren gerade beim Brunch im Plaza gewesen und schlenderten am Pulitzer-Brunnen vorbei – Charles im enggeschnittenen, frisch gebügelten Nadelstreifenanzug, Allie mit ihrem sonnendurchfluteten, champagnerfarbenen Haar, das sich im Wind kräuselte. Ganz unvermittelt blieb sie stehen und kniete sich zu dem Pudel eines völlig unbekannten Passanten hinab. Sie kraulte ihm die Ohren und schnurrte ihm fröhlich zu, so als würden sie sich gerade per Geheimsprache verständigen. Charles und der Mann tauschten über das verzückte Paar hinweg amüsierte Blicke aus, bis Allie schließlich aufstand und ihn aus den Augenwinkeln dabei ertappte. »Und *ob* du über mich lachst«, sagte sie fest. »Das hat kein anderer jemals getan.«

»Die hatten zuviel Angst. Das ist oft so bei schönen Frauen.«

Das Kompliment entlockte ihr ein Lächeln. »Und du hast keine Angst?«

Er sah sie prüfend an, den Kopf leicht zur Seite geneigt, wie sie es an ihm bereits beobachtet hatte. Damals hatte dieser Blick der dunkelhaarigen Südstaatenschönheit gegolten. Ohne zu lächeln hatte er dann entgegnet: »Mal sehen. Vielleicht, wenn ich dich besser kenne.«

In der Nacht, als es passierte, hatten sie sich *Endstation Sehnsucht* angesehen und waren anschließend zu Sardi's in die Bar im ersten Stock gegangen. Sie tranken Cognac und redeten über alles und nichts. Carey spürte ihre Anspannung: Ihre Gesten waren ausladender, und ihr Lächeln war unruhig, nervös, kurz aufflackernd und ebenso schnell wieder verschwindend. Auf dem Weg zu ihrem Apartment fragte Allie ihn unvermittelt, ob er nicht mit hochkommen wolle. Als sie eingetreten waren, ging sie schweigend zum Sofa, setzte sich und blickte zu ihm auf.

Er ging zu ihr hinüber. Sie küßte ihn leidenschaftlich, zog ihn zu sich herab, bis ihre Körper ganz eng aneinandergepreßt waren. Dann schob sie ihn von sich. Er stand instinktiv auf und sah ihr stumm dabei zu, wie sie ihr Kleid über die langen, wohlgeformten Beine schob, um ihm alles zu zeigen. Als er sich auszog, bebte sie.

Falls Charles Carey von ihren Phantasien gewußt hätte, hätte er gesagt, daß kein Mann, sei er noch so ein toller Hecht, ihnen jemals genügen konnte, und auf dem Absatz kehrtgemacht. Aber er war blind dafür und versuchte es. Denn schließlich liebte er sie für die Tränen in ihren Augen, verwechselte Gefühl mit Einbildung.

Als sie auf den Entbindungstisch im Kreißsaal gehoben wurde, verspürte Allie Carey nichts als Schweiß, Schweiß und Ekel. Sie spreizten ihre Beine, schoben ihre Füße durch Metallschellen und schnallten sie an den Knöcheln fest. Schoenberg und der Anästhesist saßen auf Stahlhockern am Kopfende, neben einem Apparat mit Schläuchen und einer schwarzen Gummimaske. Für Allie waren sie Zwerge, die ihr das Gefühl für ihren eigenen Körper raubten.

»Ich muß das Baby rausholen«, sagte Schoenberg. »Vollnarkose.«

Als der Anästhesist ihr die Maske über das Gesicht schob und den Äther aufdrehte, wand sich ihr Kopf hin und her. Eine Krankenschwester überprüfte den Sauerstoffgehalt an dem Gerät neben dem Wärmebettchen und nahm eine Packung mit schimmernden Instrumenten von einem Regal. Die Entbindungszangen schepperten zu Boden. Als Allie in Bewußtlosigkeit sank, nahm sie noch ganz entfernt den Geruch frischen Sauerstoffs wahr, wie die Luft kurz vor einem Regenschauer.

Als Phillip am Krankenhaus ankam, regnete es. Er wirkte wie ein männliches Mannequin. Ein leichter, kaum merklicher Hauch Eau de Cologne umgab ihn. Er kramte in seiner Tasche und holte eine Schachtel englischer *Oval*-Zigaretten heraus. Charles nahm eine, schnipste sein Feuerzeug an, inhalierte tief und fragte: »Und wie geht's unserem Paterfamilias?«

Phillip lächelte schwach. »Er meint, er sei für solch eine Sache zu jung und zu alt zugleich. ›Ich warte, bis sie was zustande gebracht hat‹ waren, glaube ich, seine Worte.«

»Ganz das besorgte Familienoberhaupt.« Charles warf einen Blick auf die *Times* und überflog abwesend die Schlagzeile: OSTDEUTSCHE POLIZEI VERSPERRT WEST-BERLINER HÄUSER AN DER GRENZE. »Ich frage mich, mit wieviel Gefühl und Verständnis er unsere Mutter bedacht hat.«

»Er hat sie überlebt.« Phillip zuckte die Achseln. Er nahm kurz das Wartezimmer in Augenschein und wandte sich dann angewidert wieder Charles zu. »Ist gar nicht so einfach, die Sache in so einem Laden mit Anstand über die Bühne zu bringen, oder?«

Charles blickte mit einem Anflug von Belustigung auf. Phillip hatte sich einen sauber getrimmten Schnurrbart stehenlassen, der zu seiner maßgeschneiderten Garderobe und den Manschettenknöpfen aus Perlmutt paßte. Seine Gesten und Bewegungen waren von Natur aus geschmeidig: Charles erkannte an der beherrschten Art den militärischen Schmiß von Black Jack Carey wieder. Er entdeckte darin eine Anspannung, die seiner eigenen gleichkam. »Die Geburt eines Kindes macht alle Menschen gleich«, antwortete Charles. »Noch so ein bolschewistisches Komplott für deinen Freund Englehardt vom Ausschuß für Unamerikanische Umtriebe: ›Ich habe hier eine Liste von fünfhundert Babys ...‹«

»Darüber werden wir wohl nie einer Meinung sein.«

»Über Politik oder Babys?«

»Beides, denke ich mal.« Phillip legte seinen Hut behutsam auf den Tisch ab und setzte sich Charles gegenüber. »Wie findet sich Allie denn in ihrer neuen Rolle zurecht? Sie ist nicht gerade dafür bekannt, sich mit Nebenrollen zu begnügen.«

Charles erblaßte leicht. Mittlerweile hatte er gelernt, seine Züge so unter Kontrolle zu bringen, daß sich seine Wut nur in seiner Gesichtsfarbe niederschlug. Phillip hielt Allie für eine abgefeimte Schauspielerin und nahm diese Einschätzung immer wieder zum Anlaß, gegen sie zu sticheln. Charles wußte dies und schwieg: Darauf einzugehen hieße, den unerklärten Krieg einzugestehen, der nicht einmal mehr vor der Geburt eines Kindes haltmachte und den nur John Carey beenden konnte – indem er endlich das Zeitliche segnete. Statt dessen zog er ein letztes Mal an seiner Zigarette und blickte den sich davonschlängelnden Rauchschwaden nach. Er dachte an Allies beinahe sinnliches Verhältnis zur Poesie und wie ihre Stimmungen – ob fröhlich oder melancholisch – sich mit der Musik änderten, die sie gerade gehört hatte, wie ein mitschwingender Resonanzkörper. Die Schwangerschaft hatte im feinen Porzellan ihrer Seele einen unkittbaren Sprung hinterlassen.

Schoenberg öffnete sie mit einem behutsamen Schnitt: Sie hatte extrem schmale Hüften, und ein Kaiserschnitt war zu riskant. Es blutete jedoch stärker als erwartet, und er brauchte eine Weile, bis er den Kopf sah.

Er führte die Geburtszange ein und legte sie um den Kopf des Ungeborenen. Auf seiner Stirn glänzten Schweißperlen. Behutsam zog er das Baby aus dem Bauch der Mutter. Das Haar des Babys war voller Blut, und die Haut war aufgrund der Medikamente und des Sauerstoffmangels blau angelaufen. Die Krankenschwester spritzte Mund und Nase des Babys mit raschen Luftstößen aus einer Spritze frei. Schoenberg gab dem Baby einen kräftigen Klaps auf den Hintern.

Der Kopf des Babys hing bewußtlos herab. Schoenberg schlug es nochmals auf den Hintern. Das Baby fing weder an zu schreien, noch bewegte es den Kopf oder atmete. Schoenberg trennte mit einer raschen Bewegung die Nabelschnur ab, eilte zu dem Wärmebettchen hinüber und hielt dem Neugeborenen eine Sauerstoffmaske aufs Gesicht. »Verdammt!« murmelte er.

Ein Bein bewegte sich. Nach und nach gewann auch die Haut an Farbe. Das Baby stieß einen kurzen Schrei aus und wandte sich auf die Seite. Es war beinahe ebenso abwesend wie seine Mutter.

Als Allie etliche Stunden später erwachte, blieb sie stocksteif liegen und weigerte sich, das Baby zu halten oder es auch nur anzusehen. Die Schwestern brachten es auf die Säuglingsstation.

Charles blickte durch das Sichtfenster und erkannte im Blond der Haare des Babys seine Frau wieder.

Als er den Kopf hob, sah er in dem Sichtfenster Phillips Spiegelbild, der gerade auf das Baby hinabschaute. Einen Augenblick lang meinte er in Phillips Zügen etwas wie Angst und Verletzlichkeit zu entdecken, zu spüren, wie ihr Vater sich wie eine sacht herabfallende Feder zwischen sie schob, ohne den Hauch einer Spur zu hinterlassen. Das Baby streckte eine winzige Faust in Richtung seines Onkels: Phillips Züge wurden plötzlich ganz zärtlich.

»Ah«, flüsterte er leise. »Der Sohn und Erbe.«

Neben ihnen tauchte eine Krankenschwester auf und blätterte in einem Stapel Unterlagen. »Ist einer von Ihnen der Vater?«

Charles nickte. »Ja, ich.«

»Die Mutter will uns keinen Namen nennen.«

Charles wandte sich um, die Hände in den Hosentaschen. Er blickte seinen Sohn an, so als fragte er sich, was das Leben für ihn wohl bereithalten würde. Dann wandte er sich wieder um und fixierte seinen Bruder mit einem langen kühlen Blick. Schließlich blickte er die Krankenschwester an. »John Peter Carey«, sagte er ihr leise. »Der Zweite.«

2

Peter Carey hatte nicht die geringste Ähnlichkeit mit seinem Großvater.

Mit seinem vierten Lebensjahr war klar, daß Peter immer blond bleiben würde. Die kobaltblauen Augen hatte er von seinem Vater geerbt. Sie wirkten ebenso lauernd, und auch seine Körperhaltung – er war schlank, stand kerzengerade, das Kinn leicht nach oben gereckt – glich der stoischen, abwartenden Art seines Vaters. Im Beisein seiner Mutter schwieg er. Es gab jedoch auch Tage, an denen er mit umherschwingenden Armen und wogenden, blonden Haaren die grünen Hügel des Central Park hinuntertaumelte. Instinktiv spürte er, daß sein Vater nach irgendeinem unbekannten Feind Ausschau hielt, und vor dem floh er dann immer. Am Ende, wenn er zu schnell wurde, stolperte er und überschlug sich. Er rollte weiter den Hügel hinunter, brach dann in ein lautes Gelächter und Brüllen aus, so als wäre der Schrecken plötzlich Wirklichkeit geworden, und blickte zu seinem Vater zurück, der ihm helfen solle. In seinen Träumen und Phantasien rettete sein Vater ihn immer.

Vater und Sohn neckten sich in einem fort. Wie auch an einem strahlend schönen Sonntag im April, als Peter kopfüber in das frisch duftende Gras fiel. Sein Vater kam heran, und Peter sprang mit kindlicher Spontaneität wieder auf und rief: »Du Flasche!« Er rannte lachend vor seinem empörten Vater davon.

»Peter Carey«, rief Charles ihm hinterher, »hast du deinen Vater etwa eine ›Flasche‹ genannt?«

Peter lachte und gluckste vergnügt. Er wurde etwas

langsamer, damit Charles ihn auch fangen konnte. Als sein Vater mit ausgestreckten Armen auf ihn zugestürzt kam, rannte Peter wieder los. Charles erwischte ihn schließlich, holte ihn von den Beinen, hielt ihn an den Schultern am Boden fest und fragte im strengen Ton: »Hast du deinen Vater – einen ehemaligen Kriegshelden, einstiges Verlagsgenie und verflossener Begleiter von Audrey Hepburn – etwa eine ›Flasche‹ genannt?«

Sie lachten sich gegenseitig an. »Ja!« rief Peter, und Charles kitzelte ihn am Bauch und brummte laut: »Versprich, daß du mich nie wieder eine ›Flasche‹ nennst!« Peter wand und krümmte sich, bis er vor lauter Aufregung und Lachen ganz außer Puste war und auf die Toilette mußte. »Ich gebe auf!« rief er. Dann erhoben sie sich gemeinsam und nahmen den gewundenen Pfad, der sie nach Hause führen würde. Hand in Hand gingen sie an den frisch belaubten Bäumen vorbei. Spaziergänger lächelten sie an – eindrucksvoller schlanker Mann im Blazer mit einem kleinen, herzlich lachenden Blondschopf. Als sie ihr Stadthaus erreichten – ein hoher, mehrstöckiger Ziegelbau in der 60. Straße Ost –, ermahnte Charles Peter streng: »Nenn mich nie wieder ›Flasche‹!« Dann eilte er nach oben, um sich umzuziehen und Adlai Stevenson zum Abendessen zu empfangen.

Es gab Fasan, bei Kerzenlicht im Speisezimmer der Careys serviert. Anschließend blieb man noch eine Weile am Tisch sitzen – Stevenson und die Careys –, trank unter dem Kristalleuchter einen Cognac und blickte in den orange- und blaulodernden Kamin. Stevenson ahnte wohl bereits, daß der Präsidentschaftswahlkampf verloren war. Er mochte Charles, lachte viel und schien sein Scheitern mit Gelassenheit zu nehmen, inständig hoffend, John Foster Dulles möge mit einem Revue-Girl im Bett erwischt werden. »Vielleicht mit einer russischen Ballerina«, meinte Charles träge, als Peter in seinem Wollschlafanzug hereinkam, um allen gute Nacht zu sagen. Würdevoll wie ein Senator küßte er seine Mutter auf die kühle, abgewandte Wange; Stevenson grinste amüsiert. Dann entfernte er sich langsam. Als er sicher war, daß er Alicias Blickfeld entkommen war und nur noch sein Vater ihn sehen konnte, machte er halt. Er blieb regungslos stehen, das Kinn in wohlstudierter Nachahmung seines Vaters leicht nach oben gereckt. Als Charles sich umwandte, machte er freudestrahlend die Hände hohl, nahm sie an den Mund und sagte, *sotto voce*: »Flasche.« Die Augen seines Vaters weiteten sich in gespielter Empörung, und Peter hüpfte frohlockend davon.

Als er seinen kleinen Blondschopf um die Ecke herum verschwinden sah, wußte Charles Carey, daß er niemals einen anderen Menschen mehr geliebt hatte als seinen Sohn, und auch keinen jemals mehr lieben würde. Er mußte sich wieder an die Zweifel und Ängste erinnern, die er bei seiner Geburt durchgemacht hatte, und hoffte nur, daß die Liebe, die er ihm nun geben konnte, den Jungen ausreichend entschädigte.

Alicia Carrey wandte sich vor der Zärtlichkeit in Charles' Gesichtsausdruck ab.

Schuldgefühle empfand Peter Carey zum ersten Mal unter den Blicken seiner Mutter.

Ihre grünen, undurchsichtigen Augen verfolgten ihn bis in den Schlaf hinein. Er konnte in ihnen weder Liebe noch Haß entdecken. Ihr stummer Tadel lastete auf ihm wie ein Alpdruck. Bei allem, was er tat und ausheckte, empfand er eine gewisse Furcht, einfach aus Angst vor der Wut, die ganz unvermutet in diesen Augen auflodern konnte.

Von Selbstzweifeln geplagt, wurde Peter außergewöhnlich sensibel gegenüber den Stimmungen und Befindlichkeiten anderer. Er beobachtete seine Eltern, erahnte in ihrem Schweigen ein wirres Gespinst aus Ursache und Wirkung. In den Umarmungen seines Vaters spürte er die Einsamkeit seiner Mutter.

Er grübelte darüber nach, wie er an sie rankommen konnte, suchte in den kalten, ungelenken Berührungen seiner Eltern nach versteckten Hinweisen.

Sie saß in der Bibliothek. In der einen Hand einen ungelesenen Gedichtband, in der anderen ein Glas Champagner, blickte sie gedankenversunken in die Nachmittagssonne, deren Strahlen ihr zartes, ebenmäßiges Profil zu Porzellan werden ließ. Peter näherte sich ihr auf Zehenspitzen. Plötzlich hielt er ein, verharrte unentschlossen. Sie schien ihn nicht zu bemerken. Schließlich fragte er zögernd: »Wie wär's mit einer Umarmung von einem Jungen?«

Sie fuhr erschrocken auf und ließ das Glas fallen. Es zersprang auf dem Parkettboden. Peter zuckte zusammen, streckte aber noch die Hand nach ihr aus. Alicia starrte auf die Glasscherben hinab. Sie blickte zu ihm auf, voller Hysterie, und ihre Augen füllten sich mit Tränen. »Was schleichst du dich an mich heran!« schrie sie. Ihre Hand zeigte auf die funkelnden Scherben. »Jetzt ist es *kaputt*. *Sieh nur*, verdammt noch mal, *sieh nur*, was du angerichtet hast!«

Als er zurückwich und aus der Bibliothek ging, fort von dem Haß und der Verstörung in ihren Augen, wurde ihm klar, was er »angerichtet« hatte. Er hatte seine Mutter zerstört, ihr die Liebe seines Vaters genommen.

In der lieblosen Vereinigung, die zu Peters Geburt führte, hatte Charles Carey die Todeszuckungen seiner Ehe gespürt.

Schon Monate vorher hatte er bemerkt, wie sich ihr Verhältnis abkühlte.

Allies Lachen klang nervös und angespannt, und dann war da die Art, wie sie sich an bestimmte Augenblicke festklammerte, sie mit einer brüchigen Fröhlichkeit füllte. Sie hatte es sich zur Gewohnheit werden lassen, in den gemeinsam verbrachten Stunden eine Flasche Champagner zu trinken, der auf ihrer Zunge einen samtigen, kühlen

Nachgeschmack hinterließ. Sie frequentierte den Byline Room, verharrte dort wie hypnotisiert von dem Rauch und der Dunkelheit, den wild pulsierenden Jazz-Rhythmen, die miteinander zu kämpfen schienen, sich gegenseitig verdrängten, während die nachfolgenden sie schon zur Tür hinausbliesen, bis die Nacht in einer magischen Wolke aufging. Das Filet im »21« hätte nicht besser sein können, Maria Tallchief war geschmeidiger als die Pawlowa. Wenn Robert Lowell eine Lesung seiner Gedichte gab, mußte sie weinen.

Zum ersten Mal in seinem Leben zog sich Charles Carey auf kaum merkliche Art und Weise vor der Realität zurück.

Ein unterdrückter Zweifel gärte in seinem Unterbewußtsein, saugte wie ein Blutegel das Selbstbewußtsein aus seinem Lachen und aus all den Dingen, die sie im Bett miteinander trieben. Allie konnte mit ihm nicht über ihre Phantasien reden. Charles hatte niemanden, dem er seine Ängste und Befürchtungen anvertrauen konnte. Je fröhlicher sie wirkte, desto verzweifelter war sie. Sie trank noch mehr Champagner, veranstaltete riesige Feste, machte ständig neue Bekanntschaften und flirtete sorglos mit Phillip. All diese Vergnügungen dienten jedoch vor allem einem Zweck: zwischen sich und Charles eine Barriere aufzubauen. Charles' Liebesspiel dagegen verkam durch den Mangel an echter Intimität zu einer Art Gymnastik. Er wurde mechanisch und kühl, fühlte sich seltsam entrückt, bis der Kreis sich schließlich schloß und er zu der Wahrheit durchdrang: Seine Frau war im Bett eine Schauspielerin.

Er zog die Scheidung in Betracht.

Das letzte Mal schliefen sie an einem Morgen nach dem Aufwachen miteinander. In dem durch das Fenster hereinströmenden herbstlichen Sonnenlicht sah er sein Leben kristallkar vor sich. Kühl und gezielt begann er ihren Arm zu streicheln. Als er merkte, wie sie eine Gänsehaut bekam, drehte er ihr Gesicht zu sich herum und küßte sie auf den Hals. Er ließ seine Zunge zu ihren Brustwarzen hinuntergleiten, verweilte einen Moment, bis sie unter seinem Kosen hart wurden, und glitt gleichzeitig mit zwei Fingern zwischen ihre Oberschenkel. Dann ließ er seine Zunge weitergleiten, bis er dort angelangt war, wo er sie zuvor mit den Fingern gestreichelt hatte. Er glitt mit der Zunge in ihre Feuchtigkeit. Ihre Hüften schnellten in die Höhe. Als er in sie eindrang, stieß sie einen Schrei aus.

Immer und immer wieder rief sie seinen Namen, aber er wußte, daß ihr Stöhnen aus dem Hals, nicht aus dem Körper kam. Er liebte sie über eine Stunde lang. Immer wieder fuhr er in sie hinein, langsam und rhythmisch, dann mit heftigen Stößen. Er neckte sie, glitt mit gleichmäßigen Zügen in sie hinein, dann zurück, schweißtriefend. Er biß die Zähne zusammen, wollte sie nun mit aller Macht zum Höhepunkt bringen. Er spannte sich bis zum äußersten und preßte ein paar Lustschreie aus ihr heraus, die von tief unten kamen. Ihre Fingernägel gruben sich in seinen Rücken, zerkratzten ihn. Sie zuckte auf, aber der Orgasmus war gespielt. Sie ermattete, um ihm ein Zeichen zu geben, daß alles vorüber war. Charles warf einen Blick über ihre Schulter auf seine Uhr.

Zwei Monate später sagte Alicia Carey ihm, daß sie schwanger sei.

Schon in den ersten Wochen der Schwangerschaft bemerkte John Carey, wie eine verborgen schwelende Wut seine Söhne zu entzweien drohte. Sie stritten sich häufiger, setzten sich für vollkommen konträre Bücher und Autoren ein. Die Wortgefechte, die sie sich lieferten, wurden hitziger, sarkastischer. Halb erfreut, halb besorgt, erriet ihr Vater den Grund: Phillip befürchtete, daß das ungeborene Kind, das seinen Bruder nun an seine Frau gefesselt hielt, eines Tages der Enkel werden würde, nach dem sich John Carey schon so lange sehnte.

Doch am deutlichsten zeigte sich die neue Belastung bei Charles. In Alicias Augen – die zwar funkelten, aber ihr Gegenüber innerlich nicht berühren konnten – spiegelten sich für John Carey die Ängste seines Sohnes wider. Charles' Liebhaberqualitäten, die er nie sonderlich zur Schau getragen hatte, hatten immer einen beträchtlichen Teil seines Selbstbewußtseins als Mann ausgemacht. Ein Kind hielt ihn an eine Frau gefesselt, die es ihm genommen hatte.

Merkwürdigerweise wurden jene finsteren Tage für Charles in anderer Hinsicht zu seinen erfolgreichsten. Er entdeckte einen neuen afroamerikanischen Schriftsteller von großem Talent und ungewöhnlicher Ausdruckskraft. Charles hatte darauf bestanden, seinen ersten Roman zu veröffentlichen, der dann mit enthusiastischen Kritiken gefeiert wurde. Von seinen anderen Nachwuchsautoren hatten drei weitere bereits Bestseller gelandet. Darüber hinaus hatte er gerade die Rechte an einem Roman über einen Sklavenaufstand zur Zeit der Römer erworben, der ebenfalls gute Aussichten hatte, auf den Bestsellerlisten zu landen. Dennoch war er allzu häufig zerstreut, Opfer seiner eigenen Launen: Je näher die Geburt seines Kindes rückte, desto weniger konnte seine Umgebung sich auf sein Urteil verlassen…

Als man sich dann unversehens mit jemandem auseinanderzusetzen hatte, der mit Vorsicht zu genießen war, da er eine ernsthafte Bedrohung für den Fortbestand der Firma darstellte, merkte John Carey, wie schnell Charles' Schneid und Furchtlosigkeit ihnen allen schaden konnten.

Der sonderbar bedrohlich wirkende Englehardt kam aus Washington. Er war Beauftrager des Ausschusses für Unamerikanische Umtriebe, der gerade eine Hexenjagd auf unliebsame Autoren in Gang gesetzt hatte, und sollte vor einer Veröffentlichung von Charles' Sklavenroman warnen. Jene, die sich dafür hergeben lassen würden, wären Werkzeuge Josef Stalins.

»Liest Stalin viel?« fragte Charles höflich.

Sie saßen bei Van Dreelen & Carey im Konferenzsaal – John Carey, flankiert von seinen beiden Söhnen – und sahen sich einem Mann mit Bürstenschnitt und grauen Luchsaugen gegenüber, der ganz und gar nicht zum Scherzen aufgelegt war. Er trug einen billig wirkenden schwarzen Anzug mit Fliege und schien farblos, geruchlos und geschmacklos wie Giftgas. Nach den fehlenden Gesichtsfalten zu urteilen, konnte Englehardt nicht älter als dreißig sein. Seine Jugend schien ihm jedoch schon lange abhanden gekommen zu sein, und seine seltsame, unbarmherzig-monotone Stimme war so nervtötend wie ein tropfender Wasserhahn. John Carey, der in seinem Leben nur selten Angst empfunden hatte, fürchtete sich instinktiv vor diesem Mann. Er lehnte sich zurück und beobachtete Charles und Phillip eindringlich.

»Das finde ich nicht witzig«, erwiderte der Mann Charles. Sein Mund wirkte gemein, ein dünner Schlitz, und sein Blick war leblos und starr. Er betrachtete die in Leder gebundenen Bände und das polierte Mahagoni der Möbel, so als würde er all dies gerne einmal sein eigen nennen. »Die Liste Ihrer Autoren ist voll von linksradikalen Schriftstellern ...«

»Zum Beispiel ...?«

»Abgesehen von diesem hier?« Mit methodischer, tonloser Stimme zählte der Mann siebzehn Titel mit Namen des Autors und Erscheinungsdatum auf. Er ging auch auf die Gründe ein, weshalb er sie für anstößig hielt. »Sie sehen«, schloß er ruhig, »ich habe mich nicht zufällig hierherbemüht.«

»Nein, aber irrtümlich«, konterte Charles. »Obwohl Ihr Gedächtnis ausgezeichnet ist.«

»Das bringt meine Arbeit so mit sich.« In seinen Augen blitzte ein Stolz auf, der an Arroganz grenzte. Es war die erste echte Gefühlsregung, die John Carey bei ihm entdecken konnte. »Und der Irrtum liegt ganz bei Ihnen: Diesen billigen Tendenzroman herauszubringen, wo der Autor sich gerade erst öffentlich geweigert hat, vor unserem Ausschuß auszusagen. Wir befinden uns in einem Krieg der Ideologien, und jene unter uns, die darum wissen, fragen sich, auf welcher Seite Sie stehen. Bestimmt erinnern Sie sich noch an John Garfield…«

»Und ob.« Charles wurde kreidebleich vor Wut. »Wir haben zwei Tage vor seinem Tod bei *Downey's* zusammen zu Abend gegessen, wie *Sie* sehr wohl wissen. In den achtzehn Monaten, nachdem Ihr Komitee ihm das FBI auf den Hals gehetzt hatte, bekam er kein einziges Rollenangebot. Seine Ehe ist in die Brüche gegangen, und er war stark abgemagert. Sie haben seine Briefe gelesen und seine Freunde belästigt, bis er kaum noch welche hatte…«

»Wir haben Ermittlungen angestellt…«

»Sie haben in seinem Leben herumgeschnüffelt wie ein Perverser in einer Schublade mit Damenunterhosen, bis er weder Würde noch ein Privatleben hatte – alles nur, weil er das Verbrechen begangen hatte, seinen Namen unter eine Petition zu setzen. Nicht einmal Stalin könnte sich eine gemeinere Art ausdenken, einen Menschen zugrunde zu richten…«

»Ich sehe die Dinge weniger gefühlsbetont…«

»Ich bin neugierig, Mr. Englehardt. Macht es Ihren Leuten eigentlich Spaß, mich zu beschatten? Langweilen sie sich auch nicht? Vielleicht sollte ich der Nationalen Vereinigung zur Förderung der Farbigen in unserem Lande beitreten…«

»Einen Moment, Charles.« Phillip hob Einhalt gebietend den Arm und lehnte sich vor. John Carey wandte sich um und blickte ihn an. »Wir sollten nicht persönlich werden. Wir sollten Mr. Englehardt zumindest anhören…«

»Nach den Regeln des Ausschusses für Unamerikanische Umtriebe, wie ich hoffe.«

»Nun, ich für meinen Teil möchte jedenfalls keine Bücher veröffentlicht wissen, die nicht im nationalen Interesse sind…«

»Nationales Interesse definiert von wem? Etwa J. Edgar Hoover?« Noch bevor Phillip antworten konnte, hatte sich

Charles wieder auf Englehardt gestürzt. »Er ist *mein* Autor. Ich spreche hier für den Verlag. Unsere Antwort lautet Nein. Wenn es subversiv ist, werden die Leute es nicht kaufen, und wir verlieren Geld. Der Käufer entscheidet, wir tragen das Risiko: *Das* ist der amerikanische Weg und nicht der irgendwelcher Schnüffler, die das Leben anderer zerstören, um ihr eigenes voranzubringen. Ich nehme an, Sie wissen, wo die Tür ist.«

Englehardt starrte Charles ausdruckslos an. Ein weiteres Mal verspürte John Carey Angst. Er spürte, wie es Englehardt nur mit Mühe gelang, seine Wut zu unterdrücken. Englehardt wandte sich Phillip Carey zu und musterte ihn wie eine Probe unterm Mikroskop. Er lächelte mit merkwürdig verständnisvoller Miene, was seine Züge zu besänftigen schien. Einen langen, stummen Augenblick lang sahen sie sich an, so als wären sie allein. Ohne sich umzudrehen, sagte er zu John Carey: »Ich glaube, Sie täten gut daran, auf Ihren *jüngeren* Sohn zu hören.«

»Wir sind mitunter geteilter Meinung, aber das hat Sie nicht weiter zu kümmern.« John Carey lehnte sich vor und blickte ihm direkt in die Augen. »Ich respektiere Ihre Beweggründe, wenn auch nicht Ihre Methoden. Aber Van Dreelen & Carey ist etwas anderes als ein Sitzungssaal im Kongreß. Wir müssen unsere eigenen Entscheidungen treffen.«

Englehardt schwieg. Nur seine Pupillen schienen sich zu weiten. In ruhigem, beherrschtem Tonfall sagte er schließlich: »Wenn Sie sie dann treffen, Mr. Carey, sollten Sie nicht vergessen, daß wir äußerst gründlich vorgehen, wenn wir einmal mit unseren Ermittlungen anfangen. Ihre Entscheidung könnte schwerwiegende Konsequenzen nach sich ziehen – für Ihre Firma, für Sie selbst, für alle, die nach Ihnen kommen.« Er wandte sich noch einmal Charles zu. »Vor allem erwarte ich, von *Ihnen* zu hören.«

»Oh, das werden Sie, Mr. Englehardt, das werden Sie. Ich finde allerdings, daß Sie Ihre gründlichen Ermittlungen vielleicht einmal auf Mr. Hoover ausweiten sollten.« Ein leichtes Lächeln umspielte seine Lippen. »Es kursiert das besorgniserregende Gerücht, daß er eine Schwäche für kleine Jungs hat. Viele von uns, die davon wissen, fragen sich, auf welcher Seite er steht.«

Englehardt schwieg; sein Diamantenschleiferblick wirkte um so bohrender. Dann schüttelte er den Kopf, erhob sich und blickte Phillip an, ein leichtes, hintergründiges Lächeln auf den Lippen. Er ging zur Tür, drehte sich noch einmal um. Er betrachtete Charles Carey, musterte ihn von oben bis unten, so als würde er seine Gedanken und seine Erscheinung in sich aufsaugen wollen. Als er ging, zog er die Tür mit einem sanften, bedrohlichen Klicken hinter sich zu, dessen Echo das Zimmer erfüllte.

Mit scharfer Stimme sagte Charles zu seinem Vater: »Einen Moment lang dachte ich, du hörst dir den noch ewig an.«

John Carey blickte seinen Sohn verächtlich an. »Mir ist vollkommen klar, daß du es gar nicht erwarten kannst, bis ich unter der Erde bin und du diese Firma ganz allein in den Ruin treiben kannst. Aber das geht nur *dann*, Charles, wenn – wenn ich sie dir vermache. Daher halte ich es für angebracht, herauszufinden, wie lange du dazu brauchen würdest.«

»Ich weiß deine Unterstützung zu schätzen ...«

»Mein Anliegen ist es, *Schriftsteller* zu unterstützen, nicht dich. Schau dir doch mal an, wie es in den Filmstudios aussieht oder auch in anderen Verlagen. Von unseren Autoren hat jedenfalls noch keiner sein Buch zurückziehen müssen, weil diese Hohlköpfe ihn öffentlich an den Pranger gestellt haben, oder sich eine Kugel in den Kopf gejagt, weil wir ihm die Lebensgrundlage entzogen haben. Deshalb war und ist es die Politik dieses Hauses, unnötigem Ärger möglichst aus dem Weg zu gehen ...«

»Dieser Englehardt ist zu *uns* gekommen ...«

»Und du hast ihm keine Möglichkeit gelassen, mit Anstand wieder zu gehen.« John Careys Stimme hatte einen schneidenden Unterton. »Demütige nie einen Mann vor anderen, es sei denn, du hast die Macht, ihn zu zerstören. Mit diesem Mann verhält es sich genau umgekehrt: Schon in nicht allzu ferner Zukunft könnte es in seiner Macht stehen, *dich* zu zerstören. Ich habe seine Augen beobachtet, als du dich hier groß aufgeführt hast. Er wird sich noch in dreißig Jahren an dich erinnern.«

»Das will ich ja gerade – solche Menschen suchen sich immer die Schwächsten als Opfer aus.«

Charles wandte sich seinem Bruder zu. »Wenn du mir jemals wieder vor anderen das Wort abschneidest, insbesondere vor jemandem, der einem an die Kehle springt, sobald er auch nur das geringste Anzeichen von Schwäche spürt, dann kannst du nur beten, daß es tatsächlich du bist, der diese Firma erbt. Und wenn du schon am Beten bist, bete auch, daß das, was Garfield durchgemacht hat, dir und den anderen in dieser Familie erspart bleibt, denn so was überlebt kein Mensch. Und du schon gar nicht.« Er stand auf, um zu gehen. Als er in der Tür stand, drehte er sich noch mal um und setzte mit leiser Stimme hinzu: »Es ist nicht weiter schlimm, daß dir Stalins Geschmack abgeht, Phil. Aber seinen *Mumm* nicht zu haben …«

Er drehte sich um und ging.

John Carey blickte seinen von Angst gezeichneten jüngeren Sohn an. Die Wut des älteren klang ihm noch in den Ohren, und er spürte plötzlich die ins Leben drängende Gegenwart seines Enkels, der vielleicht eines Tages den Platz einnehmen würde, auf dem er jetzt gerade saß.

Schon nach wenigen Wochen war Phillip Carey klar, daß der unangenehme Besucher die Careys nicht vergessen hatte.

Ihre Autoren wurden ohne jegliche Vorwarnung vor den Ausschuß beordert. Die Steuererklärungen von Charles wurden überprüft; der Autor des Sklavenromans wurde wegen Zeugnisverweigerung angeklagt. In den Sitzungen des Ausschusses wie auch in diversen Zeitungen tauchte ständig der Name Van Dreelen & Carey auf. Ein größeres Kaufhaus nahm ihre Bücher aus dem Sortiment…

Phillip fiel ein seltsames Rauschen und Knistern in seiner Telefonleitung auf.

Er fand keine Worte für das sonderbare Gefühl von Verunsicherung, das von ihm Besitz ergriff.

Das feinabgestimmte Räderwerk der Folter und Demontage, das gegen sie in Gang gesetzt worden war, war an sich schon bedrohlich genug; aber Phillip konnte Englehardts seltsames Lächeln, mit dem er ihn von der anderen Seite des Tisches fixiert hatte, nicht vergessen, jene bohrenden Blicke. In jenem Moment hatte er förmlich gespürt, daß dieser Mann in seine Kindheit zurückblickte, bis er Phillip als den Jungen sah, an den er selbst sich nur mit Widerwillen erinnerte; den Jungen, der Charles zwar wegen dessen Mut und Unerschrockenheit beneidete, der jedoch nicht wagte, aufzubegehren. Der junge Phillip war ständig um John Careys Wohlwollen bemüht. Charles stahl ihm die Blicke seines Vaters, ohne dies auch nur zu bemerken. Diese Ungerechtigkeit nährte in Phillip einen schwelenden, pubertären Neid, den er nie offen gezeigt hätte, da er ihm peinlich und billig vorkam. Im Gegensatz zum furchtlosen Charles hatte er sich das Recht auf seine Gefühle nicht verdient. Als er erwachsen wurde, suchte er Zuflucht in maßgeschneiderten Anzügen und einem geschliffenen, kultivierten Auftreten. Tiefere, auf sein Innenleben gerichtete Blicke sollten an diesem Glanz abprallen, bis er zu dem Mann wurde, der John Carey war…

All dies hatte er in einem einzigen langen Blick unendlichen Begreifens im Gesicht eines wildfremden Menschen gesehen.

Er haderte damit, daß dieser Mann ihn so durchschaut hatte.

»Wir werden überwacht«, sagte er seinem Vater. »Seit

mittlerweile drei Monaten, und morgen läßt der Ausschuß wieder einen unserer marxistischen Autoren antanzen, und immer noch ist kein Ende in Sicht.«

Die beiden Brüder saßen im Büro ihres Vaters. John Carey blickte von Charles zurück zu Phillip. Seine Augen wurden plötzlich hart. »Was schlägst du vor?«

Phillip schwieg einen Moment. Er dachte an Charles' müdes, abgespanntes Gesicht, mit dem er von einem dieser mysteriösen Arzttermine, zu denen er die schwangere Allie schleppte, zurückgekehrt war. Vielleicht gab es irgendwelche Schwierigkeiten, die Möglichkeit einer Fehlgeburt...

Dann antwortete er hastig: »Mr. Englehardt davon in Kenntnis setzen, daß wir den Roman zurückziehen, an dem er sich so stört.«

»Englehardt!« Charles wandte sich angewidert um. »Du läßt einen begabten Schriftsteller fallen, um dir das Wohlwollen einer Kakerlake zu sichern?«

Phillip zauderte: Er konnte seine Ängste in Charles' Gegenwart einfach nicht zur Sprache bringen.

»Wir haben Verträge einzuhalten«, fuhr John Carey dazwischen. »Und Charles hat uns zudem die Schwierigkeiten mit dem Ausschuß eingebrockt, was wirklich vermeidbar gewesen wäre.«

»Für derartige Einsichten ist es bereits zu spät«, sagte Charles tonlos. »Ich bin auf dem Weg hierher von zwei Männern verfolgt worden, den gleichen, die mir bereits gestern aufgefallen sind. Es wird Zeit, zurückzuschlagen.«

»Mit noch mehr Worten?« John Carey ließ ein verächtliches Lächeln aufblitzen. »Englehardt und sein Ausschuß haben bereits schwere Geschütze aufgefahren, und das, ohne dich auch nur in den Zeugenstand zu rufen. Jetzt können wir nur noch versuchen, sie so lange hinzuhalten, Charles, bis die Menschen in diesem Land sie satt haben. Das heißt keinen politischen Streit und keine billigen Heldenstücke.«

»Du verdonnerst mich dazu, mich den Wünschen von Schnüfflern zu beugen, in der Hoffnung, daß ihnen zusagt, was sie sehen? Mein Gott, wie erbärmlich ...«

»Das hast du dir selbst eingebrockt, Charles.« John Carey legte jedes Wort auf die Waagschale. »Deshalb ist es nun an dir, entweder vornehm zu schweigen oder den Verlag zu verlassen.«

Phillip Carey traute seinen Ohren nicht. Er war plötzlich von Mitleid für Charles ergriffen, dann jedoch verspürte er ein erregendes Kribbeln unter der Haut. Charles *weg*...

Charles blickte seinem Vater gerade in die Augen, ein leichtes, süffisantes Lächeln auf den Lippen. »Ich kann sogar jetzt gleich gehen«, antwortete er leise. »Du brauchst es nur zu sagen, mehr nicht.«

John Careys Antwort lag zwischen ihnen wie eine Herausforderung. Phillip wandte sich seinem Vater zu ...

Nicht nur Phillip Carey, auch John Joseph Englehardt stockte der Atem.

»Du brauchst es nur zu sagen, mehr nicht«, wiederholte Charles.

Es folgte ein langes Schweigen, dann das Klicken, mit dem sich das Band ausschaltete.

Englehardt wurde plötzlich gewahr, daß er nicht neben Phillip saß, sondern in einem schäbigen Zimmer in Georgetown mit einer einzigen Glühbirne, die nackt von der Decke baumelte.

Wind und Regen peitschten gegen das Fenster.

Er drückte hektisch auf die Rückspultaste und drehte die Lautstärke auf. Vielleicht waren John Careys Worte ja vom Gewitter verschluckt worden ...

Die Careys waren mittlerweile für ihn zu sehr viel mehr als nur einer Akte geworden. Ihr Leben und ihre Stimmen hatten ihn im Laufe der letzten Monate regelrecht verführt. Langsam, aber unentrinnbar war er in den die Familie beherrschenden Konflikt hineingezogen worden, der in seiner explosiven Symmetrie einer griechischen Tragödie gleichkam: Der Vater ein Tyrann, die Söhne gefangen im bitteren Kampf, seinen Platz einzunehmen.

Er war unentrinnbar in ihren Bann gezogen.

Schon seit den Tagen seiner Kindheit war Englehardt klar, daß er mit einer klaren Intelligenz geschlagen war, die ihm keinerlei Sympathien einbrachte und die nicht einmal dazu taugte, die Zuneigung seines Vaters zu gewinnen. Der Blick seines Vaters war längst anderswo hingefallen: Wie eine Schlange hatte sich der jüngere Sohn in sich zurückgezogen. In seiner jesuitenhaften Einsamkeit erkannte er, daß er sich nur auf Umwegen zu verwirklichen vermochte, indem er seine Umwelt auf unmerkliche Art und Weise manipulierte...

Jetzt benutzte er den Ausschuß für seine verborgenen Absichten, wie in einer unendlich raffinierten Choreographie: Das Band, das da so stumm zurücklief, war aus den Unterlagen gestohlen worden. Verzückt beobachtete er, wie es sich drehte...

Er war dem Ausschuß gleich nach seinem Abschluß in Yale beigetreten. Mit seinem Doktortitel war nur wenig anzufangen, und in der Firma seines Vaters hatte er ebenfalls keine Zukunft. Die Kongreßabgeordneten, für die er arbeitete, hielt er von Anfang an für listenwedelnde Witzfiguren, die sogenannte »Geheimnisse«, die ihnen längst bekannt waren, zu lächerlichen Verschwörungen aufbauschten. Die Geheimnisse, die er ihnen hinterbrachte, waren da schon tiefschürfender: Material, das Einblicke in das Getriebe gesichtsloser Behörden und in die Köpfe bestimmter Männer gewährte. Er wußte, daß die öffentliche Erregung, die dem Ausschuß soviel Auftrieb gab, nicht von Dauer sein würde, und zog aus den Anhörungen eine viel tiefergehende Erkenntnis. Als Zeuge um Zeuge unter der Last ihrer kleinen Gedankenverbrechen zusammenbrach, erkannte er, daß den Menschen – und daher auch den Regierungen, die ja nichts weiter als Gruppen von Menschen waren – ein geradezu mystischer Eifer gemein war, die Geheimnisse der anderen für eigene Zwecke auszuschlachten und die eigenen zu schützen.

Zwei einsame, freundeslose Jahre stellte er Schriftstellern nach und hinterbrachte ihre »Sünden« Politikern, die damit an die Öffentlichkeit gingen – all dies in der Hoffnung, daß das Lob, das er für seine feigen Dienste erntete, die Zuneigung ersetzen möge, die ihm nie zuteil werden würde. Außerdem hoffte er neue Aufträge zu bekommen, die noch geheimer waren und noch mehr Macht versprachen. Im tiefsten Innern drehte sich ihm der Magen um, wenn er an seine Unterwürfigkeit dachte, daran, wie er sich prostituierte, um sich die Gunst von Idioten zu erkaufen. Und dann hatte diese verhängnisvolle Begegnung mit den Careys ihn weit über seine Zuträgerdienste, seine Knechtschaft hinauskatapultiert. Die Careys waren Nahrung für seine ganz private, malträtierte Seele.

Dieses alles verzehrende Bedürfnis nach der Macht, die er benötigte, um an die Careys heranzukommen, war eines der Geheimnisse, hinter die der Ausschuß nie kommen durfte.

Nachdem es ihm nicht gelungen war, eine Veröffentlichung des Sklavenromans zu verhindern, kehrte er nach Washington zurück. Er verabscheute Charles Carey. Er erschien ihm als der Spiegel seiner eigenen Inkonsequenz und Schwäche, das letzte Erbe seines Vaters. Die Gefühle, die die Careys in ihm wachriefen, gingen jedoch viel tiefer und waren viel verstörender: Englehardt spürte, wie diese Seelenverwandtschaft seine Jahre der Einsamkeit durchbohrte. Er *kannte* sie, kannte die unbändige Leidenschaft, mit der der Vater sein Lebenswerk und den Platz in der Gesellschaft für seine Kinder sichern wollte. Er wußte genau, daß die Zuneigung des Vaters eigentlich Charles gehörte, der sie jedoch zurückwies, und er spürte ebenso den Schmerz in Phillips Herzen.

Dieses eine Mal würde er die Macht des Ausschusses

dazu benutzen, um ein Ergebnis zu erzwingen, das ihm volle Befriedigung verschaffen würde.

In Memoranden und auf Versammlungen berichtete er von der trotzig-arroganten Haltung der Careys. Schließlich wies der Ausschuß ihn an, Beweise für die unterstellte Unterstützung linksradikaler Schriftsteller herbeizuschaffen. Ohne daß irgend jemand von dem Ausmaß seines Eingriffs in ihr Privatleben gewußt hätte, hatte Englehardt innerhalb von zwei Wochen über eine Reihe von Detektivbüros dafür gesorgt, daß die Careys auf Schritt und Tritt überwacht wurden. Sämtliche Wohnungen und Büros waren verwanzt, und ihre Post wurde durchgesehen.

Geheime Postsendungen mit Berichten und Tonbändern kamen in seinem Büro an.

Nachts, ungesehen von jenen, für die er arbeitete, schloß er sich in sein Apartment ein, um die Leidenschaften der Careys, ihre Liebes- und Haßgefühle wiederzubeleben und um sich ihre mit ungestümer Heftigkeit ausgetragenen Rivalitäten anzuhören. Am Ende war er sich ganz sicher, daß die Careys tatsächlich das waren, was er in ihnen gesehen hatte, und er fühlte sich nicht mehr allein.

Englehardt hatte die Erfahrung gemacht, daß Menschen, die andere Menschen ausspionierten, aus der Einsamkeit ihrer Arbeit heraus Gefühle für ihre Opfer entwickelten, sie entweder liebgewannen oder, im Gegenteil, eine Abneigung gegen sie entwickelten. Aber eigentlich wußte er sehr wohl, daß diese geheime Leidenschaft für die Careys aus etwas viel Stärkerem erwuchs.

Die Rivalität der Brüder war auch seine eigene.

Mit der gleichen, Affinität, die damals seine Blicke auf Phillip Carey lenkte, spürte er, daß es bei ihrem Kampf um das Familienerbe ums Ganze ging: Phillip hoffte, daß sich Charles' Trotzhaltung gegenüber dem Ausschuß als Fehler erweisen würde, fürchtete jedoch zugleich, daß John Careys Gunst sich mit der Schwangerschaft von Charles' Frau wieder seinem älteren Sohn zuwenden könnte.

Englehardt wußte, daß die Zeit drängte. Je mehr das Ungeborene in Alicia Careys Bauch heranwuchs, desto schwieriger würde es für ihn werden, seinen Auftrag erfolgreich abzuschließen.

Ein leises Klicken beendete plötzlich seine Grübeleien, wie ein kurzer elektronischer Impuls, der die chemischen Abläufe im Gehirn eines Wahnsinnigen verändert.

Das Band war zurückgespult.

Englehardt zögerte genüßlich und betrachtete einen letzten, langen Moment die Regentropfen, wie sie im Wettlauf die Fensterscheibe hinunterrannen. Dann drückte er auf die Wiedergabetaste. Ein weiteres Mal sagte Phillip Carey seinem Vater: »Sie lassen uns überwachen.«

Es war seine Absicht gewesen, die Careys seine alles überschattende Gegenwart spüren zu lassen: Ihre Autoren wurden vor den Ausschuß zitiert, ihre Post traf neuerdings nur mit Verspätung ein, und bei ihrer Steuer tauchten ständig unerwartete Probleme auf. Charles wurde ganz unverhohlen beschattet. Englehardt war es egal, ob dies nun im Interesse des Ausschusses lag oder nicht: Er tat es zu seinem eigenen Vergnügen, im Rausch seiner Wut. Er wollte John Carey unbedingt davon überzeugen, daß Charles sich mit seiner Trotzhaltung als unwürdiger Sohn erwies.

»*Englehardt!*« fuhr Charles seinen Bruder an. »Du läßt einen begabten Schriftsteller fallen, um dir das Wohlwollen einer Kakerlake zu sichern?«

Englehardt ballte in seiner hilflosen Wut die Fäuste.

Sein Vater war ohne ein letztes versöhnliches Wort an ihn gestorben. Sein Vermächtnis war nichts anderes als die Vorliebe für den älteren Sohn, einer naiv-lächelnden Sportskanone, dem Vater seines Enkels.

Englehardt hatte sich in Phillip Carey wiedererkannt.

»Du brauchst es nur zu sagen«, meinte Charles ein weiteres Mal.

Englehardt beugte sich lauschend vor.

Das Band endete stumm.

Englehardt ließ die Schultern hängen: John Carey konnte es nicht über sich bringen, seinem älteren Sohn den Laufpaß zu geben.

Ihm und Phillip Carey, seinem Alter ego, blieb nun nichts anderes übrig, als zusammen die Geburt von Alicia Fairvoorts Kind abzuwarten.

Alicia Carey hatte das Kind, das sie in ihrem Bauch trug, von Anfang an abgelehnt.

Sie ging nicht mehr aus. Nicht nur ihr Bauch hatte durch die Schwangerschaft an Umfang gewonnen, auch ihre Schenkel waren aufgeschwemmt. Sie mußte sich regelmäßig übergeben, und ihre Brustwarzen waren wund. Sie informierte sich nicht über Schwangerschaft, tauschte sich nicht aus und konnte dem in ihrem Körper heranwachsenden Leben keine Freude abgewinnen. Ihre Augen verloren ihren lebendigen Glanz, wirkten wie gelähmt durch ein schwarzes Loch zwischen der Realität und einer Traumwelt. Sie hatte sich nie auch nur vorgestellt, Kinder zu bekommen.

Das Baby blieb für sie etwas Abstraktes, das das Gleichgewicht zwischen ihrem Körper und ihrem Geist zu zerstören drohte. Sie versuchte krampfhaft, sich als die kommende Mutter vorzustellen, fühlte sich jedoch durch ihr Kränkeln und die Häßlichkeit, die ihr der Spiegel zeigte, betrogen. Sie fühlte sich ausgesaugt, ihrer Phantasien beraubt. Sie konnte sich das Gesicht des Kindes oder den Geruch seiner Haare einfach nicht vorstellen. Ihr Mann erschien ihr wie ein Fremder. Mit grausamer Deutlichkeit wurde ihr bewußt, daß sein Körper sie kalt ließ. Als die Monate vergingen, fühlte sie sich durch die Zerstörung, dem völligen Verschwinden ihrer Vorstellungskraft wie terrorisiert. Ihr manischer Tatendrang war erloschen. Sie richtete keine Feste mehr aus, fühlte sich vom Unverständnis ihrer Umgebung verraten. Sie verabscheute es, wenn die anderen Frauen ihr alles Gute wünschten, erstickte unter ihren neunmalklugen Reden, in denen sie Mutterschaft mit Lebensglück gleichsetzten. Sie war ein Einzelkind und hatte sich immer gewünscht, in ihrer Ehe im Mittelpunkt zu stehen. Jetzt fühlte sie sich wie entwurzelt, durch Charles' Samen in einer Rolle gefangen, die sie ablehnte. Charles hatte sie zu einem Psychiater, einem gewissen Levy, geschickt, aber seine Bemühungen, auf diese Weise zu ihr durchzudringen, beleidigten sie nur: Ganz offensichtlich verstand Charles nicht, daß er es war, der ihre Träume vertrieben hatte. Sie ging ihm aus dem Weg und entschied sich, zu ihren Eltern zurückzukehren.

Sie hatten sie noch nie im Stich gelassen.

Grant und Elizabeth Fairvoort hatten sie vom Tage ihrer Geburt an vergöttert, sie in die Kleider gesteckt, die ihr gefielen, und sie nach Korfu und Mallorca mitgenommen. In ihrer Welt wurde sie mit Beifall aufgenommen. Immer wieder war ihr versichert worden, wie zauberhaft und reizend sie sei, bis sie sich schließlich in dem Glauben wog, daß das Leben der anderen ohne ihre Gegenwart weniger glanzvoll wäre. Als sie heranwuchs und pubertierte, begann sie, sich mit Fingerspitzen selbst zu liebkosen – sie streichelte ihre Wangen oder strich über die Konturen ihrer Hüften –, so als würde sie der Bewunderung, die sie in Grant Fairvoorts Blicken entdeckt hatte, nachspüren. Später, als sie sich der Schauspielerei zuwandte, erging sie sich in Schmerzen, die sie nie gefühlt hatte. Ihr Lohn bestand darin, daß ihr Spiel ihre Eltern entzückte. Selbst Dinge, denen sie keine Beachtung schenkte oder von denen sie nichts wußte, fanden ihren Sinn und Zweck darin, daß sie glücklich war. Sie wußte, daß ihr Vater – eine vierschrötige, selbstbewußte Erscheinung mit einem makellosen Lächeln und schneeweißem Haar – Finanzmakler war. Sie fragte nie, was dies nun eigentlich bedeutete. Ohne weiter darüber nachzudenken, wußte sie, daß er dieser Arbeit ihretwillen nachging.

Männer wurden für sie zu Wesen einer anderen Kategorie, ebenso geheimnisvoll wie mächtig. Sie schuldete ihnen nicht mehr, als ihre Geschenke anzunehmen. In der Ehe suchte sie etwas, das an die Vollkommenheit der bedingungslosen Liebe ihres Vaters heranreichte: Jetzt, wo sie Charles' Bedürfnisse spürte, empfand sie nur noch Verachtung und Angst, ebenso wie sie Angst vor dem Kind verspürte, das sie in sich trug. Es interessierte sie weder, daß Charles neuerdings wieder Ärger mit seinem Vater hatte, noch daß er immer wieder den Telefonhörer abnahm, um die Geräusche irgendwelcher Fremden aufzufangen.

Als sie im Begriff war, sich reisefertig zu machen, im sechsten Monat ihrer Schwangerschaft, kamen die Fairvoorts bei einem Flugzeugunglück ums Leben – in einer kleinen *Piper* auf dem Weg zu ihrer Sommerresidenz am Lake Champlain. Ihr Tod hinterließ sie reich und schutzlos.

Niemals in ihrem Leben war ihr etwas Schlimmes zugestoßen – bis sie Charles heiratete.

Sie wies seinen Trost ab und erlebte die Beerdigungszeremonie – ein episkopaler Standardgottesdienst, der ihre Gefühle abtötete – wie in einer Bühnenrolle, die sie langweilte. Die Särge waren leer. Ihr Vater erschien vor ihren Augen und sagte ihr, wie hübsch und elegant sie doch wieder aussah. Als sie dann nach Hause zurückkehrte und ihren schwangeren Leib im Spiegel erblickte, wußte sie, daß er tot war.

Mit schrecklicher Endgültigkeit schloß sie sich in einer Welt ein, in der sie für ihren Mann unerreichbar blieb.

Im letzten Monat ihrer Schwangerschaft, als Charles in schwermütiger Stimmung im Wohnzimmer saß und Scotch trank, hörte er sie schreien.

Er rannte die dunkle Wendeltreppe zu ihrem gemeinsamen Schlafzimmer hoch.

Das Bett war in tausend Stücke zerrissen, übersät von ihren Kleidern, die sie mit einer Schere zerschnitten hatte. Die Schere stak nun in einem Porträt von Charles.

Charles saß in William Levys Büro. An seiner Nervosität spürte Levy, wie sehr die Verantwortung für das Neugeborene auf Charles lastete.

Als sie sich im ersten Jahr ihres Studiums in Harvard kennenlernten, hätte er nie gedacht, daß Charles ihn jemals brauchen würde. Charles war sportlich und entstammte der feinen protestantischen Oberschicht, Levy jüdisch und linkisch. Er beneidete Charles um seine Zähigkeit, seinen jugendlichen Schneid und um seine Mädchen. Indem er nie zurückblickte, brachte er andere dazu, ihm zu folgen. Dabei schien er weder Levys Tolpatschigkeit noch den damit einhergehenden Neid zu bemerken. Statt dessen schloß er Levy ganz ungezwungen in seinen Freundeskreis mit ein, verschaffte ihm immer wieder mal ein Rendezvous oder lud ihn auf ein Bier ein. Er interessierte sich für Levys Ansichten über ihre Zimmernachbarn, über Bücher, die er gerade las oder gar über das Judentum – letzteres mit einer Leidenschaftslosigkeit, die den Eindruck nahelegte, daß es sich dabei eben um ein weites Thema handelte, zu dem Levy vielleicht Interessantes beizutragen hätte. Umgekehrt fiel Levy auf, daß Charles nur selten von seiner Familie sprach und sich niemals empört, verletzt oder wütend zeigte, so als wäre er als Harvard-Athlet zur Welt gekommen, unverbildet von jeglicher Vergangenheit, ganz und gar in sich selbst ruhend. Im Laufe der Zeit bemerkte Levy, daß diese abgeklärte, unerschütterliche *persona* – bis hin zu Charles' lapidarem, süffisantem Humor – nur ein Schutzschild für eine Verletzlichkeit bildete, die er sich selbst nicht eingestand. Mit Bestürzung erkannte Levy in Charles Carey seine eigene Einsamkeit wieder.

In ihrem zweiten Jahr in Harvard saßen sie eines Abends in einer Bostoner Hafenbar und tranken sich einen an. Der Laden war verraucht, randvoll mit Matrosen, und es stank nach schalem Bier. Irgendwann – an den genauen Zeitpunkt vermochte sich Levy nicht mehr zu erinnern, und er hätte ihn auch nicht beschreiben können – ging ihre lose

Kameradschaft in all dem Getöse und im Bierdunst in eine echte Freundschaft über.

»Warum verbringst du überhaupt soviel Zeit mit mir?« hatte Levy gefragt. »Herrscht bei dir etwa akuter Judenmangel?«

Charles zuckte mit den Achseln. »Wenn du deine Nase nicht den ganzen Tag in diese verdammten Bücher stecken würdest, hättest du vielleicht längst bemerkt, daß du hier einer der wenigen bist, mit denen man sich vernünftig unterhalten kann.«

»Das macht das Vorklinikum – die schlimmste Plackerei, die es überhaupt gibt.« Levy leerte den Scotch, genoß den rauchigen Geschmack auf der Zunge und im Hals. »Oberster Fröschesezierer, das bin ich. Am liebsten wäre ich aber der Läufer im Footballteam.«

»So toll wie alle denken ist das gar nicht. Abgesehen davon, du würdest dich nicht so reinhängen, wenn du nicht wolltest.« Carey blickte ihm übertrieben konzentriert in die Augen. »Oder?«

»Weiß nicht.« Levy starrte sein leeres Glas an. »Mein Vater ist der Meinung, daß auf meinem genetischen Kode ›Chirurg‹ gestempelt steht. *Mein Sohn, der Arzt,* ein Produkt aus der Firma Martin Levy & Co. Der liebe Gott stehe meiner Schwester bei – *ihre* Rolle ist die der neuen Lilian Hellman.«

»Kann sie schreiben?«

»Nicht die Bohne«, meinte Levy traurig. »Aber sie kann lesen.«

Carey grinste. »Dann machen wir aus ihr eine Lektorin. Wie alt ist sie überhaupt?«

»Dreizehn?«

»Also, wenn sie groß ist, dann schick sie mal bei Van Dreelen & Carey vorbei. ›Bildung und Beständigkeit‹ lautet die Losung meines Vaters.« Mit leiser, eindringlicher Stimme fügte Charles noch hinzu: »Du brauchst nicht das zu tun, was er will, Bill.«

Levy bemerkte plötzlich, daß er wieder einmal die Haartolle über seiner Stirn glattstrich, eine Angewohnheit, in die er immer in Augenblicken der Verwirrung verfiel. »Und was soll ich sonst machen?«

Charles bestellte eine weitere Runde Drinks.

Der Lärmpegel um sie herum stieg an. Der Matrose am Nebentisch klappte plötzlich zusammen und schlug mit der Nase voraus auf dem Tisch auf. Die beiden anderen redeten über ihn hinweg weiter, ohne ihn auch nur zu beachten. Der Barkeeper brachte ihnen ihre Drinks. Charles hob sein Glas und prostete Levy spöttisch zu: »Werde doch einfach Psychiater«, sagte er.

Levy blickte ihn entgeistert an. »Seelenklempner?«

Carey blickte ihm fest in die Augen. »Ich habe dich ein bißchen beobachtet. Du verstehtst dich auf Menschen – sieh mal, ich weiß genau, daß du mich voll durchschaust.« Seine Augen blickten plötzlich verschwommen. In einer einzigen schnellen Bewegung hatte er sich mit seinem Feuerzeug eine Zigarette angezündet: Im betrunkenen Zustand schaffte er es immer wieder, die kleinen Dinge mit schlafwandlerischer Sicherheit zu tun und plötzlich stocknüchtern zu erscheinen. »Die Sache ist doch die – du hast die Fähigkeit, Menschen zu helfen, vielleicht sogar das Bedürfnis. Überleg dir das mit deinem Vater doch einmal genauer. Er will einen Brustaufschlitzer, und du gehst hin und zermarterst dir den Kopf, ob das nun wirklich das Richtige für dich ist. Nun lehrt die Psychologie uns aber, daß der Mensch der Falle seiner eigenen Kindheit entkommen kann.« Charles unterbrach sich einen Moment, so als sei ihm sein eigener Gedankengang peinlich. Dann mußte er lachen. »Abgesehen davon, stell dir doch nur einmal das bunte Gemisch von Leuten vor, die bei dir einlaufen werden: Frauen, die Football-Spieler belästigen, Typen, die hoffnungslos in Eleanor Roosevelt verknallt sind, frigide Weibsbilder...«

Jetzt, da er Alicia Carey behandelte, erinnerte er sich mit

doppelter Wehmut daran, daß Charles ihn auf diesen Weg gebracht hatte.

Nach jener durchzechten Nacht in Boston belegte Levy sein erstes Psychologieseminar. Es war Charles, der sich später bei ihm dananch erkundigt hatte und der lächeln mußte, als er sah, wie sehr Levy seither aufgeblüht war.

Levy belegte ein zweites Seminar, dann ein drittes, alle mit Auszeichnung.

Bei einem Mittagessen in Cambridge, bei dem Charles ebenfalls anwesend war, erzählte er seinem Vater von seinen neuen Plänen. Er nahm all seinen Mut und seine Begeisterung, die er aufbieten konnte, und erklärte seinem Vater, daß er die menschliche Seele behandeln wolle statt des Körpers.

Martin Levy lehnte sich über den Tisch vor. In einem nicht enden wollenden Wortschwall redete er krächzend auf seinen Sohn ein: daß es sich dabei um reine Geldverschwendung handele, daß Psychiater allesamt Scharlatane seien und daß ein Irrer von Geburt an so sei und nicht zu retten wäre. Levy spürte, wie er innerlich plötzlich ganz klein wurde und sein Mut ihn wieder verließ. Charles, dem vollkommen klar war, daß es bei dieser Tirade in Wirklichkeit um den Selbstmord der Mutter ging, fixierte Martin Levy mit eiskaltem Blick. Als dieser zu Ende geschimpft hatte, war es Charles, der mit ruhiger Stimme entgegnete: »Aber was ist, wenn Sie sich irren.«

Abrupt wandte Martin Levy sich Charles zu. Sie starrten sich an. Levy sah in der empörten Miene seines Vaters, daß Charles' Bemerkung ins Schwarze getroffen hatte und daß dies auch seine volle Absicht war.

Martin Levy antwortete nicht.

Das Mittagessen hatte Folgen. Zum einen hatte Charles Carey bei Martin Levy Hausverbot. Als sein Sohn sich bei einem Bier zu später Stunde dafür bei Charles entschuldigte, konnte dieser nur lächeln. »Tja«, sagte er, »es war sowieso nicht von der Vorsehung bestimmt.«

In jenem Augenblick, als er die kühle Entschlossenheit spürte, die auch sein Lächeln nicht zu verbergen vermochte, kapierte Levy plötzlich, daß Charles bei *ihm* sehen wollte, daß er reinen Tisch machte: daß er mit den Plänen, die ein Vater für seinen Sohn hegte, aufräumte, etwas, mit dem Charles vielleicht sein Leben lang zu kämpfen haben würde.

Zum anderen schickte Martin Levy seinem Sohn weiterhin Geld.

Als er auf der medizinischen Fakultät das Graduiertenstudium aufgenommen hatte und sein Vater ihn nicht mehr unterstützen konnte, lieh Charles ihm Geld von den Ersparnissen, die noch vom Krieg stammten, um ihm über ein paar harte Monate hinwegzuhelfen. Später, als Levy sein praktisches Jahr absolvierte und seine härteste Zeit durchmachte, schaute Charles regelmäßig bei ihm vorbei, um mit ihm zusammen zu Abend zu essen und ihn mit Tratsch aus der Verlagswelt oder mit gekonnten Imitationen von abgedrehten, imaginären Patienten auf andere Gedanken zu bringen. »Ich stehe *total* auf Taucheranzüge«, spöttelte Charles, bis Levy nicht mehr anders konnte und laut loslachen mußte. Und so kam es, daß die beiden Männer, durch gemeinsame Abendessen oder Kneipentouren und weil sie miteinander Spaß hatten, jeweils zu Stützen im Leben des anderen wurden, und daß ihre so unterschiedlichen Welten dadurch besser und erträglicher zu sein schienen, als sie es waren.

Und dann hatte Charles Alicia Fairvoort geheiratet …

»Elektroschocktherapie lehnt sie kategorisch ab«, sagte ihm Levy jetzt.

»Kann ich ihr nicht verdenken.« Charles betrachtete das Diplom an der Wand mit einem ironischen Zwinkern. »Ich dachte, du hättest gelernt, diese Sachen ohne Hexenmeisterkünste zu heilen.«

»Ich habe vor allem gelernt, daß man einen Menschen

nicht von Grund auf ändern, ihn bestenfalls nur um ein paar Grad in eine andere Richtung lenken kann. *Falls* der Patient dies will.«

Charles zündete sich eine Zigarette an. »Und Allie will nicht.«

»Sie weigert sich, sich mit mir von Mensch zu Mensch zu unterhalten.« Levys Meinung nach war Alicia Carey in ihrem Innenleben gefangen wie ein Schmetterling in einer Schachtel. »Die meisten Menschen beschränken ihre Phantasien auf ihre Tagträume, und ab und zu riskiert man einen Blick darauf, als eine Art Stütze, mit der man sich über den Tag rettet. Andere, zum Beispiel Schriftsteller und Schauspieler – du weißt, sie war Schauspielerin –, versuchen, ihre Träumereien auszuleben, und manchmal verfallen sie dabei dem Wahnsinn. Sie ist noch einen Schritt weiter gegangen. Die Realität ist wie Gift für sie, und das Neugeborene ist das Symbol dafür.« Levy runzelte die Stirn. »Ich weiß, all dies muß sich für dich wie ausgemachter Unsinn anhören.«

»Zumindest werden deine Metaphern besser.« Charles zog kurz die Mundwinkel hoch, aber der Ausdruck in seinen Augen blieb unverändert. »Metaphern waren ja noch nie so deine Stärke.«

»Ihr Fall verlangt danach.« Bei Alicia Carey war ihm nach Poesie zumute. Gleichzeitg verspürte er in ihrer Gegenwart eine Ohnmacht, die ihn an die kühlen, hochgewachsenen Frauen an der Uni erinnerte, von denen er träumte, die aber für ihn unerreichbar blieben. Jetzt war es Charles Careys Frau, zu der er nicht durchzudringen vermochte, nicht einmal mit den Mitteln seines Berufes: Die vergangenen acht Monate Therapie hatten nur zur Folge, daß er sich in ihrem Rückzug vertiefte, ja verlor. Er wünschte sich, sie beschützen zu können oder wenigstens Charles seine Frau zurückzugeben, aber ihm fehlten die Mittel. Er konnte in ihr nicht das leiseste Interesse für ihren Sohn wecken. Immer wieder klinkte sie sich aus der

Analyse aus, und das Thorasin – eine Alternative, auf die er nur ungern zurückgriff – verschlimmerte ihre Depressionen nur noch. Und dann kam dieser nächtliche Telefonanruf. Charles hatte Alicia im Garten gefunden. Ihr seidenes Debütantinnenkleid schimmerte silbern im schwachen Mondlicht. Levy schauderte bei der Vorstellung, ebenso wie bei der Direktheit, mit der Charles ihm jetzt gerade sagte: »Tja, was soll ich hier groß Tränen vergießen. Der Ausschuß ist mir auf den Fersen, und das Familienoberhaupt sieht tatenlos zu. Ich habe eine zweite Zelda Fitzgerald zur Frau und einen vier Monate alten Sohn, und bei dem Sexualleben, das ich führe, wachsen mir langsam Haare auf den Händen.« Er stand auf und warf sich seinen Mantel über. »Ich sollte mir besser schnellstens was einfallen lassen.«

»Da hast du wohl recht.« Levy fügte noch zögernd hinzu: »Schau, ich weiß, daß das jetzt vielleicht nicht der richtige Augenblick ist, aber weißt du noch, wie ich dir von Ruth erzählt habe, meiner Schwester?«

Charles' Neugierde schien geweckt. »Jene unmittelbare Bedrohung für Maxwell Perkins? Hat sie die Pubertät mittlerweile hinter sich?«

Levy nickte, sichtlich peinlich berührt. »Sie ist jetzt Redakteurin beim *Time Magazine*. Aber sie möchte was mit Literatur machen.«

»Sie könnte ja die Leitartikel schreiben.«

Levy wandte die Augen ab. »Tut mir leid, Charles. Ich habe versprochen, dich deswegen anzuhauen, wenn ich dich das nächste Mal sehe.«

Charles holte zu einer großen Geste aus und ging auf die Tür zu. »Ach, schick sie nur vorbei, Sigmund, mach nur. Ich habe aus dir einen obskuren Seelenklempner gemacht, also wird es mir wohl noch gelingen, aus ihr eine drittklassige Lektorin zu machen. Steht wahrscheinlich sowieso auf ihrem genetischen Code gestempelt.« Als er in der Tür stand und sich noch einmal umwandte, blickte er in Levys überraschtes Lächeln. »Ich darf davon ausgehen, daß du deinen Job noch immer gern machst.«

»Manchmal ist es ganz schön hart. Wie jetzt gerade zum Beispiel. Aber, ja, mir gefällt's.«

Charles lächelte, ein schwacher Schatten seines College-Grinsens. »Na, das ist ja immerhin etwas.« Er zuckte ein letzten Mal mit den Achseln, straffte Mantel und Schulter und überlegte einen Moment: »Weißt du, es ist schon komisch, Bill – diesmal bin *ich* der Vater.«

Die beiden Freunde, jeweils erstgeborene Söhne ihrer Väter, lächelten sich einen Augenblick lang zu. Schließlich wandte Charles sich um und ging. Er zog die Tür hinter sich zu.

Als sie ins Schloß fiel, fiel Levy unvermittelt ein, wie sich Charles irgendwann einmal, aus einer melancholischen Winterlaune heraus, aus dem Studentenheim in die kühle Nacht hinausgestohlen hatte. Es war sehr spät; nur Levy hatte ihn dabei beobachtet. Es schneite. Er tauchte in die Dunkelheit ein, geschmeidig, anmutig und einsam, bis er von ihr verschluckt wurde. Levy verspürte eine momentane Angst, war wie gefesselt von der Szene: Ein einsamer Mann steht am Fenster und erlebt hautnah, wie der andere in die gespenstische Dunkelheit eintaucht und dessen ganze Phantasie mit sich nimmt. In jenem kurzen Augenblick hatte Levy geglaubt, daß Charles Careys Schicksal auch sein eigenes sein würde.

In jenem Jahr, um Thanksgiving herum, lernte Peter krabbeln.

Charles hatte nach dem Abendessen in Peters Zimmer mit ihm gespielt. Allie kam auf einen Sprung zu ihnen herein. Dann, wie aus heiterem Himmel, ging sie wieder. Charles stand auf, um sie zurückzuholen.

In diesem Moment fing Peter an, sich zum ersten Mal auf allen vieren fortzubewegen.

Er war offenbar völlig begeistert von diesem neuen Vorgang. Zuerst ignorierte Peter seinen Vater und kroch zaghaft vorwärts. Sein Hintern wackelte ein wenig in der Kordlatzhose, weil er sich so vorwärtsschlängelte. Charles blieb stehen, dann ging er in die Hocke, um sich das Schauspiel genauer anzusehen. Peter wurde schneller, erreichte sein kleines Bettchen und kehrte um. Schon sicherer, zog er in Richtung Kamin los. Plötzlich hielt er ein und wandte sich mit strahlenden Kobaltaugen seinem Vater zu. Er schob sich einen weiteren halben Meter vor, blickte wieder zurück und wartete. Charles fiel auf die Knie. Peter krabbelte weiter und drehte sich um. Charles krabbelte ihm nun auf allen vieren hinterher. Peter strahlte ihn an. Dann hastete er davon, drehte sich um, um zu sehen, ob Charles ihm folgte, und huschte weiter. Zum ersten Mal hörte Charles Peters kehliges Lachen, wie es ihm über die Schulter seines Sohnes zuflog.

Charles lächelte.

Plötzlich wälzte Peter sich auf die Seite und gähnte.

Ein lächelnder Charles zog ihn aus, machte ihn fürs Bett fertig und legte ihn schlafen. Er zog ihm die Decken über die Schultern, und Peter gähnte und wehrte sich ein letztes Mal gegen den Schlaf. Als Charles sich vorbeugte, um seinem Sohn einen Gutenachtkuß zu geben, spürte er plötzlich ein reines, unverfälschtes Glücksgefühl in sich aufsteigen...

Dann rief Allie Charles zu sich ins Schlafzimmer.

Es war nur von je einer Kerze auf den beiden Nachtkonsolen erleuchtet.

Sie lag in dem schwarzen Seidenkleid, das sie in ihrer ersten gemeinsamen Liebesnacht getragen hatte, auf dem Bett, Arme und Beine weit von sich gestreckt. Ein leises Lächeln umspielte ihre Lippen, und in ihre Augen war jener seltsame Schimmer zurückgekehrt.

Charles blickte auf sie hinab. Genüßlich hob sie den Saum ihres Kleides hoch und schob es bis über die Hüften.

Sie hatte nichts darunter an.

Auf ihrem Gesicht und der Innenseite ihrer Schenkel flackerte der Schein des Kerzenlichts. Charles verspürte einen Schauer der Erregung, sie spreizte die Beine. Er zog sich stumm aus.

Sie blickte ihm in die Augen, dann auf sein erigiertes Glied. Er streckte die Arme nach ihr aus.

Sie fing an zu lachen.

Er war starr vor Schreck, blieb mit ausgestreckten Armen stehen. Ihr schrilles Lachen hallte in seinen Ohren. Unbewußt umfaßte er sein Glied…

Sie starrte auf die Erektion in seiner Hand. »O Gott, Charles, o mein Gott…«

Sie legte sich auf die Seite und fing an zu weinen. Sie hielt die Hände vors Gesicht, erbebte unter ihren tiefen, quälenden Schluchzern. Charles sah die halbleere Flasche Chivas Regal auf ihrer Nachtkonsole.

Dann hörte er Peter weinen.

Charles blickte auf seine halbnackte, schluchzende Frau hinab. Das flackernde Kerzenlicht tanzte auf ihrem zusammengerollten Körper.

Er wandte sich ab, zog sich an und ging mit langsamen Schritten zu Peter hinüber, um ihn in den Armen zu halten. »Ist ja gut, mein kleiner Liebling«, murmelte er immer wieder, »ist ja gut«, bis Peter schließlich wieder einschlief.

Er legte ihn behutsam in das Bettchen zurück und ging nach unten.

Er setzte sich in die Bibliothek und ließ, aufgewühlt von den Ereignissen, sein bisheriges Leben Revue passieren.

Er begann mit dem letzten Jahr: die Geburt seines Sohnen und das Scheitern seiner Ehe, dann diese nervenzermürbenden Versuche, ihn und seine Familie zu sabotieren, gegen die er sich ja nicht wehren durfte, weil sein Vater es nicht zuließ.

Beinahe bis zum Morgengrauen sann er über den Dauerkonflikt mit seinem Vater nach und über seine Kindheit, in der alles wurzelte. In jenen Reibereien und selbst in der verhaßten Vorstellung, daß sein Bruder bei dem, was nun als einziges zu tun blieb, über ihn triumphieren würde, erkannte Charles die Bedürfnisse seines eigenen Sohnes.

Am nächsten Tag trat Charles Carey aus der Leitung der Firma aus.

John fixierte Charles – der blaß und übermüdet, aber gefaßt wirkte und kalt zurückstarrte – und konnte einfach nicht glauben, was er gerade gehört hatte.

»Mein Entschluß steht fest«, antwortete Charles. »Abgesehen davon, dachte ich, es läge in deinem Interesse, den Ausschuß zu besänftigen.«

»Nach allem, was ich getan habe, um dich so weit hinaufzubringen? *Deshalb* wollte ich den ›Ausschuß besänftigen‹.« John Carey wies auf den Fußboden. »Ich war hier früher mal der Heizer und habe den Kessel mit Kohle befeuert, in einem stinkenden Keller, in den du nie auch nur einen *Fuß* gesetzt hast, während Van Dreelens Söhne in ebendiesem Büro saßen, von dem du jetzt sagst, daß du es nicht willst, und dumm vor sich hin glotzten, und das alles nur, weil es ihnen durch *Geburt* in den Schoß gefallen ist.« Er stand auf, stützte sich mit beiden Händen auf dem Tisch ab und beugte sich zu Charles vor. »Jene armseligen Idioten hatten ihren Höhepunkt als *Sperma* erreicht, Charles, und du ebenso. Wenn ich nicht dein Vater wäre, dann würdest du jetzt in ihrem Heizungskeller Kohle schaufeln.«

Charles blieb regungslos sitzen, die Ruhe selbst. Mit tiefer, süffisanter Stimme sagte er: »Den einen fällt es per Geburt zu. Die anderen heiraten sich ein.«

John Carey blickte seinen Sohn fest an. »Glaubst du etwa, das ist der Grund, weshalb ...«

»Ich brauche den Heizungskeller gar nicht zu sehen. Vater. Schließlich habe ich ja dein Schlafzimmer gesehen.«

John Careys Miene erstarrte. In das Schweigen hinein zischte er: »Wenn du nicht mein Sohn wärst ...«

»Ich bin überzeugt, daß der Zeitaufwand minimal war.«

Charles schwieg einen Moment, um sich erst mal wieder in den Griff zu kriegen. Dann setzte er mit ruhiger Stimme hinzu: »Was sich ja bis zu dem Tag, an dem sie starb, nicht änderte.«

Charles' Augen waren wie Eissplitter in einer Adlermaske. Eine Ader an John Careys Schläfe pochte. »Du gibst mir die *Schuld* dafür, zum Teufel mit dir – schon immer.« Sein Atem ging schwer. »Ich habe getan, was ich tun mußte, und durch die Heirat mit ihr habe ich zugleich diesen Verlag vor dem Ruin bewahrt. Darüber hat sie sich keine Illusionen gemacht, auch wenn dies für sie hieß, daß sie nie meine ungeteilte Aufmerksamkeit haben würde, konnte sie immerhin von sich behaupten, mit einem *Mann* geschlafen zu haben.« Er unterbrach sich, um seine Stimme einzuholen. Dann fügte er mit spürbarer Grausamkeit hinzu: »Was mehr ist, als deine eingebildete Neurasthenikerin von einer Ehefrau jemals von sich behaupten kann, habe ich recht?«

Charles schien einen Moment lang überrumpelt. Er erinnerte John Carey an jenen Jungen, der am Bahnhof mit offenen, staunenden Augen auf ihn wartete, bevor seine Miene sich wieder verschloß. Charles steckte sich eine Zigarette an. »Ich war fünfzehn, Vater, und sie hatte nur mich auf der Welt.« Er blickte zu seinem Vater auf, wieder mit entschlossenem Blick. »Und als sie starb, wurde mir klar, daß sie alles war, was *wir* hatten.«

John Carey fiel wieder ein, wie er zu spät nach Hause gekommen war: Ellen, vom Tode gezeichnet, ihr Körper wirkte schon wie ein Skelett. »Ich habe diese Firma für dich aufgebaut.«

»Du hast sie für dich selbst aufgebaut. Ich werde Peter nicht für deine Besessenheit aufs Spiel setzen.«

»Für *deine* Besessenheit.«

Charles schwieg. Ungerührt sagte er: »Das war einmal.«

»Dann bist du ein Dummkopf. Ein Mann braucht etwas, das ihm gehört, sonst ist er einfach kein Mann – und auch kein Vater.« John Carey zog eine Zigarre aus seiner Brusttasche. Er wickelte sie sorgfältig aus, um sich zu beruhigen. »Kannst du dich noch an Clayton Barth erinnern?«

»Einer unserer Vertreter.« Charles wurde plötzlich hellhörig. »Er war für Texas zuständig.«

»Und Oklahoma.« John Carey machte eine ausfahrende Bewegung mit seiner unangezündeten Zigarre. »Setz dich doch.«

»Was hat Barth mit...?«

»Setz dich, verdammt noch mal. Was soll das, daß du hier zwischen Tür und Angel stehst?«

Charles zögerte, dann drückte er seine Zigarette aus und setzte sich. John Carey steckte sich die Zigarre an, die Augen in Konzentration verengt, und ließ die Ruhe und die Gegenstände des Zimmers – die feinen, chinesischen Vasen, das Foto, auf dem er lächelnd neben Winston Churchill steht – auf seinen Sohn wirken. Er stieß eine lange Rauchfahne aus. »Ist eigentlich eine ziemlich lächerliche Geschichte. Er war damals fünfzehn Jahre bei uns gewesen. Im Frühling des sechzehnten Jahres sprach Barth mich auf unserer Vertreterkonferenz im Biltmore an und sagte, er müsse mich sprechen.«

John Carey sah diesen Mann immer noch gestochen scharf vor sich, wie auf einem Foto...

»Er war klein, mit Froschaugen und einem dicken Bauch, über den er die Hose weit hochzog. Der Konferenzraum – der Rauch, der Geräuschpegel, die selbstbewußten Gesten der anderen, viel kräftiger gebauten Vertreter – all das ließ ihn noch kleiner wirken. ›Mr. Carey, ich möchte mich für die Stelle als Verkaufsmanager bewerben, die jetzt frei geworden ist.‹

So wie er da vor mir stand, Mantel und Hut überm Arm, machte er den Eindruck, sofort zu gehen, falls ich auf seine Idee nicht einstiege. Es hatte keinen Sinn, lange um den heißen Brei herumzureden: Alles an ihm schien mir zuzuflüstern: ›Lassen Sie mich, wo ich bin.‹ ›Tut mir leid,

Clayton‹, sagte ich, ›aber Sie sind in Ihrer derzeitigen Position sehr gut aufgehoben. Für die andere habe ich bereits jemanden.‹

Er sackte in sich zusammen. ›Wenn das so ist, Sir‹«, John Carey imitierte ihn mit boshafter Stimme, »›dann bitte ich um die Erlaubnis, zum Jahresende kündigen zu dürfen...‹

Ich konnte einfach nicht fassen, wie *unterwürfig* der Mann sich verhielt. Schließlich sagte ich: ›Kündigen?‹ und ließ ihn eine Weile zappeln. Zum ersten Mal verspürte ich irgendein *Interesse* an dem Mann – ich will wissen, was er als nächstes sagt.

Er sieht mich flehend an. ›Es geht um meinen Kleinen, Clayton junior‹, stammelt er. ›Als Verkaufsmanager müßte ich nicht mehr soviel reisen. Ich will damit sagen, Mr.Carey, der Junge braucht mich, jetzt, wo seine Mutter nicht mehr ist...‹

›Ich habe ebenfalls meine Frau verloren‹, sage ich ihm. ›Und ich bin immer noch hier.‹

›Ich weiß, Sir. Ich hoffe, Sie haben meinen Brief erhalten.‹

›Und was haben Sie nun vor?‹

Er druckst verlegen herum. ›Es gibt da eine Buchhandlung in Stillwater. Ich kann mich zur Hälfte dran beteiligen, wenn ich auch den Posten als Geschäftsführer übernehme. Abends könnte ich dann bei Clayton junior sein, und ich kenne mich ja aus im Geschäft...‹

›Dann wissen Sie ja, was für ein schlechtes Geschäft das sein kann.‹

›Jawohl, Sir.‹ Durch den Kautabak hindurch, den er die ganze Zeit zwischen den Zähnen hatte, weht mir eine leichte Alkoholfahne entgegen, und mir fällt auf, daß er im Vergleich zum letzten Jahr merklich abgebaut hat. Plötzlich wird mir einiges klar: Er denkt, daß das viele Reisen schuld daran ist, daß er mit der Sauferei angefangen hat, wo doch ein Job, den er halbwegs im Griff hat, in Wirklichkeit seine einzige Rettung ist. ›Aber ich mach mir um den kleinen Clayton Sorgen‹, sagt er. ›Er ist in letzter Zeit so still geworden. Macht einen jungen Mann doch fertig, wenn er zuviel Zeit allein verbringt…‹

Er verstummt, und ich frage mich, ob er nicht über sich selbst redet. ›Der Job, den Sie jetzt machen, ist genau das richtige für Sie‹, sage ich ihm. ›Der Junge wird das verstehen, und Sie verdienen sich Ihren Lebensunterhalt.‹

Er schüttelt immer wieder den Kopf, so wie Schwächlinge das eben tun, wenn sie stur bleiben wollen. ›Es wär das beste, Mr. Carey.‹

›Dann ist es besser, Sie kündigen noch heute‹, sage ich. ›Ein Verkäufer, der mit seinen Gedanken nicht hundertprozentig bei der Sache ist, nützt mir nichts!‹

Er wird plötzlich ganz blaß. Er scheint zum ersten Mal die Erfahrung zu machen, daß das, was er sagt und tut, Konsequenzen hat. ›Aber dann stehe ich ja vor dem Nichts… Ich brauch doch etwas Zeit, alles zu organisieren.‹

Ich winke ab. ›Sie bekommen ein halbes Jahr Übergangsgeld, und ich übernehme Ihre Lebensversicherung für die nächsten achtzehn Monate. Sonst noch was?‹

Er starrt mich einfach nur an. Schließlich schüttelt er den Kopf und geht. Ich blicke ihm hinterher und sehe, wie er sich wieder unter die Leute mischt und mit jedem Schritt kleiner wird. Habe ihn nie wieder gesehen.« John Carey legte sein Zigarre im Aschenbecher ab und schaute auf ihr Glimmen hinab. »Vierzehn Monate später wird der Vertreterposten in Barths altem Gebiet erneut frei, und – wie könnte es anders sein – kurz darauf ruft Clayton mich an und will ihn zurück. Sein Lallen war unüberhörbar, obwohl es ein Ferngespräch war. Seine Buchhandlung war den Bach runtergegangen, er brauchte einen Job – um den ›kleinen Clayton‹ durchzubringen, was sonst. ›Bitte‹, meinte er immer wieder, ›ich kenn doch das Gebiet. Nicht nur die Städte, auch die Läden in Ardmore und Wichita Falls. Ich kenne die Leute persönlich…‹

Ich hab ihn nicht einmal ausreden lassen. Er war zu dumm gewesen, zu kapieren, daß der Job für ihn mehr war als nur eine Einnahmequelle, und dann nannte er seine Dummheit auch noch Vaterliebe.

Auf den Tag genau drei Wochen später kam meine Sekretärin mit einer Kopie der von mir verlängerten Lebensversicherungspolice zu mir herein. Der Police lag ein zwei Sätze langer Brief bei, unterzeichnet von Clayton Barth jr. Ich weiß es noch wie heute – eine enge, verschnörkelte Handschrift. In dem Brief stand, daß sein Vater sich einen Revolver an den Kopf gesetzt und abgedrückt hatte. Ich nehme an, der Junge war der Ansicht, ich solle mich schuldig fühlen.« John Careys Stimme explodierte wütend. »Warum sollte ich, wenn sein eigener Vater sich nie die Mühe gemacht hatte, seinem Sohn zu zeigen, was ein Mann ist, nicht einmal am Ende.« Das frostige Lächeln auf John Careys Lippen war kein Lächeln. »Unsere Police wurde im Falle von Selbstmord nicht ausgezahlt.«

Charles musterte seinen Vater. Ganz ruhig fragte er: »Warum erzählst du mir das alles?«

John Carey fixierte seine Zigarre. Sie war ausgekühlt. »Weil es mir nicht gefällt, wenn Peter einen Eunuchen zum Vater hat.«

Charles blickte seinen Vater unverwandt an, so als überlegte er sich, ob er darauf antworten solle. Dann zuckte er mit den Achseln. »Ich stelle meinen Abgang aus der Firma keineswegs mit einem Selbstmord gleich.«

»Man kann sich auf verschiedene Arten das Leben nehmen.«

»Dann bedenke doch bitte einmal, um wieviel näher Phillip dir sein wird.«

Beide verstummten. Schließlich fragte John Carey: »Dir ist also mittlerweile egal, für wen ich mich entscheide?«

Charles schloß die Augen. »Mittlerweile schon.« Er öffnete die Augen wieder. »Na, komm schon Vater, Kopf hoch – vielleicht verschwindet ja mit mir auch der Ausschuß.«

Als John Carey Charles' ausdrucksloses Gesicht sah, wurde ihm schmerzlich klar, daß aus seinem Sohn die Leidenschaft und das alte Feuer gewichen waren, daß sie kein Team mehr waren, daß nicht einmal die Wut oder der Ehrgeiz sie aneinander band. Er fühlte sich plötzlich müde und ausgelaugt. »Tja«, sagte er abschätzig. »Wenn du partout nicht wissen willst, was es heißt, ein Mann zu sein, kann ich's auch nicht ändern. Aber die Manuskripte, die du angefangen hast, wirst du noch herausbringen müssen. Das kannst du ja von zu Hause aus machen – wenn du damit fertig bist, unterhalten wir uns, wie's mit dir weitergehen soll. Angesichts seiner Mutter wäre es vielleicht gar nicht einmal so schlecht, wenn Peter wenigstens sieht, daß *du* etwas Nützliches leistest.«

»Ganz wie du willst.« Charles stand auf und langte nach seinem Mantel. Er ging zur Tür, drehte sich dann noch einmal um. »Clayton Barth spukt dir immer noch im Kopf herum, stimmt's? Du hast ihm keine Chance gelassen.«

John Carey war verdutzt. »Warum hätte ich auch sollen«, sagte er scharf. »Der einzige Mensch, den Clayton Barth zerstören konnte, war sein Sohn.«

Charles stand in der Tür. In seinem flüchtigen Lächeln lag eine Spur von Mitleid. »Gütiger Gott«, murmelte er, und weg war er.

4

In den Monaten nach Charles' Ausscheiden mußte John Carey zum ersten Mal in seinem Leben lernen, was es heißt, sich einsam zu fühlen.

Sieben Jahre lang hatten seine Söhne ihn ununterbrochen umschwänzelt, wie zwei seltsame Hunde, gefangen von ihrem eigenen Hunger und der Witterung seines Testaments. Weder Charles noch Phillip kannten seinen Wortlaut, hatten keine Ahnung, wie oft es umgeschrieben worden war, ob es überhaupt eins gab. Keiner von beiden fragte danach. Und doch hatte die Macht, die davon ausging,die beiden wetteifernden Brüder mit subtiler Alchemie an ihn gebunden.

An einem grauen, düsteren Dienstag, kurz nach Peters drittem Geburtstag, bestellte John Carey seinen Chauffeur und verließ das Büro früher als gewöhnlich. In seinem langen schwarzen Lincoln tauchte er vor Charles' Wohnung auf. »Es wird Zeit, daß ich meinen Enkel kennenlerne«, verkündete er.

Eine Begründung dafür gab er nicht: John Carey hätte niemandem erklären können, woher dieses plötzliche Bedürfnis rührte; er wußte es selbst nicht. Charles musterte ihn aus kühlen blauen Augen und sagte: »Er ist oben und spielt.« Und damit begann John Careys Zeit mit Peter.

Peter hatte keinen blassen Schimmer von dem schwarzhaarigen Dandy, dessen beide Söhne einst vor ihm gezittert hatten. Sein Großvater war für ihn ein vitaler, sanftmütiger Mann mit schlauen schwarzen Augen, einer weißen Haarmähne und schwieligen Händen, die ihn fest an die Hand nahmen, wenn sie die Straße überquerten.

»Großpapa, warum hast du so rauhe Hände?«

Sie warteten in der Schlange vor dem Hayden Planetarium, kurz nach Peters viertem Geburtstag. John Carey lächelte wehmütig hinab, blickte seinen Enkel mit durchdringenden, ein wenig traurigen Augen an. »Willst du das wirklich wissen?«

Peter nickte.

»Dann lassen wir die Sterne erst mal warten.«

Der Chauffeur fuhr sie durch den Holland Tunnel nach New Jersey zu der Binderei.

Peter blickte auf das langgestreckte graue Gebäude. »Was ist das?«

»Hier werden aus bedruckten Papierbogen Bücher gemacht. Ich habe früher in einem Pferdewagen das Papier hergekarrt.«

»Pferde? Bist du sehr alt?«

John Carey runzelte die Stirn. »Daran denke ich nie. Möchtest du mal einen Blick hineinwerfen?«

Es war dunkel und heiß, und es roch nach Klebstoff. Der Chefbinder behandelte John Carey wie jemand Besonderen. »Ich möchte, daß Peter sieht, wie man Bücher macht«, sagte er. Der Mann unterbrach seine Arbeit, um es ihnen zu zeigen: Als sie alles gesehen hatten, schenkte er Peter ein fertiges Buch. Der Buchrücken war mit einem noblen Goldsignet bedruckt, das sein Großvater laut vorlas, »Van Dreelen *Carey*«.

»Ist das dein Name?«

John Carey nickte. »Dies sind unsere Bücher.«

»Fährst du sie immer noch hierher?«

»Nein. Nicht mehr.«

»Weil die Pferde alle tot sind?«

»Man nimmt dafür heute keine Pferde mehr – wir haben Lastwagen. Andere Männer fahren sie für mich.«

»Und was machst *du* dann?«

John Carey streckte Peter das Buch wieder unter den Arm. »Ich entscheide, welche Bücher unseren Namen tragen werden.«

»Damit andere Leute ihn sehen können?«

John Cary gab darauf keine Antwort. Peter fühlte sich von der Schwärze in seinen Augen aufgesogen. Dann huschte ein flüchtiges Lächeln über das Gesicht seines Großvaters. »Wir werden ein anderes Mal hierherkommen. Es gibt da noch etwas anderes, das ich dir zeigen möchte.«

Sie gingen zum Wagen. John Carey nickte dem Chauffeur kurz zu. »Fahren Sie uns zum Verlag.«

Eine Stunde später hielten sie an der Ecke Fifth Avenue und 42. Straße vor einem zwanzigstöckigen Hochhaus aus schiefergrauem Stein. An der Vorderseite, hoch oben über dem Getümmel der Fifth Avenue, stand in übergroßen, in der späten Nachmittagssonne schimmernden Goldbuchstaben »Van Dreelen & Carey«. Die Gebäudefront war in einem kunstvollen französischen Stil gehalten, mit einem

Mansardendach und einer schwarzen Schmiedeeisenvergitterung, die um die oberen Bürofenster lief. Flankiert von geschwungenen Ornamenten über der eleganten Glaspforte prangte ein weiteres, goldenes »Van Dreelen & Carey«. In den Schaufenstern zu beiden Seiten waren die gebundenen Bücher des Verlags ausgestellt. Peter erkannte das Firmenlogo anhand des Buches, das er dabei hatte. »Ist das auch unser Name?«

»Ja.«

Sie standen auf dem Bürgersteig und blickten gemeinsam zu dem Schriftzug hoch. Ein kühler böiger Herbstwind wehte Peter übers Gesicht. »Gehört uns dieses Haus, Großpapa?«

»Ja.«

»Schon immer?«

»Nein – nicht immer. Die Leute, denen es einmal gehörte, hießen Van Dreelen – die Familie von Großmutter Carey.« John Carey drehte sich um und streckte Peter seine offenen Hände entgegen. »Ich habe diese Schwielen bekommen, als ich Kohlen in ihren Heizofen geschaufelt habe.«

»*Danach* hast du es gekauft.«

»Ja – lange Zeit später.«

Peter mußte an seinen Vater denken, wie er sich öfters umblickte, so als würde ihn jemand verfolgen: »Wollen andere Leute es auch haben?«

»Ja.« John Careys Miene erstarrte. »Aber ich werde sie es uns nie wegnehmen lassen.«

Peter blickte erneut zu dem Schriftzug über dem Eingang auf. »Wieso hat mein Papi mich nie hierher gebracht?«

John Carey gab darauf keine Antwort.

Peter war verwirrt. »Liebt er dieses Haus ebenfalls, Großvater?«

John Carey drehte sich um und blickte es stumm an. Nach einer Weile sagte er: »Ich weiß es nicht.«

»Und warum liebst *du* es?«

John Carey starrte lange das Verlagsgebäude an. Peters Hand fest in der seinen, sagte er scharf, beinahe flüsternd: »Weil es *uns* gehört.«

Peter bekam es bei dem heiseren Klang der Stimme seines Großvaters irgendwie mit der Angst zu tun. Er fragte scheu: »Bist du viel älter als mein Papi?«

»Ja, John Peter, das bin ich.« John Careys Blick war immer noch auf das Verlagsgebäude geheftet. »Warum?«

Peter konnte nicht in Worte fassen, was er instinktiv begriffen hatte, daß seit langer Zeit niemand mehr mit dem Pferdewagen fuhr oder Ofen befeuerte, daß sein Großvater in letzter Zeit immer langsamer und schleppender ging, so als ob er seine Bewegungen aus der Erinnerung heraus steuern würde und diese Erinnerung immer mehr verblaßte, daß sein Gesicht röter wurde, wenn sie schnell eine Kreuzung überqueren mußten, daß es Herbst war und die Bäume ihre Blätter verloren, daß es keine Großmutter Carey gab und auch niemand jemals von ihr sprach, daß alte Stimmen einsam klangen. »Mach dir keine Sorgen, Großvater. Ich werde mich für dich um dein Haus kümmern.«

John Carey kniete unvermittelt auf dem Bürgersteig nieder. Er packte Peter bei den Schultern und blickte ihm fest in die Augen. »Wieso hast du das gesagt?«

»Ich *werd's tun.*«

»Und warum hast du dann nach deinem Vater gefragt?«

Peter wußte immer noch keine Antwort. Er fühlte mit den Fingern den Furchen im Gesicht seines Großvaters nach. »Weil du *Risse* hast. Papa hat nur ganz kleine Risse um die Augen herum.«

John Carey schwieg. Dann lächelte er. »Was spielt dein Vater mit dir?«

»Manchmal spielen wir Fangen, im Park.«

Es machte Peter angst, als John Carey anfing, wie sein Vater mit ihm Fangen zu spielen. Er merkte gleich, daß es dazu viel zu spät war.

Schon nach ein paar Metern blieb sein Großvater stehen,

aus der Puste gekommen, und schnappte mit gerötetem Gesicht nach Luft. Peter fragte schließlich nicht mehr, ob sie Fangen spielen könnten. Sein Großvater machte aus seiner Enttäuschung keinen Hehl und ging nun umgekehrt dazu über, ihn herauszufordern. »Diesmal fange ich dich, Peter.« Peter kapierte schnell, daß es besser war, etwas langsamer zu rennen, um ihm die Möglichkeit zu geben, ihn einzuholen. Nach einer Weile würde Peter dann sagen: »Komm, laß uns noch einmal über unser Haus sprechen.« Und dann hörte John Carey auf, setzte sich seinem Enkel gegenüber und erzählte ihm alles über Bücher, Autoren und Geld, über die niedrigen Herstellungskosten von Taschenbüchern und darüber, wie bewegend ein Roman von John O'Hara war – all jene Dinge, über die er mit seinem Sohn nicht mehr sprach.

Auch Phillip Carey war nicht entgangen, daß sein Vater Peter immer fester ins Herz schloß. Es verwirrte und verstörte ihn, und er fühlte sich in seiner eigenen Stellung bedroht. Der Großvater, den Phillip da erblickte, war der Vater, von dem er immer nur geträumt hatte. Er hatte die Leere, die Allie nicht füllen wollte, nur zu gut erkannt und versuchte, Peters Schmerz zu lindern, indem er jene Momente des Glücks im Leben eines Kindes wiedererschuf, die John Carey ihm vorenthalten hatte. Dennoch konnte er mit Peter nicht umgehen. Entweder zu kühl oder zu übereifrig, erwischte er stets den falschen Moment, sich dem Jungen zu nähern. Da er seine eigene Kindheit haßte, hatte er nicht das geringste Gespür für Kinder.

»Hey, mein kleiner Märchenprinz, willst du Werfen spielen?«

Peter lag der Länge nach auf dem Boden seines Schlafzimmers, ganz darin versunken, grüne Plastiksoldaten in Reih und Glied aufmarschieren zu lassen.

»Peter?«

Sein Neffe blickte zu ihm auf. Phillip zog einen kleinen

roten Ball aus seiner Tasche und begann damit, ihn vor Peters Augen hochzuwerfen und wieder zu fangen. »Habe ich dir gerade gekauft – komm, wir gehen jetzt hinters Haus und werfen ihn ein.«

Peter wirkte unschlüssig. »Ich habe Großvater versprochen, daß ich das hier mit ihm spiele.«

»Nur auf einen Sprung – dein Großvater ist ja noch nicht da.« Phillip lächelte verlegen. »Vielleicht wirst du ja mal so gut wie Lou Gehring, okay?«

»Wer ist das?«

»Mein Lieblingsspieler – er hat bei den Yankees auf dem ersten Base gespielt.«

»Hast du ihn mal spielen sehen?«

Phillip nickte. »Das war, als es noch kein Fernsehen gab. Aber dein Großvater hat mich einmal zum Spiel mitgenommen.«

»Großpapa?«

»Ja.«

»Ist er jetzt tot – der Mann?«

»Lou Gehring? Ja, der ist tot.«

Peter schob sich näher an die Spielzeuge heran. »Besser, ich warte auf Großpapa.«

»Vielleicht kommt er ja nicht...«

»John Peter Carey!« John Carey kam zur Tür hereingebraust, vorbei an Phillip. Er hatte eine Bushmills-Fahne und roch stark nach Zigarre. »Du hast ohne mich angefangen.«

Peters Augen zogen sich zu einem strahlenden Lächeln zusammen. Er streckte die Arme nach seinem Großvater aus, umarmte ihn und vergrub den Kopf in seinem Nacken.

Phillip blickte auf den Gummiball in seiner Hand, und ein weiteres Mal spürte er die Einsamkeit seiner Kindertage. Er ging, unbemerkt von den anderen.

Allein in seinem Büro grübelte Phillip darüber nach, welche Folgen für ihn der heranwachsende Neffe hatte.

Charles' Ausscheiden hatte ihn ungeheuer erfreut. Für

den Ausschuß schien es ein Wink mit dem Zaunpfahl gewesen zu sein, seine zermürbende Präsenz zu verringern. Ihre Autoren wurden nun seltener zu den Anhörungen bestellt, und Van Dreelen & Carey wurde kaum mehr erwähnt. Nur Charles wurde noch beschattet: Zu Phillips Erleichterung hatte der ihm unheimliche Englehardt sich bei ihm nicht wieder blicken lassen. Und auch seine sonstigen Ängste ließen vorübergehend nach: Jetzt, wo er John Carey offensichtlich beerben würde, stürzte er sich mit neuer Entschlossenheit in das Machtvakuum, beanspruchte ein Mehr an Macht und Verantwortung für sich. Es wurden kaum noch ohne ihn Entscheidungen getroffen, und er spürte, wie er an Bedeutung gewann: Schriftsteller, Produzenten, Agenten und Taschenbuchverleger – die Männer, die sich früher immer an Charles gewandt hatten – suchten nun bei ihm nach Antworten und Lösungen.

John Carey schien von alldem nichts zu bemerken.

Phillip war unfähig, die Gedankengänge seines Vaters zu erahnen, und wurde sich in seinen eigenen immer unsicherer, zumal Charles' unausgesprochene Präsenz ihn verfolgte. Manchmal, wenn er aus dem Büro heraustrat und sich den vertrauten Korridoren gegenübersah – den kleinen gemütlichen Büros mit ihren zahllosen Lektoren in weißen Hemden, den geldscheingrünen Teppichen, den an den Wänden hängenden Literaturpreisen zwischen Fotografien von älteren, bereits verstorbenen Angestellten, die einmal in John Careys Gunst gestanden hatten –, kam er sich wie ein Fremder vor. Schließlich fragte er seinen Vater, ob er, der der Firma nach Charles' Ausscheiden weiterhin treu gedient hatte, sie nach dem Tod seines Vaters erben würde. John Carey setzte eine eiskalte Miene auf. »Ich möchte das Gefühl haben, daß du hier bist, weil es deinem innersten Wunsch entspricht«, antwortete er streng. »Die Dinge gehören den Leuten, die sie am meisten lieben.«

Damit war das Thema für ihn erledigt.

Phillip verdoppelte seine Anstrengungen, die Gunst seines Vaters zu erlangen, bis er schließlich frustriert aufgab. Er fühlte sich ausgelaugt, was sich wiederum in Leichtsinnigkeit niederschlug, in Lebensbereichen, die außerhalb von John Careys Reichweite lagen. Er trank zuviel, gab mehr Geld aus, als er hatte, schlief mit Garderobieren und Schauspielerinnen, an deren Namen er sich anschließend nicht mehr erinnern konnte. Er genoß es, sie zu dominieren. Sein Geld als Druckmittel benutzend, machte er sie sich gefügig, ließ sie, manchmal im Zweier oder auch gegenseitig, das machen, was er ihnen befahl. Während sie mit leeren, freudlosen Augen ihre Rolle spielten, stellte Phillip sich die verletzten Mienen ihrer verlassenen Geliebten vor – Hinterwäldler aus Kansas oder Ohio, die sie im Dunkeln genommen und darauf gehofft hatten, sie zu heiraten. In seiner Phantasie wurde er Zeuge ihrer Erniedrigung. Anschließend duschte er und ging. Und wenn seine dunklen Gelüste ihn in Gedanken wieder einholten und das Bild seiner Mutter in porzellanhafter Vollkommenheit aus dem Grab seines Unterbewußtseins vor ihm aufstieg, erschauerte er.

Er fing an, Alicia Carey in seine Phantasien mit einzubauen.

Auf einer Matratze in einer schmuddeligen, vierstöckigen Absteige im East Village hatte er, mit vor Scham abgewandtem Gesicht, eine dürre, sehnige Mannequinstudentin beritten. Als er schließlich ihr Stöhnen hörte, konnte er sich nicht mehr an ihre Gesichtszüge erinnern. Er fühlte, wie wegen seiner Schuldgefühle seine Erektion in ihr erschlaffte, spürte, wie die nackte, kalte Angst ihn übermannte. Keine seiner noch so verstiegenen Vorstellungen, keine Liebesnacht mit einer Frau vermochte ihn zu retten. Dann stellte er sich Allie Fairvoort vor.

Die dünne Studentin verwandelte sich vor ihm plötzlich zur Frau seines Bruders, deren arrogante Überheblichkeit plötzlich in Verlangen umschlug, und sein Glied schwoll in ihr wieder an. Jetzt nahm Charles die Rolle des düpierten

Geliebten an, der schockiert und erniedrigt zuschaute, während Alicia Carey nach Phillip schrie, ihn anflehte, sie zu nehmen. Wie von Sinnen bohrte er sich in sie hinein, immer wieder, und als er kam, stieß er einen lauten Schrei aus. Als die Studentin sich anzog, sah er ihre grünen Augen.

Er bezahlte sie dafür, daß sie sich die Haare aschblond färbte.

Sie schlüpfte für ihn in hochhackige Schuhe und schwarze Strumpfhosen, flehte ihn an, das tun zu dürfen, was er von ihr verlangte. Das Geld, das er ihr gab, brachte sie auf die Bank. Für Sodomie zahlte er ihr einen Zuschlag. Als sie ihr Erspartes abhob, um ihren Freund in Texas zu heiraten, weinte er.

Er fühlte sich ganz und gar allein auf der Welt.

In seinem verzweifelten Gefühl der Leere entwickelte er eine Art Wahn. In dem Schweigen seines Vaters meinte er den abwesenden Charles zu spüren. Peter war das Symbol dafür, daß Charles das Familienerbe angetreten hatte.

Gegen seinen Willen begann Phillip sich den Tod seines Bruders vorzustellen. Die Vorstellungen suchten ihn immer häufiger heim.

Es würde ein Unfall sein; Phillip wäre traurig. Die Trauer vereinte seinen Vater mit dem überlebenden Sohn, und er würde die Hand nach ihm ausstrecken...

Phillip graute vor sich selbst.

Er suchte einen Psychiater auf.

Er erzählte von seinen Phantasien und hörte das Kritzeln eines Bleistifts, als der Mann anfing, sich Notizen zu machen. Plötzlich überkam ihn das Gefühl, daß seine nun schriftlich fixierten Tagträume zu einer Prophezeiung des Todes seines Bruders wurden. Der Bleistift kritzelte weiter...

Phillip stürzte aus der Praxis.

Er quälte sich mit Entschuldigungen, die er nie aussprechen könnte: an Charles für die Todesbilder, die in seinem Kopf tanzten, an Peter für den Schmerz und die Trauer, die sie ihm bereiten würden. Englehardt fiel ihm wieder ein, und er versuchte sich in der Hoffnung, daß das Klicken, das er immer noch in seiner Leitung hörte, nicht von Englehardts Agenten herrührte, sondern daß sein Gewissen ihn für seine fieberhaften Vorstellungen bestrafte. In seiner Schuld und dem unaussprechlichen Gefühl, ein verabscheuungswürdiger Mensch zu sein, wurde ihm die Einsamkeit zum Selbstschutz.

Er durfte niemanden zu nah an sich heranlassen, denn er könnte durchschaut werden, und man könnte das Böse in ihm sehen.

Hin und her gerissen zwischen seinem Selbsthaß und dem Bild der Vollkommenheit seiner Mutter, konnte er sich Frauen, die ihm ebenbürtig waren, nicht öffnen, geschweige denn um ihre Hand anhalten.

Als Charles Ruth kennenlernte, kurz bevor er Van Dreelen & Carey verließ, hätte er über die Vorstellung, eines Tages mit ihr im Bett zu landen, nur gelacht: Er hatte damals ja keine Ahnung, daß John Carey sie dazu benutzen würde, ihn wieder in den von ihm verschmähten Wettstreit mit seinem Bruder hineinzulocken.

Gefangen in seiner Liebe zu Peter war er bei seinen Seitensprüngen stets sehr diskret vorgegangen. Er wurde immer noch beschattet, und auch Phillip hätte Allie das Gift der Eifersucht einträufeln können. Vor einer Scheidung schreckte er zurück: vielleicht wenn Peter älter war und weniger das Opfer der Launen seiner Mutter. Und er entdeckte bald, daß es genügend Frauen gab – Lektorinnen und Schauspielerinnen, Schriftstellerinnen und gelangweilte Ehefrauen –, die bereit waren, sich mit ihm einzulassen.

Ruth Levy gehörte nicht zu ihnen.

An jenem ersten Tag war sie im streng geschnittenen Kostüm zu ihm ins Büro gekommen, ihre Bewerbung in der Hand, die Schwester seines Freundes: ein schmales Gesicht, ganz wie Levy, mit den gleichen Augen, die ihn zu durchbohren schienen. Die Intensität ihrer Blicke verbarg sie unter einem abgehackten Wortschwall, begleitet von einer raschen, vogelähnlichen Gestik, die die Zigaretten, die sie in ihrer Handtasche verbarg, verriet. Ihr Stoffwechsel war vermutlich dermaßen rege, daß sie selbst am Schreibtisch sitzend Kalorien verbrannte. Sie hatte wildes, schwarzes Haar, lange Beine und so gut wie keinen Busen. Ihre Nase war auffallend schmal, ihr Teint elfenbeinfarben, und ihre Augen versprühten eine Intelligenz, die sie schrecklich ernst erscheinen ließ, und auf seltsame Art schön. Sie hatte ihr Studium mit *summa cum laude* abgeschlossen: Carey dachte sich gleich, daß sie Spartakistin sei und ganz sicher außer sich über die Rosenbergs und über Sacco und Vanzetti. Und daß ihr niemals ein Lächeln über die Lippen käme. Als er ihr dies gestand, zwei Jahre später im Bett, lachte sie, bis ihre kleinen Brüste sich schüttelten.

»Himmel, Carey, was bist du nur für ein selbstgefälliges Arschloch!«

Er lächelte, und sie kramte in ihrer Handtasche nach Zigaretten. »Nun, das meiste davon stimmte ja.« Er ahmte ihre nasale Aussprache nach und legte los: »Harry Luce ist ja *so* ein Faschist – ich hab's da drüben bei *Time* einfach nicht mehr ausgehalten! Und dann diese *Graphiken*, diese blöden scheißrechtsradikalen Graphiken: Italien wurde da aufgeteilt wie eine Pizza. Die Christdemokraten haben einen zweiunddreißig Prozent großen Keil bekommen, die Kommunisten neunzehn und die ganzen Pepperonis, die in Rot gemalt und in der Nähe von Mailand waren, wo deine blöde Freundin *Clare* nie hinwollte, weil die Arbeiter dort fürchterlich stinken und kein Englisch sprechen …«

»Habe *ich* nie gesagt.«

»Wolltest du aber – nächste Woche.«

Sie drückte ihm ein Kissen aufs Gesicht, bis er keine Luft mehr bekam.

Sie hörte ihn darunter keuchen. »Gibst du auf?« fragte Ruth fordernd.

»Himmel, ja«, röchelte er. »Ich dachte, du bist gegen die Todesstrafe.«

»Nur zu sexuellen Zwecken.« Mit einem Ruck zog sie das Kissen auf seine Brust hinunter, legte sich drauf und hielt sein verdutztes Gesicht zwischen den Händen. »Hast du eigentlich gewußt, daß ich bereits lange bevor wir uns kennengelernt haben, in dich verknallt war? Von dem Bild in Bills Schuljahrbuch, als ich vierzehn war.«

Sie küßte ihn auf die Stirn.

Es war Schritt für Schritt passiert. Nachdem er sie eingestellt hatte, beobachtete er sie eine Weile. Sie arbeitete als Lektoratsassistentin, eine undankbare Aufgabe, Akkordarbeit. Sie mußte Phillip ungebetene Anrufer vom Hals halten, Black Jack Careys Verabredungen zum Mittagessen planen, mit Manuskripten zwischen Charles' Wohnung und dem Verlag hin und her pendeln und höfliche Absagen an hoffnungslose Autoren unerwünschter Meisterwerke schreiben, wie jene Witwe aus Kansas, die von den vorangegangenen siebzehn Absagen dermaßen traumatisiert war, daß sie damit drohte, sich umzubringen, falls Van Dreelen & Carey sich weigerte, ihre Liebesgedichte an ihren verstorbenen Sohn herauszubringen. »Sie hat ihn wahrscheinlich bei sich im Kühlschrank«, sagte sie schaudernd zu Charles. »Himmel, all das *Leid* da draußen.«

»Da kann einem schon angst und bange werden«, stimmte er ihr zu. Er mußte an Levys Mutter denken und fügte mit leiser Stimme hinzu: »Aber diese Leute machen's dann schließlich doch nicht, weißt du.«

»Was?«

»Sich umbringen.«

Ihre Mundwinkel zogen sich nach unten: Einen Augenblick schien sie beinahe verloren. »Warum hast du mich damals eingestellt?« fragte sie. »Wegen meines Bruders?«

»Nein.« Er lächelte. »Ich habe dich genommen, weil du

entweder ein Genie warst oder ein hinterhältiger Heckenschütze. Ich war neugierig und wollte wissen, welches von beiden.«

»Und was denkst du jetzt?«

»Daß ich durch Zufall eine gute Lektorin angeheuert habe.«

Sie wurde Phillip zugeteilt und konnte keinen Roman finden, der ihn zufriedenstellte. Nach und nach, während sie sich durch eine Lawine von Manuskripten kämpfte, bis ihr der Kopf rauchte, wandte sie sich Charles zu, um bei ihm neuen Mut zu tanken. Sie wählte Manuskripte aus, trennte die Spreu vom Weizen, legte einen Stapel nach dem anderen an, karrte immer wieder neue Stapel mit der U-Bahn nach Hause, um abends weiterzulesen, bis der schlechte Kaffee sie ganz fickrig gemacht hatte und sie merkte, daß sie die Seite, die ihr da vor den Augen schwamm, bereits seit einer Stunde las. »Machen Sie sich keine Sorgen«, sagte er ihr. »Eines Abends werden Sie ein wundervolles Manuskript aufschlagen, von einem Schriftsteller, von dem niemand je gehört hat, und ein Jahr darauf wird auch jeder andere wissen, wie großartig es ist – sogar Phil.«

Sieben Monate später geriet sie inmitten der endlosen Memoiren von Beagle-Hunden und viehisch gemeinen Eltern an einen traurigen, schmerzvoll-schönen Roman über die Geschichte eines jungen Mädchens, das in einer harten, herzlosen Kleinstadt in Georgia heranwächst. Sie las es zweimal durch, drückte es fest an sich und ging damit zu Charles. »Es ist so *gut*. Es wurde bereits von fünf Verlagen abgelehnt, und diese Frau ist *so* gut.«

Als sie so in seiner Bibliothek stand, schien sie vor lauter Liebe zu dem Buch geradezu zu beben. »Wovon handelt es?« fragte Charles. Als sie es ihm sagte, runzelte er die Stirn. »Hört sich nicht gerade nach einem Verkaufsschlager an, fürchte ich. Wem haben Sie es bisher gezeigt?«

Sie wurde rot. »Niemandem.«

»Nicht mal Phillip?«

Sie senkte den Blick, stand angespannt vor ihm, das Manuskript in den Händen wiegend wie ein Baby. »Ich dachte, daß ich bei Ihnen damit mehr Glück hätte.«

Er blickte sie fest an. »Das war aber nicht sehr klug von Ihnen, wissen Sie.«

Sie nickte, wagte es immer noch nicht, zu ihm aufzusehen. »Ich weiß.«

»Dann wissen Sie ja auch, daß Ihnen das Leben hier sehr schwergemacht werden könnte, wenn ich dazwischenfunke.«

Ihre Augen blitzten ihn an. »Das ist mir egal.«

»Wirklich? Ich dachte, Sie wollten im Verlagswesen *Karriere* machen, und keine Kaffeepause.«

Sie blickte ihn unverwandt an. Mit einer sanften, für sie ganz untypischen Stimme sagte sie: »Bitte.«

Sechs Tage später ging Charles zu seinem Vater ins Büro. Ruths Manuskript lag auf dem Schreibtisch seines Vaters, Phillip stand daneben. »Wir haben das Buch gelesen«, sagte John Carey.

»Dann ist euch ja wohl klar, daß es zu gut ist, um es einfach zu ignorieren.«

»Es wird sich nicht verkaufen«, warf Phillip mit scharfer Stimme ein. »Und es gefällt mir ganz und gar nicht, daß Miss Levy sich nicht mit mir abgesprochen hat. Um die Wahrheit zu sagen, ich finde, daß wir sie hinauswerfen sollten.«

Charles wandte sich gegen Phillip. »Es ist Ruth Levys Bestreben, uns zu zeigen, was gut ist, und nicht, uns nach dem Mund zu reden. Du würdest eine Riesendummheit begehen, wenn du sie nicht behältst.«

Phillip sah ihn forschend an. »Was macht sie...«

John Carey hob die Hand, den Blick fest auf Charles gerichtet. »Heißt das, daß du wieder in verantwortlicher Stellung für den Verlag tätig werden willst?« fragte er in versöhnlichem Ton. »Du kannst nämlich nicht einfach kommen und gehen, wie es dir paßt, und dich ungefragt einmischen.«

Charles zögerte. »Wie genau lautet dein Vorschlag?«

»Leute, die mit den Händen in den Taschen zusehen und alles besser wissen, nützen mir nichts. Statt dessen wirst du etwas ganz Neues probieren. Du bekommst deine eigene Reihe – die Befugnis, fünf Bücher im Jahr auszuwählen und sie mit einem ›Charles Carey Buch‹-Signet unter dem Verlagsnamen herausbringen, auf daß du vor Gott und der Welt reüssieren oder scheitern kannst. *Dies* ist meine Bedingung für jedes einzelne Buch, das du veröffentlichen möchtest.« John Carey warf Ruth Levys Manuskript quer über den Tisch. »Dieses eingeschlossen.«

Charles entging die bittere Enttäuschung in Phillips Gesicht genausowenig wie die Entschlossenheit in John Careys. »Du vergißt, daß du es mit einem Typhusinfizierten zu tun hast«, erwiderte er. »Du und Phil, ihr schafft es vielleicht, daß sie sich mit euch langweilen und von euch ablassen, aber der Ausschuß ist mir immer noch auf den Fersen.«

John Carey zuckte die Achseln. »McCarthy ist zu weit gegangen – diese Leute können heute nicht mehr viel ausrichten, außer daß sie einem auf die Nerven fallen.« In seiner Stimme lag ein barscher Ton. »Du kannst weiterhin zu Hause arbeiten, Charles. Wenn du in der Sache jedoch nicht mehr für mich arbeiten willst, arbeitet Miss Levy für niemanden mehr.«

Charles erwiderte den Blick seines Vaters und versuchte darin zu ergründen, wie ernst es ihm wohl war. Mit tiefer Stimme sagte er schließlich: »Du sollst deinen Willen haben.«

Wortlos nahm er das Manuskript aus der Hand seines Vaters. Phillip wandte sich ab.

Am Tag darauf bat Ruth Levy Charles zu sich nach Hause.

»Schauen Sie«, sagte er ihr. »Ich habe nicht...«

Sie legte den Finger auf seine Lippen. »Ich weiß.«

Es war zärtlich und leidenschaftlich.

Charles Careys Stimme durchbrach das Schweigen.

»Du sollst deinen Willen haben …«

An einem nieseligen Dezemberabend saß Englehardt in seinem Mietzimmer und zuckte vor Schmerz zusammen, einem Schmerz, von dem er wußte, daß Phillip ihn empfunden hatte.

Das Band schaltete sich aus. Sofort spürte er, wie aus Schmerz Wut wurde.

Seine intensive Beschäftigung mit den Careys hatte seine innere Leere noch nicht ganz gefüllt: Allzugerne wäre er die unsichtbare Hand, spürbar zwar, aber nicht zu identifizieren, die Phillip eine Zukunft bescherte, die so ganz anders wäre als seine Vergangenheit.

Er mußte an die Aufzeichnungen über Phillips Phantasien und Zwangsvorstellungen denken, die er vom Psychiater gestohlen hatte. Ihre Seelenverwandtschaft ließ ihn geradezu erzittern.

Die Careys stellten für ihn ein Doppelleben dar, das er im verborgenen führte. Vier Jahre lang war er in dem stetig erlahmenden Betrieb des Ausschusses seiner Arbeit nachgegangen, um nachts zu den Berichten, Fotografien und den leisen, auf Band aufgenommenen Stimmen seiner Ersatzfamilie zurückzukehren, um zu lieben und zu hassen, um stolz zu sein und sich in Mitleid zu suhlen, alles im Schutze seines Verstecks.

Er konnte daran nichts Seltsames finden: Er wußte wohl, daß die meisten Männer tief in ihrem Innersten Voyeure waren, die, wenn sie nackte Frauenkörper in Zeitschriften sahen, die gleiche rasche, von Schuld getränkte Erregung verspürten, wie wenn sie durch ein Fenster spähten. Er hatte schlicht und ergreifend etwas, das seine Einsamkeit ihm zur Notwendigkeit machte: ein Platz in dem Fenster, von dem aus er die Stimmen erlauschen konnte.

Die Stimme, die er hörte, war die Phillip Careys.

Gemeinsam mit Phillip hatte er sich über Charles' Ausscheiden gefreut: Das Interesse des Ausschusses an dem Verlag war offenkundig zurückgegangen – sein privates Signal an John Carey, daß sein Sohn dem Verlag besser fernblieb. Jetzt zeigte er seine Allgegenwart nur noch anhand der Männer, die Charles beschatteten. Dadurch wollte er ihn zum Paria stempeln. Aber seine Wanzen und Abhöranlagen ließ er keineswegs entfernen: Er verfolgte, wie John Careys Liebe zu Peter zunahm, hörte die getuschelten Telefonate mit, die Rückschlüsse über Charles' Seitensprünge zuließen, und er spürte in sich das Gefühl des Zweifels und der Einsamkeit, das Phillip Tag und Nacht verfolgte und das sich durch den Umgang mit den Frauen, die er niemals lieben würde, nur verstärkte.

Wie Phillip, kannte auch er nicht den Inhalt von John Careys Testament.

John Carey sprach mit niemandem darüber.

Die Macht des Ausschusses war immer mehr im Schwinden begriffen, genau wie der alte Carey es vorhergesehen hatte: Zwei Monate zuvor hatte der Chefankläger des Ausschusses den Vorschlag gemacht, »einige unserer schon ein wenig angestaubten Ermittlungsvorgänge« zu den Akten zu legen...

Charles Carey stand ganz oben auf der Liste.

Englehardt versuchte, Zeit zu gewinnen: Er reagierte gepeinigt und zermarterte sich das Hirn, was nun zu tun sei: Politisch konnte er Charles Carey nichts mehr anhängen. Nur in seinem Privatleben, als Vater eines Sohnes, den er zu sehr liebte, um seine hysterische Frau zu verlassen, zeigte sich Charles' Schwäche.

Englehardt spürte, wie seine eigene Position Nacht für Nacht schwächer wurde.

Der Chefankläger hatte ihm nur noch fünf weitere Monate eingeräumt, um die Carey-Akten zu vervollständigen.

Ohne sich allzu viele Hoffnungen zu machen, nahm er die Berichte, die mit den Bändern gekommen waren.

Sie waren wie immer sauber getippt, ein schriftliches Dokument von Charles Careys Leben. Aber ein weiteres Mal war ihr Glanz nur falsches Gold, in dem sich lediglich die Liebe eines Vaters für einen kleinen blonden Jungen mit einem für seine kindlichen Schultern noch allzu großen Namen spiegelte: John Peter Carey der Zweite...

Wütend blätterte er die Berichte durch.

Bei der letzten Seite merkte er jäh auf.

Als würde er aus den Seiten auferstehen, bog Charles Carey in den Eingang des Mietshauses, in dem die schlanke, dunkelhaarige Frau wohnte, Ruth, und küßte sie.

Plötzlich fiel es Englehardt wie Schuppen von den Augen, und da wußte er, wußte aufgrund ihrer Unterhaltungen, denen er monatelang gelauscht hatte, noch bevor Charles es wußte, daß es mit Ruth Levy anders sein würde. Und gleichzeitig wurde ihm klar, daß er diese letzte Frau gegen Charles ins Feld führen konnte, und zwar auf eine Art, die ihn tief verletzen würde: um sicherzustellen, daß Charles' Vaters Gunst, und damit sein letzter Wille, endgültig dem jüngeren Sohn zufallen würde.

Peter Carey wäre das Mittel zum Zweck – der Preis eines Seitensprunges, der für die Mutter zu demütigend war, als daß sie ihn geflissentlich übersehen könnte.

Er benötigte nur ein wenig mehr Zeit, mehr nicht: Zeit genug für Charles, um sich zu verlieben.

Nach ihrer ersten gemeinsamen Nacht ging Charles immer häufiger zu Ruth.

Sie hatte ein kleines Apartment in der Waverly Place, ein paar Straßenzüge vom Washington Square entfernt. Manchmal trafen sie sich in der Abenddämmerung auf dem Platz. Wenn sie so unterhalb des prunkvollen Torbogens wartete – Scheinwerfer streiften den weißen Marmor, erhellten den Park und die düsteren Schatten der Bäume –, wirkte sie unendlich einsam, so zierlich und verletzlich. Sie lächelte und hakte sich bei ihm unter. Dann gingen sie ein Stück zu Fuß, unterhielten sich und lachten und schoben sich durch das Getümmel in der Macdougal Street, um in der Minetta Tavern zu Abend zu essen, berauscht von ihrer geborgten Freiheit; oder sie wanderten über die Cornelia Street zur Bedford hoch und setzten sich in eine dunkle Ecke des Chumleys – dessen Eingang seit Prohibitionszeiten noch immer nicht von einer normalen Haustür zu unterscheiden war –, um dem Gerede und Sprücheklopfen von Dichtern, Künstlern und ihrer Gefolgschaft zu lauschen; oder ins Lion's Head, an Jimmy Walkers Haus vorbei, im, wie Charles es nannte, »besten Häuserblock ganz Mannhattans«, St. Luke's Place, einer schmalen kopfsteingepflasterten Straße, flankiert von Gaslaternen und sich weit über die Straße wölbenden Bäumen. Am einen Ende standen mehrere aneinander anschließende schmucke Backsteinhäuser, aus denen Ruth die schönsten heraussuchte. Die Häuser reihten sich in perfekter Symmetrie aneinander. Schmiedeeiserne Geländer umzogen die Stufen, die zu einer mit Schnitzwerk versehenen Eichentür hinaufführten. Manchmal gingen sie auch bis ans Ende des Wharton-Street-Kais, stellten sich an den Hudson und schauten bis nach Ellis Island hinunter, wo Ruths Großvater als russischer Einwanderer angekommen war. Einmal, als sie am Fuße des Kais standen, machte sie ein Foto von ihm.

Sie gingen immer in Ruths Wohnung.

Charles war sich vollkommen darüber im klaren, daß er immer noch beschattet wurde, sagte sich aber, daß es ihm egal sei.

Er genoß es, jene Atmosphäre wieder aufleben zu lassen, die die Wohnung einer alleinstehenden jungen Frau verströmte, der Duft von Parfum und Kerzenrauch, das Durcheinander an herumliegenden Büchern, die antiken Lampen und die zusammen mit Bach- und Beethovenplatten auf dem Bett und auf dem Kühlschrank verstreuten Manuskripte.

Schließlich, obwohl er wußte, daß alles gegen ihre Verbindung sprach, daß sie nicht einmal zueinander paßten, verliebte er sich in sie.

Wenn sie nackt war, wurde sie zu einem verspielten Kind. Sie lachte übermütig, wenn die Leidenschaft sie beide überwältigte, und auch hinterher war sie fröhlich und quietschfidel. »Du bist schön«, sagte sie dann, und ihre Art, wie sie ihn begehrte, es offen und ungezwungen zeigte, berührte ihn zutiefst, weit tiefer als alles bisher Gewesene. Als sie allmählich ihre ehrfürchtige Scheu vor ihm verlor, erfuhr sie manches aus seiner Kindheit und seiner demütigenden Ehe.

Sie ging mit ihm ins Bett, liebte ihn und brachte ihn zum Lachen. Nach und nach verstand er ihre Art von Humor, ebenso wie ihre Ängste und ihre radikale Einstellung zum Leben, ihre geradezu unheimliche Sensibilität und die Art, in der sie mit sich selbst schimpfte, »Na komm schon, Ruthie, reiß dich zusammen«, so als ob sie ihre eigene Mutter oder ihr Vater wäre. Sie hatte ihren Vater nie zufriedenstellen können. Als ihre Mutter Selbstmord begangen hatte, war Ruth dreizehn Jahre alt.

Sie konnten darüber miteinander sprechen, wie er bald merkte, ebenso wie sie von ihrem Bruder reden konnten, mit einer gemeinsamen Zuneigung, die sie einander noch näher brachte. Levy und Charles blieben weiterhin gute Freunde. Vielleicht ging ihre Freundschaft nun sogar noch tiefer, da sie beide, ohne wirklich darüber reden zu können, wußten, wie schnell sich alles ins Traurige verkehren konnte: Charles wußte, daß Levy verstand, daß er deshalb ein so kompliziertes Leben führte, weil Ruth ihm so viel bedeutete.

»Was denkst du gerade?« fragte er sie oft. Er hörte ihr mehr zu, als daß er selbst redete. Er lachte, wenn sie fluchte, und durchschaute ihre vorgetäuschte Wut. »Diese Stadt saugt die Frauen aus«, sagte er zu ihr. »Sie kämpfen gegen den Streß, die Konkurrenz und gegen Männer, die sie nur vögeln wollen, bis sie zäh wie Leder sind, voll frustrierter Sehnsucht und doppelter Martinis und ›er ist ja so ein Ekel‹. So muß es wohl sein.« Er lächelte ein wenig. »Du bist einer der klügsten Menschen, die ich kenne, Ruthie – sei so hart, wie du es für nötig hältst, und laß dir von niemandem das Geringste gefallen. Aber paß auf, daß du dich nicht mit solcher Bitterkeit zur Wehr setzt, daß am Ende nichts von der Sanftheit übrigbleibt, um die zu verteidigen du ja schließlich ausgezogen bist.«

Sie nahm seine Hand. »Diese Männer sind ja solche *Angsthasen*«, sagte sie ernst. »So einen wie dich gibt es nur einmal.«

Er lächelte darüber, wie sicher sie sich da war. »Dann ist es ja wohl an mir, deine Lieblichkeit zu schützen.«

Sie stupste sein Gesicht an. Plötzlich lächelte sie. »Und dir mein tagtägliches Gequatsche anzuhören, Carey.«

Er mußte laut lachen.

Seine Zuneigung zu ihr tat auch ihm selbst und seiner Arbeit gut. Sie analysierten zusammen die Manuskripte, an denen sie arbeitete, versuchten immer wieder neue Tricks zu ersinnen, wie man ihrer Karriere auf die Sprünge helfen könnte, und sie wählten gemeinsam die ersten Bücher der Charles-Carey-Reihe aus. Sie kaufte ihm Gin aus Bombay für seine Martinis. Als er sie darum bat, dafür zahlen zu dürfen, bestand sie darauf, daß jeder Drink ihr »zionistisches Komplott«, Cheflektorin zu werden, voranbrachte. Er fand seine helle Freude an ihrer immer wieder mal aufflackernden Entrüstung – und an der rotzfrechen Art, in der sie ihr Luft verschaffte. Sie wetterte gegen »diese Rassisten in Little Rock« und gegen den Rückzug aus Suez. Sie verlangte von ihm, daß er jeden Monat zehn Dollar für Waisenkinder in Korea spendete – »Himmel«, fuhr sie ihn an, »schick deine *Frau* zur Arbeit, wenn du's dir nicht leisten kannst.« Sofort schlug sie die Hände vor dem Mund zusammen, bis sie sah, daß er lachte. Auch über die Verlegerzunft schimpfte sie liebend gern – »durch Inzucht erzeugte Volltrottel, zu dumm, um auch nur in einer Bank zu arbeiten« – und über Phillip im besonderen. »Lieber leg ich mich zu General Franco ins Bett«, sagte sie eines Abends aufgebracht, nachdem Phillip eindeutige Annäherungsversuche gemacht hatte. »*Er* ist es, der uns beschatten läßt – warum würde er es sonst tun? Er *mag* keine Frauen, das rieche ich.« Danach verpaßte sie ihm mit der hellseherischen Kraft des gekränkten Gemüts den Spitznamen »Phillip-Krafft-Ebing« und stellte Spekulationen über sein Privatleben an. »Ich hab's«, sagte sie Charles während eines Abendessens im *Sevilla*. »Nachts besucht er eine Hure in der Bowery, und dann kehrt er nach Hause zurück, schmiert sich mit seiner eigenen Scheiße voll, springt unter eine eiskalte Dusche, schlägt sich dabei mit dem Gummischlauch auf die Hände und schreit ›Böse! Böse‹!« Sie lächelte süffisant. »Was meinst du?«

»Einfach wundervoll. Möchtest du einen Nachtisch?«

»Nein, jetzt sag schon.«

Er spielte mit seiner Gabel herum. »Ich schätze, ich weiß genug über ihn, um Mitleid zu empfinden, obwohl es mir gelingt, dies zu vergessen.«

»Aber er hat sich an mich rangemacht, um dir weh zu tun, Charles.«

»Dann hast du *ihm* mehr weh getan, als du es dir vorstellen kannst.« Er lächelte. »Vergiß ihn, Ruthie – er wird's nicht noch einmal versuchen. Ich glaube, es liegt an dem Ausschuß, der mich noch immer beschatten läßt. Offensichtlich hoffen sie, daß ich zufällig Chruschtschow oder Bulganin auf der Straße treffe, und sind ganz verzweifelt, daß du eine Frau bist. Außerdem«, fügte er beiläufig hinzu, »liebe ich dich.«

Ihre Augen glänzten. Er blickte sie über den Tisch hinweg an. Ihre Hand berührte seinen Arm, zuckte dann zurück, so als hätte sie sich verbrannt.

Leise und eindringlich sagte er: »Ganz im Ernst.«

Ihre Lippen bebten. »Und Peter.«

Er wich ihrem Blick aus. Mit monotoner Stimme sagte er: »Und Peter auch.«

Sie redeten so gut wie nie über seinen Sohn. Aber die Tatsache, daß es ihn gab, war wie ein Kompaß, der ihnen in ihren Unterhaltungen und gemeinsamen Plänen die Grenzen aufzeigte. »Solange es ihr niemand unter die Nase reibt, wird sie nichts unternehmen«, sagte Charles einmal von Allie. Es verstand sich von selbst, daß seine Angst, Allie könne ihm Peter wegnehmen, seine Bewegungsfreiheit einengte. Manchmal, wenn ihn die Erinnerung an seine Jugend überkam, raste er im Jaguar durch die hügelige Landschaft Conneticuts, während Ruth vor lauter Angst und unfreiwilliger Bewunderung nach Atem rang; oder sie fuhren nach Uptown – um Olivier in *Der Entertainer* zu sehen, oder Nichols und May in *Down in the Depths*. Die Monate vergingen, und wenn Peter oder seine Arbeit an den Charles-Carey-Büchern ihn nachts zu Hause hielten, vermißte er sie mit jedem Male mehr. Aber er blieb nie über Nacht. Sie redeten nie von Heirat. Sie rief ihn nie zu Hause an.

An einem späten Abend im Frühling jedoch – Charles saß gerade über einem Manuskript und Allie war zu ihrem Ferienhaus in Maine gefahren – klingelte sein Telefon. »Ich will dich sehen«, sagte Ruth. »bitte, nur ganz kurz.«

Ihre Stimme riß ihn aus seinen Gedanken. »Wie spät ist es?«

»Nach zehn. Arbeite nur weiter – ich komme zu dir.« Sie schwieg einen Moment. »Wenn du nichts dagegen hast?«

Er blickte auf seine Uhr. Halb elf. Peter war seit sieben im Bett: *Der Wind in den Weidenbäumen* war für einen Vierjährigen ganz schön anstrengend. Beinahe wäre er eingeschlafen, bevor Charles die Geschichte zu Ende gelesen hatte. Der Koch und das Dienstmädchen hatten längst frei.

Er hatte Ruth seit zehn Tagen nicht mehr gesehen.

»Charles?«

»Also gut – ja. Ich lasse die Haustür offen.«

Sie fand ihn in der Bibliothek. Er lag im Tennishemd, leichter Baumwollhose und Mokassins auf dem Sofa ausgestreckt. Überall lagen mit blauem Farbstift korrigierte und zusammengestrichene Manuskriptseiten herum. Das Licht des Kronleuchters ließ die Ringe unter seinen Augen noch tiefer erscheinen. Sein Haar war ganz verwuschelt. Sie schloß leise die Flügeltüren hinter sich, ging zum Sofa hinüber und küßte ihn. »Du schaust fix und fertig aus.«

Er zuckte mit den Achseln und lächelte. »Das ist schon so seit der Zeit, als ich bei den Rollschuh-Wettrennen mitgemacht habe.«

Sie knipste den Kronleuchter aus.

Eine schummrige Stehlampe am Ende des Sofas spendete ihnen in ihrem Kokon der Dunkelheit ein wenig Licht. Sie stand vor ihm, keine Spur mehr von ihrer anfänglich so spöttischen Stimmung. Wortlos begann sie sich auszuziehen, ließ ihre Sachen hinter sich auf den Boden fallen, ein Kleidungsstück nach dem anderen, bis sie nackt war. Ihr dichtes Haar fiel ihr auf die Schultern.

»Peter...«

»Schläft.« Sie legte einen Finger an die Lippen. »Ruhig, Carey. Dies ist ein Hausbesuch.« Sie kniete sich neben das Sofa und knöpfte ihm das Hemd auf. »Setz dich doch mal kurz auf.«

Er rührte sich nicht, mußte an Peter denken. Sie nahm seinen Kopf in die Hände. Ihre Brust streifte sein Hemd. »Du hast mir gefehlt, Charles... so sehr gefehlt. Verstehst du das?«

»Ja.«

Er hob den Rücken.

Sie streifte ihm das Hemd ab, suchte mit dem Mund nach seiner linken Brustwarze. Er schloß die Augen. »Gott...«

»... hat damit nichts zu tun.« Sie glitt mit dem Mund an

dem dünnen, kastanienbraunen Haarlauf zu seinem Bauch. Sie griff nach der Gürtelschnalle.

Ihr Haar duftete nach Veilchen. »Schau, laß mich ...«

»Nein, Liebster. Genieß es.« Sie drückte mit der Wange gegen seinen Schoß. »So wie ich dich.«

Ihre Lippen strichen zärtlich um die Wurzel seines Gliedes und nahmen ihn schließlich in den Mund.

Peter wachte oben auf und rieb sich die Augen. Das Zimmer wirkte so dunkel. »Daddy?«

Keine Antwort.

Er hatte einen trockenen Mund. »Kann ich einen Schluck Wasser haben, Daddy?«

Die Stille machte ihm angst.

Er kroch aus dem Bett und fand seinen roten Frotteebademantel dort, wo er ihn hingeworfen hatte, auf dem winzigen Kapitänsstuhl. Er schlüpfte hinein. Charles hatte in Peters Badezimmer das Nachtlicht angelassen. Er ging hinein, ließ das Wasserglas vollaufen und leerte es in kurzen, durstigen Schlucken. Er stellte das Glas zurück, blickte sich um und horchte.

Es herrschte immer noch vollkommene Stille.

Er ging zurück zum Bett und blieb eine Weile davor stehen. Auf seinem Kopfkissen lag ein grüner Plüschelefant mit Knopfaugen, den sein Vater von F. A. O. Schwarz mitgebracht und auf den Namen »Dewey« getauft hatte, aus Gründen, die Peter nicht verstand. »Elefanten denken ein klein wenig langsam«, hatte sein Vater ihm mit einem Lächeln erklärt, »aber sie sind natürlich sehr groß und mutig. Wenn du also einmal plötzlich Angst bekommen solltest, und ich bin gerade nicht da, dann halt einfach Dewey ganz fest, bis ich wieder zurück bin.«

Peter nahm Dewey an seinem Rüssel hoch und ging auf den Flur hinaus, um seinen Vater zu finden.

Hier war es sogar noch dunkler. Er schob sich an dem schweigenden Schlafzimmer seiner Mutter vorbei. Dewey drückte er unterdessen noch fester an sich. Dann erreichte er das Schlafzimmer seines Vaters.

Es war leer.

Sein Herz pochte wild. Auf Zehenspitzen stahl er sich den langen, dunklen Flur zurück. An seinem Zimmer angekommen, blieb er kurz stehen. Dann ging er zur Wendeltreppe. Der Gürtel seines Bademantels schleifte hinter ihm her. Er blieb dort eine Weile stehen – Dewey fest unterm Arm gedrückt – und blickte nach unten.

Nichts.

Wieder rieb er sich die Augen. »Daddy?«

Immer noch nichts.

Er zögerte einen Moment, einen Kloß im Hals. Dann streckte er den Arm nach dem Geländer aus, das sich glatt und geschmeidig anfühlte, und wankte die Treppe hinunter. Auf jeder neuen Stufe horchte er.

Unter der Tür zur Bibliothek sah er einen Lichtspalt.

Wieder blieb er stehen. Er mußte daran denken, wie er einmal seine Mutter dort überrascht und ein Glas zerbrochen hatte; sie hatte ihn angeschrien und ihn dafür ausgeschimpft, daß er sich an sie herangeschlichen hatte. Dann fiel ihm ein, daß seine Mutter ja gar nicht zu Hause war.

Er durfte seinen Vater nicht verlieren. Noch nicht.

Vielleicht war sein Vater in der Bibliothek.

Zaghaft stieg er die restlichen Stufen hinab.

Vor den Flügeltüren der Bibliothek blieb er wieder stehen. Sein Herz klopfte noch heftiger. Dann langte er nach dem runden, glatten Türknauf. Langsam drehte er ihn um. Halb aus Angst, halb weil er seinen Vater überraschen wollte, schob er Dewey durch den Türspalt und spähte hinter ihm hervor.

Plötzlich hielt er inne, wie gelähmt vom Anblick der nackten Arme und Beine und Körper. Die schlanke, dunkelhaarige Frau hatte er noch nie gesehen. Sein Vater stöhnte.

Er beobachtete sie, unfähig, sich vom Fleck zu rühren

oder auch nur einen Ton hervorzubringen. Die Zeit stand still…

Plötzlich sah Peter, wie Charles seinen Plüschelefanten anstarrte, wie er den Mund öffnete, aber keinen Ton von sich gab. Dewey glitt zu seinem Kinn hinab: Einen einzigen schrecklichen Moment lang blickte Peter Carey seinem Vater in die halbgeschlossenen Augen, wie er im Mund seiner Geliebten kam.

Peter sah, wie sein nackter Vater sich zuckend aufbäumte, um wie erlöst zusammenzusacken, sah das schwarze Haar und die elfenbeinfarbenen Schultern sich über dem Schoß seines Vaters auf und ab bewegen, und dann wankte er rückwärts, Dewey fest umklammert, wieder aus der Bibliothek und weinte, ohne zu wissen, warum.

Kurze Zeit darauf, es war immer noch dunkel, kam Charles zu ihm ins Zimmer. Er sagte sanft: »Du hast uns also zugesehen?«

Peter schämte sich zu sehr, um mehr zu tun, als zu nicken.

Charles kniete sich neben das Bett. »Bist du jetzt böse auf mich?«

»Nein.« Peter warf sich seinem Vater um den Hals.

»Dazu hättest du nämlich allen Grund.«

Peter schüttelte den Kopf, ohne aufzuschauen: Er wußte, daß sein Vater nichts dafür konnte, daß es seine eigene Schuld war. Der Vorfall mit seiner Mutter erinnerte ihn daran.

John Peter Carey beobachtete Charles' Schritte scheinbar gleichgültig. Insgeheim schwor er seinem Enkel jedoch, daß die Affäre seines Sohnes Peter nie in die alleinige Obhut von Allie Fairvoort spielen würde.

Eine Scheidung kam nicht in Frage.

Seinem Sohn sagte er nichts von alledem: Charles würde es nie und nimmer akzeptieren, daß sein Vater zu guter Letzt einige Detektive auf ihn angesetzt hatte. Er fürchtete die Männer, die seinen Sohn verfolgten, und er wollte herausfinden, was sie wußten.

Was er zu seinem Erstaunen herausfand, war, daß Ruth Levy inzwischen Charles' einzige Geliebte war. Eine Tatsache, die in ihm schlimmste Befürchtungen weckte.

Die geheimen Berichte über jeden von Charles' Schritten bestätigten, daß er immer noch Tag und Nacht beschattet wurde: Das seltsame Klicken in der Telefonleitung, die Post der Careys, die merkwürdigerweise stets mit Verspätung eintraf, all dies deutete darauf hin, daß diese Spitzeldienste auf das Konto des Ausschusses gingen und nicht Alicia Carey zuzuschreiben waren. Obwohl dies vollkommen widersinnig erschien.

Er veranlaßte, daß diese Männer zu ihrem Auftraggeber zurückverfolgt wurden.

Einen Monat später meldete sich der Chef der von ihm angeheuerten Privatdetektive – ein schweigsamer Mann, schiefergrau wie ein Bürgersteig – bei ihm im Büro.

Zwei von Charles' Beschattern hatten sich in einem chinesischen Restaurant in der Mulberry Street mit einem dritten getroffen. Auf düsteren Fotos erstarrt, unterhielten sie sich mit ihm.

Der Detektiv wies mit dem Finger auf die Fliege des Mannes. »Kennen Sie den?«

John Carey senkte den Blick und nickte.

Er sagte nicht, warum oder woher er ihn kannte.

Die Tage des Ausschusses waren gezählt. Daß dieser Mann Charles weiterhin hartnäckig verfolgte, erschien ihm sinnlos und machte ihm deshalb angst: Es war weder mit politischen Motiven erklärbar noch durch irgendeinen anderen, für ihn nachvollziehbaren…

Er blickte wieder das Foto an, in das Gesicht jenes Mannes.

Seine nun schon Jahre dauernde Jagd auf Charles roch nach irgendeiner persönlichen Rechnung.

John Carey entließ seinen Detektiv und sann darüber

nach, welche perversen Formen eine derartige Abartigkeit noch annehmen könnte. Aber er wußte nicht, was Charles zu fürchten hätte...

Mit Ausnahme von Ruth Levy, wegen der negativen Auswirkungen, die die Affäre auf Peter einmal haben könnte.

Er griff nach dem Telefon, um sie auf der Stelle zu feuern.

Mit halbausgestrecktem Arm hielt er inne. Er stellte sich Charles' Gesichtsausdruck vor. Ein Rausschmiß würde Charles auf immer von ihm entfremden, ohne die Affäre zu beenden: Außerdem würde es jenen seltsamen, fahlen Mann nicht davon abhalten, über Alicia Carey an Charles heranzukommen, falls dies sein eigentliches Ziel sein sollte.

Er ließ den Arm hängen.

Es war besser, den Mann, der sie bedrohte, zu zerstören.

Tagelang brütete er darüber nach, was zu tun sei. Mit kühlem Blick nahm er die verschiedenen Mitglieder des Ausschusses unter die Lupe: Schließlich entschied er sich für einen arbeitsscheuen, dienstalten Kongreßabgeordneten, der in seinem Wahlkreis Schwierigkeiten hatte. Er rief ihn von einem Telefon an, das nicht abgehört wurde.

Er habe die Geschicke des Mannes verfolgt, erklärte er, und würde gerne helfen. Aber zuerst erhoffte er sich ein Gespräch unter vier Augen, von Bürger zu Bürger, über die Art und Weise, in der der Ausschuß mit den Careys umspringt...

Er war sicher, daß dieser seichte, unbedarfte Politiker keinen blassen Schimmer von dem hatte, was der Mitarbeiterstab des Ausschusses tagtäglich anrichtete, und daß er den Chefankläger anweisen würde, es herauszufinden.

Noch in der gleichen Woche lud der Abgeordnete ihn nach Washington ein.

Auf dem Weg dorthin verspürte John Carey eine Angst, die er seit Jahren nicht mehr verspürt hatte: Peter zu schützen war für ihn unvergleichlich wichtiger als der alltägliche Ehrgeiz, der ihn sonst angetrieben hatte, wenn andere

Männer sich ihm in den Weg gestellt hatten. Er durfte nicht versagen.

Er traf den Kongreßabgeordneten in einem muffigen, typischen Beamtenbüro, das nur durch die eitellächelnden Gesichter berühmter Politiker aufgelockert wurde, die vor allem den Eindruck von Austauschbarkeit vermittelten. Der Abgeordnete lächelte ihn ölig an, sein Händedruck war schlaff. John Carey spürte seine eigene Intensität, die so stark war, als würde sein Gegenüber sich unter ihr gleich in Luft auflösen. Er lächelte in sich hinein: Er kannte dieses Gefühl von früher, bei den Van Dreelens.

Er lächelte den Mann nicht an.

»Ich fühle mich geehrt, Sie hier empfangen zu dürfen«, sagte der Abgeordnete, »einen so vielbeschäftigten Mann...«

»Ein Treffen war notwendig. Zigarre?«

Der Abgeordnete schüttelte den Kopf. John Carey steckte sich eine an. Durch den aufsteigenden Rauch hindurch wagte der Abgeordnete sich vor: »Sie äußerten ein Interesse an meiner Wiederwahl...«

John Carey sagte nichts und ließ den Mann stumm in den Abgrund seiner unfreiwilligen Pensionierung starren.

Schließlich sagte dieser Mann mit schwacher Stimme: »Wie kann ich Ihnen helfen?«

»Einfach indem Sie bestätigen, daß wir uns den gleichen Prinzipien verschrieben haben, Prinzipien, die ich eventuell großzügig unterstützen werde. Zum Beispiel, daß man dem Verlagswesen einen gewissen Respekt schuldet.«

Der Blick des Abgeordneten flackerte nervös. »Es gab einige Auswüchse ...«

»Unter denen meine Familie viel zu lange zu leiden hatte.«

Der Abgeordnete nickte eifrig. »Davon hatte ich nicht die geringste Ahnung, das versichere ich Ihnen. Ich bin der Meinung, daß es unterbunden werden muß...«

»Und?«

»Wie bitte?«

John Carey stieß wieder Zigarrenrauch aus. Er sagte leise: »Es gibt da einen Mann namens Englehardt.«

Der Abgeordnete, offensichtlich überrascht, zögerte einen Moment. »Ja, also, ich bin überzeugt, daß er einsehen wird, in Ihrem Fall zu weit gegangen zu sein ...«

»Darüber ist er sich längst im klaren.«

»Wir werden seinen Übereifer zu bremsen wissen.« Der Abgeordnete breitete lächelnd, mit gespieltem Mitgefühl, die Arme aus. »Eine bessere Garantie können Sie nicht bekommen. Schließlich arbeitet er für *mich*.«

»Doch wohl nicht für immer.«

Der Abgeordnete wandte die Augen ab, dann blickte er John Carey beinahe schüchtern wieder in die Augen. Halb flüsternd sagte er: »Sie wollen, daß er gefeuert wird?«

»Nein.« John Carey sprach ähnlich leise. »Ich will, daß er vernichtet wird.«

Sein Gegenüber blinzelte nervös. »Vernichtet?«

»Genaugenommen möchte ich sichergehen, daß niemand in dieser Stadt ihm auch nur einen Job als Nachtwächter anvertraut.« Er schwieg einen Moment. »Können Sie mir dies garantieren, so bin ich sicher, daß ich Ihnen bei Ihrer Wiederwahl den Rücken stärken kann – und Ihnen dabei helfen, unsere gemeinsamen Prinzipien in die Tat umzusetzen. Daß ich mir da sicher sein kann, wie ich hinzufügen darf, ist die einzige Voraussetzung dafür, daß ich Ihren Wahlkampf in erheblichem Maße unterstützen werde.«

Der Abgeordnete fummelte einen Moment lang nervös an sich herum. »Mit ›erheblich‹ ...«

»Es ist an der Zeit, den guten Ruf Ihres Ausschusses wiederherzustellen. Indem Sie diesen Mann auf die Straße setzen, können Sie ein Zeichen dafür setzen, daß falsch verstandener Eifer unserer antikommunistischen Überzeugung, einer an sich guten Sache, nichts anhaben kann. Vorausgesetzt natürlich, daß die Öffentlichkeit von seinen Mängeln erfährt ...«

Der Mann wirkte beinahe verängstigt. »Reicht es denn nicht, ihn zu feuern? Mr. Englehardt mag vielleicht übereifrig sein, aber er war einer unserer besten Mitarbeiter, absolut zuverlässig.«

»Was ihn zu einer Zeitbombe macht, wenn er jemals erfährt, daß ich seinen Ruin zu verantworten habe. Die Careys würden sich damit einen lebenslangen Feind einhandeln. Es ist unerläßlich, daß ein solcher Feind keine Macht mehr besitzt.«

»Das ist leichter gesagt als getan.«

»Auch wenn seine Gegenwart hier sich für *Ihr* Überleben zu einer Bedrohung entwickelt?« John Carey lehnte sich vor und drückte die Zigarre in dem Aschenbecher des Abgeordneten aus. Mit sanfter Stimme fügte er hinzu: »Was ja sehr gut möglich ist.«

Sein Gegenüber starrte ihn an. Schließlich sagte er zögernd: »Ich denke, ich könnte den Grund für seine Kündigung jenen gegenüber erwähnen, die solche Geschichten weiterleiten – an die *Times*, zum Beispiel. Selbstverständlich müßte ich mich dabei bescheiden im Hintergrund halten und auch keine bestimmten Fälle erwähnen.«

»Selbstverständlich«, nickte John Carey. »Sie könnten sogar dafür sorgen, daß jene, die ihn vielleicht für ähnliche Dienste in Anspruch genommen haben, angerufen werden, um sicherzustellen, daß er ihnen auch keinen Schaden zugefügt hat.«

»Er ist schon ein merkwürdiger Mann.« Der Abgeordnete rutschte auf seinem Stuhl hin und her und schaute weg. »Ganz geheuer war er mir nie …«

»Fünfzigtausend Dollar«, sagte John Carey.

Zwölf Tage später unterbrach er seine Lektüre der *New York Times*…

Einen Augenblick lang stellte er sich Peter als jungen Mann vor, stark und furchtlos. Diesmal machte es ihm nichts aus, daß er dann bereits tot wäre.

Er schrieb in aller Ruhe einen Scheck aus.

John Joseph Englehardt traute sich nicht, seine Wohnung zu verlassen.

Der Kongreßabgeordnete hatte ihn gefeuert. Er hatte ihm dabei nicht einmal in die Augen gesehen und nur von irgendwelchen, nicht weiter bestimmten Auswüchsen gefaselt. Für Englehardt war die Gleichgültigkeit des Mannes ein Schlag ins Gesicht, und ein weiteres Mal holte ihn die bedrückende Vorstellung aus seiner Kindheit ein: daß er nicht geliebt wurde, daß er nicht liebenswert sei und daß er wegen der Abscheu, die er in anderen erweckte und die er weder ändern noch verstehen konnte, sein Leben lang bestraft werden würde.

Erst auf dem Flur erfuhr er, wer sonst noch hinter seiner Demontage steckte.

Ohne wirklich zu sehen, wo er hinging, prallte er mit dem Chefankläger des Ausschusses zusammen. Der Mann schien, nachdem er sich wieder gesammelt hatte, in Englehardts Miene lesen zu können. Sie starrten sich an. Unüberlegterweise stieß Englehardt die Worte hervor: »Er hat mich gefeuert.«

Der Chefankläger blickte durch ihn hindurch. Englehardt konnte in den Pupillen seines Gegenübers beinahe sehen, wie er selbst immer kleiner wurde. Mit tiefer, kühler Stimme, so als hätte ihm irgendein dummer Schnitzer den letzten Nerv geraubt, fragte der Mann: »Was hat Charles Carey *Ihnen* eigentlich jemals getan?« und ging weiter.

Noch Tage danach, wie von Lähmungsanfällen dahingerafft, konnte Englehardt kaum sprechen noch aufstehen.

Es hatten ihm nur noch ein paar Wochen gefehlt, dann hätte er Charles Carey gehabt und seine Affäre in verschiedenen Klatschspalten so durchsickern lassen, daß Allie sie nicht hätte übersehen können. Anschließend hätte er ihr die Fotos geschickt. Das letzte – aufgenommen, als Ruth Levy nachts Alicia Careys Haus betritt – hätte sie über alle Maßen beleidigt.

Jetzt konnte er die Carey-Akte nicht einmal mehr in den Händen halten: Charles Carey hatte Englehardt entmachtet, und zwar auf ebenso grausame Art, wie er es mit Phillip machen würde. Aber er würde schon irgendwo in der Regierung unterkommen und seine Karriere wiederbeleben. Und dann, wenn er den Zeitpunkt für gekommen hielt, würde er sich um Charles Carey auf seine eigene Art kümmern.

An dem Morgen, als er mit seinen Telefonanrufen beginnen wollte, öffnete er die *New York Times* und las seinen Namen.

Er ging auf die Toilette und übergab sich.

Als er zurückkam, starrte ihn die Schlagzeile vom Fußboden aus an: In seiner tiefen Demütigung spürte er ein weiteres Mal, wie die kalten Augen seines Vaters auf ihm lasteten. Er konnte sich selbst nicht entrinnen und wußte nicht, warum.

Er wußte jedoch haargenau, ohne das Telefon auch nur anzurühren, daß nun kein Mensch mehr die Hand nach ihm ausstrecken würde, um ihn zu retten.

Sechs Monate später, blind vor Haß auf Charles Carey, fand er in einer mausoleumähnlichen Forschungsbibliothek Zuflucht und kümmerte sich um den Einkauf der Bücher.

5

Mit der Zeit tauchte Alicia Carey wieder aus den Abgründen des Wahnsinns auf und wurde zu einer schön anzusehenden Wachsfigur.

Die Vorfälle, die ihren Sohn und ihren Mann so verletzt hatten, erschienen ihr beinahe unwirklich, so als wären sie nie passiert.

Vor ihrer gescheiterten Ehe und dem traumatischen Erlebnis vom Tod ihrer Eltern hatte nie auch nur der leiseste Hauch von Schmerz und Leid einen Schatten auf ihr glückliches Dasein geworfen. In all ihren Träumereien hatte sie sich nie dazu aufgefordert gefühlt, sich einen anderen Menschen vorzustellen. Ihre Eltern, die um sie herum eine ideale Welt kreiert hatten, hatten die wirkliche Welt unbegreiflich werden lassen.

Sie spürte die Leere in sich, ohne sie als solche wahrzunehmen, sie spürte wechselnde Spannungen von Schmerz und Wut, hätte ihnen aber keinen Namen geben können. Weder sie noch Charles sprachen jemals von der Vergangenheit. Statt dessen widmete sie sich den täglichen Details des Ehelebens – welcher Wein zu Kalbfleisch zu servieren war, wo genau sich ihre Loge in der Philharmonie befand – wie eine Sünderin, die Absolution suchte. Aus diesen Ritualen entwickelten die Careys ein straffes, wohlanständiges und unwirkliches Geflecht aus tagtäglich wiederkehrenden Pflichten. Er war ihr gegenüber stets von tadelloser Höflichkeit und redete mit ihr über Politik oder erzählte ihr von den Schriftstellern, die er kennenlernte. Sie wiederum redete über Don Giovanni, oder sie las die Bücher, die er herausbrachte. Sie sagte ihm nie etwas von dem Mann, der sie angerufen hatte, um ihr in einem unerträglich langen Monolog in allen Einzelheiten von Charles' Affäre mit diesem Levy-Mädchen und den Dingen, die sie im Bett miteinander anstellten, zu berichten. Sie konnte unmöglich darüber sprechen: Er war für sie kein sexuell begehrenswerter Mann mehr. Sie konnte dem, was sie gehört hatte, nicht ins Auge blicken.

Außerdem konnte sie es immer noch nicht ganz fassen, daß sie einen Sohn hatte. Sie spürte seine Angst, versuchte, trotz ihrer Vorbehalte, zu ihm durchzudringen, aber sie konnte es nicht. Sie *wußte*, daß sie eigentlich etwas fühlen mußte, und manchmal, wenn sie ihn schlafend betrachtete, fühlte sie tatsächlich etwas. In einer kühlen Nacht, als sie ihn mit einer Wolldecke zudeckte, wagte sie es einmal, sich vorzustellen, was sie wohl sagen würde, wenn er aus der Unschuld des Schlafes erwachen würde und sie plötzlich wie verwandelt vorfände.

Aber für Peter, der von alldem nichts wußte und es auch nicht verstanden hätte, blieb sie furchteinflößend und unwirklich. Ihre Berührungen waren ebenso flüchtig wie die Küsse, die sie ihm gab, bevor sie nach Maine entfloh.

Natürlich schien sie dort glücklicher, alle anderen ja auch; sein Vater, sein Großvater, ja selbst Onkel Phillip.

Das Sommerhaus der Careys in der Nähe von Prouts Neck war ein weißgetünchter, weiträumiger Bau mit Giebeldach, der stolz in der Sonne dahockte und das Meer überblickte. Die Veranda mit Geländer führte auf einen Strand aus schroffem Felsgestein hinaus. An den Abenden versammelten sich die Careys dort zu einem Drink. Peter nippte dann an einer Flasche Cola. Seine Haut war noch ganz erwärmt von den Sonnenstunden des Tages, und kühle Schweißtropfen rannen seine Hand hinunter. Vorher, bevor die Nachmittagssonne hinter der kleinen, Mentholduft verströmenden Piniengruppe verschwand, wo Peter sich vor fiktiven Indianern versteckte, unternahm sein Vater lange Strandspaziergänge mit ihm. Sie ließen flache Kiesel über das Wasser hüpfen, rollten die Hosenbeine hoch, um durch das eiskalte Naß zu rennen, und hielten nach besonderen Steinen oder nach von der Brandung geglätteten Muscheln Ausschau. An windigen Tagen ließen sie den roten Stoffdrachen steigen, den Phillip und Charles für ihn gebastelt hatten. Wenn er den Drachen dann am Himmel fliegen sah, wurde sein Rot eins mit dem Gefühl von Sonne und Wind und der leise lachenden Stimme seines Vaters.

Peter liebte den Salzgeruch der Windböen, den sanften, beruhigenden Wellenschlag, die Momente, in denen das Wasser in der untergehenden Sonne wie Glimmererde glänzte, und wie die Sonne auf dem Wasser aufschlug, um sich in plötzlichen Lichtergüssen darüber auszubreiten; er liebte die Möwen, die in ihren Sturzflügen erstarrt wie Stahlbänder wirkten, und das Gefühl der Hand seines Vaters. Sein Vater roch nach Maine, wie Peter immer wieder feststellte.

Sie redeten nie über die dunkelhaarige Frau. Prouts Neck war frei von Gespenstern.

»Ich liebe dieses Haus«, sagte Peter.

Es wirkte unendlich groß, und jeder schien sich dort wie zu Hause zu fühlen. Es gab genug Platz für alle – eine Küche im fröhlichen Country-Stil, ein weiträumiges Eßzimmer, dann die Bibliothek seines Großvaters mit den Ledersesseln; gleich daneben Großmutter Careys Wintergarten, der mit weißen Rattanmöbeln ausgestattet war, in dem seine Mutter nun Gedichte las; ferner fünf Schlafzimmer mit dickgepolsterten Messingbetten, Daunendecken und leicht geöffneten Fenstern, um die frische Nachtluft hereinzulassen, in der er und Dewey in einen traumlosen Schlaf sanken. Das Haus schien seinen Onkel Phillip fröhlicher und unbeschwerter zu machen. Manchmal spielten er und Peter morgens sogar miteinander, und einmal ließ Phillip Peter morgens dabei zusehen, wie er sich rasierte, bevor sie alle zusammen zum Picknick gingen. Er schnippte sich Rasierschaum von den Enden seines Schnurrbarts und zwinkerte ihm zu. »Ist alles eine Sache des Handgelenks, mein kleiner Märchenprinz – eines Tages werde ich dir die Feinheiten beibringen.« Seine Mutter war braungebrannt und blühte auf wie ein junges Mädchen. Sie erzählte oft von den Segeltouren zusammen mit ihrem Vater auf Lake Champlain, wo sie ein Haus hatten. Immer wieder holte die Erinnerung an ihre Kindheit sie ein, in der sie noch von einer Zukunft träumen konnte, ohne sie gelebt zu haben. Selbst sein Großvater legte seine Angewohnheit ab, sich und andere ständig unter Druck zu setzen: Er entspannte sich bei dem einen oder anderen Drink und sprach so gut wie nie von laufenden Geschäften. Lieber erzählte er lange, umständliche Geschichten aus seinen Vertretertagen. Onkel Phillip und sein Vater hörten friedlich zu, und auch wenn die Augen seines Vaters sich zuweilen verengten, wenn zum Beispiel Großmutter Carey erwähnt wurde, und auch wenn sie beide weit davon entfernt waren, sich in Nostalgie zu ergehen, sich, im Gegenteil, immer noch argwöhnisch beäugten, fehlte ihren Worten und Blicken die sonst übliche Schärfe. Peter wußte nicht, daß die beiden Brüder unter anderem spürten, wie der Schatten der Überwachung endlich vorüberzog: Während die Tage für ihn in der beruhigenden Eintönigkeit von Wellen, Sonnenschein und belanglosen Plaudereien vergingen, wuchs in ihm der Traum von einer intakten, liebenden Familie. Er wünschte sich diese Familie schließlich mit ganzem Herzen und der Bedingungslosigkeit eines kleinen Jungen.

In seinem Elternhaus war der Traum lange ausgeträumt. Von den Wänden dort hallte noch immer das Klirren des zerbrochenen Kristallglases seiner Mutter, und der sorglose Luxus, der dort herrschte, wurde von dem fremden, dunkelhaarigen Wesen überschattet, dessen Nacktheit und gieriger Mund das Bewußtsein seiner Schuld geprägt hatten.

Charles dagegen zeigte seinem Sohn Manhattan, lehrte ihn, es zu lieben, so als wolle er damit das Leid, das er ihm zugefügt hatte, wiedergutmachen.

Sie sahen sich die Rockettes in der Radio City Music Hall an und aßen inmitten der riesigen, barocken, mit Gold überladenen Halle Popcorn. Im Dezember gingen sie zum Schlittschuhlaufen ins Rockefeller Center – eine Bilderbuch-Eisbahn, die wie durch ein Wunder in einen Canyon aus Glas und Zement hinabgefallen war – und gingen anschließend in der Fifth Avenue einkaufen. Sie bestaunten die Girlanden und die Polizisten in ihren Mandarinkragen, wie sie den Verkehr zum Stillstand pfiffen, den flotten, zielbewußten Gang, mit dem die New Yorker Richtung Weihnachten marschierten. Sie gingen zu F. A. O. Schwarz und kauften dort ein rotes Känguruh, damit Dewey einen Freund hatte. Als sie Rumplemayer's betraten, stießen sie auf weitere Plüschtiere – Löwen und Zebras, Wölfe und Katzen, Hunde, Bären und Pferde – und der Raum dahinter war voll hoher Säulen, Kronleuchter und klirrenden Tischen, an denen Menschentrauben aus Glasbechern Eiskreme in sich hineinschaufelten; und dann war da noch irgendein berühmter Mann, der Marlon Brando hieß, seinen Vater kannte und dem Rocky Road gefiel. Gleich nebenan, im St. Moritz, entdeckte sein Vater eine besondere Landkarte. Dann kaufte er von einem Mann mit einem Rollwagen aus Eisen zwei heiße Salzbrezeln und zeigte ihm, wie man mit der U-Bahn fuhr. Die Dinger fuhren auf dem Bahnhof ein wie ein rumpelnder, metallischer Donner. Peter konnte gar nicht fassen, wie lang und wie voll sie waren, und daß man, ehe man sich's versah, ganz woanders war, wo er noch nie gewesen war.

Die Wochenenden wurden zum reinsten Abenteuer. Manchmal, wenn die sommerliche Hitze zu erdrückend war, machten sie einem Ausflug und fuhren im Sportwagen seines Vaters durch die hügelige, üppig wuchernde Landschaft von Connecticut, um Phillip in seinem Haus in Greenwich zu besuchen, das John Carey ihm als Wochenendhäuschen vermacht hatte. »Schneller, Daddy«, drängte Peter. Und Charles lächelte vernügt und drückte aufs Pedal. Peter genoß die Frische, das Gefühl, entflohen zu sein. Einmal angekommen, wurde er jedoch gleich von Unruhe gepackt. In Manhattan, im Central Park fühlte er sich nun einmal am wohlsten.

Im Park fühlte er sich sicher. Der war grün und voller Menschen. Ihr Sonntagsprogramm konnte zum Beispiel aus Brunch, einem Besuch im Zoo und einem kleinen Konzert bestehen: Charles trank dann zwei Bloody Marys im Plaza, während Peter bei einem Glas Milch oder Orangensaft schmachtende Violinenklänge und Speck- und Zitrusdüfte in sich aufnahm oder das Parfum vorbeigehender

Frauen und die geschniegelten und gestriegelten Männer mit den weißen Taschentüchern in den Brusttaschen ihrer adretten grauen Anzüge auf sich wirken ließ: Kurz vor eins sagte sein Vater dann für gewöhnlich: »Zeit, die Robben zu füttern, Peter.« Dann machten sie sich auf den Weg und spazierten über die Grand Army Plaza mit ihrer Reiterstatue und später, den Lärm weiter hinter sich lassend, zum Park und zu dem Pfad, der zum Zoo führte, hinunter, um dem uniformierten Mann zuzuschauen, der den Robben Fische zuwarf. Wenn sie durch das schmiedeeiserne Tor traten, waren sie nach Peters Vorstellung in einem magischen Dorf angelangt: Ein kopfsteingepflasterter Platz wurde von einem altmodischen Glockenturm beherrscht. Mehrere niedrige Backsteinbauten mit Schindeldächern gruppierten sich um einen kleineren Platz, der von Gaslaternen und einer sorgfältig gestutzen Hecke umstanden war. Hier befanden sich die Käfige und Gehege mit den Gorillas und Affen, den Bären und Löwen. Die üppige Hecke wurde zu beiden Seiten von einer Treppe durchschnitten, die zu dem Robbenbecken hinunterführte und von zwei mächtigen Steinadlern bewacht wurde. Die Augen der Adler, die Schnäbel und Krallen, waren detailgetreu herausmodelliert. Das Robbenbecken dahinter flankierten vier blaugestrichene Vogelhäuser, die wie überdimensionale Käfige aussahen. Hinter dem Becken, unterhalb eines Wandreliefs, auf dem Kühe, Elefanten, Buffalos und Affen auf einer einzigen Lichtung in paradiesischer Eintracht miteinander grasten, stand ein langgezogener Putzbau mit einer rotweißgestreiften Markise, in dem ein Imbiß untergebracht war. Um Viertel nach eins tauchte der Mann in Uniform mit einem Eimer übelriechender Fische auf, die er den brüllenden und hüpfenden Robben zuwarf. Peter, den Charles auf seine Schultern gehoben hatte, konnte sich vor Lachen kaum noch halten. Anschließend kauften sie sich zwei Hot dogs und klapperten den Zoo nach irgendwelchen Neuheiten ab, bis sein Vater ihn schließlich fragte: »Möchtest du ein wenig Musik hören, Peter?« Und damit zogen sie zum Musikpavillon weiter.

Ältere Menschen, Familien und Kindermädchen mit englischen Kinderwagen schlenderten an Sommernachmittagen die Promenade entlang, um sich schließlich vor dem Pavillon zu versammeln und Blaskapellen oder Symphonieorchester spielen zu hören. Peter gefiel vor allem die Ouvertüre von »1812«, die ihn an seine Spielsoldaten erinnerte. War das Konzert vorbei, nahm Charles Peter bei der Hand, um ihn unten über die Parkdurchgangsstraße zum Bethesda-Brunnen und weiter zum See zu führen.

Es war eine andere Welt, eine, die Peter am meisten gefiel.

Charles erlaubte Peter immer im Brunnen umherzuwaten. Das Wasser kühlte seine Füße, und in dem Lachen seines Vaters erklang der Sommer.

Charles hatte sich ein rotes Jaguar-Kabrio gekauft, und sie waren auf dem Weg nach Sutton Square. Peter – er war sechs – grinste in den Fahrtwind hinein. Sie parkten den Wagen vor einer Reihe von schmucken Stadthäusern und gingen ans Ende der Straße, wo sie auf einen gepflasterten Hof mit grünen Holzbänken stießen, die den East River überblickten. Links von ihnen ragte die Queensboro Brigde empor, die nach Roosevelt Island führte. Es war ein strahlender Vormittag, und ihr gelbbrauner Stahl glänzte in der Sonne. Ein Öltanker fuhr unter ihr durch, vorbei an einer langgestreckten weißen Jacht, deren Hauptsegel eingeholt war. Die Jacht kam aus Florida und befand sich wohl auf dem Weg in den Long Island Sound, wo sie den Sommer über vor Anker gehen würde. Peter fand, daß das Schiff ohne Segel sehr einsam wirkte. »Wird es hierbleiben?« fragte er.

Sie saßen Seite an Seite auf einer Bank, die Hände in den Taschen ihrer Windjacken vergraben. »Nein«, antwortete Charles. »Es fährt dahin, wo die Sonne ist.«

»Will es denn nicht hierbleiben?«

»Kann es gar nicht. Darüber entscheidet sein Besitzer.«

Peter sah dem Boot hinterher. »Ich wünschte, es wäre meins.«

»Warum?«

»Dann hätte es ein richtiges Heim.«

»Was würdest du damit anfangen?«

»Ich würde dorthin segeln, wo es ruhig ist.« Peter spürte, wie sein Vater den Arm um ihn legte. Er rückte näher heran und roch das Rasierwasser und den Zigarettenrauch, an dem er seinen Vater stets aus der Menge herausriechen konnte. »Dich würde ich mitnehmen, Daddy.«

Charles lächelte. »Sonst noch wen?«

Peter mußte nachdenken. »Großpapa, manchmal.«

»Was würden wir machen?«

»Dich würde ich das Boot fahren lassen. Großpapa kann sich ausruhen, damit er nicht zu alt wird. Ich kann ihm dann ja seine ganzen Bücher vorlesen.« Peter blickte nach unten auf seine Tennisschuhe. »Oder vielleicht kannst *du* das ja machen, bis ich lesen gelernt habe.«

Charles blickte seinen Sohn gespannt an. »Glaubst du, daß ihm das gefallen würde?« fragte er sanft.

Peter nickte, den Blick weiterhin gesenkt. Sein Vater zog ihn nun fest an sich. Er fühlte sich so warm an.

So blieben sie eine ganze Weile sitzen.

Als Peter aufschaute, war die Jacht verschwunden. Einen Moment lang stockte ihm der Atem. »Wo ist es hin, Daddy?«

Charles musterte ihn ganz ernst. Mit einem Mal sprang er auf und zog Peter an der Hand. »Komm mit, kleiner Mann.«

Peter blickte verzweifelt der Jacht hinterher. »Na, komm schon«, drängte sein Vater, »ich muß dir was zeigen.«

Im Schaufenster von F. A. O. Schwarz stand ein Gummiteich mit Wasser und darauf schwimmenden Passagierschiffen und Enten. In der Mitte schwamm eine stolz getakelte weiße Jacht, die über einen halben Meter lang war.

Charles stand lächelnd vor dem Schaufenster. »Da ist dein Boot, Peter.«

Sie trugen es in den Park, schlängelten sich durch das überfüllte Zoo- und Promenadenareal, vorbei an dem Musikpavillon. Dann ließen sie die Parkdurchgangsstraße hinter sich und blieben oberhalb von See und Brunnen stehen. Die Mittagssonne spiegelte sich im Wasser und überall erschallte das Gelächter und Geschrei spielender Kinder.

Peter fühlte sich vollkommen frei. »Mich kriegst du nicht«, rief er noch. »Ich weiß schon, wo ich mich verstecken kann«, und rannte schon mit seinem Boot die Treppe hinunter.

Unten angekommen, drehte er jäh nach links ab, weg vom Brunnen. Er rannte auf den mittleren der drei Eingangsbögen des Tunnels unterhalb der Parkdurchgangsstraße zu. Der Rhythmus seiner Tennisschuhe dröhnte ihm in den Ohren. Er drang in den Tunnel ein.

Plötzlich war er von tiefer Finsternis umhüllt.

Er blieb stehen, hatte plötzlich ganz die Orientierung verloren. Der Tunnel war lang und stockfinster: Durch die Steinbögen, die sich an den Wänden entlangwölbten, wirkte er wie eine Kirchenruine. Peter drehte sich um, erblickte die drei halbkreisförmigen Eingänge hinter sich. Die Kinderstimmen schienen von ganz weit her zu kommen.

Ein Schatten betrat den Tunnel.

Peter hatte Angst. Er fühlte sich plötzlich von seinem Vater abgeschnitten und wußte nicht, wem der Schatten gehörte, den er da sah, oder die Schritte, die auf ihn zukamen. Er kapierte nicht, ob Charles Verfolger oder verhinderter Retter war, in die Irre geführt durch Peters eigene Dummheit. Der Schatten rückte näher. Peter verschwand flugs unter einem der Steinbögen und drückte sich mit dem Rücken gegen den feuchten Stein, die Augen fest zugedrückt. Sein Herz pochte wild.

Etwas schubste gegen seine Schulter.

Charles Carey stand neben ihm an die Wand gelehnt. »Vielleicht können wir uns ja gemeinsam verstecken«, flüsterte er. »Mein Reißverschluß steht nämlich offen.«

Peter rannte lachend in Richtung Brunnen.

Er zog seine Schuhe aus, rollte die Hosenbeine hoch, während Charles sich auf den Brunnenrand hockte und der Jacht die Segel hißte. Der Boden im Wasser war glitschig, und Peter suchte mit den Zehen Halt. Das warme Wasser umspülte seine Waden. Eine leichte Brise wehte vom See herüber.

Er setzte sein Boot aufs Wasser.

Es glitt mit vollen Segeln an der Brunnenfigur vorbei. Der Rumpf funkelte im Sonnenlicht, leichtes, welliges Kielwasser in seinem Sog. Zwei dunkelhaarige Jungs hoben ihr Motorboot auf und sahen zu. Sein Vater lächelte.

»Komm doch rein, Daddy – bitte. Es segelt so schnell.«

Charles' Lächeln wurde noch breiter. Er streifte mit den Füßen seine Mokassins ab, stellte sich auf den Brunnenrand und überlegte es sich.

Peter fing das Boot und hielt es in Richtung seines Vaters...

Er rutschte aus, hörte seinen Vater noch rufen. Er spürte, wie er nach vorne kippte, wie sein Magen sich zusammenzog, wie er mit dem Kopf auf Beton aufschlug. Wasser strömte in seine Lungen, blockierte sie. Dann war da nichts außer einem feuchten dunklen Strudel, der seinen Brustkorb zusammenquetschte...

Er konnte den Herzschlag seines Vaters hören, seine Brust und Arme spüren. Es war immer noch dunkel. Sein Hals war ganz wund, sein Hemd durchnäßt, oder vielleicht war es das seines Vaters – es roch nach seinem Vater. Er blinzelte, schlug die Augen auf.

»Ich habe mich entschlossen, auch ins Wasser zu gehen«, sagte ihm sein Vater.

Er stand neben dem Brunnen, hielt Peter in den Armen und wiegte ihn hin und her. »Alles in Ordnung mit dir?«

Peter nickte zitternd. »Wo ist mein Boot?«

Charles zeigte in Richtung der Brunnenfigur. »Da draußen.«

Er faßte Peter um die Taille, setzte ihn in Blickrichtung des Bootes wieder ab und straffte ihm noch die Schultern, um ihm eine bessere Balance zu geben. Peter machte sich wankend auf, um unter dem wachsamen Auge seines Vaters sein Boot zurückzuholen.

»Ich segle mit«, rief Charles.

Er streifte Peter das Hemd ab, rollte die eigenen Hosenbeine hoch und ging ins Wasser. Er verlor kein Wort mehr über den kleinen Unfall.

Sie ließen das Boot stundenlang im Wind treiben.

Die Sonne wärmte sie, der Wind fächelte ihnen Kühlung zu. Peter tat so, als würden mit dem Boot alle drei Careys – sein Vater, sein Großvater und er selbst – in die Südsee fahren. Die Geräusche aus der Wirklichkeit drangen kaum bis zu ihm durch. Die Zeit verging wie im Fluge, und er bemerkte nicht, wie der Schatten mit den Flügeln immer näher rückte. Für ihn gab es nur die Stimme seines Vaters, seine zupackende Hand, wenn sie die davongleitende Jacht verfolgten – eine kleine, heile Welt, in der er und sein Vater in dem immer gleichen Spiel vereint waren, glücklich darüber, welche Vollkommenheit sie darin erreichten.

Er hatte den Unfall ganz vergessen.

»Wir müssen langsam heim, Peter.«

Peter blickte erschrocken auf. Sein Vater lächelte. »Vielleicht noch eine Runde.«

Peter sorgte dafür, daß es eine lange Runde wurde. Er schirmte sein Boot vor dem Wind ab, bis es schließlich durch einen letzten Streifen Sonne hindurch in den Schatten der Hand seines Vaters glitt.

Sie saßen am Brunnen und zogen sich wieder Schuhe und Socken an. Peter sah den Booten auf dem See nach.

»Können wir mal ein Ruderboot nehmen?«

»Wer wird es rudern?«

»Ich werde dir helfen, großes Ehrenwort. Bitte!«

Charles lächelte. »Wenn das so ist, dann werde ich's mir ernsthaft überlegen.«

Eine Weile lang schwiegen sie.

»Als ich hingefallen bin, war es dunkel, Daddy.«

»Ich weiß.«

»Wenn man stirbt, ist das dann auch so?«

»Ich werde dich nie sterben lassen, Peter.«

»Aber Großvater wird sterben.«

Plötzlich war es ganz still. Sein Vater sah auf den See hinaus. »Ja, das wird er. Eines Tages.«

Peter fröstelte. »Du wirst immer mein Daddy sein, stimmt doch, oder?«

Charles faßte ihn bei den Schultern, lächelte schief und blickte ihm ernst und gerade in die Augen. »Immer.«

Peter fiel seinem Vater um den Hals. »Dein Reißverschluß steht immer noch offen«, sagte er.

Sie lachten und gingen nach Hause.

Sie gingen nicht allein.

John Joseph Englehardt beobachtete sie wie gehabt, und zwar im Schutze einer noch viel geheimeren Position als der, die er beim Ausschuß innegehabt hatte.

Es fing an einem einsamen, trostlosen Morgen an, von denen es in seinem Leben so viele gab. Er saß in der Bücherei beim Katalogisieren. Plötzlich blickte er auf und erkannte einen seiner früheren Professoren, einen Mann, der ihn nur als einen seiner besten Studenten kannte. Es war, als würde er plötzlich mit dem Gespenst seiner einst so vielversprechenden Karriere konfrontiert werden.

Sie blickten sich überrascht an. Schließlich ergriff der Professor das Wort und lud ihn zu einer Tasse Kaffee ein. Englehardt wußte nicht, wie er ihm seinen kläglichen Broterwerb erklären sollte. Als sie in der Cafeteria saßen, gestand er schließlich einfach, was passiert war. Nur seine Besessenheit mit den Careys ließ er aus.

Der Professor blickte auf ganz eigentümliche Weise. An der Universität waren sie sich nie sehr nahegestanden, und Englehardt las in seinem Blick entferntes Mitleid und Verachtung und einen gewissen Widerwillen dagegen, sich die Geschichte eines Versagers anhören zu müssen. Um so erstaunter war er, als der Professor zwei Abende später bei ihm anrief und ihn zum Abendessen einlud.

Er nahm bereitwillig an.

Sie aßen in der Wohnung des Professors, allein. In ihrer Unterhaltung ging es um alles und nichts; sie kamen von einem Thema aufs andere, sprachen unter anderem auch von Yale und seinem Studium. Englehardt wußte, daß der Mann nie geheiratet hatte, und seine Anspielungen begannen langsam, ihn nervös zu machen.

Es gebe da etwas, gestand der Professor schließlich, das er gerne mit Englehardt besprochen hätte. Englehardt müsse es jedoch unbedingt für sich behalten, egal, wie er darüber denken würde. Englehardt nickte mechanisch, auf alles gefaßt…

Der Mann unterrichtete nicht nur in Yale.

Gelegentlich, wie er fortfuhr, erledigte er auch vertraulichere Angelegenheiten, von denen man in Yale nichts wußte. Englehardts gutes Gedächtnis, seine Begabung im Recherchieren und Analysieren, könnte bei seinem mehr im Hintergrund operierenden Arbeitgeber Anklang finden. Die Stelle, um die es ging, sei zwar bescheiden, aber immerhin…

In jener Nacht, als er allein in seiner Wohnung war, weinte Englehardt.

Die Tage seiner Erniedrigung schienen gezählt. Auf irgendeine versteckte Art, irgendwo und vielleicht erst in einigen Jahren würde er Charles Carey diese stummen Jahre der Qual heimzahlen.

Als Englehardt schließlich in die CIA eintrat – nachdem er den Spießrutenlauf der Interviews und Tests trotz des Makels seiner Entlassung erfolgreich durchlaufen hatte –, spukte Charles Carey weiterhin in seinem Kopf herum.

Vom ersten Tag an war ihm klar, daß er es hier mit Männern zu tun hatte, die um einiges ernster zu nehmen waren als jene beim Ausschuß.

Er ließ sich die Carey-Akte kommen, die in den Ausschußarchiven vor sich hin moderte.

Er richtete sich in einer bescheidenen Wohnung in Georgetown ein, trank nicht, rauchte nicht und lud niemals Gäste ein. Er aß ausschließlich Salate und mageres Fleisch. Seine einsamen Nächte verbrachte er mit dem Studium der Carey-Akte. Lediglich die Aufzeichnungen von Phillips Psychiater, die in seiner Erinnerung noch so lebendig waren, daß er sie kein zweites Mal lesen mußte, blieben ungeöffnet.

Der Nachrichtendienst wurde ihm zum Kloster, in das er eintauchen und aus dem er gereinigt und geläutert wieder auftauchen konnte. Während die anderen mit Frauen ins Bett stiegen, brachte er sich die Techniken und Feinheiten eines Attentats bei, sparte Geld, das andere verschwendeten, benutzte das Zielschießen als Entspannung, wie berauscht von dem schnellen Rhythmus seiner Schußfolge. Er mußte immer noch unentwegt an Phillip Carey denken und opferte ganze Wochenenden dem Studium der Psychoanlayse, der neuen Gottheit des zwanzigsten Jahrhunderts. Er wollte in der Lage sein, andere Menschen anhand ihres Innenlebens zu beherrschen. Da er keine Freunde und kein Privatleben hatte, so gut wie niemals ausging und sich nur eine einzige sichtbare Extravaganz leistete – er hatte eine Schwäche für Fliegen, die er anstelle von Krawatten trug –, wurde er zu einer unklassifizierbaren Person, der sprichwörtlichen »grauen Maus«, wie ein Kollege ihn einmal bezeichnete. Englehardt kümmerte dies nicht weiter: Nach den Erfahrungen beim Ausschuß fürchtete er sich vor allem davor, bekannt zu sein. Sein verborgenes Wissen sollte niemandem sonst zugänglich sein; es war sein größtes Kapital.

Sein neu erworbenes fachmännisches Geschick im Umgang mit Schußwaffen war lediglich ein Hobby: Wenn er jedoch lernte, andere für seine Zwecke zu manipulieren, konnte er kraft seines Verstandes den Tod herbeiführen.

Er sah sich selbst als mustergültigen Schreibtischmann.

Seine Vorgesetzten sahen gar nichts.

Bar jeglichen Charmes und mit einer Stimme, so leblos wie er selbst, verstand er es nicht, sich bei anstehenden Beförderungen ins rechte Licht zu rücken und geschickt seinen Namen ins Spiel zu bringen, wenn Kompetenzen verteilt wurden. Dieses erste Jahr des Stillstandes, in dem weniger begabte Köpfe an ihm vorbeizogen, ließ sein Selbstbewußtsein ebenso zusammenschrumpfen wie sonst nur die Erinnerung an sein Exil, Charles Careys Werk. Verzweifelt suchte er nach etwas, durch das er seine Talente in den Vordergrund rücken konnte.

Auch wenn er sich dieser Parallele nicht bewußt war: Als der Druck auf ihn stärker wurde, nahm er von neuem seine Beobachtung der Careys auf.

Sie waren unterwegs nach Maine. Charles fuhr, John Carey schaute Peter dabei zu, wie er Fords und Chevrolets zählte.

Der Junge verkörperte für ihn pure Lebenskraft. Er war für sein Alter überraschend gewandt und stark, sogar noch klüger als sein Vater. Schon jetzt hatte er Charles' kobaltblauen Blick: John Carey fühlte sich so, als durchschaute Peter ihn und wisse genau, was hinter dem steckte, was er sagte und meinte. Er schien keine Angst zu kennen, hüpfte und sprang überall mutig umher, was sich in ständig verschrammten Knien und schmutzigem Gesicht niederschlug. Er baute Papierflugzeuge, testete sie und faltete sie um, bis sie perfekt aerodynamisch waren. Ständig hatte er irgendein neues Wort – auf Cornflakesschachteln oder Verkehrsschildern erspäht – auf den Lippen. Abends vor dem Schlafengehen spielte er Monster: Er verstellte die Stimme, verkleidete sich und verwandelte sich in sechs verschiedene Ungeheuer, wie zum Beispiel den knurrenden Buckligen oder die schleimige Eidechse. Jede Verwandlung verbarg er unter der Bettdecke, bis er sein Repertoire durch hatte und seinen Großvater zu Tode erschreckt hatte. Ein anderer Peter, ernst und wißbegierig, fädelte immer wieder kurze Besuche in der Binderei ein und verleitete ihn dazu, ihm davon zu erzählen, wie sie in die Hände der Careys gelangt war. Manchmal ließ er John Carey seinen eigenen Sohn vergessen...

Er wünschte, dies wäre häufiger der Fall. Diese endlose Geschichte mit Ruth Levy war schierer Wahnsinn: eine Angestellte, noch dazu eine Jüdin. Jüdinnen und Schauspielerinen. Seine Frau dagegen war *echt* gewesen, jemand, auf den man sich verlassen konnte...

Auf Charles konnte man nie zählen. Er war hin und her gerissen zwischen Peter – zumindest schob er ihn immer als Entschuldigung vor – und einer tiefen, inneren Abneigung dagegen, Van Dreelen & Carey seinem Bruder zu überlassen. Welch ein Spektakel: sein älterer Sohn als Hamlet und in der Rolle der Ophelia eine dürre, klapprige jüdische Lektorin. Er trieb ihn zur Weißglut, und er trieb wiederum Charles zur Weißglut. Manchmal brauchte er Hilfe, Herrgott noch mal. Für seine Mutter war Charles dagewesen, hatte die Beerdigung hinter sich gebracht, ohne eine Träne zu vergießen, als würde sie sich noch immer auf ihn verlassen.

Er wurde schneller müde, das wußte er. Wenn er nachmittags Briefe diktierte, schweifte er oft ab. Am nächsten Morgen warf er sie dann in den Papierkorb. Diese Dinge passierten zu oft, wie zum Beispiel, daß er die Leute anwies, etwas zu tun, das sie längst erledigt hatten. Er fertigte Listen an, bis er plötzlich merkte, daß er mitten im Satz abgebrochen hatte und, vielleicht minutenlang, dagesessen hatte, wie hypnotisiert von dem schrägen Sonnenstrahl, der sich an der Tischkante brach, oder irgendeiner Erinnerung aus der Vergangenheit.

Ellens Gesicht im Tod...

Er merkte es an der Art, wie sie ihn ansahen – Phillip und Charles. Sie *wußten* es, verdammt noch mal. Zum Teufel mit ihnen, allen beiden.

In letzter Zeit bildete er sich ein, Stimmen und Geräusche in der Telefonleitung zu hören.

Er versuchte, in dem Schweigen seiner Sektretärin zu lesen, benutzte die Augen anderer als Spiegel, überprüfte den Sinn seiner Worte vor irgendeinem inneren Ohr. Er fand eigentlich nicht, daß er allzusehr abgebaut hatte. Es war die Müdigkeit, die ihm die Beine schwer werden ließ und seine Konzentration unterminierte. Aber schließlich, wie er sich sagte, ist man selber immer der letzte, der es weiß...

»Lassen wir meinen Drachen steigen, Daddy?«

John Carey schreckte auf.

Es war Peter. »Komm schon, Daddy – draußen am Strand ist richtig Wind.«

Drei Tage, die vorbeigegangen waren wie flüchtige Eindrücke, erhascht am Fenster eines fahrenden Zuges. Seine Frau und seine Söhne, winkend...

»Ich habe zu tun, Peter«, antwortete Charles und blickte von seinem Manuskript auf. Allie war in Boston; Phillip war zum Laden gelaufen, um Gin zu holen. Er trank zuviel...

»Bitte, Daddy.«

John Carey stand auf und blickte Charles an. »Ich hätte jetzt Zeit.«

Peter schaute kurz zu seinem Vater hinüber.

»Ich hätte jetzt Zeit«, wiederholte sein Großvater. »Du brauchst nicht zu warten.«

Charles erhob sich. »Eigentlich könnte ich eine Pause gebrauchen.«

»Mach du nur deine Arbeit«, krächzte John Carey. »Du hast sowieso nur zu wenig.«

Charles erstarrte. Peter trat zwischen sie. John Carey spürte, wie er ihn an seiner Hand zupfte. Charles sagte mit gedämpfter Stimme: »Spiel doch hier nicht den Dummkopf...«

»Bevor du hier jemanden als Dummkopf bezeichnest, Charles, schau dir einmal an, was *ich* dir alles gegeben habe und wie wenig du geleistet hast.«

Charles kniff die Lippen zusammen. Mit leiser, tonloser Stimme sagte er zu Peter: »Geh mit deinem Großvater.«

John Carey sah, wie die Lippen seines Enkels bebten. Er nahm Peter an die Hand und sagte: »Keine Sorge, Peter, wir kriegen diesen Drachen schon hoch.« Dann ging er mit ihm zur Tür. Er blieb kurz stehen und blickte zu seinem Sohn zurück. Ihre Blicke trafen sich über Peters Kopf hinweg. John Carey öffnete den Mund, als wolle er noch etwas sagen, doch Charles wandte sich ab.

John Carey ging mit Peter nach draußen.

Es war spät am Nachmittag. Fahles Sonnenlicht streifte durch den feinen Wolkenflaum einer Zirrusschicht über die Felsen und das Wasser. Er hatte ganz vergessen, daß es in Maine so kalt war. Aber es war ja schon August, und bald würde der Herbst einkehren, und die Blätter würden fallen, ein flammendes Orange, und unter seinen Schritten knischen.

»Wo ist der Drachen, Peter?«

Mit steifen, geschwollenen Fingern löste er den Knoten von Peters rotem Drachen vom Geländer der Veranda. Dann ging er zum Strand hinunter. Er fühlte sich plötzlich so müde.

»Wir können uns auch einfach nur unterhalten, Großvater…«

Der Wind fühlte sich im Gesicht und in den Lungen rauher an, als er gedacht hatte. Trotzig sagte er: »Wir werden diesen Drachen höher fliegen lassen, als dein Vater es jemals geschafft hat«, und damit rannte er los.

»Großvater!«

Er drehte sich um und sah, wie Peter mit pumpenden Armen und wehendem Haar hinter ihm her hechelte. »Komm«, rief er. »Hol mich ein, Peter.« Seine Brust und seine Beine fühlten sich taub an. Der Drachen über seiner

Schulter fing sich in einer Windböe, die Schnur spannte sich und lief ihm durch die Fingerspitzen. Mit einer plötzlich aufkommenden Bö schoß der Drachen empor, segelte in den Wind davon…

»Warte, Großvater…«

John Carey rannte noch schneller. Er spürte eine wilde, unbändige Freude in sich aufsteigen. Er hörte die Schritte des Kleinen hinter sich, wie er sich anstrengte, ihn einzuholen. Er würde ihn lassen, ja, das würde er – diesmal würde er anhalten und ihm ins Gesicht sehen. Er drehte sich grinsend um, wollte ihm was zurufen…

»Charles!«

Peter sah, wie sein Großvater sich plötzlich verkrampfte, sich mit zuckendem Kopf aufrichtete. Einen Augenblick, der eine Ewigkeit zu sein schien, stand er kerzengerade da. Sein Lächeln wirkte so gefroren, und die Augen waren vor Schreck weit aufgerissen. Dann sackte er in sich zusammen, lag da wie ein Haufen Lumpen.

Peter blieb wie angewurzelt stehen. John Carey durchlief ein letztes Zucken, dann blieb er regungslos liegen. Seine Hände lösten sich aus ihrem Krampf, und sein Arm lag ausgestreckt da. Die Rolle mit der Schnur entwischte seiner Hand, tanzte den Strand entlang und wickelte sich immer weiter ab. Der rote Drachen schlängelte sich in wilden Schwüngen in die Höhe, wurde kleiner und kleiner, bis er verschwand…

Der Rest waren Bruchstücke eines Alptraums. Rennen, um seinen Vater zu holen. Der Krankenwagen mit der heulenden Sirene. Zwei Männer, die ausstiegen und seinen Großvater auf eine Tragbahre legten. Sein herunterbaumelnder Arm, als sie ihn in den Krankenwagen schoben. Onkel Phillip wollte hinterherklettern. Sein Vater packte ihn am Handgelenk und sagte knapp: »Bleib du bei Peter. Dies ist meine Aufgabe.« Dann stieg er neben John Carey in den Krankenwagen. Hinter ihnen wurden die Wagentüren zugeschlagen. Dann waren sie weg…

Phillip blickte ihnen abwesend nach. Die Hände in den Taschen stand er zitternd im Wind. Dann ging er zu Peter hinüber.

Es war ein seltsames Gefühl. Peter war noch nie mit Phillip allein gewesen. Sie saßen zusammen auf der Veranda, als langsam die Nacht hereinbrach. Peter weinte. Phillip brachte keinen Ton heraus. Er sah Peter an, als sei dieser ein bedrohlicher Fremder.

Als Charles zurückkam, war es bereits dunkel. Er war kreidebleich. »Er ist von Kopf bis Fuß gelähmt«, sagte er zu Phillip. Dann ging er allein in die Bibilothek und zog die Tür hinter sich zu.

In jenem Herbst kam Peter in die Schule.

Seine Welt wurde größer. Jeden Tag wurde er von John Careys Chauffeur durch den Central Park gefahren, vorbei an dem Bethesda-Brunnen zu der gotischen Kirche, wo der Unterricht stattfand. Er trug einen blauen Blazer mit Krawatte und hatte Klassenkameraden und Lehrer. Außerdem gab es immer irgendein Spiel zu spielen. Bald hatte er einen Freund gefunden. Manchmal gingen sie gemeinsam nach Hause. Er lernte rechnen und lesen. In der *Times* lief er mit dem Finger die Zeilen mit den Baseballergebnissen entlang, bis er bei Mickey Mantles Trefferzahl angelangt war. An Wochenenden ging Charles mit ihm zum Bethesda-Brunnen oder in den Zoo. Er hatte also viel zu tun, und manchmal vergaß er, daß sein Großvater eine regungslose, kaputte Hülle war, deren Inneres von Peter und einem Drachen zerstört worden war.

Er bettelte bei Charles so lange, John Peter Carey besuchen zu dürfen, bis dieser schließlich nachgab, ein einziges Mal. Sie gingen zu ihm in die Wohnung. Charles hielt ihn fest an der Hand. John Carey saß im Dunkeln, hinter ihm ein Krankenpfleger. Sein Hals wirkte in seinem weißgestärkten Kragen ganz verschrumpelt. Er konnte weder sprechen noch sich bewegen, noch lächeln.

»Kann er uns verstehen, Daddy?«

»Das weiß keiner.«

Peter berührte sein Gesicht. Die Haut fühlte sich kalt an.

»Ich liebe dich, Großvater.«

Als sie wieder draußen waren, sagte sein Vater mit gedämpfter Stimme: »Es war bestimmt gut, daß du ihm das sagen konntest, bevor er stirbt...«

»Er schwebt zwischen Tod und stumpfem Dahinvegetieren«, hörte Peter Phillip Monate später wütend zischen, »und mit jedem Atemzug zehrt er die Firma aus.«

Phillip und Charles saßen in der Bibliothek und tranken Cocktails. Peter kam, um gute Nacht zu sagen. Als er jedoch ihre erregten Stimmen vernahm, blieb er stehen. Von der Diele aus sah er, wie sich die Augen seines Vaters zusammenzogen. »Jetzt übertreibst du aber, Phil – das müssen die Nerven sein.«

»Ich kann nichts *entscheiden*, verdammt. Banken, Agenten – jeder, mit dem er zu tun hatte –, alle warten auf ein Wunder.«

»Nein«, sagte Charles ruhig. »Sie warten auf das Testament. Genau wie du.«

»Wie kommst *du* dazu, *mich* zu beschuldigen?« Phillip verzog sein Gesicht, als wäre er gerade erstochen worden. »Mein ganzes Leben lang hast du mich vor seinen Augen runtergemacht...«

»Vielleicht wäre es also besser, *ich* würde einen Schlaganfall haben.« Plötzlich entdeckte er Peter in der Tür. Mit sanfter Stimme sagte er zu ihm: »Auch Brüder würden sich ganz gerne mal unter vier Augen unterhalten, okay?«

Peter mußte unwillkürlich an die nackte Frau denken und guckte weg. »Tut mir leid, Daddy.«

»Solltest du dir merken.« Als Peter aufschaute, war der strenge Ausdruck seines Vaters gewichen. »Davon abgesehen, im Zoo ist es jetzt höchste Zeit zum Schlafengehen. Sag deinem Onkel Phillip gute Nacht.«

Phillip blickte Peter mit dem gleichen ängstlichen Befremden an wie damals an dem Tag, als sein Großvater zusammengebrochen war – so als würde er ihn nicht wiedererkennen. »Gute Nacht, kleiner Märchenprinz«, brachte er gerade noch hervor. Aber seine Umarmung war schlaff und kraftlos.

Peter gab seinem Vater einen Kuß und rannte nach oben in sein Zimmer. Er konnte förmlich spüren, wie die beiden wütenden Brüder wieder aufeinander losgingen...

»Sie warten auf das Testament«, sagte Charles leise. »Genau wie du...«

Englehardt saß mit dem Tonband in seinem Schlafzimmer und starrte auf einen einfachen brauen Umschlag. Der Umschlag war aus einem Banktresor gestohlen und gerade von einem Kurier abgeliefert worden.

Wieder einmal hielt er, Phillip Careys geheimer Verbündeter, den Atem an.

»Wie kommst *du* dazu, *mich* zu beschuldigen?« Phillips Stimme knisterte durch den kargen spartanischen Raum. »Mein ganzes Leben lang hast du mich vor seinen Augen runtergemacht...«

Englehardt war von der Spannung zwischen den beiden wie gebannt, und er konnte sich nicht einmal dazu durchringen, den Umschlag in die Hand zu nehmen: Wenn Phillip Carey an die Spitze des Verlages aufrückte, könnte er durch ihn die Macht erlangen, nach der er sich verzehrte.

Allein das Testament eines alten Mannes, ungeöffnet und unabänderlich, konnte ihre Hoffnungen zu Asche werden lassen.

»Vielleicht wäre es also besser, *ich* würde einen Schlaganfall haben.«

Englehardt langte mit zittrigen Händen nach dem Umschlag, um ihn zu öffnen...

Die Stimme Charles Careys ermahnte ihn gespenstisch vom Band: »Auch Brüder würden sich ganz gerne mal unter vier Augen unterhalten.«

Englehardt hielt inne.

Langsam, Wort für Wort, fing er an, John Careys Testament zu lesen.

Englehardt blickte abwesend durchs Fenster und spürte förmlich, wie das Testament zu seiner Zukunft wurde.

Die Seiten lagen hinter ihm auf dem Bett verstreut, wie abgefallene Blätter, die darauf warteten, geharkt zu werden.

Obwohl er ihren Inhalt seit mittlerweile einer Stunde kannte, war er immer noch wie angewurzelt.

Georgetown war dunkel. Nach und nach erloschen auch die wenigen noch beleuchteten Fenster in den Nachbarhäusern. Doch seine Gedanken kreisten nicht um irgend jemanden, der dort lebte. Schließlich drehte er sich um, so, als hätte ein zweites Ich von ihm Besitz ergriffen, das genau wußte, daß er sich nun jemandem mitteilen mußte. Mit langsamen Schritten ging er zum Telefon.

Als er den Arm danach ausstreckte, zitterte seine Hand. Seine Finger wußten die Nummer auswendig, und doch erschrak er, als das Freizeichen ertönte.

Es schellte einmal, zweimal. Mit jedem zermürbenden Schellen hoffte Englehardt insgeheim, es solle nur ruhig weiterschellen …

Und dann, beim neunten Schellen, fragte die Stimme, die er hören wollte, die so vertraut und fremd zugleich klang, »Hallo?«, und seine Einsamkeit war mit einem Schlag weg.

Englehardt schloß die Augen. »Hier spricht John Joseph Englehardt«, hob er leise an. »Sie erinnern sich vielleicht noch an mich.«

An jenem Wochenende ging Charles endlich doch mit Peter auf den See rudern.

Es war April und überall grünte es. Sie saßen einander gegenüber, glitten mit dem Boot über glattes, in der Sonne schimmerndes Wasser. Peter streifte seinen Pullover ab. Charles zog sein Blouson mit Fischgrätenmuster aus und legte die Riemen ab. Sie trieben durch Schatten- und Sonnenpartien, kleine kräuselnde Wellen anderer Ruderboote zogen vorbei...

»An was denkst du gerade, Daddy?«

Charles neigte den Kopf. »Du siehst in die Leute hinein, stimmt's, Peter?« Er zögerte. »Um die Wahrheit zu sagen, du könntest mir bei einer Entscheidung helfen.«

»Hat das was mit Großvater zu tun?«

»In gewissem Sinne – eigentlich mit uns allen. Du weißt ja, daß ich, als du auf die Welt gekommen bist, aufgehört habe, mit deinem Großvater zusammenzuarbeiten – ich wollte mit dir zusammensein.« Wieder zögerte er nachdenklich. Er faltete sein Blouson. »Deine Mutter...«

»Sie ist krank geworden.«

Charles nickte. »Ich glaube, ihr geht's jetzt besser. Was meinst du?«

Peter überlegte. Seine Mutter war in letzter Zeit häufiger ausgegangen, sie lächelte öfter, lächelte sogar ihn an, wenn sie ihn sah. Einmal, als er sich sehr einsam fühlte, hatte sie sogar in der Bäckerei einen Kuchen gekauft und ihn mit ihm zusammen im Garten gegessen. »Glaube ich auch, ja.«

Charles schien seine Worte einen Moment lang abzuwägen. »Es ist so: Du gehst ja nun zur Schule, verbringst viel Zeit mit deinen neuen Freunden, und ich muß ja jetzt nicht mehr ständig für dich da sein. Schließlich bist *du* ja auch nicht da. Ich muß mich nun also entschließen, was ich tun werde. Die Sache mit deinem Großvater war ein schwerer Schlag für uns, in vielerlei Hinsicht. Ich weiß nicht, inwieweit dir das klar ist.«

»Wird er jemals wieder gesund werden?«

Charles sah mit abwesendem Blick an ihm vorbei. »Nein. Wohl nicht.«

Peter mußte daran denken, wie sein Großvater, der jetzt so stumm, so traurig und einsam war, mit ihm mitten im hektischen Brodeln der Fifth Avenue gestanden hatte, als sie sich das Hochhaus angesehen hatten, wo er einmal

Kohle geschaufelt hatte und auf dem nun sein Name stand. »Wem gehört dann sein Haus?«

»Das wissen wir noch nicht.«

Peter neigte seinen Kopf, als wäre er das Spiegelbild seines Vaters. »Willst du, daß es dir gehört?«

Charles holte eine Zigarette heraus. »Darum geht's nicht. Nicht einmal dein Großvater kann noch auf das Einfluß nehmen, was nach seinem Tod geschieht. Jedenfalls nicht mehr.« Er zündete die Zigarette an, zog einmal kräftig daran und fuhr in einem energischeren Tonfall fort. »Das Problem ist, daß bis dahin unsere Firma in großen Schwierigkeiten steckt. Es müssen Entscheidungen getroffen werden. Die Leute, die für uns arbeiten, brauchen jemanden, an den sie sich wenden können.«

»Was ist mit Onkel Phillip?«

Sein Vater blickte ihn lange schweigend an. Er sagte sanft: »Ich will nicht, daß das alles Phillip überlassen bleibt. Meinst du, du kannst das verstehen?«

Peter mußte daran denken, wie er in jener schrecklichen Nacht in Maine allein mit Phillip dagehockt war und in die formlose Dunkelheit gestarrt hatte. Er wandte den Blick ab. »Ja, Daddy. Ich verstehe es.«

»Dann kann ich also wieder zu arbeiten anfangen?«

Peter nickte nachdenklich.

Er erwiderte den Blick seines Vaters. Einen Moment lang war Charles' Gesicht in Schatten getaucht. Das Boot trieb wieder in die Sonne hinein.

Sein Vater lächelte sanft. »Ich möchte, daß du eins weißt, Peter, daß du es dir für den Rest deines Lebens merkst. Ich habe mir immer einen kleinen Jungen gewünscht. Noch bevor es dich überhaupt gab, habe ich mir vorgestellt, wie du sein wirst – klug und ein großartiger Spielkamerad, mit lachenden Augen und blonden Haaren, wie die deiner Mutter.« Er blickte Peter in die Augen. »Du bist der Junge, den ich mir immer gewünscht habe, Peter. Sogar besser.«

Peter ließ sich in den Schoß seines Vaters fallen,

schmiegte den Kopf an seine Schulter. So ruderten sie weiter, Mann und Kind, durch das Grün, die Schatten und die Vogelrufe hindurch. Die tiefe, nachlassende Nachmittagssonne ergoß sich in goldenem Schimmer über das Wasser.

6

An dem Wochenende vor Charles' Rückkehr in die Firma seines Vaters lud Phillip Charles und seine Familie nach Greenwich ein.

»Phil wird dir wahrscheinlich Gift in deinen Kartoffelsalat mischen«, witzelte Ruth Levy. »Ich hoffe du kannst ›Rattenkiller‹ von Paprika unterscheiden.«

Charles lächelte über das Kopfkissen hinweg. »Das ist einfach nur Phillips Vorstellung von Versöhnung. Darf ich davon ausgehen, daß du mich vermissen wirst?«

»Das tue ich *jetzt* schon, verdammte Scheiße.«

»Nun, keine Angst. Wir haben Karten für *Süßer Vogel Jugend*, wie du ja weißt. Unsere Zukunft liegt mir am Herzen.«

Sie runzelte die Stirn, sprang auf, warf die Decke zurück und marschierte splitternackt zu dem Spiegel über ihrer antiken Kommode. Zerstreut bürstete sie sich die Haare. Das Zimmer wurde nur vom Schein der Messinglampe auf der Nachtkonsole erleuchtet: In dem Halbdunkel lag über ihrem langen schlanken Rücken ein blasser Schimmer. Ihr Gesicht war von Schatten durchstreift, und ihre Augen im Spiegel waren tiefschwarz. Drei Jahre, in denen ihre Mundwinkel vielleicht ein Fältchen und ihre Haare eine einzige silberne Strähne hinzugewonnen hatten, hatten ihrem Gang, ihrer Art, sich zu bewegen, eine gewisse Spannung verliehen und ihrem Blick eine gelassene Direktheit.

»Ich liebe dich, Ruthie.«

Sie wirbelte wütend herum. »Carey, das war die dümmste, die verletzendste, die typisch *männlichste* Bemerkung…«

»Ich wollte doch nicht damit sagen…«

»O Gott, ich kann diese Tour nicht ausstehen – diese scheißpubertäre Schuljungenlässigkeit, so als wär's bei dir innen drin nur hohl.« Sie ballte wütend die Fäuste, spannte die Schultern. »Es ist so unglaublich oberflächlich…«

Er glitt aus dem Bett und streckte die Arme nach ihr aus. Sie hob abwehrend die Hand. »Laß das.«

Er ließ die Arme hängen. Er sagte leise: »Es ist nur so, daß ich manchmal einfach nicht weiß, was ich sagen soll.«

»Dann sag das. *Das* kann ich zumindest akzeptieren.« Sie sah ihm fest in die Augen. »So, wie ich ja auch akzeptiert habe, wie wir sind.«

»Wie auch immer, Ruthie, du bedeutest mir schon ein bißchen mehr als Eintrittskarten…«

»Ich bin ein sehr praktischer Boxenstopp…«

»Mach dich doch nicht selbst schlecht. Meinst du etwa, ich wüßte nicht, wie sehr du es haßt, nachts mit mir zu schlafen und morgens alleine aufzuwachen? Oder daß unsere Frühstücksgespräche sich so gestalten, daß du dir vorstellen mußt, was ich antworte, weil du mich nicht anrufen kannst.«

»O Gott, Charles.« Sie wandte sich ab. »Bitte, nicht jetzt.«

»Wie kommst du darauf, daß ich diese Dinge nicht spüre?« Er versuchte, sich zu beherrschen, zuckte hilflos mit den Achseln. Dann schloß er mit beinahe tonloser Stimme: »Ich habe mich nur zu schuldbewußt gefühlt, um sie auszusprechen.«

Sie beugte sich vor, hielt sich die Hand vors Gesicht. »Es tut mir leid – ich habe nicht versucht, sie jetzt aus dir herauszulocken.«

»Vielleicht sollte ich sie aber genau jetzt sagen.«

Sie winkte ab. »Es ist aussichtslos, Charles – ich liebe dich, trotz allem.«

Sie standen sich in dem gelben Lampenschein gegenüber und blickten sich an, stumm und nackt. Mit leiser Stimme fragte er: »Und wenn sie mir das Sorgerecht überläßt?«

Sie streckte den Arm aus, hielt plötzlich inne, die Augen voller Tränen. »Laß uns lieber von der Wirklichkeit reden, okay?«

Er packte sie bei den Schultern. »Das tun wir doch, jetzt in diesem Moment.«

Sie schüttelte den Kopf. »Es ist schon sehr viel, daß du endlich wieder anfängst, richtig zu arbeiten, Carey. Du solltest die Dinge jetzt nicht überstürzen. Laß dir Zeit.«

Er lächelte flüchtig. »Du klingst wie mein Vater.«

»Dann laß wenigstens *mir* Zeit. Bitte.«

»Nur wenn du mir sagst, warum du dir noch immer Häuser in der St. Luke's Place aussuchst.« Mit gesenkter Stimme fügte er hinzu: »Können wir nicht wenigstens darüber reden?«

Mit einer sanften, aber bestimmten Bewegung löste sie sich von ihm und setzte sich auf die Bettkante. Eine halbe Minute lang starrte sie aus dem Fenster, das schwarz und flach war, und in dem kein Himmel zu sehen war. Als sie schließlich zu ihm aufschaute, sprach sie ganz ruhig: »Ich will nur, daß du es dir gründlich überlegst. Zumindest übers Wochenende.«

Er nickte. »Das gilt für dich aber auch. Es geht hier nicht nur um mich, klar...«

»Klar.« Sie wandte sich ab. »Bitte, halt mich jetzt einfach nur fest.«

Viel später, immer noch ohne ein Wort zu sagen, streckte sie sich, um das Licht auszuschalten.

Sie langte mit anmutig geschwungenem Arm zu ihm hoch. Wie in einem stummen Traum bewegten ihre Münder sich aufeinander zu, trafen sich, dann ihre Hände und ihre Körper, sanft und ohne Eile. Schließlich drang er in sie ein, und sie bewegten sich im Rhythmus, und dann stießen sie mit vereinter Stimme einen Schrei aus.

Als es vorbei war, lag sie zusammengerollt in seinen Armen. Sie fühlte sich ganz warm und schläfrig in der stillen Dunkelheit. Sie wandte ihm das Gesicht zu, strich ihm mit den Fingerspitzen über die Wange. »Wie sieht Peter eigentlich aus?« fragte sie leise.

Peter saß lächelnd im Fond des Jaguar, den Blick auf das champagnerfarbene Haar seiner Mutter geheftet, das im Fahrtwind wogte.

Zum x-ten Mal verliebte er sich in das Kabrio. Die Straßenlage des Wagens und der Fahrstil seines Vaters berauschten ihn, die Art, wie er die Kurven nahm, als sie sich Greenwich näherten – schalten und beschleunigen, bremsen und schalten. Sie überholten andere Autos, und Peter stellte sich vor, er und sein Vater wären Rennfahrer, an Orten mit riesigen rosa Stuckbauten, die er von Fotos her kannte, wie Monaco oder Nizza. Phillips Auffahrt wurde in seiner kleinen Träumerei zur Zielgeraden, wo die blonde amerikanische Prinzessin mit dem Haar seiner Mutter vor einem weißen Prachtbau wartete, um ihnen den goldenen Siegespokal zu überreichen, den er seinen Freunden in der Schule zeigen würde. Als sie sich die North Street entlangschlängelten – vorbei an Weihern, Holzhäusern und schlanken Pinien, weißen Lattenzäunen und flachen Steinmauern –, sah Peter auf den Granitpfeilern zu beiden Seiten von Phillips Auffahrt die schwarzweißkarierte Zielflagge. Dann bog sein Vater in die Auffahrt ein, die Flagge senkte sich, und ein fröhlicher Phillip kam schwungvoll die Treppe hinuntergeschritten, um sie zu begrüßen.

Peter hatte den schützenden Trost der Phantasiewelt schätzengelernt: Wie auf Kommando konnte er seine Phantasie ein- und ausschalten. Als er spürte, daß die nächsten Stunden voller Nervosität und Anspannung sein würden, nahm er sein Spielzeugboot aus dem Wagen, ließ Dewey hinter dem Lenkrad zurück und machte sich zu dem großen ovalen Vogelbad auf, das sich im Garten hinter Phillips Haus befand.

Bis auf vereinzelte Vogelrufe und dem leisen Rauschen der Pinien war Stille. Über das weitläufige Gelände schwebte der Duft von frisch gemähtem Gras. Peter setzte das Boot aufs Wasser, führte es im perfekten Kreis einmal herum und war glücklich und zufrieden. Nach und nach, zwischen den kleinen Ausflügen ins Haus, um Cola und Sandwiches zu holen und nachzusehen, was die Erwachsenen trieben – Phillip übertrieben heiter und eifrig bemüht, Charles übertrieben höflich sowohl seiner Frau als auch seinem Bruder gegenüber –, zog sich Peter immer mehr in die Phantasiebilder einer Reise zurück: Sein Großvater saß mit Dewey auf dem Schoß in einem Liegestuhl auf einem Bootsdeck. Die Wärme der Sonne ließ sein Gesicht und seine Glieder allmählich auftauen. Er fing an, sich mit Peter über das Verlagshaus zu unterhalten. Sein Vater stand hinter dem holzgeschnitzten Steuerrad und lächelte ihnen zu. Er sagte, daß sie nun nach Monaco segeln könnten …

Als Peter ihm beim Schlafengehen von seinen Träumereien erzählte, lächelte Charles wieder. »Ich weiß gar nicht mal, ob dein Großvater je in Monaco gewesen ist«, sagte er. »Dewey jedenfalls nicht, das weiß ich. Es würde ihnen bestimmt gefallen.«

Peter fiel noch etwas ein. »Dewey ist immer noch in der Garage – da unten ist es viel zu dunkel für Elefanten, Daddy. Bitte, darf ich ihn holen gehen?«

»Ich bringe ihn dir später, Peter«, erwiderte Charles. »Dann kannst du ihm all deine Pläne verraten.«

»Versprochen?«

Charles senkte den Kopf zu Peter hinab und gab ihm einen Kuß auf die Stirn.

»Versprochen.«

Peter schloß die Augen und schlief ein.

Am nächsten Morgen nahm Peter Dewey auf das Boot nach unten mit und wollte damit zu seinem Vater.

Phillip war ungewöhnlich früh aufgestanden. Die beiden Brüder saßen bei Kaffee und der *New York Times* auf der Glasveranda. Phillip las im Literaturteil: Robert Bloch hatte für einen Roman mit dem Titel *Psycho* viel Lob geerntet, und Phillip meinte, daß man durchaus einen »phantastischen« Film machen könnte. Er begrüßte Peter mit einem breiten Lächeln. »Guten Morgen, kleiner Märchenprinz«, rief er. »Die Yankees haben gewonnen.«

Peter stellte sein Boot ab und flitzte mit Dewey in Charles' Schoß. »Du hast es versprochen, weißt du noch?«

Sein Vater umarmte ihn. »Ich hatte ganz vergessen, Dewey zu dir hochzubringen, da hast du recht.«

»Ist schon in Ordnung.« Peter kuschelte sich an seinen Hals. »Ich habe ihn geholt...«

»Hör dir das an, Peter.« Phillip schnappte sich den Sportteil und las laut vor: »›Yankees schlagen die Red Sox sechzehn zu sieben durch die Home Runs von Bauer, Skowron und Carey.‹ *Carey* – eines Tages wirst du das sein, Peter.«

Peter blickte ihn lange an. Dann wandte er sich seinem Vater zu. »Was machen wir heute, Daddy?«

»Weiß ich nicht. Vielleicht hat dein Onkel Phillip irgendwelche Vorschläge.«

Peter blickte unwillig zu seinem Onkel zurück.

»Langweilt sich unser Märchenprinz?«

Peter schüttelte den Kopf.

»Keine Angst, ich werde nicht gleich den Beleidigten spielen.«

Peter rutschte unruhig auf Charles' Schoß umher. »Vielleicht ein bißchen gelangweilt.«

»Weißt du was, Charles. Warum fahren wir mit unserem Jungen hier nicht zu dem Stausee hinaus? Dort kann er seine Jacht mal richtig in den Wind stellen.«

Charles drückte Peters Arm. »Was hältst du davon? Oder willst du lieber einfach nur hierblieben?«

Peter zögerte. Phillip breitete die Arme aus und lächelte süßlich. »Allein deine Entscheidung, Peter. Was auch immer du willst.«

Einen kurzen Augenblick lang tat es Peter leid, daß er seinen Onkel in solche Verlegenheit gebracht hatte. »Mama nehmen wir auch mit«, sagte er.

Draußen war es kühl und grau. Das Kabrio rollte durch die Granitpfeiler hindurch und entschwand Richtung Stausee.

Phillips minzgrüner Sprite führte sie über steile Straßen, die sich durch Gegenden schlängelten, die eher ländlich als städtisch anmuteten: alte amerikanische Farmhäuser aus den Gründerzeiten mit grünen Schindeldächern; Birken und Nadelbäume zwischen rosa blühendem Hornstrauch; fette grüne, von krummen Steinwällen geteilte Weiden. Charles jagte Phillip hinterher. Er nahm die Kurven möglichst eng, aber Phillip war einfach schneller. Allie, die einen Seidenschal umgebunden hatte, strich sich immer wieder übers Haar. Hinter ihr hielt Peter Dewey auf seinem Schoß fest. Im Radio las Charles Collingwood die CBS-Nachrichten: John F. Kennedy hatte recht gute Ergebnisse in Wisconsin zu verzeichnen, Eisenhower hatte sich für Chester Herter als Nachfolger für den kränkelnden Dulles entschieden. Mit summenden Reifen folgten sie Phillip Carey über Straßen, deren Namen nach uriger Idylle klangen: North Street, Dingeltown, Stanwich.

Cognewaugh.

Das weiße Holzschild war urplötzlich vor Charles aufgetaucht. Er bremste ab und bog im Fünfundvierzig-Grad-Winkel nach Cognewaugh ein. Peter wurde zur Seite geschleudert. »Sei vorsichtig«, warnte Allie. Charles warf einen Blick über die Schulter. Peter lachte. »Fahr schneller, Daddy. Sonst gewinnt er noch gegen dich!«

Charles grinste amüsiert und beschleunigte, um Phillip einzuholen. Allie langte nach hinten und zog den Reißverschluß von Peters Windjacke zu. Sie strich ihm über die Wange.

»So holst du dir wenigstens keine Erkältung.«

Peter lehnte sich vor. Der Wind peitschte ihm durchs Haar. Die Straße wurde steiler, tauchte in eine dunkle schattige Mulde hinab und stieg danach wieder steil an. Wie ein Foto tauchte die Steigung, die in einer Kurve nach rechts führte, plötzlich vor ihm auf. Charles nahm die Kurve, raste die Straße hoch, zwischen dichtbelaubten Baumreihen hindurch, über den von Licht- und Schattentupfern besprenkelten Asphalt.

Oben angekommen, folgte unvermutet eine Linkskurve.

Phillip nahm die Kurve. Der minzgrüne Wagen verschwand. Peter lachte immer wilder. Er hielt Dewey am Rüssel umklammert und rief: »Hol ihn ein, Daddy!«

Charles drückte aufs Gas. Siebzig Meter, vierzig Meter ...

»Charles«, flehte Allie.

Peter packte Deweys Rüssel. »Schneller, Daddy ...«

Urplötzlich bremste Charles und schrie: »Ich habe die Kontrolle verloren.« Das Lenkrad wirbelte wie ein Spielzeug in seiner Hand herum, der Wagen schlitterte auf die Klippe zu. In abscheulichen Stakkatobildern sah Peter, wie sie auf die letzten Felsbrocken zurasten. Bäume und der Himmel spiegelten sich in der Windschutzscheibe, sein Vater drehte sich seiner Mutter zu, für den Bruchteil einer Sekunde trafen sich ihre Blicke. Sein Vater wirbelte herum, packte ihn hart und schleuderte ihn aus dem Wagen.

Peter schlug auf dem Boden auf, Dewey immer noch fest umklammert. Er überschlug sich, die Luft preßte sich aus seinen Lungen, er stieß mit Kopf und Rippen gegen Felsen. Er sah noch kurz, wie der Wagen seines Vaters neben ihm einen Abgrund hinabstürzte. Dann war er weg, und er wirbelte in bedrohlicher Dunkelheit über ein schmales, langes Grasstück. Er rollte immer weiter, schneller und schneller, bis er schließlich, auf dem Klippengrund angelangt, auf den

Bauch geschleudert wurde. Nur drei Meter von ihm entfernt sah er, wie ein rotes Auto in Flammen aufging. Die Flammen verzehrten seine stille Mutter und seinen Vater, der wie ein gequältes Tier schrie, bis er mit dem Kopf vornüber zusammensackte...

»Daddy!«

»Peter!« Phillip Carey stand oben auf der Klippe...

»Daddy!«

»Es geht gleich in die Luft.« Phillip hangelte sich die Klippe ein Stück hinunter. Er blieb stehen, blickte zwischen dem Jungen und dem brennenden Wagen hin und her. Mit verzerrtem Gesicht stand er einen Moment lang da. Plötzlich, einem inneren Impuls folgend, eilte er vor. »Peter – um Himmels willen, *weg hier*!«

Peter konnte nicht. Er hielt Dewey fest umklammert, und als das Gesicht seines Vaters in den Flammen verschwand, konnte er nur noch schreien, rhythmisch, unaufhörlich, wie in einem irren, monotonen Gesang. »Daddy... Daddy...«

Phillip machte einen großen Satz und wälzte ihn von dem Wagen weg...

Der Wagen explodierte.

Auf dem Band, das er gerade bekommen hatte und das er nun an sich drückte, hörte er seine eigene Stimme flüstern. »Dies ist John Joseph Englehardt...«

Er nahm das Band aus dem Abspielgerät.

Einen letzten Moment lang hielt er sein Geheimnis in der Hand.

Dann kniete er vorsichtig nieder und warf das Band ins Feuer.

Es fing an zu knistern, und das Band wand und bog sich in den Flammen, und dann wurde es zu Asche, und nun gab es nur noch das Testament.

Mit der Erlaubnis des Arztes erklärte Phillip dem stummen Etwas, das einmal sein Vater gewesen war, daß sein älterer Sohn ihn nicht mehr besuchen könne.

Phillip meinte, seinen Vater im Schweigen der dunklen Wohnung weinen gesehen zu haben.

Er blieb nicht lang.

Als der Pfleger am nächsten Morgen aufstand, um John Carey zu baden, fand er eine kalte, erstarrte Leiche vor, der er sanft die Augen schloß.

Gleich nach der Beerdigung wurde im grauen, stickigen Konferenzzimmer eines Wall-Street-Notars das Testament eröffnet. John Carey hatte es dort in einem Tresor deponiert.

John Careys letzter Wille sprach Charles mit einem Einundfünfzigprozentanteil die Kontrolle über die Firma zu.

Eine abschließende Klausel besagte. »Sollte Charles Carey vor mir verscheiden, so werden die obengenannten Anteile von einundfünfzig Prozent bis zum dreißigsten Geburtstag meines geliebten Enkels John Peter Carey meinem Sohn Phillip zu treuen Händen übergeben.«

Phillip Carey verließ wortlos den Raum.

Peter Carey schlief mit Dewey im Bett eines kahlen Krankenhauszimmers und ahnte nichts von seiner Zukunft.

Draußen im Korridor verbrachte Phillip schlaflose Stunden damit, auf und ab zu schreiten. Er war am Boden zerstört. Immer wieder warf er einen Blick zu Peter hinein, lauschte dem regelmäßigen Atem seines Neffen, der in tiefer Betäubung lag. Der Gedanke, daß Peter aufwachen und sich erinnern würde, ließ ihn erschauern.

Aber Peter Carey hatte sein Gedächtnis verloren.

ZWEITER TEIL

Manhattan

Januar – März 1982

1

Noelle Ciano stieß einen Schrei aus.

Morgenrot erhellte die Wohnung ihres Liebhabers. Ein Strahl Wintersonne fing sich in ihrem dichten schwarzen Haar, das über sein Gesicht fiel. Als er sich mit dem Körper aufbäumte und ihr den letzten erregenden Schauer entlockte, schloß sie wie in einem zuckenden Traum die Augen. Dann entspannten sich ihre Züge. Die Zuckungen wurden schwächer und gingen in ein langsames geschmeidiges Auf und Ab ihrer Hüften über. Sie warf den Kopf zurück. Ihr Rhythmus war nun wilder, aber immer noch kontrolliert. Sie setzte alles daran, den Alptraum aus seinem Körper zu treiben. Ihre Nackenmuskeln glänzten schweißgebadet. Sie spürte, wie er in ihr anschwoll. Als er schließlich kam, stumm und geräuschlos, öffnete sie wieder die Augen und blickte fragend in sein Gesicht.

Peter Carey lächelte zu ihr auf.

Eine Stunde zuvor, als er aus seinem Traum erwacht war, hatte er angstvoll aufgeschrien.

Es war jener letzte Moment vor Tagesanbruch. Die Nacht war wie dünner Rauch. Charles Carey stahl sich im Alptraum seiner Kindheit durch sein Hirn, unerbittlich und gnadenlos. Sie versteckten sich in dem Tunnel in der Nähe des Bethesda-Brunnens. Es war ein Spiel. Sein Vater lächelte ihn an, und dann öffnete er den Mund und stieß einen schrecklichen Schrei aus, und noch bevor Peter ihn aus dem Tunnel zerren konnte, verwandelte sich sein Gesicht zu Asche und Knochen. Peter hielt den leeren Ärmel der Windjacke seines Vaters in der Hand. Ein gesichtsloser Mann stach ihm mit einer Gartenschere die Augen aus, und er schrie wie von Sinnen. Er erblindete, aus seinen Augen spritzte Blut. Im Tunnel erschallte Gelächter, und er schrie laut auf…

Noelle hatte Peter mit einem feuchten Tuch die Stirn abgewischt. In ihren schwarzen Augen las er bereits, daß sie sich gleich lieben würden.

Peter kannte dieses Gefühl. Als sie sich das erste Mal liebten, hatte er in ihrem Blick und ihren Gesten den Sex gesehen, bevor sie sich angepaßt hatten. In den vergangenen acht Monaten war dieses Gefühl der Vorahnung noch stärker geworden. Jetzt spürte er die Bewegungen ihres Körpers schon lange voraus in seinem Kopf.

»Es war der gleiche Traum, stimmt's – von deinem Vater.«

Sie blickte immer noch auf ihn hinab: Die Sonne streifte bereits ihre Schultern und verwandelte ihre Haut in einen satten Olivton. Der Duft ihres Liebesspiels lag noch in der Luft. Er nickte und sagte: »Man sollte meinen, mir könnte auch mal was Neues einfallen.«

Sie streichelte sanft sein Gesicht. »Warum kannst du mir nicht sagen, was es ist?«

»Weil *du* ihn dann vielleicht auch hast.« Er küßte sie auf die Stirn und stand auf.

Noelle zog sich noch nicht den Bademantel über, sondern wartete einen Moment. Sie wußte, wo sie Peter finden würde.

Als sie durch die Wohnung ging, kamen ihr wieder ihre ersten Eindrücke in den Sinn. Die Zimmer waren hell und nur spärlich möbliert. Anfänglich, als sie die schweren, ausgeklügelten Sperriegel gesehen hatte, hatte sie ihn für das Opfer eines Raubüberfalls gehalten, den die Erinnerung daran nicht mehr losläßt. Im Wohnzimmer – ein hellbraunes Sofa aus zusammensetzbaren Sitzelementen, ein Schreibtisch mit Leselampe, zwei silbergerahmte Originale von Kandinsky und Klee – stand ein niedriges Regal aus Redwood mit den Büchern, die er herausgegeben hatte. Auf dem Buchrücken prangte der Adler von Van Dreelen & Carey. Keines der Bücher war signiert. Nachdem Noelle mit ihm geschlafen und den ersten Orgasmus ihres Lebens gehabt hatte, hatte sie sich das Zimmer noch einmal genauer angesehen und es nach Hinweisen auf seine Vergangenheit abgesucht. Erst später verstand sie, warum es keine gab.

Mittlerweile wußte sie – obwohl noch immer nicht, warum –, daß sein Alptraum ihn ans Fenster trieb. Sie war ein visueller Typ, der Gesehenes besser behielt als andere Sinneseindrücke, selbst in der Erinnerung: An sein entsetzliches Schreien konnte sie sich kaum noch erinnern, sein Profil dagegen, als er in den Central Park hinunterstarrte, saß für immer in ihrem Kopf fest, gestochen scharf wie ein Foto.

Peter Carey sah, wie Schneewolken die fernen Wolkenkratzer der East Side in Dunkel hüllten und den Central Park mit diffusen Schatten überzogen. Im Winter, ohne Grün und ohne Menschen, verwandelte sich der Park in eine Mondlandschaft. Der See wurde zu einem eisigen Spiegel, in dem die Äste kahler Bäume zu einem Bild gefroren. Nur vereinzelt verirrte sich ein Lebewesen an den Bethesda-Brunnen – morgendliche Jogger, irgendwelche Sonderlinge und ein paar Hunde…

Er spürte, wie sie hinter ihm stand, noch bevor sie gesprochen hatte.

»Wie war er, Peter?«

Er verharrte regungslos. »Ich kann mich nur sehr schwer an ihn erinnern, wirklich. Anscheinend ist es sogar schwer für mich, darüber zu reden.«

»Meinst du nicht, daß du mit jemandem darüber reden solltest?«

Peter wurde dieses Gefühl der Hilflosigkeit einfach nicht los, der letzte Nachhall seines Alptraums. »Du glaubst immer noch, ich sollte zu einem Psychiater gehen?«

»Der Traum kehrt in letzter Zeit immer häufiger wieder.« Sie zögerte. »Und du kannst dich wirklich an nichts mehr erinnern, was den Unfall angeht?«

Er schloß die Augen. »Nur an das, was Phillip mir gesagt hat.«

Sie saßen an Peters Küchentisch, tranken italienischen Espresso und blätterten die *New York Times* durch.

Die Russen hatten gegen die Afghanen bakteriologische Waffen eingesetzt, die Saudis hatten den Ölpreis erhöht, in Italien stand die dreiundvierzigste Nachkriegsregierung vor dem Scheitern. Ein Entführungsfall war aufgeklärt worden: Auf einer der Innenseiten war ein grausames, perfekt geschossenes Foto veröffentlicht, auf dem die Polizei in der Nähe des East Rivers die Leiche eines Mädchens aus einem Wagen zog.

Peter zuckte unwillkürlich zusammen. »Ziemlich grausig.«

Noelle wandte sich von dem Foto ab. »Wem sagst du das.«

Als Peter nach einem anderen Teil griff, beobachtete Noelle ihn klammheimlich: Sie liebte jene flüchtigen Momente, wenn seine Züge, frei von den Schrecken seiner Alpträume, so weich wurden wie die eines Kindes. Sein blondes Haar lockte sich ungekämmt in seinem Nacken, und seine blauen Augen wirkten arglos und unschuldig. Seine schönen vollen Lippen waren am rechten Mundwinkel ein wenig aufgeworfen: Als sie ihn das erste Mal fotografiert hatte, für einen Artikel in der *Times*, fiel ihr auf, daß er am liebsten sein linkes Profil zeigte, das kühler und kantiger war, und die humorvolle, verspielte Seite seines Wesens verbarg. Später, als er ihren Fragen auswich, versuchte sie, seine Vergangenheit im Lichte dieser Asymmetrie zu sehen. Die rechte Seite war Peter als Kind, das auf seinen Vater wartete. Die linke war Phillip Carey vorbehalten.

Jetzt gerade neigte er den Kopf nach links. Irgend etwas auf der Seite hatte seine Aufmerksamkeit erregt, und er kniff die Augen, bis alles Weiche aus seinem Gesicht gewichen war. Der Blick war unverkennbar: Noelle wußte, ohne daß es ihr gesagt werden mußte, daß er etwas gelesen hatte, von dem er sich bedroht fühlte. Sie hatte den gleichen Ausdruck – den Kopf zur Seite geneigt, der Blick kühl und durchbohrend – auf einen bekannten Schriftsteller angewandt gesehen, der ihn während einer Cocktailparty wegen irgendeiner Geldgeschichte angegangen war; Peter hatte nicht ein Wort gesagt. Der Schriftsteller hatte sich schließlich entschuldigt. Noelle hielt es für einen einstudierten Trick und fragte, wo er ihn her hätte. Er sagte ihr, daß er es nicht wisse, eine Angewohnheit, die er schon immer an sich gehabt hätte, ohne es zu beabsichtigen. »Ich plane doch nicht alles im voraus«, sagte er.

Noelle hatte ungläubig gelächelt: Noch nie hatte sie einen Menschen gekannt, der weniger dem Zufall überließ als Peter Carey, nur um ja keine Schwächen zeigen zu müssen. Nur der Schlaf, der Bilder erzeugte, die ihn wie ein Kind aufschreien ließen, entzog sich seiner Kontrolle. Als sie sich einmal in New Hampshire unterhalb einer kleinen geschützten Gruppe von Bäumen liebten, in der das Frühlingsplätschern eines Baches nahebei widerhallte, hatte Noelle ihn gefragt, was er sich wünschen würde, wenn er sein Leben von vorn beginnen könnte. Mit leiser Stimme hatte er ihr geantwortet: »Nie mehr träumen zu müssen.«

»Was gibt es Schlimmes?« fragte sie ihn jetzt.

Er blickte mit einem gequälten Lächeln von der Zeitung auf. »Wahrscheinlich sollte ich gleich laut lesen«, stichelte er. Dann schob er ihr den Wirtschaftsteil quer über den Tisch zu. »Es geht das Gerücht um, daß ein reizender kleiner Übernahmehai namens Barth Industries – Nettowert dreißig Milliarden, Nummer einundvierzig der Liste der ersten fünfhundert Unternehmen von Fortune – gerne einen Verlag schlucken möchte.«

»Könnte Barth euch schlucken?«

»Nur wenn Phillip ihnen dabei hilft.« Peter blickte stirnrunzelnd auf seinen Kaffee. »Seltsam nur, daß Phil darauf bestanden hat, heute mit mir zu Mittag zu essen. Du weißt ja, wie selten er das tut.«

Noelle lächelte leicht. »Vielleicht hat er ja Hunger.«

Peter blickte verärgert auf. Noelle hielt abwehrend die Hand hoch. »Wenn ich mit dir schlafe, heißt das dann, daß ich ebenso von deinem Onkel besessen sein muß wie du? Was hättest du dann von mir, wenn du nicht in mir drin bist?« Sie streckte die Hand nach der seinen aus. »Ich will nur, daß du dich langsam mal von deinem Zwang befreist, ihn ständig im Auge behalten zu müssen.«

Peter schien ein wenig eingeschnappt, suchte nach Argumenten und zuckte schließlich mit den Achseln. »Die Probleme ergeben sich ganz zwangsläufig – das Testament verlangt von ihm, das, was er am meisten begehrt, für mich aufzuheben, und dieser Clayton Barth ist bekannt dafür, daß er Schwächen schonungslos ausnutzt.« Seine Züge verhärteten sich plötzlich. »In fünf Monaten gehört Van Dreelen & Carey *mir*, und dann wird Barth sich bei mir melden müssen.«

»Und du wirst nicht verkaufen?«

Peter schüttelte den Kopf. Beinahe neckisch antwortete er: »Ich habe meinem Großvater versprochen, daß ich dafür sorge, daß der Laden in der Familie bleibt.«

Noelle spürte, daß ihr gerade Wort für Wort die Wahrheit erzählt wurde, auch wenn er so tat, als sei es ein Scherz. »Aber warum hängst du so sehr dran?«

Einen Moment lang senkte Peter die Lider, so als versuchte er, sich irgendeine verschollene Erinnerung ins Gedächtnis zurückzurufen. Wie ein Schatten, der plötzlich sein Gesicht verdunkelte, strafte dieser Blick das leise süffisante Lachen in seinen Worten Lügen: »Weil er *uns* gehört ...«

Martin beobachtete Peter Careys Apartment.

Nicht mehr lange und Carey und die Frau würden zum Joggen hinunterkommen.

Er trat unruhig von einem Bein aufs andere. Einstweilen mußte er die Gefühle, die sie in ihm weckte, vergessen. Carey war seine Zielperson.

Er lehnte sich gegen die kleine Mauer, die den Park umlief, einen halben Block weiter oben, gegenüber vom Aristocrat. Ihm war kalt und er hatte den Kragen hochgestellt. Zu seinen Füßen lagen sechs Zigarettenstummel. Er hatte sie gezählt, um nicht mehr an die Frau denken zu müssen. Dinge zu zählen, gehörte zu seinen Angewohnheiten.

Er beobachtete Peter Carey mittlerweile dreizehn Tage.

Peter und Noelle fuhren in ihrer Joggingkluft zehn Stockwerke tiefer. Sie gingen an den beiden Wachleuten in der Lobby vorbei und nahmen die Drehtür. Der Portier, eine freundliche Mischung aus einem Rohling und einem lieben Kerl, mit schwieligen Händen und feisten Gesten, lächelte. »'n Morgen, Mr. Carey, Miss Ciano.« Er wies mit dem Finger in Richtung Park. »Richtiges Eskimo-Wetter heute, minus dreiundzwanzig Grad. Geht mir nicht in den Kopf, wie Sie so was aushalten können, wo Sie doch zwei so kluge Menschen sind.«

Peter lächelte amüsiert: Als er damals eingezogen war und sich über die herrische Art anderer Mieter so geärgert hatte, hatte er besonderen Wert darauf gelegt, freundlich zu sein. Der Wetterbericht war so zu einem tagtäglichen Ritual geworden, ebenso wie seine vorwitzige Antwort. »Sind mal wieder Cianos Gewichtsprobleme – wenn sie so weiter macht, kann sie bald nicht mehr arbeiten, dick wie sie ist.«

»Lieber Himmel, *ich* würde überhaupt nicht arbeiten, wenn ich das Geld hätte. Florida, da muß man hin – mein

Schwager hat dort 'ne Wohung.« Er wandte sich Noelle zu. »War das Ihr Foto heute morgen – die Polizei, die die Kleine aus dem Kofferraum zieht?« Noelle nickte, und in der Kälte wurde das Pfeifen des Mannes zu Dunst. »Mann o Mann – paßt da draußen bloß auf, ihr beiden.«

»Aber klar doch«, sagte Peter. »Und Sie auch, Art.«

Sie liefen eilig an der Central Park West mit ihrer Phalanx an Taxen und Chauffeurs-Limousinen entlang, in Richtung des Fußgängerübergangs an der 72. Straße, der direkt in den Park führte. Der Wind blies Peter mit schneidender Kälte ins Gesicht. Er schloß zu Noelle auf. »Von dem Mädchen hast du mir aber nichts erzählt.«

»Wollte ich. Letzte Nacht – das war nicht nur für dich.«

»War es sehr schlimm?«

»So wie immer. Die Mutter hat angefangen, mich als Monster zu beschimpfen. Ich muß an die vierzehn Bilder gemacht haben, bevor sie schließlich zusammengebrochen ist.«

»Und das war alles?«

»Die Bullen haben sie dann weggeschafft. Und das Bild habe ich gemacht.«

Noelle strich sich ihre schwarzen Ponyfransen aus den Augen. Peter kannte diese Geste und blieb stehen. »Tut mir leid, daß ich so begriffsstutzig war.«

Noelle berührte sanft seinen Ellenbogen. »Ich habe mir diesen Job ausgesucht«, sagte sie sanft. »Du hast dir deine Träume nicht ausgesucht.«

Sie machten sich wieder auf den Weg.

An der Ecke trafen sie Peters Nachbarn, ein älteres Ehepaar. Sie überquerten gerade mit ihrem kleinen kläffenden Pudel die Straße. Jeden Morgen führten sie ihn Gassi und redeten immer mit ihm, als wär's ihr eigenes Kind. Noelle ging in die Hocke, um ihn an den Ohren zu kraulen. Zum ersten Mal an diesem Morgen lächelte sie. Auch Peter lächelte. Er mochte Mr. und Mrs. Krantz. Sie waren ein liebes Paar, deren gebeugte, bucklige Körper und hellblaue

Augen so identisch waren, daß er von ihnen immer als von etwas Zusammengehörigen dachte, das nur als Einheit sterben könnte, allein in ihrem Apartment, in dem sie seit vierzig Jahren ohne jede Gesellschaft lebten, ihren Pudel ausgenommen. Mrs. Krantz nickte und lächelte zurück: Ihr Mann sprach immer für sie beide. »Guten Morgen, Mr. Carey.«

»Guten Morgen, Mr. Krantz.« Peter hatte ihnen einmal – nur um sie ein wenig zu necken, da sie so schüchtern waren – angeboten, ihn Peter zu nennen, »zumindest bis ich dreißig bin«. Beide sahen sich dazu nicht imstande: Noelle mußte immer darüber lachen, wie Mrs. Krantz, von der sie ja nie direkt angeredet wurden, ihn über ihren Hund »Peter« nannte.

»Sag hallo zu Peter«, sagte sie nun. Der Hund kläffte Noelle an.

»Hallo, Abner«, sagte sie.

Die vier Mitglieder der menschlichen Rasse lächelten den Hund an. Dann machten sich die beiden Krantz' wieder auf den Heimweg. Noelle und Peter überquerten die Straße und fingen an zu joggen.

Martin folgte ihnen dabei nicht. Er kannte ihre Route. Er wußte, daß sie genau sechsundzwanzig Minuten dafür brauchen würden, um zum Ausgangspunkt zurückzukehren. Peter Carey war ein Sklave seiner Gewohnheiten, die letztlich auch den Tagesablauf der Frau in ein gewisses Raster preßten. Ihre Arbeit war das einzige, was die Sache ein wenig komplizierte: Sie verlieh ihr eine Art Unberechenbarkeit, einen Hauch von Gefahr. Wenn sie ging, blickte sie oft nach rechts und links, auf der Suche nach irgendeiner Bewegung, die nicht ins Straßenbild paßte. Aber dies hatte auch seine gute Seite: Durch ihren gelenkigen, geschmeidigen Gang war sie überall ganz leicht auszumachen. Eine wahre Wonne, ihr zuzusehen.

Er trat die Zigarette aus, Nummer sieben.

Wieder zwang er sich dazu, Careys feste Gewohnheiten

durchzugehen. Der Portier war wichtig: Manchmal konnten eben nur Menschen, nicht Schlüssel, einem den Weg in das Privatleben seiner Zielpersonen ebnen. Selbst Careys Nachbarn, das ältere Ehepaar, so gutmütig sie auch wirkten, konnten eines Tages zu seiner Waffe werden. Und dann, beim Beschatten Peter Careys, konnte er ganz nebenbei auch die Frau beobachten...

Schon jetzt war sie Teil des Dramas, das sich in seinem Kopf anzubahnen begann, ein erregender Brennpunkt der ganz speziellen Art, in der er Frauen brauchte. Ihre Eltern hatte kein Geld. Ciano war ihr fünftes Kind. Für ein Foto, das sie in Kambodscha von einem verhungerten Kind gemacht hatte, das über der Leiche seiner kleinen, wie im Schlaf zusammengerollten Schwester wachte, hatte sie den Pulitzer-Preis gewonnen. Sie hatte sich durch die Boston University mit Jobs durchgekämpft.

Martin fragte sich, was sie mit Peter Carey so alles trieb.

Er würde es noch herausfinden – falls der Kleine es zuließ. Er würde alles herausfinden – Careys Leidenschaften und Ziele, was ihn in der Stille der Nacht so ängstigte –, und dann würde er sein Wissen dazu benutzen, um ihn zu beherrschen. Peter Careys geistige Gesundheit war genausowenig wert wie sein Leben. Beides hing nun von den Wünschen des kleinen Mannes ab.

Bis zu einem gewissen Grad.

Martin langte in seine Tasche und tastete nach dem Kassettenrekorder, dann nach dem Revolver.

Der Kleine wollte nicht, daß er diese Sachen bei sich trug, sein Handwerkszeug, weil er befürchtete, daß Martin sie eines Tages gegen ihn einsetzen würde. Aber sein Mentor war mittlerweile mehr auf ihn angewiesen, als dies in der Vergangenheit der Fall gewesen war, und die Kosten- und-Nutzen-Rechnung ihrer Bekanntschaft verlagerte sich langsam, aber sicher zu seinen Gunsten. Er konnte sich wählerischer zeigen, was die Befehle anging, die er erhielt, und sich auf jene konzentrieren, die Spaß machten.

So machte es Martin großen Spaß, eigene Kassetten in seinem Besitz zu haben, deren Verwendung sich der Kontrolle des Kleinen entzog.

Wieder faßte er an den Revolver, um sich die Zeit zu verkürzen. Die Pistole erinnerte ihn an die aufregendste und nachhaltigste Erfahrung seiner Karriere...

Er war damals, vor sechs Jahren, auf Korfu gewesen. Die Regenzeit war gerade vorüber und ein strahlender Frühling eingezogen. Er hatte den Mann, einen Ausländer, acht Tage lang beobachtet. Am Nachmittag des neunten Tages folgte er dem Mann auf einer gemieteten Vespa. Sie fuhren über einen Pfad, der sich durch die Hügel schlängelte und sie hinter jenen weißen Marmorpalast führte, in dem einst die Hohenzollern residierten. Als der Mann ihn bemerkte, geriet er in Panik und ließ sein Mofa stehen. Er kletterte eine Klippe hoch und verschwand. Martin stieg von seiner Vespa herunter und setzte sich auf die Fährte des Mannes. Die Nacht brach herein, legte sich über die wilden, dichtbewaldeten Hügel und die weißgetünchten Putzbauten, über die hübschen Segelboote, die in den natürlichen Hafenbuchten vertäut lagen, so blau und doch so klar und durchscheinend: Martin wußte, daß der Mann sie nie mehr zu sehen bekommen würde.

Er hatte den Mann tagelang genau beobachtet, und jetzt, wie ein Tier, das in der Dunkelheit auf die Pirsch geht, spürte er förmlich, welche Wege er gehen würde.

Er kletterte den Hügel hoch, mit klopfendem Herzen.

Lautlos bewegte er sich fort, horchte. Als ihm nur die Stille antwortete, wußte er, daß die Stunden des Mannes gezählt waren. Er hielt inne, bis seine Augen sich an die hereinbrechende Dunkelheit mit dem sichelförmigen Mond gewöhnt hatten, und dann begann er, ihn durch die felsige Landschaft und das dichte Unterholz zu jagen, geschmeidig wie eine Katze.

Zwei Stunden später hatte er ihn aufgestöbert. Er kauerte in einer winzigen Höhle. Er schoß ihm in den Kopf und ließ ihn dort liegen. Der Mann war ein Türke. Niemand im Dorf würde sich darum kümmern.

Nachdem er seine Vespa gefunden hatte, fuhr er in gemächlichem Tempo den Pfad hinunter und setzte sich in eine dunkle Taverne, in der eine Frau sang. Die *Syrtaki*-Tänzer zerschmissen immer noch Geschirr und trotzten dem Obristenregime in Athen, das ständig irgendwelche Dekrete erließ. Martin bestellte sich Souvlaki und eine Flasche Retsina: Die Erinnerung an den Mord war nun zu dem Gefühl des Revolvers in seiner Hand geworden, dem Geschmack des Harzes, der Erregung eines Tieres, das seine Beute in der Dunkelheit verfolgt.

Er hatte keine Ahnung, warum der Türke beseitigt werden sollte, und es interessierte ihn auch nicht.

Er hatte keine Ahnung, warum er Peter Carey verfolgte. Er hatte nicht danach gefragt, und man hätte es ihm auch nicht gesagt. Careys Gedächtnisschwund war sein einziger Anhaltspunkt, und nur an den Augen des Kleinen spürte Martin, daß dies wichtig war. Diese Unklarheit war ganz nach seinem Geschmack. Er würde aus den Befehlen, die er erhalten hatte, nach und nach herausfinden, wie dieses Spiel am besten zu spielen war…

Martin sah auf seine Uhr und zählte die Minuten, die noch vergehen würden, bis die Frau wieder auftauchen würde.

Noelle und Peter liefen einen Schotterpfad hinunter, welcher von der 72. Straße aus durch einen von kahlen, abgestorbenen Kletterpflanzen umrankten Pavillon führte, vorbei an Gaslaternen und niedrigen, grünen Sitzbänken, und sich zur Parkdurchgangsstraße weiterschlängelte, in der sich der Verkehr staute. Sie nahmen den Fußgängerübergang und liefen entlang der Durchgangstraße weiter, die sie zu dem Bethesda-Brunnen und dem See führte. Als sie die Stufen zu dem Brunnen erreichten, bogen sie in Richtung des Musikpavillons ab: Obwohl die Vorstellung des Tunnels ihn anzog wie das Licht eine Mücke, hatte Peter ihn seit dem Einsetzen der Alpträume nicht mehr betreten. Selbst als Kind weigerte er sich, seinen Onkel auf einen Spaziergang zum Brunnen oder See zu begleiten. Jene Stellen im Park waren das Hoheitsgebiet seines Vaters – und seiner Träume.

Der Platz, den sie überquerten, war leer und verwaist, abgesehen von ein paar kahlen Bäumen, die sich aus runden braunen Grasflecken erhoben. Noelle lief mit lockeren, geschmeidigen Schritten voraus. Peter hielt sich kurz hinter ihr und freute sich bereits darüber, daß ihre langen, fohlenartigen Laufschritte sich wie ein weiteres Porträt in sein Gedächtnis eingruben.

Auf Peter wirkte sie immer so energiegeladen, selbst wenn sie ruhte: Er hatte ihr längst entlockt, daß – bevor ihr Busen und ihre Hüften erkennbar wurden – die Jungs der Umgebung sie »Grille« nannten, nachdem sie einen Tag lang von Dach zu Dach gesprungen war und sie herausgefordert hatte, ihr zu folgen. Als junges Mädchen hatte sie sich beide Arme und Beine gebrochen. Als Frau hatte sie über einen Aufstand und zwei Hungersnöte in Südostasien und am Kap der Guten Hoffnung berichtet und sich dabei einmal eine Kugel in der Schulter eingefangen. Die weiße, zusammengezwickte Narbe war immer noch sichtbar: Jetzt gerade sah Peter, wie sie die Schulter vorschob und den rechten Arm rotieren ließ, um ihn ein wenig zu lockern. Er schloß zu ihr auf und lief nun neben ihr. »Du solltest langsam in Rente gehen, Ciano – du hast was von einem ausgepowerten Stierkämpfer.«

»Wenn ich dreißig bin.« Mit einer raschen Bewegung wandte sie den Kopf und ließ ein Lächeln über ihrer Schulter aufblitzen. Es war das erste Porträt, das sie ihm von sich gezeigt hatte ...

Carey hatte damals ein Interview für die Literaturbeilage der *Times* gegeben und über seinen Vater und seinen Onkel und seine Erinnerungen an Black Jack Carey Rede und Antwort gestanden. Er hatte die einleitende Seite bereits vor sich gesehen – »Zweiundzwanzig Jahre nach dem Tod des sagenumwobenen Großvaters und des verwegenen Vaters – letzterer war bei einem Autounfall ums Leben gekommen, den sein Sohn wie durch ein Wunder überlebte – steht John Peter Carey II. gelassen bereit, sich an die Spitze der Firma zu stellen, die seinen Namen trägt« – und behielt deshalb einen Teil seiner Erinnerungen lieber für sich. Das wenige, woran er sich erinnerte, gehörte ihm allein, und der Interviewer, ein öliger Princeton-Abgänger mit Schildpattbrille, fragte sowieso entschieden zuviel.

»Mein Großvater war«, sagte Carey ihm, »soweit ich mich erinnere, ein freundlicher Mann, der gerne Kinderbücher las und niemals wütend oder laut wurde.«

Der Mann blinzelte irritiert. Carey war's egal: An jenem Morgen war er von dem metallischen Gerumpel der Müllabfuhr in aller Herrgottsfrühe aus dem Schlaf gerissen worden, in einem Apartment im West End, an der Seite einer Frau, die er kaum kannte. Er war froh, nicht geträumt zu haben und nahm den Krach als willkommene Gelegenheit, sich auf den Weg zu machen. Sein Mädchen für eine Nacht – eine junge Werbegraphikerin, auf die die Vergnügungen Manhattans noch den Reiz des Neuen ausübte – hatte noch einmal mit ihm schlafen wollen. Carey hatte ihr den Gefallen getan. Jetzt übermannte ihn die Müdigkeit, die mit einem Hauch von Melancholie durchsetzt war.

»Mr. Carey«, sagte der Mann, »ich werde das Gefühl nicht los, daß Ihnen diese Fragen auf die Nerven gehen.«

Carey zuckte mit den Schultern. »Sie verlangen von mir, mich an etwas zu erinnern, was mein Gedächtnis zu vergessen vorzog.«

»Und Sie haben keine Ahnung, wie Sie den Unfall überlebt haben?«

»Nicht die geringste.« Carey zögerte einen Moment. »Mein Onkel hat mich gerettet – vielleicht sollten Sie ihn fragen.«

»Ja, Ihr Onkel. Glauben Sie, daß es schwierig sein wird, den Verlag zu übernehmen, nachdem er ihn so lange geleitet hat?«

»Wir hatten beide zwanzig Jahre Zeit, uns an diesen Gedanken zu gewöhnen. Mein Großvater hat ihn mir vermacht.«

Der Mann blickte ihn verstohlen an. »Immerhin, es ist eine höchst ungewöhnliche Regelung. Ich frage mich, warum er sie so getroffen hat.«

»Weil wir uns über Bücher unterhalten haben.« Carey lächelte unmerklich. »Als ich fünf war.«

Der Mann gab schließlich auf, und Carey führte ihn ins Konferenzzimmer, wo sie auf die Fotografin warteten, die eine halbe Stunde Verspätung hatte. Sie tauschten lahme Banalitäten aus, als eine junge dunkelhaarige Frau durch die Tür geschossen kam. Carey hatte noch nicht ganz ihren Namen verstanden, da hatte sie ihm bereits die Hand geschüttelt. Strotzend vor Energie bewegte sie sich selbstsicher umher, und nach einem kurzen schweifenden Blick in dem bücherüberladenen Raum sagte sie zu Carey: »Ist mir zu langweilig hier. Versuchen wir's mal draußen auf dem Bürgersteig.«

»Warum?«

Sie deutete mit einer Handbewegung auf die Bücherregale. »Sie sind zu jung, um hier zu sitzen und so zu tun, als hätten Sie all dies gelesen, geschweige denn verstanden. Kommen Sie.«

Bevor er überhaupt Zeit gehabt hatte, sie sich richtig anzusehen, waren sie schon im Aufzug. Ihr Haar und ihre Augen waren schwarz, und sie war recht schlank, mit klaren, präzisen Gesten. Jedes Wort, jede Bewegung schien von mediterraner Intensität. »Sind Sie Griechin?« fragte er.

»Italienerin.« Sie marschierte in Richtung Bürgersteig.

»Wie heißen Sie?«

»Ciano. Und Sie sind wohl Peter Carey?«

»Wenn ich mich recht erinnere, ja.«

Sie blickte an ihm vorbei auf den mit Stuck und Verzierungen überladenen Eingang von Van Dreelen & Carey. »Lassen Sie mich mal kurz sehen, wie das mit dem Schatten da vorne ist.« Sie gab ihm die Kamera und stellte sich in den Eingang. »Wie ist mein Gesicht?«

»Phantastisch.«

Sie streifte ihn mit einem kurzen strengen Blick. »Ich meine den Schatten.«

»Paßt genau«, versicherte er ihr. »Sie sehen aus wie Lena Horne.«

Sie nahm mit einem Stirnrunzeln die Kamera, ging ein paar Schritte Richtung Straße zurück, um ihn mit dem goldenen Van-Dreelen-Carey-Logo aufs Bild zu bekommen, und fing an zu knipsen. Hinter ihr rauschte der Verkehr, vor ihr huschten Fußgänger vorbei. Ein kleines Mädchen und ihre Mutter blieben neben Carey wie angewurzelt stehen, als sie das Klicken der Kamera hörten. Die Mutter wollte sich entschuldigen. Ciano lächelte verschmitzt. »Keine Sorge«, sagte sie zu der Mutter. »Ich habe gerne Menschen auf meinen Fotos.«

Das Mädchen starrte sie an. »Ist das Ihr Beruf?«

»Mhm.« Ciano kniete nieder, machte einen Schnappschuß von dem Mädchen und sagte: »Ich werde es dir schicken, okay?« Sie blickte zu der Mutter auf. »Wie ist Ihre Adresse?« Die Frau gab ihr eine Adresse in New Jersey. Ciano kritzelte sie schnell auf einen Zettel, und die beiden gingen lächelnd davon. Dann warf sie ihr Haar zurück, sagte »weiter«, und machte noch drei weitere Aufnahmen von Carey.

»Arbeiten Sie immer in diesem Tempo?«

Sie schoß vier weitere Fotos, rückte ein Stück nach links. »Wenn ich weiß, was ich will.«

»Wie lange machen Sie das schon?«

»Seit dem College.« Sie knipste weiter. »Wie Sie.«

»Woher wissen Sie das?«

»Ich weiß eine Menge über Sie.« Sie schoß ein letztes Foto

und ging daran, die Kamera wieder in die Schutzhülle zu stecken. »Es hilft mir bei der Arbeit.« Als sie fertig war, machte sie eine kurze, gespielte Verbeugung vor ihm. »Tja, das wär's. Danke.«

Sie blickte sich kurz um, sah nach dem Verkehr und den Ampeln und war schon dabei, die Straße zu überqueren.

Plötzlich mußte Carey irgend etwas tun. »Moment!« rief er hinter ihr her. »Ich möchte Sie wiedersehen.«

Sie wandte sich um und warf ihm dieses Schnappschußlächeln zu. »Dann wird es auch passieren«, sagte sie achtlos und wurde von der Menge verschluckt.

Am nächsten Morgen rief Carey sie an...

»Als du mich fotografiert hast«, fragte Peter, als sie an der *Mall* entlang zurückliefen, »hast du dir da schon gedacht, daß ich dich fragen würde, ob du mit mir ausgehst?«

Noelle wandte den Kopf und blickte ihn an. »Wie kommst du jetzt da drauf?«

»Joggen ist langweilig.«

Sie lächelte. »Ja. Habe ich.«

»Warum?«

»Wegen der Art, wie du mich angeschaut hast, als ich mit dem kleinen Mädchen geredet habe. Hey, habe ich dir schon erzählt, daß ich Doug Sutcliffe fotografieren werde?«

»Den Lead-Sänger von Lethal? Ich dachte, der wäre immer noch irgendwo in den Wäldern, nimmt Drogen und verführt Minderjährige.«

»Sein Pressesprecher nennt es ›ein soziales Bewußtsein entwickeln‹. Wie dem auch sei, er kommt her, um ein Konzert für Haitianer und Boat People auf die Beine zu stellen, irgendwann im März – seit sechs Jahren hat kein Mensch mehr sein Gesicht gesehen.« Sie klopfte sich auf die Brust. »Und da komme ich ins Spiel.«

Peter fühlte sich bedroht, ohne wirklich zu wissen, warum. »Warum du?« fragte er und schämte sich gleich darauf in Grund und Boden.

»Weil ich Gesichter mag.« Noelle wandte sich um und warf ihm ein schiefes Grinsen zu. »Schau Peter, als ich dich fotografiert habe, bin ich nicht aus dem Verkehr gezogen worden. Ich habe nur meinen Körper aus dem Verkehr gezogen.«

Peter lachte. Sie liefen in einträchtigem Schweigen bis zu seinem Apartment weiter.

Carey und die Frau verschwanden.

Martin wußte, daß sie drinnen gleich aus ihrem Jogginganzug schlüpfen würde...

Er erkannte es immer daran, wie sie wieder auftauchte, so frisch und sauber und geschmeidig. Aber die nächsten vierzig Minuten mußte er hier allein auf sie warten, um sie dann sehen zu können...

Vorläufig mußte er sich damit begnügen, sich nur vorzustellen, wie er sich in ihrer Wohnung versteckt hielt und ihr beim Ausziehen zusah. Er hoffte jedoch, daß, falls der Kleine dies wünschte, er es auch einmal hautnah miterleben durfte.

Er hoffte, bald.

Er hoffte, daß der Kleine nichts davon wußte.

In seinen Berichten erwähnte er die Frau immer nur beiläufig, und auch in Wortwahl und Stimmlage verhielt er sich möglichst neutral. Aber er wußte, daß der Mann, für den er beschattete, ihn, wenn nicht beschattete, so doch im Auge behielt, daß er das gleiche gespenstische Einfühlungsvermögen, mit dem er sich andere Menschen unterwarf, auch auf ihn anwandte. Der Mann machte ihm immer noch angst. Er allein kannte Martins Schwäche...

Martins Befehl lautete, Peter Carey zu beschatten.

Der heutige Nachmittag sei etwas Besonderes, hatte der Mann ihn gewarnt: Carey könnte unter Umständen zum ersten Mal das Gefühl haben, daß sein Leben sich änderte, und seine Reaktionen darauf müßten sehr sorgfältig beobachtet werden. Aber es war noch Morgen, antwortete Martin in Gedanken. Es wäre ein leichtes, am Ball zu bleiben...

In Gedanken sah er, wie Noelle Ciano in die Dusche stieg.

Peter drehte das Wasser auf. Als Noelle folgte, begrüßte er sie mit einem leisen bewundernden Pfiff.

»Nichts, was du nicht schon gesehen hättest.« Sie warf ihr Haar zurück, drückte den Rücken durch, um es unter dem Strahler auszuspülen.

»Das heißt noch lange nicht, daß ich mich dran gewöhnt habe.«

»Wieso«, sie rieb sich Shampoo aus den Augen, hielt kurz inne, »kommst du dann nie vor mir?«

»Weil in allen Sex-Ratgebern steht, daß ich das nicht tun darf.« Er griff nach der Seife. »War die Frage ernst gemeint?«

»Ich denke ja.«

»Okay. Ich kann mich einfach nicht gehenlassen. Konnte ich noch nie. Ist das wirklich so wichtig?«

»Ich finde es einfach nicht besonders schmeichelhaft, mit dem ›Mann aus Stahl‹ zu vögeln.« Sie öffnete die Augen und sah ihn an. »Nur ein einziges Mal, Peter, möchte ich wirklich das Gefühl haben, daß es dir nicht egal ist, in wem du gerade drin bist.«

Wie seine vielen anderen Ängste, so konnte Peter auch seine Angst, abhängig von ihr zu sein, sie wirklich zu brauchen, nicht in Worte fassen. »Es *ist* mir nicht egal«, erwiderte er schließlich. »Vielleicht ist genau das das Problem.«

»Nicht für mich.« Sie warf ihm einen forschenden Blick zu, dann gab sie es auf. Sie wandte ihm den Rücken zu und fragte: »Kannst du vielleich noch mal von hinten?«

»Du meinst, mit Seife?«

Lachend stiegen sie aus der Dusche.

Peter zog sich an. Noelle trocknete sich die Haare, schlüpfte in eine Jeans und einen weißen Wollpullover und packte ihre kleine Reisetasche. »Wir treffen uns im Lion's Head, okay? Zum Abendessen können wir dann ja ins Village gehen.«

»Alles klar.« Er nahm sein Jackett. »Weißt du, die Sache mit Sutcliff ist schon toll.«

»Bis dahin sind noch ein paar Monate Zeit – ich hoffe nur, er kommt wirklich.« Peter brachte sie zur Tür und schob den Riegel zurück. In der Tür blieb sie stehen. »Also so um sechs?«

»Sagen wir, halb sieben.« Er strich ihr übers Haar. »Wenn ich mich jemals gehenlassen sollte, Ciano, dann mit dir. Das war mir schon beim ersten Mal klar.«

Sie lächelte. »Hast du vergessen, mir zu sagen.«

Noelle nahm die Treppe an der Ecke der 72. Straße hinunter zur U-Bahn, kramte eine Marke aus ihrer Handtasche und steckte sie in den Schlitz. Gedankenversunken und mit ausdrucksloser Miene ließ sie sich inmitten drängelnder Pendler die Rampe hinuntertreiben, eine Hand am Kamerariemen. Ihre Uhr und ihr Schmuck waren in der kleinen Reisetasche – vor zwei Monaten hatte ihr ein Junge eine Goldkette vom Hals gerissen. Ein dunkelhaariger Mann hastete an ihr vorbei und knurrte niemand Bestimmtem ein wütendes »Wichser« zu.

Der Zug fuhr mit quietschenden Bremsen in den Bahnhof ein, und Noelle schob sich zu einer der Schiebetüren vor. Die eine Hälfte der Tür klemmte. Sie wich seitlich aus und setzte sich zwischen zwei Frauen, die starr geradeaus blickten. Der Zug ruckte und fuhr los. Sie lehnte sich zurück, überließ sich dem Schaukeln des Waggons und dachte an Peter Carey.

Mit der Zeit, peu à peu, hatte sie sich in ihn verliebt.

Es kam keineswegs als Überraschung, daß er sie angerufen hatte. Was sie dagegen an jenem ersten Abend überraschte, als sie im La Chaumière bei Kerzenlicht gegessen hatten, war das Gefühl, als könne er geradezu in ihre Haut schlüpfen und das fühlen, was sie fühlte. Seine blauen Augen schienen sie zu durchdringen, ohne jedoch im geringsten bedrohlich zu wirken. Er sprach nur wenig von sich selbst und stellte statt dessen lieber Fragen und hörte ihren Antworten aufmerksam zu. Seine Fragen schienen keinem Schema zu folgen: Plötzlich sah sie, wie sich ihre Vergangenheit in seinem Kopf aus den Bruchstücken zusammensetzte, die sie ihm achtlos hingeworfen hatte, so wie Anthropologen aus Tierknochen ganze Epochen rekonstruieren. Er erfaßte ihre Stimmungen schneller als sie selbst, wußte, wann der Zeitpunkt gekommen war, zu gehen, wußte um den Wert des Schweigens. Er berührte sie in ihrem Innersten. Als es Zeit war, stahlen sie sich aus dem Restaurant, ließen auf dem Tisch viel zuviel Geld zurück und gingen zu ihrer Wohnung auf der West 12th, um sich zu lieben.

Sie fing an, sich auszuziehen. Er hatte sie aufgehalten und sie sanft bei den Handgelenken gefaßt. »Laß uns aufpassen«, sagte er, »daß es nicht so wird, als wär's nur irgendeine kleine Affäre.« Er küßte sie auf den Mund, knöpfte ihr ohne Hast die Bluse auf, und als ihre Bluse schließlich auf dem Boden lag, hingen sie immer noch mit den Lippen aneinander. Sie spürte, wie ihre Brustwarzen sein Hemd streiften. Ein Schauer der Erregung strich über ihre Haut. Sie drehte sich um, knipste das Licht aus und zündete eine Kerze auf ihrem Schreibtisch an. Als sie sich wieder umdrehte, war er nackt. Auf seinem flachen, sehnigen Bauch tanzte das Kerzenlicht. Sie blickte ihm in die Augen und schlüpfte aus ihrer Jeans. Sie war drei Wochen in Asien gewesen, hatte Kinder verhungern sehen, und sie hatte in dieser Zeit nie an Sex gedacht: Jetzt wollte sie sein Leben in sich pulsieren spüren. Sie legten sich aufs Bett. Seine Haut roch nach Frische.

Er streichelte sie mit dem Mund und den Fingerspitzen,

so zärtlich, daß sie, als sich seine Hand zwischen ihre Beine schob, kein Eindringen spürte. Aber sie wollte mehr, hatte nur den einen leidenschaftlichen Wunsch, daß Peter Carey das schaffte, was anderen nicht gelungen war: ihrem Körper die Anspannung auszutreiben. Als er in sie eindrang, fühlte sie sich wie ausgefüllt. Sie schlang Arme und Beine um ihn und bewegte die Hüften, rhythmisch...

Nachher lagen sie nebeneinander, nur ihre Finger berührten sich. Noelle wartete auf seine Fragen oder seinen Schmerz. Statt dessen redeten sie über Nebensächliches, bis sie sich in seinen Armen zusammenrollte und seine ruhige, gelassene Stimme und seine zärtlich über ihren Rücken fahrende Hand in ihr von neuem die Lust weckten.

Ihr Körper wurde steif, als er in sie eindrang. Peter lächelte ihr in die Augen. »So nicht, Noelle – auf gar keinen Fall.« Er küßte ihren Hals. Seine Hüften begannen sich sanft auf und ab zu bewegen, immer wieder, vollkommen beherrscht. Sie spürte sein Gewicht. Sein sanfter, gleitender Rhythmus wurde immer heftiger, bis sie ein Teil davon wurde, drängend und fordernd. Alles Blut schien sich in ihrem Schoß zu sammeln, der sich zusammenzog...

Als sie kam, wurde ihr Körper in seinen Tiefen von einem gewaltigen Beben erschüttert, und sie schrie ihren Jubel heraus.

»Du weckst noch die Nachbarn auf«, sagte Peter nachher mit einem Lachen.

Sie schmiegte sich an seine Seite. Erst später, als sie in seinen Armen einschlief, fiel ihr ein, daß er völlig stumm geblieben war...

In jener Nacht wachte er schreiend auf.

Sie fuhr in die Höhe, klammerte sich instinktiv an ihn. »Ist jemand hier?«

Seine Muskeln waren angespannt, sein Körper steif und feucht. Er starrte sie an, als würde er sie nicht erkennen. Dann sank er in sich zusammen. »Nur mein Vater.« Er löste sich aus ihrer Umarmung und ging ans Fenster.

»Mann«, sagte er, »ich hasse es, aus fremden Fenstern zu starren.«

»Was ist los?«

Zehn geschlagene Minuten lang sagte er keinen Ton. Dann setzte er sich ans Bettende und erzählte ihr mit ruhiger, monotoner Stimme, daß sein Vater, der an einem Wochenende, an das er sich nicht mehr erinnern konnte, gestorben war, ihm in Alpträumen erschien, die er nicht zu deuten wüßte. Am Ende dieser Träume wachte er immer schreiend auf. »Auf dem Internat hat Phillip dafür gesorgt, daß ich ein Einzelzimmer bekam, und auch dafür bezahlt«, sagte er. »Den anderen habe ich erzählt, ich würde an Schlaflosigkeit leiden.«

Sie konnte ihn jedoch nicht dazu bringen, den Traum zu beschreiben.

Nach einigen Wochen jedoch, in denen sie unter seinem stummen Liebesakt erbebte und bei seinen Schreien aufwachte, war Noelle klar, daß dieser Alptraum der Schlüssel zu Peter Carey war. Sie wußte, daß er, zum ersten Mal in seinem Leben, nur mit einer Frau schlief. Aber er war nicht in der Lage, sich gehenzulassen, konnte ihr kein Liebesgeständnis machen. In ihrer Vorstellung verband sich dieses Schweigen mit seinen Schreien: Peter Carey fürchtete, sie zu lieben, weil er den Schmerz fürchtete, den dies unter Umständen verursachen würde.

Als die U-Bahn mit quietschenden Bremsen in die zweiundvierzigste Straße einfuhr, wurde sie aus ihren Träumereien gerissen.

Noelle stieg aus, wandte sich dem Ausgang zu, ging die Rampe und die Treppen hoch und tauchte an der Ecke zur Eighth Avenue wieder an der Oberfläche auf. Wildes Gehupe. Sie ging in Richtung Times Square.

Martin blieb ihr auf den Fersen, steckte sich eine Zigarette an.

Nummer acht.

Peter Carey saß am Telefon und starrte gedankenversunken auf die Nummer, die Ruth Levy ihm in die Hand gedrückt hatte.

In seiner Vorstellung rannte Charles Carey weiter hinter ihm her…

Im Central Park blühte der Frühling. Er war sechs Jahre alt und rannte lachend, eine Spielzeugjacht in Händen, seinem Vater davon. Sein Herz klopfte vor Aufregung. Er wußte, daß Charles Carey ihn doch noch einholen würde. Und auch wenn er weiterrannte, gab es ihm ein Gefühl der Sicherheit, daß er von ihm bald in die Arme geschlossen würde…

Und dann rannte er in den Tunnel seiner Alpträume, in dem sein Gedächtnis wie ein schwarzes Loch war.

Er starrte die Nummer an.

Er verstand den Alptraum nicht. Das erste Mal hatte er ihn in all seinem Schrecken heimgesucht, als er sieben war und bei Phillip schlief. Aber die Tatsache, daß er sich ständig wiederholte, sagte ihm irgendwie, daß sein Gedächtnis, das genau jenes Wochenende, an dem seine Eltern den Tod gefunden hatten, in Dunkel hüllte, ihn aus Mitleid verschonen wollte.

Er hatte schreckliche Angst, seinen Vater sterben zu sehen.

Seit er denken konnte, war er davor davongerannt. Aber der Traum verfolgte ihn. In seiner Wut erklomm er Berge, ging Fallschirmspringen oder fuhr im Affentempo in seinem Wagen umher, so als könne er dem Traum davonlaufen. Seine Erinnerungen blieben mit seiner Kindheit vergraben. Nachts holte der Traum ihn wieder ein.

In seiner Hilflosigkeit machte er Phillip dafür verantwortlich.

Wenn er an die Gründe dafür dachte, wurde ihm speiübel: daß Phillip seinen Bruder nicht gerettet hatte, daß Phillip nicht mit ihm gestorben war…

Daß Phillip nicht Charles Carey war.

Dann wiederum warf er sich vor, Phillip Unrecht zu tun, was sich schließlich in einer gewissen Launenhaftigkeit ihm gegenüber äußerte. Wenn er ihn in dem einen Moment mochte, verachtete er ihn im nächsten, und seinen frechen Ausfällen folgten oft halblaute Entschuldigungen. Er war von einem Mißtrauen beherrscht, das er nicht zu rechtfertigen, jedoch auch nicht abzustellen vermochte.

Manchmal hegte er den Verdacht, daß Phillip ihn nicht gerettet hatte, sondern seine Gedächtnislücke dazu mißbrauchte, um ihm Lügen aufzutischen...

Carey schüttelte den Kopf.

Er verabscheute seinen eigenen Argwohn. Er konnte sich nicht vorstellen, damit zu einem Psychiater zu marschieren, sich jemandem anzuvertrauen, seine Gefühle bloßzulegen. Ruth hatte ihn so seltsam angesehen.

Paranoid.

Er las es in Noelles schwarzen, forschenden Augen; an seiner Angst vor ihrer Zuneigung, an der dunklen Ahnung, daß sie ihn verlassen würde...

Und an der Art, wie er mitten in der Nacht den Arm nach ihr ausstreckte, und dann wie versteinert innehielt, wenn er entfernt das Klirren von zerberstendem Kristallglas vernahm, das aus einer Erinnerung zu ihm durchdrang, die er nicht einzuordnen wußte...

Er schloß die Augen, und das Klirren klang ab.

Noelle durfte niemals erfahren, was er am meisten fürchtete.

Carey hatte dies bereits auf ihrer ersten gemeinsamen Reise festgestellt. Sie waren durch Vermont gefahren. Auf der Rückfahrt, an dem Nachmittag, als sie sich im Gras geliebt hatten, spürte er in sich eine tiefe Zufriedenheit, die wie Musik in seinem Herzen klang.

Er hatte sie im Village abgesetzt und war nach Hause gefahren. Er saß gerade auf dem Sofa und trank einen Brandy, kostete seine beschwingten Träumereien aus, als das Telefon schellte.

In jenem Moment wußte Carey, daß sie umgekommen war.

Der Anrufer hatte sich verwählt, doch seine Angst sollte ihn von jenem Moment an nie mehr verlassen.

In jener Nacht hatte ihn wieder der Traum heimgesucht.

Carey konnte sich seine Angst um sie nicht erklären, ebensowenig wie den Traum. Er war sich nicht einmal sicher, ob er überhaupt wollte. Er hatte nicht zugelassen, daß seine Tage von seinen Nächten bestimmt wurden. Aus dem Gefühl heraus, daß sein Leben, seit er sechs war, nichts als eine Kette von Zufällen und Mißgeschicken war, unterwarf er sich einer strengen Ordnung. Er versuchte Peter, das Kind, als einen anderen, von ihm unabhängigen Menschen zu sehen, dessen Leid nicht sein Leid sein konnte. Und oft gelang ihm dies auch. Mit der Zeit hatte er sich an die Narben gewöhnt, so wie andere Leute dies auch tun.

Er dachte an Noelle Ciano, und sofort wurde ihm klar, daß er dies besser bleibenlassen sollte.

Die Mulde, die ihr Körper in seinem Bett hinterlassen hatte, war immer noch zu sehen; daneben das Hemd, das sie sich von ihm geborgt hatte.

Carey mochte den Duft ihrer Haare, wenn sie morgens aufwachten, ihren schlanken Körper und ihre geschmeidige Haut, ihre Zärtlichkeit, die sich unter ihren raschen, ungeduldigen Gesten verbarg, die er ihr aber an den Augen ablas. In seiner Wohnung schien jedes Zimmer von ihrem schräg geneigten Kopf geprägt zu sein, oder der Fertigkeit ihrer Hände. Er bewunderte ihre Courage: Noelle hatte gelernt, sich zwischen Menschen zu bewegen, die Hunger und Tod an den Rand des Wahnsinns getrieben hatten, ohne sich lange für die Arbeit zu entschuldigen, für die sie gekommen war, wohlwissend, daß sie dabei ihr Leben riskierte. Die Arbeit machte sie neugierig. Sie konnte stundenlang allein die Stadt durchstreifen, irgendwelche wildfremden Passanten bezaubern, die ganz entzückt von ihr waren. Anschließend saß sie im Schneidersitz in Peters

Wohnzimmer und erzählte ihm von den Gesichtern, die sie unterwegs gesehen hatte. An ihr war nichts Künstliches, Geziertes, und sie verabscheute die Verstellung. »Lügner sind langweilig«, ließ sie ihn einmal wissen, nachdem sie angewidert eine Cocktail-party verlassen hatte, auf der ein nerviger Werbefritze über die moderne Kunst herzog, ohne überhaupt zu wissen, wovon er redete. »Wir sind beide unserem Tod eine Stunde nähergerückt, und wofür?« Es gab jedoch auch Momente, in denen er sich sicher war, daß sie sehr genau wußte, was es hieß, ein alter Mann zu sein oder ein kleines Kind, oder sogar Phillip Carey...

Noelle.

Paranoid.

Zögernd streckte er die Hand nach dem Telefon aus.

2

Das Telefon läutete. William Levy fuhr erschrocken auf, dann hob er ab: »Dr. Levy am Apparat.«

»Hallo.« Eine tonlose Stimme. »Hier spricht Peter Carey.«

Levy erstarrte. »Ja?«

»Ich bin Charles Careys Sohn.«

»Ja, ich weiß.« Levy wußte nicht, wie er diesen Fremden nun anreden sollte, den Sohn seines toten Freundes. Irgend etwas an seiner Stimme beunruhigte ihn. »Schön, von Ihnen zu hören«, sagte er schließlich noch. »Wir haben uns seit Ihrer Kindheit nicht mehr gesehen.«

»Leider wende ich mich an Sie als Psychiater.« In die Tonlosigkeit mischte sich ein entfernt süffisanter Unterton. »Ich habe Alpträume.«

Die Stimme war die von Charles Carey.

»Darf ich fragen«, sagte Levy vorsichtig, »wie Sie dabei auf mich gekommen sind?«

»Sie waren mit meinem Vater befreundet.« Carey schwieg einen Moment. »Die Alpträume haben mit meinem Vater zu tun.«

»Was für Alpträume sind das?«

»Immer wieder das gleiche, der Tod meines Vaters.« Er sprach nun mit gedämpfter Stimme. »Ich kann mir einfach keinen Reim darauf machen. Sehen Sie, ich kann mich an nichts mehr erinnern, was jenes Wochenende angeht.«

»Und das würden Sie gerne?«

Die Antwort zögerte sich einen Moment hinaus. Als sie kam, war sie beinahe geflüstert. »Ich glaube, das sollte ich wohl.«

Levy starrte auf den leeren Stuhl, in dem einst Charles Carey gesessen hatte. Nach einer Weile sagte er: »Sie können gleich morgen kommen – um neun, wenn's Ihnen paßt. Dann besprechen wir zunächst, wie wir am besten vorgehen. Daß ich Ihren Vater gekannt habe, kompliziert die Sache, vom Standpunkt des Analytikers.«

»Zumindest wissen Sie, wie er ausgesehen hat. In dem Traum ...«

»Wir sehen dann, was zu tun ist.«

»Danke.« Careys Stimme klang wieder steifer. »Also dann bis morgen um neun«, sagte er noch und legte auf.

Levy wog den Hörer in seiner Hand.

Als Peter Carey den Grill Room betrat, um seinen Onkel zu treffen, fühlte er sich wieder ganz klar im Kopf.

In dem Gespräch mit dem Freund seines Vaters hatte Carey eine gewisse Verlegenheit herausgehört, die andere oft fälschlicherweise als Arroganz interpretierten. Danach wollte er nur allein sein.

Er hatte Phillip angerufen und mit ihm die Verabredung in dem Restaurant ausgemacht. Dann hatte er den Anrufbeantworter eingeschaltet. Über eine Stunde lang lag er auf dem Sofa, hörte Bach und dachte an einen Teich mit ganz klarem Wasser, den er mit Noelle in New Hampshire entdeckt hatte. Ein trockenes scharlachrotes Herbstblatt trieb auf der gekräuselten Oberfläche umher. Es erinnerte ihn an seinen Großvater...

Als er schließlich seinen Nadelstreifenanzug angezogen und sich auf den vierzig Minuten langen Weg zu dem Restaurant gemacht hatte, hatte er sich wieder voll im Griff.

Zu dumm nur, daß diese ganzen mentalen Vorbereitungen einem Mittagessen mit seinem Onkel galten, der sich bevorzugt mit Bloody Marys und witzigen Sprüchen duellierte...

Phillip Carey winkte ihm von einem Tisch im Haupttrakt zu. »Hierher, Peter.«

Carey ging widerwillig zu ihm hinüber. Der Grill Room war *der* Schickimickiladen für literarische Mittagessen, mit sieben Meter hohen Fenstern, lackierten, nobel glänzenden Redwood-Vertäfelungen, umsäumt von in Töpfen gezogenen Birken. Über der vierseitigen Bar im Haupttrakt hingen dünne, polierte Teakholzstäbchen, die was von einem Xylophon aus der dritten Welt hatten. Das Beste am Grill Room war jedoch der großzügige Platz zwischen den Tischen. Die Unterhaltungen verliefen einerseits ganz ungestört, konnten jedoch andererseits von all den anderen Verlagsmenschen, ebenfalls ganz vertieft in private Unterredungen, bezeugt werden.

Phillip grinste zu ihm auf. »Großartig, nicht – der einzige Laden in Manhattan, wo man sich traut, Platz zu verschwenden.«

»Geschmackvoller Pomp.« Carey schob sich auf seinen Stuhl. »Wenn unsere Autoren sehen würden, wieviel an Werbekosten allein für Sechzigdollaressen zum Fenster rausgeworfen werden, würden sie Van Dreelen & Carey in Grund und Boden stampfen und uns johlend zur Guillotine schleppen.«

»›So laßt sie doch Kuchen essen‹«, murmelte Phillip zwischen weiterhin grinsenden Zähnen. Er winkte den Leuten an den Tischen zu – der üblichen Mischung aus Agenten und Lektoren, allesamt Mitglieder der ersten Garde der schönen neuen Verlagswelt, in der schlechte Schriftsteller reich und reicher wurden, während die guten ihren Tod in Buchhandelsketten fanden. Carey fühlte sich unter all dem Gegaffe unbehaglich. In diesem geschwätzigen Mikrokosmos kannte jeder jeden oder redete zumindest über sie: Black Jack Carey war ein Mythos, und der Streit um sein Erbe zwischen seinem jüngeren Sohn und seinem Enkel war ein beliebtes Tratschthema unter den Lektoren, die zwar Verlagshäuser wechselten wie andere ihre Unterhemden, den Bars aber die Treue hielten. Carey, den Klatschgeschichten langweilten und dem es ein Greuel war, berühmt zu sein, hegte unterschwellig den Verdacht, daß Phillip den Grill Room deshalb ausgesucht hatte, weil es hier öffentlich genug war, um schlechte Nachrichten zu verkünden.

»Schließlich«, fuhr Phillip, der noch immer nicht mit der Winkerei fertig war, in gedämpftem Ton fort, »wie schlecht kann denn der Kapitalismus sein, wenn diese ganzen Idioten hier soviel Geld für ein Mittagessen hinlegen können?«

Carey lächelte dünn. »Das hängt davon ab, wer diese Frage stellt.«

Phillip warf ihm einen kurzen, kritischen Blick zu. »Du hast eine puritanische Ader, Peter. Ich finde es immer noch erstaunlich, daß eine so leidenschaftliche Frau wie Noelle sich zu jemandem wie dir hingezogen fühlt.«

»Mir geht's genauso.« Carey legte den Kopf zur Seite. »Also worum geht's, Phil?«

»Erst mal die Drinks.« In Phillips aufgesetzter Heiterkeit tat sich plötzlich ein leichter Riß auf. Wie immer war er das makellose Bild seiner selbst. Sein edles, mit silbernen Strähnen durchzogenes Haar war perfekt geschnitten und legte sich gerade noch über die Ohrenspitzen. Aber die Apathie, die er jahrelang vorgetäuscht hatte, um, wie Peter vermutete, seine innere Zerrissenheit zu verbergen, hatte ihn zermürbt und ließ ihn verbrauchter erscheinen, als es ein Leben der Ausschweifungen allein vermocht hätte. Seine tiefliegenden Augen und eingefallenen Gesichtszüge erinnerten an einen Schauspieler, dessen beste Zeit sich langsam, aber sicher ihrem Ende näherte. Die Vorstellung vom einsamen Leben seines Onkels, der weder Frau noch Kind hatte, weckte in Carey eine Spur Mitleid und Schuldgefühle.

»Bloody Mary?« fragte Phillip.

»Gin Martini, danke.«

Carey beobachtete seinen Onkel, wie er die Drinks bestellte: Das Lächeln, das er dem Kellner zuwarf, war ein bißchen zu verbindlich, so als sei sein Platz in diesem Leben nur gemietet und nicht sein Eigentum. Der Duft von Phillips Eau de Cologne wehte über den Tisch herüber wie eine Kindheitserinnerung.

»Prost.«

Sie tranken. Wie immer beobachtete sein Onkel jede seiner Bewegungen, bemühte sich aber, sich nichts anmerken zu lassen. Peter versuchte, sich in Phillips Lage zu versetzen, fragte sich, welche Gedanken und Gefühle Phillip gerade durchfuhren: Vielleicht war er selbst ja jetzt nervös, dachte er, weil Phillip in seiner Gegenwart immer ein wenig verunsichert war, schon seit den Tagen seiner Kindheit.

»Ich wollte dich einmal offen fragen«, begann Phillip »wie wir nun weitermachen wollen.«

»Wir oder die Firma?«

»Beides, genaugenommen.« Phillip schwang seine Bloody Mary. »Trink aus, Peter, während ich dir meine beiden Hauptthesen erläutere. Erstens, um neue Bücher zu kaufen, müssen wir zu immer verrückteren Zinsen einen Finanzierungskredit bei den Banken aufnehmen, und dann müssen wir ein, zwei Jahre warten, bevor wir mit den Verkäufen genügend Bares reinholen, um den Kredit zurückzuzahlen. Zweitens, gebundene Bücher entwickeln sich immer mehr zum Verlustgeschäft – kaum einer ist noch bereit, fünfzehn Dollar für ein Buch hinzublättern. Eine tödliche Kombination.« Phillip nahm noch einen Schluck. »Dein Vater würde sich vor die gleiche Wahl gestellt sehen, wenn er da sitzen würde, wo unser altes Familienoberhaupt ihn so gerne gesehen hätte – wir haben keine Taschenbuchreihe, und niemand leiht uns Geld. Wir sind eine Boutique im Textilfabrikviertel, lächerlich und völlig fehl am Platze …«

»Mit anderen Worten«, unterbrach Carey scharf, »du hast einen Käufer gefunden.«

Phillips Züge erschlafften vor Überraschung. »Er – sie – haben mich gefunden, um die Wahrheit zu sagen.«

Carey spürte, wie ihm die Wut hochkam. »Ich verstehe.«

»Da bin ich mir nicht so sicher. Schau dich doch mal um. Hier werden *Riesengeschäfte* abgeschlossen: Du siehst hier die entzückten Gesichter von Frauen und Männern, die über *Geld* reden. Und wessen Geld? Geld von großen *Konzernen* – Geld, um Taschenbuchverlage und Bestseller zu kaufen.«

»Du klingst wie der Typ im *Music Man*, der den Leuten das Blaue vom Himmel verspricht.«

Phillip hob abwehrend die Hand. »Halt. Ich schlage vor, du zählst jetzt einmal die Verlage auf, die sich noch in Familienbesitz befinden. Dazu wirst du nicht lange brauchen.«

»Zwei.«

»Und in diesen zweien werden unverkäufliche Bücher von unterbezahlten, unbekannten Schriftstellern verlegt. Sie wurschteln sich mit der fadenscheinigen Begründung durch, Wächter des guten Geschmacks zu sein. Nicht mehr lange, und wir sind wie sie: hohlgesichtige Mönche, die sich in einer Zelle vor Black Jack Careys verstaubtem Foto verbeugen und Pilgerfahrten zu unserer verlassenen Buchbinderei unternehmen.«

»Ich habe schon verstanden. Und unsere mutmaßlichen Retter?«

»Stehen voll hinter der Idee, ein qualitativ hochwertiges

Programm in einem realistischen Rahmen zu veröffentlichen.«

»Darf man raten, wer er/sie sind?«

»Barth Industries.« Phillip warf einen kurzen, prüfenden Blick auf seine Perlmuttmanschettenknöpfe. »Clayton Barth jr., um genau zu sein.«

Carey lächelte wenig amüsiert. »Wer sonst.«

»Was?« Phillip blickte ihn beunruhigt an. »Wie kommst du darauf?«

»Ist doch zwingend logisch oder: Barth Industries hat sein Geld mit Computern gemacht, und Clayton Barth hat, soweit bekannt, nicht die geringste Verbindung zur Verlagswelt. Warum dann dieses plötzliche Interesse ausgerechnet an unserer kleinen Boutique?«

Phillip bemühte sich vergeblich, mit seinem Feuerzeug eine English Oval anzuzünden. »Verdammter Mist«, murmelte er schließlich. Carey nahm das Feuerzeug, pochte damit zweimal auf den Tisch und hielt es Phillip mit offener Flamme entgegen. Phillip beugte sich vor und warf ihm einen kurzen, verlegenen Blick zu. »Ich war noch nie technisch begabt«, sagte er. »Und was Barth betrifft: Ich weiß es wirklich nicht.«

»Und was zum Teufel wollen wir dann mit ihm?«

»Wie ich gesagt habe: frisches Geld. Aber das ist noch nicht alles: Clayton Barth würde garantieren, daß du an deinem dreißigsten Geburtstag den Herausgeberposten erhältst.« Phillip steckte das Feuerzeug ein. In spitzem Tonfall fügte er hinzu. »Was du ja zweifellos vorhast…«

»Dann hast du dich also schon mit ihm getroffen.«

»Ja.«

»Hast du es aber eilig. Ehrlich gesagt, finde ich es ein wenig seltsam, daß er mit seinem Angebot nicht zu *mir* gekommen ist – im Juni gehören mir einundfünfzig Prozent.«

Phillip blickte an ihm vorbei. »Vielleicht eilt dir dein Ruf voraus.«

»Und welcher Ruf wäre das genau?«

»Nur eine meiner unnötigen Bemerkungen.« Phillip wirkte abwesend, wie entrückt. Er drückte die Zigarette aus. »Ich weiß nicht, warum sie zu mir gekommen sind.« Carey schwieg und wartete ab – es war ein Trick: Immer wenn eine Unterredung in ihre entscheidende Runde ging, schwieg er eisern, bis sein Gegenüber mehr herausplapperte, als er sich vorgenommen hatte. Phillip, der diesen Schachzug kannte, sagte nichts. Schließlich sagte Carey: »Wie lange läuft die Sache schon?«

»Erst seit zwei Wochen. Ich habe nur den richtigen Zeitpunkt abgewartet, um dir davon zu berichten.«

»Zweifellos. Sag mir eines, Phillip, was fällt bei der ganzen Sache für dich ab?«

Phillip wandte ihm wieder sein Gesicht zu. »Geld«, sagte er kühl. »Geld und ein bißchen Würde. Etwas, von dem du mir nicht viel übriglassen willst, Peter.«

Carey wurde rot. »Wieviel Geld?«

»Acht Millionen Dollar für meine neunundvierzig Prozent.« Ihre Blicke trafen sich. »*Falls* Barth dafür mindestens einundfünfzig Prozent Kontrolle bekommt.«

Carey lächelte süffisant. »Das macht mich zu einer ziemlich wichtigen Figur in dem Spiel. Für dich und für Barth.«

»Mehr für mich, wie üblich. Barth kann jederzeit einen anderen Verlag kaufen.«

»Und warum tut er's dann nicht?«

Der Kellner, ein flinker aufmerksamer Typ mit schütterem Haar, brachte ihnen zwei frische Drinks und Careys Steak Tartare, gefolgt von Phillips Garnelen Louis. Phillip nippte an seinem Drink. »Ich weiß nicht«, sinnierte er. »Er ist dermaßen besessen vom Black-Jack-Carey-Mythos, daß er alles über den Werdegang unseres alten Herrn weiß, sogar mehr als ich, und er findet auch wesentlich größeren Gefallen dran.« Er blickte Carey wieder in die Augen. »Ist schon komisch, wenn man jemanden trifft, der einen an einen Toten erinnert...«

Sie blickten unverwandt zu dem Gebäude auf, und Großvaters Flüstern war so rauh und fest wie die Hand, in der er die seine hielt. »Weil es uns gehört…«

»Barth erinnert dich an Großvater?«

»Irgendwie schon.« Phillip musterte ihn mit kühlem, klarem Blick. »Aber nicht so sehr, wie mich alles an dir – bis zu deinem Jaguar und den Martinis – an meinen Bruder erinnert. Eines Tages mußt du mir mal verraten, Peter, wieviel harte Arbeit da drinsteckt.«

»Wie könnte ich das«, sagte Carey leise, »ich kann mich doch an nichts mehr erinnern.«

»Ich habe dich *gerettet*.« Schmerz klang in Phillips Stimme mit. Er ertappte sich dabei, wie er sich nervös umschaute, so als befürchtete er, daß jemand ihn gehört hätte. Mit leiser, fester Stimme fuhr er fort. »Ich weiß ja, wie schwer der schreckliche Verlust für dich war, den du mit sechs Jahren hast hinnehmen müssen, Peter. Aber nun so paranoid zu sein, ist einfach lähmend.«

Das Lachen seines Vaters war so beschwingt wie auf dem Meer tanzende Sonnenstrahlen…

Wieder einmal wurde Carey von einer Schuld getrieben – von Phillip mit offenkundiger Erregung ins Spiel gebracht –, an die er sich nicht einmal erinnerte und von der er nicht wußte, ob er sie tatsächlich zu verantworten hatte. »Scheint ganz so, als wäre ich ein wenig durcheinander«, gab er spitz zurück. »Ich war sicher, ich hätte dich sagen hören, daß du dich hinter meinem Rücken mit Clayton Barth getroffen hast.«

Phillip richtete sich auf, wieder ganz er selbst. »Nur bis wir beide uns vernünftig unterhalten konnten. Seit dieser seltsamen Angelegenheit mit dem Bild bin ich mir vollkommen darüber im klaren, daß unser Verhältnis nie so sein wird, wie ich es mir einmal erhofft hatte – du bist von einer Idee besessen, Charles Careys Stellvertreter auf Erden zu sein. Aber trotz unserer bedauerlichen Meinungsverschiedenheiten bleibe ich als der Treuhänder deiner einundfünfzig Prozent sowohl gesetzlich als auch moralisch dazu verpflichtet, deine Interessen nach bestem Wissen und Gewissen wahrzunehmen. In diesem Sinne habe ich mich mit Barth getroffen, und nun mache ich dich in einer halbwegs entspannten Atmosphäre mit deinen Optionen vertraut.« Phillip stützte sich mit dem Kinn auf seinen gefalteten Händen ab. »Wie es meine Pflicht ist, solange du bei klarem Verstand bist.«

»Was soll das denn heißen?«

Phillip wandte den Blick ab. »Vielleicht ist das nicht ganz fair, Peter. Vermutlich bin ich von deinem unerschütterlichen Mißtrauen ein wenig verletzt.«

Phillip hatte ihm Geschichten vorgelesen…

Carey aß einen Happen von dem Steak Tartare. Schließlich sagte er: »Erzähl mir von Barth, Phil.«

»Er ist eine energische Person, und wie es den Anschein hat, ist er an Van Dreelen & Carey einfach deshalb interessiert, weil er den Verlag erhalten haben will: Er kennt unsere Bilanzen, aber auch unsere traditionsreiche Geschichte. Ich finde, es spricht für ihn, daß er nicht nur irgendeinen Verlag, sondern gerade *unseren* erwerben möchte. Und er scheint ernsthaft daran interessiert zu sein, daß ein Namensträger und Nachfahre unseres alten Herrn den Laden für ihn schmeißen wird.«

Carey runzelte die Stirn. »Welche Alternativen habe ich?«

»So wie ich sie sehe?«

»Ja.«

»Dich in einem kleinen sumpfigen Überlebenskampf zu verzetteln, in dem Gefühle und guter Geschmack keine Bürgschaft für ein Bankdarlehen darstellen, oder das zu tun, was dein Großvater und dein Vater getan hätten: verkaufen, ohne deine Ansprüche auf den Herausgeberposten fallenzulassen, den du dann allerdings mit genügend Geld im Hintergrund ausfüllen kannst, daß es die Sache wirklich wert ist.«

»Während du mit acht Millionen Dollar in Pension gehst.«

»Ich bin sechzig Jahre alt.« Phillip senkte plötzlich die Stimme. Er blickte Peter fest in die Augen. »Für mich *gibt* es keine Alternative – das hast du bereits in jeder Hinsicht klargemacht, auch wenn du's nicht ausgesprochen hast. Jetzt bitte ich dich also, dir dieses Angebot meinetwegen zu überlegen – und deinetwegen.«

Wieder trafen sich ihre Blicke. In jenem Augenblick empfand sich Carey als Last für Phillip. Schließlich sagte er: »Soviel werde ich wohl auch tun können.«

»Aus reiner Höflichkeit heraus?«

»Nein. Noelle und ich ...« Carey senkte den Blick. »Ich bin schon seit längerem der Meinung, daß ich mich ein wenig zurückziehen sollte, um etwas Distanz zu den Dingen zu bekommen. Ich schätze, ich sollte mir deinen Vorschlag einmal ernsthaft durch den Kopf gehen lassen.« Er lächelte. »Wenn ich interessiert sein sollte, können wir ja vielleicht meinen Ruf – wie du dich so taktvoll ausgedrückt hast – dazu benutzen, den Preis in die Höhe zu treiben.«

Phillips Lächeln war das am wenigsten gekünstelte, das er im Laufe des gesamten Mittagessens gezeigt hatte. Er hob sein Glas. »Ab und zu, Peter, bin ich doch ganz froh, dich gerettet zu haben.«

»Dann kannst du mir ja jetzt einen Nachtisch bestellen.« Carey entschuldigte sich einen Moment und ging, weiterhin lächelnd, auf die Toilette.

Martin beobachtete Peter Carey von der Bar aus und ahnte gleich, das sein plötzlicher Abgang nichts mit seiner Blase zu tun hatte.

Als sie sich ihre Drinks bestellt hatten, hatte er es ihnen gleichgetan. Mit Phillip Carey hatte er seinen ersten Schluck genommen. Wie der Dramatiker, für den Martin sich hielt, genoß er es, sich der Gefühle anderer zu bedienen.

Jetzt war ihm etwas übel von dem Alkohol: Die beiden Männer hatten Angst voreinander.

Phillip Careys Augen erinnerten an ein in die Enge getriebenes Tier. Die gespielte Ruhe seines Neffen war dermaßen unnatürlich, daß Martin die Anspannung, die dies dem jüngeren Carey abverlangte, am eigenen Körper spürte. Als sie sich über den Tisch vorbeugten, entwickelte sich ihr Dialog zu einem spannenden Kräftemessen, in dem sich Mut und schnelle Reflexe gegenüberstanden. Als Carey so plötzlich aufstand, spürte Martin instinktiv, daß er ihm folgen mußte.

Er wartete jedoch noch ab, um nicht aufzufallen, und beobachtete Phillip in seinem Moment der Einsamkeit. Sein Blick klebte auf Peters Rücken, und seine Angst war so fühlbar wie die des Türken in dem Moment des Todes...

Martin wartete, bis Phillip sich für den nächststehenden Tisch ein Lächeln aufsetzte, dann verschwand er nach unten.

Peter Carey lehnte sich in einer Telefonzelle zurück.

Martin beschloß, draußen zu warten.

Zwanzig Minuten später sah er, wie Peter und sein Onkel sich durch das Fenster eines Taxis hindurch herzlich voneinander verabschiedeten. Schließlich fuhr Phillip davon. Sein Neffe blickte ihm regungslos nach. Dann, wie durch einen spontanen Einfall gesteuert, marschierte Peter Carey los.

Martin folgte ihm: Seine Anweisung lautete, herauszukriegen, wie Peter auf die Neuigkeiten reagierte, die sein Onkel ihm überbrachte. Dagegen war nichts einzuwenden. Martin hatte sich sechs Jahre lang in Hochform gehalten und auf den großen Moment gewartet, wieder einmal jemanden beschatten zu dürfen, auf die Jagd zu gehen...

Carey bog in die Park Avenue. Hinter dem erhabenen Turm der Grand Central Station, leicht im Schatten liegend und goldbraun in der Wintersonne schimmernd, ragte das massige, silberne Pan-Am-Gebäude auf. Ohne sich auch nur ein einziges Mal umzuschauen, hastete er durch den Dunst und das Bahnhofsgetöse der Grand Central, entschwand auf der anderen Seite wieder ins Freie und betrat die marmorne Lobby des Pan-Am-Gebäudes. Martin behielt ihn durch die Fenster des Erdgeschosses weiter im Auge, atmete ruhig ein und aus.

Carey verschwand in einem Aufzug.

Martin verspürte einen Augenblick lang Enttäuschung: Eine Beschattung hatte eben ihre Grenzen, es sei denn, man hatte den Auftrag, zu töten. Aber es gab noch andere Mittel und Wege. Er ging hinein und beobachtete die Leuchtanzeige über Martins Aufzug, wie sie von Stockwerk zu Stockwerk weitersprang, bis sie stehenblieb.

Vierzehn.

»Was gibt's so Dringendes?« fragte Benevides.

Carey setzte sich auf einen Stuhl vor dem Schreibtisch. »Phil will den Ausverkauf.«

»Dann hast du also doch recht gehabt.« Benevides lächelte schief: Die menschliche Gier war doch immer wieder erstaunlich. »Dumm von ihm, daß er so lange damit gewartet hat.«

»Ich frage mich auch, warum erst jetzt. Hast du noch diese Unterlagen und Formulare, die wir vorbereitet hatten?«

»Sicher verwahrt in einem Tresor, so wie du es gewollt hast. Wenn er versucht, deinen Anteil zu verkaufen, brauchen wir sie bloß auszufüllen und uns damit bei Gericht eine einstweilige Verfügung zu holen, mehr nicht.«

Carey nickte. Der dunkelhaarige, ständig unter Hochspannung stehende Benevides strahlte genau jene knallharte, messerscharfe Intelligenz aus, die Peter von Anfang an so fasziniert hatte, als er, sechsundzwanzigjährig, der Wall-Street-Kanzlei den Rücken gekehrt hatte, die die Geschäfte der Careys vertrat. Er war auf der Suche nach einem Anwalt gewesen, dem er vertrauen konnte. Phillip war nur mit Vorsicht zu genießen, soviel war klar, und er sagte sich, daß er einen mit allen Wassern gewaschenen Prozeßanwalt brauchte. In Benevides, einem schlagfertigen Ex-Staatsanwalt, fand er einen von Natur aus derart mißtrauischen Juristen, daß er ihm sich mit all seinen Befürchtungen und ohne Angst, sich lächerlich zu machen, anvertrauen konnte. »Wie stehen meine Chancen?«

»Sag mir erst mal alles, was du weißt. Es hängt zum Teil auch von den Ressourcen unseres Käufers ab.«

»Und der heißt Clayton Barth.«

»*Barth*?« Benevides blickte finster. »Was will ein Mann wie Barth mit einem Verlag?«

»Das ist die zweite Frage, die mir zu schaffen macht.«

Benevides nahm einen Bleistift und Schreibblock zur Hand und machte sich Notizen. »Vielleicht ist es ja das Verlagsgebäude. Ich werde mich mal umhören, ob er jetzt in Immobilien macht.« Er blickte auf. »Weißt du, verglichen mit Clayton Barth war Black Jack eine Mutter Teresa. Vor drei, vier Jahren hat er einmal einen unserer Klienten aufgekauft – einen Software-Hersteller. Innerhalb von vierundzwanzig Stunden hatte er jeden Angestellten vor die Wahl gestellt, sich entweder zu der lächerlichsten Kleidervorschrift diesseits der McCarthy-Ära zu verpflichten und einen Treueid zu leisten oder die fristlose Kündigung entgegenzunehmen. Der Anblick all dieser weißen Hemden und Bürstenhaarschnitte ist mir dann nur deshalb erspart geblieben, weil Barth sinnigerweise Wachposten aufgestellt hatte, um unerwünschte Besucher von den Büros fernzuhalten.« Benevides lächelte. »Die Skrupellosigkeit der ›wahrhaft Bedürftigen‹, sage ich mal – sein Vater war irgendeine arme Vertretertype. Also, wie bist du mit Phillip verblieben?«

»Daß er nicht verkauft, ohne meine Zustimmung einzuholen.«

»Kaufst du ihm das ab?«

Phillip hatte die Bilder verbrannt…

»Nein.«

»Warum nicht, genau?«

Carey zuckte mit den Achseln. »Nur so ein Gefühl.«

Benevides blickte ihn schräg an. »Eins, das du ja nun schon seit Jahren hegst, Peter, ohne deinen Verdacht irgendwie untermauern zu können. Wir haben Phillip wie die Falken beobachtet, ohne daß er sich jemals den kleinsten Fehltritt geleistet hätte. *Ich* bin derjenige, der dir das Geld aus der Tasche zieht.«

»Das hier ist was anderes.« Carey schwieg einen Moment und versuchte, den Instinkt Peters des Kindes in die Worte eines tatsachenorientierten Prozeßanwalts zu übersetzen. »Phil verdient bei der Sache acht Millionen Dollar, und er weiß, daß ich ihn wirklich nicht im Verlag haben möchte, wenn ich ihn übernehme. Wir haben einfach völlig entgegengesetzte Interessen.«

»Ich gehe davon aus, daß du's dir verkniffen hast, ihm das zu sagen.«

»Er weiß es selbst am besten. Um Zeit zu schinden, habe ich irgendwie gesagt, ich würde darüber nachdenken.«

Benevides musterte ihn nachdenklich. »So viel Geld, und keine Firma, über die man sich den Kopf zerbrechen muß...«

»Ich kann das einfach nicht, George.«

Benevides zuckte mit den Achseln. »Dann halte ihn einfach eine Weile hin und schau, was passiert.«

Sein lächelnder Onkel hielt ihm einen Baseball aus rotem Gummi hin und fragte, ob er nicht Lust hätte, mit ihm zu spielen...

»So dumm ist Phil nicht. Oh, vielleicht ein oder zwei Wochen – ich hab mich von meiner skeptischen Seite gezeigt, und die kennt er ja.«

»Kann ich mir vorstellen.« Benevides ließ wieder sein schiefes Lächeln aufblitzen. »Ich bin froh, daß du nicht mein Neffe bist, Peter – du bist so hinterhältig wie eine Schlange. Vor der Wahl zu stehen, entweder von dir oder von Barth in die Mangel genommen zu werden...«

Phillip hatte ihn gerettet.

Carey blickte prüfend auf seine Schuhe hinab. »Tja, das ist Phils Pech. Welche Schwachstellen gibt's bei uns?«

»Nicht viele. Phillip ist als Treuhänder dazu verpflichtet, in deinem Interesse zu handeln. Als Volljähriger, der in fünf Monaten sein Erbe antritt, wird von dir erwartet, daß du weißt, welche das sind. Wenn wir davon ausgehen, daß du im Vollbesitz deiner geistigen Kräfte bist, wird es schwer für Phil, die Firma hinter deinem Rücken zu verscherbeln, es sei denn, Barth kann dich irgendwie zum Aussteigen überreden. Wenn es ihnen aber *doch* irgendwie gelingen würde, zu zeigen, daß es bei dir da oben nicht ganz richtig tickt...«

Carey blickte jäh auf. »Was willst du damit sagen?«

»Na, ganz einfach: Barth läßt die Leute ausspionieren. Und auch wenn es sich nach Amateur-Psychologie anhört, aber vielleicht hat Clayton Barth ja wirklich ein echtes Interesse an deiner Firma. Mit Büchern läßt sich vielleicht nicht das große Geld einsacken, sie machen sich aber gut fürs gesellschaftliche und kulturelle Image.« Wieder sah Carey Benevides Zähne aufblitzen. »Und genau daran fehlt's Barth.«

»Ich kapiere immer noch nicht, was *seine* Abgründe mit meinen zu tun haben.«

»Es gibt da eine Geschichte, Peter.« Benevides lehnte sich vor. »Barth war scharf auf eine Ölgesellschaft, deren Eigentümer gezwungen war, zu verkaufen. Barth fand heraus, daß der Mann an Höhenangst litt, indem er irgendwie an seinen Psychiater herankam. Er bestand darauf, die Verhandlungen im neunundvierzigsten Stock des Gulf & Western Building zu führen, einem Konferenzsaal, der nur aus Fenstern besteht. Es war mitten im Winter, und Wind und Regen peitschten unaufhörlich gegen die Scheiben. Barth weigerte sich, irgendwelche Pausen zu machen. Nach zwei Stunden war der andere Typ schweißgebadet und total am Ende. Barth hat die Gesellschaft praktisch für ein Butterbrot bekommen.« Benevides schwieg, um seinen

Worten Nachdruck zu verleihen. »*Falls* du irgendwelche Schwächen hast, Peter, wird Barth sein Bestes tun, sie gegen dich zu verwenden – ob im Gerichtssaal oder außerhalb. Wenn du ihn also schließlich treffen wirst, würde ich dir raten, nicht einmal mit den Augen zu blinzeln.«

»Mir geht's gut.«

»Ich habe nie das Gegenteil behauptet.« Wieder sah Benevides ihn schräg an. »Es könnte aber nicht schaden, wenn du dich mal ein bißchen ausruhst. Dann hast du vielleicht auch vor Phillip nicht mehr soviel Angst.«

Carey fuhr aus der Haut. »Das habe ich nie behauptet, George.«

»Hast du nicht?« Benevides beschloß unversehens, die Situation zu entspannen. »Dann hast du es auch nicht nötig, vor Clayton Barth Angst zu haben. Denn schließlich bist du jung, vermögend, hast eine bildhübsche Freundin und, vor allem, *mich* als deinen Anwalt. Himmel, was kann dir schon passieren.« Er stand auf, grinste ihn siegessicher an und breitete die Arme aus, eine Parodie von Justitia persönlich. »Das *Gesetz* ist auf deiner Seite, Peter. Du mußt jetzt nur noch so bleiben, wie du bist, mehr nicht.«

Als Peter Carey im Eingang des Lion's Head auftauchte, wußte Noelle Ciano sofort, daß sie sich heute nacht nicht lieben würden: Peter starrte mit abwesendem Blick durch das Gewühl der trinkenden Gäste hindurch, als wäre sie gar nicht da.

Sie hatte sich ans Ende der Bar verkrümelt und sich an ein paar Irish Coffees und dem unverfänglichen Lächeln anderer Gäste erwärmt. Draußen war es kalt. Sie war von der U-Bahn rasch hierhergeeilt, hatte nach links und rechts geschaut, aber keine Blicke entdeckt. Hier versuchte niemand, sie anzumachen oder ihr irgendeine Unterhal-tung aufzudrängen. Sie spürte, wie sich ihr Körper entspannte, wie er auf dem Barhocker im Gleichgewicht schwebte. Das Leben in der Stadt war, wie ihr auffiel, eine permanente Nervenanspannung – ständig fühlte man sich irgendeiner Gefahr ausgesetzt –, aber zugleich stimulierte es ihre Sinne. Das metallische Klacken der U-Bahn-Waggons steckte ihr noch in den Beinen, und als sie über den Sheridan Square gehastet war, hatte ihr ein schneidender Wind ins Gesicht geblasen. Eine Schneeflocke war aus der Dunkelheit auf ihre Lippe herabgefallen und zerschmolzen. Jetzt war der Kaffee in ihrer Hand eine Quelle der Wärme, die Bar ein Kokon aus Rauch, Bier und halblauten Unterhaltungen, ein Gedränge altbekannter Gesichter und Körper. Die Gespräche um sie herum schienen schon vor einer halben Ewigkeit begonnen zu haben. Wieder einmal hatte die altbekannte Clique aus Schriftstellern und Reportern oder solchen, die es werden wollten – oder vielleicht wieder wurden –, in bierseligen Zankereien jede Menge lose Erkenntnisse und haarsträubende irische Übertreibungen zusammengetragen. In den Gesichtern der anderen sahen sie ihr eigenes Leben und in den sorgfältig gerahmten und aufgehängten Schutzumschlägen ihrer halbvergessenen Bücher die Überbleibsel ihrer Träume. Noelle hörte zu und war froh, Peter zu haben und in einer Gegend zu wohnen, die ihr gefiel.

In beide hatte sie sich ungefähr zur selben Zeit verliebt, und genauso zufällig. Mit zweiundzwanzig – sie war gerade mit der Uni fertig und suchte einen Job – war sie von Boston in ein schäbiges Zimmer in den West Sixties gezogen, mit Dusche im Wohnzimmer. Nach sechs Monaten wurde die Wohnung in eine Eigentumswohnung umgewandelt, und Noelle, die noch an ihrem Studentendarlehen zu knabbern hatte, wurde auf die Straße gesetzt. In den West Seventies sollte ihr das gleiche noch zweimal passieren. Noelle sah bereits, wie sich das langweilige Brooklyn vor ihr auftat, als ein Kollege von der *Times* beschloß, zu seinem Liebhaber zu ziehen und seine Dreizimmerwohnung in der 12. Straße West aufzugeben. Er erzählte ihr eines Nachmittags bei ein paar Drinks davon. Am nächsten Morgen um neun stand sie mit einem Brief von ihm und einem beglaubigten

Scheck bei dem Vermieter auf der Matte, entschlossen, sich nicht abwimmeln zu lassen. Die Wohnung hatte sie erst im nachhinein besichtigt.

Die Wohnung und das Village waren ein angenehmer Tapetenwechsel. Es gefiel ihr, daß sie nun wieder in einem Viertel mit Reihenhäusern, Freitreppen und gewundenen Kopfsteinpflaster-Straßen zog, weit weg von dem Lärm und der Hektik im Midtown. Die Wohnung in der 12. Straße war sauber und hell. Sie hatte ein einziehbares Drahtgitter vor dem Fenster bei der Feuerleiter – statt der üblichen Gitterstäbe – und einen Abstellraum, der als Dunkelkammer diente. Zwei Wochen nachdem sie eingezogen war, lernte sie Peter Carey kennen. Er war der einzige Mann, der dort übernachtet hatte. Manchmal sah sie ihm im Spiegel beim Anziehen zu …

Dann betrat Peter Carey die Bar.

Er schob sich wie eine Klinge durch das Gedränge, anmutig, gelassen. Das tagtägliche Spießrutenlaufen hielt seinen sehnigen Körper in Schuß, setzte ihn von der Drinks kippenden Schar um ihn herum ab. Sie mußte grinsen.

Seine kobaltblauen Augen waren so undurchdringlich wie die einer Katze. »War 'n langer Tag, Ciano«, sagte er und schob sich neben sie.

Sie kannte diesen Blick an ihm. Sie kannte keinen anderen Mann, der seinem eigenen Körper so entrückt zu sein schien wie Peter. Manchmal amüsierte sie das. Als sie einmal abends in ihrer Wohnung waren, in der es keine Spülmaschine gab, hatte er minutenlang ein einziges Glas trockengewischt. »Im Juni«, meinte er scherzhaft, als sie ihn darauf aufmerksam machte, »können wir ja dann Phil einstellen, als Chefabtrockner …«

»Phillip?« fragte sie nun.

»Und Clayton Barth.« Er blickte wieder umher. »Ich habe irgendwie keine Lust auf diesen Laden heute abend.«

»Einen Drink oder ins Village?«

»Beides, würde ich sagen.«

Die wohlige Wärme verpuffte. »Ich kenne da einen Laden in SoHo.« Sie zuckte mit den Achseln. »Da könnten wir essen.«

Sie gingen.

Die Frau stahl sich davon. Clayton Barth blieb in der dunklen Stille seines Büros zurück und brütete und wartete...

Der phosphoreszierende Zeiger seiner Armbanduhr zeigte auf 7:04 Uhr. Noch sechsundzwanzig Minuten.

In seiner Unruhe kehrte Barth sich dem Fenster zu: Das Panorama war Teil der kleinen Träumerei geworden, die zu diesem Anblick geführt hatte. Dicke Fensterscheiben verwandelten die Skyline in schummrige, stumme Rechtecke, die sich wie aus dem Nichts in den Himmel schoben, wie eine Flickendecke mit gelben Quadraten besprenkelt, hinter denen irgendwelche Menschen zu später Stunde irgendwelchen Arbeiten nachgingen, unsichtbar und anonym. Es gab keine Geräusche, keine Gerüche, keine Gefühle. Die einzige Bewegung rührte von den Scheinwerfern der Autos weit unter ihm her, die wie Soldatenameisen über die schwarzen Flüsse der Stadt glitten. Das hellgrüne Spitzdach des RCA-Gebäudes und eine »Coca-Cola«-Reklame spiegelten sich als schimmernder Lichtstreifen in der dunklen Glasfront eines Wolkenkratzers wider, die einzigen Farbtupfer in einem ansonsten monotonen Schwarz-Gelb. Für Barth stellte sich die Stadt als eine Art Schalttafel dar, deren Hebel nur er allein kontrollierte. Er konnte die gelben Lichter zu einem Muster aneinanderreihen oder alles in Dunkelheit versinken lassen.

Er wandte sich vom Fenster ab, zog sich die Hose hoch und lächelte. Wie immer hatte er der Frau die Wahl überlassen.

Das war Teil der Symmetrie.

Sie war ihm vom Personalchef einer Börsenmaklerfirma, die er aufgekauft hatte, zugeführt worden. Ihr Ehemann, ein Makler, hatte sie sitzenlassen. Sie stand praktisch vor dem Nichts, und ihr einziges Kapital, um ihre drei Kinder durchzubringen, waren ihr Charme und ein paar rudimentäre Schreibmaschinenkenntnisse. Barth fühlte sich von ihrer kultivierten Art und der geschmeidigen Anmut ihrer Bewegungen angezogen, von der gehetzten Schönheit einer Spätdreißigerin, ihrer ängstlichen Entschlossenheit, Schwierigkeiten zu meistern, die sie niemals einkalkuliert hatte. In ihren Augen stand immer noch der Selbstzweifel, der durch das Verlassenwerden entstanden war...

Sie hatte unüberhörbar überrascht reagiert, als er sie angerufen und ihr einen Job als Empfangschefin seines Büros in Manhattan angeboten hatte. Sie wußte nicht, daß er ihre Vorgängerin gefeuert hatte. Er zahlte ihr ein üppiges Gehalt, um sie vor dem schlimmen Elend zu bewahren – und mit dem Hintergedanken, daß sie zwar wußte, daß es höher war als das, was sie anderswo bekäme, jedoch unerfahren und dankbar genug, um nicht zu erahnen, daß...

Eines Tages würde er sie dazu zwingen, zuzugeben, daß sie gewußt hatte, um was er sie bitten würde.

Er wartete, bis sie ihr Haus vom Verkauf zurückgezogen und ihre Töchter auf die private Konfessionsschule zurückgeschickt hatte. Dann bestellte er sie zu sich ins Büro, allein.

Ihre Augen füllten sich mit Tränen, als er ihr erklärte, was er von ihr verlangte.

Er wüßte ja, daß sie ihren Stolz habe, erklärte er ihr sanft, deshalb habe er sich auch ein paar Regeln ausgedacht. Sie brauchte ihm nur einmal in der Woche zur Verfügung zu stehen, nur, wenn er in Manhattan war, und ausschließlich während der Geschäftsstunden. Er würde den genauen Tag und Zeitpunkt bestimmen. Niemand würde von ihrem Beisammensein erfahren. Er würde niemandem gegenüber irgendwelche Andeutungen machen. Sie würde von ihm hereingerufen werden, die Tür hinter sich abschließen und dann vor ihm stehen...

Als er ihr die drei Möglichkeiten nannte, die ihr für ihre Sonderdienste zur Wahl standen, bebten ihre Lippen.

Alle drei würden ihm Vergnügen bereiten, erklärte er. Die einzige Bedingung war, daß sie alle drei jeweils innerhalb von zwei Monaten durchführte. Vielleicht wäre es angebracht, darüber Buch zu führen?

Als erstes müßte sie sich natürlich ausziehen.

Jetzt sofort.

Er blickte auf sie hinab und strich ihr über die ersten paar grauen Haare, die sich an ihrem Scheitel abzeichneten.

Hinterher weinte sie zu seinen Füßen.

Plötzlich fiel ihm wieder ein, wen er erwartete: unangenehm und ungewollt tauchte das Bild vor seinem inneren Auge auf.

Er würde es telefonisch erledigen, das war klar.

Als er seinen Vater in einer Blutlache fand, baumelte der Hörer über seinem zerfetzten Schädel, als wäre er ein Revolver in John Careys Hand.

Seine Stimme war die Kugel gewesen.

Das erste, was er gesehen hatte, waren die über die Fliegentür in der Küche verteilten Blutspritzer, die Knochen- und Gehirnfetzen.

Er war an einem glühendheißen texanischen Nachmittag die zwei Meilen von der Schule nach Hause gegangen. Es war so stickig, daß er nur an eine eisgekühlte Flasche Coca-Cola denken konnte, an der die Schweißtropfen hinunterperlten. Seit die Buchhandlung pleite gegangen war, bewahrte sein Vater immer zwei Colas im Kühlschrank auf, die sie nach der Schule am Küchentisch gemeinsam tranken. Sein Vater würde den kläglichen Versuch eines Scherzes machen: »Siehst du, Clayton, auch für *mich* gibt's keinen Whiskey mehr.« Und dann – als einziger Freund seines einzigen Sohnes – fragte er ihn, was er denn heute alles so erlebt habe. Doch an diesem Tag hatte sein Vater vor, Mr.

Carey im weit entfernten New York anzurufen. Vielleicht bekam er ja endlich wieder einen Job, der sich sehen lassen konnte. Clayton überquerte den von der Hitze versengten Rasen...

Wie in Zeitlupe nahm er das gräßliche Stilleben in sich auf: das Blut, das auf dem Fliegendraht klebte, die Flasche Bourbon neben dem schwarzen Adreßbuch seines Vaters. Sein Gesicht reichte nur noch bis zur Stirn: Der Rest war weggeschossen.

Clayton trat ein. Auf dem Kühlschrank, dort, wo sein Vater ihn immer liegen hatte, lag der Montgomery-Ward-Versandhauskatalog. Das Sticktuch wünschte einem immer noch Gottes Segen.

Seines Vaters Adreßbuch war auf den Namen John Carey aufgeschlagen.

Er drehte sich um.

Als er in das tote Gesicht blickte, überkam ihn mit Schmerz und Abscheu die Erkenntnis, daß sein Vater kein bißchen erbärmlicher aussah wie bereits während der letzten beiden Jahre. Die Augen eines Windhundes, ein übereifriges, feiges Lächeln...

Als sie ihn abholten, mußte Clayton sich zum ersten Mal das Gesicht von John Carey vorstellen.

Zu der Beerdigung kamen zehn Leute.

Anschließend packte er seine Sachen und das Adreßbuch seines Vaters ein und fuhr nach Oklahoma, wo er bei einem Onkel lebte, den er zutiefst verachtete. In jener Nacht, allein in einem fremden Zimmer, schrieb er einen Brief an John Peter Carey.

Drei Wochen lang hatte er jeden Tag im Briefkasten nachgeschaut. An dem Tag, als er darin den Umschlag vorfand, starrte er eine Weile auf das »Van Dreelen & Carey«-Logo, das links oben über einer Fifth-Avenue-Adresse in Goldschrift gedruckt stand. Es wirkte geheimnisvoll und mächtig. Er öffnete ihn sorgfältig mit einem Taschenmesser: Der knappe, lapidare Brief, in dem ihm mitgeteilt wurde, daß die Versicherungspolice Selbstmordfälle nicht abdeckte, endete mit »Diktiert, aber nicht gelesen von Mr. Carey«. Der Brief trug keine Unterschrift.

Er stand am Briefkasten und zitterte vor Wut über die Ohnmacht seines Vaters. Er schämte sich zu sehr, um seinem Onkel davon zu erzählen.

Zwei Tage später ging er in der baumlosen Stadt zu einer kleinen staubigen Bücherei und fand John Careys Namen in dem Zeitschriftenverzeichnis. Er ging zu den Regalen …

John Careys Adlervisage starrte ihn von der Titelseite von *Time* an.

Er hatte seinen wirklichen Vater gefunden.

Von nun an las er jeden Artikel, in dem er erwähnt wurde, fragte den Vertreter, der die örtliche Buchhandlung besuchte, nach Einzelheiten ihrer Zusammenkünfte, bis er alles über John Careys Kleidung, Aussehen und Benehmen wußte. Claytons Gesten glichen zunehmend denen eines wichtigeren, älteren Mannes, seine Gesichtszüge, die denen seines Vaters auf so verabscheuungswürdige Weise ähnelten, wurden härter. Seine Schulnoten verbesserten sich dramatisch. Die Tatsache, daß er keine Freunde hatte, störte ihn nicht mehr: John Carey reichte vollkommen.

In Oklahoma hatte er eine Vierzigstundenwoche und lud sich darüber hinaus noch ein riesiges Pensum auf. Nachts, wenn er zu erschöpft war, um weiterzulernen, dachte er daran, daß John Carey mit nichts angefangen hatte …

In seinem ersten Jahr auf der Uni ging ihm das Geld aus. Im letzten Moment stellte ein anonymer Spender dem vielversprechenden jungen Betriebswirtschaftsstudenten ein neues Stipendium zur Verfügung. Seine Magisterarbeit trug den recht pompösen Titel »Die Rolle der Autokratie bei Gründung und Aufbau von Van Dreelen & Carey«.

Man schrieb das Jahr 1952.

Er schloß die Uni mit Auszeichnung ab und entdeckte kurz darauf die Welt der Computer.

Sein einziges Ziel sei es gewesen, genügend Geld aufzutreiben, um eine eigene Firma zu gründen. Zu seinem Entsetzen waren Computerdienstleistungen der schnellste Weg. Er legte sich einen scherzhaften Plauderton zu, um seine detaillierten Kenntnisse der Materie besser an den Mann zu bringen. Seine geborgten Vertretersprüche klangen in seinen Ohren wie die Banalitäten eines Fernsehshowmasters. Was ihm in jenen Tagen die Kraft zum Durchhalten gab, war allein das Wissen, daß Black Jack Carey im Verkauf angefangen hatte. In Träumereien stellte er sich ihr erstes Treffen vor, von Millionär zu Millionär: Barth würde ihm lächelnd eröffnen, wer er sei. Dann würde er seine Karriere als Zeichen seiner Vergebung in die Waagschale werfen, und John Carey würde die Arme ausbreiten, Tränen in den Augen…

Als John Carey starb, weinte Barth, allein und in aller Stille, so wie er es für seinen Vater niemals getan hatte.

In der darauffolgenden Nacht startete er Barth Services.

Die Firma bot Computerprogrammierungshilfen für Firmen an, die zu klein waren, eigene Programmierer zu unterhalten: Barth teilte seine Angestellten in Einsatztruppen mit Bürstenschnittfrisuren auf, die in das Büro eines Kunden marschierten und die Laufwerke mit Dateien speisten, die so schnell und präzis wie ein Röntgenbild Unternehmensstrukturen bloßlegten. Plötzlich fiel Barth auf, daß er nach und nach die Schwächen der anderen kennenlernte.

Barth Services fing an, seine Klienten zu schlucken.

Gleichzeitig perfektionierte er Black Jack Careys System der kollektiven Gehorsamkeit. Neue Angestellte waren verpflichtet, sich an strenge Kleidervorschriften und moralische Verhaltensregeln zu halten, Ehebruch wurde mit fristloser Kündigung bestraft.

Mit dreißig hatte Clayton Barth noch mit keiner Frau geschlafen.

Es war Teil seiner Vorstellung davon, wie ein Unternehmen zu führen sei: selbst intimstes menschliches Verhalten – wie Sex oder auch Mord – war für ihn nur als Erweiterung seiner Ziele und Absichten denkbar. Er ging dazu über, ehemalige Bedienstete der CIA zu rekrutieren, die als seine Lieutenants fungierten.

Barth war ihr Oberbefehlshaber: Ihre Gegenwart tauchte ihn in eine Aura der Wichtigkeit…

Barth trug nun Nadelstreifenanzüge. Er gab sich majestätischer, seine Gebärden wurden langsamer, kontrollierter.

Der Boom in der Computerindustrie erhitzte Barths Phantasie nur noch mehr. Seine Legionen waren nun im ganzen Südwesten vertreten. Um 1965 war er bereits vierfacher Millionär. Auf der elektronischen Weltkarte, die in seinem Büro hing, war ein skrupelloser Pfad von Aufkäufen eingezeichnet, gekrönt von einer Titelgeschichte in der *Business Week* mit der Überschrift »Der Sonnengürtel marschiert gen Norden«. Um John Careys Unternehmen zu erwerben, hatte Barth ein Firmenkonglomerat aufgebaut, das tausendmal wertvoller war als der Verlag. Und dennoch, Künstler und Staatsmänner, Männer von Macht und Ansehen – jene, deren Lebensumstände sie über Geldprobleme erhaben machten – mieden ihn weiterhin, so, als wäre er sein Vater. Er hielt keine Vorträge in Harvard, und den Präsidenten lernte er nie kennen. Der feine Osten holte ihn nicht zu sich…

Phillip Carey regierte an seiner Stelle.

Barth blieb nichts anderes übrig, als zu warten. Aber er ließ die Zeit keineswegs ungenutzt verstreichen. Er fügte seiner Einzigartigkeit nach und nach neue Facetten hinzu, um noch besser für die Nachfolge von John Carey gerüstet zu sein und um schließlich er selbst zu werden. Er lernte mit Sprechtechnikkassetten, bis er die Redeweise seines Vaters abgelegt hatte. Sein Akzent bewegte sich nun irgendwo zwischen Boston und New York. Er ließ sich in einem Büro an der Fifth Avenue nieder, verdrängte alle Erinnerungen an seinen schwachen Vater, tilgte seinen Namen aus dem Gedächtnis.

Er fing an, mit seinen eigenen Grundsätzen zu brechen.

Merkwürdigerweise war es ausgerechnet ein Porträt von Picasso, das ihn darauf brachte, daß das von Vorteil sein könnte. In den späten Sechzigern fing er an, den Symbolwert von Kultur schätzen zu lernen: Er stellte sich vor, wie jene, die ihn kennenlernten, Schicht um Schicht seine *persona* entdeckten, bis sie, erstaunt über sein höchst komplexes Wesen, ihm die Anerkennung zollten, nach der er sich so verzehrte. Als er für sein Büro ein recht abstraktes Picasso-Gemälde erworben hatte, hatte er sich gefragt, ob dieser kommunistische Spanier, der in Künstlerkreisen so verehrt wurde, auch etwas malen konnte, auf dem tatsächlich etwas zu erkennen war. Einige Monate später stieß er zufällig auf ein frühes, überraschend realistisches Picasso-Porträt einer Frau. Er erkannte sofort, daß Picasso sich anfänglich den Gesetzen des Zeichnens unterworfen hatte, um sie später zu verfremden und seinen unverwechselbaren Stil zu finden. Ebenso verhielt es sich auch, wie er daraus schloß, mit dem strengen moralischen Verhaltenskodex, den er seinen Angestellten auferlegte: Dies war ein weiterer Beweis für seine Einzigartigkeit, und zwar in dem Sinne, daß er allein dazu berechtigt war, gegen sein Regelwerk zu verstoßen.

So wurde es auch mit Van Dreelen & Carey. Vier lange Jahre lang ergötzte er sich daran, die beiden verbliebenen Careys zu beobachten, die so dumm und unwissend waren. Er konnte förmlich spüren, wie der Tag immer näher rückte, an dem John Careys Firma eine Finanzspritze benötigte, die nur er verabreichen konnte. Ihr offenkundiges Versagen würde seine Erhabenheit besiegeln.

Als aber seine Fachleute für Unternehmensaufkäufe Phillip Carey im Jahre '76 das erste Mal ansprachen, zeigte Phillip sich nicht einmal daran interessiert, sich auch nur mit ihm zu treffen.

Barth tobte vor Wut und verlangte eine Begründung.

Phillip habe sie sehr höflich empfangen, wurde ihm von

seinen Leuten berichtet: Er besäße nur einen Neunundvierzigprozentanteil, und auch wenn es mit seinem Neffen einige Probleme gab, so sei dies eine Familienangelegenheit, so wie es die ganze Firma immer gewesen war. Als Treuhänder fühle er sich von Barths Interesse geschmeichelt, aber Peter würde nicht verkaufen wollen.

Barth wartete weiter ab: Phillip Carey, unwürdiger Sohn und Ostküstensymbol, würde schon noch auf ihn zurückkommen.

Sein Übernahmeteam schleppte wahre Schmuckstücke als Ersatz an: Es gäbe andere Verlage, sogar den *New Republic*, falls die Kunst es ihm wirklich so angetan habe...

Nur Barth allein wußte, was er wollte und warum.

Manchmal stand er nachts vor Van Dreelen & Carey.

Seine Schnüffler hatten für ihn aus kleinen, mühsam zusammengetragenen Informationen ein Porträt der Careys erstellt, das von schonungsloser Klarheit war. Phillip gab zuviel Geld aus und feierte zuviel; Peter, von Amnesieanfällen heimgesucht, geriet mit seinem viel älteren Onkel ständig aneinander, so als wäre er dazu geboren, den Platz seines Vaters einzunehmen: ob sie nun wegen Schriftstellern, Geld oder der Zukunft des Unternehmens miteinander im Streit lagen, sie waren so gut wie nie einer Meinung. Wo Phillip Gelassenheit vortäuschte, war sein Neffe ein getriebener Mann, der, äußerlich eiskalt, seinen Onkel in plötzlichen Wutausbrüchen zusammenstauchte.

Barth erkannte, daß er vielleicht auf Peter Carey zählen konnte.

Sein Onkel stand mit dem Rücken zur Wand. Kastriert von John Careys Testament, ging ihm außerdem zusehends das Geld aus: Seine Macht würde weiter zerbröckeln, und Peter Carey würde es schließlich zu weit treiben, und dann würde Phillip Barth dabei helfen, Peter das wegzunehmen, was ihm legal zustand.

Barth hatte sechs Jahre lang gewartet.

Es entwickelte sich zu einem wahren Vergnügen, auf

Phillip zu warten, der, getrieben von seinem Neffen und der Grausamkeit des Testaments, schließlich auf ihn zukommen mußte...

Auf seinem Schreibtisch ertönte die Türglocke. Er blickte auf das fluoreszierende Ziffernblatt seiner Uhr. Es war 7:25.

Phillip Carey war etwas zu früh dran.

Als Noelle und Peter Carey Ecke Spring Street und Sixth Avenue aus der U-Bahn auftauchten, war der Schneefall stärker geworden: Silberne Flocken fielen durch den Schein der Straßenlaternen hindurch, wirbelten um ihre Füße herum und landeten auf dem Kopfsteinpflaster, wo sie sofort zu Matsch wurden. Peter schob seinen Kragen höher. »Hast du was dagegen, wenn wir ein bißchen zu Fuß gehen?«

»Vielleicht ein paar Blocks.« Sie nahm seinen Arm. »Es ist kalt.«

Peter nickte. »Zehn Minuten.«

Sie schlenderten die Spring Street hinunter, vorbei an dem Restaurant, wo sie essen wollten. Carey wußte nicht genau, warum er noch ein Stück spazierengehen wollte: SoHo bei Nacht bedrückte ihn – die Dunkelheit bekam dem Viertel nicht. Sechsstöckige Mietshäuser zu beiden Seiten verwandelte das Straßengewirr in Täler, an deren Seiten sich ein Irrgarten an Feuerleitern schemenhaft abzeichnete. Die Bürgersteige waren kahl und baumlos. SoHo war nicht zum Wohnen gedacht. Vor ein paar Jahren hatte eine Handvoll Künstler, in der Hoffnung, billigen Wohnraum zu finden, damit angefangen, die zugigen Fabriketagen in Lofts umzuwandeln. Sie waren damit eine Spur zu erfolgreich: SoHo wurde schick, und schon bald hielten die Sanierer Einzug und wandelten die verdreckten Lagerhäuser in Eigentumswohnungen um, die die Künstler sich nicht leisten konnten. Peter, der oft genug mit Schriftstellern zu tun hatte, um sich seines Reichtums zu schämen, verabscheute diesen Zyklus aus Kreativität und Gier...

»Schweine«, fauchte Noelle plötzlich.

Sie war stehengeblieben und besah sich ein Lagerhaus, das mit einem abblätternden Filmplakat beklebt war: Ein stämmiger Männertorso in Jeans und Arbeitsstiefeln, ein bluttriefendes Fleischermesser in der einen, einen frisch skalpierten Frauenschopf mit blutgetränkten langen blonden Haaren in der anderen Hand. Unter seiner Jeans wölbte sich sein Geschlecht. »Ich habe dir doch gesagt, du sollst heute abend nicht ausgehen«, hatte der Künstler in der krakeligen Schrift eines Geistesgestörten quer über seine Brust gekritzelt.

»Denkst du gerade an diese eine Reporterin?« fragte Peter. »Die niedergestochen worden ist?«

»Nicht nur daran.« Noelle steckte die Hände in die Manteltaschen und fixierte weiter das Plakat. »Es ist die schlimmste Art von Pornographie – nicht lange, und dieser Dreck wird allein in Manhattan fünf Frauen das Leben kosten, da kannst du Gift drauf nehmen.«

Peter ertappte sich dabei, wie er nach Schritten horchte. Er warf einen Blick über die Schulter und sah die dunkle Silhouette eines einsamen Mannes vor dem Schaufenster einer Galerie auf der gegenüberliegenden Straßenseite. Er spähte kurz die Wooster Street hinunter. Die Schritte waren verstummt, der Wind schlug ihm ins Gesicht. Der Mann gegenüber hatte sich nicht bewegt. »Komm, wir gehen«, sagte Peter leise. »Ich verderb dir noch den Abend.«

Noelle wandte sich ihm zu. »Es ist nur, manchmal komme ich einfach nicht zu dir durch. Es ist ermüdend, immer auf die Launen eines anderen eingehen zu müssen. Ich komme mir dann so passiv vor …«

»So wie dein Vater?«

»Wenn du so willst, ja – genauso. Wenn es nur irgendeinen Weg gäbe, dir zu helfen …« Sie verstummte. »Du hast mich dabei erwischt, wie ich mir unsere Nacht vorgestellt habe. Ich wollte ganz nah bei dir sein.« Sie zitterte. »Es ist *kalt*, Peter. Laß uns essen gehen.«

Das Restaurant war klein und hatte beinahe etwas Mediterranes: Der Boden war aus hell gemasertem Holz, die Wände cremefarben gestrichen. Die Tische mit ihren weißen Tischdecken waren in das helle Licht getönter Deckenstrahler getaucht, die durch das angenehme Helldunkel eine intime Atmosphäre verströmten. Sie bestellten ihr Essen und eine Flasche Rotwein. Peter hob sein Glas. »Tut mir leid.«

Sie nahm einen Schluck und lugte über den Glasrand. »Irgendwie verstehe ich nicht, was so an dir nagt. Einfach nur Phillip?«

Er zuckte mit den Schultern. »Ist schwer zu sagen. Jemand anderem würde ich's gar nicht versuchen, zu erklären...«

Ein großer, kräftig gebauter Mann strich an ihrem Tisch vorbei und glitt so rasch davon, daß Peter nur noch seinen Rücken Richtung Bar entschwinden sah. Noelle blickte überrascht auf, und ihre Augen wurden plötzlich ganz starr. Carey reagierte sofort und fragte: »Stimmt was nicht?«

Sie blickte noch einmal rasch in Richtung Bar. »Der arme Mann da war nicht gerade hübsch, das ist alles.«

»Du hast ausgesehen, als ob du gerade ein Gespenst gesehen hättest...«

»Schau, Peter, wenn du nicht reden *willst*, dann laß es.« Noelle unterbrach sich, versuchte, sich zusammenzunehmen. »Weißt du, es ist nur, wenn du so schlecht drauf bist, ist es wirklich schwer, nicht nach dem Grund zu fragen.«

Peter spielte mit seinem Weinglas. Schließlich begann er zu reden, ohne aufzublicken. »Vielleicht hat es teilweise damit zu tun, daß ich nicht weiß, wer oder was ich eigentlich bin, wenn nicht ein Carey, der Bücher verlegt, wie mein Vater und Großvater. Sie haben mir den Verlag hinterlassen.« Er zögerte. »Irgendwie denke ich darüber so, daß ich, wenn ich ihn verliere, überhaupt niemand mehr bin.«

»Aber ich bin doch nicht mit dir zusammen, weil du ein

Carey bist, Peter – es ist vielmehr das, was wir aneinander haben, wenn du dich *nicht* auf dieses ganze Zeugs einläßt, weshalb ich hier bin.« Noelle beugte sich zu ihm vor. »Okay, ich verstehe, daß du das brauchst, so wie ich die Fotografie brauche, um nicht darauf warten zu müssen, bis irgend so ein Mann daherkommt und mir zeigt, wo's langgeht. Was du nicht nötig hast, ist dieser endlose Scheiß mit Phillip.«

»Du tust so, als hätte ich's mir ausgesucht.«

»Das sage ich ja gar nicht. Aber du mußt dich mal fragen, warum du auf alles, was er macht und tut, so heftig reagierst. Was kann Phillip dafür, wenn Barth ihm ein Angebot macht?«

»Also gut, verdammt.« Peter schaute sie an. Mit nervösen, abgehackten Worten sagte er: »Für dich, Noelle – die Wahrheit, so klar und verständlich, wie ich sie rüberbringen kann. Seit dem Tod meines Vaters war ich immer der festen Überzeugung, daß Phil mich um mein Erbe bringen will. Jetzt mal ganz abgesehen davon, daß ich mich deshalb schuldig fühle – Tatsache ist, daß ich es *glaube*, so wie andere an Gott, Horoskope oder Sigmund Freud glauben. Und jetzt, wo Barth aufgetaucht ist, ihm dabei zu helfen, habe ich eine solche Angst, daß ich es dir gar nicht beschreiben kann, daß ich den Verlag verliere.«

»Wie du deinen Vater verloren hast?«

»Mein Gott, Ciano, da können wir uns ja gleich Gummistiefel überziehen und im Freudschen Urschleim spazierengehen. Beziehungsweise, geh du allein, ich bleibe hier.« Der Schmerz in ihrem Gesicht ließ ihn einhalten. Erschöpft hob er sein Glas. »Wie dem auch sei, was sollen wir uns darüber streiten, wenn wir doch darauf anstoßen können, daß du dich aus dem psychiatrischen Notdienst zurückziehen kannst. Ich habe heute morgen Ruth Levys Bruder angerufen.«

Noelle fixierte das Glas in seiner Hand. Peter bekam plötzlich Angst, daß sie aufstehen und gehen könnte.

Dann, mit recht leiser Stimme, fragte sie ihn: »Hast du mit ihm über Verdrängen und Erinnern geredet?«

»Mhm.« Peter verspürte bei dem Thema eine gewisse Verwundbarkeit. Um sich nichts anmerken zu lassen, fügte er scherzhaft hinzu:« »Vielleicht werde ich mich ja daran erinnern, wieviel ich Phillip zu verdanken habe.«

Phillip stand im Halbdunkel, Barths Schreibtisch zugewandt. »Peter hat mir *versprochen*, drüber nachzudenken.«

»Das ist schwer zu glauben.« Phillip vermutete, daß Barth nur deshalb sitzen blieb, um seine Kleinwüchsigkeit zu verbergen. »Glauben *Sie* es?«

Phillip beschloß, nur kurz Rede und Antwort zu stehen und dann rasch wieder zu verschwinden. Er mochte diese Erinnerung an Dunkelheit nicht, allein mit einem anderen Mann. »Ich kann nur hoffen …«

»Sie müssen mehr rausholen, Phillip. Ihr Schicksal liegt in Peters Hand.«

»Genau wie Ihres. Ob es Ihnen nun gefällt oder nicht, ich stehe als Treuhänder in der Verantwortung.«

»Nein, Phillip. Sie haben blöderweise ein Kind gerettet. Die demütigende Rolle, die Sie spielen, haben Sie John Carey zu verdanken.«

»Schauen Sie, Barth …«

»Die einzige Frage lautet, was Sie jetzt daraus machen, sollte Peter sich dazu entscheiden, nicht mit mir zu verhandeln.« Barths Stimme wurde grob. »Die Zeit bleibt nicht stehen. In fünf Minuten sind Sie nichts mehr wert.«

»Wieso interessieren Sie sich für meine finanziellen Schwierigkeiten? Sollte Peter nicht anbeißen, können Sie sich jederzeit einen anderen Verlag kaufen.«

»Nein.« Phillip sah, wie Barths Profil sich John Careys Verlagsgebäude zuwandte. »Ich bin dazu bestimmt, Van Dreelen & Carey zu besitzen.«

Phillip konnte sich immer noch keinen Reim auf Barths

Beweggründe machen. »Gottgegeben. So wie Amerika den Amerikanern?« fragte er.

»Sozialer Darwinismus«, erwiderte Barth bissig. »Ich bin Black Jack viel ähnlicher als Sie oder Peter, sogar als der selige, große Charles ...«

»Hören Sie auf, ihn ständig auszugraben.«

»Warum?« Barth senkte plötzlich die Stimme. »Hat Charles Ihnen etwa Kummer bereitet, Phillip?«

»Das reicht.« Von plötzlicher Angst durchzuckt, fragte Phillip sich, wieviel Barth wußte. Dann gab er schneidend zurück. »Ich würde diese Spielereien bei Peter unterlassen, Barth. Mit *seinem* Unglück zu leben ist wahrlich kein Genuß.«

Barth wandte sich ihm direkt zu. »Ebensowenig mit meinem.«

Wieder einmal spürte Phillip, wie dieser seltsame Mann ihm Angst einjagte. Er zog sich in sich selbst zurück und fixierte seine Gedanken einen Moment lang auf die Frau, die bereits auf ihn wartete. Sie war noch jung und dadurch, daß er sie erst seit kurzem kannte, lockte in ihr das Versprechen, daß er dieses Mal irgendwie echte Gefühle empfinden würde. Mit ruhigerer Stimme antwortete er Barth: »Ich werde ihn weiter bearbeiten. Wie Sie ja bereits sagten, ich brauche Geld.«

»Sie müssen ihn nur hierherbringen.«

»Geben Sie mir Zeit.« Phillip wandte den Blick ab. »Ich bin jedoch der Meinung, daß ein Treffen zwischen Ihnen und ihm zu diesem Zeitpunkt verfrüht wäre. Es wäre wünschenswert, wenn Peter nicht von Anfang an eine Abneigung gegen Sie hegen würde ...«

»Noch drei Wochen«, unterbrach Barth ihn, »um diesen Schrecken persönlich hier vorzuführen.«

»Und falls ich das nicht schaffe?«

»Dann gehen Ihnen acht Millionen Dollar durch die Lappen.« Barth schwieg einen Moment. »Es sei denn, Sie verkaufen mir Peters Aktienpaket.«

Phillip blickte zu ihm auf. »Ich fürchte, das kann ich nicht.«

In der Dunkelheit spürte Phillip, mehr als daß er es sah, Barths zögerndes, ungläubiges Lächeln. »Sie haben Angst vor ihm, stimmt's?«

»Halten Sie den Mund.«

Barth stieß ein kurzes, bellendes Lachen aus, dann sprach er mit ausdrucksloser Stimme weiter. »Das hat also bei Ihnen überhaupt nichts mit Skrupeln zu tun. Der kleine Peter hat irgendwas an sich, das Ihnen eine Heidenangst einjagt.« Mit dieser gespielten Liebenswürdigkeit lächelte er wieder. »Vielleicht, Phillip, sollte ich einmal herausfinden, was das ist.«

Sein Vater schrie...

Peter wandte sich Noelle zu. »Wie bitte?«

Sie standen unterhalb der Markise ihrer Wohnung. Peter konnte sich kaum an die U-Bahn-Fahrt und den anschließenden Spaziergng erinnern. Als er sich nach einem Mann umgeblickt hatte, von dem er nicht einmal wußte, wie er aussah, war er in den Strudel seiner Träume gerissen worden. Zu spät fiel ihm auf, daß sie bis hierher kein Wort miteinander gewechselt hatten.

»Erde an Mars«, sagte Noelle. »Ich hatte dich gebeten, mich anzurufen, wenn du dich wieder einer Unterhaltung gewachsen fühlst.«

In ihren Augen lag ein forschendes Leuchten. Der Schein der Straßenbeleuchtung legte ihre Wangen in dunkle hohle Schatten. Mit einem Mal spürte er wieder ihre durchdringende körperliche Anziehungskraft, so tief wie nur in der einen Nacht, als er zum ersten Mal in sie eingedrungen war. Dennoch war ihm klar, daß sie jetzt allein schlafen wollte. Es war das Zusammenschmelzen der Gedanken, nicht ihrer Körper, das sie zum Liebespaar machte. Er strich ihr übers Gesicht. »Morgen bin ich vom Mars zurück.«

»Okay.« Sie küßte ihn. Ihr Mund war weich und feucht

in der bitterkalten Nacht. »Ich bin froh über die Sache mit Levy, Peter.« Sie wischte sich den Schnee aus den Haaren und war weg.

Er sah, wie sie aufrecht mit raschen stolzen Schritten verschwand. Peter hielt diesen Anblick unwillkürzlich im Kopf fest, wie ein Foto von einer Geliebten, die er nie mehr wiedersehen würde.

Er blickte sich um, konnte aber niemanden entdecken. Er kehrte zur U-Bahn zurück.

Der Wind fühlte sich kälter an.

Martin stand in der Dunkelheit und beobachtete ihn.

Er folgte ihm nicht, wollte nicht noch mal entdeckt werden. Die Frau hatte sein Gesicht bereits gesehen. Der Kleine war zu scharf darauf, endlich klipp und klar zu hören, was sie sagten. Seine Befehle hatten Martin an einen Punkt geführt, wo nur noch töten in Frage kam. Die Beschattung rund um SoHo war schwierig genug gewesen. Seltsam, daß es ausgerechnet SoHo gewesen war …

Ein Zufall, was sonst: Peter Carey war eine Ratte in einem Irrgarten. Aber daß sie ihn dorthin geführt hatten und sie ihn gesehen hatte, empfand er als eine Verletzung seiner Privatsphäre, die unberührt und intakt gewesen war, und aus der heraus er die anderen ihrer Privatsphäre beraubte.

Vielleicht zog sie sich gerade aus …

Er machte sich klein gegen die Kälte, und seine Vorstellung wurde immer übermächtiger, bis er ein regelrechtes Kribbeln auf der Haut verspürte. Er war wütend gewesen, als Carey sich aus dem Staub gemacht hatte. Wenn er Grund gehabt hätte, sich zwischen ihnen eine Liebesnacht vorzustellen, hätte ihn das vielleicht über dieses Gefühl der Entblößung hinweggetröstet. Aber ihr Abschied verriet eine gewisse Entfremdung zwischen ihnen, die der Kleine vielleicht für seine Zwecke nutzen konnte. Und jetzt konnte er sich sie vorstellen, wie sie allein war.

Vielleicht spürte sie ihn, so allein. In SoHo, als er wartete, daß sie endlich fertig wurden, war er zu dem Plakat gegangen, vor dem sie stehengeblieben war. Es erregte ihn.

Er sah Geschmeidigkeit in ihrem Gang, ihren schmalen Hüften…

Er streichelte die Kassetten in seiner Tasche und zitterte. Im Village war es viel kälter als in der Midtown. Es gab hier halt keine gigantischen Wolkenkratzer, die die Bürgersteige mit ihrer Hitze erwärmten oder vom Wind abschirmten, der vom Hudson herüberfegte.

Auf Korfu wehten warme Brisen, erfüllt vom Duft der Zitronen…

Sie trug keinen Büstenhalter unter ihrem Pullover.

Er blickte zu dem Dach des dunkel daliegenden Lagerhauses auf der gegenüberliegenden Straßenseite.

Er hätte nicht sagen können, warum genau, aber die Motive des Kleinen verwirrten ihn. Anders als er selbst, war sein Mentor ein Mann ohne Gefühle, und Martin hatte sich bei ihm immer sicher gefühlt. Diese Fehleinschätzung machte ihm nun zu schaffen.

Er brauchte dringend etwas, das ihm bis zum Höhepunkt des Dramas über die Runden half.

Eines Nachts würde er ihr zuschauen.

Allein in der Dunkelheit fing er an, die Fenster zu zählen, vom ersten Stock an aufwärts.

In ihrer Wohnung ging das Licht an.

Sechs.

Noelle knipste die Lampe an und blickte durchs Fenster. Dort war nur das Lagerhaus, sonst nichts…

Sie schlüpfte aus ihrem Pullover. Wolle strich über ihre Brustwarzen.

Peter kann einen aber auch manchmal nerven.

Sie faltete den Pullover und legte ihn in eine Schublade. Sie fragte sich, was wohl geschehen war.

Ihr war vollkommen klar, daß Peters Stimmung noch viel

düsterer war, als seine Worte hatten vermuten lassen. Er hatte sich hinter einer Reihe von Ablenkungsmanövern versteckt: Heute abend hatte er, nur um ihren Fragen auszuweichen, eine Anspielung auf etwas gemacht, das sie ihrem Vater nicht verzeihen konnte und das sie ihm allein anvertraut hatte. Es war billig und ein Verrat an ihrer Freundschaft – sie nahm es ihm übel. Und auf dem Nachhauseweg hatte er den Mund nicht aufbekommen. Sie konnte ihn nicht in sie eindringen lassen, so ganz ohne Leidenschaft, bloß aus irgendeiner sturen Begierde heraus...

Sie streifte sich die Jeans herunter.

Als sie sich von ihm verabschiedet hatte, hatte er den Kopf zur Seite geneigt und sie mit großen runden Kinderaugen angesehen; zu spät hatte er *sie* gesehen und nicht seine Angst. Wenn er seine Deckung aufgab, war Peter der sensibelste Mensch, den sie kannte. Sein Verrat war ein Indiz dafür, wie besorgt und verstört er war.

Vielleicht war es das Telefonat mit Levy: Sie hatte ihm deswegen zu sehr zugesetzt, ihn ausgefragt und herumgestochert, bis er sich in sich zurückgezogen hatte.

Sie runzelte die Stirn. So konnte es nicht weitergehen: Immer wieder nur neue Erklärungen für seine wechselnden Launen anzuhören. Sie war zu selbstlos. Ja, sie hegte einen Groll gegen ihren Vater wegen der Worte, die er ihrer Mutter immer vorenthalten hatte, wegen der Dinge, die sie nie gefragt hatte, wegen all dieser Jahre des bedrückenden Schweigens, die Noelle zu Hause hatte miterleben müssen.

So konnte sie jedenfalls nicht leben. Vielleicht war sie nicht die Richtige für Peter Carey...

Und doch: Mit Peter lag sie stets noch lange wach, nachdem sie sich geliebt hatten, die Stirn an seiner Schläfe, Glieder und Körper verschlungen wie junge Kätzchenbabys.

Es ging ihr wieder durch den Kopf, wie sie im Lion's Head auf ihn gewartet hatte. Es kam ihr vor, als wäre es bereits mehrere Tage her – so viele Dinge auf einmal zu fühlen, erschöpfte sie. Sie war es gewohnt, sich der Welt mit geradem, offenem Blick zu stellen, sie durch ihre Erwartungen zu definieren, statt durch das, was andere ihr vielleicht geben konnten. Das hatte sie durch die bittere Erfahrung mit ihrem Vater gelernt.

Fast mußte sie lächeln: Wenn sie müde war, konnte sie nicht klar denken, das konnte keiner. Morgen früh würden sie miteinander reden.

Noelle zog sich nackt aus. Instinktiv blickte sie zum Fenster…

Sie blickte mit abwesenden Augen ins Nichts. Plötzlich hielt sie inne und suchte in ihrem Gedächtnis nach der anderen Sache, die sie noch immer irgendwie beunruhigte.

Der Mann.

Eilig legte sie noch ihre Kleider für den nächsten Tag heraus, eine Gewohnheit, die aus ihren Collegetagen stammte, als sie sehr früh aufstehen mußte, um vor den Seminaren noch ihren Job in der Cafeteria zu erledigen. Nachdem sie den Pulitzerpreis bekommen hatte, hatte sie sich selbst nach Veränderungen abgeklopft, in der Hoffnung, daß sie nicht allzu dramatisch waren: Daß sie dann in Wirklichkeit gar so geringfügig ausfielen, hatte sie beinahe enttäuscht. Also faßte sie den Entschluß, sich zumindest diese eine Angewohnheit, Bluse und Hose für den nächsten Tag bereitzulegen, abzugewöhnen, ein Relikt aus Zeiten der Geldnot. Schmunzelnd stellte sie fest, daß sie dazu einfach nicht imstande war: Gewohnheiten abzustreifen, mit denen sie es so weit gebracht hatte, weckten in ihr einen Aberglauben, ebenso wie der Gedanke an Peters Geld. Die Schuldkomplexe der Katholikin, dachte sie sich: Zumindest waren es jetzt Kleider besserer Qualität, sie konnte es sich leisten, sie nur zum Spaß zu kaufen.

Der Mann hatte sich so abrupt abgewandt.

In seinen Zügen lag ein merkwürdiges Leuchten: Die zu hellen Augen und die herabhängende Unterlippe sprachen von so sonderbaren Sehnsüchten, wie sie sie sich bei einem

Muttersöhnchen vorstellen konnte, das in seinem Zimmer vor sich hin vegetierte und Phantasien mit Revolvern und nackten Frauen nährte. Sie hatte diese sonderbare Art von *Intimität* gespürt.

Sie forschte in ihrem Gedächtnis nach.

Sie war *wirklich* müde, angesteckt von Peters Nervosität, der niedergestochenen Frau, dem Plakat mit dem bluttriefenden Skalp, so nervös, daß sie sich sogar durch die bedauernswerte Häßlichkeit eines Fremden bedroht fühlte.

Sie ließ das Rollo hinunter.

Nackt kroch sie ins Bett.

Peters Mund würde sich auf ihren Brustwarzen ganz warm anfühlen, seine Zunge sich langsam abwärts schlängeln.

Sie zog die Beine an: Das Bett war leer und kalt. Jetzt sehnte sie sich danach, ihn in all seiner geballten inneren Sinnlichkeit zittern zu spüren, ihn vor Lust schreien zu hören.

Und danach zu wissen, was er fühlte.

Peters Psyche war ein verworrenes Knäuel: Ein Traum, den er ihr nicht sagen wollte, ein Wochenende, an das er sich nicht erinnern konnte.

Wenn doch nur dieser Levy ein paar Erklärungen finden könnte.

Sie wälzte sich unruhig im Bett herum, zum Schlafen zu müde.

In dem schäbigen Hotelzimmer klingelte das Telefon. Martin blickte prüfend auf seine Uhr, sah, daß es Viertel nach zwei war, und hob ab.

»Sind Sie ihnen gefolgt?« fragte der Kleine.

»Ich habe an ihrem Tisch eine Wanze angebracht. War nicht einfach.«

»Aber notwendig. Ich habe mir Ihre Aufnahme von dem Mittagessen der Careys angehört. Der Stimmenanalyse zufolge hat Peter gelogen.«

»Er ist gleich darauf zu seinem Anwalt gegangen.«

»Dann brauchen wir die Gesprächsnotizen. Ich muß wissen, welche Strategie er gegenüber Phillip einschlägt.«

»Ich verstehe.«

»Worüber hat Peter mit seiner jungen Freundin gesprochen?«

Martin sah die Frau sofort in aller Deutlichkeit vor sich, wie sie sich auszog. »Er hat sich einen Psychiater genommen. Der Mann heißt Levy.«

»Levy?« Langes Schweigen. »Wegen seiner Amnesie?«

Die Frage des Kleinen klang ruhig und gelassen. Martin konnte aber die Anspannung heraushören, die er immer mehr mit Peter Careys Namen in Verbindung zu bringen lernte. »Ich glaube, ja.«

»Prüfen Sie das nach.« Der Kleine sprach plötzlich lauter und mit Nachdruck. »Dies duldet keinen Aufschub.«

»Es kann unter Umständen etwas dauern«, antwortete Martin vorsichtig, »bis dieser Punkt geklärt ist.« Seine Worte waren mit Bedacht gewählt, überaus korrekt. Mit den Jahren war seine Art, sich auszudrücken, zu einer Parodie der Ausdrucksweise des Kleinen geworden. »Denn schließlich hat Peter Carey ein ganzes Leben dafür gebraucht, um das zu werden, was er ist…«

»Nein.« Die Stimme des Kleinen war knapp und eiskalt. »Nur ein einziges Wochenende.«

William Levy blickte abwesend in den Badezimmerspiegel und durchdachte noch einmal Charles Careys Tod, so wie er ihn sich aus der Sicht des Sohnes vorstellte.

Er erinnerte sich noch genau an das Buch, das er damals gerade las, als Ruth ihn angerufen hatte, und auch an seine Reaktion. Er machte sich sofort zu Ruths Wohnung auf: Sie weinte, und er drückte ihren zierlichen Körper an sich, was er seit dem Tag, als ihre Mutter sich die Pulsadern aufgeschnitten hatte und auf ein paar Quadratmetern Badezimmerfliesen verblutet war, nicht mehr getan hatte. Ruth war nie wirklich darüber hinweggekommen. Eine Zeitlang verfolgten Levy Zwangsvorstellungen von brennendem Fleisch. Jetzt, zwanzig Jahre später, wurde er immer noch von einer gewissen Traurigkeit befallen, sobald der April nahte, der schönste aller Monate.

Er verstand diese Traurigkeit als einen letzten Tribut an die Freundschaft mit Charles Carey. Seine Karriere als Psychiater, die er unter anderem Charles zu verdanken hatte, konnte durchaus als erfolgreich bezeichnet werden. Ihre analytische Entwicklung erwies sich als ein Bollwerk gegen den Mystizismus, zu dem er neigte und der ihn verstörte. Seine eigene Frau war jung verstorben, an Leukämie, aber sie hatte ihn geliebt, das wußte er. Er war kinderlos geblieben, aber seine Liebe zu Ruth machte dies erträglicher. Er lebte jetzt nur noch für seine Arbeit und seine Patienten. Wenn seine gelegentlichen Fehlschläge ihm auch zusetzten, so waren sie doch nichts gegen seine anfängliche Reaktion auf Charles' Tod: daß er schuldig war am Tod seines Freundes, weil er versäumt hatte, ihn von seiner Frau zu befreien, und dann hatte er es versäumt, seinem Sohn beizustehen...

Und heute tauchte seine Schuld aus der Vergangenheit erneut vor ihm auf, entsetzlich jäh und unvermutet.

Als er auf Charles' Beerdigung nach Peter Carey gesucht hatte, war Levy zum ersten Mal Phillip Carey begegnet. Peter sei nicht hier, hatte sein Onkel gemurmelt, der Schock sei zu groß gewesen. Levy nickte. Keine Frage, der Junge mußte ein schweres seelisches Trauma erlitten haben. Unbeholfen bot er seine Hilfe an: ob er Peter als Psychiater besuchen kommen sollte, oder einfach nur als älterer Freund...

»*Nein*!« hatte Phillip ihn schroff unterbrochen. »Ich will nicht, daß er noch weiter verstört wird.«

Jetzt, dreiundzwanzig Jahre später, hatte der Sohn, nach dem er nicht die Hand ausgestreckt hatte, immer noch Alpträume über seinen Vater.

3

Peter Carey verließ das Aristocrat. Er trug das gleiche hellbraune Jackett wie vor acht Tagen. Er sagte ein paar Worte. Der Portier lächelte und winkte ihm ein Taxi herbei.

Martin hielt ebenfalls ein Taxi an und folgte Carey zum Krankenhaus.

Durch eine Seitentür betrat Carey den weitläufigen Gebäudekomplex an der 76. Straße. Martin wartete auf der gegenüberliegenden Straßenseite. Er wußte, daß Carey ihn nicht sehen würde. Aber wie die meisten New Yorker spürte er instinktiv die Nähe eines Fremden. Martin hielt dreißig Meter Abstand.

Er beschloß eine Stunde lang nicht zu rauchen.

Rastlos sinnierte er über den Stand der Dinge. Aus dem Tonfall des Kleinen schloß er, daß dieser Arztbesuch das auslösende Moment seines langersehnten Dramas wäre, obwohl er noch nicht wußte, weshalb.

Er folgte Peter Carey in Gedanken zu der Tür des Freundes seines Vaters.

Levys junge blonde Sekretärin steckte den Kopf durch die Tür. »Mr. Carey ist hier.«

»Kommen Sie doch mal kurz rein.« Levy blickte von seinem Schreibtisch auf. »Sagen Sie, wie sieht der junge Mr. Carey eigentlich aus?«

Sie blickte ihn eigenartig an. »Wieso?«

»Einfach weil er der Sohn eines alten Freundes ist und ich ihn noch nie wirklich gesehen habe.«

»Er ist außergewöhnlich hübsch«, lächelte sie. »Sehr blond. War sein Vater das auch?«

»Nein. Kastanienbraun, genaugenommen.« Levy spürte, wie er sich entspannte. »Sie können ihn jetzt reinschicken.«

Einen Augenblick später klopfte es. »Herein«, sagte er.

Ein großer blonder Mann blickte, den Kopf zur Seite geneigt, lässig hinter der Tür hervor und durchbohrte ihn mit auffallend blauen Augen. »Nicht einmal die Couch fehlt«, sagte die vertraute Stimme, und dann ließ Peter Carey ein schiefes Lächeln aufblitzen.

Das Lächeln und auch das Gesicht waren typisch Charles Carey.

Levy bekam eine Gänsehaut: Abgesehen von Allie Careys blondem Haar war Peter Carey das Ebenbild seines Vaters. Es war geradezu unheimlich. »Sie *sind* Dr. Levy, stimmt's?«

Levy blickte ihn weiterhin an. »Sie möchten wissen, wie Ihr Vater aussah? Er sah genau wie Sie aus.«

»Tja«, sagte Carey mit einem Lächeln, »wenn ich das gewußt hätte, wäre ich nicht so neugierig gewesen. Sie haben doch nichts dagegen, wenn ich mich setze, oder?«

»Nein – selbstverständlich nicht.« Unwillkürlich mußte Levy daran denken, wie unbeholfen er als junger Mann gewesen war, im ersten Jahr auf der Uni. Er zeigte auf den Stuhl vor seinem Schreibtisch. »Sie werden doch bestimmt einige Fotos haben?«

»Lange Zeit nicht – mein Onkel hat für Sentimentalitäten nicht viel übrig. Aber dann war Ihre Schwester so freundlich, eins aufzutreiben.« In den kobaltblauen Augen lag ein leises, amüsiertes Schimmern. »Es hat bei mir mittlerweile einen festen Platz gefunden.«

Levy registrierte die entwaffnende Tonlosigkeit in Careys letztem Satz. »Dann wissen Sie ja um die Ähnlichkeit.«

»Bis zu einem gewissen Grad. Aber Fotos können täuschen.« Wieder neigte Carey den Kopf zur Seite, genau wie Charles früher; das Lächeln im Mundwinkel war eher der Anflug eines Lächelns. »Genau wie Erinnerungen.«

Levy wehrte sich gegen den Eindruck, daß Carey mit ihm spielte. »Ist dies einer der Gründe, der Sie hierhergeführt hat, Peter – wegen meiner Erinnerungen an Ihren Vater?«

»Nein – die Sache mit den Erinnerungen liegt ein bißchen anders. Ich glaube, daß ich meine eigenen viel nötiger hätte.« Careys Lächeln schwand. »Es ist so, daß ich mich an nichts mehr erinnern kann, was das Wochenende, an dem meine Eltern starben, betrifft. Das einzige, was mir noch im Kopf herumschwirrt, ist das brennende Gesicht meines Vaters in einem ständig wiederkehrenden Alptraum, der absolut keinen Sinn ergibt.«

Dies vermerkend, mischte sich bei Levy zu der instinktiven Angst vor Peters Traum das Gefühl der gemeinsamen Trauer. Intuitiv wußte er, daß da irgend etwas mit Phillip und dem Foto war, auf das er später noch einmal zu sprechen kommen sollte. »Dieser Alptraum«, wagte er sich behutsam vor. »Vielleicht sollten Sie ihn einmal beschreiben.«

Als Carey den Traum Bild für Bild erzählte, wich die Lässigkeit aus seinem Mienenspiel und seiner Stimme. Levy konnte seinen Schmerz schließlich förmlich spüren. »Bitte«, sagte er, als Carey fertig war. »Vielleicht sollte ich Sie an einen Kollegen weiterempfehlen.« Er schaute weg. »Ich habe Ihren Vater viel zu gut gekannt.«

Carey wartete, bis sich ihre Blicke wieder trafen. »Deshalb wäre es mir ja eine Hilfe, wenn Sie mich an Ihren Erinnerungen teilhaben ließen.«

Vor der grausamen Vorstellung von Charles' Flammentod schreckte der Mann in Levy zurück. Und der Psychiater in ihm schreckte davor zurück, Charles' Sohn zu behandeln. »Aber Sie erhoffen sich von mir auch, daß ich Ihnen dabei helfe, diesen Traum zu beenden. Kein Analytiker kann dies einfach aus Ihnen heraussaugen wie das Gift aus einer Schlange. Er muß Ihnen dabei helfen, die Bedeutung zu verstehen, mag sie auch noch so belastend und unangenehm sein. Ich bin dazu weder objektiv noch jung genug. Es kann Jahre dauern…«

»Zweiundzwanzig Jahre, meinen Sie.« Careys Lächeln war so freudlos wie seine Worte. »Ich war sieben, als ich das erste Mal schreiend aufwachte.«

Levy preßte seine Stirn an seine Fingerspitzen. »Und was hat Sie dann dazu veranlaßt, jetzt damit zu mir zu kommen?«

»Sie waren sein Freund.« Carey senkte den Blick. »Es gibt da eine Frau – Noelle Ciano. Ich habe Angst, sie zu verlieren.«

»Wegen des Alptraums?«

»Der Unfall – er hat anscheinend seine Spuren hinterlassen.« Peter verstummte. Levy wußte nur zu gut, daß Selbstentblößung schmerzlich war. »Es fällt mir schwer, anderen Vertrauen entgegenzubringen, Zuneigung zu geben und zu empfangen. Irgendwie hängt dies alles mit Phillip zusammen …« Er zuckte mit den Achseln, unterbrach sich. »Ich kann nicht Dinge erklären, an die ich mich nicht erinnere.«

»Ist es so schwer, darüber zu reden, Peter?«

Carey lächelte kaum merklich. »Jedenfalls bin ich es nicht gewohnt.« Er blickte sich in der Praxis um. »Übrigens, vermutlich machen Sie sich Notizen. Wo bewahren Sie sie auf?«

»In Aktenschränken verschlossen. Jede Akte ist mit einem numerischen Kode versehen, der auf ein separates Namensverzeichnis der Patienten verweist.« Levy beobachtete Careys Augen und fügte hinzu: »Warum fragen Sie?«

Diesmal lächelte Carey nicht. »Paranoia.«

»Das haben Sie gesagt, nicht ich. Ich habe mich nur gefragt, ob Sie irgendeinen bestimmten Grund haben.«

Carey rutschte nervös auf seinem Stuhl hin und her. »Ein Mann namens Clayton Barth möchte unseren Verlag kaufen, den ich nicht verkaufen möchte. Es geht das Gerücht um, daß er vor Erpressung nicht zurückschreckt, unter anderem auch mit psychiatrischen Unterlagen.«

»Und?«

»Er hat sich mit meinem Onkel in Verbindung gesetzt.« Die schneidende Aggressivität, die bei Careys erster Erwähnung von Phillip Carey mitgeschwungen hatte, war verflogen. Er wirkte beinahe scheu. »Wie gesagt, es fällt mir schwer, anderen zu vertrauen.«

Urplötzlich sah Levy wieder das Bild von Phillip auf der Beerdigung vor sich. »Besonders Phillip?«

Careys Lächeln war sonderbar verlegen. »Werden Sie mir also helfen?«

Levy stellte sich Phillip vor, wie er diesem Doppelgänger gegenüberstand, dieser bedrohlichen Ähnlichkeit mit seinem Bruder. »Diese Alpträume haben eingesetzt, als Sie sieben waren?«

»Ja.«

Levy massierte sich die Schläfen. *Und du warst sechs*, dachte er, *als ich mich von Phillip habe abfertigen lassen*. Mehr für sich murmelte er: »Dann dürften vier Stunden die Woche nicht zuviel verlangt sein.«

»Danke.« Als Levy aufblickte, kurz bevor Carey sich erhob, sah er gerade noch dessen Gesichtsausdruck, irgendwo zwischen Besorgnis und Erleichterung schwankend. »Neun Uhr, wie gehabt?«

»Ja. Wir beginnen gleich morgen, wenn es Ihnen recht ist.«

Mit einem letzten, ironischen Lächeln streckte Carey ihm die Hand entgegen.

Als sie sich die Hand schüttelten, hatte Levy kurz das Gefühl, daß sie gerade irgendeinen faustischen Pakt besiegelten. Viel später, nachdem er sein ganzes Selbstverständnis als Arzt aufs Spiel gesetzt hatte, um Peter Carey aus dem Würgegriff seiner Vergangenheit zu befreien, würde er erfahren, worum es bei diesem Pakt ging.

Fünfundfünfzig Minuten nachdem er in dem Krankenhaus verschwunden war, trat Peter Carey wieder ins Freie und nahm sich ein Taxi. Martin ebenfalls.

Das voranfahrende Taxi schlängelte sich durch den Verkehr der Fifth Avenue zu Peter Careys Büro.

Martin berührte die Pistole in seiner Manteltasche.

Careys Besuch bei Levy hatte seine Phantasie angestachelt. Er fragte sich, welche Geheimnisse Carey dort wohl zurückgelassen hatte, und in welcher Richtung der Kleine, wenn er sie erfuhr, die Waagschale ausschlagen lassen würde, in der Peters Leben lag.

Martin drückte seine Zigarette aus und zählte die Leberflecke im Nacken des Taxifahrers.

Vier.

Im Tunnel erschallte Gelächter…

Als es an der Tür klopfte, blickte Carey auf. Ruth Levy steckte den Kopf herein und fragte: »Wie geht's Ihnen heute morgen?«

»Großartig.« Carey ließ ein kurzes Lächeln aufblitzen. »Ein zufriedener Arbeiter in Amerikas glücklichstem und erfolgreichstem Familienunternehmen. Ich könnte gleich hinausgehen und mir Kinder anschaffen.«

»Versuchen Sie's erst mal mit ein paar Kätzchen.« Ruth trat herein und fragte mit leiserer Stimme: »Ich habe mich gefragt, ob Sie mit Bill gesprochen haben.«

Carey fühlte sich ihr nie ganz gewachsen. Im Türrahmen erschien sie ihm dunkel, schlank, ewig jung…

»Ja, danke der Nachfrage. Habe ich.«

»Ich hoffe, er kann Ihnen helfen.«

»Vielleicht kann er das.« Carey blickt sie prüfend an. »Es hängt wohl davon ab, ob ich wirklich an meinem Gedächtnis herumpfuschen will.«

»Ich glaube, es ist immer besser, sich Klarheit zu verschaffen.« Ruths Augen huschten zu dem Bild hinter ihm. Wieder einmal spürte Carey, daß zwischen den Zeilen ihrer Unterhaltung eine zweite, ganz andere Unterhaltung stattfand, daß ihre Schweigesekunden mehr sagten als die Worte, die sie austauschten. Plötzlich fragte sie: »Haben Sie das Manuskript gelesen, das Phillip hereingelegt hat?«

Carey schüttelte den Kopf. »Sagen Sie mir kurz, worum's geht.«

»Unterschwellige Gewalt.« Ihr Lächeln beschränkte sich auf ein kurzes Zucken der Mundwinkel. »Der Sex darin ist die Phantasie eines Perversen über Gestapo-Offiziere und Frauengefangene. Sie sollten es lesen.«

Carey wurde das unbestimmte Gefühl nicht los, daß Ruth ihm sagen wollte, daß sie seinem Onkel nicht über den Weg traute. »Das werde ich, Ruthie.«

»Gut.« Sie warf einen letzten Blick auf das Bild und ging.

Am Nachmittag ging Peters Deckenbeleuchtung aus.

Er war gerade bei telefonischen Verhandlungen mit einem Agenten. Er versuchte es mit der Schreibtischlampe, vergeblich. Für den Bruchteil einer Sekunde brachte er dies seltsamerweise mit Clayton Barth in Verbindung. »Ist bei Ihnen gerade das Licht ausgegangen?« fragte er den Agenten.

»Warten Sie, ich schau mal in den Korridor – ja, es ist weg.«

Der Mann war zwölf Blocks von ihm entfernt. Peter wußte, was als nächstes passieren würde. Er verdrängte den Gedanken an Barth. »Lassen Sie uns die Sache zum Schluß bringen«, sagte er. »Sonst wird das nichts mehr.«

Sie unterhielten sich noch weitere zehn Minuten und besiegelten den Vertrag zu Peters Preisvorstellungen. Dann rief er Noelle an. »Übernachte bitte bei mir«, bat er sie. »Ich möchte nicht, daß du allein bist, und die U-Bahn kannst du vergessen.«

»Ich weiß – ich geh jetzt noch kurz raus, um ein paar Fotos abzuholen. Vor fünf werd ich damit nicht fertig sein, und bis dahin wird auch mit den Telefonen nichts mehr gehen.«

»Warum treffen wir uns nicht einfach so um halb sechs an der Ecke Fifth Avenue und Zweiundvierzigste? Dann gehen wir zu Fuß.«

»Aber werden wir auch reden?«

»Sogar das.«

»Also gut«, sagte sie. »Ich gehöre dir für den Abend – bildlich gesprochen.«

Peters Lächeln wurde zu einem schallenden Lachen. »Daß du nicht ohne mich anfängst«, antwortete er und legte auf.

Martin wartete bereits auf den Anruf. In dem Moment, als der Stromausfall eintrat, wußte er, daß der Kleine ihn anrufen würde.

»Heute nacht?« fragte er.

»Ja.« Der Tonfall des Kleinen war so sanft, daß nur Martin den Sarkasmus heraushören konnte. »Dies müßte die Sache für Sie leichter machen.«

Martin lächelte insgeheim: Der Kleine haßte es, von ihm abhängig zu sein. »Was leicht machen?« fragte er ungerührt. »Gibt es da etwas, das Sie zuvor erledigt haben wollen?«

Schweigen.

»Spielen Sie nicht mit mir.« Die unsichtbare Stimme klang kühl und gelassen. »Nicht jetzt, nie.«

Martin wartete.

»*Levy*«, zischte der Kleine und legte auf.

Um zehn nach fünf, als Peter Carey die neun Stockwerke des halbdunklen Treppenhauses abzusteigen begann, war es bei Van Dreelen & Carey so gut wie leer. Nur in Midtown war der Strom ausgefallen, und diejenigen, die sich auf Licht in ihrer Wohnung freuen konnten, kämpften sich gerade den Weg nach Hause frei. Er reihte sich in eine Schlange unwilliger Körper ein, die sich scheinbar auf den Weg in eine dunkle Höhle gemacht hatten. Die Menschenschlange stockte bei jedem Stockwerk, um neue Körper aufzunehmen, dann setzte sie sich wieder in Bewegung. Peter fühlte sich in der Dunkelheit wie in einer Zwangsjacke gefangen, seiner Kontrolle beraubt. Als er auf den Bürgersteig trat, war es bereits zehn vor sechs, und er begann in den drängelnden Menschenmassen nach Noelle Ausschau zu halten. Zehn lange Minuten später entdeckte er sie. Sie schlängelte sich gerade über eine Kreuzung zwischen kreuz und quer stehenden Autos mit abgestelltem Motor. Die Wagen standen Stoßstange an Stoßstange und kamen keinen Zentimeter voran. Selbst die Busse waren steckengeblieben. Noelle schloß an der Ecke zu ihm auf und gab ihm einen Kuß. »Sämtliche Ampeln sind ausgefallen«, sagte sie. »Straße um Straße das gleiche Bild, selbst die Streifen- und Krankenwagen stecken fest. Die Leute, die es in den U-Bahnen erwischt hat, sitzen einfach nur da wie in irgendeiner Katakombe. Als ich von der Zeitung weg bin, habe ich Leute rufen gehört, die in einem Aufzug steckengeblieben waren. Ich konnte nichts tun.«

»Willst du was trinken?«

Noelle blickte auf die Straße zurück. Fußgänger liefen in schweigenden Gruppen zwischen den Wagen hindurch. »Vielleicht ganz schnell.«

Sie tauchten in der nächsten Bar unter und waren überrascht, sie leer vorzufinden. Bars waren in der Stadt wie eine entmilitarisierte Zone und boten Sicherheit vor den alltäglichen Horrorszenen. »Die Leute wollen so schnell wie möglich nach Hause«, meinte Noelle. »Ich habe nicht gerade viel Polizei in den Straßen gesehen.«

Peter nickte. Der Raum war nur schwach erleuchtet. »In den Bars ging's auch schon lustiger zu.«

Sie gingen an die Theke und bestellten zwei Gibsons. Der Barkeeper, ein bulliger Typ, der froh zu sein schien, ein paar Gäste zu haben, fragte: »Geht's auch pur, meine Eiswürfel schmelzen langsam.«

»Kein Problem«, sagte Peter.

Der Barkeeper wirkte erleichtert. Er mixte die Drinks und fragte, halb sich selbst: »Meinen Sie, daß es wieder Plündereien gibt?«

»Wenn es dunkel wird.« Peter wandte sich Noelle zu. »Cheers.«

Sie tranken schnell. Als sie gingen, meinte Peter: »Weißt du, ist schon seltsam, wie weit wir uns von den Dingen entfernt haben, die unser Leben bestimmen. Wir sind wie irgendein armer Schlucker, der an einem Atemgerät hängt. Nahrung, Wärme, Licht: Wir wissen nicht einmal mehr, woher das alles kommt, aber wir zahlen jeden Preis, um es zu bekommen. Und wenn sie weg sind, sind wir völlig hilflos.«

Noelle stellte ihren Kragen hoch. »Bis morgen früh werden sie's wieder gerichtet haben.«

Peter spürte die winterliche Kälte. Die Wolkenkratzer über der Fifth Avenue waren dunkel, ihre Fenster glichen abgestorbenen Zellen. Noelle beobachtete die grimmig dreinblickenden Männer und Frauen, die an ihnen vorbeihasteten. »Sie wollen den Menschen immer noch nicht ins Gesicht sehen«, bemerkte sie.

»Sie wollen einfach nur nach Hause. Wie ich auch.«

Sie bogen von der Fifth Avenue in Richtung Central Park South ab. Die Gebäude aus Careys Kindheit – Rockefeller Center, die St.-Patricks-Kathedrale, F. A. O. Schwarz, wo ihm sein fröhlich lachender Vater einst eine Spielzeugjacht gekauft hatte – lagen so schummrig da wie seine Erinnerungen. Und das Plaza sah aus wie eine geschlossene Bank. »Hier war ich öfters mit meinem Vater«, sagte er.

Noelle nickte. Mit ihr war er noch nie drin gewesen.

Peter blieb einen Moment stehen und blickte wie gebannt auf den Eingang zum Central Park. Er wand und schlängelte sich auf den Tunnel zu…

Noelle nahm seinen Arm. »Komm schon.«

Sie nahmen den Bürgersteig am Central Park entlang, vorbei an düster daliegenden Hotels. Weder sie noch sonst irgend jemand, der halbwegs bei klarem Verstand war, würde es wagen, nachts den Park zu durchqueren. Die Straße war wie ein Parkplatz. Einige Pendler hatten ihre Wagen hier stehengelassen und waren zu Fuß weitergegangen. Das Gebäude von Gulf & Western vor ihnen war ein verlassenes Gerippe, vierundvierzig Stockwerke aus rußschwarzem Glas. Noelle blieb stehen, um es sich genauer anzusehen. »Stell dir die Neutronenbombe vor.«

»Tue ich schon die ganze Zeit«, sagte Peter.

Sie überquerten die Straße, bogen unterhalb des düsteren Glasriesen Richtung Central Park West und hasteten die restlichen zwölf Blocks zum Aristocrat hoch.

Der Portier lächelte ihnen aus dem Halbdunkel zu. »Ganz schön verrückt, was?«

Sie lächelten zurück.

Er hatte das Foyer mit batteriebetriebenen Lampen erleuchtet. »Danke«, riefen sie zurück. Dann stiegen sie zehn pechschwarze Stockwerke hoch. Sie schauten noch kurz bei den Krantz' vorbei, um zu sehen, ob alles in Ordnung war.

Die kleine Frau kam an die Tür und spähte unterhalb der Kette hervor. Zu ihren Füßen kläffte Abner. »Wir haben Kerzen«, erklärte sie dem Hund.

Peter lächelte. »Sag mir Bescheid«, riet er Abner, »wenn du irgendwas brauchst«, und dann tappten sie im Dunklen ein paar Meter weiter zu seiner Wohnungstür.

In der Wohnung zündete Peter eine Kerze an und untersuchte die Leitungen seiner nutzlosen Alarmanlage. »Wird in Midtown überall das gleiche sein«, sagte er. »Massenflucht und weit und breit keine Alarmanlagen. Ideal für Einbrüche.«

Noelle strich ihm über die Schulter. »Laß uns den Kamin anmachen.«

Peter verriegelte die Tür.

Martin schloß die Tür zu Levys Praxis mit einem Nachschlüssel auf.

Er zog die Tür zu, nahm eine Taschenlampe aus seiner Tasche und lobte die Macht der Uniformen. Als Wachmann verkleidet, war er an dem notbeleuchteten Empfangstisch und zwei Pflegestationen vorbeimarschiert, und ohne daß ihm irgend jemand eine Frage gestellt hätte, erreichte er den stockdunklen Gebäudeflügel mit den Praxen, wo es keine Patienten gab, die Licht benötigt hätten.

Jetzt ließ er den Taschenlampenstrahl in Levys Vorzimmer umherkreisen. Er runzelte die Stirn angesichts der minimalen Ausstattung, bis er hinter dem Empfangstisch die Aktenschränke fand.

Sechs.

Die Schlösser waren ein Kinderspiel. Er nahm sich das erstbeste Schränkchen vor, knackte das Schloß. Behutsam zog er die oberste Schublade auf und nahm eine der Akten heraus.

Levy hatte sie kodiert.

Martin verharrte regungslos. Levy hatte in dem Büro bestimmt ein Namensverzeichnis: Kein Mensch konnte sechs Schränke voller kodierter Akten seinem Gedächtnis überlassen. Er knipste die Taschenlampe aus, setzte sich an den Schreibtisch und wartete, bis seine Augen sich an die Dunkelheit gewöhnt hatten. Levy mußte ein alter Mann sein, dachte er. Er würde das Verzeichnis nicht an einem Ort aufbewahren, an den er nur im Stehen rankam.

Martin schlich sich ins Behandlungszimmer vor.

Dort müßte es einen Schreibtisch geben.

Er griff nach dem Türknauf von Levys Tür…

Peter und Noelle blickten versunken in die auflodernden Flammen. Sie lagen auf dem Boden, gleich hinter dem Schein des Feuers. Er spürte ihre Haare an seinem Gesicht. Sanft fragte sie ihn: »Wie war Levy heute?«

»Wie ein Psychiater, würde ich sagen.« Peter blickte abwesend ins Feuer. »Er kam mir wie ein sehr *trauriger* Mann vor, auf seine Art.«

»Traurig über was?«

»Über das, was er sieht, nehme ich an.« Peter nippte träge an dem Wein, den sie sich teilten. »Ich glaube, er ist immer noch traurig über die Sache mit meinem Vater.«

»Habt ihr davon geredet?«

»Nein.« Peter zögerte. »Ich hatte es vor.«

»Was hättest du gefragt?«

»Ich weiß nicht – unmögliche Sachen, wahrscheinlich. Wie er war, wie er jetzt wäre, wie *ich* wäre, wenn ...« Peters Stimme verklang. »Der Mann ist ein Profi. Er hätte mir nicht geantwortet, selbst wenn er gekonnt hätte.«

»Aber du hast ihm von deinen Gedächtnislücken erzählt?«

»Und vom Traum. Konnte ich doch nicht auslassen.«

»Angeber.«

Peter lächelte abwesend. »Da hat er wirklich unglücklich ausgesehen – beinahe als ob er sich schuldig fühlte. Ist schon komisch – er tat mir leid. Ich schätze, es handelt sich hier um einen guten Psychiatertrick.«

»Ich bezweifle, daß er dein Mitgefühl will, Peter. Wirst du wieder hingehen?«

»Schaut ganz so aus – obwohl etwas in mir sich dagegen sträubt.« Er fing an, zärtlich mit ihrem Haar zu spielen. »Weißt du, ich kann mich eigentlich kaum noch an ihn erinnern. Es ist mehr ein Gefühl ...«

»An deinen Vater?«

Peter nickte. »Es ist nur, daß ich manchmal denke – ich meine, wenn er noch da wäre, daß ich dann seine Qualitäten hätte.« Er überlegte einen Moment. »Habe ich dir eigentlich schon erzählt, daß er im Krieg jemandem das Leben gerettet hat?«

»Das weiß ich, ja.«

Er blickte über ihre Schulter ins Feuer. »Ich muß da ab und zu dran denken. Ich weiß nicht, ob ich so was auch könnte.«

Noelle schwieg. »Ist das wirklich so wichtig?«

»Wohl nicht.« Er zuckte mit den Achseln. »Zumindest ist das wenige, was ich von ihm habe, nicht zu verachten. Er hatte dieses phantastische Lächeln. Ich kann mich noch immer an seinen Gang erinnern, so rasch und so aufrecht und stolz, daß die Leute sich richtig glücklich geschätzt haben müssen, einfach nur mit ihm reden zu dürfen – nur daß er seine Zeit immer mit mir verbracht hat. Nur ein einziges Mal hatte er keine Zeit für mich, und das war, als mein Großvater gestorben ist, der meinetwegen diesen saublöden Drachen steigen lassen wollte, damit ich endlich Ruhe gebe.« Carey sah noch immer ins Feuer. »Als letztes hat er nach meinem Vater gerufen – er wußte nicht mehr, wer ich war. Aber ich kann einfach nicht vergessen, warum er gestorben ist. Und jetzt bin ich mir gar nicht mal so sicher, ob ich mich wirklich an den Tod meines Vaters erinnern möchte. Man muß kein Genie sein, um zu kapieren, daß sich hinter dem Traum was ziemlich Schlimmes verbirgt.«

Sie rollte sich auf den Rücken. »Aber der Traum *ist* ziemlich schlimm, Peter. Du solltest dich mal schreien hören…«

»Habe ich – kürzlich.« Er blickte auf sie hinunter. »Lassen wir das Thema jetzt, okay?«

»Okay.« Einen Moment lang forschten ihre Augen in den seinen, dann lächelten sie. »Wie dem auch sei, am meisten interessiert mich ja, was du ihm über mich gesagt hast.«

Peter neigte den Kopf zur Seite. »Ich hab ihm gesagt, daß du abartige Neigungen hast.«

»Abartige Neigungen?«

»Mhm.« Er grinste sie an. »Du weißt schon – daß du mich zwingst, bestimmte Dinge zu tun.«

»Das ist ja wohl der Hammer.« Ihr Lächeln wanderte in einen ihrer Mundwinkel. »Welche Dinge?«

Peter küßte sie auf die Nase. »Ich zeig's dir.«

Martin hielt sich den Carey-Ordner vors Gesicht.

Er hatte immer noch keine Ahnung, warum dem Kleinen Careys Amnesie so wichtig war. Einen kurzen Augenblick lang war's ihm auch völlig egal. Zu dieser rabenschwarzen Zeit seiner Phantasien war die Frau in…

Er riß sich zusammen: Er sollte sich das Lesen für später aufheben. Er schlug den Ordner auf, breitete Levys noch frische Aufzeichnungen auf dem Boden aus und zählte die Seiten. Fünf.

Er kniete nieder, nahm die Kamera aus seiner Tasche und fotografierte Seite für Seite. Dann legte er den Film in die Tasche zurück. Behutsam plazierte er ein magnetisches Scheibchen unter Levys Lampenfuß und schraubte die Sprechmuschel des Telefonhörers auf.

Etwas später verließ er die Praxisräume – er hatte noch einiges vor.

Eine halbe Stunde später stand Martin vor dem Pan-Am-Gebäude.

Zehn Meter über ihm war von dem Wolkenkratzer nichts mehr zu sehen. Die Foyers waren schwarze Höhlen. Aber er hatte sich die Lage des Treppenhauses eingeprägt …

Mit nachtwandlerischer Sicherheit wanderte er durch das finstere Gebäude, nahm die Treppe und zählte vierzehn Stockwerke. Er hielt einen Moment lang inne, öffnete eine Tür und setzte seinen Weg fort. Mit beinahe gespenstischer Flinkheit schlich er durch den Korridor. Der Strahl seiner Taschenlampe schwenkte hin und her, bis sich darin der rechteckige Goldschriftzug fing, den er suchte.

Zehn Minuten später stand er in Benevides Büro.

Als er mit allem fertig war, ging Martin zum Telefon und wählte.

Der Kleine antwortete beim zweiten Klingeln. »Wo sind Sie?«

»In Benevides Kanzlei. Ich bin genauso vorgegangen wie in den beiden Carey-Büros.«

»Was sagen die Akten?«

»Sie hatten recht: Carey hält seinen Onkel nur hin. Er will vor Gericht gehen.«

Martin schwieg herausfordernd.

Mit leiser Stimme fragte der Kleine: »Waren Sie bei Levy?«

»Ja. Carey läßt sich wegen Amnesie behandeln.«

»Und erinnert sich?«

»Nein.«

»Er hat so lange gewartet.« Die Stimme des Kleinen klang geisterhaft. »Warum will er jetzt auf einmal sein Gedächtnis zurückhaben?«

»Wegen der Frau.«

»Und die Behandlung?«

»Analyse. Viermal die Woche.«

»Was ist mit medikamentöser Behandlung?«

»Davon steht nichts drin.«

»Nein, Levy ist Freudianer. Davon hält er nichts ...« Die Stimme verlor sich.

»Gibt's sonst noch was?«

Martin wartete. Beinahe flüsternd fragte der Kleine schließlich: »War da irgendwas über einen Alptraum?«

Peter kämpfte gegen das taube Gefühl an, das allmählich seine Glieder durchströmte, das angenehme, sehnsuchtsvolle Nachgeben. Seine Augenlider flatterten, sein Kopf rollte hin und her, bevor er wieder regungslos verharrte. Noelles gleichmäßiges, rhythmisches Atmen hatte ihn ganz eingelullt. Langsam, gegen seinen Willen, spürte er, wie der Schlaf ihn in Richtung Tunnel schleppte. Es war dunkel ...

Er wurde von aufleuchtendem Lampenlicht geweckt.

Noelle schlief unbeirrt weiter. Seine Wohnzimmerlampe hatte sie vor seinem Schrei bewahrt.

Er stand auf, knipste sie aus und ging mit müden Schritten zum Fenster. Manhatten war wiederauferstanden – ein Raster aus Schwarz und Gelb, mit einem dünnen silbernen Band im Osten.

Der Morgen nahte bereits.

Martin öffnete die Wohnungstür.

Das Wohnzimmer war dunkel.

Er zog die Tür hinter sich zu, ein aufgeregtes Beben in der Brust: Die ganze Nacht hatte er auf diesen Moment gewartet...

Er mußte absolut professionell vorgehen, sagte er sich. Der Kleine durfte seine Motive nicht erraten. Er zwang sich, nicht an die Frau zu denken, kämmte jedes Zimmer sorgfältig durch und brachte seine Wanzen an.

Erst dann erlaubte er sich, die Schubladen zu durchstöbern und sich vorzustellen, wie er sie anziehen würde...

Das Morgengrauen erhellte langsam das Zimmer.

Als Noelle Ciano aufwachte, warf sie Peter gleich ein Lächeln zu. »Strom wieder da?«

»Mhm.«

»Schade. Es war wie in Ferien sein.« Sie sah ihn prüfend an. »Gut geschlafen?«

»Bin gerade aufgestanden.« Er gab ihr einen Kuß. »Raus aus den Federn, Ciano – ich habe Kaffee gemacht.«

4

Martin kam nur langsam in dem unauffälligen Lieferwagen die Park Avenue voran, die immer noch von den stehengelassenen Wagen nahezu blockiert war.

Die Morgendämmerung wirkte fahl und kraftlos hinter der Windschutzscheibe. Die Stadt hatte etwas von dem wirren, chaotischen Aussehen eines Wohnzimmers nach einer ausschweifenden Party. An seinen Augen und seinem Kreuz spürte er, wie müde er war. Der Aschenbecher war voller Zigarettenstummel.

Er zählte sie, mit sich selbst unzufrieden.

Dreizehn.

Er war spät dran.

Mit jeder neuen Minute, die auf seiner Uhr aufleuchtete, wuchs seine Wut. Martin bog in die 50. Straße nach Osten und rollte im Schrittempo auf die Lexington zu.

Seine Uhr zeigte 8:19 an.

In der Wohnung der Frau zu verweilen, war reiner Luxus gewesen. Er war von dem Zeitplan des Kleinen abgewichen...

Der Lieferwagen kroch inmitten von Blechlawinen und trötenden Hupen in nervenzermürbendem, immer wieder stillstehendem Verkehr dahin: Als er die 60. Straße erreichte, war es 8.49.

Noch elf Minuten.

Und sieben Häuserblocks.

Er hatte die Parkgarage wegen ihrer relativen Nähe sowohl zu Van Dreelen & Carey als auch zum Aristocrat gewählt. Vorige Woche hatte der Kleine ihn angewiesen, einen Parkplatz zu reservieren. Den Parkwächter, ein Typ mit Halbglatze, hatte Martins Anfrage verwundert. Schon bald, erklärte Martin ihm, müsse er einen Lieferwagen unterstellen. Der Platz müsse freigehalten werden...

Um 8:57 überquerte er die 67. Straße und bog von der Madison in eine Tiefgarage.

Der Parkwächter rannte ihm hinterher.

Martin bremste auf der sich spiralförmig nach unten schlängelnden Rampe, öffnete die Tür und sah in das wutrote Gesicht des Parkwächters. »Da steht schon jemand geparkt«, platzte es aus dem Mann heraus.

Martin wandte wie im Zeitlupentempo den Kopf zu ihm um. »Ich habe Sie dafür bezahlt...«

»Hey, Sie haben mir nicht gesagt, wann...«

»Schaffen Sie die Kiste weg«, sagte Martin kühl, »und ich sehe zu, daß ich Sie so schnell wie möglich vergesse.«

Es war neun Uhr.

Der Mann hastete die Rampe hinunter. Martin folgte ihm im Abstand von einem Meter, bis er anfing zu rennen.

Um 9:02 parkte Martin den Lieferwagen und sprang heraus. In panischer Angst raste der Parkwächter in dem anderen Wagen nach oben.

Martin warf kurz einen Blick über die Schulter, öffnete die Doppeltür des Lieferwagens, stieg ein und zog die Vorhänge zu. Der Schweiß stand ihm auf der Stirn.

Im Laderaum befand sich eine Stereo-Anlage mit einer Leuchtanzeige für die Senderfrequenzen. Martin schaltete sie ein, legte schnell eine Kassette in den Rekorder und sah auf seine Uhr.

Das Radio knisterte: Martin drehte die Sendeanzeige über Fetzen von Rockmusik und Englisch- und Spanischgeplapper auf die Vierzehn.

Langsam, behutsam drehte er lauter...

»Guten Morgen, Doktor«, sagte Peter Carey.

»Guten Morgen, Peter.« Levy wies auf die Couch. »Machen Sie's sich bequem, und dann fangen wir an.«

»Soll ich mich hinlegen?«

Levy nickte. »So wird's nun mal gemacht.«

Peter Carey musterte erst die Couch, dann Levy. »Und was soll das?« wollte er wissen. »Das ist ja wie ein Kartoon im *New Yorker*.«

»Fühlen Sie sich etwa so – wie eine Comikfigur zum Scherzen aufgelegt? Das kann ich mir irgendwie nicht vorstellen.«

»Beantworten Sie eine Frage immer mit einer Gegenfrage?«

Levy holte seine Brille hervor. »Einigen Leuten hilft die Couch, sich zu entspannen und ihr etwaiges Schamgefühl zu überwinden.«

»Ich schäme mich nicht.«

»Aber die Couch erschreckt Sie?«

»Schauen Sie, ich möchte mit Ihnen so reden wie mit jedem anderen auch.«

»Und wie wäre das?«

»Na, als Gleichberechtigter.«

»Sagen Sie mir eines, Peter, wieso macht es Sie zum armen Bittsteller, wenn Sie sich hinlegen?«

»Himmel...« Carey hatte Mühe, sich zusammenzureißen. »Weil ich das Gefühl habe, daß ich die Kontrolle verliere.«

»Vielleicht erinnert es Sie an schlafen. Denn da haben Sie ja auch keine Kontrolle.«

Carey krümmte die Schultern. »Deshalb bin ich ja hier.«

»Nicht wegen Noelle?«

»Doch – wegen Noelle auch.«

»Glauben Sie, daß dieser Alptraum und diese Amnesie Ihr Verhalten ihr gegenüber beeinflussen?«

»Das kann ich nicht beantworten.«

Levy nickte. »*Deshalb* sind Sie hier. Ich möchte damit nur sagen, daß Ihr Traum auf Ihre Kindheit, auf Vorfälle in Ihrem Leben zurückzuführen ist – insbesondere auf jenes Wochenende, an das Sie sich nicht mehr erinnern können. Bevor wir dies letztere nicht entwirrt haben, wird Ihre Zukunft keinen Deut anders sein als Ihre Vergangenheit. Es wäre mir daher sehr lieb, wenn Sie sich auf die Couch legen würden.«

Carey schüttelte den Kopf. »Da fühle ich mich einfach nicht wohl.«

»Weil Sie dann die Kontrolle verlieren?«

»So was Ähnliches.«

Levy fing an, seine Brille zu wischen. »Sie sind hierhergekommen, um sich von mir helfen zu lassen. Ich habe meine Bedingungen – professioneller Natur. Es liegt bei Ihnen, ob Sie sie akzeptieren oder ob Sie Noelle erklären wollen, daß Ihr Analytiker außer Kontrolle geraten ist.«

Levy blickte starr auf seine Brille hinab. Carey war wütend und drauf und dran, zu gehen. Plötzlich spürte er jedoch, daß der ältere Mann über seine eigene Aggressivität erstaunt war. Als Levy zögernd aufblickte, überspielte

Carey die beidseitige Verwirrung mit einem Achselzucken. »Ich kann's ja mal einen Tag lang probieren.«

Als er zur Couch ging, meinte er, erleichtertes Aufatmen zu hören. Er legte sich hin und lauschte Levys langsamen Schritten. Offensichtlich setzte er sich gerade auf den abgewetzten Sessel am Kopfende der Couch. Der Sessel war so aufgestellt, daß die Patienten ihn nicht sehen konnten. Von der Decke blätterte grüne Farbe ab. In einer Ecke fiel Carey eine Spinne auf, die gerade an den ersten Fäden ihres Netzes arbeitete. Hinter sich hörte er Levy fragen: »Wie fühlt es sich an?«

»Klumpig«

»Es ist ziemlich alt.«

Carey hörte das Kritzeln von Levys Bleistift, das seine Stimme begleitete.

»Dieses Namensverzeichnis«, fragte er unvermittelt. »Gibt es davon eine Kopie?«

»Nein.« Levy zögerte. »Stört es Sie, wenn ich Notizen mache?«

»Es gefällt mir nicht, daß es von diesem Gespräch etwas Schriftliches geben soll. Notizen über Noelle – es ist wie eine Verletzung unserer Intimsphäre.«

»Nun«, erwiderte Levy unbekümmert, »warum lassen wir Noelle nicht erst einmal aus dem Spiel. Was wissen Sie eigentlich noch von Ihrem Vater?«

Carey spürte die Spannung in seinem Bauch. »Das ist schwer…«

Levy hörte zu und nickte. »Nur die guten Seiten«, präzisierte er sanft. »Als er starb, was fehlte Ihnen da am meisten?«

»Daß wir miteinander reden konnte.« Carey zögerte. »Danach war nur noch Phillip da.«

Unwillkürlich mußte Levy wieder an die Beerdigung denken. »Ja, wie war er?«

Carey verschränkte die Arme. »Dazu kann ich Ihnen nur wenig sagen.«

»Wirklich nicht? Gestern hatte ich den Eindruck, daß Phillip für das, was wir hier tun, ziemlich entscheidend ist.«

»Das kann ja durchaus sein, Doktor. Damals habe ich mir jedoch darüber nicht allzu viele Gedanken gemacht.«

»Dann hatten Sie also keine besonderen Gefühle ihm gegenüber?«

Carey wurde plötzlich ganz starr. »Nicht, daß ich wüßte.«

Levy schwieg, müde und genervt. Ironischerweise war es Charles, wie ihm kurz in den Sinn kam, der durch seinen Tod ewig jung geblieben war. Aber Charles hätte mittlerweile auch zweiundsechzig Jahre auf dem Buckel, wie Levy zu alt, um eine schlaflose Nacht einfach so wegzustecken...

Instinktiv fragte er: »Wie stand Ihr Vater zu Phillip?«

Carey rutschte unruhig auf der Couch herum. Dann, mit einer Stimme, bei der Levy das Blut in den Adern gefror, antwortete er: »Mein Vater hat ihn gehaßt.«

Die nächsten drei Wochen sprachen sie über Phillip Carey.

5

In jenen drei Wochen wuchs in Peter Carey das Gefühl, daß jemand ihn beobachtete.

Wenn er durch die Straßen der Stadt ging, warf er des öfteren unvermittelt einen Blick über die Schulter, ohne jedoch jemanden zu entdecken. Vielleicht, dachte er sich, spürte er einfach nur, wie die anderen auf ihn *warteten*: Barth darauf, daß er den Verlag aufgab; Phillip, daß er ihn reich machte; Noelle, daß er die Vergangenheit hinter sich ließ; Levy, daß er der Nacht, die seine Erinnerung umwölkte, entkam. Er spürte, wie sie ihm im Nacken saßen...

»Was ist los?« fragte Noelle.

Peter hatte sich eine Querstraße von seiner Wohnung entfernt jäh umgedreht, um hinter sich zu schauen. »Nichts«, fuhr er sie an. »Weißt du eigentlich, wie mich diese ständige Fragerei nervt?«

Sie ging früh nach Hause. In dieser Nacht hatte Peter Angst um sie.

Mit grimmigen Eifer stürzte er sich auf seine üblichen Tätigkeiten: Lektorieren und Gymnastik, den Tratsch mit den Krantz', die Witzeleien mit dem Portier – all dies gab ihm ein Gefühl der Geborgenheit allein durch die Tatsache, daß es ihm so vertraut war. Und dann ging er noch joggen. Immer wieder überkam ihn der Drang, seine gewohnte Route zu verlassen und in den Tunnel seines Alptraums zu sprinten.

Sein straff durchorganisierter Tagesablauf, mit dem er seinem Leben eine gewisse Ordnung verleihen wollte, schien seinem Zweck nicht mehr zu genügen: Sein alltäglicher Rhythmus paßte nicht mehr zu einem tiefergehenden, unterhalb der Oberfläche verlaufenden Muster. Peter fragte sich, ob dies der Preis seiner Besuche bei Levy sei. Er bemühte sich redlich, sich seiner Vergangenheit zu nähern, fühlte sich jedoch wie jemand, der in pechschwarzer Dunkelheit Ausschau nach seinen Feinden hält: Mit jedem Versuch und jedem Scheitern fühlte er sie näher rücken. Levys wechselnder Tonfall war ein Gradmesser seiner Anspannung.

Zwischen ihnen herrschte eine knisternde Spannung. Peter spürte in jeder Nervenzelle die Leidenschaft, die in Levys Fragen mitschwang. Er ließ sich davon anstecken und erinnerte sich an winzige Details über Charles Carey, flüchtig wie der Luftstrom im Windschatten eines Wagens. Und doch sah er mit zunehmender Angst dem Moment entgegen, in dem er sich auch an den Tod seines Vaters erinnern würde. Der innere Konflikt stellte eine Zerreißprobe dar.

In dieser heillosen Verwirrung rief er sich immer wieder das Bild eines Elefanten ins Gedächtnis …

»Dewey«, sagte er laut.

Es war spät. Er und Noelle hatten an jenem Abend nicht miteinander geschlafen. Sie blickte von ihrem Buch auf. »Was?«

»Dewey war ein Plüschelefant. Mein Vater hatte ihn mir geschenkt, und ich habe mich gerade an seinen Namen erinnert.«

»Wie bist du drauf gekommen?«

»All diese Fragen über Phillip und meinen Vater, nehme ich an. Vielleicht ist es ein Symbol für meine verlorengegangenen Erinnerungen.« Peter zuckte mit den Achseln. »Das ist wahrscheinlich völliger Quatsch – Psychoanalyse ist ein dermaßen bewußter Vorgang, daß ich Zahnschmerzen kriegen könnte.«

Dennoch mußte er jeden Tag an den Elefanten denken. Er versuchte sich daran zu erinnern, wie er ausgesehen hatte.

Sein Alptraum suchte ihn häufiger heim.

Als er sich immer wieder wiederholte und er schreiend aufwachte, bat er Noelle, nicht mehr so oft bei ihm zu übernachten. Aber der Traum verfolgte ihn, selbst im Wachen: Während Noelle im Orgasmus erbebte, kam seine eigene Umarmung ihm wie eine Todesumarmung vor. Es gelang ihm nicht, zu ihr durchzudringen.

Als er von seiner dritten Analysewoche zurückkehrte und einen Blick auf seinen Bürokalender warf, wurde er sich der Tatsache bewußt, daß der gesichtslose Fremde seines Alptraums ihn nun bereits seit sechs Tagen ohne Unterbrechung tyrannisierte.

Es klopfte: Phillip Carey stand in seiner Tür. »Morgen, Märchenprinz.«

Carey erschrak: Jeden Morgen ließ er sich über Phillip aus, und jetzt blickte er ihm ins Gesicht …

»Ist mir ein zweiter Kopf gewachsen, Peter? Wie man hört, wird das Wasser immer schlechter.«

»Genau wie mein Kaffee. Immer hereinspaziert.«

Phillip machte die Tür hinter sich zu. »Ich war neugierig und wollte wissen, wann du dich mit Clayton Barth treffen wirst.«

»Neugierig?«

Phillip lächelte verlegen. »*Gierig,* wenn du so willst. Was erwartest du denn, wenn du mir drei Wochen aus dem Weg gehst?«

Sein Onkel stand da wie ein Höfling: Peters Haßgefühle brachen in einem Anfall von Mitleid in sich zusammen.

»Ich werde ihn anhören«, antwortete er matt.

Und dann lächelte Phillip, und Carey wußte, daß er ein Dummkopf war.

Phillip Carey nahm den Hörer in die Hand, um Barth anzurufen.

Er verharrte mit dem Zeigefinger über den Wähltasten.

Den Kopf zur Seite geneigt, horchte er in die Stille.

Nichts.

Er legte den Hörer zurück und versuchte, seine zitternde Hand unter Kontrolle zu bekommen. Schuldgefühle wie auch Angst waren ihm ständige Begleiter.

Es konnte nicht sein: Jener Teil seines Lebens war lange begraben.

Seine Hände schwitzten.

In seinem Genick verspürte er einen dumpf pochenden Schmerz, der von zuviel Gin herrührte und seinen Schädel bis zu seinen Augen durchbohrte. Sein Mund war trocken, seine Beine schlaff. Er war ganz erschöpft von all der verkaterten Selbstverachtung, die sich in ihm angestaut hatte. Gestern nacht, nachdem er wieder einmal versagt hatte, hatte ihn die junge Blondine einfach nur stumm angestarrt.

Vor dreiundzwanzig Jahren hatte er seine Freiheit verloren: Jetzt mußte er fliehen. Vielleicht nach Südfrankreich. Er erinnerte sich an Nizza, die schlanken, zierlichen

Körper der jungen Männer und Frauen, die Intensität ihrer Blicke, den Amerikanern so fremd...

Peter bemitleidete ihn. Dies war also die Bilanz seines kläglichen Versuchs, Charles zu ersetzen.

Nach zwanzig Jahren klangen ihm immer noch Peters Schreie im Ohr nach. Hätte man ihn doch nur in Ruhe gelassen. Vielleicht wäre dann alles ganz anders gekommen...

*Selbst*mitleid, dachte er grimmig, war das, was er sich mit seinem Leben verdient hatte. Er verwarf die Grübelei und suchte statt dessen nach möglichen Ursachen für diese neue, schneidende Angst, die, ausgelöst durch das einfache Klicken einer Telefongabel, in geballter Form auf ihn eindrang.

Barths zwanghafte Vergötterung von Black Jack Carey.

Phillip hegte den gleichen Verdacht, der auch Peter ins Gesicht geschrieben stand: Für Barth war *jede* Firma leichter zu haben als Peter Careys. Es war nicht mehr normal...

Phillip riß sich zusammen: Dieses eine Mal hatte er keine Gemeinheit zu verbergen. Sein Motiv war jedem normalen Menschen verständlich – Geld. Da war nichts, das irgendein Lauscher an Verwendbarem erfahren könnte.

Die geheime andere Seite von ihm war doch sicherlich tot.

Immer noch schweißgebadet langte er erneut nach dem Telefon.

Das Telefon schellte.

Beim zweiten Klingeln warf Benevides einen Blick auf seine Uhr. Es war Viertel nach zwölf. Seine Sekretärin war in der Mittagspause, und er mußte das Telefon hüten. Er legte sein Diktiergerät aus der Hand und antwortete knapp: »George Benevides.«

»Für den Fall, daß Sie es noch nicht wissen«, sagte die tonlose Stimme, »Ihr Klient trifft sich mit Clayton Barth.«

Der monotone Tonfall war dermaßen ausgeprägt, daß Benevides ihn für eine Verstellung hielt. »Wer sind Sie?«

»Da sind gewisse Dinge, die Ihnen vielleicht helfen. So könnten Sie den jungen Mr. Carey zum Beispiel einmal fragen, ob sein Großvater jemals einen Clayton Barth erwähnt hat. Eine Durchsicht von John Careys Korrespondenz könnte sehr aufschlußreich für ihn sein.«

»Wer *sind* Sie?«

Aufgelegt.

Sogleich drückte Benevides Peter Careys Nummer.

Ruth Levy zog eine weitere, verstaubte Schublade auf: Sie stöberte in dem luftlosen Keller von Van Dreelen & Carey durch Black Jack Careys Unterlagen, auf Peters Bitte hin...

»Warum gerade ich?« hatte sie ihn gefragt.

»Ich treffe mich morgen mit Barth.« Seine Stimme war kühl. »Ich möchte nicht, daß Phillip mich bei irgend etwas Ungewöhnlichem ertappt.«

»Ist das nicht ein bißchen...«

»Paranoid?« Peter legte den Kopf zur Seite. »Sie würden sich von anonymen Anrufen also nicht weiter beunruhigen lassen?«

»Inzwischen *ermuntere* ich sogar dazu, um ein wenig Pep in meine Abendstunden zu bringen.« Sie zögerte. »Sie trauen Phillip aber auch für keinen Cent, habe ich recht?«

Peter erwiderte beharrlich ihren Blick. »Und Sie?«

Wieder einmal spürte Ruth, daß sie da gerade an etwas knabberten, das sie weder aussprechen noch überhaupt zugeben wollten...

»Es ist mehr, daß ich *Ihnen* vertraue.« Peter brach das Schweigen mit sanfter Stimme. »Ich habe immer gespürt, daß Sie mir helfen, wenn ich Sie brauche.«

Wie durch ein inneres Ohr, das weit in die Vergangenheit hineinzuhorchen vermochte, hörte Ruth Charles Carey fragen: ›Und was, wenn sie mir das Sorgerecht überläßt?‹ »Und jetzt wollen Sie von mir, daß ich dabei helfe, alte Unterlagen auszugraben«, sagte sie seinem Sohn. »Ihr Vater hat immer behauptet, daß ich es zu was bringen würde …«

Sie blätterte durch einen weiteren Stapel modriger Unterlagen.

Es gab davon fünf Aktenschränke: John Careys Geschäftsbriefe seit 1946 waren auf Bitte seines Biografen aufbewahrt worden. Nach seinem Tod hatte seine Sekretärin jene Briefe, die ihm von Bedeutung zu sein schienen, zur Boston University geschickt, wo Schriftstücke und Dokumente von ihm aufbewahrt wurden. Den Rest hatten sie hier abgeladen, wo er früher Kohle geschaufelt hatte. Als er noch lebte, war er für Ruth ein Schwein und verkappter Antisemit. Jetzt, als eine Frau, deren eigenes Erbe nicht leicht gewesen war, sah sie, daß er, ob es einem nun paßte oder nicht, eine bedeutende Persönlichkeit war, die Bewunderung verdient.

Sie öffnete die vierte Schublade. Auch hier waren die darin enthaltenen Ordner sorgfältig beschriftet. Auf einem der Ordner stand schlich und einfach »Clayton Barth.«

Sie schnappte ihn sich und fing an zu lesen.

Auf der dritten Seite, in unbewußter Nachahmung von Charles Carey, murmelte sie *»Gott im Himmel«*.

Clayton Barth schickte seine Sekretärin – die er gerade noch für einen neuen Sonderdienst in Anspruch genommen hatte – wieder hinaus und zog sich an. Als er fertig war, ging er zur Tür und schloß sich in seinem Büro ein.

Er wollte allein sein.

Endlich gab es Grund zu der Hoffnung, daß sein Glück bald vollkommen sein würde – als Besitzer von John Careys Verlag. Peter Carey würde ihm ins Gesicht sehen und einsehen, daß er ihm das Feld überlassen mußte.

Unendlich langsam schloß er die oberste Schublade seines Schreibtisches auf und griff hinein.

John Careys Konterfei blickte ihm von der zerfledderten

Titelseite einer alten Ausgabe des *Time Magazine* entgegen.

Peter Carey schaute von der Akte auf, kreidebläß. »Ich frage mich nur, ob Phillip davon weiß. Was meinen Sie?«

Ruth zuckte mit den Achseln. »Ich bezweifle vielmehr, daß *Barth* weiß, daß Black Jack sein Studium finanziert hat.«

»Er hat alles getan, damit es nicht rauskam.« Peter blickte sie mit unbewegter Miene an. »Barth *weiß*, daß er diesen Brief geschickt hat.«

Ruth zuckte wieder zusammen, angesichts der lapidaren Botschaft.

> Lieber Clayton,
> Deinem Brief entnehme ich, daß Du mir die Schuld an der Tragödie Deines Vaters gibst, die jedoch am Ende einer ganzen Reihe von Entscheidungen stand, die er ganz allein getroffen hatte. Ich versichere Dir jedoch, daß jede dieser Entscheidungen mich zutiefst bekümmert hat, vor allem jene letzte, aus diesem Leben zu scheiden. Bedauerlicherweise gilt unsere Versicherungspolice im Falle von Selbstmord nicht.
>
> Hochachtungsvoll
>
> [Diktiert, aber nicht gelesen von Mr. Carey]

»Und jetzt steht Barth bei Ihnen auf der Matte.« Ruth schüttelte den Kopf. »Ihr Großvater scheint nicht tot zu kriegen sein. Jemand hätte ihm auf Schritt und Tritt folgen sollen.«

»*Ich* bin ihm gefolgt«, flüsterte Peter leise.

Er hat an den Menschen, die ihm soviel bedeuten, so wenig gehabt, dachte sie. »Was haben Sie nun vor?«

»Nach Gründen suchen.« Peter fixierte weiter den Brief. »Erstens, wer hätte ein Interesse daran, Benevides auf diese Spur zu setzen?«

»Ein unzufriedener Angestellter?

»Aber wer kann von einem Vorgang wissen, der so lange zurückliegt? Und was haben sie davon, mich darauf hinzuweisen?«

»Das werden Sie erst nach dem Treffen mit Barth wissen.«

»Ich wünschte, es gäbe gar kein Treffen – daraus kann nichts Gutes entstehen, jetzt schon gar nicht.« Plötzlich blickte Peter wieder auf. »Ich will, daß Sie dabei sind. Vor allem will ich wissen, was Sie von Barth halten.«

»Warum? Sie haben doch nicht etwa vor, an ihn zu verkaufen, oder?«

Peters Augen waren plötzlich eiskalt. »Nach dem, was ich jetzt weiß, bestimmt nicht mehr«, erwiderte er, »nicht mal bei vorgehaltener Pistole.«

Das Telefon schellte. Noelle bereitete eine Pastasoße zu und öffnete gerade ihren Lieblings-Chianti-Classico.

»Ich schaff's heute nicht«, fing Peter an. »Ich habe gerade etwas über Barth erfahren.«

Noelle rührte weiter mechanisch die Soße um. »Hat es dir den Appetit verdorben?«

»Barth gibt unserer Familie die Schuld für den Tod seines Vaters. Es ist recht verwickelt, aber langer Rede kurzer Sinn, wir haben für morgen ein Treffen anberaumt, und ich muß mir überlegen, wie ich mit ihm fertig werde.«

»Vielleicht könnte ein gemütliches Abendessen zu zweit da helfen.«

»Trotzdem, mit mir wäre nicht viel anzufangen.«

Noelle spürte förmlich, wie er ihr entglitt. »Und was fange ich nun mit dieser Scheißsoße an?«

»Die ist für ein anderes Mal. Schau, Barths Interesse an diesem Verlag ist nur dann rational nachvollziehbar, wenn man es als eine Art Psychodrama versteht. Ich glaube, er ist hochgradig labil, vielleicht sogar gefährlich. Wo auch immer du in den nächsten paar Wochen hingehst, paß ja auf dich auf, bitte ...«

»›Der Auftrag gehört Ihnen, sollten Sie sich dafür entscheiden, ihn anzunehmen …‹«

»Ich meine es ernst.«

Er klang so besorgt, daß ihr einen kurzen Augenblick bang wurde. »Übernachte doch wenigstens hier?«

»Und ich wecke dich wieder mitten in der Nacht auf?« Er zögerte. »Ich fürchte, viel mehr würde nicht passieren.«

Noelle ließ enttäuscht die Schultern hängen. »Okay«, sagte sie scheinbar ungerührt, »bis bald.« Und damit legte sie auf.

Beim Abwaschen probierte sie zerstreut ein wenig von der Soße. Die schlimmste Art von Beziehung ist die, dachte sie, in der man nicht weiß, ob man nun wütend oder verständnisvoll sein soll. Und am Ende hat man von sich viel zuviel für viel zuwenig gegeben. Sie stakste ins Schlafzimmer.

Auf dem Dach des Lagerhauses bewegte sich ein Schatten, eingerahmt von ihrem Fenster.

Sie ging näher ans Fenster und spähte hinaus.

Nur das Dunkel der Nacht.

Sie ging ins Wohnzimmer, überprüfte das Drahtgitter vor dem Fenster mit der Feuerleiter und kehrte wieder zurück. Mit einer hastigen Bewegung riß sie das Rollo herunter.

Peter hatte sie offensichtlich mit seiner Panik angesteckt.

Plötzlich fühlte sie sich allein. Sie stellte sich vor den Spiegel, zog sich aus und betrachtete ihren Körper.

Peter hatte seit acht Tagen nicht mehr mit ihr geschlafen.

Mit einem Buch in der Hand und dem Bedürfnis nach Wärme kroch sie unter ihre Daunendecke. Sie schloß die Augen.

Sie fing an, sich ganz zärtlich zu streicheln, so wie Peter es tun würde, und verschaffte sich schließlich einen Orgasmus.

Martin kauerte auf dem Dach und stellte sich vor, wie Noelle Ciano sich hinter den Rollos bewegte.

Bestimmt hatte sie seinen Schatten gesehen, und als solchen behielt sie ihn im Hinterkopf. Immerhin, sie standen nun miteinander in Verbindung: Sie spürte, daß er bei ihr war. Und er spürte, wie sich in seiner Hose etwas regte.

Vielleicht war sie nackt.

Vielleicht würde sie die Polizei rufen.

Beinahe unmerklich erschlaffte er.

Der Kleine hatte verlangt, sämtliche Aufnahmen von Peter Carey zu liefern, bis zu der Stunde jener Besprechung.

Martin hatte ihn noch nie dermaßen besessen erlebt. Drei Wochen lang hatte sich sein Mentor mit jeder einzelnen Aufnahme vom Psychiater zurückgezogen, sie sich angehört und darüber gebrütet: Es war, als würde die Analyse, der Carey sich unterzog, ein Gleichgewicht bedrohen, das so flüchtig war wie die Luft, die er einatmete.

Martin kniete nieder und schlich auf allen vieren zu der Feuerleiter hinüber.

Rastlos schritt Levy in seiner Wohnung auf und ab. Plötzlich blieb er stehen: Irgend etwas fehlte.

Er beschloß, morgen möglichst früh ins Büro zu gehen und noch einmal seine Notizen über Phillip Carey durchzugehen.

Völlig erschöpft setzte er sich auf die Bettkante. Auch wenn er nun nicht mehr umherschritt, so hatte seine Entscheidung ihn doch nicht wirklich beruhigen können.

Wie ein Echo wiederholte Peter Carey immer wieder: »Mein Vater hat ihn gehaßt…«

Levy schnappte sich das Telefon und wählte. »Was hältst du davon, wenn du mir morgen abend etwas zu essen machen würdest?«

»Wie wär's, wenn *du* mich zum Essen einlädst?«

»Wir müßten möglichst ungestört sein.« Er schwieg. »Ich möchte, daß du mir was von Peter Carey erzählst.«

»Peter? Das ist gar nicht so einfach, Bill. Dir *was* genau erzählen?«

Wieder zögerte Levy. »Er hat was von einem Foto erwähnt…«

Ruth legte auf und fragte sich, warum sie sich mit ihrem Bruder nie über Peter unterhalten hatte.

Vielleicht, weil Peter in ihr sowohl sexuelle als auch mütterliche Gefühle erweckte: Wenn sie ihm ins Gesicht sah, mußte sie unwillkürlich an Charles Carey in sich denken. Heute war dieses Gefühl beinahe unerträglich gewesen: Wieder einmal fragte sie sich, ob Peter wußte, daß sie die Geliebte seines Vaters gewesen war.

Wenn Charles noch am Leben wäre, wäre Peter vielleicht ihr Sohn.

Sie schluckte drei Aspirin herunter und legte sich schlafen.

Sie wälzte sich schlaflos hin und her und grübelte über das Foto nach, bis sie sich wieder mit jener Sache konfrontiert sah, von der sie ihrem Bruder nie erzählt hatte.

Das Feuer fraß sich in Charles Careys Haut…

Sein Sohn wachte mit einem Schrei des Entsetzens auf.

Peter Carey, mittlerweile ein erwachsener Mann, war allein.

Der Schrei seines Vaters hallte in seinem Kopf wider. In seinem Gesicht vermischte sich der Schweiß mit Tränen. Einen plötzlichen Impuls folgend, der stärker war, als er selbst, ging er zum Telefon und wählte.

»George?«

»Peter? Wie spät ist es?«

»Ich brauche eine Information, noch vor morgen.«

»Hör mal, du hast gerade zwei Leute aus dem Schlaf gerissen, ist dir das eigentlich klar?« Schweigen. Schließlich sagte Benevides: »Na ja, vielleicht weiß *sie* ja weiter. Was gibt's denn so Dringendes?«

»Ich will wissen, wo Barth im April 1959 war.«

»Was ist denn so Besonderes an …«

Peter Carey unterbrach ihn leise: »Krieg's nur raus, George. Bitte.«

6

Martin wartete gegenüber Peter Careys Wohnung auf den Portier.

Der Kleine hatte vorige Nacht, nachdem er sich die letzte Aufnahme angehört hatte, seine Anweisungen abgeändert: Als Peter Carey das Gebäude verließ, folgte Martin ihm nicht.

Regungslos beobachtete er den Rhythmus des Portiers – lächeln, pfeifen, Taxis herbeiwinken wie der Dirigent einer Symphonie –, bis er von einem zweiten abgelöst wurde und in die Kaffeepause ging.

Der Portier ging den Bürgersteig hinunter. Martin ging mit, auf der anderen Straßenseite. Sie bildeten ein schweigsames Gespann.

Der Portier betrat ein Hotelcafé.

Er mampfte gerade ein belegtes Brötchen, als Martin an seinen Tisch kam. Der Portier blickte überrascht auf. Martin schlug seine Brieftasche auf und zeigte ihm einen Ausweis. »Wir sollten uns mal unterhalten, Arthur«, sagte er ruhig. »Über Peter Carey.«

Levy sah noch einmal seine Notizen über Peter Carey durch und sann über Peters innere Zerrissenheit nach.

Er hatte sie sogar aus Peters Art zu sprechen herausgehört. Wenn er über Phillip sprach, wurde seine Stimme auffallend stumpf. Sie klang beinahe brutal. Wenn sie sich über Allie unterhielten, erinnerte ihn der stumpfe Ton an die Angst, die er früher in Gegenwart seines Vaters empfand. Wenn er wiederum von der Zeit erzählte, als John Carey ihn zu der Buchbinderei mitnahm, lag in Peters matter Stimme eine zärtlich-amüsierte Zuneigung, die in der Erinnerung eines von Schuldgefühlen geplagten Kindes dahinschwand, das unter einem kleinen roten Drachen einen alten Mann stolpern sah, von jähem Schmerz getroffen. Aber nur wenn es um Charles Carey ging, hörte Levy jene lyrische Melancholie heraus, die Peter in sich verbarg.

Mit sieben war ihm nur noch Phillip geblieben.

In seiner Einsamkeit war Peter zwischen einer fast verzweifelten Sehnsucht hin und her gerissen, in Phillip seinen neuen Vater zu sehen, und einem schwärenden Zorn, den er nicht einmal jetzt erklären konnte. Phillip gelang es auf lange Sicht nicht, den kleinen Peter für sich einzunehmen: Peter nahm lächelnd Phillips Geschenke entgegen, um sie kurz darauf achtlos liegenzulassen und wegen seiner anfänglichen Freude in Selbsthaß zu verfallen. Levy, der sich in Phillips Lage versetzte, erschauderte bei der schroffen Zurückweisung, mit der der Neffe seinem Onkel begegnete, zumal er Charles wie aus dem Gesicht geschnitten war und ihn tagtäglich an John Careys letztes vernichtendes Urteil erinnern mußte.

In seinen Notizen hatte Levy geschrieben: »Gibt Peter Phillip die Schuld?«

Jetzt, beim Lesen dieser fünf Worte, mußte er wieder an Phillip auf der Beerdigung seines Bruders denken.

Mit der Zeit wurde ihm immer klarer, daß Charles Careys Tod die Scheidewand in dem Verhältnis zwischen Phillip und seinem Neffen war, die sie unwiderruflich voneinander trennte: Peter hatte alles verloren, was er liebte, Phillip dagegen war endlich von einer Vergangenheit befreit, die er verabscheute. Phillip verkaufte das Haus in Greenwich und hielt Peter von der Beerdigung fern. Peters Vater verschwand spurlos, als hätte es ihn nie gegeben. Phillip holte Peter aus Charles Careys Heim zu sich ins

Stadthaus in der 61. Straße. Phillip ging mit ihm nie an den See oder zum Brunnen. Unter dem Vorwand, ein wärmeres Klima zu bevorzugen, ließ er ihr Sommerhaus in Maine versteigern und kaufte sich ein neues in Palm Beach. Für Peter war es, als würden John und Charles Carey ein zweites Mal sterben. Mit hektischer Betriebsamkeit formte Phillip John Careys Verlag nach seinen Vorstellungen um, wobei er sich jedoch nicht die Zeit nahm, die Veränderungen mit seinem Neffen zu besprechen. Peter hielt ihn für einen Dieb. Von seinem verstorbenen Bruder sprach Phillip nur, wenn es sich nicht vermeiden ließ. Schließlich versuchte Peter, der sich so sehr danach sehnte, seinen Vater riechen, ihn anfassen zu können, mit aller Kraft, sich zu erinnern…

Aber Peter konnte sich an nichts mehr erinnern, weder als Kind noch als Erwachsener.

Seine Sekretärin öffnete die Tür. »Mr. Carey ist da.«

»Einen Moment noch.«

Die Tür ging wieder zu. Levy las noch einmal die Frage, die er sich in Bleistift notiert hatte: »Gibt Peter Phillip die Schuld?« Daneben, dick unterstrichen, stellte er sich die Frage: »Und wofür?«

Peter erzählte die Geschichte von Barths Vergangenheit, die ein anonymer Anrufer enthüllt hatte. Levy hörte mit bedrücktem Schweigen zu. Es war jedoch vor allem das Ende, das ihn am meisten bestürzte.

»Warum haben Sie den Anwalt angerufen?«

»Ich hatte wieder den Traum gehabt.« Peters Stimme verlor sich in Schweigen. »Jetzt komme ich mir wie ein Idiot vor.«

»Aber haben Sie denn irgendwie das Gefühl, daß der Tod Ihrer Eltern kein Unfall war?«

»Ach, ich weiß es nicht.« Peters Stimme hatte etwas Widerwilliges. »Ich nehme an, für ein Kind ist es wohl einfacher, Träumereien zu spinnen, um Vergessenes zu ersetzen, so als würde man so tun, adoptiert worden zu sein, weil man sich nicht mehr an die Geburt erinnert.«

»Ja?«

»Es gibt Dinge, die ich nicht erklären kann, Doktor. Das wird doch auch auf Ihr Leben zutreffen…«

Zu seinem eigenen Erstaunen fiel Levy ihm ins Wort. »Der Alptraum, Peter – *wann* haben Sie ihn das erste Mal gehabt?«

»Als ich sieben war – habe ich Ihnen doch schon gesagt.«

»Ich meine, wann *genau* – an welchem Tag?«

»Warum ist das so wichtig?«

»Finden Sie es nicht seltsam, daß die Alpträume fast ein Jahr nach dem Tode Ihres Vaters eingesetzt haben?«

Peter zögerte. »Daran habe ich noch nie gedacht.«

»Nun, ich finde, daß es zumindest *seltsam* ist, ebenso wie es seltsam ist, daß Sie Ihren Anwalt angerufen haben, und daß es dafür keinen Grund gibt.« Levy spürte, wie ihn wieder diese namenlose Angst überkam. »Menschen haben für ihr Handeln stets einen Grund, Peter, selbst Kinder oder Schwachsinnige, selbst wenn es ein noch so absurder Grund ist. Man kann etwas nur dann auf den Zufall schieben, wenn es wirklich keine andere Erklärung gibt.«

Peter lag völlig regungslos da. »Wie war noch mal die genaue Frage?«

»Was *geschah*, Peter, an dem Tag, als Sie zum ersten Mal den Traum hatten?«

Es folgte langes Schweigen, dann schüttelte Peter den Kopf. »Ich weiß es nicht, Doktor. Ich weiß es wirklich nicht.«

Als die alte Frau durch den Türspalt spähte, lächelte Martin sie freundlich an. »Ja?« fragte sie scheu.

Er hielt ihr unter der Türkette hindurch eine diskrete Visitenkarte hin. »Könnte ich Sie vielleicht einmal kurz sprechen?«

»Hier wohnt die Familie Krantz«, erklärte sie.
Martin lächelte den Hund an. »Ich weiß.«

Peter Carey stieg aus dem Taxi aus und ging auf den Eingang von Van Dreelen & Carey zu. Plötzlich blieb er stehen und kehrte in Richtung der öffentlichen Bibliothek um.

In einem schwach beleuchteten Raum mit Mikrofichekarten und vergilbten Zeitungen saß er vor drei Zeitungsmappen, die alle auf einer Seite mit der gleichen Überschrift aufgeschlagen lagen: »Charles Carey, 1920–1959.«

Zum ersten Mal las Peter die Zeitungsberichte über den Tod seiner Eltern.

Mitten im *Daily News*-Artikel hielt er unvermittelt inne.

Fast zwanghaft schritt er zum Fotokopiergerät und kopierte den Artikel. Er verstaute die Kopie in der Brusttasche seines Sakkos und machte sich zu Van Dreelen & Carey auf.

Seine Assistentin, eine junge Hotchkiss-Absolventin, blickte von ihrem Schreibtisch neben der Tür auf. »In einer halben Stunde ist Ihre Besprechung.«

»Hat George Benevides sich gemeldet?«

»Nein.«

»Verschieben Sie alle anderen Gespräche.«

Carey schloß die Tür hinter sich und setzte sich.

Das Büro, das randvoll war mit dem Papierkram des Cheflektors, der er inzwischen geworden war, kam ihm fremd vor: der Stapel halbredigierter Manuskripte, die noch nicht durchgesehenen Verträge und Merkzettel noch zu erledigender Telefongespräche, all dies mußte jemand anderem gehören…

Er breitete den Artikel vor sich aus.

Die *Times* hatte sich darauf beschränkt, die Umstände des Unfalls zu beschreiben und einen kurzen Abriß von Charles und Alicia Careys Biografie zu geben. Aber die *Daily News* war die Sache anders angegangen:

Während beide Eltern bis zur Unkenntlichkeit verbrannt wurden, wurde der sechsjährige Peter wie durch ein Wunder aus dem Wagen geschleudert und nur ein paar Meter von dem explodierenden Autowrack von seinem Onkel in Sicherheit gebracht. Als die Polizei von Greenwich am Unfallort eintraf, klammerte der Junge sich an einem Plüschelefanten fest. Er war zwar völlig außer sich, jedoch so gut wie unverletzt...

Peter Carey schloß die Augen.

Er wurde von starken Armen aus dem Bethesda-Brunnen gezogen, ein Ruder schlug ins Wasser, er rannte auf den Tunnel zu, eine Stimme rief ihn. Auf den Schultern von Charles Carey hatte er den Seehunden zugesehen und über das Gelächter seines Vaters gelächelt, als sie seinem neuen Plüschelefanten einen Namen gegeben hatten...

»Da unten ist es viel zu dunkel für Elefanten, Daddy...«

Das flüchtige Band der Erinnerung verschwand.

Peter ging ans Fenster und blickte abwesend auf die anonymen Glaswände der Wolkenkratzer im trüben Winterdunst. Es klopfte. Seine Assistentin streckte vorsichtig den Kopf durch die Tür. Er drehte sich um und fragte mit fester Stimme: »Benevides?«

Sie schüttelte den Kopf. »Barth.«

Als Peter Carey das Konferenzzimmer betrat und sich neben sie setzte, sah Ruth gleich, daß der gehetzte Blick, den sie schon seit längerem vor allem morgens bei ihm beobachtete, extremer als sonst war. Es war, als wäre sein Schicksal bereits vor Jahren besiegelt worden, oder als würde es in irgendeiner schrecklichen Zukunft besiegelt werden. Seltsam, dachte Ruth, gestern abend, als sie diese gleiche Zerstreutheit aus der Stimme ihres Bruders herausgehört hatte, hatte sie zuerst nicht etwa an Peter gedacht, sondern an ihre Großmutter, wie sie mit ihren noch jugendlichen Gesichtszügen und lebendigen Augen auf russisch daherplapperte, einer Sprache, die sie seit ihrer Kindheit nicht mehr gesprochen hatte. Und doch lag in dem Blick, mit dem Peter Barth fixierte, dieselbe, sich immer weiter fortspinnende Art des Erinnerns, so als versuchte er, sein Gegenüber in eine andere Zeit, an einen anderen Ort einzuordnen.

Ruth schaute rasch zu Barth zurück.

Seine Augen, mit dem harten kurzsichtigen Blick eines von sich selbst besessenen Mannes, funkelten Peter an. Zwischen den beiden, am Kopf des Konferenztisches, wirkte Phillip Carey beinahe zerbrechlich.

Peter sagte tonlos: »Sie müssen Clayton Barth sein.«

»Und Sie müssen Peter Carey sein.« Barths bleckende Zähne verschwanden hinter den Lippen. »Der Zweite.«

Peters Augen funkelten böse. »Für unsere Zwecke, der *einzige*. Phillip meint, daß Sie gern meine Firma besitzen würden.«

Barth nickte kurz. »Ihr Onkel ist der Ansicht, daß Van Dreelen & Carey ein neues Management und frisches Geld gebrauchen könnte. Ich bin bereit, Sie damit zu versorgen.«

Peter schaute auf seine gefalteten Hände hinab. Ruth spürte in seinem Schweigen den ganzen Druck, unter dem er stand, sah die Anspannung in den Körpern der beiden Männer, die ihn beobachteten. Sie ärgerte sich über ihren eigenen Scharfblick: Sie hatte schon früh in ihrer Kindheit lernen müssen, die Gesten und das Schweigen von Männern zu deuten, aus Angst vor den unberechenbaren Launen ihres Vaters …

»Wie sind Ihre Bedingungen?« fragte Peter unvermittelt.

Ruth spürte, wie Barth sich entspannte. Hier war er wieder auf gewohntem Terrain. »Ich habe die einzelnen Punkte zu einem offiziellen Angebot zusammengefaßt.« Er schob ein maschinengeschriebenes Schriftstück bis zur Mitte des Tisches, so daß Peter den Arm danach ausstrecken mußte.

»Wie Sie daraus ersehen können, fällt Ihnen damit die Summe von acht Millionen Dollar und der Posten eines Cheflektors zu.«

Barths breites Lächeln war wie Lippengymnastik. »Worauf warten Sie – nehmen Sie es nur.«

Peter Carey streckte in aller Ruhe den Arm nach dem Schriftstück aus.

Während er es las, blinzelten Barths seltsame Achataugen nicht einmal. »Recht großzügig.« Peters Stimme war so matt, daß sie beinahe ironisch klang. »Wie kommt es eigentlich, daß Sie so freundlich sind, sich zu uns herabzulassen, wenn ich fragen darf?«

»Ihre Firma hat eine ehrwürdige Tradition.« Hinter Barths aufgesetztem Lächeln lauerten seine taxierenden Augen. »Um der Wahrheit Genüge zu tun, vor dreißig Jahren war John Carey Thema meiner Magisterarbeit …«

Peters Augen weiteten sich beinahe unmerklich. »Nicht John D. Rockefeller?« Seine Stimme klang ruhig und gelassen. Nur Ruth hörte die unterdrückte Wut heraus. »Wieso ist Ihre Wahl ausgerechnet auf meinen Großvater gefallen?«

Zum ersten Mal zögerte Barth. »Black Jack Carey war eine schillernde Persönlichkeit.«

»Ich meine, Sie haben keinerlei Erfahrung im Verlagswesen, jedenfalls nicht, soweit mir bekannt ist.«

Barth errötete. »Ich habe mit Computern angefangen.«

»Genau dies ist meine Sorge. Mein Großvater war deshalb so erfolgreich, weil er das Geschäft in- und auswendig kannte.«

»Und ich habe im härtesten Geschäft der Welt Milliarden gemacht. Es gibt einfach keinen Vergleich …«

»Da haben Sie recht«, fiel Peter ihm ins Wort. »Ich habe immer wieder beobachten müssen, wie Firmenkonglomerate Verlage schlucken und dann ziemlich schnell ins Straucheln kommen, weil sie mit Erstlingswerken schnelles Geld verdienen wollen. Am Ende, öfter als mir lieb wäre, verscherbeln sie den halbbankrotten Laden wieder, um die Gewinne in einen anderen Großkonzern zu stecken.« Mit gesenkter Stimme fügte er noch hinzu: »So was kann ich hier nicht zulassen.«

»Sie brauchen mir keine *Vorträge* zu halten«, erwiderte Barth schroff. »Sie sitzen doch nur hier, weil Sie geerbt haben…«

»Weil mein Vater gestorben ist.« Peters Stimme klang nun beinahe liebenswürdig. »Vor über zwanzig Jahren, als er gerade einmal neununddreißig Jahre alt war.«

»Peter!« sagte Phillip mit gepreßter Stimme. »Das ist geradezu makaber…«

Peter überhörte ihn geflissentlich. »Durch einen Unfall«, sagte er zu Barth. »Ich habe den Posten meines Vaters übernommen. Dieser Posten steht nicht zum Verkauf, nicht um das Carey-Erbe zu sichern, und ebensowenig«, er senkte die Stimme noch ein klein wenig mehr, »um etwaige Bedürfnisse zu befriedigen, die *Sie* geerbt haben, was auch immer sie sein mögen.«

Barth richtete sich jäh auf. »Was fällt Ihnen ein, Sie verdammter…«

»Peter, Peter.« Phillip Carey warf in einer beschwichtigenden Geste die Hand zwischen sie und schnitt Barth das Wort ab. »Ich finde, du hast dich nun genug auf Kosten von Mr. Barth abreagiert. Du warst noch sehr jung, als Charles starb…«

Peter ging ihn frontal an. »Und nun verlangst du von mir, daß ich ihn vergesse?«

»Das ist Irrsinn.«

»Tatsächlich?« Peter ging auf ihn los. Phillip erhob sich halb von seinem Stuhl. »Dann hör mir jetzt mal gut zu: Falls du auch nur den leisesten Versuch unternimmst, die Firma meines Vaters an diesen Psychopathen zu verkaufen, hacke ich dir die Beine ab.«

Phillips Mund stand sperrangelweit offen. Peter hielt plötzlich inne, als hätte ihn sein Wutausbruch selbst überrascht. Er ließ die Schultern hängen. Dann wandte er sich um, ließ Barths Angebot in den Papierkorb fallen und ging.

7

Peter Carey saß reglos da und sah auf die Leuchtanzeigen seines Telefons, auf der die Lichter von Anrufen flackerten, die er jetzt nicht annehmen wollte. Dann klopfte es zweimal kurz hintereinander an der Tür. Ruth Levy spähte herein und fragte: »Sind Sie okay?«

Sie warf ihm einen tiefen, düsteren Blick zu: Ob sie wohl auch auf andere so verwundbar wirkte, fragte er sich, oder nur auf ihn. »Tut mir leid«, erwiderte er, »daß Sie das alles miterleben mußten.«

Ruth zuckte mit den Achseln, so als betrachtete sie die Sache bereits als erledigt. »Barth hat es nicht anders verdient. Und was Phillip angeht…« Ihre Augen schnellten unwillkürlich zu dem Foto, dann faßte sie sich wieder. »Phil täte besser daran, die Finger von jemandem wie Barth zu lassen.«

»Aber er hatte recht – ich habe mich benommen wie ein Irrer.« Carey hatte gespürt, wie er die Kontrolle über sich verlor, genau wie damals, als er in den Brunnen gestolpert war und sein Vater ihn wieder herausgezogen hatte. Er spürte das Blut in seinem Nacken pochen.

Das lange schwarze Haar der Frau ergoß sich in den Schoß seines Vaters…

»Brauchen Sie ein Aspirin?« fragte Ruth. »Tylenol, Kokain…«

Carey wies auf seine Schublade. »Danke – hier drin ist Aspirin.«

In den Zeitungsartikeln stand, daß Phillip ihn gerettet hatte…

»Klar.« Als Ruth den Arm nach der Tür ausstreckte, runzelte sie die Stirn. Carey fand, daß es sie beinahe noch attraktiver machte.

»Ruthie.«

Sie drehte sich um. Ihr Blick war voller Erstaunen, erwartungsvoll: Einen kurzen Augenblick lang wirkte sie wie eine junge Frau.

»Was das Treffen angeht«, sagte Carey. »Ich habe das nicht gewollt. Ich weiß nicht genau, warum ich so reagiert habe.«

Ruth blickte ihn nachdenklich an. »Ist schon klar«, sagte sie. Dann zog sie die Tür hinter sich zu.

Phillip riß sie wieder auf. »Darf man eintreten?« fragte er. »Oder ist nur Ruth der Zugang erlaubt?«

Peter ließ die Schublade zuknallen. Merkwürdigerweise mußte Phillip sich daran erinnern, wie er ihn einmal spätabends, als er schon längst hätte schlafen sollen, mit einer Taschenlampe unter seiner Decke beim Zählen von Baseballsammelkarten erwischt hatte, mit denen er ihn beim Abendessen überrascht hatte.

»Eintreten darf, wer anklopft«, sagte Peter.

Phillip setzte sein versöhnliches Lächeln auf. Doch Peters eisige Antwort hatte seine Erinnerung mit Wut gefärbt. »Sieh mal, Peter, ich dachte, wir unterhalten uns besser.«

Seine Worte klangen schärfer als beabsichtigt. Peter wandte sich ab und antwortete hölzern: »Meine Schuld, Phil – ich hätte nicht so in die Luft gehen sollen.«

Die Entschuldigung kam nicht von Herzen. Einen Moment lang fragte sich Phillip, ob er sich nicht empörter hätte geben sollen: Peter stand Charles an Gerissenheit in nichts nach; darüber hinaus war er weit weniger berechenbar. »Es war ziemlich häßlich von dir, Peter – aber, vielleicht läßt sich die Sache ja wieder einrenken. Eine einfache Entschuldigung bei Barth …«

Peter blickte jäh zu ihm auf. »Nein.«

»Peter, schau uns doch einmal an.« Phillip schüttelte den Kopf. »Dieser Laden hier hat drei Generationen von Careys in eine Horde von Kampfhunden verwandelt. Du hast dies heute klarer gemacht, als ich es jemals könnte.«

»Und du schließt daraus – was?«

Phillip zuckte mit den Achseln. »Was macht es schon, wenn der Verlag an Barth geht?«

Peter schüttelte den Kopf. »Es macht was«, sagte er mit genervter Endgültigkeit. »Mir macht's was aus.«

Undankbares Schwein, dachte Phillip und empfand sogleich Reue. »Ich werde es Barth ausrichten«, antwortete er knapp und ging.

Barth nahm den Hörer an.

Ohne lange Vorreden sagte Phillip Carey: »Mit ihm ist nichts zu machen.«

Barth wand sich vor Wut und Enttäuschung. »Sie haben *Angst*...«

»Ich möchte ihn nur nicht unter Druck setzen – nicht, wenn er so reizbar ist. Das ist es nicht wert.«

»Auch nicht acht Millionen Dollar?«

»Nein«, sagte Phillip. »Nicht einmal die.«

Instinktiv bohrte Barth in etwas rum, von dem er noch gar nicht wußte, was es war. »Es gibt auch andere Mittel, jemanden zu überzeugen.«

Schweigen.

»Soll das eine Drohung sein, Barth?«

Phillips Tonfall war spitz. Barth dagegen klang plötzlich gelöst. »Es gibt zu jedem Mann einen Schlüssel, Phillip. Wo verstecken Sie Ihren?«

Phillip Carey knallte den Hörer auf die Gabel.

Mit zusammengekniffenen Augen lauschte Barth dem Tuten.

Peter Carey nahm den Hörer ab und legte ihn schräg ans Ohr. »Ja, George.«

»Zuallererst, tu so was nie wieder. Wenn ich darauf stehen würde, um Mitternacht aus dem Bett geschellt zu werden, wäre ich Scheidungsanwalt geworden.«

Carey fühlte sich zu erschöpft, um zurückzuschnauzen. »Ich hab's kapiert. Was hast du herausgekriegt?«

»Deine Eltern starben ein paar Wochen, bevor Barth seine Firma auch nur gegründet hatte. 1959 hatte der Mann weder geldliche noch irgendwelche anderen Mittel, die der Erwähnung wert sind, und er war weit weg von Connecticut.« Benevides unterbrach sich kurz, dann fragte er spitz: »Darum ging's dir doch wohl, oder?«

Carey starrte auf die Wand. »Vergiß es einfach«, sagte er matt und legte auf.

Clayton Barth hörte, wie eine fremde Stimme seine eigenen Gedanken aussprach: »Geht es Ihnen darum, Peter Carey zu demütigen?«

Barth betrachtete gebannt das Telefon. »Wer *spricht* da?«

»Sie haben ihn heute morgen falsch angefaßt, und jetzt werden Sie niemals John Careys Verlag besitzen.«

Einen kurzen, vernichtenden Augenblick lang verwandelte sich Barths Angst in Verblüffung: Er konnte also seine Gedanken in die Köpfe anderer projizieren. »Schauen Sie«, schnauzte er barsch, »ich unterhalte mich nicht mit irgendwelchen Fremden am Telefon. Wenn Sie Informationen zu verkaufen haben ...«

»Ich verkaufe Ihnen Van Dreelen & Carey, zu Bedingungen, über die wir uns noch unterhalten müssen.« Die Stimme wurde stahlhart. »Die erste jedoch ist, daß Sie sich mit mir treffen, und zwar allein.«

»Peter war völlig normal«, sagte Ruth schließlich noch, »Und dann hat er angefangen, über seinen Vater zu reden. Das war dann der Moment, als er Phil angegriffen hat.«

Levy hob eine Augenbraue und sah sie prüfend an. »Scheint ja ziemlich beeindruckend gewesen zu sein.«

Ruth senkte den Blick auf ihr Glas. »Ich dachte, Peter würde ihn umbringen.«

»Und dann?«

»Es ging vorbei. Einfach so.«

Levy nickte. »Er scheint unter entsetzlichem Druck zu stehen – je mehr ich ihn dränge, sich zu erinnern, desto größer werden seine Ängste. Bestimmt ist es reiner Zufall, aber wer auch immer angerufen hat, hätte kaum einen besseren Zeitpunkt erwischen können, um ihn Barth ins Gesicht springen zu lassen, und auch keine bessere Art.« Er seufzte. »Ich hätte ihm helfen müssen, als er noch jung war.«

Ruth runzelte die Stirn. »Von dem wenigen, was du mir gerade erzählt hast, hat Phil dich nicht gerade mit offenen Armen empfangen.«

»Nein, allerdings nicht.« Levy spürte, wie die Wut in ihm aufstieg; gegen wen genau, konnte er nicht sagen. »Erzähl *du* mir jetzt lieber mal etwas über das Foto.«

Sie warf ihm einen kurzen, wachen Blick zu. »Was führst du eigentlich im Schilde, Bill? Ich dachte, du hörst den Patienten zu, nicht, daß du sie ausspionierst.«

»*Du* hast ihn zu mir geschickt, Ruthie.« Levy schwieg abwehrend. »Irgend etwas verschweigt er mir, oder es ist etwas, das ihm selbst nicht ganz klar ist. Ich habe Grund zu der Annahme, daß du mir weiterhelfen kannst.«

Einen Moment lang wirkte Ruth wie in die Enge getrieben: Levy spürte, daß sie beide auswichen. »Dann schenk mir noch ein Glas Wein ein«, parierte sie.

Levy zögerte. Nach Charles' Tod hatte sie eine Zeitlang zuviel getrunken. Dann, von einem Tag auf den anderen, hatte sie keinen Tropfen mehr angerührt: Eine Woche später ließ sie das Village für immer hinter sich und zog in die luftige Wohnung in der 65. Straße West, in der sie gerade, nach ihrem Abendessen, saßen. Mit der Zeit hatte sie sich wieder den einen oder anderen Geliebten gegönnt, und ein gelegentliches Glas Wein. Sie hatte weder geheiratet, noch war sie jemals wieder betrunken gewesen. »Nun schenk schon ein«, sagte sie hartnäckig.

Levy schenkte ein.

»Also gut, Bill.« Mit dem Glas in der Hand lehnte Ruth sich zurück. Sie wirkte sorgenvoll und nachdenklich. »Es ist ziemlich kompliziert«, begann sie widerstrebend, »und es begann zu einer Zeit, die sehr schwer für mich war, die Wochen nach Charles' Tod. Phillip hat ihn natürlich gehaßt – dieser alte Kackarsch von Black Jack Carey hatte sie beide einfach viel zu lange zappeln lassen. Nach dem Unfall hätte er eigentlich vor Freude in die Luft springen müssen.« In Ruths Lächeln lag Bitterkeit. »Aber Peter war der letzte gemeine Trick des Alten: Phillip mußte erkennen, daß er, indem er Peter gerettet hatte, die Firma verloren hatte. Noch Monate später sah er aus wie sein eigenes Gespenst.

Aber das ist noch nicht alles – er war irgendwie *eigenartig.* Tagelang starrte er wie abwesend in Charles' leeres Büro: Schließlich, völlig außer sich, befahl er dem Büromanager, alles rauszuwerfen, das ihn an Charles erinnerte. Es ging das Gerücht um, daß Phillip sogar sämtliche Fotos, die es von ihm gab, verbrannte...«

Sie unterbrach sich einen Moment, nahm einen Schluck Wein und blickte auf den Boden. »Du weißt, in welchem Zustand ich damals war: Ich war nur noch betrunken und habe ganze Nächte durchgeheult. Ich haßte Phil dafür, wie er sich aufführte, ebenso wie ich ihn dafür gehaßt habe, daß er Charles nach Greenwich eingeladen hatte. Allein der Gedanke daran machte mich wahnsinnig: Irgendwas in mir konnte und wollte nicht akzeptieren, daß Charles' Tod ein Unfall war. Ich fing sogar an mich zu fragen, ob Phil die Sache nicht irgendwie geplant hatte.« Sie blickte auf, ein wenig verlegen. »Ich meine, schließlich war er stocknüchtern auf einer trockenen Straße – *Charles Carey,* der beste Fahrer, den ich jemals gesehen hatte...«

Levy blickte in sein Weinglas und spürte plötzlich die

Jahre ihres gegenseitigen Schweigens auf sich lasten. Zärtlich sagte er: »Davon hast du mir nie was gesagt.«

Ruth schüttelte den Kopf. »Das konnte ich einfach nicht, Bill – allein es zu denken, war schlimm genug. Schließlich mußte ich mir eingestehen, daß ich mich noch immer nicht damit abgefunden hatte, Charles verloren zu haben. Letztendlich *hatte* Phillip Peter gerettet – selbst wenn er nicht wußte, was er sich damit eingehandelt hatte.« Sie nahm noch schnell einen hastigen Schluck, und ihre Stimme klang wieder normal. »Wie dem auch sei, da war Phil mit einem Kind am Hals, das eines Tages sein Nachfolger werden würde. Zwischen den beiden hat's nie wirklich geklappt. Ich bin sicher, daß Phillip jahrelang gebetet hat, daß Peter ihm seine einundfünfzig Prozent verkaufen würde. Statt dessen marschierte Peter im reifen Alter von zweiundzwanzig bei ihm ein und verlangte einen Job. Die Wehrpflicht war abgeschafft, sagte er mir später, und Harvard hatte ihn gelangweilt. Erst viel später dämmerte mir, daß noch mehr dahintersteckte …«

»Wann genau?«

Sie zündete sich noch eine Zigarette an, inhalierte und stieß den Rauch aus. »Als ich gesehen hab, was er mit dem Bild gemacht hat.«

Levy spürte, wie schwer es für sie war, all dies wieder aufzurollen. Er schnüffelte an dem aufsteigenden Rauch und nörgelte: »Wann hörst du endlich auf zu rauchen?«

»Wenn du groß und stark geworden bist.« Sie blickte ihn süffisant an: Diese Frage hatte er das erste Mal in ihrem zweiten Jahr auf dem College gestellt – und die gleiche Antwort erhalten.

Levy lächelte. »Dann erzähl mir, wie es dazu kam, daß du es ihm geschenkt hast.«

»Ich hatte es eigentlich gar nicht vorgehabt – lange Zeit bin ich ihm so gut es ging aus dem Weg gegangen. Als ich ihn das erste Mal sah, habe ich's nicht ausgehalten und mußte nach Hause gehen.« Sie strich sich mit den Fingerspitzen flüchtig über den Rock, so als hätte sie dort einen Fussel entdeckt. »Ich brauchte zwei Tage, bevor ich wieder in der Lage war, zur Arbeit zu gehen. Ich habe ernsthaft überlegt, mich nach einem anderen Job umzuschauen. Aber dann klopfte er an meiner Tür und bat mich, ihm zu zeigen, welches das Büro seines Vaters gewesen war. Mir zog es alles zusammen: Er warf mir diesen eigenartigen Blick mit schräg geneigtem Kopf zu, den Charles immer für Leute parat hatte, wenn er versuchte, aus ihnen schlau zu werden, und ich hatte das Gefühl, daß er irgendein Spiel mit mir trieb – daß er es irgendwie *wußte*, daß er vielleicht seine Mutter abgöttisch geliebt hatte und sich über mich lustig machte. Aber es war völlig ausgeschlossen, daß er es irgendwie wissen konnte: Charles war dermaßen vorsichtig gewesen. Schließlich sagte ich: ›Warum fragen Sie gerade mich?‹

Er zuckte nur die Achseln. ›Weil ich Phillip nicht fragen wollte.‹

Plötzlich tat er mir leid. Ich *wußte* ja, wie Phillip immer noch wegen Charles war – es gab kein einziges Porträt, nicht einmal eine Gedenktafel, die daran erinnert hätte, daß es Charles Carey überhaupt gegeben hatte – und mir fielen wieder diese Geschichten ein, daß Phillip jedes Bild von Charles, das ihm unter die Finger kam, verbrannt hatte. Und außerdem, ich hatte *gesehen*, wie er sich gegenüber Peter verhielt…«

»Wie denn?«

»Gemein und zugleich feige – das ganze Freudsche Repertoire an doppelbödigem Verhalten. Ich habe schon immer gedacht, daß, wenn man mit Phillip einen Rorschach-Test macht, er sagen würde, alles sieht so aus wie ein Kreuz aus zwei künstlichen Pimmeln.«

Levy zuckte zusammen. »Kein Wunder, daß Peter zu dir gekommen ist.«

»Nein, woran es auch lag, deshalb jedenfalls nicht – er fühlt sich mit mir auch nicht ganz wohl.« Sie runzelte die

Stirn. »Manchmal denke ich, daß ihm seine eigenen Gefühle gegenüber Phillip Angst einjagen.«

Levy fragte sich, warum er nur immer wieder, in seinen fürsorglicheren Momenten, Ruths beinahe unheimliches Gespür für Menschen vergaß. Er sah sie prüfend an. »Das ist eine ziemlich scharfsinnige Beobachtung.«

Sie sah weg. »Vermutlich habe ich ihn mit der Zeit ein wenig besser zu verstehen gelernt – nicht, daß er es einem leichtmacht. Nein, was mich schließlich für ihn eingenommen hat, war, daß ich das Gefühl hatte, er merkt gar nicht, wie Phillip versucht, ihn langsam vor die Hunde gegen zu lassen. Anstatt ihn ins Zimmer für die Hauspost zu werfen, wie Black Jack es getan hätte, wartete er vier Monate und machte ihn zum Leiter der Abteilung für Nebenrechte. Phil war schon immer ein cleveres Aas gewesen – zusätzlich zu den Buchgemeinschaften und manchmal sogar den internationalen und den Filmrechten vermarktet der Nebenrechtsmensch bei uns die Taschenbuchrechte für alles, was wir publizieren, manchmal für mehrere Millionen für einen einzigen Titel, und wie wir auf lange Sicht unterm Strich abschneiden, hängt davon ab, wie sehr er auf Zack ist. Wenn es hart auf hart geht, verlangt der Job Entscheidungen in Sekundenschnelle und den Mumm eines Meisterdiebs. Peter war maßlos überfordert: Phillip wollte ihn demütigen, in der Hoffnung, daß er den Kram frühzeitig hinschmeißt und aussteigt.«

»Oder«, meinte Levy, »ihm eine Chance geben.«

Ruth stieß ihre Zigarette in den Aschenbecher und drückte sie aus. »Ja, und Hitler war ein Fan von Geburtenkontrolle.«

»Ich finde nur», sagte Levy sanft, »daß man Phillips Motive so oder so auslegen kann. Wenn er so gemein ist, Ruthie, warum hat er dich dann dabehalten?«

»Weil ich *gut* bin.« Ruth sah ihn böse an. »Was auch immer man von Phillip halten mag, ein Dummkopf ist er jedenfalls nicht. Wie dem auch sei, ich führte Peter zu dem

Büro, das Charles hatte, bevor er ausgeschieden ist. Der Mann, der damals drin war, war in der Mittagspause. Peter bedankte sich – und dann ging er hinein und schloß die Tür hinter sich.«

»Und dies ist jetzt *sein* Büro?«

Ruth nickte. »Eines Tages ist er in aller Stille da eingezogen – ich glaube, ich fand es irgendwie rührend. Ich habe angefangen, mir vorzustellen, wie schwer er es haben würde...« Wieder zögerte sie.

»Ist das alles?«

»Nein, damit fängt's erst an.« Ruth langte nach der Zigarettenpackung und klopfte sich eine heraus. »Ich fing an, über die letzte Nacht zu sinnieren, die ich mit Charles verbracht habe.«

O Gott, Ruthie, dachte Levy. Aber er sagte nichts.

»Charles hatte gerade...« Ruth schloß die Augen. »Wir hatten ein ziemlich ernstes Gespräch gehabt. Wir hatten miteinander geschlafen, und dann habe ich ihn nach Peter gefragt.« Sie schlug die Augen auf, den Blick weiterhin abgewandt, ein unmerkliches Lächeln auf den Lippen. »Bis zu jener Nacht, habe ich mich nie wirklich dazu überwinden können, ihn darauf anzusprechen, und plötzlich erschien es mir sehr, sehr wichtig, zu wissen, wie er aussieht.

Ich spürte, wie Charles die Arme um mich schloß. ›So wie ich‹, sagte er mit samtsanfter Stimme in die Dunkelheit. ›Ich sehe Peter an und erkenne mich selbst. Es hat nichts mit Eitelkeit zu tun. Ich fühle dann, daß er ein neuer Anfang ist, meine Chance, all das zu ändern, was die Careys zu dem gemacht hat, was wir sind. Er hat so was Liebes an sich.‹

Genau wie du, habe ich damals gedacht. *Obwohl du dir alle Mühe gibst, es zu verbergen.* Aber dann zog Charles sich an und ging, und ich sollte ihn nie wiedersehen.« Ihre Gesichtszüge verzerrten sich. »Ich habe wohl irgendwann das Gefühl gehabt, daß ich dazu bestimmt war, Peters Freundin und Verbündete zu sein, wenn überhaupt jemand.

Und da habe ich Charles' Foto aus der Schublade hervorgeholt.

Ich hatte es an einem Abend im Frühsommer am Ende vom Wharton-Street-Kai aufgenommen, mit einer neuen Kamera, mit der ich noch am Üben war. Du weißt, wie schlecht ich mit Kameras umgehen kann, und der Hintergrund auf dem Foto ist auch kaum zu erkennen – ich schätze, weil es schon zu dunkel war.

Aber Charles' Gesicht ist gut getroffen. Er hatte mich gerade daran erinnert, auf den Auslöser zu drücken, und fing an zu lachen, weil ich ihn nicht finden konnte. Aber dann fand ich ihn plötzlich doch, und es war reiner Zufall, daß ich dieses Lächeln eingefangen habe, das ich über alles liebte, du weißt schon, mit dem Kopf so zur Seite geneigt. Für ein, zwei Sekunden wirkte er also richtig glücklich, ganz ausgelassen. Ich erkannte in ihm plötzlich den kleinen Jungen, der er mal gewesen war. Das Bild war so sehr Charles, daß ich an den alten Aberglauben denken mußte, daß ein Foto einem die Seele rauben kann.

Aber genau darum ging's. Charles lebte in meiner Erinnerung so klar und deutlich fort wie auf dem Foto. Peter brauchte es mehr als ich.

Ich beschloß, es ihm zu geben.

Schließlich war ja auf dem Foto nicht zu erkennen, wo oder von wem es aufgenommen worden war. Ich klopfte also an seine Tür und sagte ihm, daß ich es im Büro seines Vaters gefunden hätte, kurz, nachdem er gestorben war, und es dann vergessen hätte. Und jetzt, wo er hier sei, hätte ich wieder an Charles denken müssen, und ich fände, daß er es haben solle.

Einen Moment lang sah er mich einfach nur an. Dann, ohne ein Wort, trat er hinter seinem Schreibtisch hervor und nahm mir das Foto aus der Hand. Er blickte auf das Gesicht seines Vaters hinab, und an seinen Augen sah ich, wie er ihn wiedererkannte. Als er schließlich wieder zu mir aufschaute, wußte ich, daß er genau das gleiche wie ich gesehen hatte, nämlich daß – abgesehen vom Teint und der Haarfarbe – er und Charles einander wie aus dem Gesicht geschnitten waren. Ich zitterte beinahe – so sicher war ich mir plötzlich, daß er, als er wieder zu mir aufgeschaut hatte, das gleiche dachte, was auch mir plötzlich durch den Kopf geschossen war: daß Phillip das alles auch sehen mußte.

Aber er lächelte nur leicht, mehr nicht, und dann murmelte er: ›Danke, Ruthie, vielen Dank‹. Es war das erste Mal, daß er mich überhaupt etwas genannt hatte.

Ich ging, ohne daß wir uns noch was gesagt hätten. Ich sah das Foto lange nicht wieder, und ich nahm an, daß er es nicht ertragen konnte, es ständig um sich zu haben. Ich hatte wirklich keine Ahnung, was er damit angefangen hatte, bis der erste große Knall mit Phillip kam, als er die Taschenbuchrechte für *Am Ende des Tunnels* zu verkaufen hatte.

Das war ungefähr ein Jahr, nachdem Phillip ihm die Nebenrechtevermarktung gegeben hatte. Ich habe niemals einen Menschen härter an sich arbeiten sehen als ihn. Er wollte auf Teufel komm raus lernen, wie man's macht – an manchen Tagen wirkte er so müde und kaputt, daß ich mich fragte, wie er es schaffte, mit nur so wenig Schlaf auszukommen, und ob er vielleicht an chronischer Schlaflosigkeit litt. Er hat sich nicht einmal die Zeit genommen, Charles' Büro angemessen auszustatten – es war so kahl wie ein Durchgangszimmer, so als erwartete er nicht, es in dem Laden noch lange zu machen. Ich bin sicher, daß Phillip das gleiche dachte – immer wieder zog er ihn wegen seines Büros auf: ›Sieht ja aus wie ein Handballfeld, Märchenprinz. Du bist eine Bedrohung für unsere Immobilienrücklagen.‹ Ich bin überzeugt, daß Phillip damit auf seine typisch schleimige Art andeuten wollte, daß Peter besser daran täte, ihm seine Anteile zu verkaufen und sich eine Arbeit zu suchen, für die er besser geeignet war. Aber Peter tat so, als würde er ihn nicht einmal hören.

Glücklicherweise überstand Peter sein erstes Jahr heil und ohne Blamage. Und dann schob er ein Hunderttausenddollarangebot für *Am Ende des Tunnels* über den Tisch und gab Phil die Chance, ihn abzuservieren.

Tunnel war Larry Santinis erster Roman. Santini war ein Vietnamveteran, der während der Tetoffensive verwundet worden war. Er hatte beschlossen, seinen Roman nach dem ›Licht am Ende des Tunnels‹ zu benennen, das Westmoreland ihnen immer wieder versprochen hatte. Aber Santinis Tunnel handelte von der fortschreitenden Brutalisierung einer Kompanie von Soldaten, die mit der Zerstörung eines ganzen Dorfes und dem Abschlachten von jedem, der sich darin aufhielt, endete. Es war dermaßen grauenvoll, daß ich mich, als wir das Manuskript bekamen, fragte, ob es überhaupt jemand aushalten könnte, so was zu lesen.

Phillip war der Ansicht, daß das Buch sich nicht verkaufen würde, außerdem gefiel es ihm nicht – er und Charles haben sich immer wegen seiner faschistischen Ansichten in die Haare gekriegt. Was dieses Buch aber noch schwerer zu verdauen machte, war die Tatsache, daß Santinis Agent fünfunddreißigtausend Dollar wollte – ziemlich gesalzen für ein Erstlingswerk –, und bei dem Preis stellten sich unsere Geldleute auf die Seite von Phillip.

Ich war federführender Lektor: Ich *wollte* dieses Buch, und auf der Vorstandsitzung war es meine Aufgabe, Phillip, unseren Finanzchef und die Marketingleute davon zu überzeugen, so viel Geld locker zu machen. Ich vertrat die Ansicht, daß wir *Tunnel* veröffentlichen mußten, egal, wie schwierig es werden würde, und uns dann den Arsch aufreißen sollten, das Buch an die Leute zu bringen.

Nur Peter stimmte mir zu.

Bis zu dem Zeitpunkt, als er sich zu Wort meldete, hatte er mir auch nicht den leisesten Hinweis gegeben, daß er die Kopie, die ich ihm geschickt hatte, überhaupt gelesen hatte. Er sagte, daß die Menschen reif seien für ein Vietnambuch, zumindest wenn es von einem Veteranen geschrieben worden war. ›Die Zweihundertjahrfeier steht uns ins Haus, Peter‹, erwiderte Phillip in besonders aalglattem Ton. ›Nicht einmal *Charles* hätte dieses Ding veröffentlicht.‹

Peter wurde kreidebleich: Es ist schon merkwürdig, manchmal ist es das einzige, an dem man erkennt, daß er wütend ist – genau wie Charles. Aber er sagte nur: ›Sind deine Einwände politischer Natur oder geht's dir ums Geld?‹

Ich konnte förmlich sehen, wie Phillip in Gedanken die weniger kontroverse Alternative wählte. ›Ums Geld...‹

›Wenn das alles ist‹, unterbrach Peter, ›dann laß mich erst mal mit ein paar von den Taschenbuchleuten reden und herauskriegen, wie es mit dem Interesse steht, die Rechte zu erwerben. Bei der nächsten Besprechung werde ich's dir sagen können.‹

Phillip blickte ihn belustigt an, beinahe nachsichtig. ›Gut‹, sagte er und ging zum nächsten Thema über, so als wäre *Tunnel* damit gestorben.

Peter ließ seine erste Bombe bei der nächsten Vorstandssitzung platzen. Er war zu Royal Books gegangen und mit einem Unterstützungsangebot von einhunderttausend Dollar zurückgekehrt. Einzige Bedingung war, daß wir dreißigtausend in die Werbung schießen. Phil mußte seine Einwände also wieder zurücknehmen. Er handelte Santinis Agenten auf zweiunddreißigtausend runter und kaufte das Manuskript.

Das Spiel läuft so, daß die Taschenbuchrechte für einen Erstling noch vor dem Erscheinen vergeben werden, also bevor schlechte Kritiken oder Verkaufszahlen vielleicht schon dafür gesorgt haben, daß man überhaupt keine Rechte mehr los wird. Wir hatten *Tunnel* nur deshalb gekauft, weil die Hunderttausend, die Peter im voraus hinlegen konnte, ein erstaunlich gutes Geschäft waren, sowohl für uns als auch für Santini – Peter mußte den Deal nur noch abschließen.

Das hat er nie getan.

Als Phillip davon erfuhr, stürmte er fuchsteufelswild in Peters Büro und unterbrach eine Besprechung, die wir gerade abhielten. ›Hast du denn von diesem Job überhaupt keine Ahnung?‹ fragte er.

Peter blickte ihn an. ›Wenn ich mich nicht irre, dann hast du ihn mir gegeben. Ich hatte gehofft, weil du so große Stücke von mir hältst.‹

›Es war reine *Gefälligkeit*, Peter.‹

Peter lächelte nur. ›Dann kann ich nur hoffen, daß es nicht auch noch ein Fehler war.‹

Ich konnte es nicht fassen und Phil ebensowenig. Er befahl Peter bei Royal anzurufen, und zwar auf der Stelle, einfach um sicherzugehen, daß er es auch richtig machte. Peter schob ihm eine Ausgabe von *Publishers Weekly* von jenem Morgen über den Tisch zu. Darin stand eine erste Vorabkritik von *Das Ende des Tunnels*, in der der Roman als ›ein Erstlingswerk von erstaunlicher Intensität und Reife‹ gelobt wurde.

Phillip zeigte auf das Telefon. ›Verkauf es.‹

Peter schüttelte den Kopf. ›Es wird noch mehr solche Kritiken geben. Ich werde sie sammeln und *Tunnel* an den Höchstbietenden verkaufen.‹

Phillip wartete die nächste Vorstandssitzung ab, um vor versammelter Mannschaft darüber zu berichten, wie Peter das *Tunnel*-Projekt handhabte. Seine Absicht war, ihn als jämmerlichen Dilettanten hinzustellen.

Wir saßen alle um John Careys langen Mahagonikonferenztisch – Phil, der Marketingdirektor, der Leiter der Finanzabteilung, drei männliche Lektoren und ich. Phil saß am Kopfende des Tisches, in Black Jacks Ledersessel, die drei Lektoren und unsere Jungs von der Marketing- und Finanzabteilung scharten sich um ihn. Ich saß ein Stück abseits.

Peter saß Phillip am anderen Ende des Konferenztisches gegenüber.

›Royal hat soeben auf einhundertfünfzig erhöht‹, sagte er Phillip. ›Ich hab's abgelehnt.‹

Phillip schien aus allen Wolken zu fallen. ›Mit welchem Recht?‹ fragte er hart. ›Du führst dich auf, als sei es dein *eigenes* Geld, das auf dem Spiel steht, nicht das der Firma.‹

›Vielleicht‹ – Peter blickte ihm geradewegs in die Augen – ›fällt es mir ja schwer, den Unterschied zu sehen.‹

Wir anderen waren plötzlich wie versteinert: Es war das allererste Mal, daß Peter das Testament des Alten erwähnt hatte, wenn auch nur andeutungsweise. Phillip faltete die Hände. ›Ich frage mich, ob du genauso empfinden würdest, Peter, wenn deine Zukunft davon abhinge, noch mehr Geld für *Das Ende des Tunnels* zu bekommen, als du gerade abgelehnt hast.‹

Peter wurde rot: Phillip forderte ihn vor unser aller Augen dazu heraus, seine Zukunft von Larry Santinis Buch abhängig zu machen. Ohne zu überlegen, sagte ich: ›Ich finde, es wäre unfair gegenüber Peter...‹

›Es ist vollkommen fair‹, unterbrach mich Peter. Er wandte sich Phillip zu. ›Verbleiben wir so: Falls ich die Taschenbuchrechte von *Tunnel* für weniger als einhunderttausend Dollar verkaufe, nehme ich meinen Hut.‹ Er lächelte flüchtig. ›Wie du ja bereits angedeutet hast, würde es ja ohnehin nicht viel Zeit in Anspruch nehmen, mein Büro auszuräumen. Im Gegenzug verlange ich nicht mehr als die Vollmacht, dieses Buch so verkaufen zu können, wie ich es für richtig halte.‹

›Also gut.‹ Phillip zuckte mit den Achseln: Peter war ihm geradewegs ins offene Messer gelaufen, lächelnd.

Gleich als wir das Konferenzzimmer verlassen hatten, schnappte ich ihn mir und fragte ihn, warum er so versessen darauf wäre, mich an einen Lemming zu erinnern. Er lachte bloß. ›*Irgendwas* mußte ich doch tun, um Phillip abzulenken. Eines Tages wird ihm aufgehen, daß ihm nur noch neun Jahre bleiben, um Sie zu feuern.‹

Seine Antwort erinnerte mich so sehr an Charles, daß

sich mir alles zusammenzog. ›Oder ein ganzes Leben‹, brachte ich gerade noch hervor.

Er streckte den Arm nach mir aus, strich mir über die Schulter und sagte sanft: ›Vielen Dank für die Schützenhilfe.‹ In seiner Stimme lag immer noch die Spur eines Lachens. ›Wissen Sie, mein Großvater hat mir nie gesagt, daß es in diesem Busineß so hart zugeht. Vermutlich wollte er warten, bis ich lesen konnte.‹

Er machte auf dem Absatz kehrt und ging in sein Büro.

Am nächsten Tag schlug er die einhundertfünfzig ein zweites Mal aus.

Peters Telefon hörte einfach auf zu schellen – kein anderer Verlag war bereit, so viel hinzublättern. Ich war sicher, daß er sich selbst ans Messer geliefert hatte: Das einzige, was ihm noch übrigblieb, war, die Vorabkritiken zu *Tunnel* an einen alten Professor von ihm zu schicken, der für die *Times* Bücher rezensierte, und sein Bestes dafür zu tun, die Leute von *People* dazu zu kriegen, ein Feature über Santini zu bringen.

Am Erscheinungstag stand in der *Times* weder eine Rezension noch ein Artikel. Royal schraubten ihr Angebot wieder auf hunderttausend herunter – Peters letzte Chance, seine Wette zu gewinnen.

Peter lehnte ab.

Phillip fing an, des öfteren auf einen Sprung bei Peter im Büro vorbeizuschauen und im Plauderton zu fragen, wie's denn so läuft. Wie es Peter dabei ging, daran wagte ich nicht einmal zu denken.« Ruth unterbrach sich, ein ironisches Lächeln auf den Lippen. »Meine Sorge war jedoch überflüssig.

Drei Wochen nach der Veröffentlichung machte die Sonntagsausgabe der *Times* im Literaturteil mit einer von Peters ehemaligem Professor geschriebenen Kritik zu *Das Ende des Tunnels* auf. Er nannte es ›ein literarisches Ereignis von überragender Bedeutung‹ und ›der tiefgründigste Kriegsroman seit *Die Nackten und die Toten*‹. Selbst an dem sogenannten literarischen Ereignis gemessen – in den Siebzigern gab es davon alle zwei Monate oder so eins –, wurde diese Sache zu einem ziemlichen Ereignis. *Newsweek* nannte Santini ›einen der bemerkenswertesten jungen amerikanischen Schriftsteller‹. In Städten wie Boston und Chicago erschienen positive Kritiken. Dann brachte *People* ein Fünfseitenfeature mit Santini …

Peter rief den Buch-des-Monats-Club an und gab ihnen eine Woche, sich die Sache noch einmal zu überlegen. Und dann rief er Royal an, wozu er ja verpflichtet war, bevor er eine Versteigerung ausrief, und bekam ein Angebot über zweihundertfünfzigtausend.

Als Peter es ablehnte, war ich *sicher*, daß er verrückt war. Phil war ja *so* erleichtert …

Dann verkündete der Buch-des-Monats-Club, daß er *Tunnel* als Alternative zum Haupttitel übernehmen wolle. Peters Telefon klingelte von nun an pausenlos, und er konnte sich vor Angeboten nicht mehr retten.

Er hielt sie eine weitere Woche hin, um die Bestsellerliste der *Times* abzuwarten. In der nächsten Woche war *Tunnel* auf dem neunten Platz. Peter verschickte Briefe an die größten Taschenbuchverlage, in denen er verkündete, daß *Tunnel* in zwei Wochen an den Höchstbietenden versteigert würde.

Das Mindestangebot setzte er bei einer halben Million an – viel zu hoch, wie ich dachte.

Am nächsten Tag kletterte *Tunnel* auf den siebten Platz.

Als Peter am Tag der Versteigerung, einem Montag, mit einer Tüte Lunch und einem Netz Orangen im Büro auftauchte, stand *Tunnel* bereits auf dem fünften Platz. Als der Tag vorbei war, saß er mit hochgekrempelten Ärmeln da, völlig erschöpft.

Er hatte sechs Angebote erhalten, die über einer halben Million lagen.

Dienstag morgen rief er die letzten fünf Bieter vom niedrigsten bis zum zweithöchsten Angebot an und ließ sie wissen, daß das Höchstangebot vom Vortag bei sechshundertfünfzigtausend lag. Um vier Uhr waren noch drei im Rennen: der niedrigste bei achtfünfzig, der nächste bei achtfünfundsiebzig und das Höchstgebot bei neunhunderttausend. Es *klingt* verrückt, aber diese Dinge entwickeln eine Eigendynamik.

Am Mittwoch lag das Höchstgebot bei neunhundertfünfzigtausend. ›Für eine Million‹, sagte Peter ihnen, ›bekommt ihr mehr als fünfzigtausend Dollar an Werbung.‹

Um halb vier hatte Peter *Das Ende des Tunnels* an Seahawk verkauft, für eine Million Dollar – ein Rekordbetrag für Taschenbuchrechte eines Erstlings.

Dann bestellte Peter zwei Flaschen gekühlten Champagner und lud Phillip zum Feiern zu sich ein.

Ich sah Phillip den Korridor zu Peters Büro hinuntergehen. Du hättest sein Gesicht sehen sollen: erfreut wegen des Geldes – warum auch nicht –, betrübt darüber, daß Peter bleiben würde, erleichtert, daß Peter beschlossen hatte, ihre Zwistigkeiten ad acta zu legen. Dann ging er durch die Tür, und Peter saß da, schenkte Champagner ein und grinste zu ihm auf, den Kopf auf seine typische Art zur Seite geneigt – genau wie mein Foto von Charles, das hinter ihm an der Wand hing.

Phillip starrte sprachlos an Peters Kopf vorbei auf das Bild seines Bruders. ›Ich fand, es war an der Zeit, es hier ein wenig wohnlicher zu machen.‹ Er schob ein Glas über den Tisch, hob sein eigenes und sagte: ›Auf meinen Vater.‹

Phillips Augen starrten, selbst als er trank, unverwandt auf das Foto.« Ruth lächelte freudlos. »Es war ein Gedicht, wenn Black Jack der Dichter gewesen wäre. Peter hatte Phil nicht nur gedemütigt – er hatte Charles' Stelle eingenommen. Und da wurde mir klar, daß er es schon die ganze Zeit darauf angelegt hatte.«

Das Fenster hinter ihr war von einer Rauhreifschicht überzogen. Sie zündete sich eine Zigarette an und sah ihren Bruder erwartungsvoll in die Augen, erschöpft von ihrer Erzählung. Aber Levy brachte keinen Ton hervor: Irgend etwas am Ausgang der Geschichte rief in ihm beinahe Übelkeit hervor.

Schließlich war es Ruth, die es zur Sprache brachte. »Peter hat mir Angst eingejagt, Bill – damals, und jetzt wieder, heute.« Sie senkte die Stimme. »Verstehst du, warum?«

Ihre Blicke trafen sich. »Ja«, antwortete er leise. »Du fürchtest, daß Peter Carey – unbewußt – den gleichen Verdacht hegt, den du längst begraben hast, wie du sagst.«

Wie in Zeitlupe schloß Ruth Levy die Augen und nickte.

»Aber du hast ihn *nicht* begraben, Ruthie, stimmt's? Und deshalb hast du Peter Carey zu mir geschickt.« Als sie ihm nicht widersprach, fragte Levy sanft: »Hast du Peter jemals davon erzählt?«

»Daß ich den Verdacht nicht loswerde, daß Phillip seinen Vater umgebracht hat?« Sie riß die Augen auf. »Wie könnte ich das?«

Sie schwiegen. Levy mußte an Phillip denken. Er spürte, wie Ruths Last auf ihn überging, sich mit seiner eigenen vermengte. »Dann werde *ich* es tun«, murmelte er schließlich. »Auf meine Art.«

Noelle Ciano beugte sich über ihren Koffer und quetschte ein paar Stiefel hinein. »Warum El Salvador?« fragte Peter. »Einen schlimmeren Moment hättest du dir nicht aussuchen können – einen Monat vor den Wahlen, wo der Krieg jetzt noch einmal richtig aufflammt.«

»Sie haben mich auch vorher schon in solche Länder geschickt, Peter.« Noelle machte mit dem Packen weiter. »Außerdem haben wir so beide etwas Zeit, nachzudenken.«

Der Gedanke an ihre Abreise wühlte ihn innerlich auf. Er rutschte unruhig auf ihrer Bettkante hin und her. »Wie lange wirst du denn nun weg sein?«

»Um die drei Wochen rum.« Sie warf ihm über die Schulter ein Lächeln zu. »Ich muß ja rechtzeitig zurück sein, um Doug Sutcliffe zu fotografieren. Kannst du mir bitte das alte Hemd dort geben?«

Peter nahm das gefaltete Hemd neben ihm und stand auf. »Du wirst mir fehlen, weißt du.«

Sie nahm das Hemd, stockte einen Moment und hielt es zwischen sie. »Genug, um über Nacht zu bleiben?«

»Ich weiß nicht, Ciano. Die Träume ...« Peter wandte den Blick ab. »In letzter Zeit war ja nicht viel mit mir anzufangen.«

»Kein Problem.« Sie zuckte mit den Achseln. »Wie dem auch sei, ich werde in San Salvador schon ruhig schlafen können. Die Leute sagen, es ist dort ganz phantastisch.«

»Ja – klimatisiert.«

»Nun – überleg's dir.« Sie wandte sich wieder dem Koffer zu. In dem Moment wußte Peter, daß sie nicht zurückkommen würde.

»Noelle?«

Sie wandte den Kopf, eine Jeans in der Hand. »Hm?«

»Komm her. Bitte.«

Ihre Augen schienen sich zu weiten. Dann drehte sie sich um, eine Hand in der Hüfte, und zeigte auf den halbgepackten Koffer. »Und wer packt den Koffer?«

»Ich. Später.«

Ihre Mundwinkel schoben sich leicht nach oben. »Wirklich?«

»Wirklich.«

»Abgemacht«, sagte sie und ging auf ihn zu. Dankbar streckte er den Arm nach ihr aus ...

Ihre Haut war ganz warm.

Peter Carey spürte, wie Noelle Cianos nackte Schultern seine eigenen streiften: Er schwebte im Dämmerzustand zwischen Schlaf und Aufwachen. Wieder einmal fragte Levy ihn: »Sagen Sie, Peter, wann haben Sie den Traum das erste Mal gehabt ...«

Peter öffnete die Augen, schloß sie wieder, und dann wurde er vom Schlaf wie in einem Strudel hinabgesogen …

»Kann ich ein Foto von Daddy sehen?«

Onkel Phillip blickte von dem Märchenbuch auf. »Ein Foto, Peter?«

»Ja.« Der kleine Peter erklärte es ihm schüchtern. »Es wird immer schwerer für mich, ihn mir vorzustellen.«

Onkel Phillip sah ihn merkwürdig an. »Vielleicht später. Möchtest du nicht die Geschichte von Rumpelstilzchen hören?«

»Nein.« Peter war nun störrisch. »Ich will meinen Daddy sehen.«

Sein Onkel rutschte nervös auf dem Bett hin und her. »Das geht nicht, mein kleiner Märchenprinz.«

»Warum nicht?«

»Weil wir keine Fotos haben.« Onkel Phillips Stimme kam ihm plötzlich verlegen und kleinlaut vor. »Es war wegen dir, Peter – wirklich. Ich dachte, daß er es dir nur schwerer machen würde.«

»Und wo hast du dann den Dewey hingetan?«

»Er ist verlorengegangen, Peter.« Sein Onkel streckte den Arm nach ihm aus. »Bei dem Unfall…«

Peters Lippen bebten. »Laß mich in Ruhe.«

Onkel Phillip zögerte, die Hand halb ausgestreckt in der Luft und starrte ihn an. Dann strich er Peter über die Schulter und ging aus dem Zimmer. Peter hielt seine Tränen zurück, bis er hörte, wie die Tür ihn einschloß.

Er weinte sich in den Schlaf. Plötzlich, in der tiefen Finsternis der Nacht, kam sein Vater ihn holen. Sie waren in dem Tunnel…

Peter erwachte mit einem lauten Schrei.

Clayton Barth wartete im Dunkeln.

»Niemand sonst darf mich hier sehen«, hatte die Stimme gesagt. »Schalten Sie das Licht in Ihrem Büro aus und lassen Sie die Tür auf. Ich werde Sie dort aufsuchen…«

Langsam ging die Tür auf.

Im Halbdunkel erkannte Barth die schmächtige Gestalt eines Mannes, der sogar noch kleiner war als er selbst. Lautlos stahl sich die Gestalt herein.

Barth schaltete seine Lampe ein und lenkte den Strahl ins Zimmer. Der Strahl durchbrach die Finsternis, fing einen Arm ein, dann eine Fliege unterhalb eines Hemdkragens.

Die Gestalt blieb wie angewurzelt stehen. Über der Fliege erblickte Barth den Totenkopf eines Mannes.

»Wer sind Sie?« fragte er scharf.

Der Totenkopf lächelte. »Ich heiße«, sagte die Stimme sanft, »John Joseph Englehardt.«

Die beiden Männer belauerten sich.

Wie in Zeitlupe winkte Barth ihn herbei. »Was wollen Sie?«

Selbst in dem Halbdunkel fiel Englehardt auf, daß Barth sich für erheblich größer hielt, als er tatsächlich war: seine Gestik hatte etwas von dem Schwung, den man bei einem Zweimetermann erwarten würde, und er wankte hin und her wie ein Koloß. Aber er konnte dies nicht wirklich amüsant finden: Größenwahnsinnige wurden nur allzuoft zu dem, was sie sich einbildeten, und für ihn stand zuviel auf dem Spiel. Er antwortete respektvoll: »Ich bin gekommen, um Ihnen John Careys Verlag zu übereignen.«

»Wie?«

»Darf ich mich setzen?«

Die gedrungene Gestalt sah ihn durchdringend an. Dann, mit einer stummen Geste der Autorität, winkte Barth ihn an den Schreibtisch heran.

»Danke«, sagte Englehardt höflich.

Als er Platz nahm, fiel ihm auf, daß die Froschaugen unnatürlich weiß wirkten. »Besser, Sie reden jetzt langsam mal Klartext«, schnauzte Barth. »Woher wissen Sie, was ich will? Wie können *Sie* mir geben, was ich will?«

Englehardt behielt seinen unterwürfigen Ton bei. »Sie sind Geschäftsmann, Mr. Barth. Geschäftsgeheimnisse sind das Brot, von dem wir Fachleute leben. Sagen wir einfach, daß ich sozusagen ein Experte in Sachen Carey bin.«

Barth runzelte ungläubig die Stirn. »Wie das?«

»Es fing vor dreißig Jahren an, als ich so nahe bei John Peter Carey saß wie jetzt vor Ihnen.«

»John Carey?« Plötzlich, unwillkürlich, büßte Barths Stimme an Schärfe ein. Seine nächste Frage klang beinahe kindlich.

»Wie war er? Wissen Sie, ich habe ihn nie getroffen.«

Englehardt lehnte sich zurück, aufrichtig erstaunt.

Seine bisherige Vorstellung von Barth und seinen Motiven zersprang wie ein Bild in einem Kaleidoskop. Das neue Mosaik, das sich nun zu formen begann, war erschreckend pathologisch. Zögernd wagte er sich vor und sagte: »Ziemlich beeindruckend, fürchte ich.«

»Wie haben Sie ihn kennengelernt?«

»Ich habe für den Ausschuß Ermittlungsarbeiten erledigt. Wir hatten ein Problem mit den Autoren, die er herausgab. Ich war gezwungen, den Careys einen Besuch abzustatten.«

»Dann haben Sie auch seine Söhne kennengelernt?«

Englehardt hörte den seltsam ängstlichen Unterton heraus. »Ja«, erwiderte er, nun zuversichtlicher, »aber seine Söhne waren seiner nie wert.« Er schwieg. »Insbesondere Charles …«

Wie zur Antwort flackerte eine verträumte Sanftheit in Barths Augen auf.

Das letzte Mosaikstück fiel unvermittelt an seinen Platz.

Englehardt wurde blitzartig klar, was er tun mußte.

Er könnte Barth darüber aufklären, daß John Carey sein Studium mitfinanziert hatte. Aber ein Mann konnte einen anderen auch dadurch manipulieren, indem er mit seinem Wissen hinter dem Berg hielt. Er würde es nicht riskieren, den Durst nach einer Verbindung zu John Carey zu stillen, durch den er sich Barth gefügig machen konnte. »Lassen Sie mich erklären«, begann er leise, »wie ich Ihnen helfen kann, in den Besitz von John Careys Firma zu gelangen …«

»*Peter* Carey ist derjenige, der sich querstellt.« Mit beängstigender Geschwindigkeit war Barth wieder der alte. »Was Sie vielleicht früher einmal über seine Familie herausgefunden haben, nützt mir nichts.«

Englehardt lächelte ironisch. »Selbst wenn Sie dieser Ansicht sind – die Techniken, die ich im Zuge meiner Ermittlungen angewendet habe, sind durchaus nützlich. Ohne ins Detail zu gehen: mein beruflicher Werdegang ist eng mit geheimdienstlichen Tätigkeiten verbunden – dem CIA, um genau zu sein. Es gibt *Mittel und Wege* – teuer, aber erschwinglich –, und wenn wir zu einer Einigung kommen, werde ich als erstes den jungen Peter beschatten lassen. Mit der Zeit werde ich so viel über ihn wissen, daß er kein Problem mehr sein wird: Mit genügend Information ausgestattet kann ein findiger Agent jeden vernichten, ob psychisch oder physisch. Peter Carey zu vernichten sollte ein Kinderspiel sein.« Leise, wie zu seinem eigenen Spaß, zitierte er Charles Carey: »›Sie brauchen es nur zu sagen, mehr nicht.‹«

»Warum sollte ich einem Mann vertrauen, den ich nicht kenne?«

Englehardt zuckte mit den Achseln. »Das sollten Sie nicht – bis ich Ergebnisse vorweise.«

Barth dachte darüber nach. »Zu welchem Preis?«

»Spesen.« Englehardt lächelte. »Spesen und einen gutdotierten Posten. Ich möchte Chef des Sicherheitsdienstes von Barth Industries werden.«

Barths Stimme nahm wieder eine feindselige Schärfe an. »Den Posten *gibt* es nicht …«

»Sollte es aber. Sie stehen einem multinationalen Konzern vor: Die Bedürfnisse desselben an geheimen politischen Informationen, Personenschutz und, sagen wir, außergesetzlicher Interessenspflege sind unabsehbar. Sie haben vor, ins Ölgeschäft einzusteigen, wie man hört?«

»Lassen Sie uns bescheidener anfangen«, warf Barth ein. »Sie meinen, daß Sie Peter Carey für mich beobachten sollten. Bevor ich Ihnen dafür grünes Licht gebe – bevor ich Ihren Vorschlag auch nur in Erwägung ziehe –, brauche ich mehr als Ihre angeblich so tollen Referenzen.«

Englehardt nahm eine nachdenkliche Pose ein. Beinahe neckisch legte er einen Finger an die Lippen. »Würde Ihnen Phillip Carey fürs erste reichen?«

»Phillip?« Barth konnte sein Erstaunen nicht verbergen. »Dem ist doch nichts anzuhaben.«

»Phillip Carey gehört quasi Ihnen.«

Er konnte förmlich sehen, wie die Gedanken in Barths Kopf einander jagten: daß Phillip das Acht-Millionen-Dollar-Angebot ausgeschlagen hatte, daß Phillip Angst hatte...

»Und falls ich dies wünsche«, unterbrach er lässig, »wird Phillip Ihnen Peters Firma verkaufen. Meine Frage lautet nur, Mr. Barth: Wollen Sie sie noch?«

Barth blickte ihn lange an. Zögernd, beinahe gegen seinen Willen, nickte er.

Englehardt stand auf, um zu gehen. »Dann sollen Sie sie haben«, schloß er. Barths Stimme forderte ihn noch einmal heraus.

»Wie?«

Englehardt wandte sich um und sah auf die gedrungene argwöhnische Gestalt hinab. Aber der Mann, den er sah, war ein anderer geworden, schmächtig und einsam, im Dunkeln wartend.

»Phillip Carey«, sagte er leise, »ist mein bester Freund.«

»Daddy...«

Noelle zog Peter an sich. »Ist ja gut, Peter – alles ist gut.« Sie säuselte ihm schlaftrunken besänftigende Worte über die Schulter zu. »Das war vor zwanzig Jahren, und jetzt bin nur ich hier bei dir. Nichts wird passieren.«

Sie spürte, wie er erschauerte.

8

»Es war halb Erinnerung«, sinnierte Peter Carey auf der Couch, »und halb Traum. Ich weiß nicht genau, was von beiden.«

Levy überdachte dies. »Aber anschließend haben Sie wieder den Alptraum gehabt und sind aufgewacht?«

»Nur, da ist noch was anderes.« Carey atmete tief aus. »Gestern war ich in der Bibliothek und habe über den Tod meiner Eltern nachgelesen, in der Hoffnung, daß ich mich erinnern würde.«

»Und haben Sie sich erinnert?«

»Nein – nichts, was den Autounfall angeht. Aber in der *Daily News* stand, daß ich, als man mich fand, einen Plüschelefanten umklammert hielt.« Carey sprach ganz leise. »Falls das, was ich gestern nacht geträumt habe, wirklich so passiert sein sollte, warum hat Phillip mir dann gesagt, daß Dewey verlorengegangen ist?«

Es folgte Schweigen. »Vielleicht sollten wir uns erst einmal die genauen Zusammenhänge anschauen«, antwortete Levy vorsichtig. »Nach jenem ersten Alptraum, Peter, wie war da Ihr Verhältnis zu Phillip?«

Carey schloß die Augen. Phillip hatte damals noch dunkles Haar...

»Phil hat ein Kindermädchen eingestellt – ich glaube, wir haben weniger Zeit miteinander verbracht. Ich weiß noch, wie er mich lange anstarrte.«

»Und die Träume?«

»Sie hörten einfach nicht auf.«

»Hat Phillip Sie zu einem Psychiater geschickt?«

»Nein – als ich acht war, hat er mich auf ein Internat in Boston geschickt. Ich habe es gehaßt – ziemlich bald wußten alle Bescheid, und sie haben gelacht, weil ich im Schlaf angefangen habe zu schreien. Am Ende habe ich mich still und leise zu einer Telefonzelle davongeschlichen und Phil angerufen, um ihm zu sagen, daß er mich heimholen soll. Das hat er nicht getan, aber von da an hat er ein Einzelzimmer für mich gezahlt. Im darauffolgenden Jahr habe ich die Schule gewechselt. Phillip hat Ihnen gesagt, ich würde an Schlaflosigkeit leiden, also hat mich niemand schreien gehört.«

»Wie haben Sie sich gefühlt?«

»Einsam.« Carey konnte immer noch Noelles Gesicht in seinem Nacken spüren. »Nach einer Weile gewöhnt man sich dran, wie an alles andere auch.«

»Hat Phillip Sie besucht?«

»Nicht oft. Manchmal hat er angerufen, und ich habe ihn während der Ferien gesehen. Als ich älter war, hat er mir Geld geschickt, damit ich reisen konnte. Wir haben uns also hauptsächlich zu Weihnachten gesehen.«

»Wie war das?«

»Anstrengend.« Carey zuckte mit den Achseln. »Traurig, denk ich mal.«

»Charles ...« Sofort fing Levy sich wieder. »Ihr Vater – Sie haben ihn immer noch vermißt?«

»Ich habe mich wirklich nicht mehr an sehr viel erinnert. Aber die Träume über ihn sind immer wiedergekehrt, noch regelmäßiger, als ich im College war. Es ist schon komisch. Ich habe es eigentlich noch nie jemandem erzählt, aber es war der Traum, der mich nach New York zurückgebracht hat. Ich hatte mir damals schon überlegt, Jura zu studieren – und das ganze Verlagszeug einfach fallenzulassen. Phil hatte mir angeboten, mich auszubezahlen. Als ich in meinem letzten College-Jahr von einem Wochenende in Vermont zurückkehrte, wartete der Annahmebescheid von Harvard auf mich im Briefkasten.«

Carey beobachtete wieder die Spinne, die in ihrem Netz baumelte. »Ich setzte mich aufs Bett und las den Brief. Plötzlich wurde mir übel. Statt des Briefes sah ich meinen Großvater vor mir, den Bruchteil einer Sekunde vor dem Schlaganfall. Er drehte sich um und rief nach mir...«

»Ja?«

Carey verlagerte das Gewicht. »Nur, daß es nicht *ich* war, nach dem er rief.«

»Ich verstehe.«

»Ich versuchte zu schlafen.« Careys Hals war ganz trocken. »In jener Nacht hatte ich wieder den Traum – das Gesicht meines Vaters stand in Flammen, und der gesichtslose Mann im Tunnel lachte. Ich stand auf, packte mitten in der Nacht meine Sachen und fuhr nach Manhattan.«

»Zu Van Dreelen & Carey?«

»Ja.« Carey sprach ganz leise. »Ich war nicht mehr dort gewesen, seit mein Vater...«

»Seit er *was*, Peter?«

»Er den Unfall hatte.« Carey schwieg einen Moment. »Als ich Phillip um eine Stelle bat, hat er mich nicht einmal angesehen.«

Er wand sich unruhig auf der Couch. Levy fragte sanft: »Im nachhinein gesehen, Peter, warum sind Sie damals zurückgekehrt? Weil Sie ihn gehaßt haben?«

»Mein Vater haßte ihn.« Carey spürte, wie Panik in ihm aufstieg. »Ich habe nicht gesagt, daß *ich*...«

»Oder war es, weil er Ihnen Dewey weggenommen hatte?«

»Ganz so kindisch bin ich auch wieder nicht«, erwiderte Carey scharf, und dann war seine Stunde um.

»Ich sollte jetzt besser los«, sagte Noelle zu Peter.

Sie standen in einem von Menschen wimmelnden Gang im Kennedy International Airport. Fluggäste drängten sich an ihnen vorbei zu ihren Nachmittagsflügen. Er wollte sie nicht gehen lassen.

»Es ist besser so, Peter. Wirklich.«

Hilflos flüsterte er: »Paß auf dich auf.«

Sie starrte an seiner Schulter vorbei.

»Was hast du?«

Noelle starrte unverwandt weiter. Carey packte sie an den Handgelenken. »Was ist los, verdammt noch mal?«

Sie sah auf seine Hände. »An jenem Abend in SoHo«, sagte sie scheinbar gelassen, »ist ein Mann an unserem Tisch vorbeigestrichen. Er hat ganz seltsame Augen und eine irgendwie hängende Unterlippe gehabt. Einen Moment lang dachte ich, ich hätte ihn gesehen.«

Carey wirbelte herum. Eine Schulter tauchte ab.

»Peter – wir haben keine Zeit mehr.«

Er drehte sich wieder um. »Noelle...«

»Ich verpasse noch das Flugzeug.« Ihre Lippen streiften sanft über seinen Mund. »Bis in drei Wochen.« Sie drehte sich um, die Kamera über die Hüfte geschlungen, und war weg.

John Joseph Englehardt wartete in einer karg eingerichteten Fabriketage.

Mit höchster Raffinesse hatte er Barths Bedürfnisse in eine Angst vor Peter Carey verkehrt, wobei er seine eigenen Interessen weiter bedeckt hielt: Über die Careys gelänge es ihm womöglich bald, sich Zutritt zu einem multinationalen Konzern zu verschaffen und ihn unter seine Kontrolle zu bringen.

Die »Asiatische Galerie« zwei Stockwerke tiefer mit einer Sammlung chinesischer Plastiken diente ihm als Tarnung. Er hatte in Yale angefangen, als er sich mit den eher byzantinisch gearteten Wirrungen der Mandschu-Dynastie auseinandergesetzt hatte, sich dafür zu interessieren. Die neuen Schätze im zweiten Stock wären, einmal Barths Zugriff entzogen, sogar noch um einiges unergründlicher: Computer, die so programmiert waren, daß selbst der geschickteste Eindringling nicht daraus klug werden würde und lediglich auf Listen mit dem Inventar der verfügbaren Kunstgegenstände stieß. Nichts davon würde perfekt konzipiert sein, um seine Geheimnisse zu verbergen. Und was den dritten Stock anging, wo er jetzt gerade saß und ohne irgendwelche Hinweise auf seine Identität lebte, war SoHo wieder einmal die beste Wahl. Falls ihm sein Coup gelang, würde die trostlose Ödnis der gesamten Fabriketage – die Pritsche, der Kleiderschrank aus Pappe und der ramponierte Schreibtisch, das primitive Badezimmer in der Ecke – durch ein Loft seiner Träume ersetzt werden. In der Mitte stünde dann ein Podium mit einem Schreibtisch aus Walnußholz; der darin versteckte Computerterminal würde zu seinem Nachschlagebuch voller intimer Kenntnisse werden, eine Enzyklopädie, die in aller Sorgfalt durchgeblättert werden wollte. Alles, was er dazu brauchte, waren die Ressourcen von Barth Industries.

Noch war all dies möglich, es hing nur von Peter Carey ab: Wie er bereits vor vielen Jahren gelernt hatte, war Information Macht. Doch nie zuvor war ihm das Risiko, das in dieser Gleichung lauerte, so zu Bewußtsein gekommen wie in diesem Moment. Die *Auswirkung* einer bestimmten Information konnte sich durch das ständig wechselnde Kräftespiel innerhalb einer Gruppe, in der der eine auf den anderen in einer Kette aus Schicksal und Leidenschaft reagierte, völlig umkehren.

Nach so vielen Jahren hatte das Schicksal Charles Careys Sohn zu dem letzten Glied dieser Kette gemacht.

Englehardt hatte nach dem Tod von Charleys Carey auch dem kleinen Peter zwei Monate lang den Tod gewünscht.

Aber Phillip Carey hatte seinen Körper gerettet. Es war sein Gedächtnis, das starb.

Zwei weitere Monate lang hörte er sich alles an, um sicherzugehen. Dann flog er insgeheim, und ohne seinen Vorgesetzten Bescheid zu geben, nach New York.

Es sollte sein letztes Treffen mit Phillip Carey werden.

Die beiden Männer standen einander Auge in Auge gegenüber. »Sie sind jetzt am Drücker«, sagte er Phillip mit leiser Stimme. »Sie können jetzt tun und lassen, was Sie wollen.«

Phillip Carey hing schlaff in seinem Stuhl, so leblos wie die Marionette, zu der er geworden war. »Am Drücker?«

Englehardt streckte den Arm aus, um ihm einen Klaps auf die Schulter zu geben, hielt aber mitten in der Bewegung inne. »Sie haben recht, Phillip. Da ist immer noch Peter.«

»Sie würden doch wohl nicht…«

Englehardt lachte lauthals. »*Ich* würde nicht?«

Phillip wandte sich von Englehardts Lächeln ab. »O mein Gott…«

»Man würde Ihnen eine echte Gefälligkeit erweisen, wenn man ihm hilft, zu vergessen. Eine Gefälligkeit«, wiederholte Englehardt leise, »die sein Onkel und Lebensretter sich doch redlich verdient hat.«

Phillip blickte ihn voller Elend und Abscheu an. »Und wie groß ist die Gefälligkeit, die *Sie* verlangen?«

Englehardt war von Phillips scharfem Tonfall getroffen. »Sie werden Charles' linkslastige Schriftsteller auf die Straße setzen«, antwortete er knapp, »und so sicherstellen, daß die Bücher, die *ich* Sie bitten werde herauszugeben – Abhandlungen über das Verteidigungsbudget oder die sowjetische Expansionspolitik –, die natürliche Ausrichtung Ihres Programms unterstreichen. Was die Betreuung Ihres Programms im Ausland angeht, die unseren Agenten als Tarnung dienen soll, so werden die anfallenden Reisen in gewissen Abständen erfolgen, um keinen Verdacht zu erregen. Als Gegenleistung wird die bedeutende Stellung, die Sie ja nun einnehmen, Ihren Vorstellungen aufs genaueste entsprechen. Die Überwachung Ihres Privatlebens wird eingestellt. Befehle werden Ihnen nur mündlich erteilt werden.« Englehardts Tonfall ging nahtlos von Betroffenheit in Ironie über. »Sie werden mir nicht einmal ins Gesicht sehen müssen, Phillip. Und wenn alles gutgeht, wird auch der kleine Peter unser neues Arrangement nicht umwerfen, zumindest nicht vor seinem dreißigsten Lebensjahr.«

Phillip sah weg. »Und wenn doch?«

»Das wäre höchst bedauerlich.« Fast liebevoll lächelte er auf Phillip hinab. »Schauen Sie, ich besitze Sie nun.«

Die Zufriedenheit seiner Vorgesetzten übertraf selbst seine kühnsten Erwartungen. Wenn er darauf angesprochen wurde, verbarg er das Geheimnis seiner Macht. »Phillip Carey«, hatte er stets geantwortet, »ist mein bester Freund.«

Dann stand er rasch auf – Freunde hatte er ja nun.

Er fühlte sich nicht mehr als Außenseiter, der zweite Sohn eines kaltherzigen Vaters. Er hatte nun einen richtigen Beruf, war ein Meister seines Fachs. Seine Fähigkeit, in einem nahtlosen Netz menschlicher Motive Informationen kurzzuschließen, zeichnete ihn als den geborenen nachrichtendienstlichen Analytiker aus. Angetrieben von dem Vorsatz, sich für seine Ziele nur von kühlem Verstand leiten zu lassen, begann er ein Attentat auf einen unbequemen kongolesischen Politiker in die Wege zu leiten, der auf der geheimen Gehaltsliste der Sowjets stand. Die Durchführung des Attentats gelang mit einer Präzision, die ihm glühende Bewunderung eintrug. Als man den Politiker später am Rand von Léopoldville in einem Kühlhaus zur Lagerung von Fleisch fand, konnte Englehardt wieder einmal nur tiefe Befriedigung darüber empfinden, daß *seine* Geheimnisse niemandem bekannt waren. Er hatte seine Seele sowohl von den Fesseln der Religion als auch von der instinktiven Furcht des Menschen vor einem Mord befreit: Sein kühler, an Phillip Carey geschärfter Verstand, frei von abergläubischen Anwandlungen und von zahllosen Geheimnissen durchzogen, hatte ihm schließlich doch den Zugang an die Hebel der Macht verschafft.

Phillip, und dann Martin, waren die neuen Symbole für seine Bereitschaft zum Morden.

Sie hatten sich im Jahre 1962 kennengelernt: Zum zweiten und letzten Mal in seinem Leben wurde Englehardt von dem gespenstischen Gefühl gepackt, einer anderen, verborgenen Seite seiner Persönlichkeit gegenüberzustehen.

Es war reiner Zufall gewesen. Martins Führungsoffizier war an einer schweren Grippe erkrankt, und Englehardt war die Aufgabe zugefallen, mit diesem wenig geliebten Außenagenten eine Lagebesprechung nach einem Routineeinsatz in Athen durchzuführen. Da er wußte, daß Martin aufs Abstellgleis geschoben werden sollte, sah er dem Treffen mit einer gewissen Neugier entgegen. Trotz seiner überlegenen Intelligenz verursachte Martin bei seinen Vorgesetzten instinktive Abscheu.

»Sind Sie Englehardt?«

Englehardt blickte auf und schauderte zurück: Beinahe sofort wußte er, daß es nicht an der gewölbten Stirn lag, an der schiefen, plumpen Nase oder der grotesk vorstehenden Unterlippe – obwohl der Mann durch diese bösartige Laune der Natur, der diese Kombination entsprungen war, sein Leben lang ein Außenseiter bleiben würde –, sondern an den Augen.

Seit er Phillip Carey zum ersten Mal erblickt hatte, wußte Englehardt, daß er den Charakter der Menschen an ihren Augen abzulesen vermochte. In Martins – aufmerksam und hell schimmernd – sah er das krankhaft übertriebene Einfühlsvermögen eines Menschen, der zuviel allein war.

»Aber nehmen Sie doch Platz«, sagte er ganz ungezwungen. »Ich möchte die Fakten hören und Ihre Eindrücke.«

Während der nächsten zwei Stunden hörte Englehardt zu und stellte Fragen: Aus Martins nuschelnder Stimme hörte Englehardt ein warmes, unterschwelliges Bedürfnis heraus, die Menschen, die er nur beschattet hatte, zu berühren. Als sein Freund könnte man womöglich seine uneingeschränkte Dankbarkeit gewinnen.

»Sie haben gute Arbeit geleistet.« Englehardt wagte sich mit einem Lob vor.

Martin lächelte gespenstisch. Ihre Blicke trafen sich.

Englehardt wurde von Angst durchzuckt. Diese häßliche Mißgeburt hatte seine Gedanken gelesen. Doch auch die tiefsten Wahrheiten und Einsichten würden nichts an Martins Bedürfnissen ändern. »Ja«, endete er mit leiser Stimme, »Ich sehe genau, zu was Sie fähig sind.«

»Bitte.« Martins Stimme sprach im Flüsterton, wie ein Beichtender. »Ich brauche mehr Freiheit.«

Englehardt gab sie ihm.

In rascher Folge tötete Martin drei belgische Doppelagenten. Die Männer verschwanden einfach von der Bildfläche.

Englehardt trug ihm eine neue Aufgabe an, dann eine weitere, die noch heikler war. Zwei weitere Männer starben. Martins Erfolge vermehrten seinen Ruhm. Englehardt allein hatte seine Talente erkannt.

Erst später dämmerte es ihm, was es mit den Frauen auf sich hatte.

In Deutschland wurde Englehardt zum ersten Mal mit dem Tatmuster konfrontiert. Drei Frauen waren verfolgt und scheinbar grundlos getötet worden. Sie waren nackt ausgezogen und mißhandelt worden, jedoch nicht vergewaltigt. Die Polizei in Berlin, München und Frankfurt tappte völlig im dunkeln. Englehardt klärte sie nicht darüber auf, daß die Frauen jeweils den Tod gefunden hatten, als Martin sich in den betreffenden Städten aufhielt; daß die Arbeit eine Spur zu professionell war; daß es sich bei den Opfern um Prostituierte gehandelt hatte, an die ein häßlicher, mißgestalteter Mann rankommen konnte.

Da davon auszugehen war, daß sie ihn nicht vergessen würden, war es nur gut, daß sie tot waren.

Als Martin nach Washington zurückkehrte, lagen Fotos von drei Frauen auf seinem Bett.

Sie verstanden sich vollkommen.

Martin würde größere Vorsicht walten lassen, denn Englehardt hatte angefangen, sich auf ihn zu verlassen.

Niemals würde eine Zielperson seinen Namen erfahren oder in sein Gesicht blicken.

Während Martin immer klüger und raffinierter wurde, perfektionierte Englehardt sein handwerkliches Können. Sie meisterten die Feinheiten einer Überwachung, manipulierten ihre Zielpersonen so, daß jeder Tod als logische Folge eines bestimmten Lebenswandels erschien. Englehardt lehrte Martin die Tugend, bereits im vorhinein gegen alle Eventualitäten abgesichert zu sein, und mit ihm erlernte er die geheime Kunst, Mord in Selbstmord umzuwandeln: Soweit möglich, würden sie bei ihrer Arbeit nicht den Hauch einer Spur hinterlassen.

Darin wurden sie von Englehardts leidenschaftlichem Hang zur Analyse unterstützt.

Stück für Stück rekonstruierte er mit Hilfe all der kleinen Informationen, an die Martin herangekommen war, das Innenleben des Opfers, bis er die jeweils geeignete Todesart vor Augen hatte. Wenn seine Erkenntnisse präzis genug waren, kamen sie oft ohne Gewaltanwendung aus: Ein bekannter britischer Linker, dem vor seiner Schwäche für kleine Kinder graute, erschoß sich selbst, ohne überhaupt zu wissen, wer ihm die Fotos geschickt hatte. Zuweilen ließ er auch in der Umgebung des Opfers Hinweise streuen, die er von einer Geliebten oder einem Psychiater gestohlen hatte und die einen späteren Selbstmord plausibel erscheinen ließen: Martin, der die Pistole aus nächster Nähe abfeuerte, so daß die Wunde selbst beigebracht wirkte, tötete und verschwand, ohne auch nur den leisesten Hinweis auf einen Kampf zurückzulassen, nur den Leichnam eines Lebensmüden, der nicht einmal auf Englehardt zeigen konnte, wenn er von den Toten auferstanden wäre.

Dann und wann mußte wieder eine Frau dran glauben: Auch dies war eines ihrer unausgesprochenen Geheimnisse.

Aber es gab ein Geheimnis, das er nicht mit Martin teilte, und das war Phillip Carey.

Es war mitten in der Nacht, und Englehardt spürte seine Abwesenheit wie ein amputiertes Bein.

Sie trafen einander nicht mehr.

Englehardt konnte ihn stets auf einer abhörsicheren Leitung anrufen: Energisch gab er ihm neue Anweisungen, dann erkundigte er sich nach Peters Gedächtnis.

Manchmal, wenn er es sich nicht verkneifen konnte, fragte er Phillip, wie es ihm ging.

Er überspielte dies mit einem Schuß Ironie: Er wisse es ja nicht mehr, fügte er sanft hinzu, da er Wort gehalten habe.

Vierzehn Jahre hatte ihre Abmachung gehalten. Ihre Geheimhaltung war so perfekt gewesen, daß auch 1974, als eine Enthüllungswelle ähnlicher Operationen den CIA dazu zwang, auf Van Dreelen & Carey zu verzichten, die Sache nie ans Licht der Öffentlichkeit gelangte. Er hatte sich per Telefon von Phillip Carey verabschiedet.

Inzwischen war Englehardt zu einem mächtigen Mann geworden.

Sechs Jahre später unterzog der letzte in einer ganzen Reihe von jämmerlichen CIA-Direktoren der Nach-Watergate-Zeit diese stolze Karriere einer genauen Prüfung: Der Direktor schätzte Englehardt als einen außer Kontrolle geratenen Mörder ein und verlangte seine Pensionierung.

Als er in das stumpfe, dumme Gesicht des Direktors sah, spürte Englehardt plötzlich eine entsetzliche Panik in sich aufsteigen: Durch die Firma und Martin hatte er mit seinem Verstand auf die Nachkriegswelt eingewirkt. Nun sollte ein Amateur diesem Vierteljahrhundert der Macht ein Ende setzen ...

Er machte sich sofort auf die Suche nach Martin und fand heraus, daß man ihn nach Zürich versetzt hatte.

Englehardt saß von der Welt abgeschnitten in seinem

Stadthaus und kämpfte gegen eine entsetzliche Krankheit an – trostlos und schrecklich wie ein plötzlicher Drogenentzug – und überdachte seine Alternativen. Die eine war, den Direktor zu erpressen: Er wußte zuviel, vor allem für jemanden, der nicht mehr dazugehörte. Aber damit konnte er sich allenfalls den leeren Schreibtisch und nichtssagende Titel erkaufen, mit denen man die Ausgestoßenen wegzuloben pflegte, lebende Tote bis zu ihrer Pensionierung. Draußen jedoch würde er durch sein geheimes Wissen vielleicht wieder an die Schalthebel der Macht gelangen: Seine einzige Hoffnung bestand darin, seinen scharfen Verstand jenen anzubieten, die diese Macht besaßen.

Sofort fiel ihm Clayton Barth ein.

Er wußte von Barth durch dessen Tick, vorzugsweise ehemalige Agenten wie Martin einzustellen, unbeeindruckt von der wachsenden Kritik an deren Arbeitsweise. Dies zeigte ihm, daß Barth für seine Zwecke anfällig war: Je mehr Barth weltweit seine Fühler ausstreckte, desto besser könnte er dazu benutzt werden, geheimdienstliche Erkenntnisse zu gewinnen. Im Zeitalter von Terrorismus, Industriespionage und Bestechung bei Auslandsinvestitionen könnte ein Mann wie Barth – skrupelloser als seine Regierung – schnell von ihm abhängig werden. Und dann, so sagte sich Englehardt, könnte er sich vielleicht der Ressourcen von Barth Industries bedienen, um die CIA zu *seinem* Kunden zu machen…

Aber er konnte nicht als bloßer Bittsteller an Barth herantreten: Er mußte jeden seiner Schritte auf Barths Nöte und Wünsche abstimmen.

Also lud er seine früheren Kollegen zu Drinks ein und horchte sie über Klatsch und Tratsch bei Barth Industries aus. Gleichzeitig machte er sich daran, sich eine Reputation aufzubauen. Er trat an verschiedene multinationale Konzerne heran und bot ihnen seine neuen, speziellen Dienste an, mit dem Hinweis, daß sie unverzichtbar seien, wenn ihnen daran lag, ihre Machtposition weiter auszubauen.

Aber er mußte feststellen, daß sie dies nicht begriffen.

Von seinem Haus in Georgetown aus erledigte er nachrichtendienstliche Analysen für Ölkonzerne, die vor Gaddafi zitterten, und kurzfristige Überwachungsaktionen für Computerfirmen, die einen Lauschangriff vermuteten. Der anrüchige, lakaienhafte Charakter seiner Arbeit und die dazu im krassen Gegensatz stehenden Erfolge weniger talentierter Kollegen, die Waffen nach Libyen verschoben oder geheime Informationen gegen einen kleinen Zipfel Berühmtheit eintauschten, demütigten ihn. Mit beunruhigender Ironie mußte er feststellen, daß seine zunehmende Verzweiflung die eines in die Jahre gekommenen Mannes war und doch der seiner Jugend gleichkam: Er konnte sich nicht verkaufen, und seine Geheimnisse würde er niemals verkaufen.

Dann, bei einem Mittagessen mit früheren Kollegen im *Sans Souci*, erfuhr er von Clayton Barths besessenem Interesse an Van Dreelen & Carey.

»Ein mieser kleiner Verlag«, hatte der Mann ihm verblüfft gesagt, »und der Chef spielt Kapitän Ahab.«

Englehardt witterte Morgenluft.

Vor dreißig Jahren hatte John Carey den arroganten Charles angekrächzt: »Der einzige Mensch, den Clayton Barth zerstören konnte, war sein Sohn.«

Barths Vater hatte sich mit einem Revolver das Gehirn weggeblasen. Das wußte Englehardt von einer Bandaufnahme.

Seine letzte Chance war Clayton Barth, der Sohn.

Aber so viel hing von Peter Carey ab, der seinem Vater beinahe beängstigend ähnlich war...

Dies vor allem zwang ihn, sich wieder an Martin zu wenden.

Er war sich vollkommen über das damit verbundene Risiko im klaren: Genau wie bei Barth konnte er seinen häßlichen Handlanger nur durch dessen Bedürfnisse an der

Leine halten. Aber dann, sechs Monate nachdem Englehardt entlassen worden war, feuerte der CIA Martin, aus Angst, ohne Englehardt dessen Bedürfnisse nicht in Schach halten zu können. Nun gab es niemanden mehr, der diesem Mann das geben konnte, was Englehardt ihm unter Umständen anbieten würde…

Als er Martin schließlich anrief, entstand ein Moment des gespannten Schweigens: Englehardt spürte, daß der häßliche Mann am anderen Ende der Leitung weinte. Als er schließlich etwas rausbrachte, war es nur ein ersticktes »Danke«, und dann legte Martin auf.

Am nächsten Tag stand er vor Englehardts Tür.

Englehardt blickte finster: Martin hatte ihn noch nie zu Hause aufgesucht. Er fuhr mit ihm in die Nähe des Jefferson Memorial. Dort, zusammengekauert gegen die kühle Herbstluft, legte er ihm in groben Zügen seinen Plan dar.

Martin sollte Peter Careys Privatleben bis ins kleinste Detail ausleuchten.

Als Martin nach Manhattan zog, um sich dort einen Stützpunkt einzurichten, ging Englehardt noch einmal Schritt für Schritt seinen Plan durch.

Seine Ersparnisse waren ausreichend: Ein paar Monate lang konnte er sich und Martin finanziell über Wasser halten, einen Stützpunkt und das technische Gerät bezahlen, das sie benötigten. Martin würde die Beschattung Peter Careys anfangs allein durchführen. Für den Fall, daß sie Verstärkung brauchten, wäre es Martin, der die zusätzlichen Agenten führen würde, so daß sie den Namen John Joseph Englehardt nie zu Gehör bekommen, ihm nie ins Gesicht sehen würden. Und sobald Barth an Phillip Carey herantrat, würde eine Kette von Ereignissen in Gang gesetzt werden, auf die Verlaß war…

Daß Phillip Carey nicht ohne Zustimmung seines Neffen verkaufen würde.

Daß Peter Carey seine Zustimmung zurückhalten würde, um Barth in Rage zu versetzen.

Dies alles, damit allein Englehardt Barth das geben konnte, wonach er sich so verzehrte, und zwar, indem er Phillip zwang, die Firma zu verkaufen.

Die einzige unwägbare Größe war Peter Carey.

Niemand wußte besser als er, welch ein Wagnis es war, *diesen* Neffen gegen *diesen* Onkel aufzuwiegeln. Er konnte jedoch diese leere, hirntötende Farce seiner jetzigen Existenz keinen Tag länger ertragen.

Als Martin ihn anrief, nahm Englehardt ein Flugzeug nach New York und tauchte, unbemerkt von der Welt, in SoHo unter.

Er richtete sich auf ein Leben im verborgenen ein.

Er verließ SoHo nur nach Einbruch der Dunkelheit, mit Martin als Fahrer. Martin brachte ihm zu essen und kaufte unter falschem Namen Skulpturen an. Die Eröffnung der Galerie wurde auf einen späteren Zeitpunkt verschoben. In ihrem Lager befanden sich weder Kleider mit Etiketten noch irgendwelche Schriftstücke, in denen sein Name auftauchte. Seine bürgerliche Existenz lebte mit all seiner Habe in seinem Haus in Georgetown fort, das schon immer mehr Zufluchtsort als Heim gewesen war. Nachts schritt er in dem Loft auf und ab und wischte die Fingerabdrücke weg.

Innerhalb von zwei Wochen hatte Peter sich zur Psychoanalyse angemeldet.

Einsam lauschte Englehardt seinen Qualen auf Band, angewidert und gespannt zugleich. Beim Klang von Peter Careys Stimme erbebte er innerlich…

Machtlos wie eine Fliege in Bernstein wartete er darauf, daß Barth und Phillip den ersten Akt zu Ende spielten.

Schließlich war es soweit: Sein Anruf bei Benevides – das erste Mal, daß er persönlich eingegriffen hatte – hatte den zweiten Akt eröffnet.

Nun begann der dritte Akt.

Barth würde zwar spüren, daß Englehardt seine Macht auf andere ausdehnte, aber er würde nicht erkennen, daß seine eigene Macht immer mehr in Englehardts Hände überging, jedenfalls nicht, bevor er zu geschwächt war, um sich noch vor dem Preis, den er zu zahlen hatte, zu drücken. In der feinen Kunst der gegenseitigen Erpressung war Englehardt längst ein Meister: Da er Reichtum und öffentliches Ansehen scheute, hatte er weniger zu verlieren als andere.

Und so kam es, daß viele Jahre nachdem sich die Blicke zweier junger Männer über den Tisch hinweg getroffen hatten, Phillip Carey wieder einmal seine Auferstehung feiern würde. Mit geschlossenen Augen schwelgte er in der Erinnerung.

In dem weiten, dürftig eingerichteten Loft hallten Schritte, und dann unterbrach ihn Martins Nuschelstimme. »Entschuldigen Sie«, sagte er leise, »aber Phillip Carey ist hier«, und erst in diesem Moment wußte Englehardt wirklich, wie sehr ihm dieser gefehlt hatte.

Die beiden Gestalten schritten aus dem trüben Licht des Fahrstuhls heraus und bewegten sich in der Dunkelheit auf Englehardts Schreibtisch zu. Wie in einem blitzschnellen Zeitsprung hatte er eine schizoide Vision, in der sich seine beiden Persönlichkeiten gegenüberstanden, die harte, brutale und die sanfte, geschmeidige. Dann zog sich Martin in die Dunkelheit zurück, und er und Phillip waren allein.

»Wie geht's Ihnen, Phillip?« fragte er leise.

Phillip Carey wirkte krank. »Ich dachte, Sie wären tot.«

Englehardt neigte den Kopf zur Seite, musterte ihn. »Sie sehen älter aus. Aber es ist ja mittlerweile über zwanzig Jahre her.«

Phillips Stimme klang hohl. »Dreiundzwanzig.«

Englehardt nickte wie in Zeitlupe. »Wie hat's Ihnen denn so gefallen, die Firma zu führen?«

»Was wollen Sie?«

Englehardt wurde sich wieder bewußt, daß Phillip die Macht besaß, ihn allein mit dem Tonfall seiner Stimme zu verletzen. »Sie werden an Clayton Barth verkaufen.«

Phillip wurde ganz starr. »Haben sie mit ihm dieselbe Abmachung getroffen?«

»Das ist vertraulich, Phillip. *Ihre* Rolle dagegen ist ganz einfach.«

»Aber das kann ich nicht. Ich bin *Treuhänder.*«

Englehardt lächelte liebevoll. »Sie vergessen tatsächlich, vor wem Sie sich fürchten müssen. Aber es ist ja nicht leicht, sich von einer lebenslangen Gewohnheit zu trennen, nicht war?«

Phillip hob die Stimme. »Sie unterschätzen Peter. Er hat viel von meinem Vater, ebenso wie von Charles. Er ist unglaublich komplex...«

»Ist das der Grund, weshalb er sich an Ruth Levys Bruder gewandt hat?«

Phillip erblaßte. Er fragte: »Weswegen?«

»Wegen seines Gedächtnisses, Phillip.« Ihre Blicke trafen sich. »So«, sagte Englehardt, »jetzt wissen Sie, wie die Sache steht.«

»Ist mir egal.« Phillip schaute weg. »Ich will nicht, daß ihm was zustößt.«

»Dann sollte er schleunigst von der Last seines Erbes befreit werden – hoffentlich auch von der Analyse.«

»Aber wir sind uns nicht sehr nah.« Phillip griff nach seinem Feuerzeug und fügte kläglich hinzu: »Er ist ganz wie sein Vater.«

»Gesetzt den Fall, er müßte um Miss Ciano fürchten...«

»Nein!«

Englehardts Lachen war so leise wie das Rascheln eines Blattes.

»Ich wäre nicht einmal hergekommen, Sie Schwein, wenn...«

»Wenn«, fauchte Englehardt zurück, »Sie John Careys Lieblingssohn gewesen wären. Es ist wirklich bedauernswert, Phillip, daß er auf Charles so große Stücke hielt.«

Phillips Wut verlor sich in seinem Selbsthaß. »Ja, in der Hinsicht waren Sie immer sehr verständnisvoll gewesen.«

Englehardt zuckte mit den Achseln. »In meinem eigenen Leben gab es einen ähnlichen Fall. Es gab einen Moment, Phillip, da waren wir Freunde.«

Phillip Carey schloß die Augen. Wie in Trance wiederholte er: »Ich dachte, Sie wären tot.«

»Aber das bin ich nicht.« Englehardt musterte Phillip, wie er steif und verkrampft vor ihm stand. Beinahe zärtlich sagte er ihm: »Ich brauche Sie wieder als meinen Freund.«

Phillips stummer, gesenkter Blick war voller Abscheu.

»Nein, Phillip.« Englehardt schüttelte den Kopf. »Es hat keinen Sinn, mir die Schuld in die Schuhe zu schieben. Sehen Sie, ich bin Ihr Spiegelbild. Beinahe wie«, er suchte das passende Wort und schloß mit ebensoviel Ironie wie Zärtlichkeit in der Stimme, »ein Bruder.«

Phillip Carey erschauerte. Dann fing er sich wieder, und Englehardt zeigte auf das Telefon. »Es wird jetzt Zeit«, sagte er kalt. »Mr. Barth erwartet Ihren Anruf.«

9

»Immer wieder fällt Ihnen Dewey ein«, sagte Levy. »Was glauben Sie, steckt dahinter?«

»Nichts.« Careys Stimme klang wie eine schlecht gestimmte Klaviersaite. »Es ist Unsinn...«

Englehardt zwang sich, die Ruhe zu bewahren. Er wußte, daß Peter Carey sich nicht erinnern würde: Er hörte sich das Band bereits zum zweiten Mal an...

»Kommen wir also noch einmal auf Phillip zurück. Können Sie mir einmal genau erklären, weshalb Sie ihm nicht vertrauen?«

Englehardt hatte Phillip mittlerweile drei Wochen lang vor Barths Nase baumeln lassen. Darüber hinaus hatte er Martin insgeheim auf Barths Gehaltsliste setzen lassen und sämtliche Hilfsmittel beschafft, um Careys Privatleben bis aufs intimste Detail auszuleuchten: Barth wußte nicht, daß er vier Tage pro Woche über Careys Gedächtnis wachte.

»Es ist mehr ein Gefühl«, antwortete Carey. »Phillip, der Anruf wegen Barth, Dewey, die Vermutung, daß Noelle verfolgt wird, der Alptraum – nachts weiß ich immer, daß ich in den Tunnel renne. All das ergibt keinen Sinn …«

Wie erhofft, hatte er Carey mit dem Hinweis auf Barths Vergangenheit in höchste Alarmbereitschaft versetzt, seinem Mißtrauen aber gleichzeitig die Stoßkraft genommen: Carey konnte Barth unmöglich mit dem Zeitpunkt seiner Amnesie in Verbindung bringen. Er starrte nun auf ein Freudsches Puzzle, in dem zu viele Teilchen fehlten.

»Sie wirken gereizt, Peter.«

»Ich habe immer noch nichts von Noelle gehört. Ich werde die Angst nicht los, daß ich ihr irgendwie Barth aufgehalst habe. Aber auch er hat sich seit diesem verdammten Treffen nicht mehr gerührt. Sogar Phil geht mir aus dem Weg, so als hätte er Angst.«

Er mußte Martin an der kurzen Leine halten, dachte Englehardt finster. Eine lebendige Noelle Ciano war sein zweites Mittel, Carey von seiner Vergangenheit abzulenken. Und übermorgen, als drittes Mittel, würde er Phillip anweisen, sich gänzlich von Carey fernzuhalten.

»Phillips Verhalten – glauben Sie, es steht in irgendeinem Zusammenhang mit Ihren Gedächtnislücken?«

Englehardt starrte auf das laufende Band: Mit verbundenen Augen, aber nicht minder beharrlich verwickelte Levy ihn in ein Wettrennen mit Peter Carey.

Carey hob die Stimme. »Woher soll *ich* das wissen?«

»Das werden sie noch, Peter. Früh genug.«

Englehardt sah zu den speckigen Fenstern des Lofts auf. Der Morgen begann bereits zu dämmern.

Im Licht der Morgendämmerung versuchte Levy verzweifelt zu klären, ob es zwischen Peter Careys Angst um Noelle Ciano und Charles Careys Tod eine Verbindung gab.

Seit drei Tagen war er noch vor Tagesanbruch mit dem Taxi ins Büro gefahren und hatte in seinen Aufzeichnungen nach einer Antwort gesucht. Sein sechster Sinn sagte ihm, daß der Zusammenhang mit Careys Erinnerungen verschüttgegangen war: Daß Noelle vielleicht verfolgt wurde, erklärte nicht die Widersprüche, die er aus Careys Antworten herausgehört hatte. Unter »Noelle« hatte Levy bereits vor längerem »Angst, sie zu lieben, gleichzeitig Angst, daß sie ihn verläßt« gekritzelt.

Jetzt fügte er hinzu: »Angst, daß sie durch seine Liebe ermordet wird.«

Levy starrte auf die Worte nieder: Ebenso wie seine Erinnerung an Phillip spornten sie ihn dazu an, das Geheimnis zu lüften, das sich hinter Peters Alptraum und seiner Amnesie verbarg, bis es auch ihm den Schlaf raubte.

Zum hundertsten Mal – jedenfalls kam es ihm so vor – kritzelte er »Wer ist der gesichtslose Mann«? Dann blickte er finster: An der Zerfahrenheit seiner Aufzeichnungen ließ sich sein immer kritischer werdender Zustand ablesen, als handelte es sich um den gezackten Verlauf eines EKGs.

Die Analyse war ins Stocken geraten.

Peter hatte wahnsinnige Angst um Noelle: Als in El Salvador die drei holländischen Fotografen ermordet wurden, hatte er sich die schlimmsten Vorwürfe gemacht. Er bildete sich ein, Noelle in den Tod geschickt zu haben. »Sie wäre nicht gegangen«, wiederholte er immer wieder, »wenn ich nur irgend etwas *gesagt* hätte.«

Jetzt gerade schrieb Levy: »Charles → Amnesie → Noelle?«

Bereits in der letzten Woche hatte er sich klammheimlich an diese Frage herangeschlichen.

Der Auslöser war Careys beiläufig erzählte Geschichte von seiner sexuellen Initiation mit der frühreifen Tipsy. Es war auf der Rücksitzbank eines leeren Schulbusses passiert, mit dem ihre Schulklasse zu einer Kennenlernfete gefahren worden war. Carey erinnerte sich noch, wie sehr ihn ihre Schreie erschreckt hatten. »Als wir fertig waren«, sinnierte er, »sagte sie, daß sie deshalb zum Höhepunkt gekommen ist, weil ich es so lange hinauszögern konnte. In Wirklichkeit hatte ich eine Heidenangst, daß sie mich erwischen würden, und sogar noch als sie kam, habe ich nach Schritten gelauscht. Aber im nachhinein ging mir auf, daß ich da vielleicht eine echte Entdeckung gemacht habe.«

Levy faßte die Geschichte zuerst rein symbolisch auf: Da Carey seinem inneren Gebot zur Selbstkontrolle unbedingt Folge leisten wollte, konnte er sich von seiner sexuellen Schuld nur dann erlösen, wenn er sein eigenes Vergnügen bis zum Ende hinausschob. Levy hatte Vermutungen über irgendein traumatisches Schlüsselerlebnis in der frühen Kindheit angestellt – vielleicht einen Vorfall, bei dem neben dem kleinen Peter auch Phillip und Allie beteiligt waren. Damit würde sich so viel erklären lassen...

»Sagen Sie«, fragte er Carey, »was sind Ihre frühesten Erinnerungen in Zusammenhang mit Sexualität?«

»Wie meinen Sie das?«

»Na, als Kind, zum Beispiel – vielleicht von Ihrer Mutter oder Ihrem Vater, etwas, das Sie vielleicht beobachtet haben könnten...«

»Ich habe nicht hingeschaut.« Careys Stimme klang verhalten und kühl. »Ich bringe meine Mutter nicht besonders mit Sinnlichkeit in Verbindung.«

Ein, zwei frustrierende Tage lang hatte Levy über den Einfluß von Alicia Carey nachgegrübelt: Er spürte ihren Wahnsinn in Careys Angst vor Hingabe. Aber als Carey schließlich zugab, daß er aufgrund seines Alptraumes Angst hatte, mit Noelle zu schlafen, hatte Levy das Gefühl, vielleicht den Finger auf die Wunde gelegt zu haben.

Carey war verärgert über Levys plötzliches Interesse an seinem Liebesleben und fing an zu sticheln. »Ich komme mir vor wie in einer Männerumkleidekabine.«

»So lassen Sie mir doch einfach meinen Willen«, erwiderte Levy trocken. »Ich bin älter als Sie, und mittlerweile ist es mein Gedächtnis, das nachläßt.«

Zuerst listete Carey, im knappen Tonfall eines Wissenschaftlers, der seine gescheiterten Experimente ad acta legt, lediglich seine eher ausgefallenen Erfahrungen auf. Da waren die englischen Zwillinge, denen er sich während einer Nacht auf Fire Island abwechselnd hingegeben hatte; die Radcliffe-Studentin im ersten Semester, die ihm eine geknallt hatte, als er sich mit der Bemerkung, daß er mit seiner Vorhand nur Tennis spielte, weigerte, ihre Brüste zu schlagen; dann die radikale Feministin, die in der festen Überzeugung, daß Sex Politik war, nur kam, wenn sie oben war; die Polizistin mit einem Revolver unter jedem Kopfkissen. Das steinreiche Ex-Covergirl, das ihren Schönheitschirurgen geheiratet hatte; eine Transvestitin; die Schriftstellerin, die seinen Schwanz fotografieren wollte. Eine Schauspielerin von den kleineren Theatern um den Broadway herum, die dermaßen mit Drogen vollgepumpt war, daß nicht einmal seine nächtlichen Schreie sie aufzuwecken vermochten...

»Aber wie haben Sie sich bei alldem *gefühlt*?«

Carey zögerte. »Traurig.«

»Nicht abgestoßen?«

»Nein.«

»Was hat Sie denn so traurig gemacht?«

Carey stockte. »Sie, die Mädchen, schätze ich.«

»Ja, bitte?«

Widerwillig spann Carey seine Erlebnisse zu einem etwas tiefergehenden Klagelied über urbane Einsamkeit fort: die vom Großstadtleben gebrauchten und verbrauchten Frauen, die die feindseligen Straßen in gleichem Maße fürchteten wie das Schweigen ihrer eigenen Wohnungen. In verrauchten Bars suchten sie Zuflucht und lächelten Fremde an. Die Unterhaltungen waren billig, oberflächliche Gefühle das Tauschmittel, mit dem man sich jemanden für die Nacht erwarb: Carey, der ein Ohr für Dialoge hatte, mußte wieder an die Sozialarbeiterin vor neun Jahren denken, die ihn in ihre beengte Wohnung in Chelsea mitnahm, um ihm zu erzählen, daß »mit Robert Kennedy ein kleiner Teil von mir gestorben ist«.

Carey hatte sanft entgegnet: »Du meinst, du hast Lust, mit mir ins Bett zu gehen.«

Sie blickte ihn wütend an, aber dann, als sie sah, daß sein Lächeln nichts Gemeines hatte, sagte sie: »Ja. Ich glaube schon.«

Sie stiegen ins Bett.

Carey rief sie nie wieder an. Er hatte gelernt, an die Wahrheit zu glauben, aber auch, daß Wahrheit ohne Bedeutung war.

Peter Carey blieb allein.

Diese Einsamkeit, vermutete Levy, ermöglichte es ihm, in anderen die Spuren der Zerstörung durch Einsamkeit nachzuempfinden. Einige Frauen hatten nur ihren Spaß gewollt. Carey begriff, daß die meisten, vor der Einsamkeit auf der Flucht, gar nicht mehr wußten, welchen Wert sie den Zärtlichkeiten von Fremden beimessen konnten.

Er war gut, was Gelegenheitssex anging, das wußte er. Was ihm an eigener Lust fehlte, machte er durch sein Gefühl für den Körper seiner Partnerin wieder wett. Aber er erlaubte sich nicht, Liebe zu empfinden, oder auch nur Lust. Levy hörte ihm zu und schrieb: »Verhaltensmuster: Bindungsangst…«

Und dann hatte Noelle Ciano, als sie von einem kleinen Mädchen einen Schnappschuß machte, in Carey ein Gefühl geweckt, das er so sehr fürchtete, daß er nicht wagte, es in Worte zu fassen.

»Was hat Sie als erstes an ihr angesprochen?« fragte Levy.

Carey blickte grübelnd zur Decke hinauf. Schließlich antwortete er: »Daß sie ohne Worte Gefühle einfangen konnte.«

Levy dachte darüber nach. »Im wesentlichen *mögen* Sie Frauen, habe ich recht, Peter?«

»Das hoffe ich doch, ja.«

»Finden Sie es dann nicht seltsam, daß all Ihre Affären so kurzlebig waren?«

»Das hatten wir doch letzten Monat alles schon einmal, Doktor. Schließlich *bin* ich mit Noelle zusammen…«

Seine Stimme hatte sich plötzlich gesenkt.

»Sie machen sich noch immer Sorgen um sie?«

Carey wand sich unruhig auf der Couch hin und her. »Es ist nur, ich habe so lange nichts von ihr gehört.«

»Das ist doch wohl auch kaum zu erwarten, oder? Gibt es vielleicht eine andere Erklärung für Ihre Ängste?«

Carey verschränkte die Arme. »Zum Beispiel?«

›Sie‹, hätte Levy beinahe erwidert. Rasch wechselte er das Thema.

Jetzt, als er auf Carey wartete, blickte er wieder einmal auf das »Charles → Amnesie → Noelle?« hinab.

Zögernd schrieb er darunter die Frage: »Gibt Peter sich die Schuld für Charles' Tod?«

Carey beobachtete die Spinne.

»Sagen Sie«, begann Levy, »welche Begriffe fallen Ihnen ein, wenn Sie an Noelle denken?«

Carey dachte schweigend nach. »Mut«, antwortete er schließlich. »Mut – und Sensibilität.«

»Und welche Begriffe bringen sie mit Ihrem Vater in Verbindung?«

Carey spürte, wie sein Körper sich verkrampfte. »Tod – und Einsamkeit.«

»Ich meinte eigentlich, als Charles noch lebte.« Levy sprach mit sanfter Stimme. Carey spürte, wie der Psychoanalytiker sich vorbeugte. »Wären es vielleicht dieselben Begriffe, die Sie gerade im Zusammenhang mit Noelle verwendet haben?«

»Liebe – mein Vater hat mich geliebt.« Schmerzerfüllt beeilte Carey sich, zu Ende zu sprechen. »Und dann ist er gestorben.«

»Und jetzt glauben Sie, daß Noelle das gleiche passieren wird?«

Wieder mußte Carey an den gesichtslosen Mann denken, wie er Noelle verfolgte. Diese Befürchtung auszusprechen, würde sie wahr werden lassen…

»Warum sind Sie zu mir gekommen, Peter?«

Carey schob die Vorstellung von sich. »Habe ich Ihnen doch gesagt – Amnesie, und dieser Traum.«

»Nicht vielleicht auch deshalb, weil Sie in Noelle Ciano verliebt sind?«

»Ich weiß nicht, was das heißen soll.« Carey fühlte sich schikaniert, in die Enge getrieben. »Schauen Sie, verdammt noch mal, inzwischen habe ich diesen Traum jede Nacht.«

»Vielleicht, weil Ihr Unterbewußtsein verzweifelt versucht, das alles zu erklären. Wie sehen sie ihn, zu diesem Zeitpunkt?«

»Ich weiß nicht genau.« Erleichtert darüber, Levy von Noelle abgelenkt zu haben, beschloß Carey, bei dem Thema zu bleiben. »Das einzige, was mir bisher dazu eingefallen ist, scheint mir nicht sehr originell.«

»Ja?«

»Die Träume haben in der gleichen Nacht eingesetzt, in der Phillip gesagt hat, daß er keine Fotos von meinem Vater hat.« Carey zögerte. »Also ist das in Flammen stehende Gesicht meines Vaters für mich der Verlust seiner Bilder. Phillip ist der gesichtslose Mann, der mir die Augen aussticht.«

»Ja«, stimmte Levy vorsichtig zu. »Das *ist* in der Tat die naheliegendste Erklärung. Was halten Sie davon?«

»Ich traue Lösungen nicht, wenn sie allzu bequem sind.«

»Manchmal sind sie die richtigen. Aber gibt es noch andere Möglichkeiten?«

»Zum Beispiel?«

Sie verfielen in Schweigen. Mit ruhiger Stimme fragte Levy: »Könnte es nicht sein, Peter, daß *Sie* sich für den Tod Ihres Vaters die Schuld geben?«

Carey zog sich der Magen zusammen. »Warum sollte ich – ich erinnere mich nicht daran.«

»Nehmen wir einmal an«, gab Levy mit sanfter Stimme zu bedenken, »daß Sie innerlich spüren, daß das in Flammen aufgehende Gesicht und der gesichtslose Mann ein und dieselbe Person sind, nämlich Charles Carey.«

Carey zog reflexartig die Knie an. »Warum würde mein Vater mich blind machen wollen?«

»Ich möchte nicht behaupten, daß es so war, Peter. Ich frage mich nur, ob in Ihnen irgendwie ein verstecktes Gefühl ist, daß Ihr Vater wütend auf Sie ist.«

»Ich habe ihn *geliebt*.«

»Ja, Sie *wissen*, was Liebe bedeutet, Peter – es besteht kein Zweifel, daß Sie Charles sehr geliebt haben.« Levy forschte mit bedächtiger Stimme weiter. »Glauben Sie, daß dies der Grund ist, warum Sie meinten, daß Phillip Ihr gesichtsloser Mann ist? Oder gibt es da etwas, das Sie sich noch nicht eingestehen können?«

»Da unten ist es viel zu dunkel für Elefanten, Daddy…«

Plötzlich ging Carey in die Offensive. »Wissen Sie, ich habe diese herablassenden, saublöden Fragen allmählich satt, die auf der Voraussetzung basieren, daß ich noch in meiner Kindheit stecke. Ich habe es satt, vom Tod meines Vaters zu träumen, Nacht für Nacht…«

»Sie können jederzeit gehen, Peter«, sagte Levy. »Die Entscheidung stand Ihnen von Anfang an frei.«

»Ich hab mich mittlerweile ans Reden gewöhnt.« Carey hielt inne, kreidebleich. »Mein Vater hat Ihnen vertraut.«

»Aber Sie sind nicht Charles, Peter. Das sollte Sie nicht belasten.« Levy schloß mit gesenkter Stimme. »Diese Sache wird sowieso nicht leicht für Sie werden, so wie's ausschaut.«

Carey fühlte sich unsäglich müde. Seine Gedanken schweiften umher, formten sich zu einer irrsinnigen Collage: ein Elefant, ein gesichtsloser Mann, Noelle. »Nein, wahrlich nicht.«

»Die Frage lautet, wollen Sie sich wirklich und wahrhaftig erinnern.«

»Ich bin mir nicht mehr so sicher.« Carey blickte geistesabwesend auf den Boden. »Ich denke, ich habe Angst davor.«

»Ja, das ist mir klar. Aber der Grund ist mir nicht klar. Wollen Sie ihn mit mir herausfinden?«

Als Carey in Levys trauriges, zerfurchtes Gesicht aufblickte, spürte er die unglaubliche Liebenswürdigkeit dieses Mannes, des Freundes seines Vaters.

»Egal, wie schwer es wird?« fragte Levy ihn. »Egal, welche Antwort dabei herauskommen mag?«

Carey schloß die Augen. Zögernd, mißmutig, nickte er.

»Sollen wir also fortfahren?«

Wie von einer unsichtbaren Hand geführt, legte Carey sich auf die Couch zurück. Die Spinne webte weiter an ihrem Netz...

Levy wühlte in seinen Unterlagen herum. Carey hörte, wie die einzelnen Blätter umgeordnet wurden, so als bemühte sich der Analytiker, einen Sinn in einer sinnlosen Welt zu entdecken. Schließlich fragte Levy, so als wäre nichts passiert: »Fühlen Sie sich an dem Tod Ihres Großvaters in irgendeiner Weise schuldig?«

»Charles...«

»Ich glaube, schon.«

»Fürchten Sie sich ebenfalls davor, sich an den Tod Ihres Vaters zu erinnern?«

»Ja.«

»Und jetzt scheinen Sie sich davor zu fürchten, Noelle zu lieben – daß sie vielleicht sterben wird?«

Es folgte Schweigen, und dann flüsterte Peter Carey: »Ja.«

»Sehen Sie darin nicht so etwas wie einen roten Faden?«

Carey krümmte sich. Seltsam, daß er immer angenommen hatte, Schmerz sei etwas Körperliches. »Wenn ich nur den Alptraum verstehen könnte...«

»Das Problem ist der gesichtslose Mann, wenn ich nicht irre?«

»Ja – er.«

Mit leiser Stimme fragte Levy: »Haben Sie Angst, daß *Sie* derjenige sind, Peter?«

Die Frage wirkte auf Carey wie ein Schock nach einem verdeckt geschlagenen Boxhieb. *»Ich?«*

»Auf den Nenner gebracht, haben Sie Angst, daß Sie denen, die Sie lieben, Unheil bringen?«

»Nein, verdammt noch mal.« Wütend und schmerzerfüllt schnauzte Carey: »Es kann nur Phillip sein.«

»Erinnern Sie sich an etwas Bestimmtes?«

»Peter!«

»Vielleicht etwas mit Dewey?«

»Da unten ist es viel zu dunkel für Elefanten, Daddy…«

»Hören Sie doch auf!« Carey wußte keinen Ausweg mehr und ging auf Levy los. »Vielleicht hat Phil Dewey ja mit meinem Vater begraben, oder dem, was noch von ihm übrig war. Er hat gewußt, daß ich ihn geliebt habe…«

Er konnte nicht zu Ende sprechen.

Sie schwiegen beide, und Peter Carey spürte die Tränen auf seinem Gesicht.

»Ist schon gut, Peter.« Levy sprach mit ruhiger, trauriger Stimme. »Ich habe ihn auch geliebt.«

»Ich habe ihn auch geliebt…«

Die Luft war voller Zigarettenrauch, und sein eigener schaler Körpergeruch steckte ihm in der Nase. Martin lauschte noch Peter Careys Schweigen, und dann fiel Levys Tür ins Schloß und damit war auch seine Stunde im Lieferwagen vorüber.

Martin nahm die Kassette aus dem Empfangsgerät und legte eine neue ein. Dann, mit einem Schauer der Erregung, holte er unterhalb der Anlage sein geheimes Fotoalbum hervor und heftete den Blick auf sein erstes Bild von Noelle.

Sie war gerannt, um ihr Flugzeug noch rechtzeitig zu schaffen. Er hatte ihren geschmeidigen Körper mitten in der Bewegung eingefangen. Ihr rabenschwarzes Haar wehte ihr in Wellen hinterher. Er stellte sich vor, wie sich unter der Bluse ihre straffe, seidige Haut über der Wirbelsäule und den Schulterblättern spannte.

Seine Sehnsucht, sie zu berühren, ging viel tiefer als bei den anderen.

»Lassen Sie die Finger von Miss Ciano.« In Englehardts Anweisung hatte ein verborgener Ekel mitgeschwungen. »Wenn wir erst mal alles installiert haben, werden Sie sie *ganz* sehen können…«

Martin schlug widerwillig das Album zu, ärgerte sich über all diese Anweisungen. Heute morgen verspürte er die Wut eines Dienstboten, und er richtete diese Wut gegen Phillip Carey.

Er mochte Phillip nicht wegen dem, was er an Englehardt bemerkte hatte: Als sein Mentor Phillip empfing, hatte er Martin einfach weggewunken, die Augen auf Phillip gerichtet. Martin war wie ein Botenjunge zum Aufzug zurückgeschlichen: Phillip war geblieben und nahm an Geheimnissen teil, die Martin verwehrt waren. Und nun spürte er den Einfluß Phillip Careys aus der Stimme und der Nervosität des kleinen Mannes heraus: In ihre reibungslose Zusammenarbeit hatte sich ein Mißton geschlichen.

Er hatte den Mann nie so zärtlich und besorgt gesehen. Bestimmt nicht seinetwegen…

Wütend schob er diese Gedanken beiseite und versuchte, an angenehmere Dinge zu denken. Es wurde langsam Zeit für seine kleine Spritztour ans andere Ende der Stadt.

Noelle Cianos Rückkehr stand bevor.

Martin steckte die letzte Kassette, auf der Careys Angst um sie festgehalten war, in seine Manteltasche und langte nach der Tür.

Über den Empfänger hörte er mit, wie Peter Carey in

sein Büro trat und barsch fragte: »Was zum Teufel hast *du* hier zu suchen?« Und das neue Band begann sich zu drehen.

Phillip saß am Schreibtisch und lächelte unsicher. »Na, hast du gerade eine Irrenhausbesichtigung hinter dir«, fragte er. »Du siehst ganz schön angegriffen aus.«

»Was willst du, Phil?«

»Zunächst etwas mehr Höflichkeit.«

»Ich werde sehen, was sich machen läßt.« Peter Carey setzte sich hinter seinen Schreibtisch. Phillip drehte sich um und sah ihn direkt an. Er schlug die Beine übereinander. Die Geste kam Carey eher eingeübt als spontan vor, so als imitiere er sich selbst. »Gibt's ein Problem?«

»Muß es denn gleich ein Problem geben?« fragte Phillip rhetorisch. Als darauf ein peinliches Schweigen entstand, setzte er noch hinzu: »Wie geht's Noelle?«

Phillip erwiderte Careys Blick und sprach mit einer anderen, verbrauchter und härter klingenden Stimme weiter. »Du bist schon ein eiskaltes Aas, Peter, oder?«

Völlig aus dem Konzept gebracht, wehrte sich Carey gegen die Angst, die er instinktiv spürte: »Dann hättest du mich vielleicht doch besser verbrennen lassen sollen.«

»Und mir diesen Riesenspaß entgehen lassen?« Phillips flüchtiges, bitteres Lächeln ging ins Säuerliche, dann ins Ironische über. »Du hast dir nie viel aus Baseball gemacht, stimmt's?«

Carey ging auf die Frage ein, um sich nicht anmerken zu lassen, wie sehr sie ihn verblüffte. »Anders als du.«

»Weißt du noch, wie Williams das letzte Mal mit den Red Sox im Yankee Stadium aufgelaufen ist?«

»Eines Tages wirst du das sein, Peter…«

Die Erinnerung entglitt ihm wieder, verbannt aus dem Gefüge von Zeit und Ort, und ihm blieb nichts als sein Unbehagen. »Da war ich wohl ungefähr acht, Phil – kurz bevor du mich ins Internat gesteckt hast.«

Phillip behielt ihn im Auge. »Nun«, sagte er mit Bedacht, »es ist gar nicht so leicht, sich an die eigene Kindheit zu erinnern.«

»Kannst *du* dich an Dewey erinnern, Phil?«

Phillip blinzelte. »Dewey?«

»Ja.« Carey beugte sich zu ihm vor. »Mein Elefant.«

»Sagt mir nichts.« Phillip sah verwirrt aus. »Wie kommst du jetzt gerade darauf?«

»Er ist verlorengegangen, Peter. Bei dem Unfall.«

»Ich versuche seit einiger Zeit, mich an den Unfall zu erinnern...«

Phillip schüttelte den Kopf. »Das kann doch nur Kummer bringen. Deine Gedächtnislücken sind ein Geschenk des Schicksals.«

»Könnte es nicht sein, Peter, daß Sie sich für den Tod Ihres Vaters die Schuld geben?«

»Meine Alpträume auch, Phil? War *das* der Grund, weshalb du mich ins Internat geschickt hast?«

Phillip schüttelte voller Reue den Kopf – eine Sekunde zu spät, wie Carey sich dachte. Mit einem dünnen ironischen Lächeln blickte er Charles' Foto an. »Ist schon seltsam«, wagte er sich vor, »an was wir uns erinnern wollen und an was nicht.«

»Nicht, wenn es um einen Menschen geht, den man geliebt hat.«

»Ich habe ihn geliebt, Peter. Auf meine Art.«

»Auf *deine* Art.« Carey verspürte eine wilde, furchterregende Wut in sich aufsteigen. »Was für ein Geschwätz.«

Phillip wich vor seinen Worten unwillkürlich zurück. »Es war schwer – von der Seite hast du ihn ja nie kennengelernt.«

»Ich will nicht, daß das alles Phillip überlassen bleibt. Meinst du, du kannst das verstehen?«

»Ja, Daddy. Ich verstehe.«

Careys Wut verflog. Was blieb, war ein säuerlicher Nachgeschmack aus Trauer und Schuldgefühlen. »Vielleicht begreife ich mehr, als du ahnst.«

»Dann laß uns reden, Peter.« Phillip lehnte sich mit einem beschwörenden Blick zu ihm vor. »Bitte, so eine Gelegenheit wird so schnell nicht wieder kommen.«

Carey sah ihn an, merkwürdig berührt. »Worum geht's, Phil?«

»Um *dich*, Peter. Ich frage mich, ob du jemals begreifen wirst, wieviel du mir bedeutest.«

»Ich habe dich gerettet...«

»Ich war in letzter Zeit wohl etwas müde und abgespannt, mehr nicht.«

»Du warst gehässig und launisch. Oh, ich weiß, daß ich dir so ziemlich egal bin...«

Einen flüchtigen Augenblick lang spürte Carey den Sog einer gegenseitigen Zuneigung. Sein Onkel wirkte soviel älter als damals.

»Das ist es nicht. Phil. Wirklich.«

»Nicht?« Phillip zögerte. Carey spürte, wie er diesen Augenblick ihrer Beinahefreundschaft in der hohlen Hand hielt, bevor er ihn mit einer matten, leblosen Stimme zerbrach: »Peter, Barth mag ja ein Ekel sein, aber...«

»Red nicht um den heißen Brei herum, verdammt. Hast du vor, Van Dreelen & Carey ohne meine Zustimmung zu verkaufen?«

»Das *könnte* ich, so wie du dich aufführst.« Phillips starrer Blick wurde plötzlich sanft. »Und um deines inneren Friedens willen *solltest* du verkaufen.«

»*Ich* bestimmt nicht. Meine Frage war, ob *du* es vorhast?«

»Ich weiß nicht.« Phillip sah weg. »Du mußt mal ausspannen, Peter. Und jetzt mußt du auch an Noelle denken.«

»Noelle?« Carey stand jäh auf. »Was ist mit ihr passiert?«

Phillip schreckte zurück. »Ich weiß nicht...«

Plötzlich sah Peter Noelle, wie sie von dem gesichtslosen Mann verfolgt wurde: Aus einer irren Überzeugung heraus packte er Phillip am Revers, riß ihn zu sich hoch. Ihre Gesichter berührten sich fast. Phillip wich erschrocken zurück. *»Peter!«*

»Raus mit der Sprache, verdammt noch mal – was hat Barth gegen dich in der Hand?«

»Es ist nicht *Barth.*« Phillip unterbrach sich und richtete sich mit angeknackster Würde wieder auf, den Blick auf Peters Hände gesenkt. »Wie gesagt, Peter, es geht um *dich.* Würdest du jetzt bitte so nett sein und mich loslassen...«

Carey packte noch fester zu. »Was ist mit Noelle?«

Carey spürte den Atem seines Onkels. Phillips Augen flackerten nervös.

Das Telefon klingelte.

Carey wandte sich ängstlich um.

Phillip brachte ein bleiches Lächeln zustande. »Tief durchatmen, Peter, und dann abnehmen. Besser, dieser Vorfall bleibt unter uns.«

Carey lockerte seinen Griff, streckte dann zögernd den Arm nach dem Hörer aus. »Ja?«

»Ich bin's«, sagte Noelle Ciano. »Immer noch interessiert?«

Peter Carey beobachtete stumm, wie sein Onkel die Tür öffnete und mit langsamen Schritten in sein Büro ging.

Peter hielt ihr Gesicht in den Händen. »Ich dachte, du wärst tot.«

»Ich habe drei Postkarten und einen Granatwerfer geschickt.« Ihr Lächeln verblaßte. »Wegen dieser Holländern, die ermordet wurden?«

»Gibt es vielleicht eine ganz andere Erklärung für Ihre Ängste, daß sie sterben könnte – etwas, das mit Ihnen zu tun hat?«

»Zum Teil...«

»Und jetzt mußt du auch an Noelle denken.«

Über Lautsprecher wurde ein Flug nach Santiago durchgesagt.

»Raus mit der Sprache, verdammt – was hat Barth gegen dich in der Hand?«

»Peter? Bist du okay?«

»Es ist nicht Barth, Peter. Es geht um dich.«

Peter blickte sie forschend an. »Laß uns irgendwohin fahren. Komm. Bitte.«

»Diese Sache mit dem Elefanten …« Es war nicht nötig, deutlicher zu werden, dachte Phillip verzweifelt. Englehardt würde bestimmt wissen, worum's ging. »Er wird nicht verkaufen.«

»Dann schlage ich Ihnen vor, krank zu werden.« Englehardts Telefonstimme war gewohnt leise. »Das Problem *Peter* Carey ist nun endlich mir zugefallen.«

»Ich habe Ihnen doch *gesagt* – ich will nicht, daß Peter etwas zustößt.«

Englehardt lachte leise. »Wenn es so ist, Phillip, hätten Sie ihn sterben lassen sollen.«

Phillip hielt noch den Hörer in der Hand, da hatte Englehardt schon aufgelegt.

Peter betrachtete das weiße Holzhaus. »Das ist es.«

Er war mit ihr durch die hügelige Landschaft von Connecticut gekurvt. Der Schnee funkelte in der Wintersonne. Je näher sie Greenwich kamen, desto verschlossener wurde er. Er blickte wachsam um sich und sah sich alles genau an. Auf einer von einer Steinmauer gesäumten Straße, mit dahinter liegenden großzügigen Holzhäusern, hatte er plötzlich gebremst und die Granitpfeiler einer Auffahrt gemustert.

Noelle folgte seinem Blick zu dem weißen Holzhaus. »Was ist?«

Peter hatte die Augen zusammengekniffen. »Phil hatte uns hierher eingeladen – an dem Wochenende, an dem der Unfall passiert ist. Das letzte, an das ich mich noch erinnere, ist, wie wir durch die Granitpfeiler gefahren sind. Ich bin nie zurückgekommen.«

»Aber an die Fahrt erinnerst du dich noch?«

Peter saß lächelnd im Fond des Jaguars seines Vaters.

»Seltsam.« Carey sah sie immer noch nicht an. »Gerade, auf dem Weg hierher, hat sich die Straße vor meinen Augen entrollt, und mir sind nicht nur wieder die Bäume und Häuser eingefallen, sondern der Fahrtwind, der mir ins Gesicht blies, sogar das genaue Gefühl, wie ich meinen Vater liebte.«

»Himmel, Peter ...«

Er fürchtete, sie würde ihn vielleicht nicht verstehen, und blickte ihr ins Gesicht. Dort lag die Antwort. »An jenem Tag in New Hampshire, als wir uns im Grünen geliebt haben – nachher hast du dich in die Sonne gelegt und bist eingeschlafen. Du warst nackt und hast ein leises Lächeln auf den Lippen gehabt, und als du aufgewacht bist, habe ich dich noch immer angeschaut. Du hast mich gefragt, warum ich dich so fest und doch so traurig angesehen habe. Weiß du noch, was ich dir damals gesagt habe?«

»Fast bis aufs Wort.« Sie strich ihm übers Gesicht.

»Du hast gesagt: ›Es fällt mir leichter, mich an gewisse Augenblicke zu erinnern, als zu glauben, daß ich sie wiedererleben darf.‹«

Carey nickte. »Es war mir wichtig, die Wahrheit zu sagen, zumindest soweit ich dazu in der Lage war, damit du eine Chance hast, mich halbwegs zu verstehen.« Er wandte sich um und betrachtete die Pfeiler. »Dies war der letzte Augenblick, in dem ich noch glaubte, daß aus meinem Leben das werden würde, was mein Vater und ich daraus machen wollten. Danach ...«

»Und jetzt?«

»Ich verliere die Kontrolle – über mich und über alles, was um mich herum geschieht. Ich muß herauskriegen, was dahintersteckt, von hier ab.«

Noelle blickte durch die Windschutzscheibe auf die vor ihnen liegende Straße. »Wir fahren jetzt dahin, wo es passiert ist, stimmt's?«

»Ja.« Peter blickte an ihr vorbei auf das Haus seines Onkels. »Gleich.«

Sie würden zu der Garage gefahren sein …

»Da unten ist es viel zu dunkel für Elefanten, Daddy …«

»Was ist los, Peter?«

»Ich sagte die ganze Zeit etwas zu meinem Vater.« Er schüttelte den Kopf. »Irgendein sinnloser, banaler Wortfetzen und dann nichts mehr.«

Einen Moment später fuhr er wieder weiter.

Instinktiv fuhr Peter die Abzweigung schon an, bevor er das Schild erreichte, auf dem »Cognewaugh« stand.

Der kleine Peter kannte den Weg.

Der erwachsene Peter drückte aufs Gaspedal.

Schweigend rauschten Peter und Noelle über die steil hinaufführende, kurvenreiche Landstraße, vorbei an Gehöften, Steinwällen und kahlen Bäumen.

Es war im April geschehen, und die Bäume mußten damals voller Blätter gewesen sein …

Die Straße ging plötzlich bergab.

Peter behielt den Fuß auf dem Gaspedal. Er hätte sich übergeben können, so übel war ihm bei der Fahrt. Ihm fiel wieder ein, wie er damals gelacht hatte …

Damals hatte er gefragt, ob sie nicht zu dem Stausee fahren könnten, von dem Phillip ihm einmal erzählt hatte, um mit seinem Segelboot zu spielen. Peter drückte aufs Gas.

Eine plötzliche Steigung nahm mit einem Mal die ganze Windschutzscheibe ein, führte in einer Rechtskurve einen Hügel hoch, der immer steiler anstieg, immer jäher …

Peter nahm die Kurve und lenkte den Wagen die Steigung hoch. Er spürte, wie sein Magen sich vor Aufregung zusammenzog.

»Schneller, Daddy …«

Auf der Hügelkuppe angekommen, tauchte blitzartig eine Linkskurve vor ihm auf, eisglatt.

»Peter!«

»Charles...«

Der Wagen kam ins Schleudern. Peter drückte auf die Bremse und riß das Lenkrad herum, um nicht zu schleudern. Der Wagen schlitterte seitwärts weiter...

»Ich verliere die Kontrolle...«

Carey riß das Lenkrad ein weiteres Mal herum. Unter dem Jaguar spritzte der Kies, das Auto kam einen halben Meter von einem jähen Abgrund schlingernd zum Stehen.

»Peter...«

Wie in Trance glitt Peter in einer einzigen fließenden Bewegung aus dem Wagen. Dann stand er da und blickte die steinige Felswand hinab.

Ganz unten sah er einen mächtigen, krummen Baum. Der Stamm war versengt.

»Daddy...«

Peter Carey sah weg.

Er versuchte, seine Übelkeit zu unterdrücken, und sah sich die Felswand näher an.

Sie war beinahe senkrecht und aus riesigen Felsblöcken zusammengesetzt. Von unten betrachtet würden sie bedrohlich wie die Vorboten eines kurz bevorstehenden Erdrutsches wirken. Dahinter wurde es plötzlich ganz flach, ein grasbedecktes Feld, das wie in einer Sackgasse vor einer Kette von Häusern endete. Irgendwie wußte Carey, daß sie damals noch nicht dagewesen waren, als...

Sein Blick wanderte wieder zu dem Baum hinüber.

»Ich bringe ihn dir etwas später, Peter...«

Der Stamm war vernarbt und verkohlt und so gut wie ohne Rinde...

»Versprochen?«

Sein Vater senkte den Kopf zu ihm hinab.

Vernarbt und verkohlt...

»Versprochen...«

Ohne Rinde...

»Peter!«

»Könnte es nicht sein, Peter, daß Sie sich für den Tod ihres Vaters die Schuld geben?«

Peter Carey setzte sich auf einen Felsen, steckte den Kopf zwischen die Knie und übergab sich.

Hinter sich hörte er knirschenden Kies. Er spürte Noelles Fingerspitzen auf seiner Schulter.

»Ich fahre«, sagte sie zärtlich.

10

»Lange Zeit habe ich einfach dagesessen und mein eigenes Erbrochenes angestarrt. Auf der Rückfahrt konnte ich ihr kaum ins Gesicht sehen: Sie hatte drei Wochen El Salvador hinter sich, und dieser Wahnsinnige bringt sie direkt vom Flughafen zu der Stelle, an der seine Eltern gestorben sind, rast mit ihr beinahe in den Abgrund, und um dem Ganzen die Krone aufzusetzen, muß er auch noch kotzen.«

»Warum wurde Ihnen schlecht, Peter – kam es daher, daß Sie den Unfall bis ins Detail nachgespielt haben?«

»Einmal das, und die Erinnerungsfetzen, die plötzlich in mir hochkamen – ich schlafe in einem fremden Bett, und mein Vater wünscht mir gute Nacht. Ich erzähle ihm immer wieder von Dewey.«

»Ja?«

»Etwa: ›Da unten ist es viel zu dunkel für Elefanten, Daddy.‹«

»Wissen Sie, wo ›da‹ ist?«

»Nein, kann ich mir keinen Reim drauf machen. Aber je schneller ich fuhr, desto heftiger waren diese Ausschnitte aus meiner Erinnerung, die ich vorher noch nie gehabt hatte. Mein Vater sagte: ›Ich bringe ihn dir etwas später, Peter.‹ Ich frage: ›Versprochen?‹ Er antwortet: ›Versprochen.‹ Dann mußte ich bremsen und Noelle stieß einen Schrei aus. Plötzlich schreit meine Mutter ›Charles!‹, und er ruft: ›Ich hab die Kontrolle verloren‹, und dann bin ich ausgestiegen, um die Felswand hinunterzusehen, und in meinem Kopf drehte sich jemand um und rief: ›Peter!‹«

»Und dann haben Sie sich übergeben?«

»Ja, aber in dieser Art Rückblende weiß ich die ganze Zeit nicht, wo ich bin. Ich glaube nicht, daß es der Unfall war – ich hab eher das Gefühl, in einem Zimmer an irgendeinem dunklen Ort, den ich einfach nicht festmachen kann.«

Englehardt schaltete den Rekorder aus und blickte auf seine Uhr.

Sieben Uhr abends.

Er atmete tief durch. Zwanzig Minuten lang würde er jetzt alles noch einmal mit kühlem Kopf überdenken.

Allein in seinem Loft überlegte er sich ernsthaft, Peter Carey umzubringen. Dann wäre er diese zunehmende Bedrohung endlich los. Martin wartete bereits seit geraumer Zeit darauf.

Aber dann mußte er auch Phillip ermorden, denn es war nicht abzusehen, wie Phillip reagieren würde.

Seine Brust schnürte sich zusammen.

Es ging nicht, dachte er sich – es war noch zu früh. Phillip Carey war der Schlüssel zu Barth, Barth Industries – *sein* Schlüssel zur Macht. Barth hatte ihm keinen Auftrag zum Morden erteilt: Phillips Ermordung würde ihn ins Nichts stoßen.

Er mußte dem Problem Peter standhalten, bis er Barth in der Hand hatte.

Seine Hände zitterten. Nervös schaltete er den Rekorder ein…

»Sagen Sie Peter, *wer* schreit Sie an?«

Englehardt blickte in dem Schweigen auf seine Hände. Dann antwortete Carey niedergeschlagen: »Ich weiß es nicht.«

»Könnte es vielleicht der gesichtslose Mann sein?«

»Ich bin mir nicht sicher – gestern nacht, nach dem Alptraum, habe ich Noelle angerufen, um mich zu vergewissern, daß ihr nichts passiert war. Ich verliere die Kontrolle ...«

»Wie Ihr Vater?«

»Als ob ich verrückt wäre.« Die letzten Worte waren voller Schmerz und Kummer. »Gestern mit Phillip – für den Bruchteil einer Sekunde hätte ich ihn fast umbringen können, um dieser Angst ein Ende zu machen. Es ist, als würde *seine* Angst auf mich abfärben – manchmal könnte ich schwören, daß er den Laden unter der Hand verkauft, daß alles mit diesem häßlichen Mann zusammenhängt, den Noelle gesehen hat. Aber jetzt vertraue ich niemandem mehr: Heute morgen hat mein Portier mich keines Blickes gewürdigt – selbst meine Nachbarn kommen mir wie ausgetauscht vor. Ich sage etwas, und sie starren auf ihren Hund und machen, daß sie wegkommen, so als hätte ich die Pest ...«

»Von Phillip?«

»Vielleicht in meiner Vorstellung: Manchmal kann ich nicht einmal zwischen mir und mir als Kind unterscheiden, zwischen Wirklichkeit und Traum. Heute morgen war ich einen Moment lang der festen Überzeugung, daß ich in den Tunnel sprinten und den gesichtslosen Mann umbringen müßte.«

»Das wär's dann, Peter.« Levy klang streng. »Wir machen morgen weiter.«

Das Band war zu Ende.

Englehardt starrte es an.

Instinktiv spielte er die letzten fünf Minuten noch einmal ab. Mit wie zum Gebet zusammengepreßten Händen hörte er zu.

Levy klang nun angespannter. Der Rhythmus seiner Fragen war drängend und zu schnell ...

Englehardt griff eilig nach dem Telefon und rief Martin an. »Ich will Levys Aufzeichnungen, und zwar alle«, befahl er.

Martin schien einen Moment lang darüber nachzudenken. »Ich kann nicht immer wieder dorthin zurückgehen«, erwiderte er. »Das wäre auf Dauer zu riskant.«

»Es gibt da zu viele Dinge, die Levy Peter verschweigt – bevor ich mich mit Barth treffe, muß ich wissen, worauf er hinauswill. Ist das jetzt klar, verdammt noch mal?«

Martin antwortete leise: »Noch nicht ganz.« Er ließ den Satz einen Moment lang wirken und legte dann auf.

Mit zusammengepreßten Lippen knallte Englehardt den Hörer auf die Gabel.

Martin saß im Lieferwagen und schaltete das letzte Band des Tages ein.

Mit den Lippen ganz nah an der Wanze, die er in ihren Hörer gepflanzt hatte, sagte Noelle Ciano: »Ich bin's, Peter.«

»Hör zu, wegen gestern …«

»Das war gestern. Heute habe *ich* mir ein paar Freiheiten herausgenommen. Wir fahren nach Vermont zum Skilaufen.«

»Vermont.« Carey klang verunsichert. »Wann?«

»Dieses Wochenende. Ich habe uns Jill Thompsons Hütte besorgt, in der Nähe von Mount Snow. Du mußt mal von allem weg …«

»Von mir selbst? Wie soll das gehen?«

Martin hörte Noelles leises Atmen durch den Hörer. »Indem du mit *mir* dahin fährst, Peter. Wir können so viel oder so wenig Ski fahren, wie du willst.«

»Warum tust du das?«

»Weil mir Vermont gefällt.« Und dann, ganz sanft: »Kommst du mit?«

Die Antwort hing in der Luft. Martin wartete gemeinsam mit Noelle. Dann murmelte Carey: »Ich will nicht, daß du da ganz allein bist«, und Martin lächelte in sich hinein.

Bald würde er sie wieder beobachten. Jetzt, um Mitternacht, beobachtete Martin das Krankenhaus und wartete ab.

Er zögerte, wollte nicht wirklich. Vielleicht wurde er ja abergläubisch. Es behagte ihm nicht, zweimal in das gleiche Gebäude einzubrechen.

Fünf...

Von der gegenüberliegenden Straßenseite her fing er an, die Krankenschwestern zu zählen, die zur Nachtschicht mit dem Taxi eintrafen und durch den Eingang verschwanden, den er nehmen würde.

Sechs.

Mit der siebten lief Martin flink in Richtung Eingang los – ein Arzt auf dem Weg zur Arbeit.

William Levy wachte schreiend auf.

Er verspürte einen stechenden Schmerz in der Brust. In einem Moment der Panik glaubte er, Peters Traum wäre mittlerweile sein eigener geworden. Ihm war kalt. Und sein Mund schmeckte sauer, nach Angst. Er tastete im Dunkeln nach seiner Leselampe, knipste sie an. Sein Atem ging ruhiger. Der Schmerz klang ab, aber er hatte immer noch Herzjagen. Reflexartig stand er auf, taumelte zum Spiegel und glättete seine Haartolle. Aber die schwarzen Augen, die ihn aus einem Gesicht anstarrten, das von jahrelanger Gedankenarbeit zerfurcht war, waren so angsterfüllt wie die des Studienanfängers, als er und Charles Carey Freunde geworden waren.

Er schlüpfte hastig in seine Kleider und rief ein Taxi.

Martin öffnete die Tür zu Levys Behandlungszimmer.

Zumindest würde es diesmal schneller gehen: Er mußte das Namensverzeichnis nicht lange suchen.

Er knackte das Schloß der Schublade, ging mit dem Namensverzeichnis zu den Aktenschränken, knackte die Schublade, in der sich Careys Akte befand, und kehrte zurück.

Der Ordner, der einmal gerade fünf Seiten umfaßt hatte, war nun zu einem kleinen Wälzer angewachsen.

Er knipste Levys Schreibtischlampe an und breitete die Aufzeichnungen auf dem Fußboden aus.

Er kniete sich nieder, nahm die Kamera aus seiner Tasche und fing an, die Seiten der Reihe nach zu fotografieren, und unterbrach seine Arbeit nur, um einen neuen Film einzulegen.

Hastig legte er die Seiten in ihrer ursprünglichen Reihenfolge zusammen, warf Filme und Kamera in seine Tasche und legte das Namensverzeichnis in die Schublade zurück. Dann schaltete er das Licht aus, ging mit der Tasche und der Akte ins Vorzimmer und zog die Tür hinter sich zu. Er schob den Ordner an seinen Platz. Plötzlich blieb er wie angewurzelt stehen.

Er hörte draußen im Flur Schritte.

Martin schlich lautlos zur Eingangstür und horchte.

Die Schritte hallten von dem Linoleum wider, wurden lauter. Martin ging in die Hocke. Das klackende Geräusch kam näher, noch näher. Die Schritte erreichten die Tür...

Martin holte mit dem Arm aus.

Wie ein Trommelwirbel entschwanden die Schritte wieder den Flur hinunter, bis sie außer Hörweite waren.

Martin öffnete vorsichtig die Tür und blickte nach draußen.

Nichts.

Er stahl sich auf den Flur hinaus und lief an den dunklen Praxisräumen vorbei. In seinem Rücken verspürte er den brennenden Schmerz von imaginären Kugeln.

In der Empfangshalle lungerten auf ungepolsterten Plastikstühlen noch vereinzelt Leute herum. Zwei Krankenschwestern unterhielten sich hinter dem Empfangstisch: Als er vorbeiging, schaute niemand auf. Martin fühlte sich sicherer und drehte sich kurz um. Als er die Tür nach draußen erreichte, hatte er siebenundzwanzig Schritte gezählt. Kalte Luft schlug ihm ins Gesicht...

Er stieß mit einem zierlich gebauten, älteren Herrn zusammen, der gerade die letzten Stufen erklomm. Der Mann blickte kurz auf. Sein zerfurchtes Gesicht wirkte wie entrückt, und als er »Verzeihung« murmelte, war es mit einer kaum hörbaren Stimme.

Martin lächelte flüchtig und ging in Richtung U-Bahn weiter.

Levy blieb vor seiner Tür stehen, als wäre es die eines Fremden.

Seine Praxis war als eine Zelle gedacht, in der die Vernunft zu Hause war, unbefleckt von Bildern oder Regalen voll ungelesener Bücher. Jetzt schien ihre Reinheit ebenso fragwürdig wie seine Distanz als Psychiater.

Mit zögernden Schritten ging er zum Aktenschrank und nahm die Carey-Akte heraus. Als er saß, spürte er das Zittern in seinen Händen: Er hatte die Sicherheitszone verlassen.

Es gab zwei Deutungsmöglichkeiten von Peters Alptraum, wie ihm nun klar war, die sich vielleicht nicht einmal gegenseitig ausschlossen. Die erste war, daß der Traum eine äußere Gefahr symbolisierte: Barths Carey-Komplex; Levys eigenes Unbehagen gegenüber Phillip, das auch seine Schwester teilte; Noelles Gefühl, daß sie verfolgt wurde; Peters Angst *und* Phillips – all dies sprach dafür, daß dem so war.

Gestern, als Peter nach der Geschichte über seine wilde Autofahrt noch von seinem imaginären Sprint in den Tunnel erzählt hatte, hatte Levy sich die zweite Deutungsmöglichkeit notiert …

»Selbstmord.«

In seinem Traum war Peter Carey der gesichtslose Mann.

Daß Peter als kleiner Junge erstochen wird, befürchtete Levy, bedeutete nichts anderes, als daß er sich selbst etwas antun wollte. Falls dies zutraf, dann war Levy sich praktisch sicher, daß in dem Wochenende, das zu vergessen Peter sich entschieden hatte, irgendein Grund verborgen lag, sich für den Tod seines Vaters schuldig zu fühlen.

In dieser Deutung brachte Noelle Peter Carey in ein tragisches Dilemma: Peter, der Angst hatte, von denen, die er liebte, verlassen zu werden, fürchtete gleichzeitig, ihnen Tod und Verderben zu bringen.

Ein Ausweg bestand darin, sich selbst auszulöschen...

Noch einmal schrieb er unter »Wer ist der gesichtslose Mann?«: »Charles → Noelle → Selbstmord?«

Er war sich nicht sicher, ob die selbstzerstörerischen Eigenschaften, die er an Peter bemerkte, wirklich als ein Hinweis auf Selbstmord zu deuten waren: Peters Kampf gegen die Kräfte, die ihm zusetzten, sprachen für eine geradezu übermenschliche Kraft. Aber wo er auch hinsah, erblickte Levy den Stachel der Schuld: in Peters zwanghaftem Bedürfnis nach Zurückgezogenheit; in seinem leidenschaftlichen Bestreben, körperlich fit zu sein und die Techniken der Selbstverteidigung zu beherrschen; in seinem Gefühl der Unwürdigkeit, das so weit ging, daß er, jedesmal wenn das Telefon klingelte, sich als erstes fragte, ob Noelle ermordet worden war; in seiner Angst, daß er ihren Tod heraufbeschwören würde; in seiner Feindseligkeit gegenüber Phillip, die so ausgeprägt war, daß sie möglicherweise als Projektion seines Selbsthasses gedeutet werden konnte; in seiner ständigen Sorge, daß ihm John Careys Firma irgendwie weggeschnappt werden würde. Letzteres gab dem Risiko, das er mit *Am Ende des Tunnels* eingegangen war – seine Zukunft gegen Phillip aufs Spiel zu setzen, indem er sie von der Beurteilung eines einzigen Buches abhängig machte –, einen selbstzerstörerischen Anstrich: Van Dreelen & Carey war das einzige, Peter noch verbleibende Bindeglied zwischen sich und den beiden Menschen, von denen er sich eingestehen konnte, daß er sie liebgehabt hatte. Und jetzt konnte er Noelle nicht lieben.

Diese Einsicht machte ihm angst.

Als Levy angefangen hatte zu praktizieren, hatte er aus Langeweile oder aus Ärger über die Litaneien der belanglosen Klagen, die an manchen Tagen sein Los waren, sich gelegentlich persönlichen Träumereien hingegeben. Er stellte sich dann die ganze Reichweite seiner Macht vor, wenn er sein geheimes Wissen dazu mißbrauchte, seine Patienten zu zerstören, statt ihnen zu helfen. Zuerst hatten diese Phantasien ihn schockiert. Später betrachtete er sie als harmlos, ja sogar lehrreich. Um Peter zugrunde zu richten, dessen war er sich sicher, würde ein skrupelloser Feind ihn von der Firma trennen, die sein Großvater ihm hinterlassen hatte, oder von Noelle Ciano – oder, grausamer noch, aber um so vernichtender, ihn vor die Wahl stellen.

Levy hatte die Befürchtung, daß jener Feind möglicherweise Peter selbst war.

Aber ihm fehlte das entscheidende Teilchen, mit dem er ihn retten konnte – vor sich oder vor anderen.

Das entscheidende Teilchen war Peters Gedächtnis, und er konnte nicht mehr länger warten.

Martin verschwand im Aufzug. Englehardt saß allein da, vor sich die Fotos von Levys Notizen.

Aufmerksam ging er sie Seite für Seite durch und markierte einige mit Büroklammern.

Eine Stunde später legte er die markierten Seiten zu einem Stapel zusammen – Careys Darstellung des anonymen Anrufs; seine Befürchtung, daß Noelle Ciano beschattet worden war; sein Befremden über das seltsame Verhalten seiner Nachbarn, seine Nachforschungen über Barths Aufenthaltsort 1958; sein gegen Phillip Carey gerichteter Verdacht – und schloß sie mit den geheimen Bandaufnahmen der Analysesitzungen in die Schreibtischschublade ein, von der Clayton Barth nie erfahren würde.

Zurück blieb der Entwurf zu Peter Careys Vernichtung.

Die Besorgnis, die er aus Levys Stimme herausgehört hatte, durchzog seine Notizen wie eine Fieberkurve.

Der Psychiater war völlig ratlos. Immer wenn Carey sich bruchstückhaft an irgend etwas erinnerte, schreckte sein Unterbewußtsein davor zurück. Levy spürte diese Schuld, konnte ihr aber unmöglich auf den Grund gehen. Die Amnesie versperrte ihm den Weg. Er konnte sich nur Sorgen um ihre Folgen machen – Careys latentes Aggressionspotential oder sein Hang zum Selbstmord, beides Dinge, die mit der Angst um die Frau stetig an Bedeutung gewannen ...

Englehardt verspürte einen gewissen Respekt: Auf eine verwinkelte Art hatte Levy recht, denn es waren diese beiden Dinge, die er gegen Peter Carey kehren würde.

Engelhardt war klar, daß er schnell handeln mußte: Carey war eine menschliche Zeitbombe. Aber Careys Zeit war bald abgelaufen. Englehardt brauchte ihn nur noch ein paar Wochen, um Clayton Barth für sich einzunehmen.

Wie in einem Ritual zur Beruhigung der Nerven ordnete er seine Akten über Peter Carey, die Gedanken bereits bei seinem nächsten Schritt in diesem Spiel der Versuchungen. Eine nach der anderen verstaute er sie in seiner Aktentasche: Peter Careys Schul- und College-Zeugnisse, seine vollständige Krankheitsgeschichte, Benevides Notizen und Unterlagen, ein Bericht über Careys Gewohnheiten, seine Stammlokale und Lieblingsorte und jene von Noelle Ciano und eine Biografie der Careys, die so intim war, daß sie niemals irgendwo veröffentlicht werden würde.

Hinzu fügte er nachrichtendienstliche Erkenntnisse, die aus den Akten des Ausschusses und der CIA entwendet worden waren, und in denen es um John, Charles und Phillip Carey, ferner um Alicia Fairvoort und Ruth Levy ging.

All dies war ein Abklatsch im Vergleich zu dem Herzstück, das nun folgte – ein Stapel Unterlagen, die so umfangreich waren, daß Englehardt die Aktentasche nur mit Mühe schließen konnte: William Levys restliche Aufzeichnungen.

Er fragte sich, was Barth wohl zu den Notizen über den Selbstmord sagen würde.

Lächelnd drückte er die Aktentasche zu. Dann rief er Martin.

Der Aufzug knarrte vom zweiten Stock hinauf, und bald

waren Martins Schritte zu vernehmen. Englehardt erhob sich mit der Aktentasche. »Ich bin soweit.«

Martins Gesicht erschien im Lichtkegel. »Wegen Vermont...«

Englehardt schnauzte nur: »Alles perfekt – wir müssen nur noch dafür sorgen, daß Barth glaubt, es sei seine Idee, und dann können Sie anfangen, sie zu beobachten.«

Martin lief rot an. Englehardt wußte sehr wohl, daß diese Verschämtheit seine Macht über ihn nur vergrößerte. »Kommen Sie«, sagte er sanft.

Martin folgte ihm in mürrischem Schweigen zum Aufzug.

Levy sah in der Stille der Nacht auf seine Notizen über einen Plüschelefanten, und da wurde ihm plötzlich klar, was er zu tun hatte, auch wenn es ihm noch so gegen den Strich gehen mochte.

Er ordnete sorgfältig, in chronologischer Reihenfolge, die Aufzeichnungen. Seine Hände zitterten immer noch ein wenig. Als er die letzte Seite in den Pappordner schob, schnitt er sich den Finger am Rand.

Er starrte einen Moment lang auf den dünnen roten Strich. Dann steckte er den numerierten Ordner in den nicht gekennzeichneten Karteikasten, schloß ihn ab und legte das Namensverzeichnis in die Schublade zurück.

Gleich daneben lag ein Branchenverzeichnis von Manhattan.

Unter der Rubrik für »Psychologen« hielt sein Finger bei »Pogostin, David M.« ein, so als wolle er damit das ganze Ausmaß seiner Verzweiflung anzeigen.

Er hatte Pogostin während einer Tagung in Puerto Rico kennengelernt und instinktiv eine Abneigung gegen ihn gefaßt: Er spürte förmlich, daß Pogostin, ein großspurig auftretender junger Mann mit wäßrig-braunen Augen, Psychoanalyse nicht ernst nahm. Pogostin trug ein aufdringliches grünes Hemd und lachte entschieden zuviel.

Auf dem Rückflug von San Juan hatte Levy das Referat überflogen, das Pogostin während einer Nachmittagsveranstaltung gehalten hatte. Levy hatte sie ausfallen lassen, nicht ohne Vergnügen, und statt dessen einen alten Studienfreund besucht. Gegenstand des Vortrags war das sogenannte Gefechtsstreßsyndrom: Pogostin beanspruchte für sich, ungeheure Erfolge bei der Behandlung von Vietnamveteranen erzielt zu haben, die an einer traumatischen Amnesie litten. Das Ziel sei, wie in seinem Referat dargelegt wurde, verdrängte traumatische Erlebnisse, die zu Verhaltensstörungen führten, ans Licht zu bringen. Der Patient konnte sich in der Regel nicht mehr an das entsinnen, woran er sich unter Hypnose erinnert hatte. In diesen Fällen konfrontierte der Therapeut ihn nach und nach mit Teilen seines nun aufgedeckten Traumas, bis das Gedächtnis des Patienten wiederhergestellt war. Danach konnte es therapeutisch angegangen werden.

Levy war sich nicht sicher gewesen, ob er der Sache auch nur den geringsten Glauben schenken sollte.

Jetzt mußte er herausfinden, an was Peter Carey sich nicht mehr erinnern konnte.

Er nahm seine Brille ab und ging in Gedanken das Gespräch durch, das er mit Pogostin führen wollte. Er würde ihn bitten, Peter in Hypnose zu versetzen und ihn dann in allen Einzelheiten durch das Wochenende zu führen, an dem seine Eltern starben. Und natürlich mußte er Peters verborgene Erinnerungen für Levys Zwecke auf Band aufnehmen.

Einen Moment lang stellte Levy sich vor, wie er sich das Band anhören würde. Seine Hände begannen wieder zu zittern.

Es war halb fünf, als Englehardt Barth die letzten Sätze aus der Benevides-Akte vorlas und sie ihm über den Tisch hinstreckte. »Peter glaubt, daß er Sie austricksen und dann vor Gericht festnageln kann. Er braucht dazu nur noch vier

Monate, und unter Umständen wird er Sie mit nur einem einzigen Zug schachmatt setzen.«

Die beiden Männer waren allein, im Hintergrund die Skyline von Manhattan. Wütend verlangte Barth von ihm: »Was schlagen Sie also vor?«

»Wir haben in den letzten drei Wochen einiges erreicht.« Englehardt nahm die Haltung eines Nachhilfelehrers an, erfahren und umsichtig. »Meiner Meinung nach können wir mit Peter Carey durchaus fertig werden. Dabei ist unser Zugang zu den Aufzeichnungen von Dr. Levy von entscheidender Bedeutung: Wir wissen jetzt Dinge über Peter Carey, die er selbst niemals erfahren wird – zum Beispiel, daß ihn sein eigener Psychiater für selbstmordgefährdet hält...« Englehardt täuschte Beiläufigkeit vor, ließ den Satz wirken.

Beinahe flüsternd fragte Barth: »Selbstmord?«

»Sie wollten über Peter Carey informiert werden.« Englehardts Achselzucken war kaum wahrnehmbar. »Mit einem Wort, wir haben herausgefunden, daß der letzte der Careys ein labiler junger Mann mit tiefen Wunden ist. Durch eine intensivierte Überwachungstätigkeit könnten wir nicht nur seine taktischen Manöver mit letzter Gewißheit voraussagen, sondern auch diese Labilität auf die Spitze treiben, bis er völlig lahmgelegt ist. Eine erfolgversprechende Alternative wäre es, seine Schuld- und Angstgefühle, die ihn immerhin als selbstmordgefährdet ausweisen, vielleicht sogar auch sein Aggressionspotential, zu manipulieren und zu verstärken. Sein Verhalten würde dermaßen irrational werden, daß kein Gericht der Welt seine Klagen ernst nehmen würde. Der direktere Weg wäre es, ihn durch die junge Frau zu zerstören, an der er ja anscheinend so hängt. Wir könnten zum Beispiel ihr Verhältnis zerrütten. Eingedenk der Tatsache, daß er sich bereits für den Tod seines Vaters und Großvaters schuldig fühlt – was seine Alpträume und seine Amnesie ja untermauern –, müßte er aber auch extrem anfällig für die kleinste Andeutung sein, daß sein starrsinniger Kurs gegenüber Phillip Miss Ciano schweren Schaden zufügen könnte. Es kann überhaupt kein Zweifel bestehen, daß die Firma dann Ihnen gehören würde. Natürlich«, fügte er spitz hinzu, »brauche ich Ihre Erlaubnis, den entscheidenden Schritt weitergehen zu dürfen. Unsere Überwachung ist noch nicht lückenlos, und die letzten Schritte, wie ich sie hier grob umrissen habe, sind vielleicht nicht der Mühe wert. Letztlich geht es nur um einen Verlag, und wie Sie ja bei Ihrem Treffen mit ihm selber feststellen konnten, kann Peter Carey recht impulsiv reagieren.«

Barth blickte ihn weiterhin gedankenversunken an, so als hätte er ihn gar nicht gehört. »Dann bringt er sich also vielleicht um?«

Englehardt nickte. »Das ist die eine Seite daran – daß Sie ihn vielleicht nicht auf dem Gewissen haben wollen.« Er lächelte ironisch. »Seltsam, daß gerade jemand, der mit solchen bemitleidenswerten psychischen Schwächen behaftet ist, *Sie* als einen Psychopathen bezeichnet.«

Barth wandte sich ab und schien den Blick auf ein neonschimmerndes Coca-Cola-Logo zu heften, daß sich in dem schwarzen Fensterglas spiegelte. Englehardt spürte, wie seine Fingernägel sich in seine Hände gruben.

»Ich will diese Firma haben«, sagte Barth mit abwesender Stimme. »Ich kann nicht zulassen, daß Peter Carey sie mir vorenthält.«

Englehardt ließ das Schweigen anwachsen. Schließlich flüsterte er bescheiden: »Ich habe Ihnen gesagt, was ich tun kann.«

»Dann *zeigen* Sie es mir.« Erzürnt drehte Barth sich um und beugte sich zu ihm vor. »*Sie* wollen Chef meines Sicherheitsdienstes werden – *zeigen* Sie es mir.«

»Hypnose«, unterbrach Carey erregt. »Irgendein Mann, den ich nicht mal kenne, pfuscht an meinem Unterbewußtsein herum?«

Er saß Levy gegenüber und blickte ihm direkt in die Augen. Der Freund seines Vaters wirkte plötzlich alt.

»Es dient der Sache, Peter – Sie müssen nun endlich an den Grund für Ihren Alptraum rankommen. Bitte, ich dachte, Sie *wollen* sich erinnern.«

»Nicht durch Hexerei. Ich habe mit Ihnen angefangen und möchte mit Ihnen weitermachen.«

»Er nimmt es für mich auf, Peter – ich lasse Sie doch nicht im Stich.«

Die Tatsache, daß Levy ihn immer wieder bei seinem Vornamen nannte, kam Carey seltsam vor. Irgend etwas schien ihn verstört zu haben, so als wäre der Kreislauf, in dem sie, Nervenende an Nervenende, miteinander verbunden waren, plötzlich bis auf einen feinen Faden durchgescheuert.

»Gott, ich kann Überraschungen nicht ab.«

»Bitte, Peter.« Levy beugte sich vor, wie um zu ihm durchzudringen. »Wenn ich helfen soll, ist es zwingend notwendig, daß ich weiß, was mit Ihnen passiert ist.«

Carey stand auf. »Muß ich mir erst mal durch den Kopf gehen lassen«, schnauzte er ruppig und schritt eilig aus der Praxis.

11

Der Jaguar rauschte in die Dämmerung von Vermont hinein.

Peter fuhr zu schnell, so als wäre er auf der Flucht. Noelle sah, wie die Straße vor ihnen verschwand.

»Immer mit der Ruhe, Peter. Noch zwei Stunden, und wir werden durch die Tür treten, versprochen.«

Mit zusammengepreßten Lippen nahm Peter den Fuß vom Gaspedal. Das einzige Geräusch im Wagen war das tiefe, gleichmäßige Surren des Motors.

Noelle lauschte. Der Mangel an Sinneseindrücken machte sie nachdenklich.

»Komisch«, sagte sie, »ich muß mich an den Einbruch der Dunkelheit erst wieder gewöhnen. Hier ist er so allumfassend – in der Stadt hat man so was ja gar nicht mehr.«

Peter schaltete einen Gang runter. »Außer bei Stromausfällen.«

An der Windschutzscheibe klebte feuchter Schnee. Noelle betrachtete ihn und fragte vorsichtig: »Das letzte Mal war es ein bißchen wie das Ende der Welt, findest du nicht?«

Peter schaltete die Scheinwerfer ein. Ihre Strahlen durchstachen die vorüberziehende Dunkelheit von Vermont. »Was fällt dir ein, wenn du daran zurückdenkst?«

»Menschen.« Noelle lehnte sich zurück. »Ich glaube, am besten erinnere ich mich noch an den Portier.«

Peter wandte sich zu ihr um. »Wieso?«

»Ich war froh, ihn zu sehen«, sagte sie nur.

Zwei Männer mit Rucksäcken durchquerten die Lichtung.

Die Hütte war allein auf weiter Flur: Niemand hörte das dumpfe Knirschen ihrer Schritte, noch sah jemand den Strahl der Taschenlampe, der sich mit ihnen auf die Tür zubewegte.

Die Tür ging mit einem leisen, metallischen Klicken auf.

Zehn Minuten später gingen sie, wie sie gekommen waren, lautlos und allein. Es schneite, und der Schnee verwischte die Fährte ihrer Stiefel.

Als Noelle und Peter an der Hütte ankamen, waren die Schneefälle heftiger geworden. Peter ließ das Wagenlicht noch einen Moment an: Dicke, feuchte Flocken fielen in die makellose weiße Decke hinein. »Dies ist wohl eher wie der *Anfang* der Welt«, sinnierte er.

Noelle gab ihm einen Kuß. »Laß uns reingehen.«

Sie stiegen aus. Peter stand da und fixierte die Pinienholzhütte, wie sie sich gegen das Licht abhob. Noelle spürte, wie er versuchte, nach dem Körper nun auch mit den Gedanken anzukommen.

»Komm«, sagte sie. »Wir machen jetzt ein Feuer.«

»Hypnose«, beschwerte sich Carey erregt. »Irgendein Mann, den ich noch nie im Leben gesehen habe, pfuscht in meinem Unterbewußtsein herum …«

Englehardt konnte die Kassette vor ihm nur noch verschwommen erkennen. *Hypnose*, dachte er, als könnte er es selbst nicht fassen – doch nicht bei einem *Freudianer*…

Das Telefon schellte, aber Englehardt stand unter Schock, war unfähig, sich zu bewegen.

»Bitte, Peter«, sagte Levy beschwörend.

Das Telefon schellte unermüdlich weiter.

Englehardt riß den Hörer an sich. »Warte, verdammt noch mal – ich bin noch beim Anhören.«

»Wenn ich helfen soll, muß ich wissen, was mit Ihnen passiert ist.«

»Nein«, befahl Englehardt. Als wäre es sein Stichwort, antwortete Carey: »Muß ich mir erst mal durch den Kopf gehen lassen«, dann schlug er die Tür hinter sich zu.

Englehardt legte beide Hände flach auf den Tisch. Er atmete einmal tief durch und schaltete die Wartefunktion am Telefon wieder aus. »Diese Aufnahme …«

»Pogostin ist Psychologe.« In Martins Stimme lag kaum verhohlene Belustigung. »Er hat seinen Magister an der Columbia gemacht, und seinem Buch zufolge hat er in den letzten sechs Jahren Amnesien mit Hypnose behandelt. Das Buch heißt *Trance und Trauma* – habe ich heute nachmittag gekauft.«

Er schwieg einen Moment. Englehardt hätte schwören können, ein gedämpftes Lachen gehört zu haben, bevor Martin ihn respektvoll fragte: »Kann ich sonst noch was für Sie tun?«

Englehardt witterte überall um sich herum Betrug. Er hatte Barth mit Versprechungen geködert. Dann war Levy ausgerastet und hatte mit seinen eigenen Grundsätzen gebrochen. Nun, gefangen im Netz seiner eigenen Pläne, durch die er alles in Gang gebracht hatte, wurde Englehardt von seinem eigenen Werkzeug zum Narren gehalten.

Einen Moment lang spielte er mit dem Gedanken, Martin zu liquidieren, bevor ihm klarwurde, daß es dazu bereits zu spät war.

»Ich will, daß Pogostin observiert wird.« Jede einzelne Silbe klang wie ein Schuß aus einer Pistole.

»Ein zweiter Einbruch?« Martin klang ganz unbeschwert und unschuldsvoll. »Ich habe mich inzwischen um das, was Sie Barth versprochen haben, gekümmert – der Lieferwagen ist ausrüstungsmäßig top. Ich habe den Schlüssel, und ich habe auch schon mit den Nachbarn gesprochen. Wollen Sie die Sache immer noch durchziehen?«

Englehardt schloß die Augen. »Ja«, sagte er knapp, »fügen Sie Pogostin nur noch hinzu«, und dann brachte er Martin in Gedanken um.

Martin legte leise auf.

Die neunziger Straßen, das reinste Psychiaterparadies, dachte Martin.

Auf der gegenüberliegenden Straßenseite, im blassen Licht eines verglasten Foyers, schritt ein uniformierter Wächter im Kreis um seinen Schreibtisch herum, immer und immer wieder.

Martin überquerte die Straße, schob sich durch die Glastür, ließ seine Aktentasche auf den Schreibtisch plumpsen und lächelte dem Wächter ins Gesicht. »Habe ich doch glatt die Sachen, die ich mir für zu Hause zurechtgelegt hatte, liegenlassen«, sagte er verlegen, und dann kritzelte er in die Anmeldeliste den Namen der einzigen Rechtsanwaltskanzlei des Hauses. In dem Kästchen für seinen eigenen Namen unterschrieb er mit »Christopher Marlowe«. Diese Wachleute waren so blöd.

»Sie sind neu hier, Mr. Marlowe?«

Einen Augenblick lang war Martin beinahe gerührt. Die Ernsthaftigkeit des Wächters stand seiner Dummheit in nichts nach. »Gut zu wissen, daß Sie so gewissenhaft sind. Bin erst seit einer Woche an Bord, zuständig für Sicherheiten – im Wertpapierhandel, Sie verstehen.«

»Ich habe gleich gedacht, an Sie würde ich mich doch erinnern.« Der Wächter nickte verständig. »Wertpapiere – kann man viel Geld mit machen. Damit und mit diesen ganzen Computerspielen.«

»O ja«, sagte Martin leise. »O ja, allerdings.«

Er ging, die Aktentasche schlenkernd und ein Lächeln auf den Lippen, zum Aufzug.

Er stieg ein. Er merkte sich noch schnell den Notausgang des Treppenhauses, der sich auf der anderen Seite des Foyers befand, etwa fünf Meter entfernt, dann drückte er den zehnten Stock. Auf dem Weg nach oben lächelte Martin wieder: Er hätte sich genausogut Tennessee Williams nennen können...

Der Aufzug hielt vor der Tür der Kanzlei. Martin stieg aus, fand das Treppenhaus und ging zwei Stockwerke nach unten.

Pogostins Praxis befand sich am Ende des Korridors, und das Türschloß war das Einfallsloseste, was ihm je begegnet war.

Drinnen war es stockfinster.

Martin verharrte einen Moment lang und gab sich einer Träumerei hin: Wenn er das Licht einschaltete, würde Noelle Ciano dort auf ihn warten, allein. Martin nahm seine Kamera aus der Aktentasche und drückte auf den Auslöser.

Eine Couch, zwei Stühle und ein Schreibtisch.

Hinter dem Schreibtisch stieß Martin auf einen flachen braunen Kassettenrekorder.

Er machte zwei Fotos von dem Gerät und mußte dabei an Englehardt denken. Mit jedem neuen Tag von Careys Analyse schien er für den kleinen Mann unabkömmlicher geworden zu sein, genau wie Noelle Ciano für ihn.

Eines Tages, in nicht allzu ferner Zukunft, würden sie ein Tauschgeschäft abschließen.

Zwei Stockwerke nach oben, zehn Stockwerke mit dem Aufzug nach unten verloren sich in den Bildern seiner Träumereien, bis der bewundernde Blick des Wächters seine Trance durchbrach. »Das war aber *schnell*, Mr. Marlowe.«

»Ich wußte, was ich wollte«, sagte Martin lächelnd und verschwand in der Nacht.

So kristallklar sollte jeder Morgen sein, dachte sich Noelle.

Der Lift brachte sie in einer schwindelerregenden Steigung zum Mount Snow hoch. Je näher sie kamen, desto deutlicher und plastischer zeichnete sich sein gezackter Gipfel gegen den strahlend blauen Himmel ab. Schiefergraue Gipfelkämme durchzogen wie feine Äderchen den in der Sonne funkelnden Schnee. Kahle Birken schimmerten vereinzelt aus verschiedenen Piniengruppen heraus. Unter ihnen rauschten bereits ein paar erste Skifahrer in leuchtenden Jacken die Pisten hinunter. Als sie sich umdrehte, um einem von ihnen nachzusehen, fragte Peter: »Schon ein paar Fotos im Blick?«

»Ein paar von meinen besten.« Noelle schmiegte sich an ihn. »Ich hoffe, du bist nicht allzu erschöpft.«

Er blickte weiter geradeaus. »Nur von dem Traum.«

Drei Männer mit Umzugskisten und Werkzeugkästen nickten dem Portier zu und nahmen den Aufzug zu Peter Careys Wohnung.

Martin erwartete sie bereits.

Er ließ sie rein und sagte: »Ein Gegenstand aus jedem Zimmer.«

Die Männer verschwanden hinter der Tür.

Noelle jagte hinter Peter her.

Die Piste war steil und schmal: Peter raste auf Teufel komm raus, ließ sich vollkommen gehen. Unter seinen

Skiern spritzte der Schnee hervor. Pinien blitzten in Noelles Augenwinkeln auf, der Wind schlug ihr ins Gesicht, peitschte ihr durchs Haar und fing sich knatternd in ihrem Parka.

Sie setzte alles daran, ihn einzuholen.

Plötzlich ging die Piste in ein breiteres, weniger steiles Stück über. Noelle stieß sich mit ihren Skistöcken ab, ging in die Hocke und fuhr nun in halsbrecherischer, gerader Linie hinunter. Peters Rücken bewegte sich auf sie zu.

Zwanzig Meter vor dem Tal schoß sie an ihm vorbei.

Peter kam schlitternd, eine Schneewolke aufpflügend, neben ihr zum Stehen. »Das reicht«, sagte sie ihm. »Du brichst dir noch den Hals.«

Peter kniete schweigend nieder, um seine Bindungen zu überprüfen. »Du hast recht«, bemerkte sie. »Es liegt an diesem ganzen überkandidelten Scheißkram, den du dir kaufst. Du solltest dir die Ausrüstung leihen, so wie ich.«

Die Mittagssonne erwärmte ihr Gesicht. Als Peter zu ihr auflächelte, wäre es ein Foto wert gewesen.

Der größere der Männer fotografierte jeden Winkel von Careys Wohnung und war nun fertig. Der zweite fertigte eine Liste der Gegenstände an. Der dritte rief Martin aus dem Schlafzimmer zu sich. Er tippte mit dem Finger an die Wand über Careys Bett. »Diese Wand«, sagte er. »Hinter dem Gummibaum.«

Martin nickte und ging wieder in die Küche.

Der Große hatte seine Kamera wieder eingepackt und schraubte gerade die Sprechmuschel des Telefonhörers auf. »Welchen Sendertyp?« fragte er Martin.

»Den unauffälligsten«, antwortete er. »Wir werden nicht weit weg sein.«

Peter ließ seinen Blick über den Glasrand seines ersten Brandys schweifen und suchte das Berggasthaus nach einem häßlichen Fremden ab.

Von ihrem Tisch gleich beim Kamin aus konnten sie den gesamten ersten Stock einsehen: Die Bar und die Tische füllten sich mit Paaren, Vierergruppen oder Singles, die sich nach einem Partner für die Nacht umsahen. Das allgemeine Gelächter war wie eine Wand, gegenüber der Peter und Noelle verstummten. Er blickte weiter um sich. »Häßlich«, hatte sie ihm gesagt, »mit einer irgendwie hängenden Unterlippe.«

»Irgend etwas Interessantes entdeckt?« fragte sie.

Carey schüttelte den Kopf. Um Noelle nicht zu beunruhigen, sagte er: »Ich habe mich gefragt, wie viele von diesen Pärchen nächstes Jahr noch zusammen sind«, und dann fiel ihm auf, daß dies seltsamerweise stimmte.

Noelle lehnte sich in Richtung des Feuers vor, um etwas mehr Wärme abzubekommen, und erwiderte flüchtig seinen Blick. »Wie bist du da gerade jetzt drauf gekommen?«

»Die Anmacherei, schätze ich mal.« Peter wandte sich ihr zu. »Vielleicht auch wegen uns.«

Noelle blickte nachdenklich an ihm vorbei in das Gedränge. »Wir können es auch nicht viel besser als unsere Eltern, stimmt's – keiner von uns.«

Peter konnte nicht anders und spähte wieder kurz um sich. Als er nichts Auffälliges entdecken konnte, trank er seinen Brandy aus. »Wirklich, ich weiß da auch nicht mehr drüber als du.« Er senkte den Blick in sein Glas. »Wenn ich's mir recht überlege, habe ich bisher nur eine Ehe gesehen, die den Namen verdiente – Freunde von der Uni, die so jung geheiratet haben, daß sie nicht anders konnten, als einfach glücklich zu werden – und sie paßt den ganzen Tag auf die Kinder auf, so daß nichts, was sie sagt, irgend jemanden noch interessieren würde, außer ihn. Ich könnte mir die Frau nicht eine Minute anhören. Und doch sind sie glücklich, die Kinder sind glücklich – da kommt man an den Punkt, an dem man sich all diese komischen Fragen stellt: das Individuum contra Gesellschaft, wem sind wir mehr schuldig: uns selbst oder den anderen, wer die Kinder erzieht…«

»Und wo stehst *du?*«

Er zuckte mit den Achseln. »Oh, ich liebe meine Kinder schon jetzt viel zu sehr, um ihnen einen Vater wie mich zu wünschen.«

Noelle schien leicht belustigt. Halb im Ernst und halb im Scherz fragte sie: »Aber was, wenn *dein* Vater so gedacht hätte?«

Sein Vater stieß einen Schrei aus.

Levy wollte, daß er sich einer Hypnose unterzog. Er konnte nicht mit ihr darüber reden.

Peter rang sich ein weiteres Lächeln ab. »Dann hätte ich all diese Probleme nicht«, sagte er leichthin. Er blickte ihr ins Gesicht, und das brennende Gesicht seines Vaters wich allmählich in den Hintergrund. »Und du auch nicht.«

»Mir macht's nichts aus.« Noelle blickte ihm in die Augen. Mit sanfter Stimme fügte sie hinzu: »Laß uns zur Hütte gehen, okay?«

Als sie gingen, warf Peter einen prüfenden Blick in Richtung Bar.

In der Hütte angekommen, verriegelte er die Tür.

Die drei Männer wählten aus jedem Zimmer in Careys Wohnung einen Gegenstand. Dann zeigten sie ihn Martin, der seine Zustimmung zu geben hatte, packten ihn in eine Umzugskiste und klebten sie zu.

Martin nickte kommentarlos: Es handelte sich durchweg um elektrisches Gerät – eine Kaffeemaschine, eine Leselampe, einen Radiowecker –, das an verschiedene Steckdosen angeschlossen war.

Als sie alles verpackt hatten, trugen die drei Männer die Kiste in ihren Lieferwagen, den sie unten geparkt hatten. Der Portier lenkte gestikulierend die Taxis um, um ihnen den Weg zu bahnen.

Martin blieb noch oben und säuberte die Zimmer von Fingerabdrücken: abgesehen von den fehlenden Haushaltsgeräten war alles so, wie er es vorgefunden hatte.

Als er ging, mußte er bei dem Gedanken an Careys stumm gebliebene Alarmanlage unwillkürlich lächeln. Dann schloß er die Tür hinter sich.

Peter und Noelle lagen nebeneinander auf dem Kaminvorleger.

Das Feuer loderte orangegelb. Dunkelroter Wein glühte in klaren Kristallgläsenr, und Noelle und Peter waren in Wärme und heimelige Dunkelheit gehüllt. Ihre Körper fühlten sich träge an, angenehm matt. Das Geschirr vom Abendessen stand noch auf dem Tisch – wie Kinder hatten sie sich von den Flammen angezogen gefühlt. Sie rauchten Marihuana.

Carey reichte ihr den Joint. »Wo hast du das Zeugs her?« fragte er.

»Vom Typ nebenan – ich habe mir gedacht, vielleicht hilft es dir ja mal abzuschalten.« Sie nahm einen Zug und gab ihm dem Joint zurück.

»Du redest mit deinen Nachbarn?«

»Schlimmer als Inzest, hm?«

»Ist schon in Ordnung.« Peter inhalierte den beißenden Rauch tief ein, hielt ihn einen Moment in den Lungen und atmete aus. »Ich glaube, ich habe seit 1973 kein Dope mehr geraucht. Ist irgendwie nostalgisch.«

Sie lächelte schief. »Du bist ja so ein Snob. Ehrlich gesagt – es *ist* nostalgisch –, es erinnert mich an die Uni, als man noch Zeit hatte, Leute kennenzulernen und sie sogar mit ihnen zu verschwenden. Das fehlt mir – alles kommt mir jetzt oberflächlicher vor.«

Peter lächelte ins Feuer. »›Ciano erinnert sich – eine Rückschau.‹«

»Ach, komm schon, Peter – du erinnerst dich doch auch.«

»Nicht auf die gleiche Art.« Er gab ihr den Joint und nahm noch einen Schluck Wein. Der Cabernet hatte einen vollen, runden Geschmack. »Ich war eigentlich mehr ein Einzelgänger.«

»Wieso?«

»Teilweise wegen der Träume.« Er rekelte sich, spürte die Wärme in allen Gliedern. »Ich glaube, es hatte was mit Vertrauen zu tun – vielleicht mir selbst zu vertrauen.«

Sie atmete den Rauch aus. »Du läßt dich wirklich nicht gerne mal gehen, was? So, als würde es dann gegen dich verwendet werden.«

Er zuckte mit den Achseln. »Genau das tun die Leute doch.«

Sie rollte sich auf die Seite, tippte Asche in den Ascher und sah ihn dann an. »Aber ich nicht, Peter.« Sie reichte ihm wieder den Joint. Ihre Fingerspitzen berührten sich.

Das Feuer zischte und knackte. Die Flammen waren nun größer, heller. Sie betrachteten es schweigend und rauchten den Joint auf. »Ist schon fast zu warm«, sagte sie.

Er nickte. »Sollen wir ein Stück zurückrücken?«

»Geht schon.« Sie setzte sich auf und warf ihr Haar zurück. Dann zog sie sich den Pullover aus.

Darunter war sie nackt.

Peter sah sie lange an. Sie saß mit gekreuzten Beinen in ihren Bluejeans da, nippte am Wein und blickte in das Feuer, dessen Flammen immer höher schlugen. Der Schein der Flammen legte sich wie ein samtener Schimmer auf ihre olivfarbene Haut. Ihre Brüste und ihre Wangenknochen warfen tiefe Schatten. Ihr Haar schimmerte schwarz und ihre Brustwarzen waren tiefrosa.

Peter überkam plötzlich der Wunsch, diesen Augenblick festzuhalten.

Er stand auf.

Überrascht blickte sie auf. Er hob eine Hand, bedeutete ihr, sitzen zu bleiben. Dann ging er in die Küche und kehrte mit ihrer Kamera zurück.

Er kniete sich neben sie. »Würde ich jetzt gerne machen«, sagte er ruhig.

Ihre Augen waren dunkelbraun. »Mich?«

Er nickte stumm. Sie zögerte. Dann nahm sie ihm die Kamera aus der Hand und stellte den Belichtungsmesser ein. Sie stellte die Kamera vor ihn hin und sah ihm in die Augen. »Das hat bisher noch niemand gemacht, Peter.«

»Ich weiß.«

Sie wandte sich wieder dem Feuer zu. Er betrachtete sie regungslos, die Kamera weiterhin vor ihm auf dem Kaminvorleger. »Du kannst jetzt«, sagte sie leise. »Ist alles eingestellt.«

Er nahm die Kamera.

Die Flammen tanzten auf ihrer Haut. Er drückte auf den Auslöser.

Sie drehte sich um, nahm die Kamera, dann seine Hand. Sie stand auf und führte ihn zur Schlafzimmertür. Dort drehte sie sich wieder um, ohne einen Ton zu sagen, und drückte ihm die Kamera in die Hand.

»Noelle...«

Sie legte einen Finger an seine Lippen. »Ist schon okay, Peter. Ich traue dir.«

Als Martin die Glastür aufschob, wurde er von dem Wächter begrüßt. »Schon wieder da, Mr. Marlowe?«

Martins Lächeln gefror. Die Bemerkung verärgerte ihn, er mochte es gar nicht, zweimal in das gleiche Gebäude einzubrechen. »Habe was vergessen«, sagte er. Er trug sich in die Liste ein und ging zum Aufzug.

Auch nachdem er oben in Pogostins Praxis angekommen war, war ihm immer noch nicht wohl bei der Sache.

Hastig nahm er den Kassettenrekorder aus seiner Aktentasche und stellte ihn neben den Rekorder auf Pogostins Schreibtisch – sie sahen identisch aus.

Er zog den Stecker heraus und verstaute den ersten Rekorder in seiner Aktentasche. Der neue stand nun für Peter Careys Hypnose bereit. Er bückte sich zur Steckdose hinab und schloß ihn an.

Hinter ihm ging die Tür auf.

Martin fuhr herum. Eine schlanke lateinamerikanische

Putzfrau stand in der Tür, zuckte mit schwingendem Eimer zurück. Er erhob sich mit einem Lächeln. »Warten Sie...«

In Angst und Schrecken wich sie in den Korridor zurück.

Martin sprang Richtung Tür. Er könnte ihr den Hals umdrehen, noch ehe sie den Aufzug erreicht hätte.

Die Tür fiel zwischen ihnen zu, und Martin spürte, wie die Sequenz ihres Todes plötzlich unterbrochen wurde. Ihre Schritte hallten im Korridor wie das Trippeln eines Kaninchens.

Gleich würde sie den Wächter alarmieren. Er mußte sich beeilen.

Mit rasch aufeinanderfolgenden Griffen stellte er Pogostins Rekorder wieder an seinen Platz, schloß ihn an, packte das Doppel in seine Aktentasche und verließ die Praxis genau, wie er sie vorgefunden hatte. Er rannte zum Aufzug, blickte zu der Leuchtanzeige der Stockwerke auf, sah sie aufblinken: Eins.

Das Mädchen würde durchs Foyer eilen und dem Wächter Bescheid sagen. Sie würde sich verstecken, und dann würde auch er den Aufzug beobachten.

Martin drückte die Zehn. Als er hörte, wie der Aufzug nach oben stieg, nahm er den Notausgang und eilte die stockfinsteren Treppen hinunter. Er konnte so gut wie nichts sehen, spürte nichts, außer das Treppengeländer in seiner Hand und seinen eigenen Schweiß. Unterwegs zählte er die Stockwerke.

Fünf.

Mit einer Pistole konnte selbst der Dümmste töten. Scheiß-Engelhardt...

Drei.

Als Martin bei Zwei angelangt war, stürzte er in den Korridor im zweiten Stock und rannte zum Aufzug. Die rotaufleuchtende Ziffer darüber war eine Zehn.

Martin drückte die Zwei und sprintete ins Treppenhaus zurück. Wenn er Glück hatte, würde der Wächter die Ziffern verfolgen, wie sie auf ihn zukamen.

Er erreichte den ersten Stock, die Gänsehaut vor Aufregung kribbelnd. Er schlich zum Ausgang, spähte hinaus.

Der Wächter stand mit dem Rücken zu Martin und hielt seinen Revolver auf die Aufzugstür gerichtet. Die Leuchtanzeige über ihm schaltete auf fünf.

Martin schob sich geschmeidig aus der Tür.

Er trug Gummisohlen.

Der Wächter spannte die Schultern. Martin schob sich vor. Mit jedem lautlosen Schritt rückte der Aufzug näher.

Vier.

Martin machte zwei weitere Schritte. Ein einziges Geräusch, und dieser blöde Wächter würde herumwirbeln und ihn erschießen.

Drei.

Noch anderthalb Meter, einen Meter, einen halben Meter.

Der Aufzug kam bei zwei an und blieb stehen.

Der Wächter drehte sich um, zu spät. Martin legte ihm den Arm um den Hals.

Der Revolver fiel mit schallendem Getöse zu Boden.

Der Wächter zuckte und zappelte. Martin spürte den warmen Pulsschlag in seinem Hals, den er fest zugeschnürt hielt. Der Wächter konnte keinen Piepser mehr von sich geben.

Martin zog seinen Arm noch fester zu. Kurz bevor der Wächter das Bewußtsein verlor, flüsterte er leise: »Schon wieder da, Mr. Marlowe?« Und dann sackte der Mann zu seinen Füßen zusammen.

Noelle strich über Peters Haar. »Es fühlt sich blond an«, flüsterte sie. »Sogar im Dunkeln.«

Er lag nackt da, mit untergeschobenem Kopfkissen, und hielt sie in den Armen. Die Kamera stand auf der Nachtkonsole. Sie spürte seine Wärme, die vollkommene Entspannung seines Körpers. »Tut mir leid«, flüsterte er. »So wie du zu mir warst, wie das auf mich gewirkt hat – ich konnte es einfach nicht länger aushalten.«

Sie lächelte und schüttelte den Kopf. »Das wollte ich doch auch gar nicht.« Er hob den Kopf. »Wirklich nicht«, sagte sie. »Ich habe immer gehofft, daß es eines Tages so für dich sein würde. Ich meine, du hast dich immer so beherrscht – ich war mir nicht sicher …«

Er legte einen Finger an ihre Lippen. »Das kannst du jetzt aber sein.«

Englehardts Hand spannte sich fester um den Hörer. »Wie ist das geschehen?«

»Sie haben mir einen Tag gegeben, um eine Praxis in einem Gebäude zu verwanzen, in dem ich mich nicht auskenne.« Martin nuschelte. In seiner Stimme lag ein versteckter Vorwurf. »Careys Kindheitserlebnisse waren natürlich wichtiger als die Arbeitszeiten der Putzfrauen.«

Englehardt zählte bis fünf. Mit leiser Stimme sagte er: »Falls Carey zustimmt, wird dieser Mann die Sache auf Kassette aufnehmen.«

»Ich gehe da nicht noch mal hin.«

Englehardt schwieg einen letzten Moment lang, wollte sich seine Autorität nicht so ohne weiteres untergraben lassen. »In diesem Fall«, antwortete er kalt, »werden Sie noch mal in die von Levy gehen.«

Peter spürte ihren zweiten Liebesakt noch in seinen Füßen und Fingern, die schlaff dalagen. Seine Schläfen fühlten sich gelöst und entspannt an, und in tiefen, gleichmäßigen Atemzügen breitete sich in seinem Körper eine warme Mattigkeit aus. Die Nacht um ihn herum fühlte sich drückend, schwer und geheimnisvoll an. Ihr Busen war noch feucht und lag auf seiner Brust. Silbernes Mondlicht strich über ihr Gesicht. Ihr dichtes, weiches, duftendes Haar lag auf dem Kissen ausgebreitet, und ihre Augen schimmerten gefühlvoll. Peter war noch nie jemandem so nah gewesen.

Er nahm ihren Kopf zwischen die Hände. »Da ist noch etwas, was ich dir sagen muß.«

Sie lächelte. »Wegen uns?«
Er konnte jetzt unmöglich aufhören.
»Wegen Levy – er will, daß ich zu einem Hypnotiseur gehe.« Peter schaute weg. »Wenn ich es mache, werde ich mich vielleich an das erinnern, was mit mir passiert ist, schon sehr bald.«
Noelle wartete, bis er sie wieder anblickte. »Da hast du ja ganz schön was mit dir rumgeschleppt.«
»Ich weiß einfach nicht, ob ich's kann.« Peter rollte sich auf den Rücken, sprach zur Zimmerdecke. »Seit ich dich kenne, habe ich Angst, daß du stirbst.«
Sie riß erstaunt die Augen auf. »Wegen deines Vaters?«
»Zumindest ist dies Levys Theorie, scheint mir.« Er wand sich auf die Seite, so daß er sie sehen konnte. »*Gesagt* hat er, daß ich mich unter Umständen für den Tod meines Vaters verantwortlich fühle.«
»Aber du warst damals sechs – wie soll das möglich sein?«
»Weiß ich nicht – *will* ich auch gar nicht wissen. Was ich fühle und ahne ist schlimm genug.«
»Daß mir etwas zustoßen wird?«
»Ja.« Er wandte den Blick ab. »Sobald ich mich an alles erinnere...«
»Weil ich einen häßlichen Fremden gesehen habe? Peter, so kannst du nicht weitermachen.«
»Ich kann's nicht erklären«, sagte er müde. »Es ist nur so eine Ahnung. Verstehst du das denn nicht?«
»Natürlich – ich würde mir ja genauso viele Sorgen machen.« Sie packte ihn am Handgelenk. »Aber noch mehr Sorgen mache ich mir wegen der Art, in der du jetzt lebst. Der Tod deines Vaters hat dein halbes Leben bestimmt und wird auch den Rest bestimmen, und du weißt nicht einmal, warum. Was könnte für uns beide beängstigender sein?«
Peter sprach mit leiser Stimme. »Weiß ich noch nicht.«
Noelle sagte nichts.

Lange Zeit lagen sie im Dunkeln Seite an Seite da. Ihre Fingerspitzen berührten sich.

Schließlich schliefen sie – bis sein Traum sie weckte.

Martin hatte seit achtundvierzig Stunden nicht mehr geschlafen, und seine Nerven lagen blank: Heute morgen mußte er besonders aufpassen.

Er kämpfte gegen seine Müdigkeit an und sah den drei Männern zu, die wie Umzugspacker gekleidet waren und jetzt gerade Careys Apartment mit derselben Kiste betraten, die sie zuvor hinuntergetragen hatten.

Sie überprüften ihr Inventarverzeichnis, packten alles aus und stellten in jedes Zimmer ein Gerät.

Vier.

Den Radiowecker, die Kaffeemaschine, die Lampe…

Die Klingel zu Careys Alarmanlage, aus dem Eßzimmer.

Martin lächelte. Die Doppelausführungen waren perfekt.

Er nahm die Fotos aus seiner Tasche, ging durch jedes Zimmer und überprüfte anhand der Bilder, ob jedes Gerät genau an seinem Platz stand.

Die drei Männer kehrten zu ihrem Lieferwagen zurück. Martin blieb noch und starrte gedankenversunken die Wand über dem Bett an.

Er fühlte sich nicht mehr so müde.

Als Peter Noelle überholte, fühlten sich seine Beine bereits ganz schwer an. Am Ende des Laufs drehte er sich um, kurz bevor sie durch den dichten Sprühschnee zu ihm aufschloß. Sie lachte in den feucht dampfenden Nebel und die Sonne hinein, warf sich ihm um die Schultern und ließ sich daran baumeln. »Endlich hast du mal ein Rennen gewonnen, Carey.«

Er strich ihr den Schnee aus den Haaren. Mit sanfter, ernster Stimme sagte er: »Bleib bei mir, zieh bei mir ein.«

»Es macht uns ja schon sehr traurig«, sagte die alte Frau zu ihrem Hund, »nicht mehr hier zu wohnen.«

Ihr Mann nickte, mehr zu sich selbst. »Trotzdem wahrscheinlich ist es das beste. In unserer Lage.«

Sie blickte zu ihrem Fenster auf, und der Portier reichte ihr eine Hundeleine. »Ist Ihnen runtergefallen«, sagte er fröhlich. »Damit Sie sie hier nicht vergessen.«

Die Frau dankte ihm scheu, dann kniete sie nieder, um sich bei dem kläffenden, grauen Pudel zu entschuldigen. Ihr Mann sah den drei Möbelpackern dabei zu, wie sie ihr Sofa auf den Umzugslaster luden, und murmelte vor sich hin: »Seid vorsichtig.«

Ihr Mann hatte sich gesagt, daß er lieber beim Laden zusehen würde: Er wollte ihr Wohnzimmer lieber so in Erinnerung behalten, wie es all die Jahre über gewesen war, anstatt zuzusehen, wie sich plötzlich Lücken auftaten, oder vor Tischen zu stehen, von denen die Vasen entfernt worden waren. Seltsam nur, daß die Dinge, die ihr Wohnzimmer füllten, den Lastwagen nicht annähernd füllen konnten...

Es war kalt. Die Frau tätschelte tröstend ihren Hund. »Tut mir leid, Abner – der Mann hat uns gesagt, wir können uns nicht einmal von Peter verabschieden.«

Ihr Mann nickte wieder.

Peter fuhr in die Nachmittagssonne hinein. Er klappte die Sonnenblende runter und legte statt der Tschaikowski-Kassette eine neuarrangierte Version der »Vier Jahreszeiten« von Vivaldi ein. »Das Bombastische paßt nicht zu New England«, meinte er an Noelle gewandt.

»Und was ist mit Überraschungen?« fragte sie trocken.

»Gar so überraschend kann es doch für dich nicht gewesen sein.«

»Soviel hatte ich von diesem Wochenende jedenfalls nicht erwartet.« Sie schwieg kurz. »Vor gar nicht mal so langer Zeit hatte ich mit dem Gedanken gespielt, Schluß zu machen.«

Er warf ihr einen kurzen Blick zu. »Das meinst du doch nicht ernst?«

Sie nickte. »Manchmal bist du nicht sehr ermutigend.«

»Ich bemühe mich…«

»Ich weiß«, sagte sie leise. »Aber weißt du eigentlich, wie erschrocken du gewirkt hast, nachdem du mich gefragt hast? So als hätten dich deine eigenen Worte erstaunt.«

Er sah kurz in Richtung eines entfernten Turms, der zwischen den Pinien und sich fortziehenden Hügelketten hervorspähte, und lauschte der feingewobenen Barockmusik. Mit gesenkter Stimme antwortete er: »Vielleicht weil ich Angst hatte, daß du nein sagst. Bitte, ich will dich an einem sicheren Ort wissen.«

»Aber das ist doch nicht der Grund, Peter. Du kannst mich doch nicht behandeln, als wäre ich dein Pingpongball, der zwischen Gefühlen hin- und herspringt – weder meinen *noch* deinen. Ich brauche etwas, auf das ich aufbauen kann. Ich meine, schließlich werden wir in Manhattan leben, mit Philipp und all diesen Gespenstern.«

»Und Alpträumen?«

Sie wandte sich zu ihm um. »Bitte, laß uns doch bitte einfach mal für eine Weile von diesem Wochenende ausgehen. Wir waren gut, *du* warst so gut zu mir. Darauf möchte ich aufbauen.«

»Aber der Traum gehört dazu, stimmt's? Diese Hypnosesache mit Levy.«

»Schau, du hast mir gesagt, wie du darüber denkst. Ich möchte keinen Druck auf dich ausüben.« Sie blickte starr nach vorne, so als wäre sie hin und her gerissen, dann wandte sie sich wieder zu ihm. »Ich liebe dich«, sagte sie leise. »Okay?«

Er wandte sich ihr zu. »Noelle…«

Sie hielt eine Hand hoch. »Sag bitte nichts, nicht jetzt. Dazu hast du noch viel zuviel Angst.« Rasch zeigte sie ein Lächeln. »Und ich genauso. Die Straße ist ziemlich schmal.«

Eine schmale Straße...

Peter versuchte mit aller Macht, sich zu konzentrieren: Er schaltete, beschleunigte, überholte und ließ sein Unterbewußtsein weiter über das nachdenken, was Levy von ihm wollte, was *sie* wirklich wollte. Schon jetzt vermißte er die Hütte: Er wollte sich alldem nicht stellen.

Vor ihm fuhr ein roter Fiat. Um sich auf andere Gedanken zu bringen, heftete er sich an den Wagen dran. Als er ihn überholte, mußte er eine Kurve nehmen.

»Schneller, Daddy...«

Auf der Windschutzscheibe blitzte eine Kurve auf...

Dewey...

Er bremste unvermittelt.

Noelle war erschrocken. »Fehlt dir was?«

»Alles in Ordnung.« Er streifte über ihre Hand. »Habe nur ein bißchen vor mich hin geträumt.«

Die zwei Männer warfen einen Blick auf die Reifenspuren, die Careys Wagen hinterlassen hatte, dann drangen sie wieder in die Hütte ein.

Innerhalb von fünf Minuten hatten sie die Kassetten aus den Rekordern unter dem Eßtisch und dem Bett geholt.

Sie gingen zum Wagen zurück und traten die lange Rückreise nach Manhattan an, um den Häßlichen zu treffen.

Als Peter und Noelle vor dem Aristocrat vorfuhren, war es bereits nach neun. Peter lächelte, ein bißchen traurig, wie sie dachte. »Du *kannst* doch hier übernachten, oder?«

Sie stützte sich mit dem Kinn auf ihre Hand und tat so, als müßte sie lange nachdenken. »Das wäre ein sehr folgenreicher Schritt. Aber schließlich geht es ja auch um eine tiefe Beziehung.«

»Schau, ich lasse mir diese Hypnosegeschichte durch den Kopf gehen, okay?«

Sie wandte sich um, gar nicht zum Scherzen aufgelegt.

»Spiel doch hier nicht den armen Kerl, Peter, auf dem ständig alle rumhacken – steht dir nämlich gar nicht.«

Er schüttelte den Kopf. »Ich kriege das einfach nicht aus dem Kopf. Hierher zurückzukommen, ist wie wieder damit konfrontiert werden.«

»Ich habe einen Witz gemacht – mir dann mit der Hypnosesache zu kommen ist, als würdest du mir vorwerfen, ich will dich erpressen. Ich bin nicht irgendeine Gefühlsterroristin...«

»So habe ich das nicht gemeint...«

»Natürlich bleibe ich. Hast du doch ganz genau gewußt.«

»Ja, habe ich.« Er lehnte sich zurück und atmete tief aus. »Das muß doch endlich mal aufhören, oder?«

»Das will ich schwer hoffen, *deinetwegen*.« Noelle rückte näher. »Schau, Peter, was auch immer es ist, ich kann selbst auf mich aufpassen. Ich laß dich jetzt nicht im Stich, ich gehe nirgendwohin – außer vielleicht zu dir hoch, für die Nacht.«

Peter blickte von ihr zum Aristocrat hinüber und nickte schließlich. »Ich schätze, dann gehen wir jetzt besser mal da rauf.«

Sie stiegen beide aus.

Der Portier kam heraus und rief: »'n Abend, Miss Ciano, Mr. Carey – schön, daß Sie wieder da sind.«

Peter blieb vor dem Kofferraum stehen und fixierte ihn. Der Portier wich seinem Blick aus, lächelte kurz Noelle an.

»Ich fahre den Wagen gleich weg«, sagte Peter ihm.

Das Lächeln des Portiers verblaßte. Die Augen weiterhin auf Noelle gerichtet, sagte er zu Peter: »Ich sorg schon dafür, daß ihn jemand für Sie wegfährt.« Und damit verschwand er wieder nach drinnen.

Peter Carey sah ihm hinterher.

Müde und schöpft hörte Englehardt sich die letzten Aufnahmen an. Martin hatte sie kommentarlos auf seinen Schreibtisch gelegt und war gegangen.

Carey war von den Stunden im Bett mit ihr ganz weich und schwärmerisch geworden, und in seiner Angst um sie sagte er ihr: »Seit ich dich kenne, habe ich Angst, daß du irgendwie umkommst...«

Carey war zu keinem Schluß gekommen.

Ein paar schweigende Momente lang hörte Englehardt zu und überlegte, wann Peter Carey zu liquidieren war. Es konnte sich nur noch um Tage handeln.

Englehardt griff zum Hörer und rief Barth an. »Es wird Zeit«, sagte er ihm mit leiser Stimme, »daß Sie sich ansehen, was ich für Sie getan habe.«

»Probleme?«

Peter und Noelle hatten in der Küche einen Irish Coffee getrunken und sich unterhalten. Dann war er plötzlich verstummt. Jetzt antwortete er: »Ich warte irgendwie darauf, daß Barth wieder auftaucht. Phil hat wie ein Wachtposten jeden meiner Schritte verfolgt und drängt immer noch auf einen Verkauf, aber von Barth habe ich soweit kein Wort mehr gehört. Ist fast irgendwie unheimlich.«

»Nicht zuviel darüber nachdenken – sonst taucht er doch noch auf, einfach weil du an ihn denkst.«

Um ihn auf andere Gedanken zu bringen, stahl sie ihm den Rest seiner Schlagsahne.

»Himmel, Ciano, du hast deinen Teil schon gekriegt.«

Sie fuhr sich genießerisch mit der Zunge über die Lippen. »Frühstück«, erklärte sie fröhlich. »Habe morgen in aller Herrgottsfrüh meine Fotosession mit Doug Sutcliffe. Aber keine Sorge – danach werde ich mir die Schlagsahne beim Joggen wieder abschwitzen.«

Peter rührte seinen Kaffee um. »Solange du sie dir nicht mit Sutcliffe abschwitzt.«

»Ich werde mir alle Mühe geben, mich zurückzuhalten.« Sie lehnte sich zurück, so als würde sie ihn aus einer anderen Perspektive heraus in Augenschein nehmen. »Warum«, fragte sie, »redest du eigentlich nie von deiner Mutter?«

»Wie kommst du denn jetzt darauf?«

»Einfach weil sie ja dein weiblicher Prototyp ist. Schließlich weißt du alles über meinen Vater.«

»Da gibt's nicht viel zu sagen.« Peters Gesicht verdüsterte sich merklich. Noelle bereute ihre Frage. »Sagen wir einfach, daß ich nicht das war, was sie sich vom Leben erhofft hatte.« Er zuckte mit den Achseln. »Mir ist noch nie aufgefallen, daß Kinder einer Ehe förderlich wären – was uns wieder zu unserer Unterhaltung in der Skihütte bringt.«

Noelle schüttelte den Kopf und sagte leise: »Nicht zwangsläufig.«

Sie stellte ihre Kaffeetasse ab. Peter und Noelle standen gemeinsam vom Tisch auf.

Barth wandte sich vom Fenster ab. »Wie haben Sie das geschafft?« fragte er forsch.

Englehardt zögerte. Seine Dienste wirkten um so beeindruckender, wenn sie unerklärt blieben. »Unsere übliche Verfahrensweisen.«

»Diese herablassende Art schminken Sie sich besser ab.« Barth funkelte ihn an. Die entschiedene Art zu sprechen, die er sich mit der Zeit angewöhnt hatte, wurde noch prononcierter und nachdrücklicher. »Ich will wissen, wofür ich mein Geld ausgebe, nicht irgendwelche vorgeschützte Zauberkunst.«

»Also gut.« Wenn es mit der Ehrfurcht nicht klappte, dann vielleicht mit dem Fachwissen des unterwürfigen Dieners – vorläufig. »Es ist ganz einfach«, antwortete er flott. »Careys Wohnung, zum Beispiel. Die meisten New Yorker verwenden viel Zeit und Energie darauf, sich in ihren eigenen vier Wänden sicherfühlen zu können, und Peter Carey hat sichergestellt, daß seine Wohnung eine der sichersten in ganz Manhattan ist: Er hat einen Portier, Wächter, die in den Korridoren patrouillieren, und einen Sperriegel, der mit einer äußerst raffinierten Alarmanlage verbunden ist.« An dieser Stelle leistete sich Englehardt ein Lächeln. »Und all dies paßt genau zu der tiefen, nagenden Unsicherheit, die der Psychiater so plastisch beschreibt. In diesem Fall sind seine Ängste durchaus berechtigt: Wie gut gesichert sein Gebäude auch sein mag, es gibt immer noch menschliche Schwächen, und die sind der Schlüssel ...«

»Kommen Sie zur Sache.«

»Der Portier. Er kann New York nicht ausstehen und wäre am liebsten in Florida. Mein Mitarbeiter hat sich als Agent der Regierung ausgegeben und ihm versprochen, daß nichts entwendet wird. Der Portier weiß, daß wir nicht von der Regierung sind, sonst würden wir ihn wohl kaum so großzügig bestechen. Aber da es nicht um Diebstahl geht, beruhigt er sich damit, daß ja nichts wirklich Schlimmes passiert. Der Hausmeister hat zu sämtlichen Wohnungen einen Zweitschlüssel, und er kann ohne weiteres für die kurze Zeit, die wir benötigen, um eine Kopie anfertigen zu lassen, einen ausleihen. Wir brauchen nicht einzubrechen: Wir betreten die Wohnung einfach, wie Carey es tun würde.

Natürlich, mit seinen früheren Nachbarn hatten wir recht viel Glück – wer in unserer Zeit alt werden muß, hat's wahrlich nicht leicht. Jahrelang mußten die Krantz' mitansehen, wie Instandhaltungskosten, Grundstückssteuern und die ganz normale Inflation ihr festes Einkommen auffraßen, bis sie gezwungen waren, in diesen Zeiten der hohen Zinsen und dem Ruf nach drastischen Kürzungen im Sozialbereich, eine zweite Hypothek aufzunehmen – ein ziemlich verzweifelter Schritt. Plötzlich treten wir diesen verängstigten, passiven Menschen als Vertreter eines ausländischen Käufers gegenüber und bieten ihnen einen Betrag in bar, von dem sie nicht einmal zu träumen wagten, dazu noch eine Ersatzwohnung auf der East Side, wo sie Carey niemals über den Weg laufen werden.« Englehardt lächelte gönnerhaft. »Unsere einzige Bedingung war, daß wir den

Termin des Auszugs bestimmten und daß sie absolutes Stillschweigen über unseren öffentlichkeitsscheuen Auftraggeber wahren, auch gegenüber Peter Carey. Sosehr es ihnen auch widerstrebte, sie hatten keine andere Wahl. Und wir hatten uns damit die Basis für eine Überwachung rund um die Uhr geschaffen.«

»Ja.« Zum ersten Mal verrieten Barths Züge jenen Eifer, auf den Englehardt zählte. »Schauen wir uns mal an, wie das geht.«

Im Dunkeln glitten Careys Hände über zierliche, silberne Wölbungen, Noelles Rücken und Schultern.

Er saß auf ihr und massierte sie. Zärtlich und ohne Hast arbeitete er sich mit flachen Händen vom Nacken und der Mulde zwischen den Schulterblättern herunter, dann wieder hoch. Ihre Augen waren geschlossen, und sie schnurrte und stöhnte Koseworte. Carey streichelte und knetete. An seinen Gesichtszügen war deutlich zu erkennen, wie unbeobachtet er sich fühlte, so weich und beinahe verschwommen. Er umklammerte sie mit beiden Armen und glitt mit der Brust über ihren Busen. Schmale Hüften lagen zwischen schmalen Schenkeln, und dann drang er in sie ein. Zuerst ganz langsam, bis sie etwas sagte, dann immer schneller, zum Schluß so wild, daß sie einen weiteren Schrei ausstieß. Dennoch drang Carey weiter in sie ein. Ihr Rhythmus wiederholte sich, wieder und wieder; Noelle, die aufschrie, sich mit Carey auf und ab bewegte. Mal kratzte sie mit den Fingern über seinen Rücken, mal griff sie mit entrückter, verträumter Miene in die Kopfkissen hinein. Carey drang weiter in sie ein, und sie schrie vor Lust auf, hatte einen Orgasmus nach dem anderen. Aus halbgeschlossenen Augen rannen ihr die Tränen übers Gesicht, bis er seine Hand um ihren Hinterkopf schloß und mit offenem Mund ein undeutliches Stöhnen von sich gab. Er blickte ihr ins Gesicht, und sein Körper erschauerte, und dann erwiderte sie seinen Blick, richtete die Augen wieder auf seine Augen. Ihre Lippen fuhren zu seinem Mund auf, inmitten seiner Zuckungen, die dann langsam abebbten und schließlich erloschen. Und beide blickten sie sich lange schweigend an, bevor sein Kopf auf ihre Schulter fiel und Englehardt das Gerät ausschaltete und die silbernschimmernden Körper zu einem silbernen Punkt auf der erloschenen Leinwand zusammenschrumpften. »Wie Sie sehen«, sagte er trocken, »es ist ziemlich effektiv.«

Barth starrte weiter wie gebannt auf den immer kleiner werdenden Punkt. Er sprach mit kehliger Stimme. »Wie haben Sie die Aufnahmen bekommen?«

»Bemerkenswert, nicht wahr? Die Kamera, die Sie an der Wand über dem Monitor sehen, späht auf unser junges Liebespaar durch mehrere nadelstichgroße Löcher in einem zwei Quadratmeter großen Stück Farbschicht, das sich mit Mr. Careys Gummibaum ganz gut verbergen läßt. Die Ausrüstung ist hoch lichtempfindlich.«

»Und der Ton?«

»Wir nehmen aus jedem Zimmer ein Haushaltsgerät – eine Kaffeemaschine, eine Lampe, den Radiowecker – und ersetzen es mit einem gleichen Gerät exakt derselben Ausführung, in dem die Sender bereits eingebaut sind. Die Originale sehen Sie in der Kiste unter der Videoanlage – die einzige Voraussetzung ist, daß man sie an die Steckdose anschließen kann.« Englehardt zeigte auf die Radioanlage, die dort aufgebaut war, wo einmal das Bett der Krantz' gestanden hatte. »Dort kommt der Ton raus.«

Als er sich wieder umblickte, klebte Barth immer noch mit den Augen am Monitor. »Also«, fügte er mit öliger Stimme hinzu, »Peter Carey kann rein gar nichts vor Ihnen verbergen. Natürlich macht all das, was wir hier sehen, nur in dem Maße Sinn, in dem wir den jungen Mr. Carey verstehen. Deshalb sind Dr. Levys Aufzeichnungen, die Sie wirklich lesen sollten, von so entscheidender Bedeutung wie die Untertitel bei einem ausländischen Film.«

»Verteilen Sie hier nicht irgendwelche Hausaufgaben,

Professor.« Barth wandte den Blick von der Anlage. »*Ihre* Aufgabe ist es, zu lernen, wie Sie mir die Sachen am besten *erklären*.«

»Also gut.« Englehardt zuckte mit den Achseln. »Wie Dr. Levy beobachtet hat, ist Miss Ciano der Mensch, der Peter am meisten bedeutet und um den er Angst hat. Dadurch, daß sie ihn nach Vermont mitgenommen und ihm dort mehr Emotionen entlockt hat, als er sich jemals zugetraut hätte, zu zeigen, hat sie uns unsere Arbeit wesentlich leichter gemacht. Peter spürt schon heute, daß sie der einzige Hoffnungsschimmer inmitten all seiner Ängste ist, daß er ohne sie nicht weiterwüßte: Dies macht ihn so verwundbar wie noch nie. Die Frau, die Sie gerade bewundern konnten, wird also zu der Waffe, die wir benutzen werden. Je enger sich ihre Körper im Leben vereinigen, desto unerträglicher wird für ihn die Vorstellung ihres Todes.«

Barth starrte weiter auf den Monitor. Plötzlich wurde Englehardt klar, daß sich hinter der Maske der Unhöflichkeit ein zutiefst verunsicherter Mann verbarg. Er sah so was nicht zum ersten Mal, dieses Schrumpfen vor dem übermächtigen Wissen der anderen, als ob man plötzlich mit der eigenen Menschlichkeit konfrontiert wäre oder gar der eigenen Belanglosigkeit. »Aber vielleicht«, fuhr er geschmeidig fort, »kann das bis morgen warten. Ich könnte mir vorstellen, daß Sie sich mit der völlig neuen Situation, die nun eingetreten ist, erst einmal vertraut machen wollen.« Englehardt schloß mit einem gütigen Lächeln. »Denn schließlich sind Sie nun so mächtig wie nie zuvor.«

Wie im Widerspruch dazu zeigte Barth auf den Monitor und fragte im plattesten Tonfall: »Dieses Band – was werden Sie damit tun?«

»Oh, hierbehalten, fürs erste. Aus Sicherheitsgründen, Sie verstehen. Abgesehen davon«, Englehardt zeigte ein Lächeln, »einer meiner Außenagenten wird es sich nachher noch ansehen – eine kleine Belohnung für seine Dienste, die er mir erwiesen hat. Aber das ist eigentlich nur eine

Leihgabe. Wie Sie selbst sehen, dieses Band und die Menschen darauf sind von nun an Ihr Eigentum.«

Mit einer lässigen Bewegung drückte er auf den Einschaltknopf.

Noelle blickte zu Carey auf. Ganz leise sagte sie: »Das hast du noch nie getan.«

Er streichelte ihr Haar: »Was, Schatz?«

Sie lächelte. »Mich dabei angesehen.«

Peter und Noelle verließen das Aristocrat. Das Getöse des Verkehrs schlug ihnen entgegen. Über dem Central Park zog sich der Himmel zusammen und drohte finster mit Schnee. Peter verlor darüber jedoch kein Wort, und der Portier fing schließlich an, von einem Bein aufs andere zu treten. »Sie brauchen sicher ein Taxi.«

»Einen Moment noch.« Peter führte Noelle ein paar Schritte den Bürgersteig hoch. Er strich ihr über den Arm. »Du wirst dich verspäten.«

Sie drehte sich um. »Dann wirst du also wirklich mit ihm reden – über Hypnose?«

Peter zwängte beide Hände in die Hosentaschen. Sein Atemdunst kreuzte sich mit dem von Noelle in der Luft. »Ja – heute morgen.«

Sie gab ihm spontan einen Kuß, zog sich aber sofort wieder zurück. »Das war nicht wegen ...«

»Ich weiß schon, was du gemeint hast.« Er legte die Hand um ihr Gesicht. »Versprich mir nur eines – egal wie absurd es auch klingen mag –, nirgendwo hinzugehen, wo du nicht unbedingt hinmußt, und geh nirgendwo allein hin.«

Sie legte ihre Hand auf die seine. »Nachts werde ich mit dir zusammen sein – nur bei der Arbeit, da wird es schwierig. Plötzlich ist dies, dann das ...«

»Kannst du zwischendurch mal Pause machen?«

Sie schüttelte den Kopf. »Uns fehlen zwei Leute, und ich muß die Fotos selbst vergrößern. Von diesem Mann habe ich aber nichts mehr gesehen – ich werde einfach doppelt vorsichtig sein, okay?«

»Versprochen.«

»Bitte.« Er küßte sie. »Wie dem auch sei, viel Spaß bei deiner Session mit Sutcliffe – man fotografiert nicht jeden Tag eine lebende Legende.«

»Ist doch alles nur halb so wild – schließlich habe ich gerade erst mit einer geschlafen.« Ihr Lächeln war rein und strahlend und gewitzt. Sie drehte sich um, warf ihm ein »Bis heute abend« über die Schulter zu und marschierte in Richtung des Dakota los.

Peter blickte ihr nach, bis sie nicht mehr zu sehen war.

Er ging zum Aristocrat zurück. Als der Portier ein Taxi herbeipfiff, blickte er suchend um sich. »Haben Sie die Krantz' heute morgen schon gesehen?«

»Oh, die sind weggezogen.« Der Portier pfiff weiter nach einem Taxi.

»Weggezogen?« Carey drehte sich zu ihm um. »Das ist doch nicht Ihr Ernst?«

»Erst letztes Wochenende.« Ein zerbeultes Taxi kam mit quietschenden Reifen vor ihnen zum Stehen. Rasch fügte der Portier hinzu: »Da wären wir ja, Mr. Carey« und riß die Tür auf.

Peter blickte von dem Taxi zum Portier. »Er kann wieder fahren«, sagte er. »Ich habe was anderes zu erledigen.«

Er eilte ins Gebäude zurück.

Der Portier sah, wie er im Foyer verschwand, und ging nun ebenfalls wieder hinein.

»Entschuldigung.« Eine ältliche, lästige Bewohnerin des Hauses mit stahlgrauem Haar, das zu ihrem Pelz paßte, versperrte ihm den Weg. »Ich brauche ein Taxi bitte.«

Der Portier warf einen flüchtigen Blick auf das Haustelefon im Foyer. Mit der Routine von Jahren nickte er, lächelte und hielt der Frau die Tür auf.

Careys Taxi stand immer noch dort. Der Fahrer hatte die

Times aufgeschlagen und war am Lesen. »Hier«, verkündete der Portier und schaffte sie ins Taxi.

»Das Plaza«, befahl sie dem Fahrer. Der Portier eilte wieder hinein.

Noelle ging auf Carey zu. In dem Schlafzimmer war es vollkommen still. Sie zuckte mit den Achseln, warf das dunkle Haar zurück. Ihre Wirbelsäule schimmerte silbern. Carey streckte die Hand nach ihr aus. Sie nahm sie, wandte sich der Kamera zu.

Das Telefon schellte.

Martin hob den Hörer ab, ohne den Blick vom Monitor zu wenden. »Mr. Carey ist auf dem Weg nach oben«, sagte der Portier, und dann klopfte es dreimal energisch an der Tür.

»Danke«, murmelte Martin und legte auf.

Auf dem Monitor über ihm legte Noelle sich aufs Bett. »Komm«, sagte Carey sanft, »überlaß mir mal deinen Rücken.«

Peter Carey rief durch die Tür: »Ist da jemand?«

»Hmmm«, schnurrte Noelle, und dann rollte sie sich auf den Bauch und lächelte Martin an.

»Es ist ganz einfach«, hörte Noelle Sutcliffe zu dem jungen Reporter der *Times* sagen. »Ich bin zurückgekehrt, weil es Menschen gibt, die verhungern ...«

Weißt du das erst seit heute? fragte Noelle sich unwillkürlich. Einen Moment später beugte sich Sutcliffe in ihr Blickfeld vor.

Vor allem sein Gesicht hatte sich verändert.

Sutcliffe hatte *Lethal* auf dem Höhepunkt ihres Ruhms verlassen, sich auf eine Farm in den Adirondack Mountains zurückgezogen und Songs geschrieben, die bis jetzt noch niemand gehört hatte. Damals hatte er spöttisch und überlegen gewirkt, ohne jedoch die dazu passende Persönlichkeit zu haben. Das hagere Gesicht, das sie jetzt sah, hatte eher etwas Asketisches: sanft, ohne weich zu sein, mit Augen wie in der Ferne schimmernde Lichter. Er blickte auf.

»Red nur weiter.« Noelle nahm ihre Kamera ab und setzte sich im Schneidersitz auf den Fußboden. »Ich schieß mich nur ein bißchen ein.«

»Wir haben's eigentlich fast.« Sutcliffe sah den Reporter an. »Die große *Resonanz* auf das Comeback mit Lethal ist purer Zufall.« Sein Achselzucken schien auch der Wohnung samt Wächter und herumschleichendem Majordomus zu gelten. »Ich schätze, deshalb ist Gott ein solcher Gigant geworden – indem er sich nie irgendwo blicken läßt. Aber ich find's okay, solange ich dazu beitragen kann, daß ein paar Leute in der dritten Welt etwas zu essen haben.«

Der Reporter rückte sich mit verwirrter Miene die Brille zurecht. »Aber was hast du in der Einsamkeit gelernt?«

»Musikalisch oder philosophisch?«

Der Reporter breitete die Arme aus. »Beides.«

Sutcliffe lehnte sich auf dem Sofa zurück und schien einen Moment lang in sich hineinzuhorchen. Seine dürre Gestalt verharrte regungslos. »Ich mußte mir das wirkliche Leben beibringen – wie jemand, der nach einem Schlaganfall wieder gehen lernt. Als ich mit dem Rocken angefangen habe, habe ich mich in abgefuckten Klubs als großes Idol produziert und den Leuten nicht gesagt, daß ich in Wirklichkeit technischer Zeichner bin, obwohl ich damit meine Brötchen verdient habe. Und dann bist du eines Tages dieses Etwas, das man Superstar nennt, und du füllst ganze Stadien mit Leuten, die sich die Kehle nach dir wund schreien und noch nicht einmal dein Gesicht sehen. Und andere Leute überschlagen sich und hebeln für dich die Gesetze der Schwerkraft aus – Drogen, Frauen, alles, was du willst –, und du bist *immer* noch nicht im wirklichen Leben angekommen, oder vielleicht lebst du auch in der Angst, daß du es *nie* bis dorthin schaffst, wenn du dich nicht ständig überall sehen läßt und deine Verkäufe nicht in die Millionen gehen. Jede Nacht gibt es irgendwas anderes, irgendein neues Gesicht, und am Ende siehst du alles nur noch verschwommen – du verstehst, das *gleiche.*« Sutcliffe warf Noelle einen Blick zu. »Ich habe die Dinge wieder ins rechte Lot bringen müssen – die Leute immer der Reihe nach nehmen, vielleicht sogar herausfinden, wie es ist, allein zu sein, und welche Songs ich wirklich schreiben will. Du verstehst schon«, schloß er süffisant, »mal einen Blick in die existentielle Leere tun.«

»Und wie ist das?«

Sutcliffe hielt eine Hand hoch. »Ich bin ein bißchen müde, im Ernst. Ist wie beim Method Acting – ich muß über dieses Konzert nachdenken und mir vorstellen, wie alles wird, bis ich mich wirklich hineinfühlen kann, weil, das letzte Mal ist ja schon ein Weilchen her.« An Noelle gewandt fügte er noch hinzu: »Mir ist schon klar, daß du hier noch einen Job zu erledigen hast.«

Der Reporter ging. Noelle konzentrierte sich wieder auf ihre Kamera. »Wird nicht lange dauern«, sagte sie.

Sutcliffe blickte sie forschend an. »Und was hältst *du* davon?«

»Von was?«

Er breitete die Arme aus. »Na von allem – dem Comeback.«

»Ziemlich dramatisch.« Sie stellte das Objektiv nach. »Ich war in Thailand, Teilen von Kambodscha – ich finde es gut, daß du versucht, zu helfen.« Sie blickte auf und winkte ihn ein Stück näher. »Ein bißchen mehr zu mir, okay?«

Er drehte sich um, das Gesicht immer noch leicht abgewandt, die Augen ernst und nachdenklich. Sie machte ein Foto, schoß ein zweites und brach schließlich stirnrunzelnd ab. Er verharrte in seiner Pose. »Stimmt was nicht?«

»Laß mich noch eins machen.« Sie drückte ein weiteres Mal auf den Auslöser, dann atmete sie tief aus und beschloß, es mal drauf ankommen zu lassen. »Mit dir nicht, um mal ehrlich zu sein. Du hast es noch nicht ganz raus.«

Sutcliffe blickte ihr ins Gesicht. »Was raus?«

»Eine weltliche Ikone zu sein.« Noelle zögerte einen letzten Moment, dann legte sie los. »Du weißt schon, den ›Ich habe so viele Peyote Buttons gegessen und so viele Groupies gefickt, daß ich jetzt geblickt habe, was andere Typen nie blicken werden‹. Nur daß du dich jetzt fragst, ob du denn nun mit *dieser* Nummer in der Wirklichkeit angekommen bist.« Sie nahm die Kamera, sagte: »Die meisten Leute kriegen keine sechs Jahre frei, okay?« und drückte auf den Auslöser.

Es war rein instinktiv gewesen: In jenem Bruchteil einer Sekunde hatte sie das verblüffte, ironische Lächeln eines klugen jungen Mannes erfaßt, der zwischen dem selbstgefälligen Rockstar stand, der er einmal war, und dem Mann der inneren Einkehr, der er gerne sein wollte. Noelle legte die Nikon aus der Hand. »Tut mir leid«, sagte sie, »aber mit dem letzten Bild sind wir in der Wirklichkeit angekommen. Du kannst mich jetzt rausschmeißen.«

Sutcliffe blickte sie eindringlich an. »Kommst du zum Konzert?« fragte er leise.

Noelle musterte ihn, bis sie sicher war, wie die Einladung gemeint war. »Ich habe einen Freund.«

Sutcliffe erwiderte ihren Blick. Beide blickten im gleichen Moment zu dem bärtigen Majordomus auf, um zu sehen, ob er Sutcliffes peinliche Lage bemerkt hatte, dann lachten sie gemeinsam. Als sie sich ausgelacht hatten, blieb ein aufrichtiges Lächeln auf ihren Lippen zurück. »Wie dem auch sei, es stimmt.«

Sutcliffe streckte den Arm nach einem Messingkästchen aus und gab ihr einen kleinen Umschlag. »Zwei Karten, also.«

Noelle öffnete den Umschlag, sah den Preis und nahm vierzig Dollar aus ihrer Umhängetasche. »Bitte«, sagte Sutcliffe, »das geht schon in Ordnung.«

Sie hielt ihm das Geld hin, lächelte wieder. »Ich war dort, wie gesagt.«

Er nahm das Geld. »Ich werde dafür sorgen, daß sie es auch bekommen. Und viel Spaß beim Konzert.«

»Danke – und Spaß wird's bestimmt machen.« Sie stand auf und schüttelte ihm die Hand. Sie hielt sie einen Augenblick länger als nötig, sagte »Viel Glück« und ging.

Carey war noch immer verstört. »Keine zehn Pferde hätten die Leute dort weggebracht«, sagte er Levy. »Und als ich da anklopfte, hätte ich schwören können, daß es dort drinnen einmal geschellt hat und daß jemand abnimmt. Aber niemand hat aufgemacht.«

»Und danach haben Sie noch einmal mit dem Portier geredet?«

»Und er hat felsenfest behauptet, weder etwas über den genauen Verbleib der Krantz' zu wissen, noch wer der Käufer ist. Das glaube ich ihm einfach nicht.«

»Dann helfen Sie mir, Peter. Lassen Sie uns einmal gemeinsam aufzählen, durch was Sie sich alles bedroht fühlen, von A bis Z. Wie viele von diesen Ängsten stehen eigentlich Ihrer Meinung nach im Zusammenhang mit Ihrer Amnesie?«

»Keine Ahnung.«

»Was Sie sich vielleicht einmal überlegen sollten, Peter, ist, ob sie das nicht alle tun.«

»Schauen Sie, sie hat den Mann zweimal gesehen, kein Zweifel möglich – die Augen und die hängende Unterlippe, die sie beschreibt, habe ich schließlich nicht erfunden.«

»Aber Sie haben schon lange bevor *er* zum ersten Mal aufgetaucht ist, Angst um sie gehabt. Sie verbinden instinktiv alles mit dem Tod Ihres Vaters. Ihr vages Gefühl, daß Barth Phillip für seine Zwecke einspannt, fällt da in die gleiche Kategorie. Oder war das jetzt allzu forsch?«

»Nein.« Carey atmete tief aus. »Ich habe Angst, Noelle Leid zuzufügen, indem ich mich erinnere.«

»Wissen Sie, warum?«

Carey schüttelte den Kopf. »Sie haben mich einmal gefragt, ob es nicht sein könnte, daß ich mich am Tod meines Vaters mitschuldig fühle. Falls dem so ist, dann ist schwer zu sagen, welche Auswirkungen das hätte. Der Gedanke ist alles andere als angenehm.«

»Und dennoch, trotz allem ziehen Sie das, was ich Ihnen neulich empfohlen habe, ernstlich in Erwägung?«

»Ja.«

»Weil Sie Gewißheit brauchen?«

»Das, und wegen Noelle. Ich will mein Leben mit ihr teilen.« Carey sprach ganz leise. »Mir ist klargeworden, daß mir allein etwas fehlen würde.«

»Da hat sich ja in Ihnen richtig was verändert.«

»Ich bin in sie verliebt.« Carey zögerte. »Vermutlich war ich das schon immer.«

»Nun«, sagte Levy trocken. »Dann sind's also zwei. Noelle und Ihr Vater.«

»Ja.« Carey drehte sich auf die Seite. »Ich liebe sie beide.«

Levy senkte die Stimme. »Ich wollte nicht die Ernsthaftigkeit des Dilemmas bezweifeln, in dem Sie sich befinden. Ihr Instinkt sagt Ihnen, daß Sie Noelle Leid zufügen werden, sobald Sie sich erinnern – vielleicht wegen des Mannes, der sie verfolgt hat, oder wegen Phillips seltsamem Verhalten. Und das, obwohl Sie sich bewußt sind, daß Sie selbst Schaden nehmen: die Alpträume, die immer wieder auftauchenden Erinnerungsfetzen, diese Fahrt nach Greenwich …«

»Ich habe Angst, sie zu verlieren, wenn ich es *nicht* tue …«

Der Satz verhallte. Levy sprach ihn ganz ruhig für Peter zu Ende: »Und Angst, Charles zu verlieren, wenn Sie's doch tun?«

»Das *wußten* Sie?«

»Ihre Beziehung zu Charles – durch die Firma und überhaupt – liegt Ihnen sehr am Herzen.« Levy schwieg einen

Moment, dann fügte er sanft hinzu: »So wie mir ja damals auch.«

»Aber Sie …«

»Und jetzt wollen Sie sie nicht dadurch kappen, daß Sie sich irgendwie für seinen Tod verantwortlich fühlen.« Levy schwieg einen Moment. »Sehen Sie, Peter, auch das weiß ich.«

Carey richtete sich auf und sah ihn direkt an. »Und können *Sie* da dann nicht den Unterschied sehen?«

»Ja.« Levy wandte den Blick ab. »*Meine* Erinnerungen an Charles sind heil und unversehrt. Jetzt sehe ich seinen Sohn vor mir.«

»Ich erinnere mich …«

»An einen Halbgott, aus der Sicht eines kleinen Jungen. Der Mann, den ich kannte, liebte seinen Sohn mehr als seine Karriere oder seinen Stolz, ja sogar mehr als sein Leben.« Levy wandte sich schließlich um und sah ihm in die Augen. »Was auch immer Sie herausfinden mögen, er wäre Ihnen in seiner Liebe treu geblieben.« Seine Augen füllten sich mit Tränen, dennoch blickte Levy ihn unverwandt an. »Was auch immer«, wiederholte er. »Das verspreche ich Ihnen.«

»Du bist so, wie ich mir immer einen Sohn gewünscht habe, Peter.«

»Doktor …«

Levy hielt eine Hand hoch. Mit nun wieder sachlicher Stimme fragte er: »Was werden Sie nun tun, Peter? Werden sie zu diesem Mann gehen und es mal versuchen?«

Carey schnürte sich die Kehle zusammen. »Ja«, erwiderte er. »Ich werde hingehen.«

Martin wählte eine Nummer, dann wandte er sich wieder dem Bild auf dem Monitor zu.

Ein weiteres Mal, wie in einem Traum, bewegte sich Noelle Ciano im Rhythmus mit Peter Carey …

»Ja?« antwortete Englehardt.

»Ich habe mitgehört, wie Sie mir aufgetragen haben. Carey hat in die Hypnose eingewilligt.«

Martin blickte in Richtung Monitor und wartete. Fast flüsternd fragte Englehardt: »Hat er bereits einen Termin?«

»Noch nicht.«

In dem Schweigen, das folgte, hörte Martin die Entschlossenheit heraus, die den Kleinen durchströmte. »Dann geben Sie mir Bescheid«, sagte Englehardt tonlos, »sobald er sich einen besorgt hat…«

Noelle blickte zu Carey auf. »Das hast du noch nie getan.«

»Was, Schatz?«

Sie lächelte. »Mich dabei angesehen.«

»Mach ich«, sagte Martin und legte auf.

Sein Gefühl sagte ihm, daß Noelle schon bald in *sein* Gesicht sehen würde.

Als Noelle bei der *Times* den Sutcliffe-Film entwickelte, fiel ihr wieder der Film ein, den sie in ihre Umhängetasche gesteckt hatte. Sie warf einen kurzen Blick auf ihre Uhr und beschloß, schnell bei sich zu Hause zu Mittag zu essen. Einen Moment später hastete sie bereits aus dem Gebäude. Unterwegs hielt sie unter all den Gesichtern nach dem Häßlichen Ausschau und erwischte schließlich gerade noch den IRT, der mit quietschenden Bremsen in den Bahnhof einfuhr.

Jetzt trat sie aus ihrer Dunkelkammer heraus. Sie sah sich die Bilder an und zerstörte sie alle bis auf eins.

Sie ging in ihr Schlafzimmer und hielt es nachdenklich ins Licht. Dann setzte sie sich an ihren Schreibtisch und schrieb ein paar Zeilen. Als sie fertig war, steckte sie das Foto mit dem Briefchen in einen hellblauen Umschlag. Mit einem Schmunzeln auf den Lippen machte sie sich wieder auf den Weg. Auf der Straße blickte sie sich rasch links und rechts um.

Martin beobachtete Noelle dabei, wie sie Careys Schlafzimmer betrat und einen Umschlag auf sein Kopfkissen legte.

Sie verschwand vom Bildschirm.

Das System funktionierte reibungslos: Der Portier hatte von der Lobby aus angerufen und ihre Ankunft angekündigt. Wenn sie ging, würde er ein zweites Mal anrufen. Martin, der gerade dabei war, Careys Post wieder zuzukleben, hörte über die Lautsprecheranlage das leise Klicken des Sperriegels.

Unwillkürlich fing er an, sich auszumalen, welche Nachricht sie ihm hinterlassen würde, sollte er jemals eine bekommen.

Das Telefon schellte. Er stand auf, den Schlüssel in der Hand.

Über Clayton Barths Privatleitung blinkte das Licht auf. Er drückte auf den Knopf, meldete sich mit »Barth«, und dann sagte Englehardt: »Ich würde mich gerne mit Ihnen besprechen.«

Barth, immer unter Hochspannung, hörte in der Mitteilung einen leise dringenden Ton heraus. »In welcher Angelegenheit?«

»Es ist ziemlich dringend – ich habe Ihre Übernahmeabsichten bezüglich John Careys Firma noch einmal überdacht, und ich glaube, daß es an der Zeit ist, einen entscheidenden Vorstoß zu machen. Ich brauche Ihre Erlaubnis.«

»Ich bin heute sehr beschäftigt.« Barth schwieg, wartete ab. »Vielleicht können wir das telefonisch erledigen.«

»Wirklich, ich würde Sie nie mit Nebensächlichkeiten behelligen oder mit Dingen, die sich aufschieben ließen.«

Barth kniff die Augen zusammen. Er leistete sich eine kleine, private Schauspieleinlage, beriet sich mit seiner Uhr und ließ Englehardt mit seiner Antwort zappeln. »Zwischen acht und halb neun«, sagte er genervt. »Mehr ist nicht drin. Sie werden sich kurz fassen müssen.«

»Keine Sorge.« Barth meinte in den Worten einen raschen Adrenalinstoß herauszuhören. Dann fügte Englehardt noch respektvoll »Ich danke Ihnen« hinzu und legte auf.

Er war allein und fragte sich, was an ihm nagte. Instinktiv wandte er sich der Skyline Manhattans zu und erblickte John Careys Gebäude.

»Telefonauskunft Manhattan.«

Carey sah, wie auf seinem Fenster die ersten Schneeflocken schmolzen. »Ich hätte gerne die neue Telefonnummer von Alfred Krantz.«

»Wie wird das buchstabiert?«

»K-R-A-N-T-Z.«

»Einen Moment.« Carey wandte sich vom Fenster ab und verweilte vor dem Bild seines Vaters. Dann sagte die Auskunft »Ich habe unter Krantz keinen neuen Eintrag. Wann ist er ...«

»Dieses Wochenende.«

»Es dauert zehn Tage, Sir. Rufen Sie dann noch mal an.«

Charles Carey lächelte auf ihn hinab, vom Gedächtnis der Kamera für immer festgehalten, lebendig ...

Carey legte auf und machte sich ins Büro seines Onkels auf.

Phillips Assistentin blickte von ihrer Schreibmaschine auf. »Hallo, Susan – Phil da?«

»Er hat gerade angerufen.« Sie schob ihre Brille die Nase hoch. »Seine Halsschmerzen sind echt schlimm. Er sagt, er will keine Anrufe.«

»Und was, wenn es ein Notfall ist?«

»Tut mir leid, Peter – er geht nicht mal ran.« Sie setzte sich kurz auf ihrem Stuhl um. »Kann ich vielleicht irgendwas für Sie tun?«

»Ja«, sagte Carey scharf. »Sagen Sie ihm, falls er anruft, daß ich auf dem Weg zu ihm bin.«

Phillip Carey saß in der Bibliothek seines Stadthauses, inmitten der Bücher seines Vaters.

Er erinnerte sich noch an alles – das Herausgabejahr, die Autoren, wie sie in den Druckfahnen ausgesehen hatten. An Sommerabenden filterte sein Fenster das schwindende Sonnenlicht in goldene Strahlen, die seinen Regalen den reichen, seidigen Schimmer eines alten, verblaßten Farbfotos verliehen. Manchmal, wenn er dort mit einem Drink saß, konnte er vergessen…

Das Telefon klingelte, nur einmal, und dann war es Winter und nur Peter war noch am Leben.

Das Klingeln war Englehardts Zeichen.

Phillip sah sich bereits irgendwelchen neuen Forderungen ausgesetzt und rief nur widerwillig zurück. »Ja?«

»Ihr Neffe kommt Sie besuchen, Phillip. Ich schlage vor, Sie gehen ins Museum of Modern Art – unter dem Vorwand eines Arzttermins natürlich.«

Phillip fühlte sich müde und genervt. »Ich sage ihm einfach, daß ich krank bin.«

»Nicht nach der Vorstellung, die Sie sich letztens geleistet haben. Er wird Sie nicht zu sehen bekommen, klar?«

»Also gut.« Phillip schloß die Augen. »Was ist mit der Hypnosesache?«

»Darüber reden wir heute abend – und zwar hier, um zehn Uhr.«

»Warum so spät?«

»Ich habe vorher noch eine Besprechung«, sagte Englehardt mit gewohnt leiser Stimme. »Aber bis dahin müßte ich fertig sein.«

Martin hielt das Album auf seinem Schoß und starrte reglos auf die Kopie des Fotos, das nun wieder auf seinem Platz auf Peter Careys Kopfkissen lag. Mit einer sanften Bewegung strich er über Noelles Körper.

Ein Telefon klingelte; aus den Lautsprechern ertönte eine Stimme: »Sekretariat Peter Carey.«

»Ja.« Die zweite Stimme klang mit jedem Mal, das Martin sie hörte, älter. »Ist Mr. Carey da?«

»Er ist gerade mal kurz weg. Kann ich ihm was ausrichten?«

»Ja, bitte. Von Dr. Levy. Sagen Sie ihm, daß ich mit Dr. Pogostin einen Termin ausgemacht habe.«

Martin griff nun selbst zum Telefon, wählte eine Nummer, weiter dem Gespräch folgend.

»Morgen um neun Uhr, in der Praxis von Dr. Pogostin. Ich gebe Ihnen die Adresse...«

»Ja?« sagte Englehardt.

»Careys Termin ist morgen um neun.«

»Ich verstehe.« Schweigen. »Dann müssen Sie wieder zu Levy in die Praxis, sobald er die Bänder hat.«

Und jetzt rate mal, was du für mich tun wirst, dachte Martin sich und schob das Bild von Noelle in sein Album.

Peter Carey hämmerte zum zweiten Mal gegen die Tür seines Onkels.

Niemand machte auf.

Carey stopfte die Hände in die Manteltaschen, und dann fiel ihm plötzlich ein, wie er vor zehn Jahren schon einmal dort gestanden war, vor der Tür eines Hauses, in dem kein Licht brannte, drei Tage vor Weihnachten.

Er bückte sich, öffnete die Milchrutsche und tippte mit den Fingerspitzen auf den Deckel.

Zehn Jahre später war das grüne magnetische Schlüsseletui immer noch an seinem Platz. Er schob den Deckel zurück, nahm den Schlüssel heraus und steckte ihn ins Schloß.

»Auch Brüder würden sich ganz gerne mal unter vier Augen unterhalten...«

Carey zögerte, dann drehte er den Schlüssel um und spähte hinein. »Phil?«

Phillip stand an der Straßenecke und sah, wie sein Neffe nach ihm rief.

Spontan machte er sich auf den Rückweg, um zu sehen, was Peter wollte. Dann verschwand Peter in der Tür, und er wurde sich wieder seiner Furcht bewußt. Phillip Carey drehte sich um und ging langsam in Richtung Museum.

Barth winkte Englehardt an den Platz, den er für ihn bestimmt hatte. »Sie haben eine halbe Stunde«, sagte er, ohne sich mit langen Vorreden aufzuhalten, »um mir darzulegen, was Sie für so dringlich halten.«

Englehardt setzte sich an das Ende eines blitzblank polierten Tisches, in dem sich sein Gesicht wie eine durchscheinende Maske spiegelte. Sein Stuhl hatte keine Armlehnen. Barth hatte die Beleuchtung des Besprechungszimmers etwas abgeblendet: Ohne seine Requisiten wirkte Englehardt weniger wie ein Dieb der Macht als ein alternder, seiner Träume beraubter Technokrat. Mit hängenden Schultern saß er da. Barth stellte sich vor, wie albern er in seiner Unterwäsche aussehen würde, und er mußte über seine Befürchtungen der letzten Tage lächeln. Die wahre Führernatur hält ihre Experten stets an der kurzen Leine; sie fördert ihren Stolz und weiß ihn für die eigenen Zwecke zu nutzen: Roosevelt und der alte John Kennedy, Nixon und Kissinger.

»Wünschen Sie, ebenfalls meine Ansichten zu unserem weiteren Vorgehen zu hören?«

Englehardt sprach so leise, daß Barth Mühe hatte, ihn zu verstehen.

»Sprechen Sie lauter.«

Englehardt sprach praktisch zu dem Tisch. »Vielleicht sollte ich ein wenig näher rücken?«

Barth schwieg verärgert. Mit zur Schau getragener Lässigkeit sagte er »Wie Sie wollen« und wies auf einen Stuhl zu seiner Rechten.

»Danke.« Englehardt ging steifbeinig vor und deutete auf seinen Hals. »Halsschmerzen, wissen Sie – Phillip Carey hat's ebenfalls erwischt.«

Barth überging die Bemerkung mit einem flüchtigen, gespielt nachsichtigen Lächeln und fragte mit fester Stimme: »Was haben Sie mir denn nun zu sagen?«

Englehardt blickte auf. »Daß es an der Zeit ist, Phillip zum Verkauf zu zwingen.«

»Sofort?« Barth stützte sich mit dem Kinn auf seine zum Kirchturm geformten Hände, um seinen Argwohn zu verbergen. »Ich hatte eigentlich noch ein paar weitere Bemühungen erwartet, um *Peter* Carey außer Gefecht zu setzen. Sie haben einige sehr ausgeklügelte Maßnahmen ergriffen, um das in die Wege zu leiten...«

»...die sich als von unschätzbarem Wert erweisen werden, da Sie nun ständig darüber auf dem laufenden gehalten werden, was er tut und plant – gerichtlich und außergerichtlich – und *warum* er es tut. Ohne meine verdeckte Ermittlung wäre Peter für Sie ein unbeschriebenes Blatt geblieben. Er hätte Ihre Hoffnungen durch eine Klage vor Gericht zunichte gemacht, während Sie vergeblich versucht hätten, ihn aufzuhalten. Aber wenn wir *Phillip* wirksam für unsere Ziele einsetzen wollen, ist rasches Handeln geboten.«

Der Mann war nervös, dachte Barth plötzlich. Noch nie hatte er ihn mit einer solchen Hast reden hören. »Wir haben noch vier Monate...«

»...und da Phillip die Stelle ist, an dem Sie den Hebel ansetzen müssen, würden wir unser Überwachungspotential am wirksamsten nutzen, indem wir versuchen, Peter Carey vor vollendete Tatsachen zu stellen.«

Barth blickte ihn an, entschlossen, sich das Heft nicht aus der Hand nehmen zu lassen. »Sie konfrontieren mich mit Schlußfolgerungen, ohne einen Plan zu haben.«

»Sie selbst werden bereits in dieselbe Richtung gedacht haben, da bin ich sicher.« Englehardt blickte Barth prüfend an und nahm einen beschwichtigenden Tonfall an. »Die Überwachung ist am Laufen, und wir haben herausgefunden, daß Peters Schwäche für Noelle Ciano viel größer ist als ursprünglich angenommen. *Jetzt* weise ich Phillip an, Ihnen seine neunundvierzig Prozent *plus* zwei Prozent von Peters Anteil zu verkaufen – jetzt, wo er noch in der Lage ist, dies zu tun. Mit einem Schlag wird Van Dreelen & Carey rechtmäßig in Ihre Hände übergehen, und Peters Alternativen – auf die Sie aufgrund der Überwachung sofort reagieren können – sind äußerst eingeschränkt. Er kann Phillips Verkauf seiner Aktienmehrheit akzeptieren – was ihm angesichts Ihres großzügigen Angebots, seine restlichen neunundvierzig Prozent hinzuzukaufen, leichtfallen wird – oder versuchen, den Verkauf per Gerichtsurteil rückgängig zu machen, in welchem Fall Sie Peter darauf hinweisen werden, daß, falls er vor Gericht verliert, Sie sich weigern werden, seine restlichen Anteile zu kaufen, zu welchem Preis auch immer.

Dies müßte Peter an und für sich zu denken geben. Sollte er verlieren, bleibt ihm nur die Aktienminorität in einem schwierigen Geschäft. Dies wiederum ist soviel weniger wert als eine Mehrheitsbeteiligung, daß er es sehr schwer haben würde, dafür einen Käufer zu finden. Er wird keinen Fuß in Van Dreelen & Carey setzen können. Andererseits wird kein konkurrierender Verlag ihn haben wollen, falls er sich nicht vorher irgendwie der restlichen Aktien entledigt. Kein Mensch wird sich leichthin auf etwas einlassen, bei dem er am Ende buchstäblich alles verliert, was er besitzt, vor allem Peter Carey nicht. In diesem Augenblick des Zögerns könnten wir uns seinen labilen psychischen Zustand *zunutze machen*, anstatt ihn zu *fürchten*. Und dies«, Englehardt erlaubte sich ein Lächeln, »ist der Grund, weshalb diese junge Frau, die wir beobachten, so wertvoll ist.« Er senkte bescheiden die Augen. »Aber das haben Sie gestern abend zweifellos selbst erkannt, wie ich bereits sagte.«

Barth ließ sich die eigenwillige Brillanz dessen, was er gerade gehört hatte, durch den Kopf gehen. »Und wie genau sollen wir ihn Ihrer Meinung nach mittels der Frau unter Druck setzen?«

»Wir werden Mittel und Wege finden, die er unmöglich mit Ihnen in Verbindung bringen kann. Aber durch die Psychoanalyse ist deutlich geworden, daß sie das perfekte Gegenmittel zu seiner Leidenschaft für den Verlag ist. *Diese* Leidenschaft rührt von seinem schrecklichen Gefühl her, den Tod von sowohl John als auch Charles Carey verschuldet zu haben, deren Vergebung er sich zu erlangen hofft, indem er ihr Lebenswerk in Ehren hält – vielleicht sogar, indem er diese wackelige Klage vor Gericht bis zum Ende durchzieht. Glücklicherweise hat er sich in Miss Ciano verliebt, trotz dieser Angst, daß er irgendwie jene, die er liebt, tötet, und trotz einer konkurrierenden Angst vor Frauen, die sich aus der Abneigung gegenüber seiner Mutter entwickelt hat.« Wieder umspielte der Hauch eines Lächelns seine Lippen. »Jetzt stellen Sie sich vor, man würde die Furcht in ihm wecken, daß ihr ein schreckliches Leid geschehen könnte, wenn er sich an die Firma seines Vaters klammert?«

»*Wie*, verdammt noch mal?«

»Seine Schuldgefühle würden ihn in den Wahnsinn treiben, verstehen Sie. Ich bezweifle, daß er an eine solche Alternative auch nur denken kann, geschweige denn, Ihnen Widerstand leisten. Durchaus möglich, daß er Selbstmord begeht.«

Der Mann ist ein Wahnsinniger, dachte Barth. In jenem Moment sah er den zerschmetterten Schädel seines Vaters vor sich. Er beugte sich vor. »Ich möchte Ihre *Methoden* kennen.«

»Ich tue einfach nur, was nötig ist.« Englehardt schloß die Augen. »Meine Diskretion ist Ihr Schutzschild. Und deshalb muß *ich*, falls Sie diese Firma immer noch haben wollen, an Phillip Carey herantreten, und zwar allein.«

»Nein.« Barth sprach mit stahlharter Stimme. »Es wird langsam Zeit, daß ich von Ihnen erfahre, was Sie gegen ihn in der Hand haben.«

Englehardt riß die Augen auf. »Das wäre eine Dummheit, die uns beiden nichts bringen würde. Ich brauche noch einen Tag, mehr nicht. Morgen werde ich Ihnen die Unterlagen überreichen, mit denen John Careys Firma auf Sie übergeht, unterschrieben von Phillip Carey. Dann können Sie selbst entscheiden, wie wichtig es ist, den *Grund* seiner Unterschrift zu kennen.«

Noelle blickte vom Kamin zu Peter auf. »Was hättest du Phillip gesagt, wenn du ihn angetroffen hättest?«

»Daß ich mich einer Hypnose unterziehe. Ich hatte mir gedacht, wenn ich ihn damit überrasche...« Er zuckte mit den Achseln. »Falls es das ist, wovor er Angst hat, dann habe ich gedacht, daß er mir ruhig einmal sagen könnte, warum.«

»Vielleicht solltest du jetzt erst mal abwarten, Peter, zumindest bis Pogostin herausgefunden hat, was dahintersteckt.« Sie rückte ein Stück näher zum Feuer. »Bist du noch immer nervös?«

»Wegen morgen?« Sie nickte in die Flammen. »Ja«, erwiderte er. »Danach weiß ich erst mal nicht, wie es weitergehen wird.«

Sie blickte nach vorn. »Die Wahrheit, Peter: Tust du es meinetwegen?«

Er zögerte. »Teilweise...«

»Weil, jetzt fühle *ich* mich schuldig.«

Er wandte sich zu ihr um. »Fühl dich ganz einfach schuldig genug, um gut auf dich aufzupassen, okay?«

»Ja, okay.« Ihre Stimme wurde plötzlich unbeschwerter. »Ein weiterer Tag ist vorbei, und kein häßlicher Fremder in Sicht.«

»In Manhattan?«

Sie lächelte. »Nun, wenigstens nicht *der* häßliche Fremde.«

»Gut.« Carey blickte mit ernstem Gesicht ins Feuer. »Wie dem auch sei, teilweise tu ich's auch für Levy. Heute...«

»Aber tust du es auch teilweise für *dich*?«

»Zum größten Teil.« Ein leises Lächeln umspielte seine Lippen. »Ich habe Angst vor der Angst bekommen.«

Sie blickte ihn eindringlich an. »Ich würde so gerne dabeisein.«

»Sie wissen nicht mal, ob es überhaupt klappt.« Er lächelte immer noch. »Ich hätte Angst, dich zu enttäuschen.«

»Dann laß mich wenigstens die Tickets verschenken. Es ist Blödsinn, dich jetzt auf irgendein Konzert zu schleppen.«

»Ist vielleicht sogar genau das Richtige für mich. Außerdem«, er lächelte sie süffisant an, »es ist nett von Sutcliffe, mich einzuschließen.«

»Peter, du denkst doch wohl nicht …«

»Nicht, nachdem dies hier zwischen uns geschehen ist.« Er strich über das Foto, das zwischen ihnen lag, dann blickte er zu ihr auf. »Es war wunderschön, weißt du.«

»Für mich auch.« Sie wandte sich wieder dem Feuer zu. Es folgte langes Schweigen, das sie in einem anderen Tonfall beendete. »Weißt du, die Sache mit den Krantz' ist wirklich komisch. Ich frage mich, warum sie ausgezogen sind.«

»Keine Ahnung.« Peter beugte sich stirnrunzelnd vor. Sanft, beinahe ehrfurchtsvoll übergab er ihr Foto den Flammen.

Noelle wandte sich ihm zu. »Warum, Peter?«

Er küßte sie auf die Stirn. »Ich werde mich immer daran erinnern«, sagte er leise. »Und ich bin der einzige, der dies auch sollte.«

Englehardt legte Phillip das Foto hin. »Die Frauen sind alle gleich, ist doch so, oder, Phillip?«

Obwohl ihm übel wurde, konnte er nicht anders, als auf Noelle hinabzustarren: »Wo haben Sie das her?«

»Sie werden doch wohl noch wissen, daß so was meine

Stärke ist.« Englehardt lächelte und schob das Foto wieder in den braunen Umschlag zurück. »Ich frage mich, wie unser kleiner Peter darauf reagieren wird.«

Phillip blickte auf, sprachlos.

»Oh, *natürlich* würde ich das tun, Phillip – Peter an den Abgrund und darüber hinaus zu treiben kann mir nur nützen.« Sein Lächeln verflog. »Ich könnte noch viel ärgere Sachen tun. Ich sage es Ihnen auch nur als eine Art Gedächtnisstütze, damit Ihnen stets klar ist, was passieren könnte, wenn Sie in einem weiteren, unerklärlichen Anfall von Selbstaufopferung diese Sache an Peter durchsickern lassen, bevor es mir recht ist.« Er zeigte auf die Übertragungsurkunde, die zwischen den beiden auf dem Schreibtisch lag. »Vielleicht sollten Sie sich jetzt wieder an den Grund Ihres Hierseins erinnern.«

Phillip blickte abwesend an ihm vorbei, in die Finsternis des Lofts. »Aber es hat sich nichts geändert«, fing er an, um gleich wieder abzubrechen. Er blickte zu Englehardt auf.

Englehardt nickte. »Hypnose«, sagte er leise. »Morgen.«

»Das *wußten* Sie?«

»Das war es, womit Peter Sie überraschen wollte, und weshalb ich nicht wollte, daß Sie ihn sprechen. Es wird nun Zeit für Ihren Urlaub, weit weg von hier.«

Phillip stellte sich angewidert Peter Carey vor, und zwar nicht das Abbild von Charles mit den kalten Augen, sondern einen Jungen in einem Krankenhaus, der bewußtlos und allein einen Plüschelefanten umklammert hält. Mit kläglicher Stimme fragte er: »Was haben Sie mit ihm vor?«

Englehardt zuckte mit den Achseln. »Eigentlich wäre es sinnvoll, ihn umzubringen, finden Sie nicht?«

»Nein!«

»Seien Sie doch nicht so sentimental, Phillip – das hat Sie schon immer daran gehindert, zu kapieren, wo Ihre ureigenen Interessen liegen.« Phillips Augen waren voller Furcht und Haß. Englehardt lächelte entfernt und hob beschwichtigend die Hand. »Selbst *ich* habe Verständnis für Gefühle der Zuneigung anderen Menschen gegenüber, die vom Verstand her nicht zu erklären sind. Lassen Sie uns also darin übereinkommen, daß ich – falls Sie diese Formulare unterschreiben und eine Europareise antreten – mich bemühen werde, Peter davon zu überzeugen, daß er, im Interesse Miss Cianos, besser nicht auf seine Erinnerungen hin handelt.«

Stumm legte er eine Hand auf Phillips Schulter.

Phillip konnte ihm nicht länger ins Gesicht sehen.

Er starrte in dem fahlen Licht auf die Dokumente. Englehardt wies auf die Unterschriftenzeile. »Sobald dieser Vertrag sich sicher in Barths Händen befindet«, sagte er, »werden Sie seinen Scheck über zehn Millionen Dollar erhalten.«

Seine Hand rührte sich nicht von der Stelle.

Phillip wandte den Blick ab. Sein Arm hing schlaff herunter. »Zwei Verträge«, drängte Englehardt sanft. »Einen für Sie selbst und einen für Sie in Ihrer Eigenschaft als Treuhänder von John Peter Carey.«

Phillip griff in die Tasche, um seinen Füllfederhalter hervorzuholen. Zweimal schrieb er seinen Namen. Englehardt zog seine Hand zurück.

»Danke.« Englehardt nahm die Formulare. Phillip streckte mit offenem Mund den Arm nach ihm aus…

Englehardt lächelte auf ihn hinab. Leise fragte er: »Ja, Phillip?«

Phillip sackte in sich zusammen. »Das Foto.« Er flüsterte beinahe. »Kann ich es noch einmal sehen?«

Englehardt erstarrte.

Bleich vor Wut und vor Schmerz gab er Phillip Carey das Bild von Noelle.

13

Pogostins Augen, die dunkel und einfühlsam waren, legten seine forsch-fröhliche Art als Selbstschutz bloß. »Also gut, Peter Carey«, fing er an, »ich schätze, Levy hat Ihnen erklärt, was ich mache.«

»Im großen und ganzen.« Carey spürte, wie ihm langsam die Kontrolle über sich entglitt. »Ich würde es gerne von Ihnen hören.«

Pogostin neigte den Kopf zur Seite, eine Geste, die seine rundliche Nase und seine clownesken Gesichtszüge betonte. »'n bißchen Angst, hm?«

Carey rutschte nervös hin und her. Selbst Pogostins schokoladenbraunes Hemd und die altmodische Paisley-Krawatte machten ihn nervös. »So kann man's auch sagen.«

»Dann Kopf hoch – vielleicht lassen Sie sich ja gar nicht in Hypnose versetzen.« Er lächelte schief. »Offen gesagt, die Tests, die Sie gerade absolviert haben, lassen vermuten, daß Sie ein schwieriger Patient sein werden.«

Carey, der auf einer Couch saß, beugte sich vor. »Sie packen ihre Arbeit ja auch nicht gerade in Zuckerwatte.«

»Keine Gaukeleien.« Pogostin zuckte auf entwaffnende Art mit den Achseln. »Ich schläfere meine Patienten ein.«

Carey fiel immer wieder auf, daß der Ausdruck in seinen Augen der gleiche blieb, egal was er sagte. Das fensterlose Büro – ein Rechteck mit kahlen Wänden und nacktem Fußboden – kam ihm wie ein Verhörzimmer vor. Er fragte sich, was Noelle wohl gerade so trieb, wo sie war...

»Natürlich«, fuhr Pogostin lächelnd fort, »können wir uns den ganzen Morgen auch über irgendeinen Quatsch unterhalten. Ich habe ihn mir für Sie freigehalten.«

Carey blickte ihn durchdringend an. »Was hat Levy Ihnen über mich erzählt?«

Pogostin zuckte mit den Achseln. »Daß Sie ein liebenswerter einfältiger Mann mit einer Kindheit wie der von Christopher Robin sind.«

»Retten Sie sich immer mit einem Witz, wenn Sie sich in die Enge getrieben fühlen?«

Pogostin mußte lachen. Carey bemerkte einen Hauch von Selbsterkenntnis. »*Meinem* Analytiker zufolge, ja. Sie hatten gefragt, was meine Nummer ist. Es ist ganz einfach: Unter Hypnose werden Sie das Wochenende, an dem Ihre Eltern den Tod fanden, als Sechsjähriger wiedererleben.« Pogostin zeigte auf einen Kassettenrekorder neben seinem Stuhl. »Meine Fragen und alles, was Sie sagen, wird auf diesem Gerät aufgenommen. Dann wachen Sie auf.«

»Und erinnere mich an was?«

»An alles oder irgendwelche Fragmente oder an gar nichts. Aber das Band wird uns erhalten, was Ihr bewußtes Gedächtnis weiter blockiert. Eine eiserne Regel: Ich werde Sie nicht damit terrorisieren, indem ich Ihnen die Kassette vorspiele.« Pogostin lächelte wieder. »Selbst ich habe zu viel Feingefühl, um eine solche Horrorshow zu inszenieren.«

»Was fangen Sie also damit an?«

»Wir werden Ihnen mit Hilfe der Kassette im Laufe der kommenden Wochen und Monate bestimmte Fragen stellen und Ihnen nach und nach die Teile Ihres Traumas, die Ihre Psyche verdauen kann, servieren, bis Ihr Gedächtnis zurückkehrt.« Das Lächeln blitzte wieder auf. »Vorspiel ist ein weiterer passender Vergleich.«

Carey fiel plötzlich auf, daß Pogostins Witzeleien, ebenso wie seine Kleidung, dazu gedacht waren, seine Patienten von ihren Ängsten abzulenken. »Also gut«, unterbrach er. »Würden *Sie* so was mit sich machen lassen?«

Pogostin nickte lebhaft. »Ohne mit der Wimper zu zucken.«

»Warum?«

»Es ist die sanfteste Art, eine Wunde zu dränieren. *Ihre* Wunde eitert bereits seit Jahren. In allem, was Sie tun, zahlen Sie dafür.« Pogostin beugte sich vor. »Sie sind ein Kontrollfreak, Peter. Man sieht's Ihnen an der Nasenspitze an, selbst wenn diese Tests es nicht rausschreien würden. Sie wollen alles voll im Griff haben, selbst Ihre eigenen Gefühle – was schon komisch ist, wenn man bedenkt, daß Sie etwas verteidigen, das vor dreiundzwanzig Jahren verlorengegangen ist, als Ihr Gedächtnis nicht hingesehen hat. Sie haben die Kontrolle *verloren*, mein Junge – Ihre Träume sind der beste Beweis.« Er breitete die Arme aus, so als hätte er für das Entgegenkommen, das darin lag, nur Spott übrig. »Natürlich können wir eine Zeitlang über den freien Willen diskutieren – ich möchte wirklich nicht, daß Sie sich in irgendeiner Weise genötigt fühlen.«

Zum ersten Mal lächelte Carey, wenn auch etwas beklommen. »Wie lange wird es dauern?«

»Geduld. Ein ganzes Wochenende ist ein ganz schöner Batzen an Verdrängungen: Ich werde mich mit jeder Menge albernem, langweiligem Zeugs herumschlagen müssen, um zum Kern vorzudringen.« Das Lächeln kehrte wieder. »Aber andererseits, ich bin Profi – sagen wir anderthalb Stunden.«

Carey atmete tief aus: In Gedanken, ohne zu wissen, warum, verabschiedete er sich von Charles Carey. »Ja«, murmelte er. »Okay.«

»Großartig.«

In der Spannung zwischen Pogostins Lächeln und seinen Augen sah Carey plötzlich Noelle vor sich auftauchen. »Was soll ich nun tun?«

»Oh, einfach hinlegen und sich eine Zeitlang entspannen – wie gesagt, vielleicht funktioniert es ja nicht. Ich werde mir unterdessen irgendwas überlegen, wie ich am besten reinkomme ...«

Als Carey sich hinlegte, bemerkte er, wie müde er war. Er warf einen Blick auf seine Uhr: Viertel vor zehn.

»Da fällt mir ein, vielleicht sollte ich Ihnen sogar am besten ein paar von *meinen* albernen, langweiligen Kindheitserinnerungen erzählen.«

Pogostin setzte sich wie zufällig in einen Stuhl am Kopfende der Couch um.

»Besser, Sie zählen jetzt mit mir.«

Der Tunnel war dunkel…

»Eins… zwei… drei…«

Er hatte die Kontrolle über die Zeit verloren.

»Elf…«

Dewey…

»Vierunddreißig…«

Carey versuchte verzweifelt, die Augen zu öffnen. Die Lider waren so schwer.

»Fünfundsechzig…«

Greenwich.

»Achtundsechzig…«

Carey wollte nicht dorthin. Er versuchte, sich zu wehren.

»Neunundsechzig…«

Der Kassettenrekorder schaltete sich ein.

»Peter?«

Die Nacht brach herein, mit all ihrer schrecklichen geballten Macht. Phillip Carey kam die Treppe hinuntergetrottet, um sie zu empfangen.

»Wo ist er?« wollte Phillip wissen.

Peters Assistentin kniff die Augen zusammen und warf einen kurzen Blick auf den Kalender. »Er hatte um neun einen Termin, außerhalb.«

»Es ist halb zwölf.« Phillip wurde laut. »Wo bleibt er denn?«

»Ich habe nicht die leiseste Ahnung.«

»Und *ob* Sie eine Ahnung haben.«

Sie blickte ihn aus großen, erschrockenen Augen an. »Wirklich, Mr. Carey – das sieht ihm gar nicht ähnlich. Es muß irgendwas dazwischengekommen sein.«

Phillip spürte, wie die irrationale Hast, die ihn hierhergetrieben hatte, sich in schiere Angst auflöste. Woran hatte Peter sich erinnern können?

»Wollen Sie hier auf ihn warten?«

»Ich werde anrufen«, gab Phillip scharf zurück. Er machte auf dem Absatz kehrt und ging nach Hause.

Carey sprang auf, schweißgebadet.

Er hatte keine Ahnung, wo er war. Eine Hand drückte gegen seine Brust.

»Nicht so hastig, Junge.«

Nach und nach konnte er wieder klar sehen. Er erkannte das Zimmer, dann die Stimme wieder. Seine Haare waren zerzaust und die Kleider unordentlich, alles feucht. Er schmeckte Gallenflüssigkeit im Mund. »Was ist mit mir passiert?« fing er an. Dann stöhnte er: »O Gott, was habe ich Ihnen erzählt?«

»Das übliche langweilige Zeugs.«

Pogostin war kreidebleich. Seine Augen wirkten durch sein aufgesetztes Lächeln verängstigt. Carey riß den Kopf hoch. »Von dem Unfall?«

»Unter anderem.«

Carey stand auf. »Ich muß es wissen.«

Pogostin riß eine Hand hoch. »Setzen Sie sich.«

»Ich muß...« Carey blickte wirr um sich. »Wo ist die Kassette?« Er packte Pogostin am Hemd. »Geben Sie sie mir.«

»Setzen Sie sich.« Pogostin sprach mit knapper, fester Stimme. »Ich habe Ihnen doch gesagt, daß das nicht mein Stil ist. Ich bin nicht irgend so ein Nazi.«

»Noelle...« Carey unterbrach sich, beinahe im Flüsterton wiederholte er: »Ich muß es wissen...«

»Das werden Sie auch – früh genug. Sie waren ein Kind, Peter, und diese Erfahrung war für Sie genauso erschütternd wie der Krieg für irgendeinen Bauernjungen. Ich werde mich so bald wie möglich mit Levy beraten, und wir werden uns daransetzen, Ihnen die Sache vom Hals zu schaffen.«

Carey ließ sein Hemd los. Er setzte sich, stocksteif. »Wie schlimm ist es?«

»Für *mich*?« Pogostin rang sich wieder ein Lächeln ab. »Ich habe Schlimmeres gehört.«

»Das Gesicht meines Vaters – stand es in Flammen?«

»Vertrauen Sie mir, Peter.« Trotz seines anhaltenden Lächelns wirkte Pogostin noch verängstigter als zuvor. »Schließlich kennen wir uns überhaupt nicht.«

Martin drehte die Lautsprecher auf.

»Schauen Sie.« In der neuen Stimme – jung, gewandt, vielleicht jüdisch – schwang eine dringliche Note mit. »Sie hören es sich besser selbst an. Ich kenne die Besetzung des Stücks nicht.«

»Bitte«, sagte Levy. »Kann er sich erinnern?«

»Oh, *erinnern* kann er sich, der arme Kerl – nur nicht, wenn er bei Bewußtsein ist.«

Jetzt lag eine gewisse Anspannung und Wut in der Stimme. »Hören Sie sich einfach diese blöde Aufnahme selbst an. Ich kenne den Mann nicht. Es gibt da irgend etwas, das ich nicht kapiere. Ich glaube, es ist ernst.«

»Aber ich habe noch Visite im Krankenhaus, und heute abend muß ich einen Vortrag halten.« Levy wurde laut. »Sagen Sie es mir jetzt...«

»Sie hören sich genau wie Carey an...«

»Er ist *mein* Patient.«

»Ich kann es nicht wirklich beschreiben. Hören Sie, ich werde einen Kurier bestellen und es Ihnen so schnell wie möglich zukommen lassen. Dann können Sie es sich gleich morgen früh anhören und *mich* aufklären.«

»Haben Sie einen verläßlichen Kurierdienst?«

»Sagen Sie mir einfach, wem der Bote es übergeben soll. Peter würde ich ja so was nie und nimmer sagen, aber ich will nicht, daß es hier noch länger herumliegt – letzte Nacht ist hier irgendein Kerl eingebrochen...«

»Meiner Sprechstundenhilfe«, erwiderte Levy hastig. »Sie kann's mir im Schreibtisch einschließen.«

Martin strich über seinen Revolver und lächelte.

Carey saß an seinem Schreibtisch und rieb sich mit beiden Händen die Schläfen, dann wählte er eine altvertraute Nummer. »Phil?«

»Peter?« Es folgte Schweigen. Mit sanfter Stimme fragte sein Onkel: »Ist bei dir alles in Ordnung?«

»Du wolltest mich sprechen.«

»Das hat Zeit.« Sein Onkel klang schrill und aufgekratzt. »Du weißt doch, daß ich nicht gerne telefoniere.«

»Wo warst du gestern? Ich mußte mit dir reden.«

»Ich mußte zwischendurch mal weg.«

»Um dich mit Barth zu treffen? Hast du die Firma verkauft, Phil? Geht es darum?«

Keine Antwort. Careys Hand spannte sich fester um den Hörer. »Mann, Phillip...«

»Also gut, Peter.« In der Stimme seines Onkels lag ein Zittern. »Ich fahre in Urlaub. Das wollte ich dir sagen.«

»Ich dachte, du wärst krank.«

»Bin ich auch, ziemlich sogar – ich muß mal hier raus.«

»Was hast du denn?«

»Nichts, über das du dir Sorgen machen mußt. Bitte, Peter, paß ja auf Noelle auf.«

»Warum sagst du das ständig?«

»Weil ich nie so glücklich war und ich wünsche, daß du es bist – obwohl du ja unverbesserlich bist.« Phillip klang mit einem Mal hektisch und angespannt. »Komm nicht mehr bei mir vorbei – heute nachmittag muß ich noch einmal weg und mich um meine Reisepläne kümmern.« Seine Stimme versiegte plötzlich.

»Phil?«

»Adieu, Peter.« Phillip legte auf.

Unfähig einen klaren Gedanken zu fassen, rief Carey sofort Noelle an.

»Bildredaktion.«

»Noelle Ciano«, sagte Carey knapp.

»Peter? Ich bin's.«

Carey sackte zusammen. »Gott sei Dank.«

Ein schlanker junger Puertoricaner mit Schnauzer und Schirmmütze klopfte an Pogostins Tür. Er sprach in einem zischenden Tonfall mit halsbrecherischer Geschwindigkeit: »Sir – Ihre Fräulein sagt mir, Sie haben ein Paket zum persönlichen Abgeben ...«

»Ja.« Pogostin fügte noch rasch hinzu: »Sie können sich natürlich ausweisen.«

»Natürlich.« Der Junge klappte seine Brieftasche auf.

»Gut.« Pogostin überflog den Ausweis und vergewisserte sich, daß er es mit einem ordentlichen Boten zu tun hatte. Dann ging er zu seinem Schreibtisch und überreichte ihm eine sorgfältig verpackte Schachtel. Auf beiden Seiten stand in Druckschrift Levys Adresse. »Können Sie das lesen?« fragte Pogostin und verfluchte sich daraufhin gleich selbst in Gedanken.

Der Junge erstarrte, zutiefst beleidigt. »Jawohl, Sir.«

»Manche Leute kommen mit meiner Handschrift nicht zurecht.« Pogostin zuckte mit den Achseln und lächelte. »Meine Lehrer haben mich gehaßt.«

»Alles klar.« Der Junge nickte. »Okay, keine Problem – ich kann alles lesen.«

»Großartig. Übergeben Sie das Paket nur an Miss Lavin persönlich und sonst niemandem.« Pogostin langte in seine Brieftasche, legte noch einen Fünfer drauf, fragte sich aber gleich, ob dies wirklich nötig gewesen wäre. »Das letzte ist sehr wichtig.«

»Miss Lavin«, wiederholte der Junge mit versteinertem Gesicht.

Pogostin lächelte. »Danke.«

Der Junge zog ab, erwischte den nächsten Fahrstuhl nach unten und verschwand in der U-Bahn. Das Paket drückte er fest an sich.

»Oh, *erinnern* tut er sich, der arme Kerl – nur nicht, wenn er bei Bewußtsein ist ...«

Englehardt drückte auf Stop.

Martin sah, wie verkrampft Englehardt war. »Ich muß Careys Aufnahme haben«, sagte er tonlos.

Martin ließ ihn einen Moment zappeln. »Ein Kinderspiel. Wie bei Pogostin«, sagte er beiläufig.

Englehardts Pupillen wurden plötzlich ganz weit. Martin wußte, daß dies ein Zeichen innerer Anspannung war: Früher wäre er nie so frech gewesen. Er blickte weiterhin gelassen auf den Kleinen hinab.

Englehardts Blick wurde eiskalt. »Bringen Sie sie mir«, sagte er.

Es war ihm einerlei, ob die blonden Haare aus der Tube stammten, dachte er. Sie war eine Schönheit.

»Miss Lavin?«

»Ja.« Sie lächelte. Ihm schwoll hoffnungsfroh die Brust. Vielleicht doch kein ganz so schlechter Tag. Ihre Augen waren so blau. »Sind Sie der Kurier?«

»Ich bin José – Joseph Figueroa.« Ihm fiel das Paket wieder ein. Mit einer schmissigen Bewegung streckte er es ihr hin. »Dies kommt von Dr. Pogostin.«

Es klang wie »Pogostihn«. Aber sie lächelte wieder…

»Ach, vielen Dank. Dr. Levy war so viel daran gelegen, daß es noch heute nachmittag ankommt.«

»Ich habe mich beeilt…« Er trat von einem Bein aufs andere.

»Brauchen Sie meine Unterschrift?«

»Oh, ja.« Er reichte ihr das Klemmbrett über den Schreibtisch und beugte sich vor, um auf die richtige Zeile zu deuten. Sie streckte den Arm aus, und ihre türkisfarbenen Armreifen klimperten. Ihr Parfum roch nach Flieder. Als sie unterschrieb, verzog sie die Lippen zu einem Bogen.

»Wär's das?«

»Nun, ja…«

Sie lächelte flüchtig. »Wenn Sie mich dann entschuldigen würden«, sagte sie. Sie ging mit dem Paket in das Behandlungszimmer und sperrte die Tür zu.

Englehardt hielt ihm die Verträge entgegen. »Van Dreelen & Carey«, sagte er mit gedämpfter Stimme, »gehört Ihnen.«

Barth zögerte den Moment der Übergabe hinaus.

John Careys Verlagshaus...

Phillip Careys Unterschrift, als Treuhänder von Peter Carey.

Als er die Seiten berührte, fühlte er sich kleiner und zog seine Hand wieder zurück. »Warum so?« fragte er.

»Wie bitte?«

In seinen Büroräumen war es dunkel. Englehardts Gesicht wirkte gelblich, und die Tatsache, daß sie allein waren, hinterließ auf Barths Zunge einen bitteren Geschmack. Er mußte wieder daran denken, wie er John Careys Brief geöffnet hatte, allein.

»Warum keine Pressekonferenz, etwas, das alle Welt *sehen* kann?«

»›Arbeit ist ein Spiel mit tödlichem Einsatz‹«, zitierte Englehardt. »Robert Frost. Um Ihre Frage zu beantworten: Phillip Carey ist nicht in einem geeigneten Zustand, um vor die Öffentlichkeit zu treten – insbesondere nicht in einer Unterzeichnungszeremonie, die Peter in Rage versetzen und vorwarnen und die Aufmerksamkeit auf seinen Schrei der Empörung lenken würde, bevor Sie ihn, in aller Ruhe, mit seinen sehr begrenzten Alternativen vertraut gemacht haben. Zu einem späteren Zeitpunkt werden Sie dann bestimmt Gelegenheit haben, Ihre Akquisition mit irgendeinem angemessenen förmlichen Akt zu schmükken. Aber dies ist ein *coup d'etat*: Es ist zwingend erforderlich, schnell zuzuschlagen...«

Der Mann faselte weitschweifige Reden; Barth erkannte seine Nervosität. »Ist Phillip Carey eigentlich Ihr persönliches *Eigentum*, verdammt noch mal, oder haben Sie ihn nur *gemietet*?«

Englehardt ließ schnell ein Lächeln aufblitzen. »Die äußeren Umstände ändern sich ständig«, sagte er beschwichtigend. »Die Leute verlieren ihre Macht, zu helfen, manchmal sterben sie sogar. Falls etwas schiefläuft...«

»... das wird es«, fauchte Barth dazwischen und zeigte auf die Verträge. »Seine Unterschrift ist nicht beglaubigt.«

Englehardt schwieg einen Moment. »Auch dies«, antwortete er vorsichtig, »ist eine dieser Förmlichkeiten, die wir uns derzeit besser ersparen.« Er breitete die Arme aus. »Vergessen Sie nicht, daß *ich* Ihnen die notwendige Unterschrift besorgt habe, und zwar indem ich einen bestimmten Druck ausgeübt habe. *Ihre* einzige Schwachstelle wäre es, wenn öffentlich eine Verbindung zwischen mir und Phillip nachgewiesen und damit meine frühere Beziehung zu den Careys offengelegt werden würde. Schauen Sie«, fuhr er aalglatt fort, »der Grund, weshalb ich meinen Namen sowohl von Ihrer Gehaltsliste als auch von sämtlichen Geschäftsunterlagen der Galerie ferngehalten habe, ist der gleiche Grund, daß ich Phillips Unterschrift ohne einen Zeugen eingeholt habe. Es braucht keine: Phillip Carey wird wohl kaum behaupten, daß seine eigene Unterschrift gefälscht wurde – insbesondere nicht, wenn er, worum ich mich noch kümmern werde, *Ihren* Scheck auf *seinem* Konto einreicht, womit er sein Einverständnis mit dem Verkauf bestätigen würde. Und trotz allem bleiben *Sie* bei alldem unsichtbar im Hintergrund.« Er nahm nun einen etwas gelasseneren Tonfall an. »Ein Berater ist nur dann erfolgreich, wenn er mögliche Schnitzer von vornherein zu vermeiden weiß. In dem Moment, wo ich Sie einer Gefahr aussetze oder es *Ihnen* gestatte, mich zu gefährden, ist es mit meiner Karriere vorbei.«

Barth zögerte. Wieder blitzte das Gesicht seines toten Vaters vor ihm auf.

»Natürlich«, schloß Englehardt, »endet meine *Verantwortung*, wenn ich Ihnen die Möglichkeit gebe, zwischen der Alternative zu wählen, Van Dreelen & Carey zu besitzen oder die Firma Peter Carey zu überlassen. Die *Entscheidung* müssen Sie allein treffen.«

Er knipste Barths Lampe an, legte beide Verträge sorgfältig auf Barths grüner Schreibunterlage aus und wandte sich ab.

Barth blickte auf den Schreibtisch hinab.

Die glatten weißen Unterlagen schimmerten wie ein magischer, sich in dem hellen Licht plötzlich offenbarender Schatz: Er konnte John Careys Firma samt all ihrer Tradition an sich nehmen.

Van Dreelen & Carey…

Carey & Barth.

Er nahm einen Füllfederhalter. Im gleichen Moment tauchte das zerschossene Gesicht seines Vaters wieder vor ihm auf und durchbohrte sein Hirn.

John Carey würde es nicht tun…

Barth blickte auf.

»Den Scheck haben Sie dabei, nehme ich an«, sagte Englehardt in Richtung Fenster. Er war ganz ruhig. »Stellen Sie sich nur den Gesichtsausdruck vom jungen Carey vor, wenn Sie ihm die Verträge zeigen.«

Mit einer hastigen Bewegung kritzelte Barth seinen Namen darunter.

Peter und Noelle blickten zusammen mit zwanzigtausend anderen auf eine leere Bühne, die einen Teil des Madison Square Gardens ausfüllte.

»Le-e-thal…« Die Menge unter ihnen hatte bereits Sprechchöre angestimmt.

»Le-e-thal…«

Sie hatten im Zwischenstockwerk ein paar freie Plätze ergattert, hoch über dem weitläufigen Betonfußboden. Carey sah sich die Leute an. Noelle blickte gebannt auf den blauen Vorhang, der den Laufsteg verdeckte, der zu der kahlen Bühne mit Bretterboden hochführte.

»Läßt wohl einfach noch die Spannung steigen, was?«

»Die Wiederkunft des Herrn«, sagte Carey. »Ohne Vorgruppe.« Er suchte weiter mit Argusaugen die Menge ab.

»Le-e-thal...«

Die Mischung von Kleidern, Hautfarben und Gesichtszügen war einmalig und gab es nur in dieser Stadt zu finden. Lateinamerikaner und alternde Hippies, olivhäutige Südeuropäer, denen das schwarze Haar mit ihren osteuropäischen Nachbarn gemein war. Mädchen vom feinen Barnard-College in Pullover und Jeans, Punk-Rocker und unverschämt aggressive Typen, die die anderen auf eine dermaßen überhebliche Art wegschoben, daß sie entweder mit Drogen vollgepumpt waren oder einfach nur typische New Yorker, die sich auf ihre Art im Gedränge zurechtfanden. Manche hatten Kerzen dabei oder rauchten Dope. Und alle standen sie da, drängten und schubsten einander und blickten mit gespannter Aufmerksamkeit auf den blauen Vorhang.

»Daddy...«

Levy weinte allein vor sich hin.

Der schmerzerfüllte Schrei eines Kindes hallte durch seine Praxis, wieder und wieder.

»Daddy... Daddy...«

»Charles!«

Das Band schaltete sich aus: Dem zitternden Levy dämmerte es nach und nach, daß er nach einem Toten gerufen hatte.

Verzweifelt sträubte er sich gegen die panische Angst, die ihn beherrschte.

Er mußte Peter warnen.

Was er gehört hatte, was von dem Gedächtnis eines kleinen Jungen verdrängt worden war, übertraf seine schlimmsten Vorstellungen.

Zitternd griff er nach dem Telefon.

Careys Telefon klingelte zweimal. Dann klickte es.

»Hallo«, fing der Anrufbeantworter an, »hier ist Peter Carey...«

Peter stützte sich bei Noelle ab und kämpfte gegen die Übelkeit, die ihn in Wellen überkam.

»L-E-E-THAL...«

»Ist irgendwas, Peter?«

»Mir ist nur ein bißchen warm.« Er versuchte, sich auf das Gedränge und Gejohle vor der Bühne zu konzentrieren, das beinahe hysterische Ausmaße angenommen hatte. Ein paar Roadies bauten gerade die Verstärker und das Schlagzeug auf, ein Ritual, das die Stimmung weiter aufpeitschte. »Da kann einem ganz schön mulmig werden«, murmelte er, »wenn man bedenkt, wie leicht hier jemand eine Knarre reinschmuggeln könnte.«

»L-E-E-THAL...«

»Hast du irgend jemand gesehen, der dir komisch vorkommt?«

Die Tür ging auf...

»Nein, nichts.« Peter versuchte in all dem Tumult, diese Erinnerungsfetzen einzuordnen. »Das ist der Sutcliffe-Effekt – jedenfalls kriegt er, was er sich vorgestellt hat.«

Im Saal wurde es dunkel.

»L-E-E-THAL...«

Die Leute zündeten Kerzen an, wiegten sich im rhythmischen Sprechgesang. Unterhalb von ihnen drängte sich ein heftig winkender Mann mit violettem Haar in Richtung Bühne.

»L-E-E-THAL...«

Der Mann wurde weiter nach vorn gestoßen.

»Peter!«

Sutcliffe sprang auf die Bühne.

Martin schlüpfte durch die Eingangstür.

Er zog sie hinter sich zu, huschte zur Tür, die ins Behandlungszimmer führte, stellte seine Tasche neben sich ab und zog sich Handschuhe über.

Er steckte seinen Schlüssel ins Schloß und drehte ihn um, bis er ein Klicken vernahm.

Langsam und lautlos öffnete er die Tür.

Ein alter Mann saß an seinem Schreibtisch. Er hielt einen Hörer in der Hand, und in seinem Gesicht glänzten Tränen.

Martin erkannte Levy, war vor Schreck wie versteinert.

Levy blickte auf. Sein Mund ging auf, schloß sich wieder, öffnete sich wieder. »Ich habe Sie gesehen.«

Die Stimme, die ihm mittlerweile so vertraut war, klang dünner denn je. Martin sah, wie seine bleiche Hand nach einer Kassette griff. Seine Augen folgten Martins. »Ist es das?«

Martin nickte beinahe unmerklich.

Doug Sutcliffe fing an zu singen, mitten in den stürmischen Beifall hinein.

Sutcliffe stolzierte in einem Overall mit bis zu den Hüften geöffnetem Reißverschluß an den Rand der Bühne. Er wog sich, wand sich, winkte die Menge näher heran. Das Mikrophon vor dem Mund, peitschte er das Kabel und sang. Lethal setzte den elektronischen Puls darunter, der den Garden erfüllte und die Leute mitriß. Die Menge klatschte im Rhythmus mit, wog sich. Sie stießen den Mann mit dem violetten Haar näher an die Bühne heran, als wäre er ein kollektives Opfertier. Sutcliffe winkte ihn zu sich an den Bühnenrand, und der Mann rief der Menge zu, daß sie ihn noch weiter nach vorne bugsieren sollte.

»Fahr schneller, Daddy…«

Peter schlug die Hände an den Kopf. Sutcliffe schrie seinen Schmerz hinaus:

»My brain starts ticking like a bomb…«

Peter versuchte, sich wieder zu fangen. Er sah, wie der Mann mit violettem Haar durch die flackernden Kerzenlichter taumelte, wie die Menge ihn weiter nach vorne warf.

Zwanzig Meter, fünfzehn, zehn…

»I'm lethal…«

Fünf…

»Le-e-thal…«

»Le-e-thal…«

Der Mann mit violettem Haar stieß einen Schrei in Richtung Sutcliffe aus.

»Peter!«

Sutcliffe schaute zu ihm auf, plötzlich verblüfft, den Mund sperrangelweit offen.

Der Mann zog etwas mit einem langen schwarzen Lauf aus seinem Mantel und drückte ab.

Der Häßliche bückte sich, zog einen schwarzen Revolver aus seiner Tasche und lächelte.

Es war still, das Licht gedämpft. Levy wurde plötzlich klar, daß das letzte, was er in seinem Leben hören würde, der Schuß eines Revolvers war.

Wirklich seltsam, nicht zu wissen, wie dieses Geräusch sich anhörte.

Er konnte nicht aufhören zu weinen: Er würde mit dem Gefühl von Tränen auf seinen Wangen sterben.

Der Häßliche rückte lächelnd näher.

Charles Carey lächelte schief durch den Rauch einer Bar in Boston.

Der arme Charles.

Wieder einmal hatte er versagt.

O Ruthie…

Der Häßliche führte den kalten Revolver an Levys Schläfe.

Er verspürte einen stechenden Schmerz in der Brust.

»Peter…«

Das letzte, was William Levy in seinem Leben noch hörte, war sein eigener Schrei.

Der rote Lichtstreifen bohrte sich in Sutcliffes Brust.

Er fiel nach hinten, seine Band stürzte hinter den Vorhang. Ein Polizist sprang herbei, warf sich auf Sutcliffe; zwei weitere stürzten sich auf den Mann.

Er fuchtelte wild mit der Pistole umher.

Die Leute schrien wie wahnsinnig, zerrten an dem Mann. Peter hielt Noelle fest umklammert.

»Ich verliere die Kontrolle…«

»Beweg dich nicht von der Stelle«, sagte er ihr.

Sie nickte in seine Schulter hinein. »Sie trampeln uns tot.«

Aus ihren Augen spritzten Blutfontänen…

Peter drückte sie noch fester an sich.

Die abgedrehte Frau war auf die Knie gesunken. Flüchtende Zuschauer trafen sie mit Schuhen an Kopf und Brust. Die Menschen fuhren wild mit den Armen umher, stießen auf Noelle und Peter ein, schrien nach dem rettenden Ausgang.

»Peter!«

Peter wurde von einem Arm am Mund getroffen. Er wandte sich ab, blickte nach unten. Zwei Polizisten zogen an den Beinen des Attentäters, während einige aus dem Publikum an seinen Armen zerrten und andere auf den zwischen ihnen hängenden Körper einschlugen. Oben auf der Bühne beugte ein Polizist sich über Sutcliffes Körper, und zuckende Lichtfunken schossen in die Luft.

»Mein Gott«, keuchte Noelle. »Er hat eine verdammte *Leuchtrakete* abgeschossen.«

Der Kassettenrekorder schaltete sich ab.

Martins Lächeln war aufgesetzt. Levy war eine Enttäuschung gewesen, seine Kassette dagegen nicht. Martin wußte nun um Levys Elend, wußte, was gespielt wurde.

Er nahm rasch die Kassette heraus und steckte sie in seine Tasche. Er stellte den Rekorder vor Levy auf den Schreibtisch zurück.

Martin rührte ihn nicht an: Er kannte Englehardt seit nunmehr zwanzig Jahren und wußte genau, was zu tun war. Mit ein paar systematischen Handgriffen entfernte er die Wanzen aus Levys Telefon und dem Lampenfuß.

Erst dann verharrte er einen Augenblick, um sich Levy anzusehen.

Er saß zusammengesunken auf dem Stuhl, die Arme baumelnd, die Gesichtszüge schlaff und die Augen starr. Das Blut an seiner Schläfe war mit den Tränen getrocknet.

Martin spürte, wie die Wut in ihm aufstieg. Soviel zu riskieren – sein erster Mord seit sechs Jahren, und es hatte nicht einmal eine echte Jagd gegeben, nichts, was seiner Jagd auf den Türken nahekäme, außer dem Kotgestank des Todes.

Levys Haartolle stand selbst im Tod noch ab.

Martin wandte sich angewidert von ihm ab. Er würde sich wegen des Vorfalls Englehardt gegenüber zu verantworten haben.

Aber jetzt hatte er die Kassette.

Martin spürte, wie das Adrenalin ihm durch die Adern schoß. Er nahm die Tasche, öffnete die Tür zur Praxis und blickte links und rechts den Korridor hinunter.

Nichts.

Er zog die Tür hinter sich zu.

Im Loft ertönte Peter Careys letzter, wiederholter Schrei.

»Daddy…«

Englehardt sah wie in Zeitlupe zu Martin auf. Ihre Blicke trafen sich.

Englehardt fummelte an seiner Fliege herum. »Haben Sie es verstanden?«

Martin sah ihn unverwandt an.

Englehardt schaute weg. »Verdammte Scheiße«, fauchte er. »Jetzt müssen wir sie alle umbringen.«

Martin lächelte auf ihn hinab. Leise fragte er: »Auch Phillip?«

14

Phillip Carey warf schnell noch zwei Flakons Eau de Toilette für Männer in seine Umhängetasche, auf sein Ticket nach Paris.

In einem Monat, sagte er sich, wäre Frühling. Die kleinen Cafés würden die Tische hinausstellen, um die sich neue Gesichter scharten. Die Stadt würde aufblühen, die Luft wäre frisch. Er würde all dies genießen, außer Reichweite, und dann mit dem Zug allmählich gen Süden fahren, nach Cannes und Monte Carlo. Er sah das Bild einer Palme vor sich, gestochen scharf. Dann tauchte ein zweites Bild vor ihm auf, das wehmütiger war und immer wiederkehrte: ein junges Paar mit festen gebräunten Körpern; die beiden hatten kaum was an und blickten sich fest und ernst in die Augen, so als könnten sie sich nicht bewegen.

Noelle und Peter.

Phillip blickte gedankenversunken auf die Tasche.

Englehardt mußte sein Wort halten und Noelle dazu benutzen, daß Peter die Vergangenheit ein für allemal ruhen ließ: Phillip würde in Europa bleiben, ihn nie wiedersehen. Peter konnte sich immer noch nicht erinnern. Noch hatte er Zeit...

Er floh, um sich selbst zu retten, und Peter und Noelle würden am Leben bleiben.

Es klingelte an der Haustür.

Phillip blickte auf seine Uhr. Das Taxi war früh dran. Er machte rasch die Tasche zu und trug sie nach unten, wo er sie in der Nische zu dem restlichen Gepäck stellte. Im Vorbeigehen warf er noch einen Blick in die Bibliothek mit den Büchern seines Vaters, sah noch einen verschwindenden Splitter des Raumes, ein Regal. Er machte die Tür auf...

Eine schwarze Limousine erwartete ihn.

Wie die meines Vaters, dachte er, seltsam berührt. Dann lehnte sich Englehardt aus dem Fenster.

Phillip blieb auf der Veranda stehen.

Die beiden Männer sahen sich schweigend an. Schließlich ging Phillip ohne Hast auf den Wagen zu.

Englehardt sprach leise wie immer. »Es wird Zeit, Phillip.«

Er schaute weg. Phillip fiel auf, daß der Fahrer, ein gedrungener Mann mit wulstigen Lippen, vor sich hin lächelte.

Noelle lehnte in der Tür, noch nicht ganz gehbereit. »Was wirst du jetzt mit Levy anfangen?«

»Weiß ich noch nicht genau – ich nehme an, er hat sich inzwischen die Aufnahme angehört.« Peter runzelte die Stirn. »Keine Ahnung, was passieren wird – er weiß es, und ich versuche, es aus ihm rauszukriegen...«

Noelle sah ihn einen Moment lang eindringlich an. »Habe ich dir eigentlich schon mal gesagt, Peter, wieviel es mir bedeutet, mit dir zusammen zu sein?« Er neigte verwirrt den Kopf zur Seite. Noelle sprach ganz sanft, leise. »Weißt du, wenn ich zur Tür hinausgehe, dann begleitet mich immer etwas, das wir gesagt oder getan haben, oder die Art, wie du mich berührt hast, und dann bin ich nicht mehr nur ich allein, auf dem Weg zur Arbeit. Und wenn ich ein Foto mache oder jemanden kennenlerne, weiß ich, daß ich dir erzählen kann, was ich gesehen oder gefühlt habe, und daß du es kapieren wirst – du bist einfach immer bei mir, egal wo ich bin, gestern wie morgen, und alles, was dazwischen passiert, erscheint mir deshalb besser und erträglicher.« Ein leises Lächeln umspielte ihre Lippen. »Witzig, hm?«

Er strich ihr übers Gesicht. »Nicht für mich.«

»Dann kannst du mich ja mitnehmen, wenn du zu Levy gehst, okay?« Immer noch weilte das Lächeln auf ihren Lippen. Sie gab ihm einen Kuß und ging auf den Korridor hinaus. Vor der Tür der Krantz' blieb sie wie angewurzelt stehen.

Er eilte ihr hinterher. »Was ist los mit dir?«

Noelle wandte sich um, lächelte schief. »Ich liebe dich auch«, rief sie und verschwand um die Ecke.

Sie waren in der verlassenen Buchbinderei. Phillip Carey krümmte sich zusammen vor Ekel und Abscheu. Er zitterte am ganzen Körper.

Eine Ratte huschte an seinen Füßen vorbei. Der Mann mit den wulstigen Lippen hielt ihm eine Pistole an den Kopf und einen Scheck vors Gesicht. »Werden Sie jetzt endlich unterschreiben?« sagte er.

Englehardt konnte ihn nicht ansehen: Er stand mit verschränkten Armen da und schien mit dem Fußboden zu reden. »Machen Sie schon, Phillip.«

Barths Scheck belief sich auf zehn Millionen Dollar.

In der Binderei war es kühl und leer – dreckiger Beton, keine Spur seines Vaters. Phillips Hände waren taub vor Kälte. Er machte den Versuch, Englehardts Profil anzusprechen. »Ich denke gar nicht daran, zu unterschreiben – ich weiß genau, was ihr vorhabt.«

Englehardt drehte sich um und sah ihn an.

Phillip sah das Gesicht seines Bruders und wandte sich ab.

Englehardt hielt einen Kugelschreiber ausgestreckt vor sich und ging auf Phillip zu.

Phillip wollte plötzlich nicht, daß er näher kam. Reflexartig klopfte er seine leeren Taschen ab.

Der Häßliche lachte leise vor sich hin.

Englehardts Augen blitzten kurz den Häßlichen an, dann wandte er sich wieder Phillip zu. Er ging weiter vor. »Nehmen Sie ihn«, sagte er beinahe zärtlich. »Wir haben's bald hinter uns.«

Phillip schloß die Augen. Paris war so weit weg…

Englehardts gedämpfte Schritte rückten näher. Phillip hörte ihn atmen, viel zu nahe an seinem Gesicht.

»Nein…«

Zwei Fingerspitzen streiften Phillips Arm. Er zuckte zusammen, schlug die Augen auf, und dann drückte Englehardt ihm den Kugelschreiber auf die Brust.

»Ja«, hauchte Englehardt. »Falls Sie Peter denn nun tatsächlich retten wollen. Wenn der Verlag in Barths Händen ist, brauche ich ihn nicht mehr weiter zu behelligen. Andernfalls …«

Phillip sah, wie ein lebender Charles Carey ihn angrinste. Danach das Bild seines tränenüberströmten Vaters.

Phillip Carey nahm den Kugelschreiber.

Auf der Suche nach seiner Aktentasche fiel ihm das rote Licht an seinem Anrufbeantworter auf.

Gestern abend hatte er vergessen, seine Nachrichten abzuhören.

Levys Stimme klang weit entfernt, flehentlich. »Kommen Sie zu mir in die Praxis, Peter. Bitte – ich habe mir die Aufnahme angehört.«

Carey ließ die Aktentasche fallen und eilte aus seiner Wohnung.

Englehardt ließ den Scheck in seine Tasche gleiten und wich Schritt für Schritt zurück.

Martin hielt den Revolver an Phillip Careys Schläfe.

Phillip weinte nicht. In seinen Augen lag nichts als Verachtung für das Leben.

»Warten Sie.« Englehardts zum Zerreißen angespannte Stimme durchbrach die Stille. »Nicht so nah.«

Martin trat zwei Schritte zurück und blickte zu Englehardt hinüber.

Englehardt sah an ihm vorbei. Phillip richtete sich zu voller Größe auf. Gequält blickte er sich ein letztes Mal in der Binderei um. Und dann erwiderte er Englehardts Blick.

Englehardt holte tief Luft. »Ich muß«, sagte er sanft.

Phillip blickte ihn weiter unverwandt an.

Englehardt stand regungslos da und versuchte statt dessen, sich Barths Erstaunen vorzustellen. Er durfte jetzt nicht zaudern. Seine Entscheidung war aus der Notwendigkeit geboren, vom Schicksal diktiert, und nun mußte er mit dem kühlen Kopf eines Chirurgen den Schnitt vornehmen.

Als er Phillip Carey das erste Mal gesehen hatte, war sein Haar schwarz: Phillips Augen waren von einem klaren hellen Blau. Ihre Blicke hatten sich getroffen.

Dreißig Jahre später standen sie sich in einer dreckigen, verlassenen Binderei gegenüber, und Englehardt sah weg.

Mit einem Nicken gab er Martin das Zeichen.

Carey stand der Mund vor Schreck offen.

Levys Praxis war für ihn ein Ort des Wahnsinns: die Tür halboffen, die Aktenschränke durchwühlt. Drei Polizisten trugen schwarze Säcke ins Behandlungszimmer. Blitzlichter flackerten auf...

»O mein Gott!«

Ein Arm streckte sich ihm entgegen. »Sie können hier nicht rein, Sir.«

Carey schlug nach dem Arm.

»Ich verliere die Kontrolle...«

Der Polizist schubste ihn zurück: Carey sah sein faltiges, trauriges Gesicht. Seine zur Faust geballte Hand sank schlaff herunter. »Er war mein Psychiater«, murmelte er.

Der Polizist blickte ihn durchdringend an. Carey wandte sich ab und wanderte ziellos den Korridor hinunter.

Levys Sprechstundenhilfe stand schluchzend an der grüngestrichenen Wand.

Carey strich ihr über die Schulter. Sie wirbelte mit klimpernden Armreifen herum, die Augen wirr und verweint. »Haben Sie ihn gefunden?« fragte er.

Sie nickte hicksend.

»Wie?«

»Erschossen.« Sie zeigte auf ihre Schläfe.

Carey starrte auf ihre Finger. »Die *Kassette* – wo ist sie?«

In ihrem Blick lagen Angst und Verachtung. »Was macht das jetzt noch für einen Unterschied?«

»Nein – Sie verstehen nicht.« Carey packte sie am Arm. »Sie hat ihn das *Leben* gekostet.«

»Lassen Sie mich in Ruhe.« Sie kehrte sich wieder der Wand zu. »Er ist *tot* – bitte, lassen Sie mich in Ruhe.«

Auf den Fliesen hämmerten Schritte. Carey wirbelte herum und sah zwei Männer mit einer Bahre. Unter dem weißen Tuch zeichneten sich Levys Umrisse ab. Seine Schuhspitzen waren auf befremdliche Art nach außen gedreht. »O mein Gott.« Beinahe schluchzend wiederholte Carey: »*O mein Gott*, was habe ich getan?«

Das Empfangsmädchen wirbelte herum und starrte ihn mit offenem Mund an. Carey stürmte urplötzlich Richtung Treppe davon.

Im Foyer war eine Telefonzelle. Carey hämmerte siebenmal auf die Wähltasten.

»Bildredaktion.«

»Noelle Ciano bitte.«

»Sie ist schon weg...«

»Wohin?«

»Wer spricht da?«

»Peter – Peter Carey.«

»Larry?« rief der Mann irgend jemandem zu. »Wo ist Ciano?« Die Stimme kam wieder an den Hörer und sagte: »Weiß hier niemand, wo sie ist.«

»Richten Sie ihr aus, daß sie mich in der Arbeit anrufen soll.«

»Okay.«

»Sagen Sie ihr, daß sie Levy ermordet haben.«

Peter Carey spürte eine Hand auf seiner Schulter.

Phillip Carey sackte zu Martins Füßen zusammen.

Englehardt wandte sich von ihnen ab. »Verstecken Sie ihn irgendwo.« Seine Stimme klang hohl. »Ich will nicht, daß er in absehbarer Zeit gefunden wird.«

Er ging davon, eine dürre Gestalt in einem kahlen, verfallenen Lagerhaus. Martin hatte keine Fragen an ihn. Er verstand genau, was Englehardt getan hatte, und alles, was nun noch getan werden mußte.

Die Frau gehörte so gut wie ihm …

»Ich habe den Schlüssel.« Obwohl er die Antwort bereits wußte, hielt Martin den Revolver hoch und fragte: »Und was ist hiermit?«

Englehardt wandte sich mit wütend funkelnden Augen um – wegen Martin mußte er nun doch noch einmal zurückblicken.

Wie um dies einzugestehen, und zwar mit einer Deutlichkeit, die beide nicht vergessen würden, sah Englehardt lange auf Phillips Leiche hinab. »Wie Sie sehr wohl wissen«, sagte er mit eisiger Stimme, »gehört die Waffe nun Peter.«

Er machte kehrt und ging zum Wagen, allein.

Gregorio sah Palmer, einem Mann mit Bürstenschnitt und schmalen lebendigen Augen, dabei zu, wie er Levys Schreibtisch durchstöberte. »Gibt es da eine Kassette?« fragte er.

»Nee, Lieutenant – Bleistifte, Notizblöcke, seinen Aktenindex, und damit hat sich's. Auch nichts, was auf einen Einbruch hinweist.«

»Wann genau ist der Tod eingetreten?«

Palmer schob die Schublade zu. »Gestern nacht zwischen elf und eins.«

»Suchen Sie mir Careys Krankenakte heraus.« Gregorio zog den Knoten von seinem Schlips zu. »Wenn wir ihn vernommen haben, werde ich sie mir vielleicht einmal ansehen müssen.«

Wie in Zeitlupe führte der Polizist mit dem traurigen Gesicht Carey in das Untersuchungszimmer, das bis auf ein Waschbecken und eine Stahlpritsche leer war. Carey saß da wie in Trance. Er fühlte sich wie in der Falle, und er konnte Noelle nicht finden.

»Mr. Carey?« Carey blickte in das ein wenig zu dürre, italienisch anmutende Gesicht eines Mannes um die Vierzig mit spitzen Gesichtszügen und einem adretten Designeranzug. »Ich bin Lieutenant Gregorio.«

Carey nickte verwirrt. Die Deckenleuchten verströmten ein gedämpftes Licht, und die Jalousie vor dem einzigen Fenster teilte das graue Tageslicht in trübe graue Streifen, die sich auf den grauen Fliesenboden legten. Gregorio fuhr in dem gleichen ruhigen und gelassenen Tonfall fort. »Bitte erklären Sie uns die Sache mit der Kassette.«

»Sie ist von mir, unter Hypnose.« Er fühlte sich wie betäubt. »Ich leide unter Amnesie – auf dem Band waren meine unterbewußten Erinnerungen von dem Autounfall, in dem meine Eltern umgekommen sind. Danach habe ich mich immer noch nicht erinnern können.«

Gregorio lehnte sich gegen die Wand. »Und woher wissen Sie dann, daß die Kassette Levy das Leben gekostet hat?«

Carey sah, wie der andere Polizist mit seinen scharfen, klugen Augen von seinen Notizen aufblickte. »Er hat eine Nachricht auf meinem Anrufbeantworter hinterlassen und mich gebeten, zu ihm in die Praxis zu kommen. Er meinte, er hätte sich die Aufnahme angehört. Er klang verängstigt.«

»Er hatte sie nicht schon vorher gehört?«

»Nein. Ein Psychologe hat die Aufnahme gemacht – Pogostin.«

»Und er hat Ihnen auch nichts gesagt?«

»Nein.« Unwillkürlich mußte Carey wieder daran denken, wie er Pogostin am Hemd gepackt hatte. »Er hat gesagt, daß das nicht sein Stil sei.«

»Diese Nachricht – Sie haben sie heute morgen bekommen?«

»Sie ist mir heute morgen erst aufgefallen. Er muß wohl gestern spätabends angerufen haben, als ich weg war.«

Gregorio zog eine Augenbraue hoch. »Sie haben also nicht mit ihm gesprochen.«

»Nein.«

»Und sind gestern nacht nicht hierhergekommen?« Gregorios Stimme vermittelte weder den Eindruck, daß er Carey glaubte, noch, daß er ihm nicht glaubte. Statt dessen verriet sie eine unendliche Geduld, die so zermürbend war wie ein tropfender Wasserhahn. Carey mußte immer wieder an Noelle denken...

»Nein, verdammt noch mal.«

Gregorio verschränkte die Arme. »Wer würde Levy wegen der Kassette ermorden?«

Carey hörte die Schreibgeräusche des anderen Polizisten. »Ich weiß nicht, wer sie sind«, sagte er genervt. »Meine Freundin, Noelle Ciano, wird schon die ganze Zeit von irgend jemandem verfolgt – ein häßlicher Mann mit wulstigen Lippen.«

»Aber wie kann jemand anderer wissen, daß es die Kassette überhaupt gibt?«

Carey wußte darauf keine Antwort.

»Oder wissen, was drauf ist?«

»Keine Ahnung.« Carey sah weg. »Mein Onkel war der einzige Zeuge des Unfalls.«

»Wo finden wir ihn?«

»Keine Ahnung.« Carey überkam plötzlich der Wunsch, die Jalousie aufzureißen. »Er hat irgendwas von Urlaub gesagt.«

»Wo?«

Carey schüttelte mit der Benommenheit eines Boxers den Kopf.

»Levys Nachricht, Mr. Carey – wo waren Sie, daß Sie nicht ans Telefon gehen konnten?«

»Auf dem Sutcliffe-Konzert.«

Gregorio strich mit einem wohlgeformten Finger über eine seiner hohlen Wangen. »Und danach?«

»Bei mir zu Hause – mit Noelle.«

»Und wo arbeitet *sie*?«

»Bei der *Times*.« Carey verspürte einen brennenden Schmerz an der Stelle, an der seine Lippe aufgeplatzt war. Er tippte nervös auf die Stelle. »Aber da ist sie jetzt gerade nicht.«

»Entschuldigen Sie, diese Wunde an Ihrer Lippe. Wo haben Sie die her?«

»Letzte Nacht – im Garden.« Carey kam es so vor, als würde er von schäumenden Meereswellen weggeschwemmt werden. Er stand auf, die Fäuste geballt. »Finden Sie Noelle, verdammt noch mal. Wir verlieren hier wertvolle Zeit.«

Gregorio rückte sein Brusttaschentuch zurecht. »Wir werden uns mit ihr unterhalten. Inzwischen wäre es mir sehr lieb, wenn Sie Levys Nachricht holen und bei uns auf dem Revier Ihre Aussage zu Protokoll geben.«

Carey sah sich bereits, wie er im Revier festsaß, während Levys Mörder Noelle auflauerte. »Morgen«, sagte er barsch und stürzte aus dem Zimmer.

»Warum haben Sie mich nach der Waffe gefragt?« fragte Englehardt leise.

Martin entschied sich dafür, das, was Englehardt wirklich meinte, geflissentlich zu überhören. »Selbst mit Phillips Unterschrift«, antwortete er, »wird es schwierig werden, Peter die Sache anzuhängen.«

Sie fuhren über die George Washington Bridge, Martin am Steuer. Der Hudson wirkte grau und dreckig wie der Himmel. Schneeflocken fielen auf die Windschutzscheibe. Englehardt saß auf dem Rücksitz und sagte: »Bringen Sie mir die Frau. Sie wird ihn zu uns führen.«

Martin schaltete die Scheibenwischer ein. Ihr Gummi quietschte rhythmisch. Englehardt fauchte ihn unvermittelt an. »Schalten Sie die Dinger aus.«

Martin verspürte einen bedrohlichen Schauer in Kreuz und Nacken. Er stellte die Scheibenwischer nicht aus.

»Leichter wär's, ihn in seiner Wohnung abzupassen und ihn mit einem Schalldämpfer zu erledigen.«

»Ich muß ihn da weghaben«, sagte Englehardt mit gereizter, schriller Stimme. »Das wissen Sie doch.«

Martin lächelte in den Rückspiegel. Zögernd erwiderte er: »Trotzdem, Sie machen es komplizierter als nötig...«

Er sprach mit völlig tonloser Stimme.

Englehardt atmete hörbar ein, kurz und nervös. Martins vorgetäuschter monotoner Tonfall, den er nach jahrelangem, einsamem Üben zum ersten Mal angewendet hatte, glich auf geradezu unheimliche Art dem Englehardts. Die Scheibenwischer quietschten weiter.

»Bringen Sie mir Carey«, zischte Englehardt. »Und Sie können das Mädchen noch vorher haben.«

Carey riß die Tür auf.

Ruth Levy saß vor seinem Schreibtisch. Er blieb im Türrahmen stehen, fassungslos. »Bill... Ihr Bruder...«

Ihre Augen standen voller Tränen.

»Sie haben angerufen«, sagte sie bloß.

Die Art, wie sie nun tapfer die Schultern straffte, berührte ihn wie das Lächeln seines Vaters, an das er so oft denken mußte. Er steckte die Hände in die Hosentaschen. »Es tut mir so leid.«

Sie sah weg. »Er war so ein lieber, lieber Narr.«

Carey schloß die Tür hinter sich. »Ist ja gut, Ruthie.«

»Ich meine, er ist mit der Vorstellung durchs Leben gegangen, daß ich ohne ihn nicht unbeschadet durchs Leben gehen könnte.« Sie stand auf und schüttelte den Kopf.

Carey legte die Arme um sie.

Ruth drückte ihn plötzlich ganz fest an sich. »Ach, Peter, es wird *so* schwer sein.«

Carey spürte ihren zarten Körper zittern. »Ich weiß.«

Plötzlich riß Ruth den Kopf zurück. Sie blickte ihm in die Augen. »Es erinnert mich alles an die Sache mit Ihrem Vater.«

Die Worte trafen Carey wie ein elektrischer Schock. »Was erinnert Sie?«

Es klopfte. Careys Assistentin steckte den Kopf hinein und blickte sie an. »Da ist ein Sergeant Palmer, für Ruth.«

Der Mann mit dem Bürstenschnitt kam herein und sagte mit gesenkter Stimme: »Miss Levy?« Ruth nickte wie in Zeitlupe. Er nahm sie beim Arm, tat, als wäre Carey gar nicht da. »Ich bin gekommen, um Sie nach Hause zu bringen.«

Carey streckte den Arm aus. »Warten Sie.«

Palmer wandte sich mit einem durchdringenden Blick um. »*Wir* kümmern uns um sie«, sagte er scharf, und dann brach Ruth in Schluchzen aus.

Carey ließ sie gehen.

Seine Assistentin sah von der Tür aus alles mit an. »Was ist passiert?«

»Es erinnert mich alles an die Sache mit Ihrem Vater...«

Carey blickte immer noch gedankenversunken vor sich hin und sagte schließlich: »Irgend jemand hat ihren Bruder ermordet.«

Aus ihren Augen spritzten Blutfontänen...

»O Gott.«

Carey wandte sich zu ihr um. »Hat Noelle angerufen?«

Martin schlich sich in die Wohnung und ging zu Careys Schreibtisch. Er öffnete die Schublade und entdeckte einen kleinen Kassettenrecorder – einen, den Peter zu Hause benutzte –, auf dem an der Seite ein Plastikschildchen geklebt war: »Peter Carey«.

Ideal, dachte er und ließ ihn in seiner Manteltasche verschwinden.

Er wußte bereits, was er mit Levys Nachricht anfangen würde. Die Abhöranlage hatte alles aufgenommen, und Martin wußte Levys Worte auswendig. Er drückte auf »Wiedergabe« und hörte Levys flehentliches »Kommen Sie zu mir in die Praxis, Peter. Bitte, ich habe...«

Martin löschte den Rest.

Als er sich das Ganze noch einmal vorspielte, hörte er, was er wollte: ein mitten in der Nacht anrufender Levy und Peter, der ans Telefon ging und Levys Nachricht unterbrach.

Carey saß am Telefon und wählte eine Nummer.

»Bildredaktion«, antwortete eine Männerstimme.

»Hier ist wieder Peter Carey – ich muß unbedingt mit Noelle sprechen. Wissen Sie, wo sie ist?«

»Einen Moment.«

Carey hielt den Hörer fest umklammert; im Hintergrund hörte er gedämpfte Stimmen, die irgendwas von »Polizei« murmelten, und dann sagte die Männerstimme: »Sie wollte heute ein bißchen durch die Gegend streifen und sich wieder um ein paar eigene Bildserien kümmern. Wenn sie reinkommt, sagen wir ihr, daß sie Sie anrufen soll...«

Carey legte auf.

Er rief bei Phillip zu Hause an, dann bei Noelle. Nichts zu machen. Er wählte eine andere Nummer.

»Sekretariat Phillip Carey.«

»Geben Sie ihn mir.«

»Peter? Er ist immer noch weg, wie's ausschaut. Hey, waren Sie gestern abend auf dem Konzert...«

»Er kann nicht einfach so mir nichts dir nichts von der Bildfläche verschwinden, verdammt noch mal. Wo ist er?«

»Ich weiß es nicht.« Schweigen. »Ich hab's gerade erst bei ihm zu Hause versucht – er hatte heute eigentlich eine Besprechung.«

»Hat er irgendwas von einem Urlaub gesagt?«

»N-e-i-n.«

»Dann schicken Sie jemanden bei ihm vorbei – einen der Jungen von der Hauspost.«

»Aber wenn er doch nicht ans Telefon geht?«

»Schicken Sie einfach jemanden hin. Der Schlüssel ist in der Milchrutsche.«

Er knallte das Telefon auf die Gabel und wählte gleich darauf eine neue Nummer.

»Praxis Dr. Pogostin.«

»Peter Carey am Apparat. Kann ich ihn bitte sprechen?«

»Tut mir leid.« Die Stimme war plötzlich merklich kühler geworden. »Dr. Pogostin hat einen Termin außerhalb. Ich habe wirklich keine Ahnung, wann er zurück sein wird.«

»Sorgen Sie dafür, daß er mich sofort anruft, wenn er zurückkommt.«

Es folgte Schweigen. »Soll ich ihm irgend etwas ausrichten?«

»Sagen Sie ihm, daß ich wissen muß, was auf dem Band ist.«

Palmer kam ins Dezernat geeilt. »Pogostin ist unterwegs.«

Gregorio blickte von Levys Notizen auf und musterte mit Unmut die Metalltische und den fleckigen Linoleumboden, so als ärgere er sich darüber, in solch einer Umgebung Gäste zu empfangen. »Rufen Sie Cronin von der Staatsanwaltschaft an – vielleicht brauchen wir einen Durchsuchungsbefehl wegen Careys Anrufbeantworter.« Er warf einen prüfenden Blick auf seine Manschetten. »Wenn wir von Levys Befürchtungen ausgehen, sollten wir damit nicht warten, denke ich.«

Als er die Wohnung der Krantz' nebenan betrat, hörte Martin die Stimme von Careys Anwalt: »Von Anfang an, Peter – was will die Polizei auf einmal von dir?«

»Ich habe gesagt, daß er meiner Meinung nach wegen der Kassette umgebracht worden ist: Aber hör zu, ich war gestern nacht mit Noelle zusammen.«

»Dann gratuliere ich dir. In doppelter Hinsicht.«

»Er war mein *Freund.*«

»Okay – 'tschuldigung. Wenn wir morgen bei der Polizei auflaufen, nehmen wir Noelle mit.«

»Ich weiß nicht, wo sie ist.«

»Beruhige dich, Peter.«

»Ich weiß auch nicht, wo Phillip ist, noch wo die Krantz' abgeblieben sind.«

»Und wer sind *die*?«

»Meine Nachbarn. Sie sind an dem Wochenende, als ich Skifahren war, verschwunden – der Portier hat gemeint, sie seien weggezogen. Möglicherweise ist ihnen was passiert?«

»Weil sie dir nicht gesagt haben, daß sie wegziehen?« fragte er in lustlosem, ungläubigem Tonfall. »Schau, Peter, in Manhattan wird *täglich* irgendwer umgebracht, nicht stündlich. Du übertreibst ein wenig.«

Martin mußte in der stillen Wohnung der Krantz' laut auflachen.

»Ich will nur, daß du rauskriegst, wer die Wohnung der Krantz' gekauft hat.«

»Ich dachte, sie wären tot.« Martin hörte, wie Benevides Skepsis in Genervtheit umschlug. »Jahrelang hast du Phillip verdächtigt, ohne einen konkreten Beweis zu haben, und erst vor kurzem hast du mich mitten in der Nacht aus dem Schlaf gerissen, um herauszufinden, wo *Barth* war, als deine Eltern gestorben sind – in Oklahoma, wie sich herausstellen sollte. Und jetzt gehst du hin und...«

»Verdammt, du bist mein Anwalt.«

»Nicht nur deiner«, gab Benevides zurück. »Ich werde es überprüfen, wenn ich Zeit habe. Zuerst wirst du aber *mir* zwei Gefallen tun. Erstens betrauere in aller Ruhe deinen Freund, mit einem Drink. Zweitens, wenn Noelle auftaucht, sag ihr, daß sie morgen mit dir zu mir in die Kanzlei kommen soll, um neun Uhr. *Sie* ist deine Zeugin, nicht Onkel Phillip und nicht die Krantz'. Und falls du nicht aufhörst, dich wie ein Irrer aufzuführen, wird sie die einzige sein, die dich retten kann.«

Martin nickte, und dann verließ er die Wohnung, um Noelle Ciano aufzustöbern.

Carey legte den Hörer auf, und dann brach das Zimmer über ihm zusammen.

Ihm waren die Hände gebunden: Wenn Noelle anrief, mußte er da sein, um sie zu warnen.

Levy war tot.

»Könnte es nicht sein, Peter, daß Sie sich für den Tod Ihres Vaters die Schuld geben?«

Seine Erinnerungen hatten ihn getötet.

Carey versuchte mit aller Macht, sich zu erinnern...

»Da unten ist es viel zu dunkel für Elefanten, Daddy...«

Der kleine Peter stand in der Dunkelheit, und dann öffnete sich in seinem Gedächtnis eine Tür.

»Peter!«

Das Kind sah das Lenkrad des Sportwagens, dann nichts.

Carey schüttelte den Kopf.

Levy war tot.

»Warum sind Sie zurückgekehrt, um den Platz Ihres Vaters einzunehmen, Peter? Etwa weil Sie Phillip gehaßt haben?«

Carey wandte sich dem Bild seines Vaters zu.

»Auch Brüder würden sich ganz gerne mal unter vier Augen unterhalten, Peter.«

Carey verharrte regungslos.

Phillip beugte sich über ihn, um ihm einen Kuß zu geben...

Er schloß die Augen; nicht Phillip, sein Vater...

»Ich bringe ihn dir etwas später.«

»Versprochen?«

»Versprochen.«

Charles Carey lächelte von seinem Foto auf ihn hinab.

Levy war tot.

»Fühlen Sie sich an dem Tod Ihres Großvaters schuldig?«

»Ich denke schon.«

»Und Sie fürchten sich ebenfalls davor, sich an den Tod Ihres Vaters zu erinnern.«

»Ja.«

»Und jetzt haben Sie Angst, daß Noelle etwas zustößt...«

Carey rieb sich die Schläfen.

»Sehen Sie darin nicht so etwas wie einen roten Faden?«

Ein dunkler Raum, eine aufgehende Tür, ein kurz aufblitzendes Lenkrad.

»Peter!«

Noelle.

»Wer ist der gesichtslose Mann, Peter?«

Phillip hatte Angst. Phillip war verschwunden.

»Du mußt jetzt an Noelle denken...«

Carey hob den Hörer ab.

»Bildredaktion.«

»Peter Carey. Ist Noelle zurück?«

»Nein. Wirklich, sobald sie hier ist, ruft sie Sie an.«

Carey legte auf.

Sie war tot.

Levy war tot.

Er konnte niemandem trauen: Phillip war weg; die Krantz' waren weg; Benevides hörte ihm nicht zu; der Portier konnte ihm nicht mehr in die Augen sehen, fand aber stets ein Lächeln für Noelle.

Noelle hatte ihn nach Vermont eingeladen, und dann waren die Krantz' verschwunden...

»Warum tust du das?«

»Weil mir Vermont gefällt.«

Nur Noelle hatte den Häßlichen gesehen. Nein, das war ja der helle Wahnsinn...

»Sie ist deine Zeugin, nicht Onkel Phillip und nicht die Krantz'. Und falls du nicht aufhörst, dich wie ein Irrer aufzuführen, wird sie die einzige sein, die dich retten kann.«

Noelle hatte ihn verlassen...

»Ich liebe dich, okay?«

Sie war tot.

Das Telefon klingelte.

»Noelle?«

»Susan hier, Peter. Aaron – von der Hauspost – ist zum Haus rübergegangen. Von einem Schlüssel war nichts zu sehen, aber es war nicht abgesperrt. Mr. Carey ist nicht da.«

»Ist Aaron reingegangen?«

»Mhm – nichts außer ein paar Koffern neben der Tür. Ich rufe an, sobald wir von ihm hören.«

»Noelle? Mein Gott, Phil... was hat Barth gegen dich in der Hand?«

Carey legte auf. Er lehnte sich zurück, krampfhaft bemüht, jetzt nicht die Nerven zu verlieren.

Plötzlich fiel ihm wieder ein Trick aus den ersten Nächten im Internat ein, als er nicht einschlafen konnte und seinen Vater vermißte. Er legte sich dann immer der Länge nach ins Bett: In seiner Vorstellung verließen sie das Plaza und überquerten die Straße zum Central Park. Aus den kleinen Erinnerungsschnipseln spann er sich einen ganzen Tag zusammen. Er stellte sich vor, wie sie sich auf dem Weg zum Zoo unbekümmert miteinander unterhielten und dann weiter zum Musikpavillon und zum Brunnen zogen, bis es für ihn gar keinen Zweifel mehr gab, daß dies tatsächlich einmal so gewesen war.

Jetzt gerade ließ Carey alles, was seit heute morgen, als er aufgewacht war, geschehen war, vor seinen Augen Revue passieren, eins nach dem anderen – er und Noelle hatten sich gerade voneinander verabschiedet, und Levy lebte noch, theoretisch...

In Gedanken hörte er Levys Nachricht ab.

Sein Gedächtnis war todbringend.

Phillip hatte Angst vor ihm. Derjenige, den sein Onkel fürchtete, wer auch immer das sei, benutzte das, was er vergessen hatte, und mußte nun die Kassette fürchten.

Es gab nur eine Möglichkeit. Ein Mann, der die Leute ausspionierte.

»Es gehört uns«, krächzte John Carey. Sein Enkel flüsterte in Gedanken: »Es tut mir leid...«

Peter Carey griff zum Telefon.

»Sekretariat Clayton Barth.«

»Geben Sie ihn mir – Peter Carey hier.«

»Einen Moment, Sir.« Carey stand auf, schritt auf und ab.

»Clayton Barth.«

»Sie haben gewonnen, Barth. Ich tue alles, was Sie wollen.«

Es folgte Schweigen, dann wagte Barth sich vor. »Hat Ihr Onkel Sie also überzeugen können?«

»Wenn Sie nur Noelle nichts antun.«

Barth sagte zuerst nichts. Mit betont gelassener Stimme erwiderte er schließlich: »Ich werde niemandem etwas antun.«

»Sie haben Levy wegen der Kassette umgebracht, Sie Schwein. Was ist mit mir damals *passiert*, warum mußten Sie ihn deswegen umbringen?«

»Ich habe niemanden umgebracht.« Barth klang plötzlich empört. »Sie sind ja *wahnsinnig* – deshalb hat Phillip an mich verkauft.«

»Es gehört uns ...«

»Verkauft? Wo ist er? Haben Sie *ihn* ebenfalls umgebracht?«

»Nein.« Die Schärfe in Barths Stimme war plötzlich wie weggeblasen. Er schwieg einen Moment, dann wiederholte er leise: *»Ich* habe niemanden umgebracht« und legte auf.

»Es ist nicht Barth.« Carey stützte sich auf, ließ das Gesicht in die Hände fallen.

Noelle Ciano hastete durch das Menschengetümmel vor den Porno-Kinos und ging zur *Times* zurück.

Das Tolle an ihrer Arbeit waren die Überraschungen: Auf dem Rückweg von einem Routine-Ausflug zum Rockefeller Center, wo sie Roller-Skaters für die Sonntagsausgabe fotografiert hatte, hatte sie sich sorgfältig die Gesichter der Passanten angesehen, um ihr Versprechen gegenüber Peter zu halten. Aber dann hatte sie eine Menschenmenge ausgemacht, die sich um ein heruntergekommenes Hotel scharte, das so alt war, daß sich die Fenster noch öffnen ließen. Sie bog um die Ecke. Eine Frau stand wankend auf einer Fensterbank im achten Stock. Ihr Haar war grau und feucht von dem Schnee, und ihr weites, blumengemustertes Kleid flatterte im schneidend kalten Wind. Sie starrte in die schweigende Menge hinab.

Noelle betrat eilig eine Bar, um die Feuerwehr zu alarmieren. Sie knipste noch rasch zwei Fotos, drängte sich durch die Neugierigen, die Verängstigten, die Sensationslüsternen nach vorn und rief der Frau zu, es sich noch einmal zu überlegen. Die Beine der alten Frau zitterten wie Schilf im Wind. Sie starrte mit wirren, verzweifelten Blicken in die Menge hinab.

»Spring«, rief eine jugendliche Stimme.

»Warten Sie!« rief Noelle ihr zu, wieder und wieder, wie ein Mantra. Andere stimmten verstreut ein. Ihr Mund war trocken. Sie spürte den Druck auf den Beinen der Frau in den eigenen Gliedern.

Die Feuerwehr traf mit Sirenengeheul ein. Noelle wich zurück. Einer der Feuerwehrleute befahl der Menschenmenge zurückzutreten. Vier andere rannten unterdessen mit einem Sprungtuch herbei. Zwei weitere stürmten mit Äxten in den Hoteleingang hinein.

Noelle konnte alle sieben mit einem Weitwinkel im Bild festhalten.

Ihr letztes Foto war von einer Hand, die nach der Frau langte, um sie hereinzuziehen. Als die Frau in ihrem Zimmer verschwand, blickte sie noch mit starren Augen zu ihr hinunter.

Noelle war plötzlich kalt – ansonsten war sie sich über ihre Gefühle nicht im klaren. Sie ging einen Irish Coffee trinken.

Jetzt, auf dem Rückweg, dachte sie daran, Peter anzurufen.

Sie näherte sich dem Gebäude der *Times* und kämpfte

sich durch die erste Welle von Pendlern, die sich in ihren Wintermänteln gegen den Schnee krümmten. Die *Times*-Uhr zeigte 3:10 an. Bald würde sie ihn sehen. Als sie gegangen war, waren seine Gesichtszüge so weich gewesen, als hätte ihn sein Liebesgeständnis verjüngt. Jetzt gerade fragte sie sich, wie sie ihm am besten all das, was sie heute gesehen und getan hatte, erzählen sollte. Vielleicht könnte er ihr helfen, ihre Gefühle ein wenig zu ordnen: wegen ihrer Arbeit, der Frau und dem letzten, aufwühlenden Bild, als der Arm durch das Fenster langte ...

Sie spürte eine Hand auf ihrem Arm.

Sie wirbelte herum, sah die grotesk lächelnde Gummifratze des Mannes aus SoHo.

»Noelle.« Seine Stimme klang wie die eines Verliebten. »Ich beobachte dich schon seit langem.«

Sie wich langsam zurück, fassungslos. *»Nein!«*

Er ging auf sie zu. »Komm mit«, sagte er leise. »Falls du Peter lebendig wiedersehen willst.«

Noelle blieb wie angewurzelt stehen.

15

Clayton Barth kam sich ganz klein vor: Wie eine ansteckende Krankheit untergrub Careys Angst sein Gefühl der Überlegenheit.

Er rief Englehardt an.

»Ja?«

»Peter Carey hat mich gerade angerufen und irgendwas von einer Kassette geplappert. Er hat gesagt, daß dieser Levy deswegen umgebracht worden ist.« Barth verstummte, erwartete irgendeinen Ausdruck der Verwunderung.

Englehardt sagte nur tonlos: »Am besten, Sie kommen in einer Stunde zu mir.«

Barth bekam eine Gänsehaut. »Sagen Sie mir …«

»Persönlich.«

Englehardt legte auf.

»Praxis Dr. Pogostin.«

»Peter Carey hier. Bitte, ich muß mit ihm sprechen.«

»Tut mir leid – Dr. Pogostin hat eine Besprechung. Vielleicht morgen …«

»Jetzt!«

Ihre Stimme war betont kühl. »Es ist nicht seine Gepflogenheit …«

»*Menschen sterben!* Falls Sie ihm das nicht sagen, ist es Ihre Verantwortung.«

Schweigen. »Einen Moment.«

Carey wartete. Da ist ein Verrückter am Telefon, würde sie sagen, jemand, der irgendwas von Mord faselt. Wir sollten die Polizei rufen.

»Hallo, Peter.« Pogostin klang mißtrauisch. »Ich dachte schon, Sie hätten mich vergessen.«

»Sie müssen mir sagen, was auf der Kassette ist. Levy ist tot.«

»Ich weiß.« Pogostin ließ ein paar Sekunden verstreichen, dann fuhr er mit größerer Entschiedenheit in der Stimme fort. »Ich war bei der Polizei, Peter. Die Kassette ist verschwunden, und sie haben mich gebeten, mit niemandem über den Inhalt zu sprechen. Besonders Ihnen sollte ich aus dem Weg gehen.«

»Jetzt nicht auch noch Sie.« Carey sprach lauter. »Doktor, diese Leute liegen falsch: *Phillip* ist verschwunden. *Noelle* ist verschwunden …«

»Das sollten Sie Lieutenant Gregorio sagen.«

»Ihm was sagen? Ich habe keine *Ahnung*, was überhaupt los ist, nicht mal was auf der Kassette ist …«

»Woher wollen Sie dann wissen, daß Ihre Erinnerungen Ihnen helfen können?«

»Bitte«, schloß Carey, »tun Sie mir das nicht an.«

»Und woher soll ich wissen, daß das, was Sie mir erzählen, die Wahrheit ist?«

Carey beugte sich vor. Aus der Tiefe seines Gedächtnisses kramte er einen Satz hervor, den er nun laut aussprach. »Vertrauen Sie mir, Peter – schließlich kennen wir uns überhaupt nicht.«

Es folgte ein letztes, ausgedehntes Schweigen. »Kommen Sie um sechs zu mir«, sagte Pogostin.

Careys Stimme beruhigte sich. »Danke, Doktor.«

Martin spielte sich die Aufnahme noch einmal vor, dann warf er einen Blick auf seine Uhr. 4:55.

Englehardt hatte ihm nicht gerade viel Zeit gelassen. Die Polizei würde wegen des Anrufbeantworters kommen, und er mußte Carey von Pogostin fernhalten...

Er nahm die Kassette von Careys Hypnose, legte sie in den gestohlenen Recorder, der mit dem »Peter Carey«-Schildchen gekennzeichnet war, schaltete ihn ein.

Carey fing an als Kind zu reden. Martin löschte den gesamten Rest und stopfte Recorder samt Kassette und dem Schlüssel zu Phillips Haus in seine Manteltasche.

Er beschloß, von nun an die Zeit wie auf einer Stoppuhr zu messen.

Er nahm die Kiste mit Careys Haushaltsgeräten und trug sie zur Tür.

Im Korridor war niemand zu sehen.

Mit der Kiste in den Händen schlich er fünf Meter weiter über den Teppichboden und betrat Careys Wohnung.

Innerhalb von sieben Minuten hatte er die ursprüngliche Lampe, die Kaffeemaschine, den Radiowecker und die Klingel zu Careys Alarmanlage wieder an Ort und Stelle plaziert, seine Fingerabdrücke abgewischt, die vier Doppelausführungen in der Kiste verstaut und sie in die Krantz-Wohnung gebracht.

Bis auf die Kassette in Careys Anrufbeantworter hatte er keinerlei Spuren hinterlassen.

Die Überwachung von Peter Carey war zu Ende.

Die Frau wartete.

Bevor er das Gebäude verließ, tastete Martin in seiner Tasche noch einmal kurz nach dem Revolver und Careys Recorder.

Zum ersten Mal verspürte Carey so was wie Erleichterung. Er versuchte seine Gedanken und Gefühle zu ordnen.

Vielleicht war mit Noelle alles okay.

Er blickte auf seine Uhr: 5:15.

Er würde so lange wie möglich hierbleiben.

Jede Minute brachte seine Ruhe und Zuversicht ins Wanken.

5:23.

Phillip war nicht zurück.

5:27-28-29...

Das Telefon klingelte.

Er riß den Hörer vom Apparat. »Noelle?«

»Du hattest keinen Grund zur Sorge, Peter.« Die Stimme klang gelassen, beschwichtigend. »Denn *ich* habe sie jetzt.«

Carey sank in sich zusammen. Schließlich fragte er: »Wo ist sie?«

»Deshalb rufe ich an, Peter. Um dich zu ihr zu bringen.«

»Wer sind Sie?«

»Geh ganz normal aus dem Verlag«, unterbrach ihn die Stimme, »so, als ob du nach der Arbeit nach Hause gehen würdest. Nimm den üblichen Weg über die Fifth Avenue. Wir werden dich im Auge behalten. Wenn du weit genug vom Verlag weg bist, werde ich dich ansprechen. Und noch was, Peter: Laß dir bloß nicht einfallen, die Polizei zu rufen, so wie du gerade Pogostin angerufen hast, sonst stirbt Noelle.« Die Stimme verstummte – jedoch nur um ihr furchterregendes Schlußwort zu liefern. ›*Okay?*‹

Die Stimme, sogar der Tonfall, war von Noelle.

»Sie haben uns *abgehört*...«

Der Mann legte auf.

Carey rief sofort bei der *Times* an.
»Bildredaktion.«
»Wo ist Noelle?«
»Sind Sie Peter?« Es folgte Schweigen. Der Tonfall war weniger feindselig als zuvor. »Ehrlich, wir wissen nicht, wo sie ist…«
Carey eilte aus dem Verlag.

Englehardt ging auf den Verbrennungsofen zu.
Der zweite Stock war dunkel und leer, Niemandsland. Er blickte sich um, horchte, bemüht, so leise wie möglich zu sein. Er erblickte das Kabuff auf der einen Seite der Wand, das Telefon, und das war's dann auch schon. Das Kabuff war abgeschlossen, und er hörte nicht das geringste Geräusch.
Er öffnete behutsam den Verbrennungsofen.
Die Zündflamme brannte. Er drehte das Gas auf und ließ sämtliche Fotokopien von Levys Aufzeichnungen in die lodernden Flammen fallen, bis nur noch Asche übriggeblieben war.
Dann kam die Videokassette mit dem nackten Liebespaar an die Reihe, gefolgt von seinen restlichen Kleidern und von jedem kleinen Papierfetzen, auf dem der Name Carey auftauchte. Als das Foto von Phillip an der Reihe war, hielt er einen Moment inne. Als er es schließlich hineinwarf, rang er nach Luft. Bis auf eine einzige Kassette gab es nun nichts mehr, das auf seine Überwachungsaktion hingewiesen hätte.
Er zog sich Handschuhe an, horchte zwischen seinen schweren Atemzügen nach irgendwelchen Geräuschen. Er warf einen letzten Blick auf das Kabuff, schlich sich dann zu dem Lastenaufzug auf der gegenüberliegenden Seite und fuhr zur Galerie hinunter.
Er zog die Galerie nachts vor.
Die Zeit war ideal. In dem dünnen Licht, das zu den Fenstern hereindrang, erlangten seine Drachen, Schlangen und Krieger ihre größte Macht, subtile Skulpturen, die sich in

der Finsternis mit der Intensität seiner Phantasie vermengten.

Ein Schatten starrte durchs Fenster.

Englehardt schlich sich an den Plastiken vorbei, spähte auf die totenstille Straße hinaus und schloß leise die Tür auf.

Der Schatten wurde zu Barth. »Was haben Sie nur *getan*, verdammt noch mal?«

»Drinnen«, erwiderte Englehardt mit gedämpfte Stimme. »Es wird langsam Zeit, daß wir uns mal richtig unterhalten.«

Die drei Männer trugen Dienstkleidung. Careys Portier hielt sie an und steckte dem Verantwortlichen einen Schlüssel zu.

Sie gingen im Eiltempo mit ihren Umzugskisten zu den Krantz' und räumten die Wohnung aus.

Der Chef der drei stellte weder dies in Frage noch die Anweisung, soviel neues Gerät zu einer Mülldeponie in New Jersey zu fahren. Der Häßliche hatte sie gut bezahlt.

Er machte sich daran, das kleine Loch in der Wand zu verputzen – dort, wo die Kamera plaziert gewesen war.

Englehardt stützte sich auf dem Schreibtisch auf. Mit gewohnt leiser Stimme sagte er: »Wir mußten Phillip Carey liquidieren.«

»Liquidieren?« Barths verzerrtes, prüfendes Lächeln fiel in sich zusammen. Er spürte förmlich, wie lächerlich er nun wohl wirken mußte, wie wenig er dem großen Konzernchef glich …

»Phillip ist tot.« Englehardt sprach nun schneller. »Peter war drauf und dran, unsere Kontrollmechanismen aufzudecken. Als wir dahinterkamen, gerieten wir in eine Situation, in der wir den Tod Dr. Levys in Kauf nehmen mußten. Und kurz darauf Phillips.«

»Tot?« Wie betäubt klammerte sich Barth an seinen

schwindenden Traum von präsidentialer Herrlichkeit; eifrige Gesichter um einen Konferenztisch, Menschen, die Tag und Nacht bereitstanden, seine Befehle auszuführen. Aber die Realität sah anders aus: Er war allein mit Englehardt in einer leeren Fabriketage, umgeben von Rohren, Kabeln und metallenen Hängelampen, der surrealen Landschaft des Gehirns eines Wahnsinnigen. »Phillip hat für mich keine Bedrohung dargestellt…«

»Nachdem Peter entdeckt hatte, wodurch ich seinen Onkel zum Verkauf gezwungen habe, hätte Phillip Ihren erpresserischen Akt vor aller Welt gestehen können – er hätte nichts mehr zu verlieren gehabt.«

»*Ihren* erpresserischen Akt – *ich* kann jederzeit gehen.« Barth stand auf. »Ich habe Phillip nach jener Zusammenkunft nie wieder gesehen. Ich kann diese Verträge zerreißen und…«

»Und wie wollen Sie dann den Zehnmillionenscheck erklären, den Sie Phillip ausgestellt haben – vor allem, nachdem Sie gerade erst Peter davon unterrichtet haben, daß Phillip Ihnen die Firma verkauft hat.« Englehardt formte seine behandschuhten Hände zu einem Kirchturm. »Oder sollte mein Mann sich da etwa verhört haben?«

Barth empfand den Verlust seines freien Willens wie den Zustand der Lähmung nach einem Schlaganfall, so überrascht war er. »Das könnte für Sie durchaus den Ruin bedeuten«, fuhr Englehardt mit unnachgiebig monotoner Stimme fort, »da Peter in diesem Verkauf bestimmt die Verbindung zwischen seinem plötzlich ermordeten Onkel und Levys Tod sehen würde – zwei Morde, die sonst nicht zu erklären wären.« Seine Stimme wurde stählern. »Vielleicht können Sie mir ja sagen, Clayton, wie John Carey in dieser Situation gehandelt hätte.«

»Aber keine Überwachung der Welt ist mir diesen Preis wert. Sie hatten keinen Grund…«

»Gründe sind nichts als Erfindungen des Verstands, um die Wünsche des Herzens zu rechtfertigen. Soviel weiß ich inzwischen, sogar was mich betrifft. Ich habe Ihnen Van Dreelen & Carey angeboten, habe dabei meine eigenen Methoden angewandt, weil *Sie* die Firma haben wollten.« Englehardts Lächeln war flüchtig und eiskalt. »Genau wie Sie Ihre Empfangschefin haben bespitzeln lassen, um ein paar erbärmliche Details aus ihrem Privatleben in Erfahrung zu bringen, die Sie noch nicht für Ihre Perversionen erkauft hatten.«

Barth war unfähig, auch nur einen Ton von sich zu geben.

»O ja, Clayton – ich habe auch *Sie* im Auge behalten.«

In der ungeschminkten Verachtung, die von dieser abartigen Gestalt ausging, spürte Barth die unverhüllte Wahrheit wie eine Kugel im Kopf. John Careys Spott hatte seinen leiblichen Vater umgebracht, einen Mann, der so schwach und einsam war, daß Barth ihn aus seinem Gedächtnis verbannt hatte, um nach John Careys Firma zu streben, und dabei direkt in die Arme eines Irren zu laufen. Er saß in der Falle und konnte nun nichts anderes tun als warten, bis sich eine Gelegenheit bot, die Kontrolle wiederzuerlangen. Er fragte vorsichtig: »Was haben Sie nun vor?«

Englehardts Lächeln verzerrte sich zu einer beängstigenden Parodie von Wohlwollen. »Ihnen Van Dreelen & Carey zu geben, nichts anderes.« Das Lächeln schwand. »Also, wollen Sie nun den Rest hören, oder soll ich ohne Sie fortfahren?«

Barth nahm zögernd Platz.

Der Hausmeister schloß Careys Tür auf. Gregorio schickte ihn wieder weg und ging mit Palmer ins Wohnzimmer. Sie standen zusammen vor dem Anrufbeantworter.

Palmer drückte auf die Rückspultaste und dann auf die Nachrichtenwiedergabe. Auf der Kassette sagte jemand: »Kommen Sie zu mir in die Praxis, Peter. Bitte, ich habe ...«

Es folgte ein Klicken, und das Gerät verstummte.

Palmer drehte sich zu Gregorio um. »Levy sagt kein Wort über eine Kassette ...«

»Jedenfalls nicht da drauf.« Gregorio starrte gedankenverloren auf den Anrufbeantworter. »Konnte er auch nicht – Carey hat abgehoben.«

»Das ist ja 'n starkes Stück.«

»Lassen Sie ihn suchen.« Gregorio wandte sich um, kreidebleich. »Lassen Sie auch diese Ciano suchen.«

»Peter Carey hat Levy und seinen Onkel ermordet und muß sich deshalb selbst umbringen.« Englehardt strich sich über die Fliege. »Ich habe für ihn den perfekten Tod geplant.«

Barths Blick war wie gebannt von den Handschuhen des Mannes. »Das ist unmöglich.«

»In Anwendung der Ergebnisse unserer Überwachungsarbeit werden wir, was die Frage des Mörders angeht, seine Identität eine andere sein lassen.« Englehardt sprach mit Nachdruck: Mit jedem seiner knappen, unmißverständlichen Worte verschlimmerte sich Barths Schwindelgefühl. »In Dr. Levys Aufzeichnungen steckt der Plan, von dem nur wir wissen. Durch Levys Tod wird die Polizei schon bald herausfinden, was ihm soviel Sorgen bereitet hat – Peters Haß auf Phillip, seine latente Gewaltbereitschaft. Sie finden auf Peters Anrufbeantworter eine Nachricht, in der er aufgefordert wird, zu Levy in die Praxis zu kommen, kurz bevor er starb. Von Pogostin erfahren sie, daß die gestohlene Kassette den Grund für den abgrundtiefen Haß auf seinen Onkel enthüllt. Sie werden also annehmen, daß Peter die Nerven verloren und Levy wegen der Kassette umgebracht hat.

Phillip ist verschwunden. Die Polizei hat nun die Befürchtung, daß diese todbringende Kassette zusammen mit Phillips Verkauf der Firma bewirken könnte, daß Peter in seinem schwelenden Haß die letzten Fesseln der Vernunft sprengen wird. Sie finden heraus, daß Peter Phillip, in einem tragisch-symbolischen Todesdrama, in die verlassene Binderei seines Großvaters verschleppt und erschossen hat.« Englehardt schloß einen Moment lang die Augen, dann überschlugen sich seine Worte beinahe. »Phillip wird in halbverwestem Zustand inmitten von Erinnerungen gefunden, die allein Peter zuzuordnen sind, ermordet mit demselben Revolver, der bereits bei Levy verwendet wurde – ein weiterer Beweis für Peters Schuld.«

»Aber Peter *weiß Bescheid*...«

»Nur Miss Ciano weiß mit Sicherheit, daß Peter Levy nicht umgebracht hat.« Englehardt legte eine Kunstpause ein. »Und nur Miss Ciano kann ihn auf Schußweite heranlocken.«

»Hier?« Barth hörte den schrillen, näselnden Tonfall seines Vaters. »Carey hatte also *recht*?«

»Wenn Peter in seiner Wohnung stirbt, kann dies eine Vernehmung des Portiers nach sich ziehen. Statt dessen liefert mein Agent uns Peter frei Haus, einfach indem er ihm mit dem Schicksal dieses jungen Mädchens droht. Rein psychisch ist er wegen seiner Schuldgefühle und Ängste viel zu verwundbar, um sie jetzt noch aufzugeben.«

»Sie können *mich* auf keinen Fall da hineinziehen.«

»Sie stecken bereits *mittendrin*, Clayton. Mein Mann steht auf *Ihrer* Gehaltsliste.« Englehardts Tonfall wurde vernichtend wie der Tod. »Diese Überwachung hat mich viel zuviel gekostet, als daß ich sie jetzt einfach so aufgebe. Wir werden von nun an Partner sein, und zwar solange *ich* will.«

Barth mußte an all seine Träume denken, die nun zu Asche geworden waren. »Partner«, wiederholte er bitter. »Im Pakt mit dem Wahnsinn...«

»Wahnsinn?« Englehardt stand auf, zornig. »Ich habe zu viele Jahre damit verbracht, vielen Männern zu viel erklären zu müssen, die viel zu dumm waren, um zu verstehen. Und jetzt sagen *Sie* mir, unsere Überwachungsarbeit ist eine Ausgeburt des Wahnsinns – Sie sind ebenso lächerlich und dumm wie diese Kleingeister, die mich gefeuert haben.« Er sprach nun im sengenden Tonfall eines Amoklaufenden. »*Aufgrund* unserer Überwachung sind wir in der Lage, zwei wichtige Männer auf eine Art zu liquidieren, die Peter Careys Innenleben reflektiert, wie es in Levys Aufzeichnungen festgehalten ist. *Aufgrund* unserer Überwachung sind wir in der Lage, die Polizei davon zu überzeugen, daß Peter Carey anschließend, in einem letzten Akt der Selbstzerstörung, Miss Ciano erschossen hat – sein einziges Alibi, von der er ja, wie es in den Akten steht, fürchtet, verlassen zu werden. *Aufgrund* unserer Überwachung sind wir so klug, sie zu liquidieren, und zwar nachdem *Peter* mit demselben Revolver erschossen wurde, der bei allen anderen Morden benutzt wurde – der Selbstmord, den Levy voraussah. Peter wird mit der Kassette des Psychiaters und Phillips Hausschlüssel in der Manteltasche aufgefunden.« Er drang auf Barth ein, sprach seine letzten Worte mit gesenkter Stimme. »*Aufgrund* unserer Überwachung sind wir sogar so klug, die Leichen an einem Ort abzuladen, den nur Peter Carey sich für seinen Tod aussuchen könnte, dem Mittelpunkt seiner schlimmsten Erinnerungen und Alpträume: der Tunnel beim Bethesda-Brunnen.«

»Geh ganz normal«, hatte die Stimme gesagt. »So als würdest du von der Arbeit zurückkommen.«

Carey ging nun langsamer.

Sie hatten sie beschattet und abgehört: Als sie ihn anriefen, wußten sie genau, daß er kommen würde.

Zu spät fiel ihm wieder Pogostin ein. Eine Schneeflocke fiel ihm ins Gesicht und schmolz langsam.

Sie wußten, an was er sich nicht mehr erinnern konnte, kannten seine Ängste, kannten seine Leidenschaft für Noelle.

Wie ihre Marionette tippelte er ihnen in die Arme.

Er ging ohne zu denken die Westseite der Fifth Avenue hoch und sah eine eisig-silberne Stadt, die er nicht mehr liebte: der Pulitzerbrunnen, das Plaza, der dunkel daliegende Central Park.

Im Tunnel erschallte Gelächter...

Carey spürte eine Hand auf der Schulter, sah, daß er den Pulitzerbrunnen erreicht hatte. Er drehte sich um.

»Ein häßlicher Typ«, hatte Noelle gesagt, »mit Glupschaugen und einer irgendwie hängenden Unterlippe.«

»Hallo, Peter.«

Das Lächeln des Mannes war abscheulich.

»Wer sind Sie?«

»Ein Freund von Noelle.« Der Mann sprach ganz leise. Passanten schlängelten sich um sie herum, alle mit ihren eigenen Gedanken beschäftigt. »Also, willst du sie sehen?«

Aus ihren Augen spritzten Blutfontänen...

»Wer hat Sie geschickt – Barth?«

Der Unbekannte schüttelte den Kopf. »Ein anderer.«

Irgend jemand anderer hatte ihnen von Barths Vergangenheit erzählt...

Carey drehte sich der Kopf. »Woher weiß ich, daß Sie sie tatsächlich haben?«

Der Mann faßte in seinen Mantel. Mit einer langsamen Bewegung drückte er Carey etwas in die Hand. »Hier«, flüsterte er. »Du siehst ja, ich habe euch beobachtet, zusammen.«

Carey starrte auf sein Foto von Noelle.

»Vielen Dank«, sagte der Mann ruhig. »So habe ich sie mir immer gerne vorgestellt.«

Als Carey es einsteckte, kam er sich wie ein dummer kleiner Junge vor.

»Ist schon okay, Peter. Ich vertraue dir...«

»Sie wartet, Peter.«

Er hatte das Bild verbrannt.

»Denn falls du sie im Stich läßt, werde ich ganz einfach deinen Platz einnehmen. Und danach wird er es sich nicht leisten können, sie am Leben zu lassen.«

Das Gelächter des gesichtslosen Mannes erschallte im Tunnel...

Schlagartig wurde Carey klar, daß all das kein Alptraum, sondern Wirklichkeit war. Er blickte in die Augen von Noelles Häßlichem. »Und warum«, fragte er, »hat er sie dann nicht schon umgebracht?«

Der Unbekannte zögerte. »Ganz einfach, weil er Sie sehen will.«

Sie zählten auf ihn.

»Komm, Peter.«

Mit einem Mal wurde Carey klar, daß Noelle sterben würde, wenn er nachgab.

»Komm!«

Peter drehte sich um und rannte davon. Er schlängelte sich an den entgegenkommenden Passanten vorbei und sprintete quer durch Central Park South. Er lief in ein mit quietschenden Reifen zum Stehen kommendes Taxi, prallte davon ab. Taumelnd rannte er weiter, überquerte den Grand Central Army Square und rannte nun so schnell er konnte geradewegs in das Innere des Central Park hinein.

16

Carey rannte an einer schwarzen Stahlskulptur vorbei in die plötzliche Dunkelheit hinein. Die Lichter der Stadt verschwanden in einem Gewirr kahler Bäume. Er sah nur eine Gaslaterne mit zertrümmertem Glas, skelettartige Äste, ein Kabel, das an einem demolierten Notruftelefon herunterhing. Der Pfad schlängelte sich weiter hinab.

»Schneller, Daddy…«

Hier war er einmal mit seinem Vater gewesen…

Hinter ihm hallten Schritte. Mit jedem Atemzug saugte er schneidend kalte Luft tiefer in seine Lungen. Das Straßenpflaster war glitschig. Er rutschte aus, fing seinen Sturz mit einer Hand ab. Er stolperte mit blutender Hand weiter, erkannte vor sich das schmiedeeiserne Tor.

»Zeit, die Seehunde zu füttern, Peter...«

Geschlossen.

Er hörte hämmernde Schritte. Sie kamen immer näher. Carey blickte zurück. Der Schatten des Unbekannten wurde größer, rückte näher. Er mußte weiter.

Vor ihm ragte das Tor auf.

Fünfzehn Meter, zehn...

Fünf...

Drei Meter noch...

Carey sprang, fing sich an den Gitterstäben auf. Mit aller Kraft zog er sich hinauf bis ans oberste Ende, verlor das Gleichgewicht...

»Peter!«

Carey sprang aus kauernder Stellung auf, rannte weiter.

Ein gräßlicher Schmerz schoß ihm in die Knie: Er stürzte, fiel auf die Schulter und schlug mit der Stirn auf dem feuchten Pflaster auf. Er kroch weiter, stand schließlich auf. Er war völlig benommen und hatte die Orientierung verloren. Dann sah er den Schatten eines Glockenturms...

Er drehte sich um.

Zwei in Stein gehauene Adler blickten starr auf ihn hinab. Vogelhäuser. Das leere Seehundbecken.

»Wenn man stirbt, ist es dann auch so, Daddy?«

Er hörte ein metallisches Rütteln – sein Verfolger, der übers Tor kletterte. Um ihn herum waren überall Käfige.

»Ich würde dich nie sterben lassen, Peter...«

Er ging auf das Seehundbecken zu, hörte den dumpfen Plumps, mit dem der Unbekannte auf dem Boden landete, dann das nasse Klatschen von Schritten.

»Möchtest du ein wenig Musik hören?«

Carey rannte los, erst über den dunklen Platz, dann die Treppen auf der gegenüberliegenden Seite hoch. Er bog scharf rechts, dann nach links, stürmte auf das zweite Tor zu – er hechtete hoch, klammerte sich an die Gitterstäbe.

Er zog sich hoch, die Schritte kamen näher. Er drehte sich um. Der Schatten rannte auf ihn zu.

Er kam oben an, sprang. Der Schatten warf sich auf das Torgitter.

Martin erreichte das obere Ende und sprang auf die andere Seite.

In seinem Innern hob eine Art Gesang an. Er spürte beim Landen keinen Schmerz, und in Careys gehetzten Schritten vernahm er den Rhythmus der Sirtakitänzer, die ihn in die warme Taverne winkten...

Carey verschwand in der Dunkelheit.

Martin lief voll gespannter Ungeduld den Pfad vom Zoo hoch und folgte dem Geräusch von Peters Schritten.

Careys Fluchtweg folgte keiner erkennbaren Logik. Martin roch die Panik, von der Peter erfüllt war, wie Zitronen im Wind. Der Gedanke an seine Frau wärmte ihn wie Retsina...

Er mußte nur dafür sorgen, daß Carey es nicht mehr bis zu seiner Wohnung schaffte, und dann würde Noelle ihm gehören.

Er würde ihn in die Mitte des Parks treiben.

Der Pfad führte einen kleinen Hügel hinauf. Oben angekommen rannte er auf das weitläufige Areal von Sheep Meadow zu, ohne sich um Carey zu kümmern. Dann bog er scharf nach Norden, an einem breiten Streifen mit Kopfsteinpflaster entlang, gesäumt von Bänken, morschen Bäumen und Skulpturen mit Flügeln, die in der Dunkelheit wie Hexen wirkten. Er schob sich zwischen die Wiese und das Echo von Careys Schritten.

Er war wieder auf der Pirsch, und Carey war der Weg abgesperrt.

Zu seiner Linken hörte Carey die hämmernden Schritte seines Verfolgers.

Carey konnte ihn nirgendwo ausmachen.

Das Geräusch seiner eigenen Schritte, sein dröhnender Puls und der abgehackte Rhythmus seines Atems machten ihn praktisch taub. Schweißperlen gefroren auf seiner Stirn. Sein Mantel war viel zu warm und engte ihn ein. Schneeflocken fielen ihm ins Gesicht und aufs Haar. Er spürte, wie er langsamer wurde, wie er ausrutschte...

Er stolperte, eilte weiter. Durch die Bäume hindurch hörte er Schritte, die gleichhielten.

Der Mann versuchte, ihn von seiner Wohnung abzudrängen...

»Wir haben euch beobachtet...«

Carey rannte über ein weitläufiges Kopfsteinpflaster: Bogenlichtlaternen fingen jede seiner Bewegungen für seinen Verfolger ein. Der mondbeschienene Musikpavillon bot keinen Schutz. Der Platz dehnte sich schier unendlich weit vor ihm aus.

Der Schatten rannte parallel mit ihm, fegte von Baum zu Baum. Die Schritte klangen nun näher. In der Ferne sah Carey massige Steinsäulen aufragen, die Parkdurchgangsstraße, Treppen, die in einen Abgrund der Finsternis hinabstürzten.

Der See.

Unter seinen Füßen knackte das Laub. Er hatte Seitenstechen. Der Schatten kauerte zehn Meter zu seiner Linken, bereit, ihm den Weg abzuschneiden. Wieder rutschte Carey aus, fing sich gerade noch auf.

»Als ich ausgerutscht bin, war es dunkel, Daddy...«

Der Schatten stürzte im schrägen Winkel auf ihn zu. Zehn Meter, fünf Meter. Die Stützpfeiler der Parkdurchgangsstraße wurden größer: Carey wußte, wohin sein Instinkt ihn führte.

Drei...

»Ich weiß, wo ich mich verstecken kann...«

Carey sauste zwischen die Säulen und stieß in vollem Lauf die Stufen zum Bethesda-Brunnen hinunter.

Er stolperte, stürzte kopfüber hinab. Er hörte das Knacksen seiner Rippen, schlug am Fuße der Treppen mit dem Kopf auf und rollte auf die Seite. Er hörte Schritte, oben am Treppenabsatz. Carey stand auf, sein Schädel ein einziges Pochen. Nach und nach wich die Verschwommenheit vor seinen Augen, und er konnte wieder sehen.

Der Brunnen war leer, die Statue ein geflügelter Schatten und der See wie silbriges Obsidiangestein. Wenn er jetzt rannte, würden seine Schritte ihn im Dunkeln verraten...

Carey wirbelte herum, sah die drei gewölbten Tunneleingänge, verharrte regungslos. Die Schritte kamen näher.

»Peter!«

Carey rannte Richtung Tunnel los.

Im Tunnel erschallte Gelächter...

Er stürmte hinein.

Es war stockfinster.

Martin blieb am Brunnenrand stehen.

Plötzlich hörte er nichts mehr.

Sein Herz schlug schneller. Er blickte über den See hinweg und lauschte nach dem dumpfen Geräusch von Schritten.

Nichts.

Carey rannte nicht mehr.

Er mußte jetzt ganz in der Nähe sein. Kein Zweifel.

Er hatte Carey tief in den Park hineingehetzt. Ohne sich selbst zu verausgaben, war er gerade schnell genug gewesen, um ihn spüren zu lassen, daß er immer näher rückte, und ihm den panischen Schrecken in sämtliche Glieder zu treiben, bis er in kopfloser Raserei nur noch wild drauflosrannte, seine Kräfte aufrieb. Bestimmt spürte er jetzt seine Erschöpfung, allein und verzweifelt.

Martin würde ihn wie ein Kind bei dem kleinen Mann abliefern, der Preis für seine Frau.

Er drehte sich um, lächelte für sich, und dann sah er den Tunnel. Mit einem eiskalten Schauder begriff Martin plötzlich, wo Peter Carey *ihn* hingeführt hatte.

Carey blickte in die Dunkelheit.

Peter blieb stehen, hatte plötzlich ganz die Orientierung verloren. Der Tunnel war lang und stockfinster: Durch die Steinbögen, die sich an den Wänden entlangwölbten, wirkte er wie die Ruine einer Kirche. Peter drehte sich um, erblickte die drei Halbbögen hinter ihm.

Jetzt, wo er im Tunnel war, konnte sein Verfolger ihn nicht mehr sehen. Die Finsternis war seine Chance.

Peter hatte Angst. Er fühlte sich plötzlich von seinem Vater abgeschnitten und wußte nicht, wem der Schatten gehörte, den er da sah oder die Schritte, die auf ihn zukamen. Er kapierte nicht, ob Charles Verfolger oder verhinderter Retter war, von Peters Torheit hinters Licht geführt. Der Schatten rückte näher. Peter verschwand flugs unter einem der Steinbögen und drückte sich in seiner Verzweiflung mit dem Rücken gegen den feuchten Stein, die Augen festgeschlossen. Er hatte Herzklopfen…

Carey wich an die Wand zurück und wartete. Er stand regungslos da, das Blut pochte ihm in den Schläfen.

Charles Carey stahl sich in dem Alptraum seiner Kindheit durch sein Hirn, unerbittlich und gnadenlos. Sie spielten in dem Tunnel in der Nähe des Bethesda-Brunnens Verstecken. Sein Vater lächelte ihn an, und dann öffnete er den Mund und stieß einen entsetzlichen gequälten Schrei aus, und sein Gesicht verwandelte sich in Asche und Knochen, noch bevor Peter ihn aus dem Tunnel zerren konnte. Peter hielt den leeren Ärmel der Windjacke seines Vaters in der Hand. Ein gesichtsloser Mann stach ihm mit einer Gartenschere die Augen aus…

Im Tunnel wurde die Silhouette nichts als ein Schatten ohne Gesicht.

Er erblindete, aus seinen Augenhöhlen spritzte Blut. Im Tunnel erschallte Gelächter, und er schrie laut auf…

Carey biß die Zähne zusammen. Er mußte ihn packen, oder er würde Noelle verlieren.

Aus ihren Augen spritzten Blutfontänen…

Der Schatten verschwand in der Finsternis. Schritte kamen näher.

»Nehmen wir einmal an, Peter, daß das in Flammen stehende Gesicht und der gesichtslose Mann ein und dieselbe Person sind, nämlich Charles Carey.«

Die Schritte wurden langsamer. Carey spürte instinktiv, daß der Schatten in der Dunkelheit herumsuchte, voller Angst.

»Da unten ist es viel zu dunkel für Elefanten, Daddy…«

Carey sah Metall aufblitzen, knapp einen Meter vor ihm. Er hob die Arme.

Carey zog reflexartig die Knie an sich. »Warum würde mein Vater mich blind machen wollen?«

»Ich möchte nicht behaupten, daß es so war, Peter. Ich frage mich nur, ob in Ihnen irgendwie ein verstecktes Gefühl ist, daß Ihr Vater wütend auf Sie ist.«

Der Schatten hielt einen Revolver.

»Sagen Sie mir, Peter, hegen Sie vielleicht die Befürchtung, daß Sie selbst der gesichtslose Mann sind?«

Als der Schatten sich umdrehte, nahm Carey die Hände über dem Kopf zusammen, wie zu einer einzigen mächtigen Faust…

Phillip beugte sich vor, um ihm einen Kuß auf die Stirn zu geben. »Ich werde deinem Vater nichts davon sagen.«

Peter Carey stieß einen Schrei aus und schlug zu…

Martin, der den Finger bereits am Abzug hatte, dachte an Noelle: Er mußte Carey lebend zurückbringen.

In dem Bruchteil der Sekunde seines Zögerns brach Carey ihm das Schlüsselbein wie einen dünnen Zweig.

Der Revolver polterte auf den Beton, das Echo verlor sich in dem von Careys Schrei. Martin sackte auf die Knie, blind umhertastend. Carey packte mit der einen Hand sein Gesicht, während die andere noch eine ausfahrende Bewegung nach etwas machte. Wieder schlug er zu…

Martin drehte sich taumelnd um die eigene Achse. Der Revolver hatte seinen Kiefer zertrümmert, und ein heller, stechender Schmerz schoß ihm durch Kopf und Schulter. Carey versuchte, seine Beine zu packen. Martin riß sich los, stolperte aus dem Tunnel heraus…

Careys Schrei verfolgte ihn vom Innern des Tunnels: *»Wo ist sie?«*

Den Schrei noch in der Kehle, stürzte Carey hinterher, rutschte seitlich aus. Martin riß sich erneut los. Carey erhob sich mit dem Revolver in der Hand, jetzt eine geballte Ladung aus Kraft, Entschlossenheit und Instinkt.

»Wir haben euch beobachtet.«

Am Brunnen holte Carey ihn ein.

Martin wirbelte herum und schwang seinen Arm wie eine Sense, zielte auf Careys Hals. Aber er rutschte aus, kratzte mit den Fingernägeln über Careys Gesicht.

Carey holte mit dem Revolver nach seinem Kopf aus.

Es folgte ein grausiges, dumpfes Geräusch. Schockwellen durchliefen Careys Arm. Der Mann stürzte rückwärts in den Brunnen. Carey holte wieder aus, spürte, wie er mit dem Griff auf Knochen traf, während der Mann nach hinten fiel. Carey fiel durch seinen eigenen Schwung auf ihn drauf. Er packte ihn am Hals, roch seinen sauren Atem, spürte, wie sich seine Knie in die Rippen des Mannes gruben.

Carey drückte ihm den Revolver an den Kopf.

Der Mann riß die Augen weit auf.

Aus ihren Augen spritzten Blutfontänen…

Carey fing an, ihn mit dem Schädel immer wieder gegen den Betonboden zu knallen. Der Kopf baumelte lose am Hals, und der Mann gab keinen Laut mehr von sich.

Mit einem jähen Ruck riß Carey das Gesicht zu sich hinauf. Der Mann blutete aus dem Mund, sein Kiefer war grotesk verbogen.

Carey ließ ihn los.

Der Mann krachte mit dem Schädel auf dem Beton auf. Seine Augen rollten, richteten sich plötzlich auf Carey. Er erwartete seinen Tod.

Carey hielt den Revolver an seine Stirn. »Jetzt«, sagte er leise, »kannst du mir sagen, wo sie ist.«

Barth beobachtete die graue Leere in Englehardts Augen.

Das plötzliche Schweigen des Mannes war zermürbend. Immer wieder warf er einen Blick in Richtung Telefon. »Wo ist er?« wollte Barth wissen.

Englehardt blickte nicht auf. »Weiß ich nicht.«

Barth verspürte plötzlich eine irrationale Wut. »Dieser verdammte Phillip. Was ist auf dieser Kassette – was hat er Peter angetan?«

Englehardts Pupillen weiteten sich. Er fixierte Barth, strich übers Telefon.

Barth sah den Hörer über dem Schädel seines Vaters baumeln.

Das Adreßbuch war auf der Seite mit John Careys Namen aufgeschlagen.

»Da müssen Sie warten, bis Peter Carey hier ist«, erwiderte Englehardt leise.

»Und falls er nicht kommt?«

»Das war immer eine Möglichkeit.« Englehardts lange auf Barth verweilende Augen verliehen den Worten etwas Beängstigendes. »Ich habe einen anderen Plan.«

Das Telefon schellte.

Carey sah, wie der Unbekannte sich ins Licht lehnte.

Sein Gesicht war geschwollen; immer noch blutete er aus dem Mund, einer seiner Arme hing lose herab. Mit der Hand des anderen hielt er den Hörer umklammert.

Carey hielt ihm den Revolver an den Kopf.

Sie standen in einer Telefonzelle in der Nähe der Parkdurchgangsstraße. Blätter wirbelten ihnen mit einem trockenen, pfeifenden Geräusch um die Füße. Die Scheinwerfer unsichtbarer Autos flogen zehn Meter weiter an ihnen vorbei und verschwanden mit dem Surren ihrer Motoren. Die Telefonzelle stand im silbernen Kegel einer Bogenlichtlaterne. Carey und der Unbekannte atmeten miteinander im Takt.

»Wenn du auch nur den kleinsten Mucks machst«, flüsterte Carey, »bring ich dich um.«

Die Augen des Mannes wurden starr. »Ja.« Er sprach in den Hörer. Wegen seines zertrümmerten Kiefers konnte er nur sehr undeutlich sprechen. »Carey hat mich.«

Carey sah den Preis des Versagens in seiner Miene. Er konnte die Stimme nicht hören.

Im Tunnel erschallte Gelächter.

»Wer ist das?« wollte er wissen.

Der Mann schüttelte den Kopf. »Das wird er dir schon persönlich erklären«, erwiderte er. In den Hörer sagte er: »Carey kommt nicht, ohne vorher ihre Stimme gehört zu haben.«

Der Mann lauschte in den Hörer. Carey faßte mit der Hand kurz in seine Tasche und strich über den Kassettenrecorder, den er eingesteckt hatte. Er drückte den Revolver fester gegen Martins Kopf.

Der Mann fuhr erschreckt zusammen und ging gleich in eine schnellere Tonart über. »Ich habe ihm gar nichts erzählt – weder Namen noch Erklärungen noch wo Sie sind.« Er nahm einen höhnischen, bitteren Tonfall an. »Er braucht die Frau zu sehr, um mich zu erschießen.«

»Beeilung!«

Der Mann drehte sich um. Auf seinen geschwollenen Lippen lag wieder ein Lächeln, das durch den Schmerz, den es bereitete, schrecklicher denn je war.

Er hielt den Hörer hin.

Noelle klammerte sich verzweifelt an ihre Identität, an ihren Leib und ihre Seele.

Es war stockdunkel. Sie war gefesselt und die Augen

waren ihr verbunden. Sie konnte sich weder bewegen noch etwas sehen. Ihre Hände lagen gefesselt auf ihrem Rücken und die Handgelenke waren von dem vielen Zerren an den Schnüren ganz wundgerieben. Ihre Beine waren mit den Knöcheln ans Gesäß gefesselt, und ihre Oberschenkel und Waden hattten sich schmerzvoll verkrampft. Sie konnte nicht einmal das Gleichgewicht halten und stützte sich mit Gesicht und Schulter an kaltem Metall ab. Sie mußte aufs Klo.

Peter war tot.

Der Häßliche würde sie beide umbringen.

Er hatte unter ihre Bluse gelangt, sie an der Schulter berührt.

Er würde es nicht schaffen, sie würde nicht in die Hose pinkeln.

Sie weinte vor Haß und Wut, um das in ihr, was bereits tot war.

Dieser andere Mann würde sie beide umbringen.

Peter mußte kommen. Sie durfte nicht sterben.

Sie durfte nicht urinieren.

Die Tür sprang auf. Der Mann preßte ihr etwas Kaltes ins Gesicht.

Urin rann ihr am Bein hinunter.

»Noelle!«

Peter – am Telefon.

»Peter!« schrie sie. »Nicht herkommen – er bringt dich um.«

Gerade als Carey den Hörer in die Hand nahm, wurde am anderen Ende aufgelegt.

Er blickte Martin in die Augen, den Revolver auf seine Schläfe gerichtet. Ihre Gesichter waren einen halben Meter auseinander.

»Wenn du zur Polizei gehst«, sagte Martin, »bringt er sie um. Das ist der Deal.«

Carey zögerte. Als Martin dies bemerkte, lächelte er wieder. »Ich werde sterben, bevor du mich woanders hingebracht hast«, fügte er leise hinzu, »und dann wirst *du* an ihrem Tod schuld sein.«

Carey scheute sich instinktiv zu glauben, daß sein Gegenspieler Noelle ermorden würde, schließlich hatte er gerade noch den liebenden Arm nach ihr ausgestreckt. Sein Gehirn wurde von dem Gedanken an ihren Tod beherrscht. Sein Gegenspieler kannte ihn, kannte ihn besser als er sich selbst: Aus einer Vielzahl von Gründen, die er zu diesem Zeitpunkt noch gar nicht einmal alle überblicken konnte, blieb ihm keine andere Wahl.

»Ich komme«, sagte er bloß.

Englehardt erschien im Aufzug des Lofts.

Barth sah ihn auf sich zukommen. »Der junge Peter Carey ist unterwegs«, sagte Englehadt bedächtig, »zusammen mit meinem Agenten und einem Revolver.«

»Was?«

»Er hat offenbar mehr drauf, als ich vermutet hatte.« Englehardt ging an den Schreibtisch und öffnete die mittlere Schublade. »Dadurch wird aber nur eine kleine Umstellung meines Plans erforderlich.«

Barth überschlug die Ereignise. Wenn Peter hier auftauchte, mußte er Englehardt überrumpeln und töten: Seine Komplizenschaft war ihm von niemandem sonst nachzuweisen. Er würde ihn ablenken, ihn hinhalten. »Sie haben gesagt, Sie hätten da einen Plan...«

»So ist es.« Englehardt blickte mit nachdenklicher Miene auf ihn hinab. »Lassen Sie mich es Ihnen näher erläutern, als ein intellektuelles Ratespiel sozusagen. In der Schublade befindet sich der Revolver, mit dem sowohl Phillip als auch der Psychiater liquidiert wurden. Peter Carey ist immer noch ein Amateur: Wenn er einmal hier ist, gibt es gewisse Möglichkeiten, mir seine psychischen Schwachstellen zunutze zu machen, um ihn abzulenken und schließlich umzubringen. Aber sein Selbstmord ist die

Voraussetzung, um Phillips und Levys Tod zu erklären, und Selbstmörder bringen sich nicht aus einer Entfernung von fünfzehn Metern um. Können Sie mir soweit folgen, Clayton?«

Barth kniff die Augen zusammen. »Sie brauchen einen anderen Mörder.«

»Genau.« Englehardt nahm den schwarzen Revolver heraus, hielt ihn wie einen Zeigestock. Er sprach nun schneller. »Mit Peter Carey als Opfer eines Mordes stellt sich die Frage nach dem Mörder völlig neu. Aber am Leben lassen können wir ihn natürlich nicht, dazu sind wir viel zu verwundbar – vor allem mein Agent und Sie, die ihm ja mittlerweile beide bekannt sind.« Er schritt neben dem Schreibtisch auf und ab. »Beim Geheimdienst ist es mithin das Privileg des Vorgesetzten, einen Plan auf den Kopf zu stellen, um ihn aus einem anderen Blickwinkel betrachten zu können. Die Idee mit dem Selbstmord ist an und für sich großartig.« Englehardt hielt den Revolver mit sanftem Druck an Barths Schläfe. »Ich bin sicher, daß Sie als Sohn eines Selbstmörders die Genialität des Gedankens zu schätzen wissen.«

In einem letzten schrecklichen Augenblick sah Barth das Gesicht seines Vaters. »*Nein*...«

»Was würden Sie also an meiner Stelle tun, Clayton?« schloß Englehardt und drückte ab.

17

Carey manövrierte Martin langsam über den Pfad, den er mit Noelle immer beim Joggen genommen hatte. Die Parkdurchgangsstraße wurde von den Bogenlichtlaternen in einen gelben Streifen gehüllt, der fünfzehn Meter zu ihrer Rechten verlief. Die Nacht verwob die Bäume vor ihnen zu einem verwinkelten Irrgarten, in dem die Lichter von Central Park West nur schwach auszumachen waren. Die Nacht wurde kälter, der Irrgarten lichtete sich. Der Mann stapfte auf die Lichtflecken zu. Carey hielt den Revolver auf seinen Rücken gerichtet.

»Weiter...«

Taxis rauschten über die Parkdurchgangsstraße. Ihre Scheinwerfer stachen auf Baumstämme und kleine braune Grasflecke ein. Das Surren der Reifen kam und ging.

Ein Wagen bremste mit quietschenden Reifen.

»Ich verliere die Kontrolle...«

Carey konnte sich nicht umdrehen: Fänger und Gefangener in einem mußte er den Unbekannten ständig im Auge behalten. Er verspürte einen dumpf pochenden Schmerz in seinem Schädel, der bis in die Augen und den Hals ausstrahlte und ihm allmählich die Kraft nahm. Er konnte sich kaum noch auf den Beinen halten. »Mach schon...«

»Schneller, Daddy...«

Sein Unterbewußtsein schien zu explodieren, und überall drangen Erinnerungssplitter hervor, Geschenke Levys.

»Peter!«

Carey kämpfte dagegen an. Er durfte sich jetzt bloß nicht ablenken lassen.

Levy war tot.

Er durfte diesen Fremden nicht aus den Augen lassen.

Sein Handteller war wundgeschürft. Der Revolver rieb Schweiß hinein. Er war sich nicht einmal sicher, ob er es überhaupt schaffen würde, abzudrücken.

Der Verkehrslärm rückte näher. Die zwei Männer gingen hintereinander im Gespann. Urplötzlich drehte der Unbekannte sich zu ihm um.

Carey durfte nicht schießen und rief: »Halt!«

Eine Straßenlaterne erhellte das schiefe, verächtliche Grinsen des Fremden. Nuschelnd sagte er: »Wir können jetzt die U-Bahn nehmen.«

Der Unbekannte wies auf den U-Bahn-Eingang an der Ecke zur 72. Straße West.

Carey steckte den Revolver in seine Manteltasche, hielt aber den Griff umklammert. »Wir nehmen ein Taxi.«

»Damit du mich bei der Polizei abliefern kannst?«

»Ich hab bereits gesagt, daß ich das nicht tue.«

Der Mann schüttelte den Kopf. »Ich will nicht, daß irgend so ein Taxifahrer sich mein Gesicht merkt oder sich aufschreibt, wo er uns rausgelassen hat. Wenn wir's machen, wie ich sage, sind da nur wir zwei und sonst niemand.«

Hinter ihnen ging gerade eine Frau im Pelzmantel vorbei, die ihren Pudel Gassi führte. Carey fragte halb geflüstert: »Wo geht's denn überhaupt hin?«

Der Häßliche lächelte ihn weiterhin an. »SoHo.«

Engelhardt verachtete Clayton Barth für seine Häßlichkeit als Leiche. Sie machte ihn nervös, störte sein inneres Gleichgewicht. Er hatte noch nie einen Mann umgebracht und ihm dann ins Gesicht gesehen.

Barths Kopf hing schlaff herab. Seine Arme baumelten am Stuhl. Seine Augen, in denen noch der Schock der Erkenntnis lag, getäuscht worden zu sein, starrten Englehardt an.

Englehardt mußte an Phillip denken. Er hatte den Geschmack von Galle im Mund.

Am liebsten wäre er einfach weggelaufen.

Er wandte sich ab und atmete tief durch. Er konnte Martin nicht in der Gewalt Peter Careys lassen – denn Martin wußte seinen Namen.

Er ging zu Barth zurück, packte ihn bei den Haaren und legte ihn sanft mit dem Kopf auf dem Schreibtisch auf. Seine Hand zitterte...

So brauchte er sich wenigstens Barths Gesicht nicht länger anzusehen.

Peter Careys Gesicht, das dem seines Vaters so sehr glich, wollte er ebensowenig sehen. Aber der Kreis des Schicksals brachte ihn zum Ausgangspunkt zurück...

Er schritt auf und ab.

Wieder nahm er den Revolver in die Hand, mit dem er Barth erschossen hatte.

Er kreiste um Barths Stuhl herum, kniete nieder und nahm seine Hand.

Mit behutsamen, systematischen Bewegungen übertrug er Barths Fingerabdrücke auf Lauf, Schaft und Abzug. Barths Haut war noch warm. Der Revolver gehörte nun ganz allein Barth: Seine Handschuhe würden auf der Waffe keinen Abdruck hinterlassen.

Er stand auf und ging an seinem Schreibtisch vorbei ans andere Ende des Raumes.

An der Wand befand sich eine Tafel mit Lichtschaltern. Er knipste sie alle hintereinander aus, bis nur noch die Lampe über dem Aufzug brannte. Sein Schreibtisch war nun in Dunkelheit gehüllt.

Er ging drauf zu.

Die Schublade stand immer noch offen. Weiter hinten, hinter dem zweiten Revolver, war ein Kassettenrecorder. Englehardt nahm die Kassette aus seiner Tasche und legte sie ein. Dann drückte er auf die Wiedergabetaste und wurde durchströmt vom ersten wohligen Schub Selbstvertrauen: so sorgfältig, wie es geschnitten war, würde die Kassette ihm unschätzbare Dienste erweisen.

Er drehte die Schreibtischlampe vom Gesicht weg und richtete sie so ein, daß ihr Lichtkegel genau Clayton Barths Kopf anstrahlte.

Er setzte sich und schob die Schublade zu.

Er ging seinen Plan ein letztes Mal durch, ein Ritual, das eine beruhigende Wirkung auf ihn hatte, wie das Betasten der Perlen beim Rosenkranzbeten. Instinktiv griff er in seine rechte Brusttasche und strich kurz über den Scheck mit Phillip Careys Unterschrift. Phillip …

Er schloß die Augen. Martin hatte gelächelt, als er ihn erschoß.

Er durfte sich jetzt keinen Aussetzer leisten, mußte die

Nerven behalten. Er mußte Peter Carey Angst einjagen, und zwar so, wie es ihm bei seinem Vater nicht gelungen war, bis Carey die Nerven und damit die Kontrolle verlieren würde.

Seine eigene Beherrschung mußte total sein, seine Nerven wie Drahtseile.

Englehardt zwang sich widerwillig, über den Schreibtisch zu sehen, auf Clayton Barths Kopf.

Blut rann auf den Schreibtisch.

Englehardt stand auf und verließ den Raum.

Noelle Ciano war nicht einmal mehr fähig, zu weinen.

Unaufhörlich hatte sie an ihren Fesseln gezerrt, sich verzweifelt nach dem Klang von Peters Stimme gesehnt. Mittlerweile bluteten ihre Handgelenke, und in den Schultern und Bauchmuskeln verspürte sie einen krampfartigen Schmerz. Ihre Beine waren wie betäubt. Es stank penetrant nach Urin, aber was kümmerte sie das jetzt noch. Ihre Augen und ihr Herz waren ausgetrocknet.

Der Mann würde sie nun umbringen.

Vielleicht starb sie Peters Erinnerung wegen.

In der Dunkelheit hatte sie neben allem Zeitgefühl auch jegliche Hoffnung verloren. Sie kannte nur noch den Schmerz und die Finsternis. Es gab weder Tageslicht noch den Geschmack von Wein, noch Peters duftende Haut.

Sie hoffte, daß er niemals die Verzweiflung kennenlernen würde, die einen Menschen auf ein dahinvegetierendes Tier reduzierte.

Ob er wohl überleben und ein Kind bekommen würde? fragte sie sich plötzlich.

Und ob er wohl auch in der Finsternis der Nacht den Arm nach der Mutter ausstrecken würde?

Ihre Kehle war wie zugeschnürt, und sie würgte. Für den Bruchteil einer Sekunde tauchte Peter Carey lächelnd vor ihr auf, lebendig.

Schritte.

»Peter?«

Sie durfte jetzt nicht sterben, jetzt, wo sie ihn endlich wiedergefunden hatte.

Ein metallisches Kratzen. Die Tür ging auf…

Tränen traten ihr in die Augen, und eine dürre Hand berührte sie.

Martin wurde von seinem Haß angetrieben.

Er führte Carey die U-Bahn-Treppe hoch, und an der Ecke Spring Street und Sixth Avenue tauchten sie inmitten von ein paar verstreuten Fahrgästen wieder an der Oberfläche auf.

Der Revolver grub sich in seinen Rücken. »Beweg dich«, flüsterte Carey.

Martin konnte Careys Atem im Nacken spüren.

Langsam bog er in die Spring Street ein. Zuckende Schmerzen schossen ihm übers Gesicht und durch den Schädel – nichts im Vergleich zu dem Schmerz, den ihm sein verletzter Stolz bereitete. Er fühlte sich wie entmannt.

Vielleicht war sie bereits tot.

Martin war sich nicht sicher. Englehardt tötete allein durch ihn, ebenso wie er durch Peter Carey in Noelles Leben eingedrungen war: Leidenschaft ohne Risiko. Er war sich nicht sicher, ob Englehardt einen Menschen ermorden konnte, wenn er ihn berühren mußte.

Martin drehte sich der Magen um. Er wollte die Frau noch immer. Er würde seine Männlichkeit beweisen, indem er Carey überwältigte.

Über ihnen flatterte eine Flagge im Wind. Martin spürte, wie die Pistole nervös zuckte, hörte das Zischen von Careys Atem.

Falls sie noch am Leben war, könnte er Carey vor ihren Augen überwältigen.

Er kannte seine Schwächen von der U-Bahn-Fahrt her.

Als sie die Wooster Street überquerten, verlangsamte er den Schritt noch mehr.

Carey mochte diese Straßen nicht. Martin war dies bereits damals aufgefallen, als er ihn mit der Frau beschattet hatte. Sie war stehengeblieben, um sich das Poster anzusehen, und Careys Blick war am Gewirr der Feuerleitern hängengeblieben, die über den engen Straßen hingen. An einem gewissen Punkt hatte Martin förmlich gespürt, wie die Lagerhäuser über Carey zusammenbrachen. Martin würde sich dies nun zunutze machen, um Carey diese wilde Energie zu nehmen, die ihn die Sache im Park hat durchstehen lassen, und sie durch Angst ersetzen.

»Schneller...«

Careys Stimme war brüchig. Schräg gegenüber ging ein Paar an ihnen vorbei und hielt ein Taxi an.

Sie bogen in die Green Street, und Martin wurde nun noch langsamer.

Die Straße war trist und baumlos, noch enger als die anderen, nichts als Bogenlichtlaternen, Wellblechtore, Müllsäcke und Blechschilder von Lumpensammlern. Zu beiden Seiten hangelten sich Reihen von Feuerwehrleitern an den siebenstöckigen Gebäuden hoch und verstellten den Himmel.

Der Revolver schob sich in seinen Nacken.

»Keine Sorge, Peter.« Martin sprach in beschwichtigendem Tonfall. »Wir sind gleich da.«

Er fragte sich, was Englehardt sich wohl für Carey ausgedacht hatte.

Bestimmt wartete er mit irgendeinem ultimativen Effekt auf, um Carey um den letzten Rest von Beherrschung zu bringen. Irgendein Manöver mit Licht und Dunkelheit, etwas, das auf Careys Ängste und Alpträume abzielte. Vielleicht etwas mit der Frau...

Martin nahm sich vor, kurz bevor er ihn umbringen würde, einen Moment einzuhalten, um den Höhepunkt ihres Dramas auch wirklich auszukosten.

Er blieb vor der Tür zu der Galerie stehen. »Da sind wir«, sagte er leise.

Carey trat durch die Tür.

Verschwommene, gespenstische Gestalten wichen zurück. Er riß den Revolver hoch.

Die Gestalten rührten sich nicht.

Der Mann ging zwischen ihnen hindurch. »Warte«, rief Carey. Zu seiner Linken tauchte ein sprungbereit kauernder Drachen auf.

Careys Augen stellten sich auf die Dunkelheit ein.

Der dunkle, weitläufige Raum war randvoll mit Plastiken. Von allen Ecken drangen sie bedrohlich auf ihn ein. Schatten fielen über Schatten her, bis sie ein menschliches Antlitz annahmen. Der Mann, der nun regungslos dastand, wurde ein Teil von ihnen. Es war totenstill.

»Warte«, wiederholte Carey leise.

Den Revolver auf den Rücken des Mannes gerichtet, versuchte er, sich einen Überblick zu verschaffen. Der Raum öffnete sich nach links und war von vorn bis hinten mit Skulpturen vollgestopft. Vor ihm war ein Gang freigehalten, der geradewegs zu einem Lastenaufzug an der gegenüberliegenden Wand führte, die von Schaumstoffen und Packleinen verdeckt war.

Der Mann ging auf den Aufzug zu.

Carey folgte ihm zögernd hinein.

Die Türen schlossen sich. »Hände an die Tür«, zischte Carey. »Und keine Bewegung.«

Der Mann lehnte sich mit erhobenen Händen flach gegen die Tür. Carey hielt ihm den Revolver in den Rücken.

Der Aufzug fuhr polternd los. Carey hörte die Seile unter dem Gewicht ächzen, in Gedanken bei dem gesichtslosen Mann, der ihn erwartete.

Der Aufzug fuhr weiter hoch.

Plötzlich gab es einen Ruck. Carey sackte in die Knie, stützte sich mit der freien Hand ab, dann kam der Aufzug zum Stehen.

»Keine Bewegung«, wiederholte Carey. Seine Stimme klang zum Zerreißen gespannt.

Die Tür ging auf.

Gelbes Licht flutete herein.

Carey blinzelte. Der Unbekannte stand mit erhobenen Armen im Rechteck, vom Licht gekreuzigt.

»Hallo, Peter.«

Die Stimme hallte aus einiger Entfernung zu ihm herüber. Der Mann ging auf sie zu.

Carey trat blinzelnd aus dem Aufzug.

Er stand in einem Lichtkegel und blickte in die riesigen Ausmaße einer Fabriketage. Die Dunkelheit war so unermeßlich, daß er einen Augenblick lang den Eindruck hatte, sie befänden sich draußen auf weiter Flur, in einer sternenlosen Nacht.

Ein Scheinwerfer tauchte einen kleinen Schreibtisch ins Licht.

Darauf lag Barths Kopf und blickte Carey an. An seiner Schläfe rann Blut herunter.

Gegenüber saß Noelle Ciano.

Sie trug eine Augenbinde. Eine Hand ragte aus der Dunkelheit heraus und hielt einen Revolver auf ihren Kopf gerichtet.

Die Hand hatte weder Gesicht noch Körper.

Aus tiefster Seele entglitt Carey der Ruf: *»Wer sind Sie?«*

Careys verzweifelte Stimme durchschnitt fünfzehn Meter Finsternis.

Was seine eigene Stimme anging, so konnte sich Englehardt nicht mehr darauf verlassen: Auch Viedeofilme und Fotos hatten ihn nicht auf diese Ausstrahlung vorbereitet, die Charles Carey so nahekam, daß sie durch die Wucht ihres Aufeinandertreffens die Erinnerung zu ersetzen schien.

»Das, Peter, dürfen Sie niemals erfahren.«

Sein Hals war ganz trocken. Er sah, wie Carey blind mit dem Revolver in seine Richtung zielte. Martin vor ihm wurde sichtlich nervös; das Blut, das weiter Barths Gesicht hinunterrann; die Frau mit der Augenbinde, die sich der Stimme ihres Geliebten entgegenreckte – ein Fries aus Licht und Schatten. Er konnte nicht mehr denken ...

Carey rief: *»Noelle!«*

Sie versuchte, aufzustehen, die Hände auf dem Rücken gefesselt. Sie öffnete den Mund.

Englehardt drückte ihr den Revolver an die Schläfe.

Carey machte einen Schritt auf ihn zu.

»Bleiben Sie stehen.« Englehardt versuchte seiner Stimme die Nervosität zu nehmen. »Sie brauchen nur irgend etwas Unvorhergesehenes zu tun, und Miss Ciano stirbt durch den Reflex meines Fingers.«

Er sah, wie Martin kurz eine Schulter bewegte – und wie Careys Revolver blitzschnell auf ihn zurückzuckte. Englehardt nahm seinen Mut zusammen, zwang sich erneut, ruhig zu sprechen. »Ich habe die Hoffnung, Peter, Sie davon überzeugen zu können, daß es nicht nötig sein wird, Miss Ciano auch nur ein Haar zu krümmen. Was ich Ihnen nun vorschlagen möchte, ist ein recht komplizierter Tausch. Wenn Sie einverstanden sind, werde ich mit dem Mann, der Sie hergeführt hat, aus Ihrem Leben verschwinden.«

Carey ging näher an Martin heran. Englehardt schwieg, um Martin die Möglichkeit zu geben, Careys Schritte zu zählen. Er steuerte auf den Moment zu, wenn er die Kassette einschalten würde, und diese kleine Unterbrechung half ihm, vorauszuplanen. »Um zu einer einvernehmlichen Lösung zu kommen, muß ich Sie natürlich zuerst mit den Einzelheiten dieses Tausches vertraut machen. Die Zeit drängt jedoch – lassen Sie mich also offen sprechen. Fangen wir damit an, daß sich die Firma, die Ihnen von Ihrem Großvater vermacht wurde, nicht mehr in Ihrem Besitz befindet. Bestimmt haben Sie den Kopf von Clayton Barth längst erkannt. Gestern abend hat er Ihren Verlag für zehn Millionen Dollar von Phillip erworben.« Seine Stimme wurde süffisant. »Sie befindet sich nun im Besitz seiner Erben.«

Carey sah auf Barths blutüberströmtes Gesicht. »Wo ist Phillip?« fragte er leise.

»Dazu komme ich noch, wenn Sie erlauben. Wie Sie wissen, war Barths Beweggrund nicht allein seine Liebe zum Verlegertum. Noch bevor Sie auf der Welt waren, beging sein Vater Selbstmord, weil Ihr Großvater sich weigerte, ihm seinen Posten als Vertreter zurückzugeben. Der Haß des jungen Barth gegen John Carey wurde beim erwachsenen Mann zu einer Besessenheit, in den Besitz der Firma zu kommen, die dessen Namen trug.

Dies gelang ihm, indem er Phillip erpreßte.«

Das grelle Licht, in dem er stand, legte Careys ganze Bestürzung offen. Er sagte keinen Ton.

»Sie sind nun wohl verwirrt, Peter.« Englehardt griff in die Schublade, sah die Anspannung in Martins sprungbereiten Knien. »Vieleicht sollte ich Ihnen erklären, was Barth gegen Ihren Onkel in der Hand hatte?«

Es folgte Schweigen. Carey nickte zögernd.

»Gut«, antwortete Englehardt sanft. »Ich glaube, es ist an der Zeit, daß Sie das Geheimnis kennenlernen, das Ihr Leben beherrscht.«

Er ließ Pogostins Kassette laufen.

18

»Daddy...«

Peter Carey hörte sich selbst rufen. Seine Stimme war die eines Sechsjährigen.

»Fahr schneller, Daddy...«

Pogostin sprach ganz sanft. »Was passierte dann?«

In der Dunkelheit erklang die Antwort des Kindes, schrill und verängstigt. »Mami will nicht, daß er...«

»Fahr schneller, Daddy...«

Carey schüttelte den Kopf.

»Fahr schneller, Daddy. Sonst gewinnt er noch gegen dich…«

»Nein!« schrie Carey. »Hören Sie auf!«

Sein Vater grinste amüsiert und beschleunigte, um Phillip einzuholen. Allie langte nach hinten und zog den Reißverschluß von Peters Windjacke zu. Sie strich ihm über die Wange.

»So holst du dir wenigstens keine Erkältung.«

Peter lehnte sich vor. Der Wind peitschte ihm durchs Haar. Peter begann zu kichern. Die Straße wurde steiler, tauchte in eine dunkle, schattige Mulde hinab und stieg danach wieder steil an. Wie ein Foto tauchte die Steigung, die in einer Kurve nach rechts führte, plötzlich vor ihm auf. Sein Vater nahm die Kurve, raste die Straße hoch, zwischen dichtbelaubten Baumreihen hindurch, über den von Licht- und Schattentupfern besprenkelten Asphalt.

Oben angekommen, folgte unvermutet eine Linkskurve.

Phillip nahm die Kurve. Der minzgrüne Wagen verschwand. Peter lachte immer wilder. Er hielt Dewey am Rüssel umklammert und rief: »Hol ihn ein, Daddy!«

Sein Vater drückte aufs Gas. Siebzig Meter, vierzig Meter…

»Charles«, flehte Allie.

Peter packte Deweys Rüssel. »Schneller, Daddy…«

Urplötzlich bremste sein Vater und schrie: »Ich habe die Kontrolle verloren.« Das Lenkrad wirbelte wie ein Spielzeug in seiner Hand herum, der Wagen schlitterte auf die Klippe zu. In abscheulichen Stakkato-Bildern sah Peter, wie sie auf die letzten Felsbrocken zurasten. Bäume und der Himmel spiegelten sich in der Windschutzscheibe, sein Vater drehte sich seiner Mutter zu, für den Bruchteil einer Sekunde trafen sich ihre Blicke. Sein Vater wirbelte herum, packte ihn hart und schleuderte ihn aus dem Wagen.

Peter schlug auf dem Boden auf, hielt Dewey immer noch fest umklammert. Er überschlug sich, die Luft preßte *sich aus seinen Lungen, er stieß mit Kopf und Rippen gegen Felsen. Er sah noch kurz, wie der Wagen seines Vaters neben ihm einen Abgrund hinunterstürzte. Dann war er weg, und er wirbelte in bedrohlicher Dunkelheit über ein schmales, langes Grasstück. Er rollte immer weiter, schneller und schneller, bis er schließlich, auf dem Klippengrund angelangt, auf den Bauch geschleudert wurde. Nur drei Meter von ihm entfernt sah er, wie ein rotes Auto in Flammen aufging. Die Flammen verzehrten seine stille Mutter und seinen Vater, der wie ein gequältes Tier schrie, bis er mit dem Kopf vornüber zusammensackte…*

»Daddy!«

Die Kassette spielte weiter. »Daddy… Daddy…«

»Könnte es nicht sein, Peter, daß Sie sich für den Tod Ihres Vaters die Schuld geben?«

Carey spürte, wie ihm Tränen das Gesicht hinabströmten.

Eine Tür ging auf…

Der Raum war ganz verschwommen. Noelle streckte mit verbundenen Augen den Arm nach ihm aus. Die Stimme seines Gegenspielers kam von irgendwo hinter ihr. »Sehen Sie, Peter, es war Ihr *Vater*, der Sie gerettet hat.«

Noelle wollte aufstehen.

Englehardt tippte ihr auf die Schulter.

»Einen Moment«, sagte er leise.

Er sah die Situation nun klar vor sich: Noelle, die blind umhertastete; Carey, der wie benommen war; Martin, der auf ein Zeichen von ihm wartete.

Englehardt hielt einen Finger hoch.

Die Kassette spielte weiter.

»Laß uns noch einmal«, sagte Pogostin, »zu dem Abend davor zurückgehen…«

»Ich will nicht…«

»Kannst du mir was über Dewey sagen, Peter?«

Englehardt sah, wie Martin sich leicht nach links lehnte.

»Erinnerst du dich?« fragte Pogostin.

»Ich habe ihn in dem Rennwagen gelassen, in Onkel Phillips Garage.« Die Stimme des Kindes wurde hektisch, ängstlich. »Daddy hat mir einen Gutenachtkuß gegeben und gesagt, daß er ihn für mich holt.«

»Und hat er das getan?«

Martin senkte die Schulter ein Stück.

»Peter?«

»Nein.« Peters Stimme wurde ganz kühl. »Hat er nicht.«

»Was war geschehen?«

»Ich habe Angst.« Schweigen. »Muß ich das denn sagen?«

»Nichts von dem, was du mir vielleicht sagst, kann dir jetzt noch irgendwie schaden, Peter. Das verspreche ich dir.«

Die Stimme wurde ganz scheu. »Ich bin aufgewacht und Dewey war nicht da.«

»Was hast du also gemacht?«

Die Kassette drehte sich lautlos.

»Was hast du nach dem Aufwachen gemacht, Peter.«

»Ich bin nach unten in die Küche gegangen.«

»Warum dahin?«

»Da war eine Tür zur Garage.« Die Stimme wurde lauter. »Es war ganz dunkel. Ich hatte Angst.«

»Was hast du da getan?«

»Ich habe die Türklinke in die Hand genommen.«

»Und?«

»Ich habe die Tür aufgemacht.«

Peter schob langsam die Tür auf.

Carey sah die Garage vor sich.

Es brannte Licht.

Phillip saß im Wagen seines Vaters hinterm Steuer und drehte sich um.

»Peter!«

»Phillip!« Carey schüttelte den Kopf. »O mein Gott, nein!«

Er hörte ein mehrfaches Klicken, kurz hintereinander. Plötzlich fragte Pogostin: »Warum hast du deinem Vater nicht gesagt, was du gesehen hast?«

»Ich habe Angst gehabt.«

»Weißt du, warum, Peter?«

Der Häßliche spannte die Muskeln. Der kleine Peter auf der Kassette sagte: »Vor Onkel Phillip.«

Die Tür zu seinem Zimmer ging auf. »Peter?«

»Nachdem ich mit Dewey wieder nach oben gegangen bin, ist er zu mir ins Zimmer gekommen.«

»Wir müssen mal miteinander reden, Peter, meinst du nicht auch?«

»Er hat mir versprochen, Daddy nichts davon zu sagen, daß ich ihm nachspioniert habe. Ich habe sie nämlich streiten gesehen, und er hat gewußt, daß Daddy nicht wollte, daß ich das tue...«

Plötzlich entdeckte sein Vater ihn in der Tür. Mit gedämpfter Stimme sagte er ihm: »Auch Brüder würden sich ganz gerne mal unter vier Augen unterhalten, okay?«

Peter mußte unwillkürlich an die nackte Frau denken und guckte weg. »Tut mir leid, Daddy.«

»Erwachsene haben Geheimnisse.« Das Kind klang verlegen und voller Schuldgefühle. »Meine Mami ist ganz wütend geworden, weil ich mich herangeschlichen hab, weil ich sie umarmen wollte und ihr das Glas kaputtgegangen ist.«

»War das alles?«

Schweigen.

»Peter?«

»Nein...«

»Was noch?«

»In der Bibliothek.« Die Stimme war kaum hörbar. »Ich hab meinen Daddy mit der Frau mit dunklen Haaren gesehen...«

»Was haben sie gemacht?«

Plötzlich hielt Peter inne, wie gelähmt vom Anblick

nackter Arme und Beine und Körper. Die schlanke, dunkelhaarige Frau hatte er noch nie gesehen…

»Sie ist ganz lange mit dem Mund auf ihm drauf gewesen.« Die Stimme des Kindes war zitternd. »Erwachsene tun Dinge, die ich nicht sehen soll. Phillip hat versprochen…«

Phillip gab ihm einen Kuß auf die Stirn, genau wie sein Vater es getan hatte. »Versprochen…«

»Ja, und warum bist du dann so wütend auf ihn, Peter?«

Der kleine Peter weinte.

»Peter?«

»Phillip hat was am Sportwagen gemacht.« Das Kind sprach mit tränenerstickter Stimme. Dann platzte es aus ihm heraus. »Ich habe ihnen geholfen, meinen Daddy umzubringen…«

Carey spürte, wie er mit dem kleinen Peter eins wurde. »N-e-i-n…«

Der Häßliche wirbelte herum, stürzte sich auf ihn…

Englehardt sah, wie Martin sich um die eigene Achse drehte, mit seinem unverletzten Arm nach Carey schlug, der zu Seite sprang. Englehardt riß den Revolver hoch und drückte ab.

Der Schuß hallte von den Wänden wider. Noelle stieß einen Schrei aus.

Martins anderer Arm fuhr in die Höhe.

Auf seinem Rücken bildete sich ein Fleck. Er drehte sich um, durchbohrte die Finsternis mit einem stummen, fassungslosen Blick und streckte den Arm nach Englehardt aus. Sein Hemd tränkte sich vorne mit Blut, und Blut sickerte aus seinem Mund.

Englehardt betrachtete ihn schweigend. Der Häßliche war zu weit gegangen.

Martin rollte mit den Augen. Er machte zwei letzte, taumelnde Schritte und stürzte vornüber zu Boden.

Carey fing ihn auf, ließ sich auf die Knie fallen und richtete den Revolver auf Englehardt.

»Einen Moment!« Englehardt drückte Noelle seinen Revolver ans Ohr.

Auf der Kassette rief Peter: »Es war Onkel Phillip!« Es folgte ein Klicken, und der Recorder schaltete sich aus.

Carey hielt den Toten von hinten umfaßt, nahm ihn als Deckung.

»Dieses Mal«, sagte Englehardt aus der Dunkelheit, »habe *ich* Ihnen das Leben gerettet.«

Carey umklammerte den schweren, leblosen Körper, spürte das warme Blut durch sein Hemd. Über die Schulter des Toten hinweg zielte er auf die Stimme.

»Überlegen Sie es sich gut, Peter.«

Noelle wand sich, versuchte, sich über den Schreibtisch vorzulehnen. Der Revolver folgte ihr. »Noelle«, rief Carey. »Beweg dich nicht.«

Ein zweiter Arm tauchte aus der Dunkelheit auf und zog sie auf ihren Stuhl zurück. Sie blieb wie betäubt sitzen. Der Arm hing an einem Schatten ohne Gesicht. Davon abgewandt starrte Clayton Barth mit leerem Blick durch die Dunkelheit hindurch auf den Mann, der Sekunden zuvor in Careys Armen gestorben war.

Der Schatten sprach nun schneller. »Ich hätte Sie genausogut umbringen können, Peter. Jetzt wird der Tod dieses Mannes da Teil unserer Vereinbarung. Ich werde noch einiges mehr brauchen.«

Carey schüttelte den Kopf. »Sie haben jetzt *mich.* Lassen Sie sie gehen.«

»Ich brauche Ihr erklärtes Einverständnis, Peter, und die Zeit wird knapp.« Die Stimme klang dünn und verärgert. »Sie können sich weiter an dieser Leiche festhalten, wenn Sie meinen, daß es Ihnen hilft.«

»Ich habe dich gerettet ...«

»Was ist mit Phillip?«

»Der Teil ist schnell erzählt. Phillip ist irgendwie in Besitz einer Kopie vom Testament Ihres Großvaters gekommen und mußte die demütigenden Verfügungen darin entdecken. Er hat an der Wagenlenkung herumgedoktert und wollte sowohl Sie als auch Ihren Vater umbringen – das war es, was Sie an dem Abend, bevor Ihr Vater starb, beobachtet haben.« Die Stimme wurde langsamer, freundlicher. »Aber Phillip war als Mörder zu weichherzig: Spontan rettete er Ihnen das Leben, vielleicht weil er hoffte, daß ein sechsjähriges Kind zwischen dem Unfall und dem, was es in der Garage gesehen hatte, keinen Zusammenhang vermuten würde. Am Ende ist ihm sein unüberlegtes Verhalten, Sie bei dem Unfall in Sicherheit zu bringen, teuer zu stehen gekommen. Dreiundzwanzig Jahre lang lebte er praktisch in Todesangst: Seit Ihrem sechsten Lebensjahr hat er mit aller Macht zu verhindern versucht, daß Sie sich erinnern würden, was damals wirklich geschah, um sich dann als Erwachsener einen Reim darauf zu machen. Natürlich war er es, der den Elefanten vernichtet hat.« Die Stimme senkte sich. »Sehen Sie, der gesichtslose Mann war Phillip Carey …«

Phillip machte einen großen Satz und wälzte ihn von dem Wagen weg…

Noelle weinte, und Carey sah, wie die Tränen ihr Gesicht hinunterliefen, aus Augen, die er nicht sehen konnte. »Woher wissen Sie das alles?«

»Von Barth: Woher er es hat, weiß ich nicht – ich schätze von Phillips Psychiater. Aber er hat sein Wissen benutzt, um Ihren Onkel zu erpressen, und dann den Mann, dessen Leiche Sie da gerade in den Armen halten, dazu angeheuert, aus Levys Aufzeichnungen zu ermitteln, welche Gefahr Ihr Gedächtnis unter Umständen darstellen könnte, und mit welchen Mitteln man Sie unter Druck setzen kann, um Ihren Willen zu brechen. Sie haben sich für Miss Ciano entschieden …«

»Noelle! Raus mit der Sprache, verdammt – was hat Barth gegen dich in der Hand?«

»Als er sich die Kassette, die ich Ihnen gerade vorgespielt

habe, beschaffen wollte, traf dieser Mann auf Dr. Levy und brachte ihn um. Nachdem Barth sich die Kassette einmal angehört hatte, bekam er Angst, daß Phillip, falls es zu einer Mordanklage käme, gestehen könnte, daß er erpreßt wurde, womit Barth mit Levys Tods in Verbindung gebracht worden wäre – Phillip hätte schließlich nichts mehr zu verlieren gehabt. Barth befahl also diesem Mann, auch *ihn* zu ermorden.«

»Ist er...?«

»O ja, Peter. Phillip ist mausetot – Ihre Erinnerung hat ihn getötet. Sie haben Vergeltung geübt: an Ihrem Onkel, an dem Mann, der Levy auf dem Gewissen hat, und an Barth selbst.«

Carey roch förmlich, wie die Eingeweide des Häßlichen ausliefen, spürte, wie die Leiche kalt wurde. Dann fiel ihm wieder der Recorder ein. Während die Stimme weiterredete, ließ er instinktiv seine Hand auf die Manteltasche zugleiten. »Sie müssen wissen, Barths Plan sah vor, daß dieser Mann Miss Ciano umbringen würde – Ihr einziges Alibi –, und dann sollte er Ihren Tod als Selbstmord inszenieren, und zwar mit derselben Waffe, mit der er bereits die anderen ermordet hatte. Da Ihre Schuld an den beiden früheren Morden ja bereits mehr oder weniger feststand, würde die Polizei den Fall zu einem schnellen Abschluß bringen. Sie sollten als der Mörder von Ihrem Analytiker, Ihrem Onkel und Ihrer Geliebten herhalten. Aber dadurch, daß Sie den Killer überwinden konnten, haben Sie Barth die Pistole auf die Brust gesetzt.«

Der Revolver war zu nah an ihrem Kopf, die Stimme zu angespannt, um die Gelassenheit, die sie vorgab, überzeugend wirken zu lassen. Carey taten die Knie weh. Der Arm, mit dem er die Waffe hielt, wurde ihm langsam schwer, der andere, in dem er den Toten umklammert hielt, ebenfalls. Er versuchte, logisch zu denken...

»Ich berate Barth schon seit einiger Zeit in Sicherheitsfragen. In seiner Panik rief er mich an und hat mir erzählt, was ich gerade Ihnen erzählt habe. Zum ersten Mal wurde mir klar, wie schwer ihm der Selbstmord seines Vaters zugesetzt hatte, wie tief sein Haß auf Sie und Ihren Onkel war – mir wurde klar, daß er im wahrsten Sinne des Worts wahnsinnig war. Ich habe ihm gesagt, ich könne nichts für ihn tun.

Barth konnte sich mit der Aussicht, entlarvt zu werden, nicht abfinden. Er brachte sich mit dem Revolver um, den er für Sie bestimmt hatte, während ich nun Schadensbegrenzung betreiben muß.

Ich habe mehr als das getan, Peter – ich habe Sie befreit.« Die Stimme wurde freundlich. »Und jetzt möchte ich von Ihnen nur, daß Sie mir den Gefallen erwidern, mehr nicht.«

Englehardt sah, wie Careys Blick von Noelle in seine Richtung schweifte. »Also«, drängte er, »werden Sie nun aufstehen und sich mit mir unterhalten?«

Als er Careys Zögern bemerkte, schlug seine Erinnerung unwillkürlich eine Verbindung zu Charles. Englehardt sträubte sich dagegen, versuchte, diese Verbindung zu kappen. Der Vater hatte ihn durchschaut…

Carey ließ die Leiche los.

Martin fiel nach vorne auf den Betonboden. Er schlug mit dem Kopf auf…

Englehardt zuckte zusammen, sah, wie Carey entsetzt die Hand zurückriß, sie einen kurzen Moment lang in die Manteltasche steckte. Dann schien es ihm plötzlich wieder einzufallen, daß er in seiner rechten Hand den Revolver hielt. Er richtete sie in die Dunkelheit, hockte schutzlos da.

»Das ist schon besser.« Englehardt hielt Phillips Scheck ins Licht. »Jetzt habe ich was für Sie. Barth hat diesen Scheck auf Phillips Namen ausgestellt. Wenn ich ihn nicht auf einer Bank gutschreiben lasse, wird der Verkauf wegen ausbleibender Zahlung gegenstandslos, und Sie bekommen von Barths Erben das zurück, was Ihr Großvater Ihnen vermacht hat – eine Hälfte von dem, wonach Sie sich anscheinend so verzweifelt sehnen.

Die andere Hälfte ist Miss Ciano.

Es wäre eine Ironie des Schicksals, wenn sie sterben würde, wie es Ihr Vater und Ihr Onkel im Zuge von John Careys schrecklichem Vermächtnis mußten. Ich bezweifle, ob Sie unter den Umständen noch Ihre psychische Gesundheit aufrechterhalten könnten, Peter.«

Carey zielte auf die Stimme. »Woher weiß ich, daß Sie sie jetzt nicht umbringen?«

»Peter, Peter – ich hätte diesen Mann *Sie* umbringen lassen können oder Sie selbst erschießen können. Statt dessen habe ich unser Gleichgewicht des Schreckens sogar noch ausgedehnt. Sie möchten nicht sterben, und ich für meinen Teil habe genügend gute Gründe, weitere Feuergefechte zu vermeiden. Während es unwahrscheinlich ist, daß *Sie mich* umbringen könnten, würden zwei Leichen – sogar schon eine zusätzliche Kugel aus einer zweiten Pistole – der Polizei mehr Stoff zum Nachdenken geben, als mir lieb ist. Und auch wenn Sie mich nur verwunden würden, müßte ich mich verarzten lassen, womit ich mit diesem Geschehen hier in Verbindung gebracht werden könnte.

Ich habe nicht vor, das zuzulassen.

Vielmehr schlage ich vor, daß wir hier verschwinden und Barth als Mörder Ihres Onkels, Levys und dieses Mannes zurücklasen.«

Carey blickte erstaunt aus dem Lichtkegel heraus. »Wie soll das gehen?«

Englehardt zog langsam den zweiten Revolver aus der Schreibtischschublade hervor und richtete ihn auf Noelle. Beinahe lässig schob er die andere Waffe über den Schreibtisch, so daß sie neben Barth zu Boden fiel. Er sprach in das Echo ihres Aufpralls hinein.

»Das, Peter, ist der Revolver, mit dem Barth alle drei Männer und dann sich selbst umgebracht hat. Sogar seine

Fingerabdrücke sind drauf, und es wird sich herausstellen, daß der Mann zu Ihren Füßen auf seiner Gehaltsliste stand. Und damit hat's sich dann eigentlich. *Ich* verlange nur, daß Sie mir einen würdigen Abgang ermöglichen, und zwei Millionen Dollar von *Ihrem* Geld – eine Art Rückvergütung, sagen wir mal.«

Carey schien nicht überzeugt. »Sie können nie und nimmer …«

»*Wir*, meinen Sie?« Englehardt legte wieder eine seiner Kunstpausen ein. »Es gibt keinen einzigen Namen, nicht einmal einen Papierschnipsel, mit dem eine Verbindung zwischen mir und diesen Männern oder diesem Ort nachgewiesen werden könnte. Keiner von Ihnen beiden kennt meinen Namen oder hat auch nur mein Gesicht gesehen. Ich kann mich praktisch in Luft auflösen, und Sie könnten sich den Mund fusselig reden und immer noch nicht beweisen, daß es mich überhaupt gibt.

Sie haben keinen Grund, darauf zu bestehen.

Der Tod Ihres Vaters ist gerächt, und Ihre Firma ist wieder in Ihrem Besitz. Wenn Sie einfach gehen, können Sie sich jede Verwicklung mit den mißlichen Vorfällen von heute abend ersparen und Barth Ihre nicht gerade unerheblichen Schwierigkeiten mit der Polizei lösen lassen. Und unterdessen treffen Sie die nötigen Vorbereitungen, um Ihre beträchtliche Dankesschuld mir gegenüber zu begleichen. Um dies in angemessenem Umfang zu bewerkstelligen, verlange ich nur die verhältnismäßig bescheidene Summe von zwei Millionen Dollar, die mir dabei helfen würde, meine Karriere woanders wieder aufnehmen zu können. Da es außerhalb der Schalterstunden ist, werde ich Ihr Versprechen akzeptieren, mir die Summe in bar auszuzahlen; Zeitpunkt und Ort bestimme ich. Barths Scheck behalte ich als Pfand. Sobald ich das Geld erhalten habe, werde ich den Scheck für Sie vernichten, und die Firma gehört unzweifelhaft Ihnen.« Englehardts Stimme wurde plötzlich kühl. »Und am allerwichtigsten, Sie würden beide am Leben bleiben.

Jetzt, wo diese beiden Männer tot sind, sind *Sie* die einzigen lebenden Zeugen, die mich mit diesem Ort zu dieser Zeit in Verbindung bringen können. Indem ich Sie jetzt beide verschone, gebe ich Ihnen die Möglichkeit, mich zu entschädigen. Und immer wenn Sie sich fragen sollten, wer ich bin, und sich mit dem Gedanken tragen sollten, meine zwei Millionen Dollar zu behalten oder unsere Abmachung aus irgendwelchen anderen Gründen zu bedauern: Denken Sie daran, daß ich Sie beide mit unendlich größerer Schnelligkeit und Sicherheit töten könnte, als Sie jemals anderen Leuten dabei helfen könnten, mich zu finden. Dies gilt vor allem für Miss Ciano: Die Summe, um die ich Sie bitte, ist wahrlich nicht zu hoch gegriffen, wenn man bedenkt, wie wichtig Miss Ciano für Sie ist, ganz zu schweigen davon, daß damit auch die Besitzverhältnisse um John Careys Firma endgültig geklärt wären. Also, Peter, ich brauche Ihre Antwort.«

Carey sagte nichts.

Die Sekunden vergingen und Englehardt spürte, wie die Szene ihn allmählich seine Gelassenheit kostete: zwei Männer mit Revolvern, der erste in Licht getaucht, der zweite in Dunkelheit gehüllt, mit einem Revolver, der auf eine Frau gerichtet war.

Carey blickte sie gespannt an. Ihr Gesicht suchte nach dem Klang seiner Stimme.

»Nun, Peter?«

Carey stand mit der Waffe in der Hand auf und blickte mit den kobaltblauen Augen seines Vaters in Richtung Englehardt.

»Zuerst lassen Sie sie gehen«, sagte er.

19

Englehardt hätte jetzt Careys Augen gerne aus der Nähe gesehen. »Was schlagen Sie vor?«

»Ich will, daß Noelle diesen Ort wohlbehalten verläßt, jetzt gleich.«

»Soviel Verhandlungsspielraum haben Sie nicht.«

»*Sie* wollen gehen, und dann auch noch dafür bezahlt werden.« Man hörte die Anspannung in seiner Stimme. »Ich habe Ihnen gerade die Möglichkeit dazu angeboten.«

Er stand hinter Martins Leiche, den Revolver weiter in die Dunkelheit gerichtet. Englehardt schätzte die Entfernung zwischen ihnen. Immer noch fünfzehn Meter...

»Wie genau?«

Carey zögerte. »Ist das da ein Telefon auf dem Schreibtisch?«

»Ja.«

»Lassen Sie sie ein Taxi rufen.«

Die Abwegigkeit des Vorschlags machte ihn wütend. »Peter, wir verlieren hier nur wertvolle Zeit.«

»Nehmen Sie ihr die Fesseln ab – sie wird sich nicht umdrehen. Sobald sie im Taxi sitzt und davonfährt, können Sie gehen.«

Noelle lehnte sich vor. Englehardt spürte, wie der Arm, mit dem er auf sie zielte, langsam ermüdete. »Wie wissen wir, ob sie tatsächlich gefahren ist?«

»Sie wird dem Fahrer sagen, daß er hupen soll.« Carey schwankte ein wenig mit dem Revolver, ließ ihn immer wieder mal halb sinken. »Wir können es von der Galerie aus hören.«

»Das ist aber ziemlich gerissen, Peter, und vor allem in Ihrem Interesse. Dadurch, daß einer von Ihnen frei ist, verringern Sie die Gefahr, daß derjenige, der bleibt, von mir erledigt wird.«

»Ich dachte, Sie wollten vermeiden, daß irgend jemand erledigt wird.«

Er spricht sogar wie Charles Carey, dachte Englehardt. Er hatte Peter mit der Kassette um den Verstand bringen wollen. Statt dessen hatte Peter sich auf seinen Instinkt verlassen und sich angepaßt – so als würde Peter, wie er selbst, nach irgendeinem verborgenen Plan handeln ...

»Falls Sie dabei auf gewisse Gedanken kommen sollten, Peter, denken Sie daran, daß ich den Mann vor Ihnen mit nur einem Schuß erledigt habe.«

»Nehmen Sie ihr die Fesseln ab«, sagte Carey. »*Ich* bleibe mit Ihnen bis zum Ende hier.«

In dem Loft wurde es totenstill.

Der Schatten verschwand langsam hinter Noelles Stuhl. »Keine Bewegung«, sagte die Stimme.

Carey beobachtete alles. Der Arm mit der Waffe schmerzte. Die Leiche zu seinen Füßen blutete weiter. Wie in einem gespenstischen Traum erschienen Noelles Hände in dem Licht neben Barths Kopf. Dann erhob sich der Schatten und nahm ihr die Augenbinde ab.

Barths Anblick verschlug ihr den Atem. »Nicht hinsehen«, rief Carey.

Sie drehte sich in Richtung seiner Stimme, wieder eine reale Person, ein Gesicht ...

»Rechts neben dir steht ein Telefon. Nimm es.«

Sie erwiderte seinen Blick, ein im Lichtschein geblendetes Tier. Sie öffnete den Mund. Der Revolver schob sich an ihre Schläfe. »Nimm es«, wiederholte Carey.

Sie drehte sich ganz langsam um und griff nach dem Hörer.

»Ruf *Yellow Cab* an. Denk jetzt nicht nach, tu's einfach.«

Sie zögerte, und der Schatten sagte eine Telefonnummer.

Mit steifen Fingern wählte sie.

»Frag nach einem Taxi, das gerade in der Gegend ist.«

Carey blickte von Noelle zu dem Schatten hinüber, die

Waffe im Anschlag. »Wir sind an der Ecke Greene Street und Broome. Laß dir die Taxinummer geben und eine Beschreibung des Fahrers. Sag ihm, in zehn Minuten…«

Noelle sprach seine Anweisungen in den Hörer. Jedes ihrer Worte hallte im Loft wider. Carey behielt weiter den Schatten im Auge.

Aus den Augenwinkeln sah er eine Bewegung von Noelles Hand, dann hörte er das Klicken der Telefongabel. »Kommen sie?« fragte er.

Sie nickte.

Die Stimme kam von irgendwo hinter ihr. »Sie haben weniger als zehn Minuten, Peter. Verraten Sie mir, wie Sie uns von hier in die Galerie hinunterbringen wollen.«

Carey zögerte. »Im Aufzug.«

»Ich kann nicht zulassen, daß Sie mich sehen, Peter. Es wird Zeit, daß ich Ihnen meine Bedingungen nenne. Erstens, *Sie* gehen in die Galerie, und zwar allein.«

Carey sah Noelle an. »Dann bringen Sie sie um.«

»Sie werden mir vertrauen müssen, so wie ich darauf vertraue, daß Sie unten warten, während ich mit Miss Ciano folge. Wenn wir ankommen, werden Sie an der Tür zur Galerie stehen. Ich werde Miss Ciano freigeben. Sie wird langsam vom Aufzug zur Tür gehen.

Sie können Ihren Revolver meinetwegen auf mich gerichtet halten, meiner wird auf ihr Kreuz gerichtet sein. Falls Sie keine Dummheit begehen, wird sie bei lebendigem Leib durch die Tür gehen.« Die Stimme schwieg einen Moment. »Ihnen bleiben weniger als neun Minuten, Peter.«

Noelle stand auf. »Nicht…«

Der Revolver ging an ihre Schläfe.

»Nun, Peter?«

Carey und Noelle sahen sich in die Augen. »Wie haben Sie Ihren Abgang geplant?« fragte er den Schatten leise.

»Wenn das Taxi hupt, werden Sie sich zur anderen Seite der Galerie rüberbewegen. Ich werde mich an den Skulpturen vorbeischlängeln, Richtung Tür. Falls Sie auch nur die kleinste Bewegung machen sollten, werde ich sie erschießen. Wenn nicht, gehe ich, wie ich gekommen bin.«

Carey sah mit bohrenden Blicken durch die Dunkelheit: auf den Mann zu seinen Füßen, auf Barths blutüberströmten Kopf, auf den gesichtslosen Schatten, der Noelle seinen Revolver an die Schläfe hielt.

»Sieben Minuten, Peter.«

Carey spürte, wie Noelles flehendes, benommenes Gesicht sich in sein Gedächtnis eingrub.

»Wenn sie stirbt«, sagte er ruhig, »werde ich Sie töten. Sie haben sechzig Sekunden von dem Moment an, wo ich unten bin.«

Siebzehn...

Allein in der Galerie, behielt Carey die Aufzugstür im Auge.

Einundzwanzig, zweiundzwanzig...

Jede Sekunde, die auf dem Leuchtzifferblatt seiner Uhr aufblitzte, tickte in seinem Hirn.

Er warf rasch einen Blick durch das Fenster hinter ihm. Die Straße war leer.

Siebenundzwanzig, achtundzwanzig...

Der Aufzug ächzte aufwärts: Beim Aussteigen hatte er auf »drei« gedrückt.

Einunddreißig, zweiunddreißig...

Er griff in seine Tasche und drückte eine andere Taste am Kassettenrecorder.

Sechsunddreißig, siebenunddreißig...

Der Aufzug hielt an.

Carey kauerte sich neben den sprungbereiten Drachen und horchte.

Fünfundvierzig...

Der Schatten konnte einfach verschwinden, wenn er wollte. Er hatte Pogostins Kassette aus der Schublade genommen, und als Carey in Richtung Aufzug zurückgewichen war, hatte er Noelles Fingerabdrücke vom Telefonhörer gewischt.

Schweigen.

Skulpturen blickten ihn an, wurden zu Schatten.

Weiterhin ungebrochenes Schweigen.

Zweiundfünfzig, dreiundfünfzig…

»Phillip ist mausetot – Ihre Erinnerung hat ihn getötet.«

Sechzig.

Noelle war tot.

Er stand auf, ging auf den Aufzug zu.

Über ihm hörte er das Ächzen der Seile.

Der Aufzug setzte sich nach unten in Bewegung.

Carey, der wieder zu dem Drachen zurückwich, hörte, wie der Aufzug sich näherte.

Der Schatten, allein, kauernd, würde ihn in dem Moment, in dem sich die Türen öffneten, erschießen.

Carey kniete sich hin und zielte mit dem Revolver auf die Tür.

Die Tür ging auf.

Noelle und der Schatten tauchten in dem Lichtquadrat auf.

Carey erhob sich halb und ging hinter dem Drachen in Deckung.

Der Schatten hatte kein Gesicht. Er hielt sich ganz nah hinter Noelle, die Waffe im Winkel seitlich an ihrem Kopf. Seine Arme und Schultern umrahmten die von Noelle wie in einem zweifach belichteten Foto. Ihr Gesicht verbarg das seine.

»Nun?« fragte die Stimme.

Carey betrachtete Noelle. Sie war kreidebleich, und ihre Züge waren wie gelähmt, wie unter Schock.

Er stand auf. »Lassen Sie sie gehen.«

Der Schatten schubste sie zwei Schritte vor, und dann schloß sich der Aufzug hinter ihnen.

Noelle wurde in der Dunkelheit zu einem zweiten Schatten, der sich wie bei einer Mondfinsternis über den anderen legte. »Wenn Sie auch nur eine Bewegung machen, jage ich ihr eine Kugel ins Rückgrat. Darüber sind Sie sich doch wohl im klaren?«

Carey nickte, dann fiel ihm ein, daß sein Nicken nicht gesehen werden konnte. »Ja«, sagte er leise.

Nach und nach löste sich Noelles Schatten von dem hinter ihr.

Sie machte einen Schritt, dann einen zweiten, auf Carey zu.

Die beiden Männer waren so reglos wie die Standbilder um sie herum. Die einzige Bewegung ging von Noelle aus. Bis auf das Knarzen ihrer Schritte war nichts zu hören.

Carey konnte ihr Gesicht nicht sehen.

Sie ging langsam, bedächtig. Carey blickte an ihr vorbei auf den Schatten. Sein Revolver schien ihr zu folgen...

Ihr Schatten wurde allmählich größer, deutlicher. Er verdeckte die Sicht auf den anderen. Carey lehnte sich leicht nach rechts, um den Schatten des Mannes sehen zu können...

Bohlenbretter knarzten. Er zuckte zusammen. Der Schatten verharrte reglos, schoß aber nicht...

Noelle wurde zu einer sich langsam näher schiebenden Silhouette, dunkler als die Finsternis, die sie umgab.

Carey hörte das Quietschen von Gummi auf Kopfsteinpflaster – ein Wagen, der abbremste. Noelle kam näher.

Der Wagen kam zum Stehen...

Ihr Gesicht tauchte auf, etwa anderthalb Meter vor ihm.

Ihre Augen glänzten. Sie waren nicht auf die Straße gerichtet, sondern auf ihn.

Er zielte mit dem Revolver an ihrem Kopf vorbei.

Ihr Gesicht rückte langsam näher. Carey hoffte nur, daß das Taxi wartete.

Sie schloß zu ihm auf, schob sich rechts an ihm vorbei. Als sie stehenblieb, waren ihre Gesichter so nah, daß er ihren sanften Atem spürte. Sie strich mit der Schulter an ihm vorbei.

»Geh weiter«, flüsterte er.

Sie blickte ihm in die Augen.

Carey sah an ihr vorbei, zielte auf den Schatten.

Noelle setzte ihren Weg fort.

Er konnte sie nun nicht mehr sehen, sie nur ganz nah hinter sich hören, wie sie auf die Tür zuging. Der Arm des Schattens folgte ihr.

Carey horchte nach dem Taxi.

Ein Klicken, die Tür öffnete sich.

Carey verspürte einen kalten Luftstrom im Nacken. »Lassen Sie sie gehen«, flüsterte er dem Schatten zu. »Bitte, lassen Sie sie gehen.«

Er hörte, wie sie stehengeblieben war, dann ein kurzes Rutschen, so als hätte sie sich umgedreht. Er biß die Zähne zusammen.

Mit einem Klicken fiel die Tür hinter ihm ins Schloß.

Carey fixierte den Schatten, die Waffe mit erhobenem Arm im Anschlag.

Der Schatten richtete die Waffe auf Carey, der angestrengt durch die Stille horchte.

Auf der Straße schlug eine Türe zu.

Es folge ein kurzes, doppeltes Hupen. Räder setzten sich in Bewegung. Dann folgte ein Motorbrummen, das sich langsam verlor, und weg war sie.

Er war mit dem Schatten allein.

»Okay, Peter.« Der Schatten sprach mit ruhiger, beinahe zärtlicher Stimme. »Jetzt bin ich mit dem Weggehen dran.«

Sie belauerten sich. Carey schob sich lautlos von der Tür weg, während der Schatten sich darauf zubewegte.

Den Revolver weiter auf Carey gerichtet, glitt er in halbgebückter Stellung durch die Skulpturen hindurch. Carey wich mit gespannten Schritten von Skulptur zu Skulptur zurück. In seiner Vorstellung hatten sie sich in zwei Marionetten verwandelt, die über eine Puppenbühne glitten.

Der Schatten schob sich weiter auf die Tür zu. Carey

wich in eine Ecke zurück, vorbei an einem Fenster, das auf die Greene Street hinaussah. Meter um Meter entfernten sie sich voneinander, bis Carey nur anhand der knarzenden Bohlen wußte, daß der Schatten überhaupt noch da war.

Carey griff in seine Tasche.

Von der Straße drang ein schummriges Licht herein, und plötzlich, etwa drei Meter vor der Tür, tauchte der Schatten wieder auf.

Carey spürte, wie es hinter ihm immer enger wurde. Gleich würde er in der Ecke zwischen den beiden Fenstern sein. Dann konnte er nur noch nach links weiter, vor das zweite Fenster.

Der Schatten rückte weiter vor, schob sich an der letzten, schemenhaften Skulptur vorbei.

Carey stieß mit dem Rücken an die Wand.

Er tat einen Schritt nach links und kniete sich neben eine Schlangenskulptur. Der Schatten rückte weiter vor.

Carey nahm den Kassettenrecorder heraus und stellte ihn auf das Schwanzende der Schlange.

Der Schatten erreichte die Tür.

Carey schaltete den Recorder ein.

Die Tür ging auf. Die Kassette begann sich zu drehen.

Die Stimme des Schattens wiederholte auf der Kassette: »Barth hat diesen Scheck auf Phillips Namen ausschreiben …«

Der Schatten blieb an der Tür stehen.

Die Stimme redete weiter: »Die andere Hälfte ist Miss Ciano.«

Carey nutzte den Moment der Ablenkung aus und stahl sich nach links.

Die Stimme war dünn und klar. »Es wäre eine Ironie des Schicksals, wenn sie sterben würde, wie es Ihr Vater und Ihr Onkel im Zuge von John Careys schrecklichem Vermächtnis mußten. Ich bezweifle, ob Sie unter den Umständen noch Ihre psychische Gesundheit aufrechterhalten könnten.«

Der Schatten kniete nieder und lauschte seiner eigenen Stimme.

»Peter, Peter – ich hätte diesen Mann *Sie* umbringen lassen können oder Sie selbst erschießen können. Statt dessen habe ich unser Gleichgewicht des Schreckens sogar noch ausgedehnt…«

Carey schlich sich hinter einer Reihe von Skulpturen weiter, auf einen wuchtigen Krieger zu, hinter dem er Deckung suchen wollte. Hinter ihm war nur noch das Fenster.

»Vielmehr schlage ich vor, daß wir hier verschwinden und Barth als Mörder Ihres Onkels, Levys und dieses Mannes zurücklassen…«

Der Schatten verschwand.

Carey hörte ein leises Knarzen, das sich auf den Recorder zubewegte, wie von der Stimme angezogen. Als er den Krieger erreichte, richtete er sich halb auf.

»Es gibt keinen einzigen Namen, nicht einmal einen Papierschnipsel, mit dem eine Verbindung zwischen mir und diesen Männern oder diesem Ort nachgewiesen werden könnte…«

Carey drehte sich herum und zielte mit dem Revolver in Richtung des Recorders. Die Stimme schien in ihrer Körperlosigkeit von der Schlange zu kommen. »Keiner von Ihnen beiden kennt meinen Namen oder hat auch nur mein Gesicht gesehen…«

Der Revolver blitzte in Careys Hand auf. Das Fenster hinter ihm warf ein viel zu starkes Licht…

»Ich kann mich praktisch in Luft auflösen, und Sie könnten sich den Mund fusselig reden und immer noch nicht beweisen, daß es mich überhaupt gibt…«

Carey hörte das Kriechen des Schattens nicht mehr, sah nur noch die unbeweglichen Schatten der Skulpturen.

»Wenn Sie einfach gehen, können Sie sich jede Verwicklung mit den mißlichen Vorfällen von heute abend ersparen und Barth Ihre nicht gerade unerheblichen Schwierigkeiten mit der Polizei lösen lassen. Und unterdessen treffen

Sie die nötigen Vorbereitungen, um Ihre beträchtliche Dankesschuld mir gegenüber zu begleichen …«

Carey drehte sich um. Den Revolver im Anschlag, spähte er im weiten Bogen umher, konnte aber immer noch nichts entdecken.

»Und am allerwichtigsten, Sie würden beide am Leben bleiben …«

Da, ein Geräusch: Kleider, die über den Boden strichen. Carey konnte es nicht lokalisieren.

»… sind *Sie* die einzigen lebenden Zeugen, die mich mit diesem Ort zu dieser Zeit in Verbindung bringen können …«

Die Bohlen knarzten, jetzt ganz nah. Vielleicht hatte der Schatten sich dazu entschlossen, nicht den Recorder, sondern ihn aufzuspüren.

»Und immer wenn Sie sich fragen sollten, wer ich bin, und sich mit dem Gedanken tragen sollten, meine zwei Millionen zu behalten oder unsere Abmachung aus irgendwelchen anderen Gründen zu bedauern: Denken Sie daran, daß ich Sie beide mit unendlich größerer Schnelligkeit und Sicherheit töten könnte, als Sie jemals anderen Leuten dabei helfen könnten, mich zu finden.«

Er mußte sich aufs Geratewohl entscheiden.

»Also Peter, ich brauche Ihre Antwort …«

Carey richtete den Revolver auf die Stimme …

Die Stimme brach ab.

Urplötzlich hörte er den Schatten.

Er drehte sich um, blickte auf.

Der Schatten stand dicht neben der Kriegerstatue, den Revolver auf Careys Kopf gerichtet.

Carey war wie versteinert. Das Gesicht dem Schatten zugewandt, zielte er auf die sich schweigend fortkreisende Kassette – ins Leere.

Der Schatten schien kurz innezuhalen. »Ganz wie der Vater«, sagt er leise und beugte sich mit dem Revolver noch ein Stück vor. Der Boden knarzte …

Der Schatten schreckte auf.

Eine Hand griff nach seinem Arm. Der Revolver zuckte, ein Schuß...

Die Kugel schlug in dem Fenster ein, das in tausend Stücke zerbarst. Carey riß den Revolver hoch. Der Schatten wand sich von der Hand auf seinem Arm frei. Die Stimme auf der Kassette fragte: »Nun, Peter...«

Carey zielte auf seinen Kopf und drückte ab.

Er spürte den Rückstoß des Revolvers, hörte einen Schrei.

Der Schatten wankte. In gespenstischer Zeitlupe reckte er den Arm, richtete den Revolver auf Peter Carey.

Der Revolver fiel ihm aus der Hand, zertrümmerte die Kriegerstatue, und dann fiel der Schatten Carey seitlich vor die Füße.

Er rollte mit dem Kopf ins Licht.

Sein Gesicht war runzlig, bleich wie Pergament. Die Augen starrten Carey an.

Die Kugel hatte seine Stirn durchbohrt.

Carey streckte den Arm aus und faßte nach der Fliege.

»Peter?«

Es war Noelle, die sich neben ihn kniete. Carey blickte ihr über den Toten hinweg ins Gesicht.

»Er war der gesichtslose Mann«, sagte er leise. »Der, der meinen Vater ermordet hat...«

Es brannte Licht. Phillip saß im Wagen seines Vaters hinterm Steuer und drehte sich um.

»Peter!«

Sein Onkel erhob sich, sein Mund stand sperrangelweit offen. Peter starrte ihn an.

»Ich wollte Dewey holen.«

Phillip wirkte in dem fahlen Licht ganz verängstigt. Peters Stimme wurde scheu. »Ich will meinen Elefanten.«

Phillip antwortete nichts. Peter wich ängstlich zurück, wollte seinen Vater suchen gehen.

Ein zweiter Mann trat hinter dem Wagen hervor.

Peter blieb stehen und starrte ihn verwundert an.

Der Mann nahm Dewey vom Vordersitz und hielt ihn ihm hin. »Hier, Peter, suchst du den hier?«

Der Mann lächelte.

Peter gefiel seine Fliege…

DRITTER TEIL

Mount Snow, Vermont

März 1993

1

Noelle Carey stieß einen Schrei aus.

Peter hatte drei Meter Vorsprung und bretterte den Berg hinunter, als ginge es um sein Leben. Er ging mit seinen Skistöcken in die Hocke. Der aufwirbelnde Schnee hüllte sie wie in einen Nebel ein und zerschmolz auf ihrem Gesicht. Sie drückte sich ab, wollte ihn einholen.

Peter machte sich noch kleiner und sauste im halsbrecherischen Tempo auf die Zielmarkierung zu.

Noelle spannte alle Kräfte an und stieß sich in einer letzten Attacke mit den Skistöcken den Hang hinunter. Ihre Knie waren wie Federn. Die Markierung raste auf sie zu. Peters Rücken kam näher.

Sie war einen knappen Meter hinter ihm, als er den Pflock passierte.

Er wirbelte herum und grinste sie durch den aufschießenden Schnee an. Noelle hielt neben ihm.

»Arsch«, wiederholte sie.

»Tja«, grinste Peter. »Du bist ja mittlerweile ein Jahr älter.«

Er schien so glücklich über seine Leistung, daß sie lachen mußte.

Zuerst hatte sie sich gefragt, wie es mit ihnen weitergehen sollte.

Nacht für Nacht hatte sie Alpträume von dem Häßlichen. Peter hielt sie in den Armen. Sein Gesicht im Licht des Morgengrauens erinnerte sie an all die Dinge, die sie in SoHo durchgemacht hatte und von denen sie lieber nichts gewußt hätte.

Peter, der von seinen Träumen befreit war, war tief betroffen und sorgte sich liebevoll um sie. Von seinen eigenen Gefühlen sprach er nicht. Die polizeilichen Ermittlungen, durch die nach und nach all die Details erkennbar wurden, laugten sie aus. In seiner Wohnung fühlten sie sich wie eingesperrt.

Gregorio hatte den Portier in die Mangel genommen und schließlich zum Reden gebracht.

Sie spielte mit dem Gedanken, aus New York wegzuziehen.

Eines Abends, als sie am Kaminfeuer saßen, hatte sie mit Peter darüber gesprochen. Er blickte sie lange an, so als ob sie sich den Klang ihrer eigenen Frage vergegenwärtigen solle. Schließlich sagte er: »Dann würdest du ein anderer Mensch werden, Noelle. Ich frage mich, ob du das willst.«

Sie schwieg. Nach einer Weile blickte sie ihm ins Gesicht.

»Nein«, sagte sie leise. »Das wäre zuviel.«

An einem kühlen Apriltag rief Peter sie in der Arbeit an.

»Ich habe nachgedacht«, sagte er. »Kannst du dir vielleicht mit mir ein Haus ansehen?«

Es folgte Schweigen. »Wann?«

»So gegen fünf.«

»Ich weiß nicht, Peter.« Peter konnte sie förmlich denken hören. »Ich bin ziemlich gerädert.«

»Ich lade dich anschließend zum Essen ein, bei dir in der Gegend.« Er verspürte ein sonderbares Gefühl der Verzweiflung. »Häuser ansehen ist etwas Neues für mich. Ich hätte gerne deine Meinung.«

Noelle zögerte. »Okay«, sagte sie schließlich.

Noelle fragte ihn erst in der U-Bahn, wo es überhaupt sei.

»Bei dir in der Nähe«, antwortete Peter.

Sie war überrascht. »Im Village?«

»Mhm. Ich zeig's dir, wenn wir da sind.«

In der St. Luke's Place stand eine Frau vor dem Haus. »Wenn es etwas gibt, vor dem ich einen Horror hab«, murmelte Peter, »dann eine Maklerin im Pelzmantel.«

Noelle war stehengeblieben und sah sich das Haus an.

Es war ein dreistöckiges Backsteinhaus auf mittlerer Höhe mit gründlich gereinigtem Mauerwerk. Eine kleine Treppe mit schmiedeeisernem Geländer führte zu einem gewölbten Hauseingang aus Eiche. Die Tür und das Geländer verliefen in perfekter Symmetrie zu den Nachbarhäusern auf der Südseite der Straße. Die Straße selbst war kopfsteingepflastert und zu beiden Seiten von Gaslaternen und Baumreihen gesäumt, die sich an den Blättern über der Straße hinweg berührten, hoch über Noelles Kopf. Carey wandte sich ihr zu. »Bester Häuserblock in ganz Manhattan, sagt Ruth.«

Noelle sagte nichts.

Als die Maklerin aufschloß, verschwand sie gleich im Haus.

Die Frau wollte ihr folgen. »Lassen Sie sie nur«, sagte Peter.

Türen öffneten und schlossen sich vor ihnen; rasche Schritte erklommen die Treppe in den zweiten Stock und stiegen sie wieder hinab. Carey stand mit der Maklerin im Wohnzimmer und hörte sich mit halbem Ohr ihre Lobreden über Parkettböden, verschlungene Stuckverzierungen und dem freigelegten Backstein in der Bibliothek an. Es war ihm schnuppe – er hatte das Haus bereits am Morgen besichtigt.

»Noelle?« rief er.

Keine Antwort.

Als er sie schließlich fand, stand sie mitten auf der

Straße und grinste, die Hände in die Hüften gestützt, das Haus an.

»Kauf es«, sagte sie.

An dem Abend, als er einzog, schliefen sie miteinander, zum ersten Mal seit SoHo.

Danach sagte sie ihm: »Ich weiß, wie schwer es für dich war – mit dem fertig zu werden, was passiert ist, und dann auch noch mit mir.«

Peter spürte, wie ihn ein Gefühl der Erleichterung durchströmte. »Mich um dich zu kümmern hat es mir manchmal leichter gemacht, so daß das andere mich nicht fertigmacht – ich kann dem noch nicht ins Auge sehen, noch nicht einmal wirklich darüber sprechen. Ich bin einfach einsam geworden...«

»Es hat mir so weh getan, Peter. Innen drin.«

Sie weinte in seinen Armen.

Als der Morgen schon ganz nah war, fand sie ihre Sprache wieder. »Aber dann ist da auch noch was anderes«, sagte sie leise. »Ich habe keinen Grund, an deiner Liebe zu zweifeln.«

Er strich ihr übers Gesicht. »Ich ebensowenig.«

Am Morgen blieb Noelle noch da und machte Kaffee.

Sie saßen in der Küche. »Der gesichtslose Mann«, sagte sie schließlich. »An welchem Punkt hast du dich an ihn erinnert?«

Peter rührte seinen Kaffee um. »Als die Kassette zu Ende war. Da wußte ich, daß er es sein mußte, der sie eingeschaltet und vorgespielt hatte. Niemand sonst konnte so viel wissen.«

Sie sah ihn einen Moment lang an. »Ist es jetzt okay – mit Pogostin?«

»Ziemlich, ja.« Peter zögerte. »Aber Levy fehlt mir. Manchmal sogar sehr.«

»Und was glaubst du, wie lange du noch hingehen wirst?«

»Noch 'ne ganze Weile.« Er wandte sich ab. »Wenn ich meinem Vater Bescheid gesagt hätte, wäre all das nicht passiert. Es ist schwer, damit fertig zu werden.«

»Du warst sechs, Peter. Du konntest doch gar nicht wissen, worum es ging.«

»Aber jetzt weiß ich's.« Er blickte zu ihr auf. »Trotzdem, ich schätze, es ist leichter, mit Dingen umzugehen, die man sicher weiß.«

»Phillip«, sagte sie leise. »Um den geht's hier.«

Phillip hatte alles, was er besaß, Peter vermacht.

Es dauerte drei Monate, bevor er sich dazu überwinden konnte, Phillips Stadthaus zu betreten. Als es schließlich soweit war, ging Noelle mit ihm.

In einem Koffer auf dem Speicher, unter einem Stapel von Peters Baseballsammelkarten, die Phillip aufbewahrt hatte, fand er den Plüschelefanten.

Er stand mit dem Elefanten in den Armen da und blickte lange auf ihn hinab.

Schließlich sah er Noelle an. Keiner von beiden sagte ein Wort.

Sie schenkte Dewey in aller Stille dem kleinen Jungen eines Freundes, der ihn in die Tagesstätte mitnahm.

Carey steckte den Kopf durch Ruths Tür. »Haben Sie gerade mal einen Moment Zeit?«

Sie griff nach einer Zigarette. »Natürlich.«

Carey zog die Tür hinter sich zu. »Ich habe Angst, Sie zu verlieren.«

Ruth zündete die Zigarette an, den Blick wieder auf ihn geheftet. »Wieso?«

»Wir wissen beide, daß Ihr Bruder umgekommen ist, weil er mir geholfen hat. Ich werde das Gefühl nicht los, daß Sie von den Careys die Nase langsam voll haben – mich eingeschlossen.«

»Ich bin rational genug, um zu wissen, wer Bill ermordet

hat.« Sie atmete tief aus. »Ich habe nicht vergessen, wie freundlich Sie zu mir an dem Morgen waren. Viel mehr gibt es doch wohl nicht zu sagen?«

»Zwischen Ihnen und mir?« sagte er ruhig, sich behutsam vortastend. »Ein bißchen mehr schon, denke ich.«

»Peter, bitte...«

»Ich werde Ihren Bruder mein Leben lang nicht vergessen.« Carey schwieg, dann fügte er leise hinzu: »Ebenso wie Sie nie aufgehört haben, meinen Vater zu lieben.«

Ihre Blicke trafen sich.

»Als mein Vater starb«, schloß er, »war ich erst sechs, und es gab niemanden, mit dem ich meinen Kummer teilen konnte. Jetzt schon.«

Sie blickte verwirrt. »Sie haben *gesehen*...«

»Jetzt schon«, wiederholte er sanft. »Reden Sie mit mir, Ruthie. Bitte.«

Die Zigarette glomm im Aschenbecher, unbeachtet. »Seit wann wissen Sie es?«

»Seit dem Tag, als ich hergekommen bin.« Sie senkte den Blick. »Es hat mir nie etwas ausgemacht, Ruthie. Ich habe ihn auch geliebt.«

Es folgte Schweigen. Schließlich erwiderte sie seinen Blick. »Ich habe mich nach was anderem umgeschaut, ja. Das alles ist so *schwer*, Peter – ich halte es für das beste.«

»Ist es aber nicht. Nicht für mich.«

Sie verzog den Mund. »Ihr Vater hat mir so etwas mal gesagt – vor ungefähr fünfundzwanzig Jahren.«

»Dann geben Sie mir bitte noch ein paar Monate.« Er wartete einen Moment, dann zeigte er ihr ein Lächeln. »Schließlich habe ich einen Verlag zu leiten.«

Ruth nahm noch einen Zug von der Zigarette und sah dem Rauch nach. »Zwei Monate«, antwortete sie.

Sie fingen an, sich zum Mittagessen zu treffen.

Nur selten sprachen sie von Levy oder seinem Vater. Statt dessen – solange er noch die Gelegenheit hatte –

stellte er ihr Fragen über das Verlagswesen. Er ließ sich von ihr Ratschläge über die Leitung der Firma geben, und ihre Mittagessen wurden immer ausgedehnter.

An einem Freitag im Juli, während in Manhattan sommerliche Trübsal und im Verlagswesen die damit einhergehende Flaute herrschte, zog sich ihr Mittagessen bis nach drei Uhr hin. »Ich frage mich«, meinte er, »ob es für mich als Verleger wirklich sinnvoll ist, auch den Cheflektor zu spielen.«

»Nur wenn Sie Kinder haben.« Sie warf ihm einen süffisanten Blick zu. »Ihr Großvater hat beide Posten für sich in Anspruch genommen, um seine Söhne zu ärgern. Aber unsere Finanzen sind mittlerweile dermaßen unüberschaubar geworden, daß wer den Verleger macht, allein damit alle Hände voll zu tun hat.«

Carey nickte. »Deshalb möchte ich die beiden Positionen getrennt halten, mit mir als Verleger. Aber es gibt da ein Problem: Sie müßten als Cheflektorin bleiben.«

Ruth starrte ihn an. »Soll das etwa so was wie ein komischer Trostpreis sein?«

Carey schwieg, bis er sicher war, daß sie zuhören würde. »Wissen Sie, neulich abends hat Noelle mich schließlich gefragt, ob ich ein komisches Gefühl habe, jemanden umgebracht zu haben.

Ich habe ihr gesagt, daß ich darüber froh bin. Ich hab's ihr an den Augen abgelesen, daß sie mir glaubte: Ich habe über vieles von dem, was passiert ist, immer noch keine klare Meinung, aber darüber schon.

Und auch über folgendes: Ich will, daß dieser Verlag weiterexistiert. Ich werde alles dareinsetzen, daß Sie diesen Job übernehmen.«

Ruth sah weg. Einen Moment lang war sie sprachlos, dann sagte sie: »Ich wollte ihn schon immer.«

Noelle hatte gelächelt, als Carey ihr dies am Abend erzählte. »Sie nimmt also an?«

»Mhm. Sie ist wirklich eine bemerkenswerte Frau. Ich

bin froh, daß mein Vater das gehabt hat – daß sie beide es gehabt haben.«

In der Woche, in der Noelle bei Peter einzog, lud sie Ruth zum Abendessen sein.

Im Spätherbst hatten Noelles Alpträume aufgehört.

»Glaubst du wirklich, daß sie vorbei sind?« fragte Peter sie eines Abends.

Noelle reichte ihm seinen Martini zurück, um eine Olive leichter. »Das hoffe ich doch. Ich schätze, daß es mir geholfen hat, diese ganze Geschichte ein wenig zu verstehen.«

Peter nickte. Er hatte in Phillips Akten herumgestöbert, Benevides und Gregorio zugesetzt, und nicht lockergelassen, bis er die Namen der Mörder von Levy und seinem Onkel erfahren hatte. Daß Phillip und der gesichtslose Mann seine Eltern umgebracht hatten, wußte er nun.

Als er die Namen kannte, erzählte er gleich Noelle davon.

Englehardt und Martin.

Wie durch Zauberkraft raubten die Namen den Männern plötzlich ihre Macht. Der Häßliche war ein früherer CIA-Agent, der Gesichtslose sein Vorgesetzter. Und sie waren beide tot.

Als er ihr die Zusammenhänge erklärte, versuchte er, indem er die Tatsachen wie Auszüge aus dem Leben eines anderen objektiv und in ihrer chronologischen Reihenfolge betrachtete, sich von der ganzen Angelegenheit ein Bild zu machen. »George ist der Meinung, daß Englehardt das Testament meines Großvaters gestohlen und es dazu benutzt hat, Phillip dafür zu gewinnen, meinen Vater und mich beiseite zu schaffen.« Mit matter Stimme fügte er noch hinzu: »Den Tod meiner Mutter haben sie dabei einfach in Kauf genommen.«

Noelles Antwort war abwartend und neutral. »Glaubst du, das stimmt so?«

»Ich denke schon, ja.« Peter sprach ohne aufzusehen mit gedämpfter Stimme weiter. »Englehardt war da, um die Bremsen und die Lenksäule zu präparieren. Phillip hätte nicht gewußt, wie. Aber für mich war er nur der gesichtslose Mann, der mir die Augen ausgestochen hat.«

Carey beauftragte Benevides, bei der Regierung einen Antrag auf Herausgabe der Akten zu stellen, jedes kleinen Papierschnipsels, der mit Englehardt zu tun hatte.

Wochen später erstattete Benevides Bericht. »Sie befürchten, daß du *Uncle Sam* wegen dem, was vor zwanzig Jahren geschehen ist, verklagst. Schließlich hat es dein Leben von Grund auf verändert.«

»Arschlöcher«, fauchte Carey. »Was würde das schon bringen?«

Unwiederbringlich war sein Vater, den er verloren hatte und den Ruth Levy ihm zurückzugeben suchte.

Manchmal saßen sie bis spätabends bei einem Glas Brandy in seinem Wohnzimmer. Ruth erzählte ihm von Charles Carey, von den Dingen, die sie einander gesagt oder die sie gemeinsam unternommen hatten, von seiner Liebe zu Peter. »Sie haben eine ganze Menge von ihm«, sagte sie eines Abends. »Sie sind auf die gleiche schrullige Art empfindsam wie er – er wußte für gewöhnlich genau, wann er *nichts* sagen sollte, und was er mir sagen sollte, wenn es etwas zu sagen gab. Aber Ihren Riecher dafür, wie man Geld macht, haben Sie von Black Jack Carey.« Lächelnd fügte sie hinzu: »Angesichts der Tatsache, daß wir morgen eine Besprechung mit den Banken haben, kann das bestimmt nichts schaden.«

Carey sah sie an. »Ich hoffe, daß es Ihnen nichts ausmacht, all diese Erinnerungen aus sich rauszuholen.«

»An Charles?« Sie schüttelte den Kopf. »Das einzige, was mich stört, ist die Tatsache, daß mir nicht mehr als nur Erinnerungen bleiben, so wie bei Bill ...«

Carey küßte sie spontan auf die Wange, und dann wandte sich das Gespräch der Besprechung am nächsten Tag zu.

Sie dauerte nicht lang. Als er nach Hause kam, stieß er auf Noelle, die gerade mit Fotos in den Händen die Treppe raufgerannt kam. Mit einem Mal überkam ihn das Bewußtsein all seines Glücks, wunderbar und unerklärlich, wie es war…

»Heirate mich, okay?«

Sie blieb wie angewurzelt stehen und grinste.

»Ich meine es ernst«, sagte Peter. »Du bist mein Schatz.«

Noelle legte die Fotos aus der Hand.

»Ich habe nichts dagegen«, sagte sie ihm später. »Aber wir sind zu alt, um irgend so ein Pseudofest zu veranstalten.«

Sie taten es in aller Stille, an Weihnachten.

Am Ende ihrer letzten Ski-Abfahrt hielt Peter an, um einem kleinen Jungen mit seinem Vater zuzuschauen.

Sie standen am Fuß eines Hügels. Der Junge war noch ziemlich klein, nicht älter als vier, und seine Skier sahen aus wie Holzlatten. Noelle beobachtete ihn, ein kleiner Knirps auf kleinen Skiern, die Beine zu einem wackligen Spagat gespreizt. Der junge Vater des Kleinen hielt ihn an der Hand. Mit seinem geduldigen Lächeln vermittelte er den Eindruck, als gäbe es für ihn niemand, der ihm wichtiger wäre oder es jemals sein würde. Peter lächelte ihnen nach.

»Erinnert er dich an jemanden?« fragte sie.

»Irgendwie schon.« Die Augen immer noch auf die beiden gerichtet, fügte er hinzu: »Ich weiß noch, wie gut er zu mir war, als meine Mutter es nicht sein konnte. Ich frage mich, wo er so viel Verständnis hernahm.«

Noelle wandte sich ihm zu »Du hättest es auch.«

Sie nahm seine Hand, und gemeinsam gingen sie zur Hütte zurück.

In der dunklen Wärme ihres Schlafzimmers liebkosten sie sich, sanft und ohne Hast, bis ihre Körper aufeinanderlagen, Haut an Haut, und dann bewegten sie sich im Rhythmus und stießen einen Schrei aus, gemeinsam.

Anschließend hielt er sie in den Armen, warm und schläfrig in der Nacht.

An jenem Sonntag frühstückten sie in dem Berggasthaus. Peter hatte die *Times* gekauft.

Sie teilten sie sich. Noelle entdeckte auf der ersten Seite des Feuilletons ein Foto von Natalia Makarova in einem Pas de deux mit Baryschnikow. Das Bild sprühte vor Vitalität: Die Makarova schien den Betrachter aus der Höhe ihres Sprungs direkt anzusehen, ganz Feuer und Begierde. Darunter stand der Name der Fotografin: »Noelle Ciano Carey«.

»Kenne ich, ja.« Peter drehte die Seite mit dem Bild zu sich herüber. Als er den Namen las, lächelte er. »Ich hoffe, du hast nichts dagegen.«

»Gegen den Namen, meinst du?«

»Mhm.«

»Nicht wirklich – ich hatte ja die Wahl.« Sie lächelte schief. »Außerdem wird es für das Kind so einfacher sein.«

Peter blickte von dem Foto auf.

Sie mußten beide lachen.